Verbum ⊞ NARRATIVA

FUMATA NEGRA

MAURO ZÚÑIGA ARAÚZ

FUMATA NEGRA

EDITORIAL Verbum

© Mauro Zúñiga Araúz, 2013
© Editorial Verbum, S.L., 2013
Eguílaz, 6. 28010 Madrid
Teléf: 91 446 88 41
e-mail: editorialverbum@gmail.com
www.verbumeditorial.com
I.S.B.N: 978-84-7962-927-4
Depósito Legal: M-23618-2013
Impreso en España por
PUBLIDISA

ÍNDICE

ÍNDICE

1

Murió Pío XIII. Había sido, según los voceros de la Iglesia Católica, Apostólica y Romana, el que ocupó el pontificado durante más tiempo. Tenía noventa y ocho años. Inmortalizó la frase: "Jesús no tenía guardaespaldas". Para él, el Vaticano era sólo un sitio de tránsito en su andar permanente, peregrinaje que dispuso para demostrarles a los ciudadanos del mundo que el máximo jerarca de la Iglesia era un individuo a quien se le podía hablar sin mediar audiencias. Rompía protocolos, ignoraba las medidas de seguridad, nunca usó el auto blindado que la Iglesia, los fieles o ambos, bautizaron como Papamóvil, dentro del cual se exhibía a un hombre ajeno a los olores que despedían las muchedumbres. Caminaba, estrechaba las manos, abrazaba, se dejaba tocar. No abandonaba ni en el sueño una sonrisa auténtica como lo corroboró su enfermero después del entierro. Conversaba con la gente desde los bancos de las plazas, los púlpitos de las iglesias, las cimas de las colinas de poca altura. Sepultó los sermones debajo del piso de la Santa Sede. Hablaba y escuchaba. Compartía sonrisas, chistes y lágrimas. Dejó en el Vaticano la lujosa indumentaria papal para usar las frescas y sencillas sotanas blancas. Nada de lujos. "La religión es humildad", solía decir.

Al cardenal austriaco Alters Gruner le molestaba la conducta del Papa. En su círculo íntimo comentaba que el prestigio de la Santa Iglesia se menoscababa al eliminar las fronteras entre la jerarquía y la plebe. Que el muro se desmoronaba. Cuando otros oídos lo escuchaban, expresaba preocupación por la temeridad del Santo Padre al exponerse sin protección, lo que se demostró con el atentado que sufrió en Nigeria, perpetrado por un enajenado a quien la multitud inmovilizó en el acto.

Pío XIII continuó caminando a pesar del diagnóstico de los médicos que le pronosticaron un final rápido y tormentoso. Le recomendaron reposo. ¿Reposo? En Veracruz se desmayó por los desgarradores dolores en el vientre. Perdió la conciencia dentro de la nave que lo llevaba de vuelta a Roma. Murió en el avión.

Al Papa Bueno, apodo que reemplazó al obligatorio nombre escogido por él y pronunciado en todas las lenguas de la humanidad, se le paró el corazón "en un lugar cualquiera de mi mundo chico". Su muerte humedeció muchos ojos. Luto.

Decía, y lo repetía, que la sencillez debe presidir las ceremonias del difunto, porque para él los hombres y las mujeres no se distinguen por el color de la piel, ni por el contenido de los bolsillos. Exigió, escrito claramente con su propia mano, que su sepelio fuera idéntico al que se le dispensa al más pobre de los pobres y agregó que había sido bochornoso para la Iglesia y una gaznatada para los humildes lo que había ocurrido en una ocasión no muy distante, en el entierro de un Papa, cuando se malgastaron ocho millones de dólares, dinero que traducido en una ración de comida, hubiese retrasado al menos por un día la muerte de ocho millones de niños, porque sabía que cada seis segundos se muere un niño de hambre en el mundo y que él, y eso sólo lo decía en público, con su ejemplo iba a luchar para erradicar ese crimen.

Luego de celebrar la misa "Pro eligiendo Papa" en la Capilla Sixtina, los cardenales procedentes de todos los continentes se alojaron en el Domus Sanctae Marthae, desde donde fueron trasladados al Palacio Apostólico para iniciar el cónclave de la sucesión del Papa Bueno.

Alters Gruner inició su campaña proselitista desde el momento en que se le diagnosticó el tumor gástrico a Pío XIII. Izó la bandera del rescate de la Iglesia Católica hacia su antiguo pedestal. Quería asegurar el voto de la mayoría absoluta de los cardenales. Para ello viajó e invitó a los votantes a compartir faisán y vinos de gran reserva, y obsequió regalos exclusivos e hizo las promesas que acarician los oídos de todo mortal. Su sorpresa se dio en la primera elección al obtener tres votos menos que la mitad requerida para ocupar la silla vacante. Estaban presentes ciento sesenta y dos miembros cardenales. Teol Constorsi, de África, logró dos votos más que él, a pesar de que su nombre ni siquiera se mencionaba entre los posibles aspirantes. Dos se abstuvieron. Papeletas quemadas con paja. Fumata negra. Algunos católicos no podían ocultar sus angustias; otros fingían para expresarlas. Había muchos indiferentes de cuerpo entero. Las quince votaciones sucesivas mantuvieron el mismo resultado. La fumata negra se perdía en los cielos de Roma. Rezos. Invocaciones. Nerviosismo dentro y fuera del cónclave. Conversaciones adentro, especulaciones afuera. Se dio la esperada reunión privada entre los dos aspirantes. Al concluir, las divergencias se acentuaron.

—Pío XIII se encumbró sacrificando el prestigio de nuestra iglesia —vociferó Alters Gruner, una vez concluido el encuentro.

—Liberar a la religión de los dogmas es pedirle a Dios que abandone el cielo —agregó el cardenal alemán Franz Küner.

—Es el Papa que ha estado más cerca de Jesús —replicó Basilio Das Silva, cardenal brasileño.

Todos conocían el artículo 74 de la Constitución Apostólica *Universi Dominici Gregis*. Llegó el escrutinio número veinticuatro. Ninguno de los dos obtuvo la mayoría simple. Posiciones inamovibles.

Fumata negra. En la plaza de San Pedro la gente se aglomeraba, acampaba. Sueño efímero. Olor a queso rancio. ¿Qué sucede? De la reunión surgían palabras de contenido y calibre que aniquilaban la excelencia, el ropaje inexcusable de la jerarquía eclesiástica. Palabras que no deberían ser enseñadas, ni escuchadas, ni aprendidas en un seminario. Palabras mundanas.

Alters Gruner se había convertido en el líder no oficial del ala conservadora de la Iglesia, pero muy débil para enfrentar la popularidad del Papa Bueno. Sus críticas acres no saltaban los contornos de su cerrada órbita, aunque al morir Pío XIII estalló el volcán, que se desbordó al sentirse traicionado. ¿Quiénes son los que están en mi contra? Pregunta no contestada. Voto secreto. Inescrutable.

—Pío XIII no era el Papa, sino un pésimo relacionista público de una Iglesia a la que nunca representó. Un vulgar demagogo. ¿Logró aumentar el número de católicos? ¡Claro que no! ¿Cómo quería que funcionáramos si no aceptaba limosnas?

11

—¿Lo hizo Jesús? —preguntó Basilio Das Silva.

—¿Acaso son los mismos tiempos? —replicó Gruner.

—Pero es el mismo dinero con diferente destino.

—¡Qué curioso! —dijo Teol Constorsi—, el Papa no aceptaba limosnas, pero las arcas del Vaticano se fortalecieron.

—Porque en esos asuntos él no intervenía —agregó Das Silva—. Vaya usted a saber las razones de esa contradicción.

Franz Küner, el encargado de las finanzas del Vaticano, lo miró con ojos tenebrosos.

Otra votación. Fumata negra.

De repente, las miradas se dirigieron hacia un hombre pequeño, de piel morena sin brillo, de ojos tristes protegidos por unas gruesas gafas de carey; de prominente nariz agujereada, de poblado cabello negro, quien, durante todo el proceso electoral, se mantuvo al margen de las controversias. Sencillo, de hablar pausado y sereno. Las pocas veces que se escuchó su voz en las reuniones de cardenales se entendió que procedía de un individuo con una singular sabiduría. Lo abordaron. Lo interrogaron. Sentado en un rígido sillón contestaba mirándose las puntas de sus sandalias. Vivía en Bulgaria.

—Es un timorato —fue la primera reacción de Alters Gruner.

—Tal vez necesitemos a uno así, obediente a nuestras órdenes —sugirió Küner—. Vestir de Papa a un sumergido.

Ya las marcas de fatiga se notaban en los cardenales de mayor edad. El humo negro expresaba la intransigencia del cónclave.

—No tengo inconvenientes —dijo Constorsi, tratando de ocultar una extraña sonrisa, cuando en público se le solicitó que dimitiera a favor del imán de las miradas.

A Gruner no se le lograba convencer.

—Pío XIII ha provocado un gran cisma en la Iglesia. Necesitamos a un Papa rígido, fuerte, autoritario; no creo que ese mequetrefe logre el cometido. Tampoco le veo capacidad para detener ese estúpido movimiento del "cristianismo ateo" que está floreciendo en muchos países, y que si bien no hay evidencias de que Pío XIII lo alimentara, no lo enfrentó con el esperado vigor. Se limitaba a recordar la divinidad de Jesús, pero lo decía como para cumplir con un credo que tal vez ni él mismo profesaba. En su encíclica *Jesús y la Naturaleza*, no le dedicó un renglón al vínculo entre Dios y Jesús. ¿Qué opina ese idiota?

—Contesta que es un estudioso de las sagradas escrituras.

—Vaya respuesta. No me convence.

—A mí, tampoco; pero tiene la mayoría simple, que es el requisito de la Constitución —comento Krüner.

—Démosle un apoyo condicionado sin que él se entere de lo segundo —concluyó Gruner con una voz anémica.

Nicolai Milanov Kretzmer obtuvo casi la totalidad de los votos del concilio. Unos cuantos cardenales longevos se abstuvieron de votar sin que ellos mismos supieran el porqué. El humo blanco iluminó la bóveda celeste desnuda de nubes.

—¿Acepta usted la elección canónica? —le preguntó el Cardenal Decano.

—Sí, acepto.

—¿Con qué nombre quiere ser conocido?

—Pedro Segundo.

Un silencio lúgubre recorrió el recinto. El júbilo se esfumó.

—¿Con qué nombre quiere ser conocido? —volvió a preguntar el Cardenal decano.

—Con el nombre de Pedro Segundo.

Durante el desfile de los cardenales delante del nuevo Papa para rendirle homenaje y obediencia, Gruner y Küner lo miraron con un gesto desafiante.

Se abrió el balcón de la Basílica Vaticana. Salió el Cardenal Protodiácono, nervioso.

—*Nuncio vobis gaudium magnum: habemus Papam.*

Sonido estridente. Vítores. "*Habemus Papam*", gritaba la multitud enardecida. Pedro II impartió la bendición *Urbi et Orbi*. Sin embargo, pasada la euforia, un sabor extraño fue paladeado por los católicos al conocerse el nombre del nuevo pontífice, quien sería investido en la Patriarcal Archibasílica Lateranense.

Al escuchar el nombre del Pontífice, algunos cardenales reunidos en pequeños grupos comentaban que la superstición estaba alejada de los designios de Dios, que no era cierto que la venida de Pe-

13

dro II sería la destrucción de la Santa Iglesia Católica, Apostólica y Romana, y menos el fin del mundo. Era solo una novela. Así decían, pero una duda se clavó en las conciencias: "¿Por qué lo escogimos?"

Nicolai Milanov Kretzmer conocía el documento firmado con el seudónimo de Cripto, uno de los participantes en la conspiración que asesinó a Juan Pablo I, en el que se describían las causas y la planificación del envenenamiento. Se señalaba, incluso, la persona que compró la pócima. El manuscrito circuló secretamente entre algunos sectores de la curia, pero se desestimó por la ausencia de una firma que correspondiera a un nombre real. Pasó a convertirse en rumores que agonizaban sin desaparecer. Cierto o falso, el documento existe y fue releído por Pedro II después de ser electo. Ya había ubicado a los cardenales Gruner y Küner como hombres de cuidado. Trajo de su país al personal de servicio encargado de proveer sus propias necesidades y contrató a varios agentes de seguridad, de quienes era su confesor y amigo. Nombró en la Secretaría de Estado a Basilio Das Silva, con la indignación del "veinte por ciento", mote con el que se conocía al vértice jerárquico del Vaticano, los que de verdad gobiernan. Los demás eran los sumergidos. Ni Pío XIII se aventuró a reemplazar a Mauro Barretti, que había sido escogido hacía muchos años por los que deciden. La Secretaría de Estado se entera hasta del destino del polvo de los pasillos. Para que el dolor de la llaga se sintiera más, nombró en la Prefectura de la Casa Pontificia, la que maneja el cotidiano menudeo de la burocracia y el tercer puesto en importancia en el Vaticano, a Olivio Crespo, un inadvertido obispo de América Latina.

Los cardenales Gruner y Küner encabezaban la agenda de la primera audiencia. El Papa les concedió el privilegio, como lo reconocieron los dos al momento de sentarse frente a él. Una breve ceremonia de felicitaciones y cumplidos sirvió de preámbulo.

—Como su Santidad debe saber —dijo el cardenal Gruner—, a nuestra Iglesia le preocupa el desbocado y contradictorio cristianismo ateo que brota como hongos silvestres por todos los países.

14

—Las informaciones de que disponemos nos orientan a localizar su núcleo creador, su casa matriz, entre los intelectuales de la izquierda agonizante y con lo que quedó de lo que se llamó en su momento la Teología de la Liberación, la que afortunadamente Su Santidad Juan Pablo II, se encargó de eliminar —agregó el cardenal Küner.

Pedro II mantuvo un prolongado silencio.

—Estos son temas muy complejos —logró decir.

—Pero que hay que enfrentar —dijo Gruner con un severo tono de voz.

—Temo que Pío XIII contribuyó, tal vez sin enterarse, a permitir la difusión de semejante aberración —comentó Küner—. Dedicó su tiempo a pretender imitar a Jesús, pero a ignorar a Dios.

Pedro II callaba. Su silencio empezaba a impacientar a los prelados. Silencio infinito, roto por una exigencia de Gruner:

—Si no es molestia, su Santidad, hemos venido en busca de una respuesta o, al menos, de una orientación.

—Yo no invento la complejidad —dijo el Papa.

—Pero como cabeza de la Iglesia debe ayudarnos a desenredar la maraña —insistió Gruner.

El rostro opaco y anodino de Nicolai Kretzmer, un hombre nacido hacía cincuenta y ocho años, fue despojándose de las arrugas visibles desde largas distancias.

—¿Cuál es el verdadero motivo de la visita? —preguntó con una voz nueva.

—El cristianismo ateo —contestó Gruner, arrogante.

—¿Cristianismo ateo? Me perdonan, sus señorías, pero los creía más inteligentes, estudiosos y serios.

—Nos ofende, su Santidad.

—¿Los ofendo o estoy ofendiendo su comodidad, porque no disimulan su temor a perderla? La audiencia ha concluido.

—Usted no nos puede dispensar este trato —reclamó Küner.

—¿Porque me puede suceder lo mismo que a Juan Pablo I?

El Papa se levantó y se dirigió hacia la puerta de salida, custodiada por fuera por uno de sus agentes. La abrió.

—Muchas gracias por su cortesía —les dijo.

2

Nicolai Kretzmer nació en la región de Silistra, al noreste de Bulgaria, en un pequeño y apartado poblado de casas rústicas y dispersas, cuyos habitantes subsistían inmersos en la agricultura tradicional. Su familia, orgullosa por pertenecer a la minoría católica y por mantener su fe y sus ritos durante la dictadura, le agradecía a Dios por lo que tenía o dejaba de tener o nunca tuvo. Acudía al pueblo distante a celebrar las fiestas santas. La pequeña capilla, congestionada de gente empapada en sudor, retumbaba con las amonestaciones y las palabras amenazantes del cura que recordaba las llamas perpetuas del infierno. El pecado, palabra horrible. —Jesús vino a redimirnos. Los actos impíos lo defraudan —sermoneaba desde el altar de la capilla sin púlpito.

Los campesinos, unidos por el olor del trabajo, se apretujaban para estar más cerca del santo en las silenciosas procesiones. Las velas se derretían sobre las manos, pero era preferible ese dolor efímero al otro eterno.

Para Nicolai Kretzmer, el sacerdote que oficiaba la misa era un hombre privilegiado, enviado directamente por Dios; pero inaccesible para un niño que a los diez años desconocía el significado de las letras escritas sobre las blancas hojas de papel. Sus códigos sensoriales sabían al dedillo el lenguaje de la naturaleza y, gracias a una cultura de ignorado origen, recitaba de memoria las oraciones que escuchaba en su hogar. Los sábados se trasladaba al pueblo. Aprendió a leer y a escribir.

La reunión de los cardenales con el Papa encendió los ánimos. Gruner compactó su círculo e inició una insidiosa campaña para identificar a Pedro II con el cristianismo ateo.

—Algo vi en ese hombre que me decía que no —le comentaba a sus colaboradores.

Se aventuró a visitar al cardenal Constorsi, pero este lo recibió frío y distante.

—Cada uno debe hacer lo que le dicte su conciencia. Pedro II apenas inicia y ya lo estás cuestionando.

—Va a terminar el trabajo de Pío XIII de sepultar a la Iglesia.

—Debes modificar el discurso.

—Muchos cardenales han comprendido mi idea.

—Tienes dos opciones, matarlo o darle un golpe de estado. Lo único que lograrás es que el público se convenza de la vorágine de corrupción que vive nuestra Iglesia. Dedícate a leer nuevamente a San Juan de la Cruz, si es que alguna vez lo hiciste.

La conspiración se fortalecía.

Pedro II empezó a pisar sobre las huellas de su antecesor, con mayor firmeza y seguridad.

En su primer mensaje al mundo ratificó la diferencia entre la religión y el dogma. "El dogma es una paloma sin alas", dijo. Explicó que la ceguera del dogma no nos permite contemplar la belleza con libertad. Volvió a pedir perdón por los errores de la Iglesia, pero denunció "la existencia dentro de ella de células cancerosas." Llamó a la paz y a la unidad. Se comprometió a dedicar todo su empeño para que se entendiera a Jesús "desde una óptica real".

Antes de que las palabras del Papa se las llevara la suave brisa de la plaza de San Pedro, el cardenal Gruner les trasmitió sus conclusiones a su selecto círculo de aliados:

—En su sermón no mencionó a Dios. ¿Desde qué otra óptica se puede entender a Jesús si no es desde la divina? ¿Cómo se le ocurre decir en público que en la Iglesia hay células cancerosas?

—¿Se referirá a los gay y a los pederastas? —comentó el cardenal Geneteu.

La duda los arropó como un manto de tono gris.

17

A Alters Gruner lo nombró Cardenal el Papa Pablo VII en el último año de los dos que dirigió la Iglesia. Procedía de la aristocracia austriaca. Su padre, un influyente comerciante de ilimitada fortuna, lo convenció de que su vida en el seminario no iba a estar llena de espinas. Que una vez ordenado sacerdote se le dispensaría un trato preferencial. Que todo estaba arreglado. Fue un seminarista amigo de las sábanas, desaplicado y holgazán. De sacerdote a monseñor; de monseñor a obispo por las *Excelandronas* y cardenal a los cincuenta y cuatro años. El "veinte por ciento" tiene su magia: sabe que el Papa escoge al primero de la lista confeccionada por ellos mismos. Fracasó en su intento de ser un Papa joven, por razones no del todo entendidas; porque, como se sabe entre los pocos que mandan, hasta allá llega la fortuna familiar que dispara la flecha de las intrigas vaticanas. Hombre de mirada penetrante y voz gruesa, imponente. Su invisible debilidad consistía en su escaso conocimiento doctrinal; pero encontró en el alemán Franz Küner, doctor en Teología y en el erudito cardenal francés Jean Bontemp, los anillos que le faltaban a su dedo desnudo. Daba la cara junto al primero por el carácter fuerte y convincente de ambos. El otro lo alimentaba en la sombra. Küner también era máster en altas finanzas. A Bontemp se le consideraba, si no el mejor, uno de los cardenales con mayor sabiduría; pero por su apocado carácter prefería trabajar en la segunda hilera de sillas. El cuarto del círculo era Claude Geneteu, encargado de la oficina de turismo, que anualmente recibe ingresos por varios miles de millones de dólares. Muy pocos sabían, y los que lo sabían lo ocultaban, que los Gruner tenían muy estrechas relaciones con los capos de la droga.

Nicolai Kretzmer, Basilio Das Silva y Teol Constorsi fueron tejiendo una hermandad desde que integraron el clandestino Movimiento de las Juventudes Cristianas, dedicado a desentrañar la vida de Jesús y el vacío histórico antes de y posterior a su nacimiento. Los tres mantenían contacto con el Papa Bueno a través de Theodore Wilson, obispo norteamericano, el "visitante viajero", quien, como las "mulas" llenas de cocaína, llevaba y traía, primero las ideas y después los documentos. Así lo hacían porque entre las argucias del "veinte por ciento" se incluía pinchar los teléfonos y revisar la correspondencia.

A Enzo Pazzioli, convertido después en el papa Pío XIII, lo convenció de entrar al seminario su tío materno, el cardenal Bertolli, quien, durante las prolongadas tertulias, ora en la residencia del joven estudiante, ora en el convento, le señalaba que en la Iglesia Católica "algo andaba mal", al notar que los clérigos en vez de acercarse a Jesús, se alejaban de él. Bertolli era un ferviente lector de las obras de San Juan de la Cruz. Solía decir que conocía mejor la vida del santo que las arrugas de su propia mano. Le describía a su sobrino los aspectos medulares de la obra y le recitaba sus poemas completos. Cuando Enzo Pazzioli leyó con profundidad los textos del carmelita descalzo, tomó la decisión de ingresar al seminario, con la idea de reestructurar la Iglesia desde sus cimientos.

—Confórmate con imitar a Jesús y con ayudar a que los feligreses lo hagan. No cometas el error de intentar cambiar la conducta de las jerarquías eclesiásticas. Te aislarán. Sé tolerante si quieres ascender, porque puedes hacer más desde la cima que desde la base.

"Algo andaba mal", pero era peor de lo que se había imaginado el joven sacerdote una vez ordenado. Aunque los retratos que los pintores renacentistas le hicieron a San Juan de la Cruz no captaron la sonrisa, Pazzioli se la imaginaba completa por su inigualable espiritualidad.

Lo que veía y escuchaba Pazzioli, una vez ascendido a secretario privado del Papa, no lo repetía jamás, como jamás se separó de su sonrisa que fue el imán que atrajo los votos para escogerlo Papa, el Papa Bueno. "Algo anda mal", frase que nunca olvidó.

En una iglesia de Madrid, Pedro II, alérgico a los sermones y a la presencia de la prensa, leyó ante una multitud de creyentes ávidos de mirar y escuchar al Papa, fragmentos de los consejos que San Bernardo le entregó al Papa Eugenio III, a mediados del siglo XII:

—Soy testigo de que no te interesan las riquezas en mayor medida que a tus antecesores. Aquí está el gran abuso. ¿Me podrías citar a uno solo que no te haya acogido como Papa sin que haya habido entregas de dinero o sin esperanzas de recibirlas? Y ahora, tras haberse declarado servidores tuyos, pretenden todo el poder. Se declaran fieles, pero para poder hacerles daño con más comodidad a los que se fían de ellos... Son muy hábiles cuando obran el mal e incapaces de hacer el bien... turbulentos entre sí, envidiosos de lo que tienen al lado, sin compasión con los demás... Son desleales con los superiores e insoportables con los inferiores. No tienen reparo en pedir y se muestran altivos en la denegación... Insisten con engreimiento cuando quieren obtener algo, se muestran impacientes hasta que lo obtienen y son más ingratos cuando lo han obtenido... disimulan con el más inocente candor, traicionan con la más experta perfidia... Todo se hace por la carrera, nada o muy poco por la santidad... El que se muestra juicioso y cuida de su conciencia es calificado de hipócrita

El Papa dejó la lectura. Se quitó los lentes. Miró fijamente a la multitud.

—Han trascurrido ocho siglos desde estos consejos. ¿Ha cambiado la Iglesia? No, señores, cada día se corrompe más. Una corrupción desconocida por los devotos que se sienten tranquilos con la bendición de estos bandidos. Hay en nuestra Iglesia un veinte por ciento de delincuentes. Malhechores, que en cualquier Estado democrático deberían estar presos y condenados.

Estupor. Miradas perdidas. Ambiente lúgubre. Está hablando el Papa. El Papa, el propio Papa. Las gotas de un extraño sudor otoñal corrían por los rostros visibles de los incrédulos.

—A Pío XIII le daba náuseas cohabitar en el Vaticano —continuó diciendo el Papa.

Silencio moribundo. Cada frase del pontífice se clavaba en la profundidad de los que escuchaban el mensaje, difundido en imágenes para todos los televidentes del mundo. No, no era un impostor. El hombre jugaba con sus anteojos de bordes de carey. Callaba. Miraba. Sus pálidos ojos vibraban al compás de las palabras.

Los corresponsales del Estado más pequeño del mundo, atormentados por lo que veían y escuchaban, se desplazaban a la espera de una respuesta oficial ante la inusitada violencia verbal del Sumo Pontífice. ¿Se habrá vuelto loco?

20

—El "veinte por ciento" maneja las cuerdas del Vaticano según sus propios caprichos y conveniencias —seguía hablando Pedro II—. Para ello utilizan la mentira. La Iglesia se esmera en borrar de su historia a Lucrecia Borgia, hija ilegítima del cardenal Rodrigo Borgia, quien después sería el Papa Alejandro VI. Sí, un Papa. Para lograr los favores del Pontífice se necesitaba el documento firmado por su hija. De Borgias está inundada la cúpula eclesiástica.

Bocas abiertas. Saliva derramada como alfombras sobre los pisos. Sansón, ciego, derrumbó los pilares del templo y ahora un vidente hacía otro tanto con toda una institución. Brotó un murmullo gelatinoso, contagioso. Un murmullo de impotencia. Soledad. Una multitud hermanada en esperanza se fue fragmentando en grupos solitarios, recelosos, desconfiados. ¿Qué está ocurriendo?, preguntaban todos sin hablar.

—Los bandoleros se escudan en el *Sub Secretariado Pontificio*. Un hermetismo repugnante, ofensivo. Secreto inquisitorial. Ellos investigan, ellos juzgan, ellos condenan, ellos acaban, ellos masacran. ¿La víctima? Acepta y calla. Se le tranquiliza con "ya vendrán tiempos mejores" o, en el más hipócrita de los casos, con "la orden bajó de un tribunal inapelable". ¿Tribunal? Son ellos mismos. "Hice todo lo posible en tu defensa". Ratas. Su poder aplasta al ochenta por ciento restante. Los sumergidos.

Televisores encendidos en las casas parroquiales, en los conventos, en las escuelas de seminaristas. En los cuartos particulares de los Obispos, de los Cardenales. En los recintos del Vaticano. Estupefacción con olor a guerra, a muerte.

Pedro II permanecía firme, sereno. Dejó de hablar. El murmullo se fue apagando como las olas que se debilitan en la orilla de la playa. Bajó del púlpito y sin oficiar misa, caminó por el centro de la iglesia con pasos cortos, mirando a todos, pero sin mirar a nadie.

Los corresponsales con cámaras de alto y bajo calibre, grabadoras de corto y largo alcance, se desplazaban por la plaza de San Pedro a la espera. Impaciencia. El propio cardenal Das Silva leyó con calma un escueto comunicado: "El Vaticano necesita una urgente y radical reforma si aspiramos a que irradie la luz de Jesús".

—¿Están de acuerdo con lo dicho por el Papa? —preguntó un periodista con acento portugués.

—De lo contrario no hablaríamos de reformas —contestó el cardenal.

—¿No consideran ofensivas las palabras de Pedro II? —preguntó un español.

—¿Qué entienden por ofensa? ¿La denuncia? El Papa ha denunciado, no ofendido.

—¿Qué tipo de reformas pretenden realizar? —salió de la boca de un periodista francés.

—Lo primero es democratizarla.

—¿Es esa la respuesta al cristianismo ateo? —preguntó un hombre pequeño, de acento indefinido.

—¿Quieren reformar a la Iglesia porque se están quedando sin feligreses? — cuestionó otro.

—¿Está el Vaticano en quiebra? —preguntó un periodista con voz musical.

—¿Cómo se gasta el dinero de la Iglesia? —indagó un hombre de piel amarilla.

—¿Piensan abolir el secreto pontificio?

—¿Está la Iglesia en crisis?

—¿En qué se diferencia Pedro II de Lutero?

—¿Va a incluir la reforma la abolición del celibato?

—¿Van a permitir el matrimonio homosexual?

—¿Qué trato le van a dar a los curas pederastas?

—¿Qué sucederá con el condón? ¿Lo aceptarán?

—¿Repartirá la Iglesia su patrimonio entre los pobres?

— ¿Tienen la lista del veinte por ciento del vértice?

— ¿Se acercará el Vaticano a Jesús?

— ¿Quería Jesús un poder con dominio incontrolado?

—¿Hay en el Vaticano un sistema de espionaje y contraespionaje? ¿Todos se vigilan entre sí?

—¿Cómo se escogen los obispos? ¿Por qué se le da mayor importancia a las *Excelandronas:* "Te doy algo a cambio de algo", que a las *Excelendras:* los que llevan una vida de santidad? ¿Ha desaparecido la meritocracia? —preguntó, con voz alta y puntiaguda, un periodista sajón.

—¿Es cierto que Pío XII ayudó a los nazis y Pablo VI a los comunistas?

—¿A dónde recurren los prelados acusados? —quiso saber una joven de cabello castaño.

—¿Por qué no han explicado los detalles del envenenamiento de Juan Pablo I? — inquirió un hombre de poblada barba blanca.

—¿Qué es la logia P2?

—¿Por qué desprecian a los sacerdotes mayores de setenta y cinco años, si Sófocles era centenario cuando escribió *Edipo*, Teofrasto escribió los *Caracteres* a los noventa y nueve años y Miguel Ángel, ochenta y nueve cuando pintó en la Capilla Sixtina el *Juicio Final?* —cuestionó una reportera negra, robusta.

—¿Por qué no han divulgado lo que le dijo Jesús en sueños al padre Pío de Pietrecina? ¿Por qué destruyeron el documento de Agostino da San Marco que recogía la confesión del padre Pío sobre el sueño con Jesús? —preguntó un hombre alto, con voz tímida.

—¿Es cierto lo que dijo el Papa de que las maestrías y los doctorados se compran y se venden?

El Secretario de Estado escuchaba. Sonreía.

—Todas sus interrogantes serán contestadas y muchas otras que ustedes no han tenido la osadía de preguntar. Muchas gracias.

Se retiró.

"¿Hay más?", se preguntaron los periodistas antes de abandonar el recinto.

3

El movimiento de las juventudes cristianas fue iniciativa de unos seminaristas africanos, encabezados por Teol Constorsi, a quienes no les convencía la versión oficial que sobre la vida de Jesús tenía la Iglesia Católica. A pesar de que en su formación se les inculcaba la aceptación obsecuente de los misterios del dogma, se habían cuestionado por qué, siendo Jesús un hombre tan sencillo, todo lo que giraba en torno a él fuera tan complejo. El tener que aceptar las cosas porque alguien, alguna vez así lo impuso, contradecía la transparencia de las palabras de Jesús. Ya habían adelantado algunas investigaciones apartadas de la rigurosidad impuesta por la escuela, por lo que temían ser descubiertos y expulsados por herejes. No encontraban autoridad eclesiástica con quien dialogar sobre estos álgidos, quebradizos e inestables temas, por lo que sus estudios secretos morían en la especulación. Algunos jóvenes llegaron a convencerse tanto del engaño que optaron por abandonar el seminario para continuar su búsqueda con mayor libertad.

En una ocasión cuando Pío XIII visitó una pequeña ciudad africana, Constorsi, atraído por el rostro bondadoso, tuvo el coraje de tomarlo suavemente por el codo y murmurarle al oído que algo grave estaba ocupando el pensamiento de los alumnos. Que por esa inquietud algunos habían desertado de la escuela formadora de sacerdotes. Le solicitó que se dejara conducir con naturalidad hacia un salón ocupado por un pequeño grupo de novicios, a lo que el Pontífice accedió sin resistencia. Ya dentro del cuarto, Constorsi le explicó las dudas de los jóvenes y su deseo de aprobación para que prosiguieran la tarea sin temor a ninguna amonestación. La eterna sonrisa, esta vez de complacencia, se asomó en el rostro del Papa.

—Continúen —les dijo—. Se van a encontrar con enormes sorpresas, pero eso de evitar ser amonestados si los descubren es algo en lo que yo no podré intervenir.

El silencio fue corto, interrumpido por Pío XIII:

—Les aconsejo, por su propia salud, que se retiren del seminario, que no termina de ser una cárcel, contemplada desde afuera como un centro lleno de alas de ángeles.

Los jóvenes inquietos se quedaron perplejos. Su primera interpretación fue que el Papa los estaba largando por impíos, idea que se pulverizó al escuchar las razones del pontífice.

—Es bueno que estos temas se conozcan, que se estudien con profundidad, mas no solo en un país y menos en una ciudad. Estoy seguro de que en la medida en que se conozca la verdadera historia, surgirán gigantescas dudas que crecerán como las enormes rocas de las montañas. Ustedes aún son ingenuos y sanos, hombres no contaminados. Si mantienen sus estudios dentro de la moral y la ética, estarán destinados a entregarles a los hombres la verdadera naturaleza de Jesús. Anden, anden, yo estoy con ustedes.

—¿Por dónde empezar? —preguntó un novicio más aturdido que curioso.

—Con discreción, sería mi primer consejo.

—¿En el anonimato?

—Sí.

Fue una respuesta seca, tajante.

—Así empiezan los grandes movimientos —agregó.

—¿Nos ha dado su primer consejo? —preguntó Constorsi—. ¿Habrá otros?

—Por supuesto. Organícense con prudencia. Yo estaré al tanto.

"¿Habrá sido una pesadilla? ¡Qué casualidad! Puede ser. La evolución es un sinnúmero de casualidades. El Papa hablando con nosotros. Como si supiera. ¿Estaba esperando este momento? ¡Claro que sí! No dudó en abrirnos la puerta." Oraciones enteras que revoloteaban en la mente de los novicios. Se entendían por los rostros. La boca no necesitaba hablar.

Cuando Nicolai Kretzmer aprendió a leer todas las letras del alfabeto y a entender algunas palabras del diccionario, se inscribió como seminarista rural, en una escuela que la Iglesia Católica había construido para atraer a los jóvenes letrados del campo y convertirlos, a corto plazo, en líderes comunitarios. Así se cumplía con dos funciones alternas y complementarias. Por un lado, la de formar sacerdotes y, por el otro, la de evitar que la gente, atraída por las promesas de salvación prematura ofrecida por otras Iglesias, se alejaran de la verdadera fe. La familia lo alentó. Sabían que si formaba parte de la congregación divina, ellos, al morir, entrarían con más facilidad al reino de los cielos de una manera que solo Dios conoce. Sabían también, pero no lo decían, que al acercarse su hijo a los mundos celestiales, se le exoneraría de las fatigosas y extenuantes tareas terrenales. Pero a Kretzmer, al poco tiempo de dedicarse a Dios, le fueron surgiendo dudas. Dudas alimentadas por otro seminarista que acababa de abandonar la escuela y que lo invitó a formar parte del incipiente movimiento. Kretzmer tomó la decisión de abandonar el seminario. Del campo a la capital, de la capital de su país a Buenos Aires. Nicolai consideró, después de husmear en los recovecos de la cultura, que lo transmitido de una generación a otra constituye un proceso mecánico resistente a la reflexión, y que los humanos lo admitimos como una manera inconsciente de respetar a nuestros antepasados. Un respeto irreflexivo, una forma de sometimiento.

En el lujoso cuarto de estar, el grupo dirigido por Alters Gruner seguía con atención las palabras y los gestos televisados de Pedro II. La conferencia se grabó para ser examinada en sucesivas ocasiones y así captar, de atrás hacia adelante y de adelante hacia atrás, cada una de las palabras del Papa. Cuando los cardenales asintieron a un gesto de Gruner preguntándoles si estaba todo claro, les dijo:

—A mí no me cabe ninguna interrogante. Este hombre es un ateo.

—No solo por la ausencia de Dios en su homilía, sino por dejar desnuda públicamente a la Santa Iglesia Católica, Apostólica y Romana —dijo Küner.

—Me parece que lo estás tratando con mucho respeto —señaló Gruner—. Lo que dijo y la forma como lo dijo, no llega ni siquiera a alcanzar el nivel de un discurso, menos un sermón, si por tal entendemos una reflexión coherente. Parecía un guerrillero encaramado sobre un automóvil, arengando a la multitud para provocar una acción de fuerza.

—Es la primera vez que se da en nuestra historia que un Papa dirija tantos improperios contra la Iglesia, sin tomarse, al menos, la cortesía de discutir nuestros defectos humanos dentro de casa. Su acto es irreverente y blasfemo —agregó Jean Bontemp.

Durante un largo silencio los cardenales se dedicaron a mirarse.

—Al actualizar a Lucrecia Borgia y tildarnos de ser los Borgia modernos, es el peor insulto que jamás hemos recibido, ni siquiera de un cardenal... a menos que esté desquiciado —dijo Claude Geneteu.

Los hombres se levantaban y se volvían a sentar, para volver a levantarse y caminar en círculo con las manos enlazadas en el dorso, algunas entretenidas con las cuentas de un rosario; otras dirigidas a la cabeza para acariciar las hebras del desordenado cabello. En un momento parecía que todos se desplazaban hacia diferentes destinos. Ninguno intentó abrir la puerta. El asunto era grave y no podían abandonar la espaciosa sala de estar, adornada con estatuas de oro macizo, sin llegar a definir con exactitud una estrategia que, además del veinte por ciento, pudiera incorporar a los sumergidos o, al menos, a algunos de ellos. No podían permitirse equívocos. Los purpurados se limitaban a disparar epítetos que los empantanaban en el punto de partida. Por momento sentían que las paredes y el techo se estrechaban para estrangularlos. Lo peor para ellos mismos, como testigos silentes de una picardía cometida por otro, era la veracidad de lo dicho por Pedro II; pero eran muy conscientes de que si esa verdad fuese admitida, sus ascendentes carreras llegarían a un desventurado final, y ellos, religiosos revestidos de santidad, saldrían del Vaticano con las invulnerables cadenas morales que los arrastrarían, como un trapeador de uso diario, por las sucias calles de los países pobres.

—Hay que demostrar el ateísmo de Pedro II —dijo por fin el cardenal Bontemp.

27

Los rápidos movimientos anárquicos de los ochos pies disminuyeron la velocidad.

—Eso es muy peligroso en estos momentos —dijo Küner—. Sería terminar de colocarnos la soga en el cuello. De que muera Sansón con los filisteos.

—No hay otra —dijo Gruner tajantemente—. O él o nosotros.

Silencio. Dentro de sus cerebros encendidos volaban pensamientos que, como autos de carreras manejados por inexpertos, se estrellaban contra las murallas de contención.

—¿Cómo se le pone el cascabel al gato? —preguntó el cardenal Geneteu—. ¿Diciendo simplemente que es ateo en un documento público firmado por varios cardenales? La gente no es tonta. Hacer eso sería interpretado como una confesión de culpa. Él ha denunciado. Lo que deberíamos hacer es aplaudir su valentía y solicitar los nombres del veinte por ciento.

—Los va a mencionar sin ningún tapujo —advirtió Gruner—. Nosotros somos los primeros en la lista.

—Para probar su ateísmo no hay que hacer escándalos —observó Bontemp.

—No es tan fácil, Cardenal. Es un hombre muy astuto —dijo Geneteu.

—Obliguémosle públicamente a vincular a Jesús con Dios —sugirió Bontemp.

—¿Qué posibilidades hay de convocar al Sacro Colegio Cardenalicio? —preguntó Geneteu.

—Ninguna —contestó Bontemp.

—¿Y al Sínodo de Obispos? —preguntó Gruner.

—¿Para qué? —preguntó Bontemp—. Ese es un organismo consultivo no deliberante que lo convoca y preside el Papa. Por allí no hay entrada porque el órgano permanente del sínodo es la Secretaría General.

—Entonces, estamos liquidados —dijo Gruner, a quien ya se le alcanzaban a ver gotas de sudor en la frente—. Nos estamos enredando en nuestro propio laberinto.

28

—Hay muchas maneras de probar su ateísmo —dijo Bontemp—. Aparte, cardenal Gruner, es usted un experto en el difícil arte de la conspiración.

Teol Constorsi era un hombre blanco, alto, delgado, de mirada atenta. Creció en un hogar religioso. Durante sus estudios secundarios se interesó por la historia de su país, tanto la impresa, como la oral. Sus ojos rechazaban lo leído y sus oídos permanecían incrédulos al escuchar las atrocidades cometidas contra los negros. Los ejecutaba gente blanca. Su abuelo materno fue asesinado al identificarse con el sentimiento del corazón africano. Debía existir un lugar de bondad donde el prójimo fuera querido y atendido. Entró al seminario. Al año se convenció de que había tomado una decisión equivocada. Siguió los consejos de Pío XIII y lo abandonó junto con otros cuatro compañeros. Se dedicaron por cuenta propia a ahondar en sus estudios, hasta que recibieron la visita del obispo Teodore Wilson, quien, por instrucciones del Papa, les comunicó que, así como ellos, también había otros seminaristas movidos por inquietudes similares. Les dijo que Pío XIII estaba interesado en que se organizara un movimiento juvenil de estatura internacional para estudiar, con suprema seriedad, las corrientes de pensamientos opuestas a la verdad oficial; que el Papa, a través de su mediación, les indicaría algunas fuentes de lecturas y que dejaba a las decisiones del grupo la selección del material adicional que tuvieran a bien investigar. El Pontífice sugería, para la cual disponía de medios, efectuar una primera reunión en una populosa ciudad, por aquello de lo inadvertido de la presencia foránea. Wilson agregó que el número de exseminaristas rondaba los cien, cifra algo más que óptima para constituir la semilla fundacional. La primera reunión se efectuó en Buenos Aires en el mes de enero, mes estival que motiva a los porteños a despoblar la capital. Asistieron noventa y seis jóvenes que se alojaron en pensiones y en hoteles sin estrellas. Se reunieron en un salón colonial de techo alto, que amainaba el sofocante calor. La reunión la presidió Constorsi, a quien se le había advertido no mencionar los nombres del Papa y del

29

obispo, dato que solo se les daría a los que el grupo escogiera para dirigir las tres comisiones, las que, a menos de una mejor propuesta, se dividirían en una para el estudio de la Biblia, su interpretación y orígenes; otra, para el estudio de la vida de Jesús, y la otra, para recopilar todo lo escrito hasta el Concilio de Nicea. Se planteó un novedoso sistema para escoger a los directores de cada una de las comisiones: nadie postulaba a nadie y todos anotaban, en secreto, el nombre de uno de los presentes y el de una comisión en la misma papeleta. Se había acordado efectuar la votación el tercer y último día de la reunión, para que los presentes se formaran una idea, aunque no del todo definida, de la capacidad de liderazgo y compromiso de cada uno. El grupo fue muy claro en la necesidad de diferenciar entre la charlatanería, muy en boga en los siglos XIX, XX y en lo que va del XXI, la que se publicita con un vulgar sensacionalismo, y la aproximación a la verdad, que era el propósito central del grupo; verdad a la cual se llegaría cotejando y luego uniendo la dispersa información existente. La imaginación no tendría cabida en las argumentaciones del movimiento. En lo que también había unanimidad de criterio era en la percepción de falsedad de la versión oficial de la Iglesia sobre los tres temas que se tratarían; pero para lograr esa meta no se aceptaría estancarse en discutir los inoperantes puntos de vista, ni en limitarse a probar la mentira; se aspiraba erigir en su reemplazo la verdadera historia, tarea que, como todos lo llegaron a manifestar, sería ardua, pero posible. Los miembros del grupo se dedicarían a ello a tiempo completo, y las necesidades básicas de cada uno serían cubiertas por un fondo que en ese momento solo Constorsi conocía, quien les advirtió que para saciar su interés en hurgar en la vida de Jesús y conocer los verdaderos acontecimientos que la rodearon, tenían que vivir como lo hacía él; que el que aspiraba a hacerlo con un mínimo de comodidades que abandonara el grupo, palabras que provocaron un prolongado aplauso, al parecer sincero, por el enrojecimiento de las palmas de todas las manos. Constorsi fue escogido para presidir la comisión de asuntos bíblicos; Nicolai Milanov Kretzmer para el estudio de la vida de Jesús y Basilio Das Silva como el responsable de los acontecimientos posteriores. Los presentes anotaron sus nombres en las comisiones que les despertaban mayor interés. En su momento se les comunicaría su nueva residencia, aunque para no desperdiciar el tiempo, actividad común en toda clase de reuniones, se les suministró una guía general para el inicio de sus respectivos estudios, pero se les volvió a repetir la palabra clave: Libertad.

Basilio Das Silva estudió en un colegio jesuita de Sao Pablo. Era un crítico acérrimo de la religión, como lo manifestaba en las clases, lo que obligó a la dirección del plantel en algunas ocasiones y al consejero espiritual, en muchas, a charlar con sus padres para determinar los orígenes del ateísmo del joven, ya que a la familia, que pertenecía a la pequeña burguesía, se le conocía por sus sólidos principios cristianos. Los curas querían saber si la rebeldía de Basilio obedecía más a conflictos familiares que a un verdadero ateísmo, para lo cual se necesitó la ayuda de un psicoanalista que en nada contribuyó. Pero una noche, como lo confesó el joven, primero a sus padres y luego a los curas, se le apareció una virgen, que debía ser la Inmaculada Concepción por su manera de vestir, porque, como él mismo lo había señalado antes, lo que diferencia a las vírgenes es la ropa. La virgen lloraba y trataba de hablar, pero las lágrimas se lo impedían. Luego se calmó y le dijo, con una sonrisa que solo aparece en la Virgen, que a ella le dolía, como le ocurría a su hijo, que un joven talentoso como él, se apartara sin razón del abrazo de Dios, y que su alma fuese a parar en lugares ingratos. Lo invitó, además, a que una vez finalizados sus estudios, guiara sus pasos hacia el seminario para que formara parte de los soldados del Señor, y que su función en esta vida era la de ser misionero, tarea muy dura, pero muy útil. Llevar el catecismo a la gente que nunca había oído hablar de Jesús, a los que, si bien no se les podía ayudar materialmente en esta vida, espiritualmente, sí; lo que les permitiría llevar una existencia más confortable al saber que los sacrificios y dolores temporales serían compensados con la felicidad eterna. Basilio cambió radicalmente. Al finalizar el último año de bachillerato, ingresó al seminario con sus objetivos definidos; pero al cabo de dos años, sus viejas ideas empezaron a mariposearle, a pesar de los esfuerzos por erradicarlas. "Fue una lucha entre dos partes de mi yo", como lo comentara después. Sentía, como también lo dijo, que su yo creyente era mentiroso, por lo que una noche, en sigilo, abandonó el seminario para encontrarse con otro compañero de clases que ya había desertado. Ambos partieron hacia la sureña ciudad porteña.

Gruner tomó en serio la observación del cardenal Bontemp. Inició la campaña. Se entrevistó con Mauro Barretti, un experto en las minuciosidades del Vaticano y conocedor a fondo de las múltiples maneras en las que las mentiras decretadas por el veinte se convierten en verdades recibidas y aceptadas por el ochenta por ciento. Su puesto, el de Secretario de Estado, del que se imaginaba inamovible ya que permaneció en él durante el mandato de dos Papas consecutivos, era, para decirlo con palabras sencillas, el del hombre que tocaba las teclas para crear una sinfonía cercana a la perfección. El servicio secreto, si bien alterado en parte por los hombres nombrados por Pedro II, le debía favores impagables con monedas de uso corriente. Al cardenal Barretti, resentido pero ya resignado por la súbita separación de la cual no recibió ni las explicaciones ni las gracias, se le prometió el retorno a su reinado si participaba del "movimiento", para evitar hablar de "conspiración", destinado a derrocar a Pedro II, una vez demostrado que era uno de los dirigentes del cristianismo ateo, o por lo menos un ateo sin adornos. La primera reacción de Barretti fue de sorpresa e indignación, porque de ser verdad lo que escuchaba, se desnudaba su incompetencia al no percatarse de semejante actividad desarrollada frente a sus ojos, tapados por razones ignoradas, ya que solía jactarse de que su servicio secreto les contaba, sin errores, los microbios a las moscas. Luego de serenar su mente, las palabras de Gruner entraron por sus oídos con una musicalidad olvidada. Barretti era una pieza clave. Sin su experiencia los conspiradores quedarían abanicando el aire con sus espadas.

Esta vez Gruner fue más selectivo al ofrecer faisanes y vino de gran reserva y regalos y promesas. La lista completa de cardenales, registro que ocupaba un álbum de ciento sesenta y dos páginas, en las que se podía leer un resumen de la hoja de vida secreta de cada uno, fue suministrada por el cardenal Barretti, la que como él mismo confesó, fue lo único que logró extraer de su despacho, escondido debajo de la sotana. Los conspiradores, como acordaron finalmente denominarse entre la broma y la verdad, examinaban, marcaban y tachaban hoja por hoja. Deliberaciones prolongadas. Esta vez no podía haber equívocos que despertaran las sospechas de los nuevos "titiriteros", epíteto que recaía en los actuales jerarcas y con el cual admitían que ellos habían sido los anteriores.

Gruner y Küner se entrevistaron con un depurado y pequeño grupo de cardenales de manera individual, a los que, entre manjares, vinos y especies, les exponían sus temores de la destrucción de la Iglesia si se permitía que esta continuara bajo la dirección de un ateo. Estupefacción y alarma. De los primeros cinco, cuatro estaban convencidos de la veracidad de esas palabras, y uno tenía fuertes sospechas que se fueron desdibujando a medida que Gruner argumentaba con vehemencia y convicción. Los cuatro primeros sostenían que sus propias ideas podían obedecer a criterios caprichosos y personales, por lo que no se atrevían a manifestárselo a los otros cardenales. El quinto sostuvo que las dudas le brotaban en sus noches de insomnio, pero creía atribuirlas a los infames y tentadores mensajes que envía Satanás.

La lista de los aliados seguros se les agotó en el número cincuenta y cuatro. Con los otros tenían que ser más cautos, aunque a ninguno de los entrevistados se les habló de acciones. La idea de la primera ronda era enterarlos. Treinta y ocho cardenales habían sido tachados. Con ellos solo el saludo, por la remota posibilidad de que saltasen al otro bando, como era la costumbre conocida en los recovecos del Vaticano. No se lograba consenso sobre la forma de abordar al otro grupo de cardenales de pensamiento incierto. Cualquier obsequio lo podrían interpretar como un soborno, aunque, como ellos mismos lo admitían, esa palabra se remarcaba en el diccionario íntimo que consultaban los Padres de la Iglesia.

4

La segunda asamblea del movimiento de las juventudes cristianas tuvo lugar en México un año después. La semana anterior, los dirigentes de cada comisión se reunieron para intercambiar la información recogida. La asamblea, como había sido decidido en conjunto, la presidió Constorsi, quien luego de los saludos protocolares se dirigió a los presentes para discutir la dinámica de la reunión, cuestión que tomó menos tiempo que el esperado. Después de unificar acuerdos, el propio Constorsi expuso la primera conclusión a la que había llegado la comisión por él presidida:

—La idea Dios se inició en el siglo séptimo antes de Cristo.

Un silencio mórbido se coló por debajo de la ropa de los presentes.

—Para esa fecha se inició la escritura del Antiguo Testamento que recoge cuatro versiones distintas y en ocasiones, contradictorias. Dios nació cuando los escribas garabatearon la primera palabra de la Biblia.

Volvió a callar. Miró al auditorio que permanecía impávido.

Un joven blanco, alto y delgado, de gruesas pecas en la cara, levantó la mano con timidez. Habló con una voz opaca y temerosa:

Si Dios no existe, ¿cuál es la razón de nuestro movimiento, si estamos hablando de juventudes cristianas?

El silencio se trasformó en el ruido lastimero de las nalgas frotando los asientos.

—¿Qué tiene que ver Jesús con Dios? —preguntó Nicolai Milanov Kretzmer.

Nadie contestó.

El expositor tomó el resto de la mañana para argumentar sobre las cuatro fuentes, las que, aclaró, no fueron el producto de sus investigaciones, sino de las que se habían iniciado a mediados del siglo XIX, consolidadas en el siglo XX y confirmadas por la comisión que él presidía luego de escudriñar, hasta la fatiga, el Antiguo Testamento. Él tampoco había escogido el nombre de las letras J, E, S y D que se había asignado a cada versión. Las mismas fueron recopiladas y editadas en un texto conocido como La Biblia en una fecha no anterior a la quinta centuria antes de la era cristiana. Terminó indicando que el libro hebreo se nutrió de culturas pretéritas, y para dar un ejemplo, animado en no agotar, se refirió al diluvio universal, uno de los temas más relevantes de la Biblia, y lo comparó con el poema épico de Gilgamesh, escrito en arcadio, una lengua semítica más antigua que el hebreo y anterior al siglo séptimo, fecha en la que vivió el rey Asurbanipal, en cuya biblioteca se encontró el poema. El relato, leído en su totalidad, fue calcado en la Biblia, con la diferencia que en vez de ser un solo Dios enfadado con los humanos, fue el disgusto colectivo de varias deidades lo que provocó la catástrofe. En el relato, el nombre del afortunado mortal correspondía a Utnapishtim, advertido por uno de los dioses, quien además le ordenó construir una barca para que, junto a su familia y algunos animales, se salvara de semejante desastre. Constorsi terminó su relato expresando su ignorancia sobre la posibilidad de existir una similitud lingüística entre Utnapishtim y Noé.

Durante el almuerzo —un plato de sopa de vegetales, una porción de pan y agua— los miembros de la asamblea, dispersos en mesas de madera rústica, se sentaron tal como lo habían planeado los organizadores, de manera que los integrantes de cada comisión tuviesen la oportunidad de satisfacer o vigorizar sus dudas, solicitando con mayor libertad explicaciones más puntuales sobre algunos temas para ellos novedosos, como el expuesto aquella misma mañana, que se convirtió, como era de esperar, en álgido y conflictivo. El modesto restaurante se convirtió en el escenario de una batalla campal de palabras, disparadas tanto de gargantas irritadas, como de lenguas pausadas. "La religión monoteísta surgió de una necesidad espiritual", alegaban los representantes de la comisión. "El hombre siempre ha buscado en fuerzas externas a él la explicación de los fenómenos que no entiende", siguieron argumentando. Dado el tono sofocante que tomó la tertulia, Constorsi, tras un repentino acuerdo entre los presidentes de las otras dos comisiones, indicó que en esta primera asamblea se trataría con exclusividad el tema motivo de la controversia, aunque también advirtió que existía aún mucho material no analizado.

—Nosotros, los seres humanos, aparecimos sobre la Tierra hace aproximadamente doscientos cincuenta mil años, como lo han demostrado los biólogos evolucionistas, apoyados en la arqueología y la paleontología; sin embargo, las deidades las inventó el hombre hace apenas treinta mil.

El núcleo conspirador admitió que, si no se contaba con la mayoría simple de cardenales completamente convencidos del ateísmo de Pedro II, su derrocamiento quedaría como una perla preciosa sin ningún valor por falta de interesados. Era crucial convencer, al menos, a ochenta y cinco, por la posibilidad de que, como ha sido anotado, las pujas y las repujas dentro de los recintos del Vaticano pudieran desbocarse hacia números o especies impagables. A Gruner y a Küner se les recomendó extremar la prudencia y no abordar a los cardenales conjuntamente, sino de manera separada para que éstos creyeran que era una idea que solo germinaba en una cabeza, con lo que se abolía o, al menos, se distanciaba la posibilidad de que se les introdujera la sospecha de la existencia de una organización. También se les recomendó que las conversaciones no fuesen tan seguidas, que mediara un tiempo razonable entre un abordaje y otro para evitar que los que pertenecían al bando opuesto iniciaran una contraofensiva que pudiera dejar las intenciones en la cuna.

Gruner por su parte y Küner por la suya, iniciaron su trabajo con una engañosa indiferencia. Su interés, como se lo hacían conocer al cardenal entrevistado, nacía y moría en una ojeada sobre los avances de la Iglesia. Argumentaban sentirse responsables si la velocidad de estos no caminaba al ritmo deseado por el Papa. Para sorpresa de todos, por boca de ochenta y tres de los ochenta y cinco cardenales que fueron sus interlocutores por un periodo de seis meses, se manifestó malestar ante la conducta de Pedro II, quien, a paso lento pero evidente, iba tomando distancia de las verdaderas enseñanzas señaladas con letras indelebles en las sagradas escrituras. A pesar de que la palabra "ateo" no fue mencionada por ninguno, para el núcleo conspirador las entrevistas habían servido de estribo para montarlos en su caballo. Ya se contaba, al menos como una aproximación alentadora, con la mitad simple del cuerpo de cardenales. El siguiente paso y el más arriesgado, era exponerles sin arandelas la necesidad de destituir a Pedro II por ateo. El cardenal Bontemp, si bien de acuerdo con todo lo que se hacía, insistía en la necesidad de dirigir una carta al Papa para discutir con todos los cardenales, en presencia de los obispos, "algunos temas preocupantes en la conducción de la Iglesia", mas sin mencionarlos. La carta sería enviada una vez asegurado que la mayoría de los cardenales sí conocía "el tema preocupante". Señalaba el erudito que jamás había sido destituido un Papa por el simple deseo de los cardenales; que el caso actual, único en la historia conocida de la Iglesia, tenía que respaldarse con evidencias, y que ninguna mejor que la de demostrar el ateísmo del Papa. Contra este tema se argüía la astucia del pontífice, el cual en cualquier reunión pública se convertiría en el mejor defensor de Dios.

—Si no logramos demostrar que es ateo, todo nuestro esfuerzo reposará en el cesto de la basura —dijo Bontemp, al momento que se ofrecía para presentar las evidencias probatorias del ateísmo papal e incluso de conducirlo, durante el debate, hacia una esquina sin escapatorias.

—¿Y si el Papa ignora la carta? —preguntó el cardenal Barretti.

—En ese caso tenemos que considerar la posibilidad de hacerla pública —dijo Gruner, quien no ocultaba su impaciencia por la falta de acciones.

—Eso es estallar la bomba atómica —dijo el cardenal Geneteu.

—Ya la misma estalló —confirmó Küner, el otro impaciente.

—Perdonen, señores, pero estamos inmersos en un círculo vicioso —acotó Bontemp.

—Entonces, a actuar —dijo Barretti, con renovada energía.

Se redactó la carta y la firmaron ochenta y tres cardenales. Se escogió al cardenal Bontemp para que, dado su prestigio, solicitara una audiencia privada con el Papa en uno de los esporádicos momentos en que este visitaba cual un turista más, la ciudad del Vaticano. El obispo Olivio Crespo le prometió dispensarle prontitud en la agenda.

El debate se encendía en la asamblea del movimiento de las juventudes cristianas, el que, en ocasiones, se derivaba hacia una incontrolable anarquía que impedía, por una parte, y permitía, por la otra, la liberación de enraizadas pasiones culturales. Por momentos entraban en pugna los defensores de la idea creacionista versus los de la evolucionista; en otros, la fecha arqueológica de los primeros entierros y sus vínculos con las deidades. En lo que sí hubo consenso desde los inicios fue en la existencia de religiones politeístas, previas a la monoteísta; pero en lo que no lo hubo fue en la causa de la aparición de esos dioses primero, y del Dios después, atribuidas por algunos como producto de la ignorancia de los hombres primitivos y por otros, por la necesidad que se tenía de supeditarse a un ente superior capaz de disipar temores y de fortalecer esperanzas. Alguien recordó que el miedo estimula los sentidos y despierta en el cerebro zonas dormidas, capaces de suscitar alucinaciones y de transmitirlas. También hubo consenso en la denominada "teoría de la replicación": las deidades replican la organización social que se da en la tierra, motivo por el cual, mientras predominaba la sociedad matriarcal, la más antigua conocida, reinaron las diosas que fueron desplazadas por los dioses con el surgimiento de la sociedad patriarcal.

En medio del enardecido debate, Constorsi dio otro ejemplo de similitud, al comparar lo sucedido a Moisés con el gobernante sumerio Sargón de Akkad quien, luego de su nacimiento, fue depositado en el río Eufrates en una canasta de juncos, para ser luego rescatado.

El mismo Constorsi hizo una pregunta abierta para desafiar a los pocos que abrazaban la teoría creacionista.

—¿Dios creó a Adán y a Eva?

—Sí —contestaron algunas voces aisladas.

—¿Adán y Eva tuvieron tres hijos, Abel, Caín y Set?

—Sí. Las mismas voces.

—Caín mató a Abel. Este no tuvo descendencia. Set sí la tuvo. ¿De dónde salió la mujer de Set? ¿También la creó Dios? Sí así fuera, ¿en qué parte de la Biblia está escrito?

Para continuar estrujando las mentes creacionistas, preguntó:

—En la Biblia está escrito que Dios creó la Tierra, y si la examinamos con detenimiento, sin recurrir a las interpretaciones, también leemos que todo lo creado por fuera de la Tierra está en función de ella. Los datos geofísicos modernos calculan el origen de nuestro planeta hace cuatro mil seiscientos millones de años; entonces, ¿qué hacía Dios antes? ¿Pasearse por un universo no construido aún?

—O creando la materia del tamaño de un invisible punto matemático que explotó, según la teoría del Big Bang, hace catorce mil millones de años, organizando así al universo —irrumpió Olivio Crespo sin solicitar la palabra.

Crespo nació en la capital de un país centroamericano. Su padre era profesor de filosofía y su madre, de física. Se interesó en la búsqueda de complementar ambas disciplinas y optó por el estudio de la filosofía de la ciencia, para llegar a la conclusión de que la ciencia, rigurosa para algunos, se fundamenta no en la certeza sino en la probabilidad. Era ateo porque rechazaba la existencia de una mano misteriosa en la explicación de los fenómenos naturales y creía en la evolución; pero no en la forma aceptada, la que calificaba como un libro de fábulas. Para él, el mundo atravesaba por un proceso esquizofrénico que duraría hasta tanto los humanos u otra especie superior, lograsen conocer y controlar sus funciones mentales, ya que, en lo único que coincidía con los biólogos evolucionistas era en que la vida, sin ningún determinismo, va en busca de mundos mejores para lo cual no lleva prisa. Sobre la base de esa inquietud se incorporó al grupo, porque partía de la premisa de que Jesús fue el único humano que logró desarrollar su mente a plenitud. "Ojala pudiésemos encontrar su cerebro" decía a menudo. Olivio Crespo era el de mayor edad del grupo. Un hombre corpulento, de mirada complicada.

—¿Qué soporte científico tiene la teoría evolucionista? —preguntó uno de los disidentes.

—El mismo que tiene la Historia —contestó un miembro de la comisión bíblica.

—No son respuestas simples, pero no podemos reemplazar el dogma religioso por el científico —dijo otro.

—¿Dogma científico? Si desde la primera célula hasta las nuestras existen las mismas propiedades. La evolución es un hecho probado. El que falten, en algunos casos, algunos eslabones, no invalida la teoría.

Constorsi empezó a ser implacable; irónico por momentos. El concepto de la creación bíblica por medio de la palabra proviene del mito egipcio. Lo puesto en boca de Dios de "hágase la luz", es un robo de la doctrina tebana. La separación hecha por Dios de la luz de las tinieblas fue tomada de los egipcios; como también el de la separación de las aguas del firmamento y la aparición de la vegetación antes que la del Sol. "Rebosen de seres vivos las aguas y vuelen las aves sobre la tierra debajo del firmamento de los cielos", no es más que una fusión de la visión egipcia y babilónica. La creación del hombre a su imagen y semejanza es una creencia egipcia, como es la de otorgarle al hombre dominio sobre la vida en la tierra. Adán y Eva corresponden a las divinidades egipcias Geb, tierra y Nut, cielo. La Biblia dice que Dios plantó el árbol de la vida y el árbol de la ciencia del bien y del mal, que no son más que las representaciones de las divinidades egipcias Shu y Tefnut. La prohibición de Adán de comer del fruto prohibido proviene de los mitos sumerios. El nacimiento de Eva de la costilla de Adán es la combinación de mitos egipcios y sumerios. La pérdida de la inmortalidad de Adán por desobedecer a Dios es un préstamo del mito mesopotámico de Adapa. La vida sencilla que llevaron Adán y Eva en el Edén deriva de la descripción sumeria de la humanidad primitiva. La serpiente no es más que la figura del dios egipcio Set. Los castigos impuestos a Adán y a Eva proceden del ciclo egipcio de Osiris. La muerte de Abel por Caín tiene sus orígenes en el conflicto entre Set y Osiris. Los tres hijos de Adán y Eva corresponden a los tres hijos de Geb y Nut. Por otra parte, Cam era el hijo de Noé y el padre de Canaán. En el mito hermopolitano de la creación, Canaán era el dios Ra. La idea

40

de la corrupción terrenal y su castigo, combina el mito egipcio con el babilónico sobre el ahogamiento de la humanidad. La Biblia dice que las aguas durante el diluvio subieron quince codos y así fueron cubiertos los montes. Existen pocas montañas que sean menores de siete metros y medio de altura.

—En resumen —concluyó Constorsi— la parte de la Biblia que hemos examinado es un plagio cultural lleno de contradicciones, de las cuales hoy solo hemos esbozado algunas.

El silencio fue compacto y prolongado.

5

Pedro II continuó su peregrinaje. Por momentos se le asomaba una descuidada barba. Reemplazó la liturgia por la palabra: la misa fue ocupada por el diálogo. Criticaba la irracionalidad de la Iglesia Católica por haber mantenido la Biblia en latín y griego, idiomas inaccesibles a los humanos de entonces, hasta mediados del siglo XVI cuando fue traducida al alemán, y hasta el segundo año del siglo XVII cuando se conoció en castellano. Quiso decir que antes, por barreras idiomáticas y ahora, por fronteras dogmáticas, unos cuantos privilegiados, ungidos por ellos mismos, se abrogan el derecho exclusivo de su interpretación, considerando que todo lo escrito en las sagradas escrituras debe aceptarse como verdad absoluta.

A los dos años de ser el jefe supremo de la Iglesia Católica dio su segunda conferencia de prensa en un perdido pueblo andino, donde les solicitó a los feligreses de todo el mundo que consideraran en la intimidad de sus conciencias la idea de abolir el Vaticano, por tratarse de un centro inoperante, burocrático, de administración irregular y de una excesiva riqueza. Riqueza que no se distribuía entre los pobres, a los que no bastaba con suministrarles dinero, sino que era imperativo eso de "enseñarles a pescar" y que el Vaticano ni les daba los peces ni se tomaba el trabajo de orientarlos a tirar las redes ni el anzuelo. Se atrevió a decir también que ni siquiera el Papa conoce el monto total de los fondos que se manejan en el Vaticano, ni el número de negocios y negociados que en nombre de la fe o en contra de ella, contribuyen a hacer del Estado más pequeño, uno de los más prósperos del mundo. Que en las ceremonias, que con frecuencia se celebran en la capital del catolicismo, se derrochan fortunas cuyo monto escapa de la imaginación de los que están escuchando estas palabras. Advirtió también que no se sorprendieran si algunos cardenales, bajo cualquier pretexto, iniciaran una campaña de desprestigio contra él, como es la forma de operar de los políticos en todas partes del mundo. Terminó afirmando lo que siempre decía: que las gentes, religiosas o no, cada día se alejan más de Jesús, y que muchos curas, en vez de acortar este distanciamiento predicando con el ejemplo, se dejan arrastrar por la corruptela, la que de no detenerse, diezmará a la humanidad sin respetar rango alguno.

—¿Significa que usted pretende dejar al catolicismo sin columna vertebral? —preguntó un periodista asiático.

—La columna vertebral de Jesús era él mismo.

—¿De dónde emanarán las directrices? —preguntó una experimentada reportera inglesa.

—Los cristianos no necesitamos directrices, solo conocer la vida de Jesús, que se sabe en cualquier lugar mejor que en el Vaticano.

—¿Piensa reemplazar el Vaticano por lo que usted ha denominado "el nuevo grupo cristiano?" —volvió a preguntar la misma periodista.

—Pueda ser que eso se logre.

—¿Cuál es ese nuevo grupo cristiano? —inquirió un periodista boliviano.

—Todo a su momento.

—¿Si no hay Vaticano, dejará la Iglesia Católica de mantener relaciones con los demás estados?

— Con los que nos interesa estrechar relaciones es con la gente, no con los administradores.

—¿Por qué usted no oficia misas?

—Para impedir que prolifere la hipocresía. Para muchos católicos, la vida de Jesús empieza y termina en la liturgia. ¿No ven ustedes los templos repletos de individuos que ignoran la solidaridad, fundamento del cristianismo?

—¿Quiere usted acabar con la Iglesia?

—¿A qué Iglesia se refiere? ¿A qué iglesia perteneció Jesús?

— A la católica.

—Ese es uno de los tantos mitos inventados por la Iglesia. El término "católico" se conoció doscientos años después de que naciera Jesús.

Hubo un silencio con olor a pólvora, interrumpido por el propio Papa.

—La única Iglesia que Jesús conoció eran los pobres. De la boca de Jesús nunca salió la frase que se le atribuye ordenándole a Pedro que sobre su roca se edificará una iglesia.

—Habla usted de una nueva Iglesia.

—No hablo de ninguna Iglesia porque Jesús no lo hizo.

—¿Y la que tenemos en la actualidad?

—Es un invento que ha dado buenos dividendos.

—Su Santidad, con todo el respeto, ¿está usted cuerdo? —quiso saber la inglesa, frunciendo el ceño.

—Que lo atestigüe el mejor psiquiatra del mundo.

Al núcleo conspirador, como hemos acordado llamarle, las palabras del Papa y luego su entrevista, le entregaban la cabeza del pontífice en una bandeja de oro tallado con un arte no superado. Abolir el Vaticano y la misa significaba una estocada a la Iglesia y, de no detener esas profanaciones, la irían debilitando hacia su irremediable destrucción. Solo imaginarse la colocación en el Vaticano o en algunos de sus inmuebles los conocidos letreros de "Se vende" o "Se alquila", sería abrirle a Satanás la puerta de entrada al cielo. Con este argumento, sostenían, lograrían convencer a los pocos que aún dudaban del ateísmo del pontífice. Sin embargo, durante la exposición y la entrevista, surgieron dos temas, uno de su completo agrado, el otro, revestido de incógnitas. El primero fue la vinculación de Pedro II con la locura, el que salió para complacencia de todos de la voz espontánea de un periodista y no de la de ninguna de ellos. El segundo, la forma de cómo el Papa se enteró de la existencia de un movimiento destinado a derrocarlo, puesto que, si bien no lo dijo con esas palabras, bastaba referirse a una "campaña de desprestigio" para que cualquier televidente la vinculara a la antesala de un golpe de Estado. Sobre la presunta locura del Papa, consideraron procedente hacer de público conocimiento sus pesares por la forma tan indigna e irrespetuosa como un periodista, vaya usted a saber de qué afiliación política, se había referido a la cordura del Papa, por lo que le solicitaban a la Secretaría del Estado una inmediata evaluación por los más renombrados psiquiatras de todos los continentes para desterrar semejante infamia de la conciencia de los fieles, si es que en alguno de ellos llegó a posarse. Con ello, para afuera cubrían las apariencias de su lealtad al Papa y, para adentro, que se rescataba una palabra que en el futuro sería una gran aliada: el Papa estaba loco. Pensaban que Pedro II no se iba a someter a la humillación de ser examinado por ningún estudioso de los trastornos de la mente, puesto que hacerlo sería sembrar la duda, y la duda en estos delicados menesteres, por más finas prendas con las que se le adorne, se inserta en la intimidad de la gente como esos anzuelos que pueden entrar en la boca del pez, pero no salir. El segundo tema se atendió con mayor cuidado, porque las posibilidades de las causas del conocimiento del Papa de la conspiración eran ilimitadas. Se trataba, según los más aventajados, de la misma duda pero en sentido contrario. A partir de ese momento todos eran culpables.

Lo que nadie esperaba y que cayó como trozos de hielo escupidos por las nubes, fueron las declaraciones del cardenal Basilio Das Silva, Secretario de Estado, de someter a Pedro II, a iniciativa del mismo Papa, a un extenso estudio psiquiátrico con los médicos más eminentes de los mejores centros del mundo, con lo que la carta de los cardenales, ya escrita y firmada, se guardó primero en la gaveta del cardenal Gruner y se quemó después.

—Jesús no nació un 25 de diciembre.

Con esta oración, Nicolai Milanov Kretzmer, el presidente de la comisión encargada de estudiar la vida de Jesús, inició la tercera asamblea general del movimiento de las juventudes cristianas, convocada en París el primer mes del año, en un apartado edificio con calefacción defectuosa y alejado de la iluminada torre Eiffel. Asistieron trescientos cincuenta y dos jóvenes, convencidos de que la Biblia estaba plagada de contradicciones y de plagios, como los encargados de las comisiones se lo hicieron llegar a Pío XIII a través del obispo viajero.

En el periodo comprendido entre la segunda y la tercera asamblea, los miembros del movimiento profundizaron sobre lo dicho por la comisión de asuntos bíblicos, pero además de atender sus propias investigaciones, se estableció entre ellos una enardecida y continua correspondencia destinada a definir, con mayor precisión, qué fue lo que ocurrió antes del nacimiento del Cristo, término no aceptado por la mayoría por tratarse de otra copia manoseada por aquellas creencias que esperaban al ungido, ya que, según sus investigaciones, Cristo significa ungido. Cayeron, en primer lugar, como pirañas hambrientas en la mitología del lejano Egipto, en donde, con una antigüedad que superaba los treinta siglos, encontraron que en la ciudad de Heliópolis, Atum fue el dios que vino a la vida por sí mismo y que en Menfis, la otra ciudad, Path era el dios creador. Pero para ellos no había contradicción, ya que la presencia material de Atum está simbolizada en cualquier centro religioso y la presencia intelectual de Path se halla presente en todos los dioses, todas las personas, todos los rebaños, todos los seres vivos, con lo que querían decir, y de hecho lo hacían, que los escribas de la Biblia fundieron en un Dios el significado que se le atribuía a los dos anteriores. Para ellos, otra importante conclusión fue el vínculo que se estableció entre la Palabra con la que el dios Path dio forma a las cosas y la que empleó el Dios de la Biblia para hacer lo mismo. Curiosamente, encontraron el paralelismo en la forma en que Jnum, otro dios, creó a los seres humanos con arcilla, que fue, tal vez, el mismo "polvo del suelo" con que creó el Dios de la Biblia al ser humano. La discusión tomó ribetes apasionados por otra coincidencia, en la que, si bien no hubo consenso, sí se estableció una duda razonable entre el "montículo primigenio" que aparece en los mitos egipcios, con el "manantial que brotaba de la tierra" que se lee en la Biblia. Se preguntaba, y al parecer nadie pensó en contra, que si las tres divinidades bíblicas, El Padre, el Hijo y el Espíritu Santo no son fieles copias del mito tebano en las que al dios Amón, lo componen tres divinidades: el rostro de Ra, el cuerpo de Ptah y el propio Amón como poder oculto. Los estudiosos fueron aclarando dudas. En los actos creadores, Jnum había realizado dos

46

modelos, uno para el cuerpo físico y el otro para la esencia vital que sobrevivía al cuerpo después de su muerte. Encontraron a la serpiente, la misma que tentó a Eva, como símbolo del caos y del mal.

Uno de los jóvenes, estudiando las inscripciones de Luxor, encontró que Amón adoptó forma humana para embarazar a la reina Mutemuya, la madre del faraón Amenhotep III y ese mismo joven se preguntó, sin encontrar respuesta en nadie, si ese mito no sirvió de ejemplo para el bíblico de la concepción divina de María, la madre de Jesús.

Nadie esperaba que Nicolai Milanov Kretzmer dijera lo que aquí se ha señalado que dijo, pero para evitar que las dispersas manchas silenciosas se regaran como agua de lluvia, agregó que los antiguos pensaban que los ciclos solares ejercían un control sobre sus vidas.

—Para ellos —dijo— el 25 de diciembre era el primer día del sol naciente, el solsticio de invierno en el hemisferio norte. Era la fiesta pagana de adoración al astro rey.

Recordó que Horus era el hijo de Isis y Osiris y el bisnieto de Atum y también que el nacimiento de Horus se atribuyó al 25 de diciembre. Siguió recordando que Dionisio, dios protector de la naturaleza, incorporado por los romanos como el dios Baco, al que los griegos agregaron a la tradición olímpica como hijo de Zeus y de Sémele, nació también el 25 de diciembre. Terminó recordando que Mitra, el dios de la luz solar, de origen persa y adoptado en el Imperio Romano, nació el 25 de diciembre. Quería argumentar que la fecha responde a un mito pagano.

—La Iglesia trató en vano de fijar como nacimiento de Jesús los días 6 de enero, 25 de marzo, 10 de abril y 29 de mayo, pero el Papa Liborio en un momento de sus catorce años de pontificado, en el centro del siglo cuarto, terminó adoptando el 25 de diciembre para subirse al carruaje de una incontrolable festividad pagana y, de esta manera, al cántico de "Navidad, Navidad, nos ha nacido un dios, el niño Sol sonríe en su cuna", escuchado por siglos, bastaba escribir con mayúscula la primera letra de la palabra dios y reemplazar Sol por Jesús, lo que, como la historia lo ha demostrado, dio los resultados esperados.

47

La comisión había llegado a la conclusión, luego de agotar las fuentes disponibles, oficiales y no, que la única verdad conocida sobre el día que Jesús nació es que no hay ninguna; como tampoco existe registro del año en que lo hizo. El astrónomo Dionisio el Exiguo, a solicitud del Papa Hormisdas, determinó que la Era actual se inició cuando nació Jesús, pero se equivocó por seis años. Según el evangelio de Mateo, Jesús nació a finales del reinado de Herodes El Grande que murió el año cuatro a.C.

6

El Secretario de Estado se tomó el trabajo de solicitar los nombres de los psiquiatras más acreditados de los mejores centros de atención de los países que gozan de ese privilegio, para luego invitarles, dentro de las formalidades exigidas, a que se trasladaran al Vaticano durante el tiempo que ellos estimaran para evaluar, por separado primero y en conjunto después, al Sumo Pontífice y establecer, sin que mediara una comunicación previa con el Papa ni con él, un diagnóstico hecho saber al mundo en una conferencia de prensa. Llegaron al Vaticano 24 psiquiatras, 12 psicólogos, 9 neurólogos y 6 neuropsicólogos, con hojas de vida de probada integridad personal y profesional. Durante diez días se sometió Pedro II tanto a los análisis de rutina, como a los más sofisticados; a prolongadas entrevistas que no llegaban a la fatiga y a contestar cuestionarios escritos. Dos días antes se anunció la hora de la conferencia.

Momento llegado. Se encendieron los televisores. Traducción simultánea. El Doctor Paul Grimber, de los Estados Unidos, habló en nombre del grupo. Un hombre de cabello rubio. Pausado. Leyó el dictamen en inglés, el mismo que iba a ser entregado a los periodistas en todos los idiomas una vez finalizara la conferencia. Salón atestado. Gruner y su grupo no separaban los ojos del televisor de pantalla plana. El doctor Grimber se colocó los anteojos y volvió a leer, para sí mismo, el documento que descansaba entre sus dedos. En horas de la mañana, el Papa había abandonado el Vaticano en un viaje programado a Filipinas para conversar con los habitantes de dos pueblos perdidos, devastados por un maremoto de aparición nocturna. No llevaba, como solía hacerlo, ningún instrumento de comunicación. Sus contactos con el Secretario de Estado eran por los rudimentarios teléfonos, a través de los cuales las palabras solían confundirse con los ruidos provocados por la deficiente tecnología de los sitios visitados por Pedro II.

Sobre la mesa colocada frente a los médicos, una colmena de micrófonos encendidos esperaba las vibraciones de las cuerdas vocales del galeno.

—Hemos examinado a su Santidad el Papa Pedro II.

El médico mantenía un rostro adusto. Un profesional que tenía pleno conocimiento de que el documento por leer podría alterar el rumbo de la Iglesia Católica.

Cuando los médicos fueron invitados por el Secretario de Estado a examinar al Papa, desconocían las razones de semejante decisión. Previo al inicio de los análisis en donde se discutió y fijó la estrategia dentro de los marcos de los métodos científicos, los profesionales se percataron de que existía entre ellos una gama de creencias religiosas y algunos no profesaban ninguna, situación que los invitó a pensar que la solicitud del Vaticano se dirigía a que se efectuara un veredicto objetivo, lo que ellos mismos confirmaron en el curso de los estudios. Ningún religioso se aproximó a ellos para indagar o sugerir.

—Le hemos efectuado todos los análisis de que dispone la ciencia. No se ha omitido ninguno. Cada uno recogió su propio criterio, expuesto en la reunión plenaria con plena libertad. No hemos recibido presiones de ninguna índole. Para los efectos médicos, el Papa, durante toda la investigación, fue tratado como cualquier paciente. Esta vez examinamos a Nicolai Milanov Kretzmer y no a Pedro II. Para todo el equipo, sin excepción, el estado mental del Papa...

El doctor Paul Grimber se quitó los lentes y miró con detenimiento a todos los periodistas impacientes y empeñados, cada uno, en ser el primero en hacer pública la frase que a continuación iba a ser pronunciada.

Mientras que Basilio Das Silva, que desconocía el dictamen, permanecía tranquilo en su despacho privado, a los cardenales Gruner, Küner, Barretti, Bontemp y Geneteu, el corazón, sin manera de detenerlo, buscaba desesperadamente un sitio para escapar. Los ojos de los cinco ya habían perdido todo rastro de timidez, para introducirse,

50

abandonando el lecho de las órbitas, dentro de la pantalla encendida en su frente. Habían planeado que, de considerar loco al Papa, tal como esperaban, los cardenales que habían firmado la carta quemada acudirían de inmediato al sitio donde tenía lugar la conferencia de prensa. Había que aprovechar la cobertura universal para decir que se tenía que escoger de inmediato a un nuevo Pontífice. Gruner, ya vestido con la indumentaria cardenalicia, era el encargado de dar la noticia y desconocer de hecho la autoridad del Secretario de Estado. Barretti había colado entre los periodistas a dos de sus agentes, con las instrucciones precisas de que una vez declarado loco al Pontífice, anunciaran, en voz alta, que los cardenales ofrecerían de inmediato una conferencia de prensa para señalar las próximas medidas. De esa manera obstaculizarían cualquier anuncio en contra que emanara de la Secretaría; a menos que el Secretario, en persona, tuviera la osadía de cancelar la conferencia. De hacerlo, el cisma en la Iglesia quedaría al desnudo. No abrigaban ninguna duda de que iban a tener el apoyo de los obispos, los curas y los feligreses.

El doctor Paul Grimber dijo la sentencia final:

—Nicolai Milanov Kretzmer, el Papa Pedro II, goza de un excelente estado de salud mental.

La noticia congeló el rostro de los cardenales, y si bien el corazón y los ojos volvieron a sus estados anteriores, la mente de los cinco inició una vertiginosa carrera, silenciosa al principio, compartida después, hacia todas las acciones posibles para derrocar al Papa. Gruner formuló la primera propuesta.

Luego de señalar que el día y el año en que nació Jesús no corresponde a la fecha oficial de la Iglesia Católica, Nicolai Milanov Kretzmer, para finalizar la sesión, agregó otra diferencia:

—Tampoco murió a los treinta y tres años, y menos en una cruz.

Al iniciarse la sesión vespertina, un joven africano solicitó la palabra para explicar que él, junto con otros cuatro, a pesar de no pertenecer a la comisión de asuntos bíblicos y dado el hecho de que la asamblea estaba abierta a cualquier tipo de observaciones y correc-

51

ciones, quería agregar que la investigación que hizo la comisión dirigida por Constorsi con relación al paralelismo entre el diluvio de la Biblia y el poema épico de Gilgamesh, había quedado incompleta, ya que ellos habían encontrado en la cultura sumeria un relato similar, en el cual, Atra-hasis, el monarca de la ciudad de Shuruppag, fue el escogido por los dioses para sobrevivir a un diluvio que iba a acabar con la humanidad, para lo cual tuvo que construir un barco enorme donde cupiera una pareja de cada especie animal. Adad, el dios de la lluvia, dejó caer sobre la Tierra una lluvia torrencial que ahogó a todo ser viviente. Cuando la barca de Altra-hasis llegó por fin a tierra, lo primero que hizo fue realizar un sacrificio en honor a los dioses. En esa dirección, continuó el joven, en la cultura griega, el dios Zeus, disgustado con el comportamiento de los hombres, decidió acabar con ellos enviándoles un diluvio, del cual se salvaron Deucalión y su esposa Pirra, quienes se refugiaron en un barco surtido de alimentos. En la leyenda china los que se salvaron del diluvio fueron dos hermanos en una barca de vela, y en la maya, los monos de la selva. Para Constorsi, como lo explicó a continuación, todos estos diluvios, que sirvieron como referencia al mito bíblico, tienen su semejanza en una reacción de las deidades contra los seres creados por ellas mismas. Resaltó la contradicción al señalar que Dios por una parte creó al hombre a su imagen y semejanza, y por la otra, procedió a destruirlo, y destacó que entre las conductas de las deidades y la del Dios no existían diferencias.

Otro joven del grupo de cuatro al que pertenecía el africano, sobre la base de los mismos argumentos aducidos por aquél, señaló que la creación del hombre de arcilla ya se encontraba en la antigua cultura mesopotámica, mandado a crear por los dioses An y Enlil. Que con arcilla, la diosa Araro creó al gigante Enkidu. Que con arcilla, la diosa Nammu creó a los humanos. Que con arcilla, Prometeo esculpió unas figuras con las formas de los dioses, a los que les insufló vida. Que en China, el dios Pan Gu dio vida a las primeras personas a partir de la arcilla.

Hubo un regocijo compartido entre los miembros de la comisión de asuntos bíblicos los que sin hablar, dieron a entender que los hechos expuestos ya estaban anotados en sus libretas. Constorsi sí habló.

—En la Biblia, Caín mató al bondadoso Abel. En el antiguo Egipto, Set hizo otro tanto con el bondadoso Osiris, mito escrito muchos años antes. Los sueños de los personajes bíblicos replican los sueños de personajes mitológicos.

Nicolai Milanov Kretzmer solicitó disculpas al auditorio por la cantidad de información que iba a suministrar, la cual, consideró, era de gran valor histórico, sobre todo, como dijo afirmando la voz, porque se demostraba que el mito de la concepción divina de María, la madre de Jesús, se tomó de un rosario de leyendas paganas. Empezó con Gilgamesh, que no fue un rey de ficción, que reinó en Uruk hace dos mil ochocientos años y quien, como afirma la leyenda, fue hijo de la diosa Ninsum. El dios Atum, el Señor de Heliópolis, ciudad egipcia, recogió el semen con su mano y creó a los gemelos Shul, el aire y, Tefnut, la humedad. Hathor, diosa del amor, en un arrebato de pasión carnal concibió un hijo de Horus, llamado Ivy. La diosa Isis logró darle vida a su esposo Osiris, quien la embarazó para dar nacimiento a Horus. Los faraones tenían una madre de carne y hueso, pero la paternidad se le atribuía al dios Amón-Ra. Un ejemplo de ello es la relación que tuvo el dios Amón-Ra con Ahmosis, esposa de Tutmosis I para concebir al faraón Hatlhepsut. El dios Enki embarazó a la diosa Ninhursaga de quien nació Ninsar. En la leyenda griega, Gea, la Tierra, engendró a Urano, el cielo, sin acto sexual. Zeus fue un dios muy promiscuo. Con su primera esposa la ninfa Metis tuvo a Atenea; sedujo a la ninfa Calisto, poseyó a Dánae, amó a Eginia; con su hermana Demeter tuvo a Perséfone. La ciudad de Tebas surgió como resultado de la pasión de Zeus con una mortal, Europa, hija del rey fenicio, con quien tuvo tres hijos. Con Leto, a Artemisa, la Diana de los romanos, y a Apolo. Con la ninfa Maya, la hija de Atlas, concibió a Hermes. Con Alcmena, nieta de Perceo concibió a Heracles, el Hércules romano. Tetis se casó con un mortal, Peleo, y su último hijo fue Aquiles. De Apolo y Coronis nació Asclepo, el Esculapio romano. Afrodita, la Venus romana, otra hija de Zeus, tuvo con Hermes dos hijos, Eros y Hermafrodito. Afrodita fue fecundada por Dionisio de donde nació Príapo. Afrodita también tuvo con Ares, dos hijos, Anteros y Harmonía, quien se casó con Cadmo, el fundador de

Tebas. Afrodita, con un noble troyano, concibió al mortal Eneas. En otras culturas, la reina Maeve, que encarnaba la soberanía de Connacht, se había casado en forma sucesiva con nueve reyes de Irlanda. La diosa Morrigan copuló con el patriarca de los Thuata Dé Dañan. La reina divina Macha había estado casada con Nemed, uno de los invasores de Irlanda y luego de adoptar la apariencia humana, se casó con Crunnchru y quedó embarazada de gemelos. En la India, la diosa Ganga se casó con un rey mortal, Shantanu, y nació Bhishma, uno de los héroes del *Mahabharata*. En China, el dios Fu Xi era el hijo de una doncella campesina con el dios del trueno.

Con todos los ejemplos expuestos, conocidos antes de la escritura de la Biblia, Nicolai Milanov Kretzmer señaló que la concepción de María por el Espíritu Santo no es un mito inventado por la Iglesia Católica, sino el producto de la fusión de una incalculable cantidad de leyendas paganas, de las cuales, su comisión se tomó el trabajo de enunciar solo algunas.

Aunque aparentaba serenidad, del rostro de Gruner no se alejaba la angustia, la que con un tenue manto de color indefinido, le arañaba el cutis y le alteraba la lengua. Las arrugas de la frente se hicieron más ásperas antes de exponerles su propuesta a los cardenales del núcleo conspirador, quienes, ansiosos sin aparentar no estarlo, trataban de ensanchar sus oídos para que no dejaran de captar ninguna palabra que saliera de la boca de Gruner.

—Hay que matar al Papa.

Lo dijo con una voz lacerante, como si se pudiera cortar el aire de un solo hachazo. Eso no era lo que los presentes querían escuchar. Todos sabían que era la última carta de un juego que recién empezaba. Gruner contaba con su familia para esos propósitos, aunque eso no fue mencionado

El "no" ondulaba, vibraba, hasta se podía mirar en la cara de los cardenales. Un silencio expectante ocupó toda la habitación.

El natural liderazgo de Gruner se debía a su inteligencia, frialdad y sagacidad. Se le consideraba el maestro de un ajedrez que, sin necesitar fichas, lograba siempre darle jaque mate al rey contrario. Era la columna vertebral del grupo. Su precipitada propuesta le abría grietas de debilidad.

—A menos que encontremos una Marozia para que le haga a Pedro II lo que esa le hizo a su amante, el papa Juan X —dijo el cardenal Bontemp, con una mueca que, sin abandonar la seriedad, insinuaba un sarcasmo no conocido en él—. Una prostituta.

La idea se posó en algunos cerebros, pero se fragmentó en diminutos pedazos que se desvanecieron en el recorrido neuronal cuando Barreti, con autoridad, dijo que al Papa no se le conocían esas debilidades. Ni con hombres, ni con niños —agregó para lapidar cualquier duda.

—¿De dónde salió la piedra que mató al Papa Lucio II? —preguntó Küner para no matar la propuesta.

—De la multitud —contestó Bontemp.

—¿Se sabe de qué mano? —insistió Küner.

—No, pero han transcurrido ochocientos años de aquel día.

—El 13 de mayo de 1981 está más cerca —agregó Gruner.

—Pero a Alí Agca, el turco autor del atentado a Juan Pablo II, lo atrapó una monja franciscana —dijo Bontemp.

Barreti aclaró al detalle los móviles de esa conspiración.

—Ojalá que Iván Lukashin estuviese vivo —concluyó.

—Imagínense. Si esa conspiración en la que estaban involucrados los organismos de inteligencia de ambas potencias mundiales fue descubierta y detenido el asesino, ¿de qué capacidad disponemos nosotros para semejante aventura? —se preguntó Geneteu.

—De ninguna —contestó Barreti—. Al menos, por ahora.

"La mía sí es poderosa", idea que revoloteó dentro del cráneo de Gruner.

Los cardenales, quienes ya empezaban a aligerar sus vestimentas, trataban de mirarse, pero ese gusanillo invisible que navega por los lagos de nuestra profundidad, sobre todo cuando se conoce el destino de la empresa, mas no su camino, les impedía a los ojos de unos mirar a los ojos de los otros.

—Tenemos que enfrentar al Papa —dijo, una vez más, el cardenal Bontemp—. Desnudarlo. Demostrarle al mundo que es un ateo.

—Matarlo o enfrentarlo, aunque parezcan dos ecuaciones distintas, conforman un mismo ovillo. Tal vez lo primero sea más fácil —insistió Gruner.

—Eso sería desnudarnos nosotros mismos —dijo Bontemp.

—No creo. Necesitamos encontrar nuestro propio Alí Agca —sugirió Gruner.

—Él cobró cuatrocientos mil dólares —dijo Barreti.

—El dinero no es obstáculo —agregó Gruner—. Aunque hoy la gente, en busca de sensacionalismos, hace cualquier trabajo por cualquier precio. No creo que los agentes de Barreti tengan mayores dificultades en contratar a un sicario. Abundan. Sabía que los de su familia sí lo harían.

Los cuellos de los cardenales giraron hacia el exsecretario de Estado, quien, inmutable, contemplaba la eternidad de la nada.

—Sentar a Pedro II en un debate con los cardenales es más difícil que arrear una docena de gatos por una llanura —dijo Küner.

—Matarlo, también —reaccionó Barreti.

—¿Y si antes de llegar a la cabeza empezamos por el tronco? —preguntó Geneteu.

— Empecemos con los atentados, pero a su gente en el Vaticano —dijo Gruner sacando el último conejo del sombrero negro.

Los cardenales, agotados, se retiraron con una mezcla amorfa de frustración, de impotencia y de una luz, que apenas visible, iluminaba un diminuto punto al final de un túnel inventado por ellos.

Una inocente cámara grabó las primeras palabras que Pedro II pronunció al llegar a una desolada aldea que unas horas antes había sido inundada por el caudaloso río cuyo nombre todos querían olvidar.

—¿Dónde está Dios?

Los pocos sobrevivientes lloraban. Niños perdidos. Ancianos ahogados. Miradas que languidecían en el cielo. Rostros desgarrados. Ni una sola choza resistió la furia mortal. Los enseres flotaban, flotaban los animales muertos, la gente. Los remolinos de lodo, como ciclones violentos, arrancaban y arrasaban, y los hombres y las mujeres huían con los pies hacia delante y la cabeza girada hacia atrás, para ver si el destino, en un brote de piedad, les devolvía a alguno de los seres con quienes hasta hacía poco hablaban, escuchaban y compartían. Los unos salvaban sus vidas escalando la pesada montaña; los otros las dejaban ir al capricho del agua.

—¿Dónde está Dios? —había dicho el Papa.

Un hombre que portaba la grabadora encendida con la cinta llena de gritos, identificó la voz del Papa cuando cuestionó la ausencia de Dios, palabras escuchadas con incredulidad por sus propios oídos. El hombre, un periodista desempleado que la casualidad lo había acercado al siniestro, se asombró al ver al Pontífice al frente de las cuadrillas de rescate; pero se sorprendió más cuando, a su entender, renegaba de Dios, lo que para él se ubicaba en una dimensión superior a los esfuerzos de ayudar a unos pocos menesterosos, ya que a estos, si no hubiese sido por la crecida, el hambre o las enfermedades, se los llevarían hacia un mismo final.

El periodista aceleró su moto hacia la ciudad más próxima y, luego de solicitarle al administrador de una muy sintonizada emisora que le permitiera anunciar la tragedia, encendió la grabadora en el momento que Pedro II se refería a Dios. Certificó que tan ciertas eran esas palabras, como la presencia del Papa en el sitio de la catástrofe. El hecho fue corroborado por muchos que se dirigieron al lugar, no tan interesados en verificar la desdicha, ni el número de víctimas, ni las necesidades de los desafortunados, sino en confirmar si Pedro II estaba en el lugar del desastre. Y, como en efecto estaba, no cabía dudar que lo dicho por él y recogido por el periodista era la pura verdad. Esta vez, el Papa, con la sotana confundida con el lodo, no contestó las preguntas instigadoras, una de las cuales se refería a si era cierto que las palabras recogidas por la grabadora salieron de su boca y, de ser así, si eso significaba que él no creía en Dios. Pedro II continuó su faena con los oídos sordos; pero la grabación llegó a las manos del núcleo conspirador, el que, por intermedio de Barreti, confirmó con exactitud que las palabras de las cintas correspondían a las del Papa, lo que sedujo al grupo a reconsiderar sus planes.

A Pío XIII se le entregaban, por intermedio de Teodore Wilson, las conclusiones de las plenarias de las asambleas del movimiento de las juventudes cristianas, las que, una vez leídas, devolvía por la misma vía, con una señal de aliento y agradecimiento. Decía, por la voz del obispo viajero, y lo repetía con frecuencia, por no decir siempre, que si no se rescataba la imagen del Jesús humano, a lo que estaba opuesta la Iglesia Católica, la gente iba a sucumbir en el caos. Que él compartía la totalidad de las conclusiones del movimiento porque, por cuenta propia, pese a las limitaciones que imponía la Iglesia, se estaba moldeando una idea similar a la del grupo, del que, decía, el nuevo estudiante era él. Los exhortó a continuar sus investigaciones al margen de lo que ha hecho la publicidad comercial contra la Iglesia, como el desvelamiento de misteriosos códigos, el descubrimiento de manuscritos escondidos, de mapas secretos y toda clase de fantasías, sin saber que sobre ese tema ya había consenso entre los integrantes del movimiento. Igualmente, los invitó a profundizar en las cartas del Papa León X, que en alguna parte deben estar, y en especial la dirigida al cardenal Bembo, que en un párrafo señalaba: "Desde tiempos inmemoriales es sabido cuán provechosa nos ha resultado está fábula de Jesucristo", cartas eliminadas de la literatura oficial y que, según él, lo referente a la "fábula" no está dirigida a desconocer la existencia de Jesús, sino a negarle atribuciones divinas. Otras cartas desconocidas son las del Papa Clemente XII. Advirtió que la idea del movimiento no era convertirse en la enciclopedia viviente sobre todo lo ocurrido desde que se escribió la Biblia, sino conocer bien las bases sobre las cuales se sedimentó la Santa Iglesia Católica, Apostólica y Romana, que de los tres primeros calificativos no tiene, ni merece, ninguno.

Cabe señalar, le indicó Constorsi al obispo, que la idea del movimiento, al menos en esta primera etapa, es el estudio desde los orígenes de la Biblia hasta el siglo cuarto, a lo que Teodore Wilson le contestó que para ese estudio se necesita conocer algunos hechos ocurridos después del concilio de Nicea. Finalmente, el obispo, como una manera, "formal", si se quiere usar la palabra, de reafirmar la solidaridad de Pío XIII con el movimiento juvenil, les dijo que la "idea de la creación de un Dios fue una necesidad del ser humano, no solo en la búsqueda de una esperanza, sino para supeditarse a algo a quien seguir" y que ese "alguien", explicó Wilson, es un Dios, un líder, una ley o cualquier otro ente o institución.

—Creo que poca gente sabe —le dijo Constorsi— que la llamada religión monoteísta no es un patrimonio único de los hebreos plasmado en la Biblia. Esa idea ya la tuvo, y de hecho la puso en práctica, el faraón Amenhotep IV, quien reorganizó la religión egipcia convirtiendo a Atón, desprovisto de rasgos humanos, en la única divinidad existente y obligó a todos sus súbditos, egipcios, nubios y sirios, a que lo veneraran solo a él. Pero al morir el faraón, seiscientos años antes de iniciarse la escritura de la Biblia, también murió Atón.

—¿Que es lo que va a ocurrir con Dios una vez se acaben las iglesias? —comentó el obispo.

7

Antes de iniciarse la cuarta asamblea general del movimiento, el grupo estaba constituido por más de medio millar de jóvenes de ambos sexos. Ya Pío XIII les había indicado que para no levantar sospechas sobre el manejo de los escasos fondos consignados a él, no podía aportar más del límite repartido, lo que obligó a los jóvenes por sus propios medios, a realizar otras tareas para procurarse lo mínimo necesario para continuar con vida, tareas que disminuían el tiempo dedicado a la investigación, lo que no impidió la realización de la asamblea en una casona cuasi abandonada del distrito federal mexicano. Constorsi la inició con otro paralelismo.

—Ío era la divinidad suprema de los maoríes, creador del cielo, llamado el dios Rangi y de la Tierra, llamada la diosa Papa. Io fue el nombre que con el tiempo, los cristianos relacionarían con Jehová. En esta leyenda se esboza uno de los pasajes bíblicos de la maldición que cae sobre Adán y Eva.

Explicó que todas las leyendas de los pueblos antiguos, de los cuales los hebreos no son la excepción, se refieren desde el punto de vista geográfico, a los territorios de los cuales ellos tenían conocimiento, dado, como es lógico suponer, de los escasos niveles de desplazamiento de los que se disponía en ese entonces. Huelgan los ejemplos. Sobre este tema, agregó, existe uniformidad. En ninguno de los documentos estudiados, los mitos se refieren a unos territorios distintos a los ocupados, a no ser el "más allá", tema que también aparece en todas las culturas. En el Edén de la Biblia está el río Tigris y el Éufrates, cuya ubicación geográfica conocemos. Además, está el río Guijón, que es el Nilo Azul y el río Pisón, en la región de Javilá, que es Siria septentrional. Cualquier mapa ubica al Edén en el territorio conocido por los escribas de la Biblia.

—Lo que importa desglosar en la Biblia es la frontera entre la leyenda y la realidad —dijo Constorsi. Explicó que el nombre de Set, el tercer hijo de Adán y Eva, ya aparecía en el panteón egipcio. Que Noé, sobreviviente del diluvio, se dedicó a la labranza, lo que indica que, según los estudios arqueológicos y antropológicos que demuestran que la agricultura y la cría de animales fue posterior a la de los hombres recolectores y cazadores, Noé vivió hace menos de diez mil años y, que, según ese dato, el Homo sapiens primitivo, que apareció hace doscientos cincuenta mil años, no existió. Que hay una contradicción absoluta cuando Yahveh le dijo a Abraham: "Bendeciré a quienes te bendigan y maldeciré a quienes te maldigan", frase que inicia un repertorio de favoritismos, por una parte y de maledicencias, por otras. Que Abraham fue el primer personaje bíblico en edificar un templo, pero los templos aparecen en todas las culturas anteriores desde el "montículo primigesto" de los egipcios. Que resulta absurdo que Abraham, el primer patriarca, hizo pasar a su mujer Saray por su hermana, por temor al Faraón, a quien la entregó; pero también el primer patriarca, en vista de la esterilidad de su esposa, concibe un hijo, Ismael, con Agar, la esclava egipcia con la bendición de un ángel de Yahveh. Es curioso, dijo Constorsi, que las alianzas de Dios se hacían solo con Abraham, con lo que podemos deducir el papel discriminatorio del primero. Que una de esas alianzas fue la de eliminar el prepucio, piel creada por Dios, para justificar una vieja tradición judía; otra contradicción biológica fue la concepción de Saray, ahora Sara, para parir a Isaac a los noventa años, ya sin menstruar, ordenada por Yahveh, quien se inclinó por el hijo de Sara para establecer una nueva alianza y discriminar a Ismael. Que también, curiosamente, fue Abraham el primer humano en dialogar directamente con Yahveh. Otro acto discriminatorio de Yahveh fue el de tolerar la despedida de Ismael y su madre de la casa de Abraham por los celos de Sara. La sin razón de Abraham, el que, por mandato y temor a Yahveh, iba a sacrificar a su hijo Isaac. La intermediación de un ángel para el encuentro de Isaac con Rebeca, hecha su mujer después. La angustia de Rebeca, estéril al principio, a quien Yahveh le sentenció que en su vientre hay dos pueblos, que el uno oprimirá al otro. Y nacieron los mellizos, Esaú y Jacob. Y Yahveh se puso de parte de Isaac en su enfrentamiento con Abimelek. Y Rebeca hizo que Jacob engañara a su padre, pasándose por Esaú, para recibir su bendición. Y Jacob tuvo el primer sueño bíblico en donde Yahveh le entregaba toda la tierra a su alrededor y bendecía su descendencia.

—Los sueños —dijo Constorsi— ocuparon un puesto relevante en las antiguas mitologías. El que tuvo Tutmosis en el lejano egipcio; el de Gilmalés; los sueños proféticos de los mesopotámicos; el de Bálder de los pueblos nórdicos; el de Takajuraji en Japón. Y la inmoralidad de Laban, hermano de Rebeca, de darle a Jacob sus dos hijas, Raquel y Lía. Y una vez más intervino Yahveh para favorecer a Lía, quien le concibió a Jacob sus hijos Rubén, Simeón, Levi y Judá. Y los celos de Rebeca que le dio a Jacob a su esclava Bilha de quien tuvo dos hijos, Dan y Neftalí, pasando los mismos como hijos de ella. Y los celos entre las hermanas se repetían. Y esta vez fue Lía la que le dio su marido a la esclava Zilpá, la que parió dos hijos, Gad y Aser. Y Raquel le permitió a Lía pernoctar con Jacob, de donde nacieron Isacar, Zabulón y Diana. Y otro con Raquel, al que llamó José y un último, Benjamín, poco antes de morir. Todas estas copulaciones se hicieron con la aprobación de Yahveh. De cada uno de los hijos de Jacob se fundó una tribu; Yahveh se cuidó de excluir a los demás.

—Dentro de todas estas fábulas hay un relato que resulta demoledor —continuó Constorsi— Se refiere a la lucha de Jacob contra Dios, quien al no poder vencerlo, le cambia el nombre por Israel.

Los hermanos de José lo vendieron a unos madianitas mercaderes que iban rumbo a Egipto. La interpretación de los sueños por José tiene un fuerte arraigo en la tradición babilónica y egipcia, en donde existían, incluso, fórmulas para interpretarlos. De igual forma, en la Grecia antigua existía el Oráculo Sagrado de Delfos, un sitio donde unas sacerdotisas, las Pitas, luego de recibir las ofrendas de personas que querían conocer su futuro, se comunicaban con Apolo, de quien recibían respuestas.

—La época de los patriarcas del Génesis —dijo Constorsi ante una asamblea que conocía a fondo, o al menos, de oídas, lo que escuchaba— el dios, contrario a lo que de él se dice, era injusto, discriminador e interesado; sobre todo, en brindarles riqueza material únicamente a los que él protegía, por lo que hay que considerarlo como un dios pagano, extensión de los dioses de culturas anteriores. Agregó que, contrario a lo aparecido en la Biblia sobre la longevidad de los patriarcas, la esperanza de vida en esa época era de menos de cincuenta años. Peor aún, según la Biblia, Salomón construyó el templo de Jerusalén cuatrocientos ochenta años después del Éxodo, lo que nos obliga a situarlo en el siglo XV a.c., y a los patriarcas, que ya cultivaban la tierra y criaban animales, en un periodo anterior, época sobre la que, en todos los estudios paleontológicos y arqueológicos, hay coincidencia en señalar que el hombre solo recolectaba y cazaba.

—¿Fueron los patriarcas personas de carne y hueso o producto de la imaginación de los escribas? —se preguntó Constorsi, para contestarse con rigurosidad académica que no hay ninguna evidencia científica que confirme su existencia, con lo que, deduce, mas no concluye, que se está frente a una narración épica de un pueblo, que como muchos otros, contaron sus propias fantasías.

Los cardenales del núcleo, como exquisito bocado no probado antes, escuchaban la cinta y la volvían a escuchar. La reprodujeron en miles de copias que hicieron llegar, de manera anónima, al resto de los cardenales, a los arzobispos, obispos, curas y laicos, y ellos mismos caminaban, con los rostros de solemne sorpresa, por los pasillos del Vaticano y fuera de él, para que, entre todos, le solicitaran al Secretario de Estado que, mediante un estudio pericial objetivo como el que se hizo para determinar el estado mental del Papa, se desmintiera que la voz de la cinta era la del Pontífice. La cinta llegó también a los despachos presidenciales, la mayoría de los cuales ni se enteraron. Se redactó otra carta, firmada por los mismos cardenales que la anterior, varios arzobispos y obispos y se les recomendó a Barreti y Bontemp que se la entregaran en sus manos al Secretario de Estado, sin borrar de la cara, como se les aconsejó, las señas inequívocas de una preocupación auténtica, además de expresarle todo el apoyo que el Papa a bien necesitara. Contrario a lo que el núcleo esperaba, Basilio Das Silva los recibió de inmediato. Ignoraba, como se lo hizo saber, la existencia de tal cinta. Escuchó su contenido delante de ellos, lo que provocó en Barreti una advertida sacudida, no así en Bontemp. La del primero fue al percatarse que los organismos de seguridad del Vaticano estaban en pañales; la ausencia de la misma en el segundo era, como se lo dijo al primero al salir de la reunión, todo lo contrario y que, con la extrañeza visible en la expresión del Secretario, les enviaba un mensaje que no ocultaba la burla, a pesar de que les dijo, dirigiéndose a Barreti, que dada su experiencia en estos menesteres, le trajera la lista de los expertos que pudiesen confirman la veracidad de la voz. La cinta voló para posarse en las parroquias más retiradas de los pueblos más apartados. Banquete para los periodistas, quienes entrevistaban a cuanto religioso católico encontraban, buscados o no; y recibían como respuesta que, a pesar de que eran cosas del Diablo, se estaba a la espera de una declaración del Vaticano que no se daba.

En una entrevista que se presentó a los ojos de los televidentes como casual, por cuanto que se produjo en un sitio no frecuentado por el prelado, un periodista italiano le preguntó al cardenal Gruner su opinión sobre la cinta.

—He recibido de una fuente anónima una grabación en la que se le atribuye al Papa unos comentarios heréticos, inadmisibles; pero no abrigamos dudas de que el Secretario de Estado, junto al equipo de peritos, se encargará de desmentir semejante profanación.

La entrevista se difundió entre los novecientos veinte millones de católicos diseminados por el mundo; algunos exigían explicaciones, más interesados en conocer la fuente del desprestigio que en la autenticidad de las palabras, las que, de haberse pronunciado, salieron de cualquier boca menos de la papal, o bien, que fue una vulgar edición fraudulenta, como es costumbre propagarlas, incluso en programas televisivos en los que, a pesar de ser auténtica la voz del protagonista, la colocan dentro de otro contexto, y lograr con ello decir lo que el hombre nunca dijo. Los fieles se encargaron de hacer suyo ese argumento que alcanzó los oídos de los curas de parroquia, quienes, sin haber recibido directrices superiores, lo repitieron en los púlpitos, lo que fue consolidando, entre la comunidad, los rumores de una voz grabada en una cinta editada por quién sabe quién con el propósito único de hacerle daño a la Iglesia; rumores que se transformaron en una masa sólida de palabras verdaderas cuando el periodista que había hecho la grabación, en presencia de varios cardenales, arzobispos y obispos, e impecablemente vestido con un traje azul y una fina corbata roja, apareció en las pantallas chicas de todas las casas que a esa hora la tenían encendida, para verificar la paternidad de las palabras del Papa pronunciadas en una inundación, cuyos detalles desmenuzó. Entre los cardenales presentes estaba para testimoniar que lo dicho por el comunicador social era cierto, el cardenal Bontemp, considerado un santo por todos los que creían en Dios. La entrevista se llevó a cabo, para introducirle a los hechos un sospechoso velo de misterio, en una capilla en las afueras de Roma, a la que concurrieron los periodistas acreditados, quienes al arribar al templo, lo encontraron cerrado por haber concluido la corta conferencia dada a los seleccionados corresponsales. Volvieron los periodistas al Vaticano y empezaron a despachar noticias periódicamente y con carácter de urgencia, en las que se señalaba que se estaba produciendo un cisma en la Iglesia Católica por unas desafortunadas declaraciones hechas por Pedro II, en las que, tal vez por un desliz, una desesperación, un momento humano de debilidad o una arraigada creencia, como decían los menos, había puesto en duda, o por los menos así se interpretaba, la creencia en Dios, tema que sembró incertidumbre. Ningún reportero daba con el paradero del Papa y los órganos oficiales del Vaticano no proporcionaban explicaciones, ni del contenido de la cinta ni del lugar donde se encontraba el Sumo Pontífice. Gruner se frotaba las manos.

—A ese farsante le está llegando el fin —dijo.

8

—De las tres sectas judías que existían en la época de Jesús, nos interesa la de los esenios, sobre la cual se ha escrito mucha charlatanería, lo que hizo difícil recoger los datos veraces —así inició Nicolai Milanov Kretzmer su intervención.

Los esenios aparecieron dos siglos a. de C. y se fueron extendiendo por un vasto territorio. Fue una secta que cultivó la mente a través de la meditación, para lo cual, decían, hay que dirigir toda la energía, de allí que, un obstáculo en su estudio es el de considerarlos célibes, mas procreaban, utilizando para ello un gasto fisiológico mínimo, por cuanto que copulaban solo para concebir, lo que nos indica que conocían los ciclos fértiles de la mujer. Desapegados de los bienes materiales, exigían como condición de ingreso, que los mismos se distribuyeran entre la comunidad o que se donaran a los menesterosos, pero no a sus propios familiares. No se les permitía la entrada a los armeros ni a los comerciantes. Reprimían la cólera. Entre ellos nadie era ni más rico ni más pobre que otro. Le daban la espalda a los placeres y consideraban virtud la temperancia y la resistencia a las pasiones. El rechazo al matrimonio, atribuido a ellos, es un mito colosal, ya que la familia era la piedra angular de su doctrina, basada en la solidaridad y el amor al prójimo. Para ellos los individuos no eran personas separadas de las demás, sino un solo ser humano con múltiples cuerpos. Los que constituían la secta eran "hermanos", y como tales se trataban aún sin conocerse, aunque les dispensaban la misma intimidad a todos los demás. Odiaban la mentira y se les prohibía jurar para decir la verdad. Los esenios aprendieron a desarrollar los poderes de la mente y la esforzaban para lograr las curaciones en los sanatorios que fundaban. Falso es también que para ingresar a la secta se necesitara una edad mínima, fijada en veintiún años: a cualquier edad los interesados podían tocar sus puertas. Los hijos de ellos, si ya no deseaban practicar lo enseñado por sus padres, tenían la libertad de apartarse sin obstáculos ni reproches. Los que aspiraban a ingresar a la secta tenían que demostrar, durante tres años, el dominio de los sentidos, para luego, una vez ingresados, aprender a despertar las funciones mentales y a cumplir sin juramento el compromiso de dedicar su vida a practicar la justicia entre los hombres; a no hacer daño a nadie, a aborrecer siempre a los injustos; a acudir en la ayuda de los justos, así peligrase su vida; a ser fiel a todos; a amar la verdad y a repudiar la mentira; a no robar, ni a manchar sus manos con ganancias injustas; a abstenerse del pillaje; a transmitir sus enseñanzas aun en situaciones adversas. Impartían justicia entre ellos con mucho rigor y extrema imparcialidad. Su única prenda de vestir era una túnica blanca, un cinturón y un par de sandalias, que usaban hasta el desgaste. Combatieron la esclavitud y la servidumbre con la bandera de la igualdad. No participaban en el mercado de compra venta: cada cual daba a los demás lo que necesitaban; y cada uno tenía y recibía, a su vez, lo que le hacía falta. La comunidad de una ciudad o aldea se congregaba en un mismo lugar a dormir y a comer alimentos en cantidades mínimas, sin complacencias ni placeres. Consideraban que la meditación, el desapego de los bienes materiales y la ayuda al prójimo eran el fundamento para lograr la evolución de la mente. Otra mentira achacada a ellos era la de la práctica de la flagelación. Los esenios respetaban el cuerpo, por ello no lo ofendían ni con los placeres ni los excesos. La comunidad se estratificaba en grados de acuerdo con el desarrollo mental. Todos alcanzaban el grado uno; muchos, el dos y pocos, el tres. El grado tres significaba el logro de la paz interior y el despertar de un número avanzado de facultades mentales que se mantienen dormidas en los seres humanos.

Tanto la familia de José, el padre biológico de Jesús, como la de María, su madre biológica, pertenecían a los esenios; se conocieron en el centro esenio de Jerusalén, pero, mientras José logró llegar al tercer grado, de allí su longevidad de ciento sesenta y cuatro años, María se mantuvo en un nivel intermedio entre el segundo y el tercero. Jesús fue el único esenio que alcanzó el grado cuatro. Sus

67

enseñanzas se iniciaron en el centro de Enganddi, donde fue recluido por su temperamento hostil y exageradamente agresivo contra el prójimo. El grado cuatro era el de la libertad absoluta. El hombre alcanza la libertad absoluta cuando no tiene dueños. No hay nada superior a él, ni nada que lo perturbe, ni nada que lo distraiga, ni nada que lo moleste, ni nada que lo atraiga. Domina y neutraliza todas sus funciones orgánicas; autocontrola su temperatura corporal; controla la vida y se provoca la muerte; soporta el fuego en contacto con la piel; se regula el proceso bioquímico de la corrupción, putrefacción y fermentación de los tejidos; domina el metabolismo; regula la circulación sanguínea y los latidos cardiacos; puede producirse llagas y úlceras en cualquier zona del cuerpo; puede transformar y modificar los rasgos faciales y las dimensiones humanas; puede dominar e inhibir el sueño; pueden controlar las funciones respiratorias; puede influir mentalmente sobre una persona o animal para hacerle cambiar su conducta; puede curar a otras personas sin medicamentos; puede estar en dos o más sitios al mismo tiempo; puede conocer hechos que están por suceder y hechos que pasaron sin estar en conocimiento sensorial de ellos; puede comunicarse mentalmente con una persona distante; puede conocer aspectos internos del propio organismo; puede emitir expresiones en un idioma no conocido; puede oír voces que proceden de una fuente desconocida; puede ver imágenes no corpóreas; puede violar la ley de la gravedad y levitar.

—Jesús fue el único que logró desarrollarlas todas. Tenía treinta años. Grado cuatro significa inmortalidad —concluyó Nicolai Milanov Kretzmer. Esta vez causó estupefacción en los que no formaban parte de la comisión, lo que generó un murmullo, ensordecedor por momentos. Unos jóvenes, una vez superado el asombro inicial, preguntaban y otros respondían, a lo que, según todos, significaba el descubrimiento más importante hecho por la asamblea hasta ese momento.

Al recibir la información, Pío XIII también quedó fuera de sí y solicitó, más bien exigió por el tono que le imprimió a las palabras dichas al obispo mensajero, que necesitaba las fuentes de la información brindada, porque las mismas le daban al cristianismo un giro total. Fue complacido. A la semana se reunía con los dirigentes de las tres comisiones a quienes les sugirió que el medio millar de los integrantes del movimiento de las juventudes cristianas tenían que ingresar a la Iglesia, para modificarla desde adentro.

—¿Y las mujeres? —preguntó Basilio Das Silva, que hasta la fecha, como había sido acordado, no había iniciado sus exposiciones.

—Ingresarán de una u otra forma —dijo el Papa.

Hubo que llamar por vez primera al orden cuando Constorsi, cuya exposición seguía a la de Kretzmer, trató de iniciar su conferencia sobre el paralelismo entre Moisés y la mitología previa; pero expresiones como "la inmortalidad de Jesús" y sus poderes mentales, comentados por muchos jóvenes a la vez, obligaron al primer conferencista a intervenir para solicitar la debida paciencia.

Explicó Constorsi que, sin necesidad de seguir una secuencia cronológica, iba a exponer los antecedentes que de alguna manera influyeron en los escribas de la Biblia. En la tradición hindú, Pradyumna, hijo de Krisna y Rukmini, a quien el demonio Shambhara, avisado de que el pequeño habría de matarlo algún día, se lo llevó y arrojó al mar, donde se lo tragó un pez; posteriormente fue rescatado por la mujer del demonio, quien se encontró con un niño en el vientre. El gobernante sumerio Sargón de Akkad fue depositado en una canasta de juncos y abandonado a su suerte en el río Éufrates hasta ser recogido por un aguador que lo crió. Amulio había ordenado a su sobrina Rea Silva guardar una vida de castidad, pero el dios Marte la sedujo y engendró a los mellizos Rómulo, el fundador de Roma, y Remo. Amulio ordenó ahogar a los gemelos, pero los encargados de cumplir la orden los abandonaron a la orilla del Tibet, donde una loba los amamantó hasta que un pastor los rescató. Como estas, comentó Constorsi, hay otras leyendas, pero como su mensaje iba dirigido a ex seminaristas y por tanto, a estudiosos de la Biblia, solo les recordó que el nuevo rey de Egipto, ignorante de la existencia de José y temeroso de los israelitas, mandó matar a los hijos varones de las hebreas, con lo que, además de establecer un parangón con lo que, según la Biblia ocurrió con Herodes el Grande después del nacimiento de Jesús, agregó que una mujer de la casa de Levi parió un niño que escondió por tres meses y luego lo metió en una cestilla de junco y lo colocó junto a la orilla del río, quien fue rescatado por la hija del faraón. El niño era Moisés.

Once días le tomó a la gente de Barreti, en contacto con la vieja red de espionaje que manejaba el Vaticano, dar con el paradero de Pedro II. Gruner no alertó a su familia para participar en esta búsqueda. Lo encontraron en una favela de Río de Janeiro tratando, más que todo, alentando, a unos jóvenes descalzos que arreglaban un logradouro destruido el día anterior por un torrencial aguacero que anegó varias construcciones de bloque rústico, en una de las cuales permanecía alojado el Papa. Se hizo la llamada y al poco rato, con los zapatos enlodados de aguas servidas y negras, una cruzada de periodistas estaba frente al pontífice, lo que alegró a los niños quienes entretenían sus pies con pelotas de trapo.

—¿Es cierto que es usted ateo? —preguntó un periodista joven de acento europeo.

El Papa no prestó atención. Le señalaba a un hombre de torso desnudo que debía cavar más profundamente para drenar el manantial acumulado con el desperdicio de los hogares de miniatura.

—Hay una cinta con su voz preguntando que dónde está Dios. ¿Acepta ser usted el autor? —insistió el periodista.

La indiferencia del pontífice desalentaba a los periodistas, pero alentaba a los hombres sudorosos, quienes por la rigurosidad de sus semblantes, les lanzaron a los intrusos miradas hostiles primero, para pasar a palabras verdaderas y concluir en la violencia física que se generalizó por toda la *favela*, la que, para fortuna de los periodistas, era una de las más pequeñas del cordón de miseria que rodeaba la ciudad del carnaval. La gente los cercó, pero a solicitud del Papa, los dejaron ir, no por las callejuelas, sino por los canales de excrementos humanos que mueren en las faldas del cerro para perderse en todas partes.

La escena se vio. La gente sentada cómodamente en sus hogares se dejaba llevar por una extraña mezcla de alegre extrañeza. Al "¿qué hace el Papa metido allá?", se le unía un dificultoso "al fin", que muchas veces revoloteaba detrás de los dientes y cuando salía, parecía una imperceptible letanía temerosa de entrar al oído más próximo; aunque, y eso fue lo que más preocupó al núcleo conspirador, un numeroso grupo de jóvenes, de manera simultánea y no coordinada, como lo aseguraron los agentes de Barreti, se lanzó a las calles en varias capitales del mundo, con camisetas blancas con la imagen de Jesús; algunos con una cruz tatuada en los brazos; con botellas trasparentes de licor con la estampa de Jesús impresa en rojo, de las que bebían, sin parar, adolescentes y adultos de ambos sexos. Y lo peor, como se dijo, no solo entre los cardenales del grupo, fue el llamado a Jesús que hacía la gente con las manos en alto después de oler el "maravilloso" polvo blanco.

Mientras que Gruner y su grupo analizaban los posibles vínculos entre un Papa que aparece en ropa de faena en una *favela* brasileña, que desprecia a los periodistas quienes son desalojados con violencia y el movimiento espontáneo de gente que habla el silente idioma de los símbolos en los que aparece la imagen de Jesús, surgió, también en las pantallas de televisión, otro movimiento originado en muchas ciudades, el que según las mismas fuentes, resultó articulado y multitudinario, compuesto de personas con aspectos menos estrafalarios que los que se mostraron en las vistas anteriores y que portaban letreros de todos los tamaños y colores visibles, que indicaban, para evitar confusiones, "Sí al aborto" y "Sí a los matrimonios gay". El cardenal Bontemp, tal vez animado por serenar pasiones, explicó que se trataba de movimientos de personas alejadas de las religiones, muchas de las cuales ya se habían perdido para la fe. Que no se les prestara atención, porque lo mismo suele ocurrir cuando el materialismo se contagia, como ocurre, para dar un ejemplo, en los desenfrenos de los carnavales que semejan, como expresó, las fiestas paganas en las que participan incluso personas muy religiosas. Debemos interpretarlo, comentó, como válvulas de escape social sin consecuencia alguna.

—Son tanques de pólvora que una vez explotados pierden todo —dijo.

Con estas explicaciones, dadas por un sabio, el núcleo conspirador logró atenuar sus angustias, hasta volver a ver en las mismas pantallas, un nuevo movimiento, también gigantesco, en el que se exigía, esta vez con pancartas que ocupaban toda una calle, "No al celibato", "Sí al matrimonio de los sacerdotes". Barreti trajo una información que desconcertó aun más al grupo: el último movimiento estaba abarrotado de curas sin sotanas y de laicos, lo que derrumbó, como a un débil castillo de naipes, la teoría del cardenal Bontemp. Era la primera vez en la historia que se amalgamaba gente con pensamientos encontrados, o al menos diferentes. Ante la estupefacción compartida que congeló las lenguas por varios minutos, se pasó a las propuestas, las que, como riachuelos que brotan de las montañas, confluyeron en un caudaloso río, que en vez de ir al mar, se dirigía a la cabeza de Pedro II. El plan lo había diseñado el propio Barreti, un plan fácil de ejecutar, según sus propias palabras.

—Aunque no existen restos arqueológicos de las ciudades de Belén y Nazaret —palabras con las que Nicolai Milanov Kretzmer continuó su disertación—, se sabe que en la primera existía una comunidad esenia que albergó, en unos de los cuartos de la casona pintada de cal, al matrimonio de José con su esposa embarazada, atendida por una comadrona, como era la costumbre.

"Jesús", contestó José, cuando los hermanos quisieron conocer el nombre del niño que acababa de llorar. Alegría compartida y comida y vino y hermandad festiva al contemplar al niño sano, de escasos cabellos rubios y piel blanca aceitosa.

Desde joven, los padres observaron en el niño "algo" que no tenían los demás; pero ese "algo" se convirtió en actividades no explicables para la comunidad de pastores, quienes, por el impulso interno del rechazo a lo nuevo, lo evitaban al principio, y le huían, después, al enterarse, por boca de varios que vieron el suceso, que el hijo de Anás derramó el agua recolectada por Jesús, quien encolerizado, le dijo que se secaría como un árbol y así ocurrió, y los padres del niño muerto lo tomaron en sus brazos y lloraron y, entonces el pánico fue abrazando a los pobladores cuando un niño chocó con Jesús por la espalda y volvió a florecer en él la cólera y le dictaminó que no continuaría su camino; el niño cayó muerto. No le importó la reprimenda de su padre, porque, no lo dijo, pero lo hizo: dejó ciegos a todos los que hablaban en su contra.

Jesús habló antes de cumplir un año de edad, pero no lo hizo con monosílabos aislados sino con un lenguaje florido y coherente. Por ello, cuando los mayores lo abrumaban con enseñanzas superiores para el común de los niños, les contestaba con un pensamiento que superaba los límites de los maestros, como ocurrió con el rabino Levi, quien, ignorante y absorto, no pudo responder a las expresiones del niño de cinco años sobre el significado de las letras del abecedario, lo que lo llevó a exclamar, delante de muchos:"Creo que ningún hombre tendrá su lenguaje, a menos que posea un dios dentro de él".

—Palabras proféticas —comentó el orador.

A esa edad, dijo Kretzmer, luego de ridiculizar al maestro, y para satisfacer la curiosidad de su procedencia, Jesús dijo: " Que los estériles tengan frutos; que los ciegos vean, que los cojos anden derechos, que los pobres disfruten de bienes, que los muertos resuciten…".

Pero el matrimonio, agotado de amonestar al niño, tuvo que migrar de una aldea a otra, por las maldades conocidas a través de palomas mensajeras sin alas. En Nazaret, Zenón, un mozalbete, fue empujado por otro desde una terraza y cayó de espaldas y murió. Los padres acudieron a la posada de José y María a reclamar por el que, según ellos, fue el autor del homicidio. Al interrogar a Jesús sobre su protagonismo en el accidente, este llamó a Zenón por su nombre y le preguntó si había sido él quien lo arrojó desde lo alto de la terraza, a lo que el joven respondió que no, ante el asombro e incredulidad de la gente que lo rodeaba con palos y piedras.

Con el niño extraño y rebelde se trasladaron a Jericó, pero la balanza entre las buenas y las malas obras se inclinaba hacia las segundas, lo que obligó a la familia a iniciar un itinerario errante. De Jericó marcharon a Cafarnaún. Entre la burla a los maestros, las maldades y la autoría de hechos insólitos, transcurrió la infancia de Jesús, hasta su morada en el centro esenio de Enganddi, donde, por la orientación y la meditación, logró el pleno desarrollo de la mente, y alcanzó, como ha sido dicho, el nivel superior, no obtenido antes ni después por nadie.

—Con el nombre de Jesús existieron, con anterioridad y simultaneidad, otras personas —dijo Kretzmer— Jesús, hijo de Anán, quien predice la destrucción de Jerusalén. Jesús, hijo de Damneo, constituido pontífice por Agripa. El joven Jesús, hijo de Fabes, pontífice destronado por Herodes el Grande. Jesús, hijo de Gamala, pontífice, incita al pueblo contra los celotes. Jesús, hijo de Judá, desea el pontificado, pero es muerto por su hermano. Jesús, hijo de Safía, pontífice. Jesús, hijo de Saúl. Jesús, hijo de Tebut. Jesús, pontífice de Jerusalén. Jesús, pontífice, habla a los idumeos que sitian a Jerusalén. Jesús, príncipe de los ladrones. Jesús, hijo de Simón. Jesús, uno de los príncipes de los gamalitas, muerto por los sediciosos.

Con lo que quiso explicar que no fue fácil escarbar al Jesús de nuestro interés y aislarlo de los otros, por razones en que, según dijo, no quería abundar.

—El nombre de Jesucristo es un invento del cristianismo —agregó—. Al verdadero nombre de Jesús se le adicionó el de Cristo, que en griego significa ungido.

Es al salir del centro esenio de Enganddi cuando empieza a separarse la historia de la fábula inventada por la Iglesia Católica, dijo Nicolai Milanov Kretzmer, para dar por concluida su intervención. Basilio Das Silva, interesado en orientar las futuras exposiciones, aclaró que su comisión había partido desde la óptica católica para la crítica del Jesús fabulado; en tanto, la presidida por Kretzmer se había internado en la historia verdadera. Concluido el receso, Das Silva habló.

Fue Irineo, en el siglo segundo, el que se tomó el trabajo de compilar los documentos y textos que hasta la fecha, se referían a Jesús y que procedían de tradiciones orales de épocas que no han podido ser precisadas. Aclaró e insistió en señalar que con el nombre Jesús se habían calificado varios hombres. Para darle alguna coherencia a su investigación, Irineo inició su trabajo utilizando el número cuatro, ya que para esa fecha existía la creencia de que el mundo se dividía en cuatro regiones, por lo que la documentación debería también dividirse en cuatro manuscritos, a los que los registró con cuatro nombres surgidos más de su imaginación que de algún dato histórico.

Estos manuscritos, a los que Irineo atribuyó a Marcos, Lucas, Mateo y Juan fueron revisados en el concilio de Nicea, en el año 325, por exigencia del Emperador Constantino, luego de suscribir un acuerdo escrito con los obispos católicos. Acuerdo, que una vez despejada la tierra que sobre él se ha querido echar, al calificativo de "infame" le falta estatura.

Cabe recordar, advirtió Da Silva, que para esa fecha sobre suelo egipcio coexistían también las culturas griega y judía. Existe, por tanto, un paralelismo de acontecimientos que se remontan a la filiación divina del faraón y la de Jesús, sobre la base del cual el vientre de María solo fue un órgano prestado al Espíritu Santo. El sueño de José, donde un ángel le anuncia la concepción de su esposa, es similar al que tuvo Satmi con la concepción divina de su esposa Mahituaski. Al hijo de la primera se le llamó Jesús. Al de la segunda, Senosiris.

La presencia de los tres reyes magos también surge de una leyenda egipcia, para quienes el oro, el incienso y la mirra simbolizan divinidades. Sin embargo, no fue hasta el siglo VII d.C. cuando aparece en un relato la presencia de los nombres de los tres reyes magos, con lo que Das Silva nos adelanta que el estudio de su comisión se extendió más allá del Concilio de Nicea.

El bautismo tampoco es originario del cristianismo, ni de Juan el Bautista, ya que el agua, en todas las religiones, es un símbolo de purificación, bien definida en la cultura egipcia, en donde los reyes Horus y Amón derramaban agua sobre la cabeza del candidato. Los vínculos entre el faraón con los dioses y los de Jesús con Dios son una constante en la documentación egipcia y la recogida en los manuscritos católicos. Igualmente, el dios Seth, que representa el Diablo y la consiguiente lucha contra él, aparece en ambos textos. La angustia del faraón Ramsés II al sentirse abandonado por sus soldados, se traslada a la de Jesús en su agonía. "¿Qué ocurre, padre mío, Amón? ¿Ha abandonado alguna vez un padre a su hijo?", suplicaba el faraón. "Padre, ¿por qué me has abandonado?", dijo Jesús. El número 30, edad que tenía Jesús cuando fue visto nuevamente hasta su fallecimiento a los 33 años, según la versión oficial, es una representación de la fiesta Sed que tenía lugar después de treinta años de reinado, época en la que se estimaba que se debilitaban las fuerzas del rey. Tanto Jesús como el faraón, se revitalizan después de muertos, por cuanto que ambos fortalecen su poder en el más allá. En el momento de la muerte de Jesús, la naturaleza lo acompaña en su duelo con la aparición de tinieblas sobre toda la tierra, tal como ha ocurrido con otros personajes: la muerte del Cesar dio lugar a un eclipse solar; otro eclipse de sol y un huracán aparecieron tras la muerte de Rómulo. Osiris murió por la traición de su hermano Seth; Jesús, por la de Judas. Jesús resucitó a los tres días. Para la época, el alma de un muerto quedaba dentro del cuerpo por tres días y hay alusiones, en el propio Antiguo Testamento, a la resurrección al tercer día. Pero el antiquísimo mito del sufrimiento, muerte y enfermedad de Tammus, fue tal vez, dijo Das Silva, el ejemplo más antiguo. Una vez muertos, tanto el faraón, como Jesús, están sentados al lado de Dios.

—No quiero agotarlos con paralelismos —dijo Das Silva— pero abundan.

Horus y Mitra se rodearon de doce discípulos, que más tarde se convirtieron en los doce signos del zodiaco. Doce. Los hijos de Jacob fueron los fundadores de las doce tribus de Israel. La leyenda egipcia presenta los doce reyes hermanos. A Herodes lo culpan de haber mandado a matar a todos los niños nacidos en el tiempo de Jesús porque se le había informado que había nacido un rey que lo destronaría. Al tirano Kansas se le había pronosticado que un hijo de su hermano Devakí le arrebataría la corona, por lo que ordenó la muerte de su sobrino Krisna, pero sin éxito. Las culturas están llenas de estos personajes celosos y perversos. La trinidad tiene fuertes raíces célticas. Uno de sus conceptos básicos era la trinidad del rey, la soberanía y la tierra. En la mitología celta los fenómenos anormales vienen de tres en tres. Las tres plagas, los tres felices escondrijos, las tres desgraciadas revelaciones, los tres hombres que quebraron sus corazones con preocupaciones. El mes celta constaba de tres semanas. Para ellos, los múltiplos de tres tenían valores especiales. La reina Maeve se había casado con nueve reyes de Irlanda. Cuando los milesos llegaron por Irlanda reinaban en ella tres reyes casados con diosas. Las diosas madres de los celtas solían representarse en grupos de tres. Se hablaba de las tres matriarcas de Britania, de las tres hijas del rey Llyr de Britania.

—La cruz es un símbolo —dijo Das Silva—. Representa la unión del cielo y la tierra. La muerte por crucifixión, en donde a la víctima se le atan las manos y los pies, es señal de la necesidad de acercamiento a los dioses.

Tanto Basilio Das Silva como Nicolai Milanov Kretzmer, poco antes de clausurar la asamblea general, fueron categóricos al señalar que el vínculo de Jesús con María Magdalena, la vida sexual de Jesús y la existencia de hermanos, forma parte de la morbosidad con que algunos escritores han intentado adulterar los hechos con propósitos que rompen las elementales normas éticas. Por el mismo camino, dijeron los dos, discurrió la historia del Grial; la de Sara, hija de Jesús, la de los Templarios y otros grupos surgidos como conejos de los sombreros negros, se adhieren a la fábula. Hubo unanimidad en aceptar que, en la próxima reunión, que se efectuaría en un sitio aún por escoger, las comisiones concluirían sus informes y corroborarían si la vida de Jesús era la contada por la Iglesia o por lo hasta aquí dicho, tarea que no solo le correspondería realizar a la comisión dirigida por Nicolai Milanov Kretzmer, sino a todo el grupo.

9

Poker. Así lo llamaban por su rostro inalterable. Había sido el jefe del servicio secreto del Vaticano en los tiempos de Barreti, incorporado ahora al grupo de guardaespaldas del presidente de Italia, donde ocupaba, por el secreto de los secretos, un puesto subalterno; pero en realidad era el informante directo del hombre que dirigía el Estado Italiano, para quien, a sugerencia del propio Barreti, llegó a ser su hombre de confianza. El cardenal pensaba que su vida política culminó cuando empezó la de Das Silva.

Se hizo la llamada y Poker volvió de donde salió, para ocupar, a diferencia de antes, un espacio físico fuera de la visibilidad.

El núcleo conspirador quería saber si entre los cardenales que decían estar con ellos existía algún infiltrado, y que si el veinte por ciento aún se mantenía compacto, trabajo que, según explicó Barreti, no se le podía asignar a su antiguo agente, a menos que se postergara la misión para la cual lo había traído de vuelta.

Poker entró en acción. Determinó que Pedro II se desplazaba sin destino, lo que ocasionaba un problema capital, ya que el mercader, un libanés prófugo, contactado en secreto por la familia de Gruner, para contratar a los sicarios, necesitaba "preparar la escena", como se le conoce en el mundo del hampa a los preparativos para que los que ejecutan el crimen se movilicen sin sospecha. A la víctima se le espera como manjar en mesa servida, pero en el caso del Papa nadie conocía la mesa. Uno de los agentes de Poker, que simulaba una cojera vitalicia y ojos distraídos, se infiltró en el círculo que acompañaba al pontífice, pero se percató de que el Papa al abandonar un lugar, se hacía acompañar de otras personas. Tampoco se conocía qué medio de transporte usaría; pero cuando la única posibilidad era el avión, Pedro II utilizaba un pasaporte falso y siempre, costumbre ya institucionalizada, la aeronave hacía varias escalas y nadie sabía en cuál de ellas descendería. También se desconocía el tiempo de estadía en cada lugar.

Una vez recibidos estos informes, Barreti solicitó mayor financiamiento, ya que Poker propuso que el libanés prófugo sembrara a sus sicarios en todas las ciudades a las que el Papa tuviese opción de arribar. Franz Küner se opuso por lo extravagante de la suma, lo que podía despertar sospechas entre algunos subalternos, cuyo grado de servilismo él mismo ignoraba. Además, con el dinero que salía de las arcas bajo el genérico "asuntos varios" para los gastos que Poker y su gente demandaban, consideraba que los planes pudiesen entrar por los ojos del Secretario de Estado. Se tuvo que idear otra estrategia más económica: en vez de sicarios, un solo espía se plantaría en cada uno de los posibles itinerarios; así se podría determinar el paradero del pontífice y dar la señal para que, en vez de estar esperándolo, como era la forma de operar del libanés prófugo, los asesinos se dirigieran hacia su presa. Así se hizo, pero cada vez que llegaban, ya el Papa no estaba. Los aportes personales de Gruner a esta estrategia no se contabilizaban; ni siquiera pasaban por las manos y menos por la cabeza de Küner.

El núcleo conspirador empezó a impacientarse. Mucho dinero, muchas esperanzas, muchas frustraciones y ningún resultado. Gruner, con su innata sagacidad, propuso que en vez de continuar con el costoso juego del gato persiguiendo al ratón, se esperara hasta la Semana Mayor, que estaba por llegar, fecha en la que tradicionalmente el Papa llegaba al Vaticano. Poker solo, o en conjunto con el libanés prófugo, prepararían el plan maestro.

—Es más —dijo Claude Geneteu— al espía que le corresponda identificar el aeropuerto donde arribe el avión del Papa, nos ha de comunicar todos los pormenores y, en vez de ser la ejecución en el Vaticano, se realizaría al momento de bajar las escalinatas del avión.

La propuesta surtió un efecto inicial, para ir desmoronándose al recordar la advertencia que meses antes había señalado Poker.

—Ese Nicolai Kretzmer es un ser inmortal —expresó Gruner, golpeando el puño derecho contra la palma izquierda.

—A esperarlo en el Vaticano —dijo Barreti.

—No hay otra opción —agregó Küner.

—Aunque nos descubran —dijo Gruner—. Para todo habrá una explicación.

Las miradas de los cardenales cayeron sobre un Barreti, quien relucía un esplendoroso rostro feliz.

Jesús salió de Enganddi a los 54 años de edad. Lo acompañaron varios hermanos esenios con destino a Jerusalén donde estableció un centro de sanación en una rústica casa de paredes destartaladas, techo frágil y varias habitaciones separadas por una angosta apertura que obligaba a la gente a inclinarse para poder entrar. Jesús, hombre alto y delgado, de cara juvenil, con una descuidada barba cobriza y cabello desordenado, vestía una túnica blanca con múltiples remiendos y unas sandalias viejas con el polvo acumulado debajo de las suelas. Aunque su mirada escondía tristeza, siempre acomodaba los labios en una inmanente sonrisa. A la casa de sanación acudían judíos y gentiles de variados estratos sociales; pero por la atención dispensada a los pobres, los ricos se fueron alejando. En cada una de las habitaciones había cabida para todos, acomodados sobre mantas de tela gruesa. La escasa comida se distribuía en partes iguales entre los huéspedes y los sanadores. En varias ocasiones, Jesús, como lo atestiguaron las voces recogidas por testigos, desviaba el pan dirigido a su boca para entregarlo al recién llegado. Sanaba colocando los cuatro dedos de la mano derecha en la cabeza del enfermo y el pulgar en la frente. Cerraba los ojos, parecía ausentarse. La casa de sanación fue adquiriendo una peligrosa importancia por "las cosas extrañas que allí pasan", atribuidas por unos a la llegada del Mesías esperado; por otros, al embrujo de charlatanes y, por los menos, a un rebelde, el que por medios de artimañas desafiaba al Imperio, lo que obligó, primero a Claudio y después a Nerón, a ordenar una "prolija investigación" de lo que ocurría en esa concurrida casa de Jerusalén. "Es una casa de esenios", palabras que tranquilizaron a los Emperadores, ya que sabían que esta, desde sus orígenes, había demostrado ser una secta pacífica y abierta al bienestar colectivo.

En una ocasión, Jeremías, o alguien que se pasaba por tal, por iniciativa propia o como emisario de nadie sabe quién, abordó a Jesús con el deseo o con la curiosidad de indagar sobre la virtud de sanación, aunque habló de milagros.

—Los milagros no existen —fue la respuesta—. Todo está en nuestra mente.

A la casa seguía llegando gente, y no solo enferma, quienes por la fama que había adquirido el sanador, acudían con la esperanza de que el hombre, además de sanar, tuviera otros dones no vistos en otro mortal.

—Hablar de todas las citas que de Jesús se han recogido —dijo Kretzmer— es extender esta asamblea a una duración más allá de lo estipulado—. Tomó un documento y, en desorden, como explicó, empezó a relatarlas; aclarando primero que, como lo dijo y repitió Jesús en infinidad de ocasiones, "el reino de los cielos está dentro de uno mismo". Para evitar salirse de lo escrito, al referirse al reino de los cielos se refería a la mente; porque para Jesús, lo alto, lo superior, es la mente o el cielo. Este punto, agregó el expositor, es vital, ya que por "cielo" los seguidores de Jesús interpretan un sitio amorfo fuera del individuo, en tanto que por "cielo", el mismo Jesús habló de mente. Leyó:

El desarrollo de la mente le quita los trapos a la mortalidad, para convertir el cuerpo en inmortal.

Cuando se quiebran las jarras defectuosas, el dueño de la casa no sufre ninguna pérdida.

Feliz quien llega a darse la vuelta a sí mismo y despierta.

El día que logremos desarrollar nuestra mente a plenitud, seremos perfectos y en nosotros morará la luz eterna.

El que busca no debe dejar de buscar hasta que encuentre. Y cuando encuentre, se estremecerá, y después de estremecerse se llenará de admiración y reinará sobre el universo.

La salvación no se logra por la fe o el seguimiento ciego de unas creencias, sino por la búsqueda de la sabiduría interior y la conducta apropiada para con el prójimo.

Reconoce lo que tienes ante tu vista y se te manifestará lo que te está oculto, pues no hay nada escondido que no llegue a ser descubierto.

Dichoso el león que al ser ingerido por un hombre se hace hombre; abominable el hombre que se hace devorar por un león y se hace león.

El hombre se parece a un pescador inteligente que echó su red al mar y la sacó de él llena de peces. Al encontrar entre ellos un pez grande y bueno, el pescador inteligente arrojó todos los peces pequeños al mar y escogió sin vacilar al pez grande.

Quizá piensen los hombres que he venido a traer paz al mundo, y no saben que he venido a traer conflictos sobre la tierra: fuego, espada, guerra.

El que tenga oídos, que escuche: en el interior de un hombre de luz, hay siempre luz y él ilumina todo el universo; sin su luz reinan las tinieblas.

Ama a tu hermano como a ti mismo; cuídalo como la pupila de tu ojo.

Quien sea conocedor de todo, pero falle en lo que respecta a sí mismo, falla en todo.

Buscad vosotros también el tesoro que tienen dentro.

Quien no se conoce a sí mismo nada ha aprendido, y solo quien se conoce a sí mismo aprende también, al mismo tiempo, el conocimiento de Todo.

Kretzmer advirtió que abundan las referentes a su solidaridad y compromiso con los pobres y desposeídos. Aclaró la parábola del rico y el reino de los cielos. El rico, preocupado por amasar y manosear su fortuna, no dispone del tiempo para introducirse dentro de él. Para alcanzar el pleno desarrollo de su mente tiene que despojarse de todos sus bienes. No se puede tener bienes materiales y ser solidario. La solidaridad es un requisito para llegar al reino de la mente. Para Jesús, las barreras humanas no pueden existir entre los que quieren llegar al reino de los cielos. Para los desposeídos, a quienes no los abanica la idea de lo material, les es más fácil ir ascendiendo en los estratos mentales. Es mentira, agregó el conferencista, la existencia, como afirman los charlatanes, de un libro secreto de Jesús en el cual dejó escrito todos los pasos para lograr la perfección de la mente. Jesús no escribió nada.

La asamblea general, que ya arañaba el millar de personas, se reunió esta vez en un castillo abandonado al sur de España. Se prefirió, como se hizo en la segunda, intercambiar durante la comida las citas guardadas en el cartapacio del presidente de la comisión. Se quería precisar bien el camino tomado por Jesús por su parte y el que luego tomó la Iglesia por el suyo.

Durante el almuerzo las citas caían como las gotas de unas cataratas que se precipitan desde una gran altura, pero el centro de las palabras se enfocaba en la edad de Jesús, lo que obligó a Nicolai Milanov Kretzmer, al reiniciar la sesión vespertina, a recordar lo que ya había sido dicho referente a la idea de los treinta años. Añadió que al salir Jesús del centro de Enganddi, era Claudio el Emperador de Roma, cuyo reinado duró desde el año 41 al 54 d. C.; y que, como se ha dicho, Jesús nació antes de la fecha escogida por la Iglesia Católica, precisando esta vez, que fue seis años antes.

—La casa, por su reducido tamaño, fue abandonada para alojarse en otra más grande en las afueras de Jerusalén. La misma ya no era solo de sanación, sino un refugio de huéspedes perseguidos por los romanos —dijo Kretzmer.

Las heridas se secaban con el contacto de las manos de Jesús. Los ciegos veían, los sordos oían, los cojos caminaban. Si afuera había guerra, la paz se sentía adentro. En una ocasión, explicó el expositor, unos centuriones perseguían a un reducido grupo de hombres y mujeres y Jesús los paralizó levantando el índice derecho y con la voz gruesa y áspera les ordenó detenerse. Los hombres, al darles la espalda, corrieron en búsqueda de los orígenes del miedo. La residencia se convirtió en una gota de miel para los desposeídos. Ya no era una estructura de paredes fijas, sino un campamento artificial. Nerón sucedió a Claudio y nombró a Félix, sucesor de Pilatos, procurador de Judea, quien, implacable, mataba a mansalva. En una ocasión trajeron al campamento a tres niños degollados por órdenes del tirano, lo que despertó en Jesús su superada cólera juvenil. Se dirigió hacia Jerusalén. Muchos lo seguían. Con voz firme y decidida, desafió a Félix, acusándolo de asesino. "Parecía un perro rabioso", aparece en otro escrito, pero nadie intentó detenerlo en su camino al suicidio. A los primeros centuriones que lo interceptaron, los mató solo con verlos. Sus seguidores, "malhechores", como los calificaron los escribas, se contaban por miles y se desplazaban para derrocar al gobernador. A Jesús parecía no detenerlo nadie, hasta que se dejó inmovilizar por muchos. Lo llevaron donde Félix. "¿Querías verme?", le preguntó. "No", contestó Jesús, "las hienas ensucian los ojos". "Cuélguenlo", ordenó Félix, en tono despreciativo. "Si tuvieras el valor de estar más cerca, te escupo", le dijo Jesús. Uno de los sicarios abofeteó a Jesús y de inmediato se le cayó la mano. Perdió toda la sangre por el muñón hasta quedar muerto. "¿Es que eres brujo?", preguntó Félix, a quien se le paralizó la lengua. "No te escucho", le dijo Jesús. El gobernador se levantó y se palpó la lengua con ambas manos. "Continúa dando órdenes", le dijo Jesús. Otro de los sicarios derribó a Jesús con una piedra lanzada sobre la cabeza. Quedó aturdido. Félix volvió a ordenar, esta vez con las manos. Entre varios soldados tomaron el cuerpo de Jesús y lo colgaron de un árbol. "Miren a su rey", le gritó el gobernador a la multitud aterrada. Otra piedra cayó sobre la frente del hombre colgado, quien apenas respiraba. En ese estado transcurrió la noche. La multitud no se movió. Félix y su séquito, tampoco. Con los primeros rayos del sol, el Emperador envió a los doctores a dictaminar el estado del hombre. "Está muerto", dijeron. Lo bajaron del árbol y lo tiraron frente a la gente. Entre varios lo llevaron al cementerio. Lo acostaron sobre una lápida. A las pocas horas, Jesús levitó y los hombres y las mujeres se arrodillaron a rezar, mientras el hombre se perdía en las alturas, para, ya en la tierra, reunirse con sus hermanos esenios y dirigirse primero a Egipto, y a la India, después.

—Poncio Pilatos no tuvo nada que ver con Jesús —agregó Basilio Das Silva—. Es una cuestión matemática de fechas.

Los que vieron a Jesús levitar, lo tuvieron por el Mesías, quien, una vez muerto, resucitó y subió a los cielos, con lo que se dio inicio al cristianismo. Jesús, ya ha sido dicho, se convirtió en el Cristo, como lo nombró posteriormente la Iglesia Católica, la que, con el correr de los años, fue estratificando su organización en nombres y jerarquías, empezando, dijo Das Silva, con el término "católico", acuñado en Antioquia en el siglo segundo.

10

Muerto de risa. No hay un término que recoja con tanta fidelidad la expresión que tenía Pedro II en un parque de Los Ángeles, rodeado por miles de gays, algunos de los cuales portaban letreros pintados en rojo sobre cartón comprimido, exigiendo el matrimonio entre personas del mismo sexo. Todos querían, aunque fuera por un instante, posar junto al Papa para que sus cuerpos, algunos con el pecho descubierto, se vieran por efímeros momentos en las pantallas de televisión, en las imágenes enviadas por las muchas cámaras que cubrían el evento. Pedro II, sentado sobre el césped y vestido con un abrigo ligero, no dejaba de reírse, tanto por lo que decía, como por lo que escuchaba. Algunos hombres y mujeres incluso lo abrazaban y besaban sus mejillas, lo que intensificaba su contagiosa alegría. Dentro de esos grupos, como suele ocurrir cuando se protesta contra culturas enraizadas, se veían parejas aspirando el polvo alucinógeno o libando licor hasta llegar a la completa ebriedad, a juzgar por su andar incoherente. A tumbarse sobre la hierba. También se distinguía a personas del mismo sexo copulando, con disimulo algunos y con descaro, otros. Luego de permanecer con ellos por largos minutos, solicitó un altoparlante y les conminó a que se acercaran, para no verse obligado a forzar la voz, ya debilitada por los chistes y las bromas.

—¿Quién ha definido la línea divisoria entre las buenas y las malas acciones? —preguntó Pedro II—. Lo grandioso de ustedes es su honestidad. La hipocresía, esa lacra que corroe el espíritu, habita entre la gente que refugia su cuerpo en los llamados templos de Dios.

La gente lo vitoreaba con gritos ensordecedores, prolongados, sonoros, estridentes, que parecían estrellarse contra una gran esfera de cristal, para luego regresar a los oídos de la muchedumbre, que al escucharlos, renovaba el vigor de las gargantas.

—Silencio. Silencio —dijo uno de los presentes por el mismo altoparlante.

Palabras agonizantes que morían al salir de la boca.

Al cabo de un rato, el timbre de las exclamaciones empezó a mermar.

—Las ciudades del pecado son mitos bíblicos —dijo el Papa—. Pecar es actuar en contra de la voluntad.

Volvieron los ruidos de las palabras a tapar los oídos hasta que un silencio alegre contagió el parque.

—El reto del hombre de hoy es sencillo. Muy sencillo. Saber canalizar su voluntad. Expresarla, como lo están haciendo ustedes hoy; pero no detenerse allí, sino aprender a encausarla para que brille sin temores la luz que todos llevamos dentro.

Antes de los aplausos, el Papa, levantando la mano derecha, solicitó que retuvieran las voces detrás de los dientes.

—Lo que hoy contemplan mis ojos es un movimiento de solidaridad de las minorías, con sus virtudes y sus defectos, con sus carencias y sus excesos; pero un movimiento solidario ejemplar.

Estruendo.

El Papa, sonriente, contemplaba las cámaras de televisión durante el tiempo que el escándalo se degradaba en un susurro musical. Exclamó, sin dejar de mirar las cámaras:

—¿Quién va a lanzar la primera piedra?

Al no recibir respuesta, agregó: "No hay nada fuera del hombre, que al entrar en él, pueda contaminarlo. Hay que hablar del Jesús no enseñado por las iglesias."

Abandonó el parque a través de la muchedumbre que no lo dejó de aplaudir.

—¿Dónde mierda está Poker? —preguntó con indignación el cardenal Gruner.

—Preparando el recibimiento —contestó Barreti.

—Hemos perdido una dorada oportunidad —comentó Geneteu—. El Papa asesinado por una turba de maricones y de lesbianas. Así acabábamos de un solo golpe con las dos plagas, la de adentro y la de afuera de la Iglesia.

—Ahora, abrazados con ellos, ha bendecido a los homosexuales —dijo Küner—. Decir en público que son honestos y ejemplares es, ¿qué decir?, santificar a Satanás. ¿Hacia dónde nos llevará ese miserable?

—A acabar con nuestra Iglesia —dijo Gruner—. El que no lo ve así tiene los ojos en el culo.

—La paciencia es nuestra mejor aliada —comentó Barreti—. Verán el recibimiento que le tiene armado Poker.

—Paciencia —dijo Geneteu en tono burlón—. Estamos recorriendo las calamidades de Job, pero dudo que el desenlace sea el mismo. Al fin de su martirio, Dios lo compensó; pero temo que a nosotros nos tenga reservada una sepultura.

—Estas son tentaciones para disolver el grupo —advirtió el cardenal Bontemp.

—Ya se avecina la Semana Mayor —recordó Barreti—. La escena la verán los espectadores del mundo. Paciencia.

—Después de Félix, Festo; después, Albino; después Gesio Floro. Todos, bajo el Imperio de Nerón, extinguieron a los esenios, excepto a Jesús y a sus hermanos, que se habían escapado hacia la India —palabras con las que Das Silva prosiguió su intervención.

Por otra parte, la secta de los seguidores del Cristo, que daba a Jesús por muerto y resucitado, creció en número y extensión. En el año 70, cuando el Emperador Tito destruyó el templo de Jerusalén, Jesús y sus hermanos se trasladaron a Alejandría; en tanto que la secta de los seguidores del Cristo se difundió y se fraccionó, y si bien hubo enfrentamientos ideológicos entre las diferentes facciones, a cada grupo lo dirigía un obispo con poderes monárquicos y funcionamiento autónomo. En muchas regiones los grupos fueron adquiriendo poder y propiedades y, en el transcurso del siglo tercero empezó a afirmarse la primacía de la sede romana. Sobre la base de la existencia de Dios, Señor y Creador y de su relación con Jesús, el Hijo, se establecieron los primeros debates. Los obispos y sus ministros se encargaron de reforzar, entre sus fieles, la idea de la existencia de una vida eterna y feliz, si cumplían con los preceptos por ellos fijados o una vida infernal, si se apartaban. Lo que se inculcó, como plataforma doctrinal de la iglesia, decía Das Silva, fue la creencia en la resurrección de Jesús, testimoniada por algunos y creída por los otros; aunque varios fragmentos escritos después vinculan la creencia en la resurrección a la ausencia del cadáver en el sepulcro, lo que ha dado pie, a su vez, al surgimiento de nuevas fábulas.

Una vida opulenta y tranquila llevaron los obispos, señores terrenales de la palabra de Dios, hasta que se inició una persecución en su contra. Primero, a mediados del siglo tercero, por Decio, Emperador romano y luego, a principio del cuarto, por el Emperador Diocleciano, quien, además de ejecutar a algunos, confiscó las propiedades que poseía la Iglesia. Los seguidores del Cristo, fieles a los mandatos de sus superiores y a la espera de glorias eternas, soportaron los embates del Imperio, ofreciendo mártires y guareciéndose, sin resistencia, en las cuevas subterráneas o catacumbas, como aclaró Das Silva que se les llamaba. En la aurora del siglo cuarto, Jesús, conocedor de la masacre que se producía en su nombre, inició un solitario viaje de la India a Roma.

Constorsi, para no dejar espacios de la historia vacíos, aclaró que la existencia de un más allá forma parte de la historia registrada del hombre desde el lejano Egipto, cuando a Hathor, la diosa del amor y de la fecundidad, se le asociaba también con el mundo de los muertos. Se le solía representar acogiendo a las almas de los muertos con agua refrescante y comida. Los antiguos egipcios esperaban formar parte, una vez muertos, del Séquito de Hathor, para de ese modo disfrutar de su protección. Osiris, en esa misma mitología, era considerado el señor del mundo de los muertos. Como ellos creían que para acceder al más allá era fundamental preservar el cuerpo tras la muerte, rendían culto a Anubis, el dios de la momificación. No quiso profundizar sobre la tumba de los faraones, a quienes enterraban con todos su bienes para disfrutarlos en el más allá, por tratarse de un tema harto conocido. Es curioso, dijo Constorsi, que en la mitología mesopotámica, Inana, la más compleja de las diosas, en su descenso al mundo de los muertos, le advierte a su criada que si en tres días no hubiese regresado, tomara las precauciones que le había dictado. Surge aquí, explicó, el primer significado mitológico del número tres en el proceso de resurrección, tomado luego por los cristianos para referirse a la de Cristo. Para los mesopotámicos, los demonios de la muerte existían con la finalidad de llevarse consigo a aquellos que tenían que morir. En la mitología griega, Hades es el dios del mundo de los muertos. El mito celta del otro mundo, como se lo describió la diosa Niamh al guerrero Oisin y que, por considerarlo como una correlación al cielo de los cristianos, lo leyó casi en su totalidad: "Se trata de la tierra más maravillosa de todas cuantas hay bajo el Sol. Los árboles están repletos de frutos, de hojas y de flores, y la miel y el vino abundan por doquier. El tiempo ya no corre allí; no conocerás allí la muerte o el debilitamiento. Todo será comer, divertirse y beber; oirás hermosas melodías y tendrás plata, oro y todo tipo de joyas…" En la mitología gaélica, el Otro Mundo aparece como la tierra de los muertos, gobernados por un dios llamado Donn. En la mitología japonesa, el dios Izanagi hizo un viaje por el tétrico mundo de los muertos, un horroroso lugar lleno de tinieblas.

Jesús, esta vez dicho de la boca de Nicolai Milanov Kretzmer, vivió en muchas ciudades de la India, dedicado a la atención y sanación de los pobres. Allá trató, con mejor éxito, de enseñar las fórmulas para el pleno desarrollo de la mente, lo que no logró hacer en su propia tierra, por no ser entendido. "Dentro de cada uno de nosotros está lo que necesitamos para la inmortalidad", decía a los que por loco lo trataban al principio y como maestro, después. Se negó a que lo siguieran, para evitar, aunque no lo decía, que se repitiera la experiencia de Judea, en donde la gente, por tener él especiales poderes mentales puestos al servicio del prójimo, lo llegaron a considerar, no un hombre de carne y hueso, igual a ellos, sino un ser superior, un ungido o un Cristo, al que calificaron de Mesías una vez levitó. Jesús no pensaba, como dijo Kretzmer, salir de Judea, pero al notar la cara de espanto o admiración que ponía la gente al verlo después de que lo consideraron muerto y, a sabiendas de que no iba a lograr convencerlos, prefirió marcharse con sus hermanos para evitar que se estableciera con él una dependencia nociva. Los hombres, al creer en conductores superiores, abandonan sus brazos para arar y pescar, lo único que tiene el pobre para vivir. En la India, Jesús fue un forastero errante: nadie sabía cuándo llegaba a una ciudad y nadie sabía cuándo salía. El objetivo de su vida fue de entrega a sus semejantes. La meditación ocupaba sus escasas horas de reposo. Ayunaba. Pernoctaba en cualquier parte de cualquier ciudad y nunca aceptó albergue de ricos, con quienes mantuvo una permanente rivalidad, no por ser seres humanos, sino por ser ricos. Dijo, y lo repitió: "Quien haya encontrado el mundo y se haya hecho rico !que renuncie al mundo!". Los comerciantes y los usureros le producían desprecio por considerarlos individuos que se aprovechan de las necesidades ajenas. "Si tienes algún dinero, no lo prestes con interés, sino dáselo a aquel que no va a devolvértelo", solía decir. Entre sus palabras y su vida existía una perfecta armonía. Ha sido dicho que en la India lo entendieron mejor. Mejor no equivale a bien, aclaró Kretzmer, y su preocupación fue que la gente de ese entonces, ignorante para la interpretación de hechos inusuales, ubicara al protagonista, como sucedió en Judea, en una categoría superior a la humana. Por todo ello decidió no residir en ninguna ciudad, y fue también el motivo de dirigirse a Roma. Quería demostrarles a los que les rezaban al Cristo, que esa fue una fábula, bien intencionada al principio, pero degenerada después por otros hombres. Hombres que sometían a los creyentes, cual rebaños cautivos, para gozar ellos de bienestar material. En su marcha solitaria a Roma, Jesús mantenía su rostro fresco y su vigor juvenil.

El Emperador Cayo Decio proclamó en el año 250 un edicto advirtiendo que todo cristiano que fuera capturado debería ser forzado a celebrar las ceremonias paganas so pena de ejecución. Los creyentes lo rechazaron y fueron perseguidos y asesinados; pero los obispos más influyentes, no. Hicieron circular entre los católicos una proclama en la que les aconsejaban celebrar tales ritos, los que, si existe la convicción de que se trata de festividades externas y en consecuencias alejadas del alma, en nada adulteran la fe. La proclama señalaba que ellos, sin coerción imperial, asistirían voluntariamente a esas fiestas sin ningún remordimiento. Jesús vino a redimir los pecados de la humanidad y no ha de permitir que se nos acorte la vida que Dios nos ha dado. La proclama, atendida por muchos, concluía diciendo que ellos, como legítimos representantes de Dios en la tierra, tenían el deber de evitar que sus corderos fueran inútilmente degollados. Los obispos se comunicaron con otros obispos. Conspiraron. Contactaron a los godos para asesinar al Emperador Cayo Decio. Lo lograron a cambio de pocas monedas. La persecución de los cristianos se detuvo en el año 251, justo después de la muerte del Emperador, comentó Das Silva, pero se reinició, con mayores bríos en el año 303, cuando otro Emperador, Diocleciano, reaccionó violentamente ante la renuncia de soldados, empleados imperiales y gobernadores cristianos. Esta actitud lo irritó, pero irritó más a muchos obispos, quienes por medio de intrigas, juramentos, lealtades y proclamaciones, habían logrado obtener con los Emperadores Galo, Emiliano, Valeriano, Galieno, Claudio II, Quintilo, Aureliano, Claudio Tacito, Floriano, Probo, Caro, Carino y Numeriano, acuerdos, firmes con unos, laxos con otros, que les permitían mantener y extender sus riquezas y sus territorios. Si algún emperador se acordaba de la existencia de los seguidores del Cristo y se ensañara contra ellos, los obispos, respetuosos de los acuerdos, preferían contemplar el titilar de las estrellas que denunciar a los perseguidores, y menos, enfrentarlos. Diocleciano destruyó las iglesias, los cementerios y los libros cristianos. Rescató en el año 304 el edicto de obligación hacia los cristianos de rendir culto pagano, el que fue avalado por los obispos. Pero esa vez el emperador le confiscó a la Iglesia todas sus tierras y riquezas.

Los obispos volvieron a conspirar. Se reunieron clandestinamente en Lugdunum animados en contactar al César Constancio Cloro por considerarlo el más tolerante de la Tetrarquía. Controlaba España, Galia y Britania.

11

En el largo y pesaroso viaje de la India a Roma, Jesús, ora caminando, ora sobre el lomo de un lento y aburrido burro, reflexionaba sobre los orígenes de su error. Solo lo acompañaba un hermano esenio, incorporado a la secta en los albores de su destrucción y autor de uno de los testamentos apócrifos que tanto han irritado a la Iglesia Católica, por su veracidad, confirmada por los hechos y las fechas, como lo comentó Da Silva.

Dije un día, pensó Jesús, "El reino de los cielos está dentro de ustedes y está fuera de ustedes". Esta oración, ya repetida hasta la saciedad, introduce al cielo, la bóveda celeste vista por todos en los días despejados, pero interpretada como el paraíso del más allá, fue el error de Jesús, ya que la gente no entendió que el cielo y la mente son lo mismo, y que a través de ella podemos transformar lo que está fuera de nosotros. Se cansó Jesús, no de caminar, sino de recordar las veces que había pronunciado esa frase, que por momentos calificaba como "maldita", ya que entre esa y otras frases y hechos, creó un mito que degeneró en dogma para convertirse en una religión que la gente sigue a ciegas y por la cual se está dejando matar. En una ocasión, siguió pensando, unas personas me preguntaron que cómo hacían para entrar al reino de los cielos y yo les contesté, "cuando sean capaces de hacer lo interior como lo exterior y lo exterior como lo interior". Era lo mismo, pensaba Jesús, quien también reconoció que para interpretar parábolas se debe tener una mente despierta, no la adormilada que reposaba dentro de los humildes pobladores de Judea. "Cuando saquen lo que hay dentro de ustedes, eso que tienen los salvará. Si no tienen eso dentro de ustedes, los matará". "Los salvará", repitió Da Silva, en contraste con "los matará", es una expresión tan sencilla, por cuanto que la antítesis de "morir" es "vivir" y la mortalidad o inmortalidad es de la vida, ya que, si existe el alma, como afirman los cristianos, esta ha de ser inmortal, por lo que Jesús se refería a la muerte o a la vida corporal.

También reflexionaba Jesús sobre otro vocablo pronunciado muchas veces, "luz". "Yo te alabo, luz, en las tinieblas de los infiernos". Cielo contra infierno, dijo Da Silva. Luz o iluminación contra tinieblas u oscuridad. "Yo he abierto el caos que me envolvía y me ha ceñido la luz". Ustedes también pueden hacerlo, les decía. A la pregunta de ¿cómo?, contestaba: "Renunciar a todos los bienes materiales, a la murmuración, al juramento, a la mentira, a los falsos testimonios, al orgullo y la vanidad, al amor propio, a la elocuencia, a los malos pensamientos, a la avaricia, a las rapiñas, a las malas palabras, al engaño, a la crueldad, al adulterio, a los homicidios, a las obras perversas, a la impiedad, a los envenenamientos, a las blasfemias. Ama a todos los hombres. Asiste a los pobres y a los enfermos." Este era el primer paso para llegar al reino de los cielos o alcanzar la luz, dijo Da Silva. Jesús seguía recordando. Les dije que una vez alcanzada la luz podían sanar a los enfermos y resucitar a los muertos, y curar a los cojos y ciegos y mudos, y toda enfermedad o aflicción.

En una ocasión, pensó Jesús, reviviendo la irritación que le produjo la incomprensión de la gente a lo que le dijo "siento dolor por ustedes, porque son ciegos de corazón, y no ven que han venido vacíos al mundo y vacíos saldrán de él". Das Silva explicó que esas palabras pronunciadas por Jesús con enojo, recogen la base de la solidaridad, al decirles a los que le halaban la túnica, que el corazón de ellos solo ve hacia adentro del cuerpo y es incapaz de atender las necesidades del prójimo. Los que parten de este mundo, aquéllos que su apego a los bienes materiales les impide el desarrollo de la mente, morirán solos, sin prenda alguna que los acompañe. "Un hombre bueno saca cosas buenas de su tesoro; un hombre malo saca cosas malas del mal tesoro que tiene en su corazón y habla y hace maldades". "Busquen ustedes también el tesoro imperecedero allí donde no entran ni polillas para devorarlo ni gusanos para destruirlo", con lo que Jesús mandaba un claro mensaje, ya que a lo único que no devoran las polillas y los gusanos es a lo inorgánico que llevamos dentro, la mente. "Que cada uno de ustedes excave hasta la raíz de la maldad que está adentro de sí mismo y arranque su raíz de su propio corazón. La arrancamos solo cuando la reconocemos". Cuando le solicitaban su opinión sobre las personas que anteponían sus placeres al sufrimiento ajeno, Jesús les contestaba: "No considero a éstos como hombres, sino como bestias. Pues de la misma manera que las bestias se devoran entre sí, así también los hombres de esta clase se devoran entre ellos".

Es falso de toda falsedad, dijo Da Silva, que Jesús fomentara el celibato. "La humanidad se basa en el matrimonio. Por eso tienes que tener presente la relación sexual pura, pues tiene gran poder. Su imagen implica una fusión de cuerpos". El expositor, para finalizar, se refirió al concepto que tenía Jesús sobre el amor, el que edifica sin exigir, el que entrega sin recibir, el que no se apropia de nada.

Por su parte, Constorsi también finalizó su participación en la asamblea puntualizando, según dijo, sobre algunos temas, los que, por lo estrecho del tiempo, había diferido.

—Los paralelismos son interminables —dijo—. El mito de que Caín mató a Abel tiene sus orígenes en el conflicto entres Set y Osiris, para reforzarse luego con otro mito sumerio sobre un pastor llamado Dumuzi, en el que, si bien no hay un asesinato, sí una elección de la diosa Innana, como ocurrió en el caso de Set y Caín.

Los tres hijos de Adán y Eva: Abel, Caín y Set, corresponden a los tres hijos de Geb y Nut: Osiris, Horus y Set. Set era el asesino, como lo fue Caín. Osiris y Abel, las víctimas.

Jacob engañó a su padre, Isaac, para quitarle la primogenitura a su hermano Esaú, con la complicidad de su madre, Rebeca.

Es un calco del relato egipcio sobre cómo Isis, madre de Horus, el hermano de Set, engañó a Set para que este renunciara a su disputa con Horus por el trono.

El relato de la venta de José, hijo de Jacob, por sus once hermanos, está inspirado en la leyenda egipcia sobre los doce reyes hermanos.

Las diez plagas que envió Dios a los egipcios son acontecimientos descritos en las típicas metáforas literarias egipcias.

La destrucción del templo filisteo por Sansón está tomado de un cuento egipcio sobre Ra-Herakhte. Sodoma y Gomorra eran ciudades míticas que jamás existieron.

Desde un sitio desconocido, el equipo de relaciones públicas del Vaticano, reemplazado en su totalidad para evitar las infidencias con el grupo de los veinte, le hizo una entrevista a Pedro II el jueves que precedía al Domingo de Ramos. El pontífice, rodeado de campesinos descalzos de ambos sexos y de todas las edades, que dibujaban en sus rostros un arco iris que recogía emociones desde la alegría al sufrimiento, lucía una sotana rota y sucia.

—Mañana en la tarde llegaré al Vaticano —dijo— Me espera un recibimiento especial. La furia del cáncer, los obispos intocables, han montado un operativo para asesinarme al descender del avión. Trajeron de vuelta a su viejo agente, una lacra inteligente.

Solicitó que se acercaran las cámaras de televisión y mostró un papel arrugado sobre el que resaltaban varias iniciales. Dos G, dos B y una K.

—Estas son las iniciales de los cardenales que se han autoproclamado el grupo conspirador, y en vista de que me he dedicado a propagar las verdaderas enseñanzas de Jesús, han encontrado en mí a la persona que está frenando y va a liquidar su voraz apetito de poder. Ellos son Cardenales de la Santa Iglesia Católica, Apostólica y Romana, una iglesia edificada sobre mentiras, intrigas y crímenes. Los doce apóstoles jamás existieron y menos que hayan escrito los evangelios. Jesús no nació el 25 de diciembre. Esa fue una fecha inventada por los padres de la farsa. Jesús no murió a los 33 años. La Biblia es una vulgar copia de mitos y leyendas de culturas anteriores. José y María concibieron a Jesús de una relación carnal. Jesús ha sido el único ser humano que desarrolló sus poderes mentales a plenitud, y todos los milagros, sin ninguna excepción, tienen una explicación en el uso de esa parte de la mente aún desconocida. Jesús no vino a redimir los pecados de nadie, ni a instituir religión alguna. Fue un hombre como nosotros, con el cuerpo, los huesos, la piel y los órganos como los tenemos todos. Jesús no murió en ninguna cruz, ni resucitó de entre los muertos. Esa es parte de la fábula criminal que nos han querido inculcar para que los fieles se mantengan como siervos creyentes a los mandatos de los oportunistas. No crean ni en el cielo ni en el infierno ni en el más allá. Todo lo que tenemos que hacer lo hacemos en esta tierra. El reino de los cielos está en el desarrollo de nuestra mente. Para alcanzarlo hay que empezar imitando la vida de Jesús, no apartándonos de ella ni renegándola, como hacen varios cardenales hoy en día y han hecho miles de curas desde que un Emperador romano fundó los que llamamos "nuestra iglesia". No tenemos que ir a ningún templo a adorar a ningún dios, porque el dios de las plegarias está dentro de nosotros mismos. Ese dios que llevamos dentro se complace cada vez que damos algo. Cada vez que damos algo se activa esa parte dormida que hay en nuestro cerebro. Cada vez que recibimos algo, se apaga. ¿No han notado que la propia jerarquía eclesiástica ha eliminado la segunda parte del primer mandamiento que la iglesia inventó: "Amar a Dios sobre todas las cosas", pero troncharon: "y al prójimo como a ti mismo". ¿Cuál fue el único ejemplo de Jesús? Amar a los demás. Si todos los seres humanos siguiéramos su mensaje no habría pobreza, ni riqueza acumulada en pocas manos, ni guerras, ni genocidios. Para muchos curas y para la mayoría de los llamados cristianos, la comunión con Jesús es un acto aislado que se da en un sitio llamado catedral, iglesia o capilla. Se cumple con la liturgia, por lo tanto, se cumple con Jesús o con el dios. Existe un fragmento, de los muchos que hay sobre la vida de Jesús, arreglado de acuerdo con las necesidades de la Iglesia, que se refiere a la expulsión de los mercaderes del templo. Eso es lo que son los templos: un mercado. La gente compra las hostias o lo sermones y los curas reciben dinero o cobran en especies. A eso se reduce nuestra Iglesia: a comprar y a vender.

En la ya conocida sala de estar del Vaticano, ante la larga pantalla plana de televisión, el cardenal Gruner exclamó:

—Hijo de puta. Nos descubrió.

—Hay que desmontar el operativo —agregó Barreti.

—Conocen hasta la forma de rascarnos los granos de las nalgas —dijo Gruner.

—Eso no importa —aclaró el cardenal Bontemp—. Si hemos perdido por las manos, ganaremos por la palabra. Ese hombre se ha desnudado. No lo recibamos con balas, sino con una proclama de indignación por tener un Papa impío que reniega contra lo sagrado de nuestra Iglesia. Analicemos el casete, visto por todos los ojos de la humanidad, y refutemos cada una de sus palabras en una conferencia de prensa.

—La que nos servirá, además, para demostrarle al mundo la génesis del miedo contra nosotros —agregó el cardenal Küner.

Jesús llegó a Edesa, la primera ciudad del imperio romano, dominada directamente por un Augusto, Diocleciano. Sin dificultad, encontró un refugio de los seguidores del Cristo, quienes al verlo, no disimularon su temor, por tratarse, según ellos, de algún enviado del Emperador que quería confundirse entre los cristianos para así mantenerse informado de la localización y el destino del grupo. Se vieron los palos y las piedras. Se oyeron los gritos de "lárgate, traidor". Jesús levantó su diestra y advirtió que no había nada de que temer. Que él era Jesús, el Cristo de ellos, lo que enfureció a la gente e incrementó su cólera.

—Aquí hay doscientas setenta y tres personas de ambos sexos. La menor tiene tres meses y es niña, la mayor, cincuenta y ocho, y es mujer —les dijo Jesús.

Como se ignoraba la cuantía de los miembros, se dedicaron a contabilizarlos. La cifra coincidía.

—La mujer que amamanta a un niño de cuatro meses está enferma —dijo Jesús.

El cuello de todos giró hacia la mujer de piel pálida, sudorosa.

—Acércate —le solicitó Jesús.

No se atrevía. Dos hombres jóvenes rodearon al recién llegado.

—Hazlo —le dijo un hombre mayor a la mujer.

La mujer caminó en dirección al forastero, con su hija en los brazos. Jesús le tocó la frente con el pulgar. La mujer recuperó su color. Su rostro se transformó en una figura sana.

97

—Eres un brujo —gritó la mujer de más edad—. Lárgate, charlatán.

La gente, sin abandonar las piedras y los palos, se fue acercando al extraño.

—Yo soy Jesús —dijo—. En mi nombre los están persiguiendo.

Jesús se acostó sobre una piedra grande, de superficie irregular.

—Les han dicho que resucité —les dijo, en el momento que su cuerpo se levantaba y se mantenía suspendido en el aire. Todos se detuvieron y dieron varios pasos hacia atrás.

—No me teman. No soy brujo, ni mago, ni chamán. Soy como ustedes. No soy ningún dios.

Volvió a reposar sobre la piedra. Se levantó.

—Jamás hablé de iglesias, ni de templos, ni de cielos, ni de infiernos. No le he dado a nadie la potestad de hablar en nombre mío. ¿Dónde están los obispos? Van de camino a los territorios del César de Maximiano, Constancio Cloro, con quien los farsantes están negociando sus vidas. Y ustedes, con los sentidos atrofiados, son los corderos, que sin saberlo, van a un inútil sacrificio.

—Estás blasfemando —dijo una mujer joven.

—La vida empieza y termina en la tierra —dijo Jesús—. El más allá está aquí, entre nosotros.

—Pero Jesús habló de la salvación del alma —cuestionó un hombre de escaso cabello blanco.

—Nunca hablé de alma. Hablé del reino de los cielos o de la luz que se logra cuando se ilumina la mente y se perfecciona. Solo así nos haremos inmortales.

—Lo inmortal es el alma, no el cuerpo —replicó el mismo hombre.

—Yo tengo más de trescientos años y mi cuerpo luce joven. Sano enfermos y resucito muertos. Ustedes también lo pueden hacer. No solo hay que abandonar los bienes, sino también el miedo. El apego es el veneno de la humanidad. Entre el prójimo y cada uno de nosotros, no debe existir piel. Somos lo mismo. El día que entendamos eso iniciaremos el camino hacia la perfección de la mente y nos haremos inmortales.

—Pero fue otro el mensaje que dejó Jesús. Él vino a redimir nuestros pecados.

—¿Saben ustedes dónde está el bien y dónde el mal? ¿Dónde lo bueno y dónde lo malo?

Esperó la respuesta que no llegaba.

—Dentro de nosotros mismos. Solo aquel que ama a su prójimo es bueno. Lo que ustedes llaman pecado no es más que el odio a los demás.

—¿Y los mandamientos?

—¿Qué mandamientos?

—Los que le entregó Dios a Moisés.

—Dios no existe. Moisés forma parte de la fábula judía.

—Has venido a engañarnos y a burlarte.

—El poder de la mente no tiene límites.

—¿Por qué te dejaste crucificar?

—Nadie me crucificó. Me colgaron en un árbol, sin resistencia. Quise demostrar que no era ningún Mesías. Soy forastero en esta tierra, pero sé que a una corta distancia, caminando hacia el norte, hay un riachuelo. Dos mujeres lo van a atravesar, en el tiempo que toma uno de ustedes si sale de aquí ahora mismo.

Un joven lo hizo. Al poco rato regresó. Dijo que lo dicho por el hombre era verdad.

—Que varios de ustedes caminen hacia una pequeña colina ubicada detrás de esta cueva. Allá me presentaré sin moverme de aquí.

Dos parejas se movilizaron hacia el lugar. Jesús se presentó ante ellos. Los cinco regresaron juntos, pero poco antes de ingresar, desapareció el "doble", como afirmaron los testigos. Momento seguido, Jesús, acostado sobre la misma piedra, disminuyó el ritmo de su respiración, hizo desaparecer la sangre de la piel hasta la total palidez y cerró los ojos. Lo dieron por muerto.

—La mente —dijo Jesús, ya despierto— lo puede todo. Solo hay que creer en nosotros mismos y ayudar al prójimo. Olvídense de religiones y de creencias promovidas por farsantes.

Con los mismos pasos que entró, desapareció.

Hizo lo mismo en otras cuevas de la misma ciudad. Llegó a Pergama. Repitió la escena. Llegó a Tracia, para descender a Dirraculo, ciudad controlada por el César Galerio, en cuyos territorios, la península balcánica, se persiguió atrozmente a los seguidores del Cristo, y donde Jesús encontró más dificultad para convencer de la comedia que, en su nombre, había montado un grupo inescrupuloso de obispos. Al intentar pasar de Mesia a Panonia, Jesús fue detenido por el ejército de Galerio, quien dio la orden expresa de su ejecución. Los soldados pensaron, como es de pensar en situaciones similares, que apresar a un hombre desarmado, vestido con una túnica rala y unas sandalias destruidas, acompañado de un hombre minúsculo y de un burro cansado, sería una tarea muy sencilla. Un grupo de ellos se acercó. Un soldado robusto lo empujó con firmeza, pero en vez de derribarlo, quien cayó al suelo fue el hombre grande, ante la sorpresa de los otros, los que, para confirmar lo que sus ojos acababan de ver, se lanzaron sobre Jesús y fueron derribados sin que aquel moviera un solo dedo. Tomaron las espadas, que se doblaban o quebraban al tocar la piel. Jesús continuó su andar y Galerio comunicó de los hechos al Augusto Maximiano, quien se dirigió personalmente con un contingente armado a las afueras de la ciudad de Mediolano, tránsito obligado de los caminantes que vienen de Mesía, y centro de operaciones del Augusto.

12

El expositor, conociendo el relato como los dedos de sus dos manos, continuó exponiéndolo sin necesidad de recurrir a documento alguno.

El obispo Barretiel logró, a través de un colaborador común, que los obispos Gruneron y Künerdicio se reunieran con el César Constancio Cloro en un lugar fuera del palacio, para que ni a los oídos de su Augusto Maximiano y menos a los de Diocleciano, llegara algún rumor de entendimiento con la secta perseguida; reunión llevada a cabo al finalizar una fiesta pagana, cuando los sentidos de la gente habían perdido la facultad de distinguir entre la realidad y la ficción. Constancio Cloro, a pesar de exteriorizar arrogancia, postura elemental entre los Augustos y los Césares, era un hombre que en la intimidad dejaba escapar destellos de sencillez, percibidos con satisfacción por los obispos, quienes, a sabiendas que la conversación a seis ojos, como se le llama ahora, sin saber como se le llamaba antes, tenía que ser breve.

—¿Cuál es su interés en conversar? —fueron las palabras de saludo del César.

—Conocer su posición en torno a los cristianos.

—No es diferente al edicto de Diocleciano.

—¿Podemos hacer algo para que usted no lo firme?

—Ponerse a mis órdenes. Eso les garantiza la vida.

—¿Qué precio hay que pagarle?

—Informarme sobre el refugio de los cristianos en los otros territorios. Así le explico a Maximiliano la causa de mi negativa a firmar el edicto.

—¿Cómo le llegará la información?

—De la misma forma como se logró la entrevista.

Los tres se levantaron, entendiendo que, por lo peligroso de la misma, la reunión había concluido. El abrazo, dado por los dos al César, protocolizaba el compromiso.

En la otra reunión, sostenida por los dos obispos con sus tres homólogos, hubo alegría compartida, ya que, según el obispo Bontempocio, con quitarle un pelo al lobo se había dado el primer paso, el que consistió, por una parte, en avisarles a los obispos más perseguidos, entendiéndose con ello, a los que se les había confiscado sus propiedades o a la mayoría, que se trasladaran, sin temores, a alguna ciudad de España, la Galia o Britania, donde se les garantizaba, por ahora, sin mostrar preocupación por un giro en los acuerdos, que se les respetaría la vida y lo poco que les quedaba. Por otra parte, la gente de Barretiel se encargaría de informar, periódicamente, sin abusar, de la existencia de uno que otro refugio de los católicos en los otros territorios, para que el César recibiera el mensaje de que había negociado con gente de palabra. La palabra "sin abusar" significaba, como se lo explicó Gruneron a Barretiel, que si se daban a la tarea de informar al Imperio sobre el paradero de todos, al caer Diocleciano o cambiar de parecer, se quedarían, por un lado, sin gente que, con tal de salvar su alma, se despojaría de todo lo que adorna al cuerpo, adornos que engordarían los tesoros de los obispos y, por el otro, sin soldados, que eran los mismos católicos, los que, al desconocer lo que les iban a hacer, servirían de base para una negociación, si se le dice al Emperador el número, su valentía y capacidad de luchar hasta dar la vida por Dios.

Los cinco obispos no se conformaron con el acuerdo: querían recuperar sus bienes y si bien, el Augusto Maximiano era el más fiel amigo de Diocleciano, una vez eliminado este, el otro entendería que también podría hacerse lo mismo con él. Por ello, como lo sugirió el obispo Bontempocio, que una vez que se tiene paz en el cerebro, refrendada en este caso por el abrazo del acuerdo, se podían estudiar todas las posibilidades de eliminar el obstáculo que significaba Diocleciano.

—El ejército de Diocleciano es mercenario —recordó Geneteuldo.

—Más bien, era —aclaró Barretiel—. Ahora lo rodea una guardia fiel.

—Pero las reformas que está implementando van a ahogar a los súbditos —dijo Gruneron.

—Pero no al ejército —volvió a aclarar Barretiel— Y a los mercenarios que tiene alistados se lo atienden bien, si se les paga bien. La idea de organizar una revuelta popular sobrepasa el límite de la imposibilidad y si se nos descubre, como de hecho va a ocurrir, solo nos queda esperar el juicio de Dios. Sobornar al ejército u organizar un levantamiento son posibilidades eliminadas de cualquier mente racional.

—Entiendo —dijo Geneteuldo— que Clarissa, una de sus concubinas, que aún no ha perdido el contacto con el Emperador, se le ha excluido de su harem íntimo y, como lo demuestra la historia hasta la saciedad, el móvil de esas mujerzuelas es su subordinación al poder y al dinero, y si ella perdió su vínculo con el primero, tal vez con una oferta tentadora, de esas a las que el no ni siquiera le acaricia el espíritu, se animaría a hacer el trabajo, sobre todo si se le explica la ausencia de riesgo de ser descubierta y así concluir que podría beneficiarse ella y de paso beneficiarnos a todos.

Los cuatro obispos miraron a Barretiel, quien, a pesar de admitir que no tenía contacto directo con algún funcionario del círculo de Diocleciano, aceptó, por lo menos, indagar.

En vista de que el hombre, con las generales descritas y con un burro como único compañero, ya que al hermano lo había enviado de vuelta, no llegaba a Mediolano, Maximiano dispuso enviar a la frontera con Panonia a un grupo de soldados, con órdenes de mantenerse compactos y no confrontar a nadie; y a otros, más numerosos, a cepillar los alrededores de la ciudad, con las mismas indicaciones, mientras que él entraría a la ciudad, y en su palacio recibirá toda la información. Los soldados regresaron de la frontera sin encontrar señal alguna, como también lo hicieron los otros, con lo que el Augusto concluyó que lo dicho por el ejército de Galerio no era más que

103

alucinaciones producidas por el consumo exagerado de vino. Así se lo hizo saber a su César, quien, sin escuchar las explicaciones de los soldados testigos de lo ocurrido, los mandó a ejecutar en presencia de muchos, como escarmiento para los que se alejan de la verdad. Sin embargo Diocleciano, ya enterado de los sucesos y de su desenlace, empezó a recibir noticias, por un lado confortantes, pero por otro inquietantes: los sitios visitados por el hombre con el burro, que decía ser Jesús, permanecían vacíos. Se enteró, también, de unas extrañas disputas entre dos sectas de cristianos, una de las cuales se mantenía fiel a sus creencias y la otra, se alejaba de ellas porque, según afirmaban, lo oído hasta el momento no eran más que mentiras inventadas por un grupo de hombres que resultaron beneficiados con esta burla. Los que esto afirmaban, le contaron al Emperador que habían sido visitados por un hombre joven, de barba cobriza y cabello desordenado, que, luego de hacer cosas inverosímiles, como sanar enfermos, flotar en el aire, estar en dos sitios a la vez, adivinar el futuro, comunicarse sin hablar, dijo que era Jesús y, posteriormente, se perdía acompañado de un burro de edad indeterminada.

De ser todo esto cierto, pensó Diocleciano, el hombre pasó por Madiolano y quién sabe qué hizo para no ser percibido. Maximiliano, al recibir las preocupaciones del otro Augusto, hizo registrar todas las casas de Madiolano e intensificó la búsqueda en las cuevas aledañas. No encontró nada. A los cristianos que descubrió, los mandó a ejecutar, a menos que le confesaran que se habían encontrado con un hombre que decía llamarse Jesús. En vista de la negativa, su orden se cumplió. Galerio sí confirmó los rumores que le llegaron a su Augusto. Se presentó al palacio de Diocleciano con varios hombres esposados, quienes, sin necesidad de juramento, como se lo había dicho el forastero, le dijeron que Jesús vivía, pero, lo que de él se decía era falso, que lo único que perseguía era que los hombres se amaran entre sí. Diocleciano, una vez que hubo interrogado a los hombres y, en vista que lo dicho coincidía con lo oído por él, le ordenó a su César que los pusiera en libertad, que esos pobres diablos no eran amenaza para nadie, que los otros, los cristianos, seguidores ciegos de otros hombres, podían, si así lo decidían los jerarcas, enfrentar al

Imperio y, de continuar organizándose, destruirlo y colocarse en los puestos de ellos, por lo que, ordenaba el Emperador, la persecución se intensificara. Galerio, más cruel, pero más parco, le preguntó si no le temía al hombre aparecido con el nombre de Jesús, a lo que el sacerdote personal de Augusto le contestó que el mundo está plagado de magos y de brujos, cuya charlatanería no pasa de algunos actos aislados, los que vistos por ojos temerosos, le confieren poderes especiales que realmente no existen. Que se marchara tranquilo, que ese tal Jesús no volvería a ser visto, y lo ocurrido en la frontera debería ser interpretado como lo hizo el otro Augusto. Galerio se retiró, pero intranquilo. Con el paso del tiempo, y luego de que sus hombres buscaron al personaje con poderes especiales, sin volver a tener noticias de él, el César fue perdiendo el interés y la preocupación por el misterioso individuo se disipó.

Los cardenales Constorsi, desde Ciudad de Cabo; Ernesto Mazuri, desde Buenos Aires; John Valeri, desde Vancuover y Otto Wolfere, desde Berlín, le hablaron a la prensa, mientras Pedro II viajaba en el avión que lo llevaría al Vaticano, vestido con una sotana limpia y con sandalias nuevas. Los cuatro prelados leyeron un documento, mediante el cual se identificaban con las palabras dichas por el Papa justo antes de abordar la nave. Señalaron, además, que la Semana Santa o Semana Mayor, como se decía antes y aún se dice en algunos sitios, era otro invento de la Iglesia. Ficción que se originó al secundar la actitud fanática de la congregación de los Hermanos de la Penitencia de Cristo, en el año 1240. Para aquellos que lo ignoraban, esta congregación se convirtió en el siglo XVI, en la cofradía de la Santa Cruz, cuna de las cofradías penitenciales que pronto se difundieron por Europa, primero, y por los otros continentes, después. Agregaba el comunicado que ellos, por obligación moral con los feligreses, les informaban también que la Pascua Cristiana tiene sus raíces en el paganismo de la zona germánica donde se celebraba una fiesta en honor a Eostre, diosa de la primavera y de la luz, que se realizaba el 21 de marzo, el equinoccio de la primavera, al terminar el frío y la oscuridad. Terminaban diciendo que el Papa, una vez arribara al Vaticano, si no era asesinado, como él lo había anunciado, se iba a referir, no al significado de la Semana Santa, que no era más que una colcha de retazos de las alucinaciones de los sectarios, acomodados y mejorados durante años, sino a cada una, o al menos las más importantes fábulas que la jerarquía eclesiástica había introducido a través de la historia, para mantener "embobados" a millones de personas en todo el mundo, patrañas por las cuales han muerto y se han matado a muchos millares. Para concluir, dijeron, que la semana que se aproxima no tiene nada de santa, por lo que la gente está facultada para realizar las actividades que a bien tenga, aunque muchos países, que aún mantienen vínculos con la Iglesia a pesar de la Revolución Francesa, la que entre otros logros, la separó del Estado, incluyen el viernes santo en la lista de días no laborales. Una vez terminada la lectura, los cuatro cardenales dijeron que la nueva Iglesia se iba a acercar a Jesús, acercándose a los hombres, con lo que dieron a entender o lo dijeron con palabras silenciosas, que los que mandan y han mandado siempre, que son los mismos con otros rostros, han tomado el nombre de Jesús como un estandarte para su propio beneficio.

Una vez los cardenales dejaron de hablar, y el Papa acomodado en el avión en la clase turista, el movimiento por el "Sí al matrimonio gay" y el de "Sí al aborto", con sede en todas las capitales del mundo, invadió las televisoras y las emisoras radiales para apoyar lo dicho por el Papa y ratificado por los cuatro cardenales. El grupo heterogéneo que se tatuaba con el rostro de Jesús o lo llevaba en las botellas o en las bolsas de polvo blanco, salió, desorganizadamente a las calles de las mismas ciudades, a manifestar su defensa y solidaridad con la reciente posición de la nueva Iglesia; porque, además de estar de acuerdo con lo dicho, entendía que la confrontación con los que mantenían las posturas tradicionales, a las que calificaban de retardatarias, dogmáticas y obsoletas, era inminente, tal como lo pensaban los curas que abogaban en contra del celibato y a favor del matrimonio de los sacerdotes, quienes también se manifestaron en una forma aún más desafiante. Cuando el avión en el que viajaba el Papa pisó la pista del aeropuerto principal de Roma, se logró ver, desde la ventanilla, una gran movilización del ejército italiano que ya había desalojado toda el área, retirando a los familiares de los pasajeros y a un número considerable de curiosos, quienes querían que nadie les contara lo que iba a suceder. Una vez colocada la pasarela cerrada frente a la puerta del avión, Pedro II le dijo al Secretario del Vaticano que no pensaba abandonar el avión si el ejército no se retiraba y le solicitó que saliera al recinto reservado a los periodistas acreditados a decirles lo que acababa de escuchar y de agregar las palabras que Pío XIII mantenía en sus labios "Jesús no necesita guardaespaldas".

Pedro II fue el único pasajero que se mantuvo en el avión, mientras Das Silva, a quien los periodistas le ametrallaban el cuerpo entero con preguntas de todos los calibres, se limitó a decir lo que el Papa le dijo que repitiera y se dirigió hacia la oficina del ejército a agradecerle su preocupación; pero a la vez, a solicitarles que se retiraran del lugar, palabras que no entraron con comodidad por los oídos del general que dirigía el operativo, el que, antes de tomar una decisión, se vio obligado a consultar con el superior inmediato, el cual tampoco decidía si el propio Presidente no daba la orden.

El ejército se retiró y la multitud, que cada vez crecía más, y que se mantenía frente al cordón humano de seguridad que mantenían las bayonetas caladas, se esparció, sin ningún control. Unos se dirigieron hacia el avión, que fue rodeado para proteger al Papa según se lo decían a los reporteros y, otros fueron hacia la puerta de la nave, para custodiar al pontífice, como también se lo decían a los periodistas. Tales escenas captadas en vivo por la televisión italiana, se difundieron en el acto a todas partes, a través de los satélites, con la conciencia de que en ese momento, los habitantes del mundo estaban pendientes de lo que iba a ocurrir a la llegada del Sumo Pontífice a la Santa Sede. La gente, contrario a lo que suele ocurrir al estar cerca de un personaje famoso, se limitó a amparar al Papa, mirando a todos lados, como si fueran expertos en el arte de la protección.

—Se nos está escapando la oportunidad dorada —comentó Gruner.

Basilio Das Silva, el Secretario de Estado, recibió a los periodistas en la sala de reuniones del propio aeropuerto. Se sentó detrás de una extendida mesa de caoba cuya madera no se lograba ver por la incontable cantidad de micrófonos, y dijo que, una vez terminada la entrevista, serían llamados al Vaticano, donde unos conspiradores, animados en alejar a Jesús de la gente, iban a intentar mantener la postura de la jerarquía de la Iglesia desde que la misma fue fundada por Constantino El Grande.

—¿Nos puede decir, su excelencia —preguntó una joven periodista, blanca, rubia y con acento sajón— si el Papa cree en Dios?

—No, el Papa no cree en el Dios que nos ha enseñado la Iglesia a creer.

—¿En qué Dios cree? —volvió a preguntar la misma periodista.

—En el que todos llevamos dentro.

—Entonces, según ustedes, hay muchos dioses —preguntó un reportero nipón.

—Sí, cada uno de ustedes es un dios.

—Eso es una herejía —dijo indignado un periodista español.

—¿Es usted comunicador social o inquisidor?

—Pero es un sacrilegio sostener que Jesús fue producto de una concepción carnal.

—¿Cuántas vírgenes hay? ¿Cuál es la verdadera? ¿A cuál de ellas niega la Iglesia? A ninguna. Todas representan ingresos, el motor del Vaticano.

El grupo conspirador consideró que era el momento. Al terminar Das Silva, los periodistas, sin ser llamados, acudieron al Vaticano. En el salón de reuniones, con los pisos de mármol y las cortinas con vetas de oro, los esperaban los cinco cardenales con el ropaje púrpura. Gruner, luego de hacer una introducción sintética, en la que, con cara de hombre humillado, dolido, compungido y sorprendido, dijo que Pedro II y su garulilla habían tomado por asalto a la Santa Iglesia, profanado una religión que, durante más de dos mil años, había conducido al pueblo cristiano por el camino que lleva a Dios, nuestro Señor, Padre Eterno y Omnipotente.

Luego de hacer la señal de la cruz y ante la mirada lánguida del cardenal Küner, por cuyas mejillas rodaban lágrimas, le solicitó al cardenal Bontemp, a quien presentó como un hombre venerable a que, además de dar las excusas a la comunidad católica por el comportamiento de esos desenfrenados, les dijera, como doctor en Teología, los pasos, las luchas y las reformas que ha tenido que hacer la Iglesia para preservar el nombre de Dios del ataque permanente y despiadado de los discípulos de Satanás.

El cardenal Bontemp inclinó su cuerpo para acercarse a los micrófonos que no cabían en la brillante mesa.

13

Tarsiso, un hombre joven, enjuto y bizco, con la boca llena de baba, conocía el hogar de Clarissa, mujer morena, de vivaces ojos verdes y cabello azabache que le cubría coquetamente la parte izquierda del rostro. "As", el hombre de confianza del obispo Barretil lo había contactado, utilizando para ello los rudimentarios y poco eficientes, pero a la larga eficaces, sistemas de espionaje. Según lo explicó el propio As, identificó a Tarsiso cuando hablaba con unos sirvientes del Emperador y le escuchó pronunciar el nombre de Clarissa, por lo que lo abordó, con el disimulo de aquel rico con hambre que se abstiene de solicitar comida. Tarsiso, con pocas células cerebrales activas, contestó a la pregunta revestida de indiferencia, de si él conocía el hogar de la mujer. Luego, los dos se dirigieron hacia allá. Durante el trayecto, As, con poco esfuerzo, fue halando las palabras que quería escuchar, las que confirmaban que en efecto la mujer había sido una de las preferidas de Diocleciano, pero que por algún motivo que él no conocía, ya no lo era. Como ocurre siempre, las personas con escasa capacidad de hilvanar ideas no se percatan de esa carencia, causa que lo llevó a comentarle a su compañero de viaje que el Emperador la había sustituido por otra; pero que ella, siempre fiel, ya que no tenía otro hombre, acudía a palacio solo cuando los apetitos del Augusto se encendían. Esto último lo dijo sin entender, por lo que As dedujo que lo había tenido que escuchar de la boca de la mujer desplazada. Una vez en casa de la joven y en presencia de Tarsiso, quien no iba a comprender lo que se iba a hablar, As, que sabía combinar la rigidez con la largueza, utilizó la última: le ofreció muchas monedas, las que, a juzgar por la forma como la sorpresa le hizo bailar los ojos, pensó que en la mujer nunca se había asomado la posibilidad de que existiera tanto dinero para ella sola. Cuando preguntó lo que tenía que hacer para merecer semejante suma, As, esta vez separándola de los oídos de Tarsiso, ya que las palabras que iba a escuchar sí las iba a entender, le dijo que un grupo numeroso de personas, con tanta riqueza como la del Emperador, lo querían asesinar; aunque en ese primer momento no utilizó la palabra que acaba de ser escrita, sino "eliminar", que es menos ofensiva en la conciencia de cualquier persona, pero que hasta para Tarsiso significaría lo mismo. La joven primero se sorprendió, más bien, se alarmó; pero As, haciendo elogios con la blandura, le dijo que, además de la compensación monetaria, los hombres de fortuna le tenían programado otras especies y que si ella era inteligente, como aparentaba serlo y como decía la gente que era, no dejaría pasar una oportunidad como la que se le estaba ofreciendo. Le agregó que, quienes lo enviaban a esa misión, garantizaban que su vida estaría libre de todo riesgo, porque la fórmula que ella utilizaría impediría que los custodios conocieran a la autora del crimen y menos el método utilizado. Finalizó, para darle más confianza, diciéndole que era seguro, ya que se había utilizado en otras ocasiones; que nadie pensaría que se trataba de un asesinato, sino que lo tomarían por una muerte natural, de las que se presenta en cualquier momento sin respetar la edad.

A pesar de que Clarissa solicitó un tiempo para pensar, As, conocedor de que en la mayoría de la gente el tiempo para reflexionar, si bien no aleja la maldad, sí atrae al miedo, le entregó por adelantado una bolsa de monedas. La joven, al introducir la mano y extraer algunas, se excitó al comprobar que era argénteo, la más valiosa moneda y la única de plata, la que solo circulaba en selectos círculos del Imperio. Ella tuvo la oportunidad de conocerlas solamente una vez: el primer día que Diocleciano la hizo suya; después, para mantenerla complacida, le obsequiaba las de bronce. La respuesta la dio manoseando las monedas, aunque, para no ocultar verdades, le hizo saber a As lo que él ya sabía: que la única manera de presentarse en palacio era cuando el Emperador así lo deseaba.

Galerio fue también el primero en advertir que los obispos que no fueron ejecutados se habían marchado de su territorio, como lo confirmó al escuchar la confesión bajo tortura de varios cristianos, los que decían lo mismo y se sentían, como también lo confesaron, abandonados a su mala suerte, no por haber escogido como religión a la católica, por la cual continuaban dispuestos a ofrendar sus vidas actuales por alcanzar otras mejores, sino por el abandono de sus pastores.

Galerio, para asegurarse de que el mensaje que le enviaría a su Augusto era veraz, se tomó el cuidado de enviar tropas por toda la península balcánica, no tanto para eliminar cristianos, sino para confirmar la ausencia de obispos, lo que fue demostrado a los pocos meses. Diocleciano, una vez recibida la noticia y verificado que en su territorio ocurría otro tanto, se contactó con Maximiano, quien le indicó que, curiosamente, en la frontera de sus tierras con la Galia descubrieron a varios obispos que se disponían a cruzar hacia los territorios dominados por Constancio Cloro, el que, como ya era sabido, se negó a firmar el edicto de persecución.

Los cristianos, tropas sin comandantes, se fueron disgregando, y si bien no perdieron la fe, dejaron de convertirse en peligro para el Imperio, que no detuvo las persecuciones, sino que las debilitó. El otro grupo, el que volvió a ver, escuchar y actuar a Jesús, trató sin éxito de reorganizar una secta con ideales parecidos a los de los esenios, pero fueron a su vez perseguidos por los seguidores del Cristo, acusados de herejes y sometidos a todo tipo de vejámenes, muchos de los cuales se extinguieron en las llamas de las hogueras o en el filo de las espadas.

A Tarsiso se le dio como única función la de comunicar a As, por conducto de un tendero, el momento en que Clarissa era llamada por el Emperador, lo que se produjo una tarde del mes de mayo del año 304. La mujer, sumisa como era su obligación, se presentó a Palacio donde Diocleciano vestía un ropaje tejido en oro y cubierto de joyas de metales preciosos. La mujer se tumbó a sus pies. Le abrazó y besó las piernas. Luego de recibir la orden se retiró hacia una habitación privada. Al llegar el Emperador, le dijo que, en recompensa por todos los favores, ella se había dedicado a prepararle un manjar que mantenía dentro de un pequeño tarro y que deseaba verle el rostro de satisfacción mientras lo comía con la lentitud que exige un alimento exquisito.

Clarissa, a medida que hablaba, se iba despojando de toda su ropa hasta llegar a la total desnudez, momento que tomó el Augusto para abrir el tarro y dárselo a probar a la mujer ya tendida en la cama, la que lo rehusó alegando que todo su esfuerzo era solo para él.

Pasados los minutos de pasión, el manjar permanecía intacto dentro del tarro y Diocleciano, una vez saciado, perdió el interés por todo lo que le pertenecía a la saciadora, por lo que, con una palmada, sutil a los oídos de otras mujeres, les dio a probar el contenido del tarro. Clarissa no terminó de vestirse cuando las mujeres cayeron, sin vida, en los blancos pisos de mármol. La furia del Emperador se concentró en sus ojos antes de dictar la sentencia fatal.

Los obispos, desilusionados con los informes de As, diseñaron un nuevo plan. Ya no solo aspiraban a que se les permitiera la capacidad para movilizarse, sino también a negociar con Constancio Cloro para recuperar lo que se les había quitado. En la primera reunión, llevada a cabo en presencia del hijo mayor del César, Gruneron y Künerdicio le propusieron compartir con él la mitad de las propiedades confiscadas por Diocleciano, las que, según los obispos, tenían un valor ilimitado. La propuesta fue rechazada por dos razones, como se les hizo saber de inmediato. La primera, evidente: no se podía posesionar de tierras fuera de su área. La segunda, menos evidente: era imposible trasladar tanta riqueza por territorios ajenos a su dominio sin ser descubiertos. La otra razón, aun más importante, pero no dicha, era la manera de obtener los bienes confiscados sin que mediase una guerra que el César no podía realizar, primero por sus limitados recursos y segundo, por su fidelidad al Augusto Maximiano. Constancio Cloro además les advirtió, poco antes de terminar la reunión, que si se enteraba de que ellos insistían en recuperar sus bienes y que para ello efectuaban alguna acción, se vería obligado a firmar el edicto, e iniciar, en contra de ellos, una persecución, tal vez más cruenta que la que efectuaba Galerio. Los obispos sintieron que se les ataban las manos. Sin embargo, ignoraban la conversación que sostuvo Constancio Cloro con su hijo Constantino poco después de que abandonasen el local.

Jesús permaneció oculto dentro de una cueva en una pequeña región montañosa entre Medioclano y Bononia, inaccesible a cualquier ser humano. Vivía de frutas, vegetales y la leche de una cabra que domesticó. Reflexionaba sobre lo que sabía iba a ocurrir en poco tiempo y lo que había ocurrido con la gente con quien tuvo la oportunidad de conversar y de convencer.

Constantino contactó por sus propios medios al obispo Gruneron, de quien sabía, como lo sabían todos, que era el más influyente, aunque desconocía, como lo desconocían todos, la cantidad de cristianos dispersos por los territorios de la tetrarquía, número que los obispos abultaban para demostrar que detrás de ellos existía un ejército escondido capaz de actuar de forma violenta, con solo una señal; pero que ellos, pacíficos por los mandatos de su religión, eran incapaces de darla, a menos que no les quedara otra opción, como lo podían confirmar el César Galerio y el propio Diocleciano al enterarse de las acciones de los cristianos en contra de una secta blasfema.

A Constantino sí le interesaba la propuesta de los obispos, pero veía, como lo veía su padre, los obstáculos, insalvables en esos momentos, para concretar cualquier acuerdo, a menos que ambos Augustos, Maximiano y Diocleciano, cumplieran el compromiso de abdicar el próximo año, lo que él veía difícil. Aunque si llegaran a hacerlo, cavilaba Constantino, se iniciaría una tórrida guerra de sucesión que pondría en peligro al Imperio. Además, le interesaba que los obispos católicos, a quienes se les había dado libertad de movilización dentro de los territorios de su padre, conocieran su intención de mantener las relaciones y que, si la sucesión de su padre se realizaba, como lo establecía la ley, él sería primero César y luego Augusto, al renunciar Maximiano.

Diocleciano y Maximiano, alejados de los recelos de Constantino, dimitieron. Constancio Cloro fue revestido como nuevo Augusto en reemplazo del segundo, pero ya sus relaciones con la Iglesia se habían deteriorado al percatarse de que los obispos no cesaban en sus "ambiciones", término que quiso ser suavizado por su hijo al comunicárselo a los obispos, utilizando el de "aspiraciones". Estos vieron al nuevo Augusto como otro enemigo, al que, si no lo eliminaban pronto, iba a acabar con ellos, como en efecto confirmaron cuando se enteraron de que estaba presto a firmar el edicto persecutorio.

El obispo Barretiel se enteró de que Constancio Cloro estaba preparando una expedición hacia Britania para enfrentar a los Pictos, los tatuados, una confederación de tribus con las cuales dos de los varios obispos que vivían en el área, mantenían un fluido intercambio. Lo peligroso de la aventura, como lo hizo notar el obispo Bontempocio, era que su hijo Constantino lo acompañaría y si la propuesta conocida de Gruneron, antes de ser pronunciada, se llevaba a cabo sin las providencias necesarias para mantener vivo a Constantino, se daría al traste todo lo acordado con el futuro Augusto. Constancio Cloro se dirigió con sus tropas a Caledonia, pero, si el veneno falló con Diocleciano, fue efectivo contra el Augusto, entregado en una fatigosa noche por el obispo Mitchel, quien ya se había infiltrado en el campamento levantado en la ciudad de Eboracum, guiado por los Pictos. El veneno, a diferencia del que se le entregó a Clarissa, y a sugerencia de Küneron, debería tener una menor letalidad para que se pensara, como en efecto se pensó, que la muerte había sido por razones naturales, porque para un hombre de cincuenta y seis años los altibajos de esa aventura podían comprometerle la salud. El obispo Mitchel, para evitar sospechas, continuó en la expedición hasta el final. El mismo día de la muerte de su padre, Constantino fue proclamado nuevo Augusto, primero por un grito solitario del general Crocus y de inmediato, por toda la tropa.

En Lutecia, en el interior de una modesta residencia, como le había advertido el César Constancio Cloro al obispo Gruneron que debería ser su refugio, los cinco obispos con las copas llenas de vino celebraron el triunfo hasta la inconsciencia; pero con la resaca martillándoles la cabeza, se enteraron de que Galerio, el más déspota contra los cristianos, había reemplazado a Diocleciano como Augusto.

—Una de cal, otra de arena —comentó el obispo Geneteuldo.

Constantino se enteró de las actividades de los obispos, los que, con el riesgo de una ejecución, enviaron al obispo Geneteuldo, revestido de cualidades divinas y vestido con una túnica de seda fina, a presentarse como el dios de la guerra, para indicarle a Majencio, de quien se conocía su proclividad hacia la superstición, que, como buen presagio por tratarse del mismo día, 28 de octubre, en el que subió al trono, debía enfrentar a las tropas de Constantino, no en la defendida ciudad de Roma, batalla en la cual saldría victorioso, sino cerca del puente Melvio, donde sería derrotado. Esta vez la celebración de los cinco obispos no fue en privado, sino junto al nuevo monarca absoluto de los romanos. En el banquete de agradecimiento ofrecido por el Emperador a los obispos en el lujoso comedor del palacio Imperial revestido de oro, maderas importadas, copas de plata, comida para saciar el hambre del mundo y vino para emborrachar a todos los ejércitos, justo antes de que el obispo Gruneron, con un vestido blanco de una sola pieza y en cada dedo varias sortijas de diamante y en el cuello una cadena chata de oro macizo y con olor a perfumes, levantaba su diestra para dar loas al Emperador, salió detrás de una cortina un hombre joven y blanco, con barba cobriza y cabello desordenado, cuya vestimenta harapienta contrastaba con el lujo exuberante. El desconocido se acercó a los sorprendidos comensales, haló el mantel, se subió a la mesa y habló. La guardia personal del Emperador quedó inmóvil.

14

Al momento en que el cardenal Bontemp se disponía a hablar, aparecieron dos recuadros en las pantallas de televisión. En uno se veía al Papa con el Secretario de Estado y en el otro al cardenal Constorsi, de modo que los televidentes podían apreciar en un mismo espacio los rostros y las voces de los ocho personajes y, a la vez, cada uno, al mirar a la pantalla, se apreciaba a sí mismo y a los demás, convirtiendo la conferencia de prensa en una confrontación, como se entendió de inmediato.

—Parece que somos David, en esta lucha contra Goliat —dijo Bontemp, con voz pausada.

—Empiezan con una mentira, —replicó Constorsi porque si es que David existió, quien mató a Goliat fue Elijanán, un miembro de la tropa elite del rey conocida, o al menos así fue escrito, como Los Treinta. Además —agregó Constorsi—, la idea de valiente y superdotado que la Biblia le atribuye a David es por ser del mismo linaje al que perteneció posteriormente Jesús, según la misma Biblia.

—De acuerdo con esa novedosa tesis, si no existe el abuelo, tampoco el nieto. Si no existió David, tampoco Jesús —dijo Bontemp

—De muchas mentiras juntas han querido hacer una verdad —dijo el Papa. Si ni ustedes mismos conocen el origen de sus tatarabuelos, ¿por qué se quiere ligar a un personaje del que hay sobradas evidencias de que existió, como Jesús, a otro mítico, que parece posar solo en la imaginación?

—Tachar de un plumazo a David es desintegrar los textos sagrados.

—Que de sagrados solo llevan el nombre.

El cardenal Bontemp, dueño de una paciencia extrema, hombre recursivo y experto en desnivelar los debates, con un movimiento lento de los labios y una ironía desconocida, dijo:

—La religión no existe, ni ha estado vinculada a la cultura de los hombres.

La respuesta del Papa se dio de inmediato.

—La religión, fenómeno útil a las necesidades del hombre, se ha incorporado a su cultura desde antes de que fuéramos humanos. Lo curioso es que el Dios de nuestra Iglesia se haya olvidado de la humanidad que no lo adoraba a él, sino a diosas y a dioses. Desdichados, pecadores, que en la actualidad arden en el infierno, nuestros hombres primitivos no tuvieron la oportunidad de nacer en la época de Dios.

—Me da una extraña mezcla de pudor, vergüenza y alegría escuchar que un seguidor de Pedro se exprese con semejante insolencia a la vista de ustedes. La alegría es porque se ha quitado la careta y con la farsa de imitar la vida de Jesús, lo que pretende es corroer los cimientos de una institución que lleva predicando la palabra de Dios por más de dos mil años y ha resistido, con todos los errores en la Iglesia, pero jamás de la Iglesia, la que es infalible por los designios del Señor, los embates y tentaciones de los orígenes de la maldad. Hoy, queridos fieles, el mismo Satanás, disfrazado de Papa, nos ha asaltado.

—Limítense a cuestionar las palabras del Papa —le solicitó Das Silva—, no a sermonear con un contenido viciado, obsoleto y ridículo.

Los cinco obispos se movilizaron y hablaban todos a la vez, lo que envió el mensaje de que si los participantes estuviesen juntos, los problemas de la fe se hubieran resuelto a trompadas.

—De mi boca no pueden salir palabras que den pie para incurrir en el sacrilegio —dijo Bontemp, separándose de los micrófonos.

—Así terminan las confrontaciones: huyendo —dijo Constorsi.

—Ya se enterró la etapa de los dogmas. Hasta los científicos se están desmoronando —arguyó el Papa.

Desde su oficina en el Vaticano, Olivo Crespo se limitó a sonreír. Había sostenido durante las asambleas de las juventudes cristianas, que si un hecho no es verificable, ni admite refutación, no es científico. Sus sólidos argumentos se aceptaron sin vacilación. "Hasta Einstein decía que tal vez mañana dos más dos no sean cuatro". La comunidad de científicos es un grupo obediente de los paradigmas; pero los mismos cambian a una velocidad sorprendente. "Encontraremos las explicaciones de todo, porque todo es posible, menos Dios". Algunos condiscípulos le decían, en broma y en serio, que esa era también una posición dogmática, a lo que contestaba que a medida que se desenredaba la historia, se enterraban los mitos.

Cuando los periodistas empezaron a soltar preguntas, los cinco obispos, dando las bendiciones, se retiraron de las cámaras para dejar a las pantallas partidas en dos.

—Han visto ustedes los rostros de los que, a falta de argumentos, conspiran en la oscuridad —dijo Constorsi, para también salir de la escena.

Pedro II y el Secretario de Estado no se movieron.

El hombre de barba cobriza se movía con libertad sobre la mesa de mármol del palacio de Constantino I, el Grande.

—Traidores —les decía a los cinco obispos, sentados juntos, señalándolos con el índice derecho—. Mercaderes. Han usado mi nombre para sembrar la infamia. Perversos. Malignos. Hipócritas. Oportunistas. Siniestros. Farsantes. Mentirosos. Pancistas. Macabros. Aduladores. Embaucadores. —Lo decía encolerizado, mientras sus ojos se empapaban de lágrimas. El hombre se subió la túnica andrajosa y orinó sobre los alimentos—. Serviles. Han embaucado a los pobres que ven en su dios la única esperanza.

—Deténgalo —gritaba el Emperador, también iracundo, pero nadie podía moverse, excepto sus labios y los de los obispos—. ¿Quién es esta bestia? —preguntó—. Mátenlo. Animal inmundo.

La fijeza de los ojos del hombre se incrustó en los ojos de los cinco obispos, impávidos.

—Díganle a este rey quién soy yo —dijo el hombre.

Nadie habló.

—Mátalo —ordenó el Emperador.

Gruneron, con la destreza de un lince, le tiró una bandeja de plata en el rostro. El hombre cayó inconsciente. Lo decapitó. Miró la sangre que goteaba por la espada. Se le dibujó una sonrisa cínica.

Los obispos estaban enterados de la existencia de ese personaje de misteriosa aparición que se les presentaba a los seguidores del Cristo con la verdadera historia en sus labios. Se había convertido en un peligroso enemigo que iba a destruir la Iglesia recién edificada. Le estaba restando seguidores. Gruneron aprovechó, sin vacilar, la dorada oportunidad.

—Los sumerios —dijo Das Silva a manera de explicación— decapitaban a sus víctimas porque, decían, que en la cabeza reside la energía vital. Tenían razón.

El emperador apremió a sus huéspedes a trasladarse hacia un salón más íntimo donde, además de comer y beber hasta la saciedad, mandó a ejecutar al jefe de la custodia por permitir la entrada de menesterosos. Esa ejecución fue presenciada y aplaudida por todos.

Das Silva, para no confundir a los oyentes que escuchaban la historia entre la sorpresa y la incredulidad, invitó, además, a revisar el mapa antiguo de Europa donde se habían escenificado los hechos, y a aquellos que no lo sabían, que debían ser muy pocos, la evolución y el manejo de la tetrarquía fundada por el Augusto Dioclesiano en el año 284, al que se incorporó, un año después, el otro Augusto, Maximiano. Continuó aclarando que estos Augustos nombraron a su vez a los dos Césares, Galerio y Constantino Cloro, con lo que se completó la tetrarquía. Esto, dijo con rostro severo, debía ser conocido por todos los presentes, por lo que solicitó, una vez terminada la reunión, se documentaran bien, porque lo dicho hoy era crucial para conocer el verdadero origen del cristianismo.

El Emperador, luego del banquete, instruyó a los obispos a notificarles a los cristianos que podían movilizarse sin temores por todo el Imperio, ya que había decidido emitir un edicto en el cual se les devolverían los bienes confiscados, tarea que le encomendó a Gruneron, nombrado como su consejero personal, quien lo redactó en pocos meses y se hizo público, rubricado con la firma de Constantino el Grande y de Licia Augusto, en el año 313. Fue conocido como el edicto de Milán, difundido por todo el Imperio y cumplido a plenitud. Los cinco obispos se concretaron en buscar una o varias fórmulas que les permitieran dejar fuera de toda vacilación lo que en efecto deseaban; y así, luego de leer y releer el párrafo central del documento, quedó plasmado lo que a continuación se escribe: *"Sobre todo, especialmente en el caso de los Cristianos, estimamos de lo mejor que si sucede de aquí en adelante que alguien ha comprado de nuestra propiedad de cualesquiera otra persona, esos lugares en donde previamente se acostumbraban reunir, refiriéndose a tales, había sido hecho cierto decreto y una carta enviada oficialmente a Usted, los mismos deberán ser reivindicados a los Cristianos sin el pago o cualquier demanda de recompensa y sin ninguna clase de fraude o de engaño, aquellos, más que todo, que han obtenido el mismo regalo, igualmente habrán de devolverlos a los Cristianos inmediatamente. Además, ambos, los que los han comprado y los que los han obtenido por regalo, deben abrogar al Vicario si buscan alguna recompensa de nuestra generosidad, para que puedan ser atendidos por nuestra clemencia. Todas estas propiedades deben ser entregadas inmediatamente a la comunidad de los cristianos a través de su intercesión, y sin retraso. Y puesto que estos cristianos como es conocido habían poseído no solamente esos lugares en los cuales estaban acostumbrados a reunirse, sino también otras propiedades, Usted ordenará su reivindicación para estos Cristianos, sin ninguna vacilación o controversia alguna para ellos, es decir para las corporaciones y sus lugares de reunión: previendo, por supuesto, que los arreglos antedichos sean seguidos para que los que devuelvan aquello sin pago, como hemos dicho, puedan esperar una indemnización de nuestra generosidad. En todas estas circunstancias Usted deberá ofrecer su intervención más eficaz a la comunidad de los Cristianos, para que nuestra disposición pueda ser llevada en efecto lo más rápidamente posible, por lo cual, por otra parte, con nuestra clemencia, el orden público pueda ser asegurado"*. Esta parte del documento no fue cuestionada por el Emperador, lo que no sucedió cuando los obispos excluyeron de este a las otras religiones, lo que fue negado por Constantino, quien animado en mantener la armonía, aceptó incluir, a sugerencia del obispo Bontempocio, la palabra "Divinidad".

121

El obispo Barretiel les había dicho a los otros cuatro obispos que él no tenía duda de que el misterioso personaje que aparecía y desaparecía era Jesús. Hecho que por supuesto, no se podía ni escribir ni repetir. Das Silva dijo que los obispos nunca más comentaron el incidente, lo que se presume, salvo una explicación mejor, que fue cortado de sus memorias con un invisible cordel de acero; pero uno de ellos, vaya usted a saber quién, más como coleccionista que como delator, escribió lo sucedido en uno de los libros que la Iglesia conservó, y eliminó después.

Con el edicto en mano, los obispos volvieron a tomar posesión de sus bienes y, tal como lo habían acordado con el Emperador para beneficio de todos, los prelados iban a ser incorporados a la administración del Imperio y los civiles, a la de la Iglesia. Se nombraron a quince obispos como procónsules en las provincias donde tenían sus propiedades; además, y a sugerencia del consejero privado, el Emperador, por tratarse de religiosos de sólida moral, los nombró como procuradores o fiscales que recaudaban el derecho de aduana, los impuestos sucesorios, los directos y los indirectos. Otorgó a Künerdicio una de las dos prefecturas de la Tesorería Principal: el *aerarium*, que recibía los impuestos provinciales y que Künerdicio manejaría a discreción, por tratarse, como se lo dijo el consejero, de un hombre probo. A su vez, Constantino el Grande nombró como obispos a sus hombres de mayor confianza, con lo que se fundía una alianza indisoluble entre la tierra y el cielo, y así se logró, al menos por un tiempo, mantener en orden todo su Imperio.

Como ha sido dicho, los grupos que se encontraron con Jesús fueron desmembrados por heréticos. Lo que Constantino aspiraba, prosiguió Das Silva, era la paz, la que se perturbó por una disputa entre grupos cristianos, la que, si bien fue regional, el Emperador temía se extendiese por su Imperio, por lo que asignó a varios obispos escogidos por él, para que armonizaran a los donatistas con los seguidores de Ceciliano. La celebración del cónclave se fijó, por disposición del propio Emperador, para el 10 de octubre de 313. En él, a pesar de que se condenó a la facción de los donatistas, las disputas continuaron. Gruneron sugirió a su aconsejado que convocara otro concilio en la ciudad de Ares, en el que, como jueces, participaría un número mayor de obispos. Al año siguiente se reunieron cuarenta y seis. Se ratificó la decisión anterior, pero los perdedores tampoco la aceptaron y en su contra se inició otra persecución, que aunque no tan violenta como la anterior, sí de una magnitud tal que obligó al Emperador a sugerir a sus cinco obispos cercanos que así como existía una autoridad superior en el Imperio, debía existir otra en la Iglesia que representara en una sola voz la posición de los católicos para evitar el bochornoso espectáculo que se estaba dando a la vista de todos; de lo contrario, les dijo, y en efecto así lo hizo, él se proclamaría como el primer Papa, lo que ocurrió con la bendición de los obispos, hasta que estos, con el beneplácito del Emperador, escogieran al segundo. Constantino no se conformó con esa única sugerencia: dio un paso aún más firme al invitar a los obispos a que, con el mismo estilo con que se había redactado el edicto de Milán, reglamentaran los estatutos de la Iglesia, para evitar en el futuro este tipo de escándalos. Surgió una nueva confrontación, lo que no le causó extrañeza al Emperador, entre otras dos nuevas facciones vinculadas al tema de la posición de Jesús, a quien ya se le había agregado el apodo de Cristo, con respecto a Dios; situación que lo obligó, ya no a sugerir, sino a exigir que los obispos junto a unos eruditos escogidos por él, no se limitaran a resolver el conflicto coyuntural, sino, insistía, en que se procedieran a escribir los reglamentos; pero, agregó, a los datos de que se disponía sobre Jesús había que quitar algunos e inventar otros, tarea, como le replicó Constantino, a la que se tenían que incorporar sus expertos en temas de la historia, para que el documento final no pareciese una total invención.

La primera tarea de los obispos, como explicó Das Silva, fue la de encontrar un nombre para identificarlos. Geneteuldo propuso que bastaba clasificarlos en tomos, como era la costumbre, para no innovar nada, ya que de hacerlo, se podía entrar en las molestas confusiones. La propuesta no fue acogida. Barretiel, precipitadamente, a juicio de Das Silva, planteó que se redactaran los mandamientos y se explicara el contenido de cada uno, lo que al grupo le pareció muy rudimentario. Hay que contar historias, describirlas, hacerlas creíbles, hablar de nombres, de acontecimientos, insertar cuentos milagrosos, episodios de sufrimientos, nutrirnos de las cosas que dicen los cristianos, martillar que ocurren sucesos fuera del razonamiento porque la razón es una sierva al servicio de Dios, que Jesús resucitó, que vino a este mundo solo a sufrir, que no fue un hombre alegre sino triste y preocupado, combinar verdades con mentiras; a nadie le importa deslindar conceptos sobre la naturaleza humana de ese hombre; no cometamos la estupidez de separarlo de Dios, tienen que ser lo mismo, Dios, Padre y Espíritu Santo, aunque nosotros no sepamos quién es este último, pero de él se ha hablado y la gente lo cree, va a creer todo lo que se le diga y más si está escrito y más aún si le decimos que lo escrito no se difundió por la persecución de la que fuimos víctimas. Que si Diocleciano, Galerio y sus secuaces, aunque el último se arrepintió a última hora, hubieran descubierto los textos sagrados, hoy hubiese desaparecido la religión y solo quedaría una idea vaga de lo que realmente fue. Todo esto lo dijo Bontempocio.

—Hay que obligarlos a ir a los templos —dijo Gruneron—. Ese debe ser nuestro único centro de encuentro. El rito. Hacerles ver que en un pedazo de pan está el cuerpo de Cristo y en un vino, de buen paladar, la sangre. La hostia.

Constorsi recordó que el origen de "la hostia" se remonta al culto babilónico, según el cual, Nimrod estaba casado con Semiramis y dio a luz un hijo engendrado por un rayo de sol: Tamús. Semiramis ofreció a su hijo como libertador de la Tierra. Tamús, sin embargo, muere por el ataque de un jabalí salvaje en su edad adulta. Ante la muerte de Tamús, Semiramis llora por cuarenta días, dando origen a la cuaresma, tras lo cual se celebraba la resurrección de Tamús intercambiando huevos. A Semiramis se le veneraba ofreciéndosele una hostia. El acto litúrgico a través del cual el sacerdote levanta una hostia redonda es un acto que se realizaba ya en Babilonia.

—Nos estamos olvidando del nombre —recordó Künerdicio.

—Partamos la historia en dos —sugirió Bontempocio—. La que ocurrió antes de Jesús y la que ocurrió durante. Son dos historias narradas por testigos. Ellos testan. Lo testado está escrito. Esa será nuestra tarea. El documento que resulta es un testamento. Habrá uno antiguo, la Biblia Hebrea, con algunas modificaciones. A nosotros nos toca confeccionar el nuevo.

Das Silva se detuvo para explicar que lo dicho por los historiadores cristianos sobre Constantino no se ajusta a la verdad. Primero, es falso que la madre tuviese inclinación hacia el cristianismo, y segundo, es falso que él se confesara antes de morir. Su ambición, la que logró, fue incorporar dentro de su dominio a la nueva institución que él organizó en un solo cuerpo obediente. Regaló palacios a los obispos, el más importante fue el de Diocleciano; ofrecía opíparos banquetes; asistía a los cultos cristianos, pero mandaba.

El servilismo de los obispos era tal que, poco después de morir la madre de Constantino, la elevaron al altar como Santa Helena de Constantinopla, en una ceremonia precedida por el propio hijo, lo que unió aun más los dos poderes.

La pugna de la que hemos hablado, considerada por los historiadores, cristianos y no, fue la tercera entre los seguidores del Cristo, dijo Das Silva, para acto seguido identificar a los protagonistas: Arrio, por una parte, y Alejandro por la otra, y en la que, ajustándonos a la verdad, a Constantino no le perturbaba el reposo, pero veía, como en las anteriores, una chispa que podía desestabilizar su Imperio, por lo que no esperó mucho para convocar en una ciudad del Asia menor, Nicea, el 20 de mayo de 325, al primer Concilio oficial de la Iglesia Católica, como se lo sugirió el obispo Gruneron. El conflicto surgió, como lo expuso Das Silva, de una controversia teológica entre un desconocido predicador de Libia, Arrio, y su obispo, Alejandro. El primero sostenía que Jesús era inferior a Dios, y el segundo, que ambos eran, junto al Espíritu Santo, lo mismo. El conflicto tomó vuelo y antes de que se generalizara, el Emperador obligó, utilizando la palabra correcta, a los cinco obispos a convocar el citado concilio, para lo cual, a pesar de la aseveración de Gruneron de que ellos tenían los votos, nombró a doscientos de los trescientos dieciocho obispos que asistieron, para no solo desarticular la torpeza de Arrio, sino para darle a Jesús un rango divino, con lo cual la Iglesia, que se estaba constituyendo, tuviera, en una figura humana, reconocida por los que en ella creían, la estatura de Dios. A su vez, como lo venía sustentando Bontempocio, estos temas, entre más incomprensibles fueran para el vulgo y, sobre todo para los nobles, quienes serían, a la larga, los que más aportes darían, llevarían a la Iglesia hacia una cima imposible de escalar si se da lo dicho por cierto. En el concilio, con poca discusión, se tildó a Arrio de hereje y fue excomulgado, advirtiendo Constantino que si alguien negara que Dios existía eternamente como tres personas distintas, el Padre, el Hijo y el Espíritu Santo, sería perseguido y sujeto a ejecución, con lo que se dio por finalizado el último conflicto entre las sectas cristianas durante la época de Constantino. El Emperador le hizo saber a los cinco obispos que sentía frustración porque aún no se habían redactado los reglamentos de la Iglesia, mandados a escribir desde hacía más de cinco años y que sabía, por palabras de su consejero, que solo se tenían dos. Que este le había adelantado que en vez de reglamento se había decidido hablar de testamentos y que, para seguir un orden, arbitrario, como se lo dijo Gruneron, se le designó el primero a Mateo y el segundo, a Marcos, a quienes, como prosiguió Gruneron, se les iba a elevar a la categoría de discípulos de Jesús y, por lo tanto, a santos, por lo cual había que anteponerles el título de San a sus nombres, distinción, como se le sugirió al Emperador, con la que debía calificarse a los que lo merecían por sus obras y por la imaginación. Tal reputación los haría aun más atrayentes para los cristianos, puesto que ellos, como todos los hombres, aspiran a emular a los que han dado un paso adelante. Gruneron ignoraba que el Emperador, en virtud de esta idea, les iba a agregar la tarea de escoger los nombres de las personas que deberían llevar ese apelativo, para lo cual el obispo solicitó la participación de los historiadores del Imperio y poder así suscitar que los nombres no fueran solo producto de la ficción, aunque aceptó que si al santo se le dibujaba un rostro, se le señalaba una fecha y se reseñaban las obras que había realizado, la gente, poca amiga de las confirmaciones, sobre todo si son difíciles, para no decir imposibles, les empezarían a prender velas y a rezarles.

Constantino exigió, además, que en ese concilio se escribiera, aunque fuera de manera sucinta, un documento, fácil de leer, que sirviera como resumen de lo discutido, lo que se acordó en pocas horas. Bontempocio, autor intelectual del mismo, ya lo tenía redactado y que Das Silva, para resumir, leyó lo sustancial: "*Creo... en un solo Señor Jesucristo, Hijo unigénito de Dios, que nació del Padre antes de todos los siglos; luz de luz; verdadero Dios de Dios verdadero; engendrado, nacido; consubstancial con el Padre, por quien fueron hechas todas las cosas.*" Curiosamente, agregó Das Silva, en ese concilio se aprobó por unanimidad, primero, que los sacerdotes deberían casarse antes de tomar los hábitos y segundo, que los sacerdotes, una vez ordenados no podrían volverse a casar, norma que el orador comentó con una sonrisa.

Tal como se lo había prometido a su obispo consejero, Constantino convocó un año antes de su muerte, el 20 de mayo de 336, un concilio en su Palacio, el cual no aparece en el registro oficial de la Iglesia y al que asistieron doscientos treinta obispos. En él se le hizo formal entrega de los otros dos testamentos, atribuidos, como se lo había dicho Gruneron previamente y en privado, a Lucas y a Juan, con lo que se concluía el trabajo a ellos encomendado.

Poco después de las declaraciones del Papa, de los cuatro cardenales y del Secretario General del Vaticano, antes de la Semana Santa, muchos sacerdotes, primero dentro de sus países y luego, fuera de las fronteras de sus naciones, entraron en contacto. Eran curas que habían dedicado su vida a enseñar el evangelio y a predicar con el ejemplo. Hombres que se habían ganado el cariño y el respeto de sus comunidades y acudían a sus llamados con los rostros alegres. Un violento torbellino los perturbó. Sabían que muchos de sus colegas eran "ovejas negras" y que en la cúspide de la jerarquía eclesiástica merodeaba el pecado mortal, pero negar la existencia de Dios era un acto inadmisible. Urgía una audiencia privada con el Papa.

15

Cuando los presidentes de las tres comisiones le entregaron al Papa Pío XIII, por conducto del obispo viajero, las conclusiones de sus asambleas, este, luego de leerlas y estudiarlas, se reunió con Kretzmer, Das Silva y Constorsi, para aclarar algunas dudas, las que, como consecuencia, darían al traste con lo que la Iglesia Católica venía sosteniendo desde los primeros tiempos. Las reuniones, para evaluarlas y calificarlas mejor, se llevaron a cabo durante las noches en la gira de una semana que el Papa efectuaba en Caracas, las que, naturalmente, no está de más consignarlo, se revistieron de clandestinidad. En la medida en que Pío XIII disparaba las preguntas que se centraban más que en los hechos, en las fuentes, los presidentes se las iban entregando, afirmando como se ha venido diciendo, que en ellas se ha excluido todo tipo de códigos, mapas secretos, manuscritos y toda información destinada más que todo a la publicidad y el morbo, que a aclarar la historia. La sorpresa del Papa se dio al confirmar que la mayoría de las piezas del enorme rompecabezas que sus ojos miraban, procedían de la propia Iglesia, y que, a través de indicios dados por los escritos surgidos de ella, se encontró la totalidad de la información. Pío XIII, a sabiendas de lo que manoseaban sus manos, y aun más, preocupado por la confidencialidad de la documentación, la que de hacerse pública, provocaría que se le iniciara un juicio inquisidor, prefirió devolverla para, de esta manera, impedir que los ojos de los privilegiados, que martirizaban su paz, la hojearan y abortaran cualquier propuesta de las miles que volaban en su mente. Antes de finalizar las reuniones, Constorsi, más que todo por protocolo, le hizo ver que, si bien la solicitud fue revisar la historia hasta el concilio de Nicea, se habían visto obligados a extenderse unos años más, sin llegar al segundo concilio ecuménico, que fue convocado por el Emperador Teodocio El Grande, en Constantinopla en el 381; pero, para mostrar su disposición, si así lo requería el Pontífice, no veían ningún inconveniente en extenderse para investigar lo ocurrido después.

—Esa es historia trillada —le contestó Pío XIII.

Lo que le llamó la atención al grupo conspirador, una vez revisados todos los casetes, fue que los cuatro cardenales que hicieron su aparición simultánea mientras Pedro II volaba a Roma, aparte de decir las mismas palabras con la misma entonación y con el mismo final, al que calificaron de melodramático, fue que ninguno vestía el ropaje cardenalicio, sino unas simples y "vulgares" sotanas, término que utilizaron, lo que a juicio de los cinco, desacreditaba a la Iglesia. La situación se hizo más preocupante cuando Barreti les informó que su gente había notado que no solo los cuatro cardenales que se vieron en la televisión ese día utilizaban la sotana como su prenda de vestir diaria, sino que la mayoría de ellos hacía lo mismo, lo que invitó primero y obligó, después, al grupo conspirador a sospechar que no eran ellos los conspiradores, sino que existía toda una conspiración en su contra, a lo que Bontemp quiso restarle importancia señalando que dentro de la Iglesia las intrigas y las maquinaciones han estado siempre a la orden del día, lo que llevó a todos a pensar, sin decirlo, en Juan Pablo I. Bontemp, sabiendo que en eso se pensaba porque él mismo lo pensó, agregó que la lista era tan grande que se ocuparían todas las horas, al menos las de una semana, sin interrupción, solo en mencionarlas, sin agregar detalles y personajes; pero, advirtió, que la ventaja que ellos tenían era que, si existía tal conspiración, se estaba a tiempo de descubrirla, de desarticularla o, al menos, de denunciarla, a lo que Gruner, que se veía apesadumbrado, con rostro de inutilidad, comentó con poco aliento, que algo le decía que la confrontación, si es que se daba, estaba perdida, lo que contagió a Geneteu, pero disgustó a Barreti, aduciendo que, si le habían cortado su camino hacia el descanso, ahora, que se sentía vivo otra vez, no iba a permitir que lo mataran, refiriéndose, no a la del cuerpo, sino a su aliento. Así dijo, como lo dijo, porque ya había reactivado a toda su gente, la que justo en momentos como esos, es cuando actuaba con más coraje.

—No creo que hayamos empezado —dijo Bontemp—. Es una camarilla de irresponsables que recibirá su merecido.

—Ya sus palabras se están gastando —le dijo Gruner.

—Son, en última instancia, los fieles quienes moverán la balanza —dijo Bontemp—. Esperemos el resultado de mis palabras.

—Temo que se las llevó el mar —dijo Geneteu.

Barreti recibió un mensaje. Se ausentó, para regresar a los pocos minutos.

—Se acaban de pronunciar las Hermanas de Jesús —dijo.

—¿Las hermanas pastorcitas? —preguntó Küner con entusiasmo.

—No, esas no —dijo Barreti.

—¿Las Apostolinas? —preguntó Bontemp.

—Tampoco.

—Si no hay más Hermanas de Jesús —dijo Bontemp— a menos que se refieran a las Hijas de San Pablo o a las Pías Discípulas del Divino Maestro.

—Es una congregación nueva. Reconocida por el Papa —dijo Barreti.

—¿Cuándo? —preguntaron todos.

—Hace cinco años.

Nadie se atrevió a preguntar lo que dijeron, porque en la cara del cardenal Barreti estaba la respuesta.

—¿Hermanas de Jesús? —preguntó Geneteu.

—Es una congregación sin sede central, con representación en todo el mundo —dijo Barreti.

—¿Algún distintivo? —preguntó Küner.

—Están vestidas con una túnica blanca con la imagen de Jesús al frente. Son mujeres muy humildes; al menos, ese es su aspecto exterior.

—Temo que nos están minando —dijo Gruner—. Pero muertos saldremos de aquí —agregó con bríos.

—Las mujeres enviaron un mensaje muy convincente —dijo Barreti.

—Hay que contactar con las congregaciones de monjas —sugirió el cardenal Küner.

—No creo que sea difícil, pero primero, debemos hacer la contabilidad dentro de la curia —dijo Geneteu.

—Muy difícil —dijo Barreti.

—¿Con quiénes contamos realmente? —preguntó Gruner.

—¡Vaya a saber Dios! —contestó Barreti.

—Qué Dios de mierda. Aquí no necesitamos al Dios, sino a la inteligencia —dijo Gruner.

—Aún estamos empezando —dijo, nuevamente, el cardenal Bontemp.

—A que nos saquen las tripas —dijo Gruner.

—Los fieles son la balanza —recordó el cardenal Bontemp—. Hay que volver hacia ellos.

Un silencio inquieto invadió el recinto, interrumpido por otra observación del cardenal Barreti:

—¿Por qué el Papa, que se quedó inmóvil después de nuestro retiro de las cámaras, también se retiró con sus amanuenses? Pensábamos que iba a ofrecer unas declaraciones.

—No tiene nada que decir —dijo el cardenal Bontemp.

—O tanto, que prefiere la incertidumbre —dijo Küner—. Nos quiere mantener en la confusión para que movamos las fichas en desorden.

Tres meses. Eso fue lo que le tomó al Papa Pío XIII formular la propuesta que quiso presentarles personalmente a los tres representantes de las comisiones, las que llegaron a totalizar, luego de la última asamblea, mil ciento setenta y ocho personas, de las cuales cuatrocientos veintidós eran del sexo femenino.

—La Iglesia, de los fondos que maneja a discreción y sin que el cardenal Küner se entere, va a alquilar cuatro casonas, cada una en un continente en donde serán ustedes recluidos. A los pocos meses, yo mismo los ordenaré sacerdotes siguiendo al pie de la letra los rituales de la misma Iglesia, de manera que por esta vía, tan auténtica y tan corriente, se incorporarán todos a la curia. Empezarán por la base. Todos, sin excepción, harán lo que hace cualquier sacerdote durante los primeros años, para así evitar que algún curioso de esos que abundan sin buenas intenciones, se percate de alguna falla, la comente y le dé a la misma curia por investigar a fondo el tipo de formación que han recibido y descubra que, la de ustedes es herética, con lo que se crearía otro escándalo en el cual yo sería el perdedor por mi soledad.

Los mismos presidentes le fueron explicando a cada uno el plan presentado por el Papa. Se encargaron de ubicar las casonas y de la movilización de todos. Una vez hechos los arreglos, varios clérigos, de los pocos que sabían del plan, se apersonaron a las casas a las que se les había colocado un letrero arriba de la puerta de entrada con el nombre de "Seminario de X santo", el que figuraba en la lista oficial de la Iglesia. Asimismo se aseguraban de que no habían elegido el nombre de ningún otro seminario, de los muchos que hay diseminados por el planeta, tarea que no costó trabajo. Los curas, durante las sesiones, se encargaron de exhibirles cada una de las prendas rituales, de enseñarles sus nombres y la forma de colocárselas para vestirse ceremonialmente. La manera, inclinando el tronco levemente hacia adelante, de entrar al altar. El arte de mantener una sonrisa atractiva en los momentos de reposo de la misa y el de mostrar un semblante austero en los culminantes. Les demostraron a través de talleres interactivos, el desarrollo completo de las diferentes clases de misas: la ordinaria, la cantada, la de una boda, la de un sepelio y la de acción de gracias, haciendo hincapié en la importancia de las palabras y los gestos, los que jamás pueden presentarse divorciados. Les enseñaron, haciéndolos repetir hasta su completo aprendizaje, los mensajes que no pueden faltar en un sermón, independientemente de la parte del evangelio que corresponda leer y comentar; porque, decían los curas, son muy pocas las personas, si es que hay alguna, que preste suficiente atención para captar si existe alguna discrepancia entre lo dicho por el sacerdote y lo escrito en los textos, siempre, y en eso insistían, que se mantuvieran los mismos mensajes. Les dijeron que a la gente que va a los templos, por circunstancias sobre las que los psicólogos no se han podido poner de acuerdo, les gusta que en los sermones se les trate con severidad, sin llegar al insulto; aduciendo algunos que esa conducta obedece a la necesidad que tienen de redimir sus pecados y otros, que no es más que el florecimiento de la tendencia sadomasoquista que existe en cada individuo. A los psicólogos que plantean la primera posibilidad, se les ha refutado señalando que a lo sumo, puede ocurrir que las personas sientan un fugaz arrepentimiento que derive en una satisfacción transitoria, ya que al abandonar el templo se olvidan de lo escuchado, para repetir sus mismos actos y retornar luego a la iglesia, en un permanente círculo vicioso. Lo que sí se tiene por seguro es que la mayoría de las personas no piensa que ha pecado. Por ello son los primeros en hacer la fila a la hora de la comunión, no con la idea de ser vistos, como sí lo hacen los que actúan dentro o al borde del delito; ésos sí que reciben la hostia para que todos los vean. Se debe siempre, en un momento estelar de la misa, mencionar los nombres, si son escasos, o solo los títulos, si son numerosos, de la jerarquía eclesiástica, y hacerlo con devoción y alegría. Los curas se detuvieron un poco para explicar el comportamiento a la hora de escuchar confesiones, aconsejando que debían mantener una actitud pasiva y decir solo "lo escucho, hijo mío", porque existen sacerdotes que se involucran tanto en los pecados de los fieles, que, además de abrir la ventanilla para identificar al pecador, lo que nunca debe hacerse, se ofrecen para contribuir en la búsqueda de la solución, terminando, en ocasiones, con los bolsillos llenos, o, peor aún, en una cama. Les advirtieron, también, que las penitencias están abolidas, para no cometer la indiscreción de exigirle a los confesados rezos innecesarios. En la mayor parte del tiempo de ocio se les debe ver con un rosario en la mano y murmurando lo que se les antoje; aunque el cura les explicó, también al detalle, el significado de cada cuenta y los días en que deben rezarse los gozosos, los gloriosos y los dolorosos. Tampoco deben cometer la indiscreción, bien vista por muchos hombres y buena cantidad de mujeres, que encuentran en el cura a un aliado, de tomar, durante la eucaristía, más de medio sorbo de vino, para evitar que el último sermón de la mañana, cuando un solo sacerdote debe oficiar varias misas, se convierta en una diatriba dicha como por un violín desafinado. Si se les invita a una actividad social, a la que se vieran obligados a asistir, cuando el mozo les va a servir un trago de licor, deben voltear el vaso de inmediato, señal de que su asistencia en el acto no es mundana. A pesar de que tienen libertad para vestirse a la usanza en boga, fuera del templo, se les aconseja que mantengan la sotana, la que será, como les dijo el cura, el símbolo de la nueva Iglesia que se propone crear Pío XIII y la que, representa la túnica que usó Jesús. El sacerdote asignado a cada grupo pidió disculpas por insistir tanto en que lo único que tiene importancia en la Iglesia, aunque se diga lo contrario, es el rito dentro y fuera del templo. Con este último aspecto quiso referirse a las procesiones, las que, como se sabe, se celebran en torno a unas estatuas de madera o de yeso, las que representan, algunas a Jesús, otras, a cualquier virgen y, también, a muchos santos y santas, que nadie sabe si de verdad existieron y menos si sus rostros son fieles retratos del santo aludido o, en cambio, resultan ser el producto del genio creativo de un desconocido escultor.

Un buen sacerdote es el que se ajusta al rito, da los sermones de la forma que se le ha indicado y mantiene en su rostro un gesto atrayente, gracias a un invisible halo de santidad que debe proyectar. En cuanto a los consejos que los fieles les solicitan, éstos deben estar revestidos de autenticidad y, para que así sea, expresen con sus propias palabras lo que saben que Jesús dijo en situaciones semejantes. Base de datos que debería ser la piedra angular de los argumentos de la Iglesia Católica. En cambio, como ocurre en la actualidad, un buen número de sus prelados afirma una cosa y hace lo contrario.

Sobre la humildad, los curas dijeron que para ellos sería irrespetuoso hablar de ese tema, ya que todos se habían incorporado al movimiento de juventudes cristianas por su desapego a los bienes y a la fortuna y por su arraigado sentido de solidaridad, pilares sobre los cuales se desarrolló la vida de Jesús. Para concluir, todos acordaron denominar a los talleres desarrollados "el seminario de la hipocresía", porque los ritos y las formas no ocuparán un solo escalón en la intimidad de la nueva iglesia.

Los sacerdotes, para recapturar y revitalizar al grupo, aseguraron que pasada esa primera etapa, básica para asegurarles puestos cimeros dentro de la Iglesia, se quitarían las máscaras ensayadas en estas lecciones e implementarían, desde la propia Iglesia, el cristianismo ateo, como se llama la ideología que reemplazaría a la vigente; pero que debían tener muy claro que la tarea que acometerían era ardua y peligrosa.

Los dos únicos cardenales que conocían a Pío XIII desde la época del seminario y a quienes, en conjunto, se les disiparon las dudas acumuladas desde mucho tiempo atrás, al leer, primero, el coherente y convincente documento presentado por el movimiento de las juventudes cristianas, y reflexionar después sobre su denso e importante contenido, le aconsejaron que debía evitar ser él mismo el que ordenara a los nuevos religiosos, por tratarse de una costumbre ya abandonada por la Iglesia, lo cual podría despertar sospechas. El Papa aceptó la sugerencia con la condición de que fueran los dos cardenales quienes se encargaran de la ceremonia, la que se realizó en los cuatro centros con un mes de intervalo entre cada una. Pío XIII, para quien San Juan de la Cruz había sido el inspirador de su vocación, escribió un manuscrito para ser leído por los maestros antes de iniciar los actos, lo que llamó la atención a los "futuros religiosos", quienes, con un generalizado murmullo, expresaron su sorpresa. "En la Iglesia Católica —decía el escrito— ha existido un número plural de hombres que han dedicado su vida a rendirle un permanente homenaje a Dios, los que, a pesar de tener de Dios una idea muy diferente a la de ustedes, se han unido a Él por los mismo medios que ustedes al prójimo. Las lecturas de San Juan de la Cruz, un carmelita descalzo que vivió hace más de cuatrocientos años y a quien aun de laico lo atraían la piedad y el amor a los enfermos, inauguró junto a dos compañeros, la vida reformada teresiana, por lo que los religiosos lo juzgaron como rebelde y lo condenaron a permanecer en una incomunicada y estrecha rinconera. La obra de este hombre, santo o virtuoso, se centró en el desapego de las riquezas materiales, en abolir los apetitos y en amar, siempre amar a los semejantes. En sus obras, dispersas, pero recopiladas después, abundan las maneras de alcanzar sus objetivos. *Procure siempre inclinarse, no a lo más fácil, sino a lo más dificultoso; no a lo más sabroso, sino a lo más desabrido; no a lo más gustoso, sino ante lo que da menos gusto; no a lo que es descanso, sino a lo trabajoso; no a lo que es consuelo, sino al desconsuelo; no a lo más, sino a lo menos; no a lo más alto y precioso, sino a lo más bajo y despreciado; no a lo que es querer algo, sino a no querer nada; no a andar buscando lo mejor de las cosas temporales, sino lo peor, y desear entrar en toda desnudez y vacío y pobreza por Cristo de todo lo que hay en el mundo.* Su obra, de lectura recomendada a cada uno de ustedes para reforzar sus actos, si no fuera por la mención de Dios y de las sagradas escrituras, pareciera escrita como epílogo al documento que me han entregado. Describe con lujosos detalles lo perniciosas que son las riquezas materiales, el ansia de poder, la soberbia, la avaricia, la injuria, la ira, la gula, la envidia. Una enseñanza de este sabio dice *hijo, si fueres rico, no estarías libre de pecado.* Hay una parte del documento de ustedes que pareciera extraída de un texto suyo cuando se refiere al episodio de Jesús y la mujer samaritana, que pregunta cuál es el lugar más acomodado para orar, el templo o el monte, a lo que le responde que a los adoradores con que se agradaba al Padre son los que le adoran en espíritu y verdad. Aunque parezca paradójico, el pensamiento y las obras de San Juan de la Cruz son idénticos a los de ustedes."

La ceremonia de "ordenación sacerdotal", para llamarla de alguna manera, fue tan sencilla que la imposición de las manos del sacerdote sobre la cabeza del ordenado, la oración consagratoria, la unción en las manos del nuevo sacerdote, el cáliz y la patena que debían haber recibido, fueron reemplazados por un escueto "eso es todo"; pero por ello no dejó de estrecharle la mano a cada uno, quienes a partir de ese mismo día, se enfundaron en sus sotanas cremas.

Constorsi, Das Silva y Kretzmer, poco después de concluida la última asamblea, se reunieron con las mujeres para discutir sobre una vaga idea que tenía el Papa referente al papel que asumirían en la nueva Iglesia, y querían conocer, como era una implícita norma democrática, sus propuestas. Estas se presentaron como un fino abanico abierto, desde su inclusión como sacerdotisas, con las mismas funciones que los sacerdotes, y hasta misioneras bajo una congrega-ción que, para ser oficial, tenía que contar con la bendición papal. Las pocas que optaron por la primera opción vieron debilitarse sus argumentos cuando Das Silva les recordó que con el tiempo, en la nueva Iglesia no iba a haber necesidad de curas ni de monjas, en tanto que la mayoría, decidida por la segunda, propuso, como ya lo había pensado, una congregación, que bajo el nombre de Las Hermanas de Jesús, se distribuyeran por todo el mundo para difundir lo que en el curso de estos años se había discutido y aprendido. A tal propuesta, Constorsi dijo que no dudaba que el Papa le iba a dar su aprobación.

Como ocurrió con ellos, a ellas también se les programaría un seminario, si se estaba de acuerdo, para señalar y puntualizar lo básico que toda monja debe saber. Luego, ellos, conjuntamente con ellas, discutirían con la gente sobre el verdadero significado que tiene Jesús en la vida de cada uno e introducirían, para beneficio de la colectividad, no para el de nadie en particular, el cristianismo ateo como ideología de comunión entre los seres humanos. Que si se estaba de acuerdo, agregó Das Silva, ellos le harían saber a Pío XIII su decisión. Seguramente que así como había contactado con curas afines a él, haría lo mismo con algunas monjas que también manifestaban dudas y cuestionaban el sistema religioso. Así sucedía, sobre todo, porque su entrenamiento era aun más riguroso que el de los curas y durante él no se les ofrecía ninguna posibilidad de disentimiento. Al conocer el Papa la decisión, alquiló, por intermedio de su obispo viajero, un viejo convento abandonado en el que, un grupo de monjas superioras que aborrecían el sistema educativo de las novicias, por considerarlo represivo, feudal e incluso esclavista, y que también creían que la idea de Dios fue una fábula de la cual se habían beneficiado muchos, les dictó un corto seminario sobre los rezos y algunos ritos pocos complicados, pero indispensables para que las personas con quienes se relacionaran, concluyeran que, en efecto, ellas eran monjas.

La superiora, en el acto del clausura, leyó una nota dirigida por el Papa a las nuevas monjas en la que les decía que él, sin mencionar la historia, sabía del papel secundario, para no utilizar el término "excluyente", que la Iglesia Católica le había otorgado a la mujer, a las que, en los tiempos del cristianismo primitivo se les permitía presidir la eucaristía, pero que de pronto, en una sucesión de cónclaves, se les había retirado esa facultad, dejándola exclusivamente en manos de varones; sin embargo, y a pesar de esa injusticia, el cristianismo ha tenido a mujeres, incluidas en una lista extensa, que se han caracterizado por su vocación a lo que verdaderamente enseñó Jesús, llamadas santas por la propia Iglesia y virtuosas por él, de las que, sin demeritar a ninguna, sobresale el nombre de dos, las que por coincidencia, llevan el mismo nombre, refiriéndose a Santa Teresa de Ávila y a Santa Teresita del Niño Jesús, agregando que curiosamente el nombre en griego significa cultivadora o cazadora, las que, junto a Santa Catalina de Siena, son consideradas doctoras por la Iglesia Católica, título que a él en lo personal no le decía nada, más bien las puede demeritar. Santa Teresa de Ávila fundó la orden de las Carmelitas Descalzas, creó quince conventos y reformó la vida religiosa dándole una disciplina de oración y trabajo productivo para socorrer a los más necesitados. Su vida espiritual llegó a ser un ejemplo digno de imitarse. Santa Teresita del Niño Jesús llevó una existencia parecida por lo que se llegó a conocer como la virgen de la caridad. Terminaba la nota invitándolas a leer las obras de estas mujeres, las que, abstrayendo de la idea de Dios, tenían conceptos similares a los de ellas, como ocurría también con San Juan de la Cruz. Él opinaba que Teresa de Ávila llegó a desarrollar las funciones de la mente en una magnitud que sería muy difícil de determinar en la actualidad; para ello recordaba en la nota el episodio en el cual ella levitó.

Al finalizar la "comedia", como fue bautizado el cursillo que se les ofreció a todos, hombres y mujeres, Constorsi, poco amigo de la broma, les hizo un largo recuento de la concepción y surgimiento de los sacerdotes, asegurándoles que los mismos aparecieron desde el momento en que se inventó la religión, que fue producto de un sueño de una mujer, quien se acostó preocupada por el duelo que iban a tener al siguiente día su esposo y su hermano. Soñó, como lo contó Constorsi, con sus antepasados que le decían la inutilidad de ese enfrentamiento. La mujer al despertar, contó lo que había soñado y describió fielmente el físico de las personas del sueño; no solo evitó el duelo, sino que se convirtió en la primera sacerdotisa de la historia.

Hablando concretamente de la Iglesia Católica, el orador les recordó que Jesús en ningún momento delegó en nadie tarea alguna y que, si bien al principio, los creyentes del Cristo, que se unían en tribus, escogían a un dirigente, la idea se fue prostituyendo con el paso del tiempo.

Recordemos que ya antes de Constantino, los sacerdotes se autoproclamaban como tales, para ser ungidos después por el dedo autocrático del Emperador, idea que perdura hasta nuestros días, con las canonjías permitidas y mantenidas para los puestos jerárquicos y nunca para los curas de base.

16

El cardenal Küner, con el consentimiento del grupo, citó en su despacho a los cardenales beneficiados directamente con las inversiones de la empresa UNACOLCH, que la Iglesia Católica, con la bandera de la "teología de la Prosperidad", fundó el último año del siglo XX. A los cuarenta cardenales, a quienes recibió en privado e individualmente, les enseñó el *dossier*, el que había retirado antes de su reemplazo. A los que sabían, se los recordaba, a los que no, se los decía:

—A sus arcas personales ha ingresado dinero procedente de nuestras inversiones en la bolsa.

Eso todos lo conocían; lo que algunos no, pero otros sí, era lo que añadía a continuación:

—Hemos comprado acciones de empresas cuyas actividades distan de ser lícitas. —Para añadir—: y usted se ha beneficiado de esas operaciones.

—Pero de las empresas y bancos que figuran en la lista, a ninguna se le han comprobado irregularidades —decían, como un calco, los interlocutores.

—Sería una torpeza mencionarlas a todas. Además, las lícitas dan rendimiento a expensas de la gente, por tanto, son moralmente ilícitas. Aparte, ¿conoce usted el destino del dinero de los bancos en los que tenemos invertido capital?

El silencio era la respuesta.

—Tampoco sabemos cómo se invierten las utilidades de las llamadas empresas lícitas. Esto es un negociado en el cual usted está comprometido y no tiene manera de negarlo, ni de dar públicas excusas, ni de arrepentirse; porque sabemos que mucha de su fortuna ya se reinvirtió en actividades que usted desconoce.

—¿Qué me quiere decir? —era la respuesta unánime.

—Que si Pedro II logra sus propósitos, la verdad saldrá a la luz, ya que estas inversiones son como una bola de nieve sucia.

Otro silencio. Esta vez con olor a sepultura.

Gruner les solicitó a los cardenales que permanecieran en Roma, ya que se estaba programando para el Jueves Santo un acto, en el que, como los católicos centran su atención en el Vaticano, las declaraciones que harían tendrían, de inmediato, una repercusión mundial.

El cardenal Bontemp, con voz de santidad, le recordó al grupo conspirador que en el concilio Vaticano I, convocado por el Papa Pío IX en 1869, se estableció el dogma de la infalibilidad del Papa y de su primacía jurisdiccional, el que se mantiene sin modificarse. Para que la duda no formara parte de la discusión, leyó, con su acostumbrado tono pausado, la resolución final del documento: "El Romano Pontífice, cuando habla *ex cathedra*, esto es, cuando en el ejercicio de su oficio de pastor y maestro de todos los cristianos, en virtud de su suprema autoridad apostólica, define una doctrina de fe o costumbres que debe ser sostenida por toda la Iglesia, posee, por la asistencia divina que le fue prometida por el bienaventurado Pedro, aquella infalibilidad de la que el divino Redentor quiso que gozara su Iglesia en la definición de la doctrina de fe y costumbres. Por esto, dichas definiciones del Romano Pontífice son en sí mismas, y no por el consentimiento de la Iglesia, irreformables."

—¿Y qué hacer con los locos? —preguntó Gruner, exaltado.

—Nada —contestó el cardenal Bontemp.

—Entonces, usted nos ha venido engañando —le dijo Gruner.

—No. Mi propuesta es que lo hagamos renunciar al momento que confirmemos su ateísmo.

—Pero si aparte de ateo es cínico —comentó Geneteu—. De allí solo lo sacaremos muerto.

—Si tuviera la dignidad del Papa Celestino V, quien renunció a los cinco meses por considerarse incapaz —comentó el cardenal Bontemp.

—Muerto él, presos nosotros —agregó Küner.

—Eso del Vaticano I y de la infalibilidad del Papa no lo saben los fieles —dijo Gruner.

—Pero sí los sacerdotes —dijo el cardenal Bontemp—. Si lo hacemos, perderemos su apoyo.

—A menos que surjan, en muchos países del mundo agrupaciones religiosas o laicas, apoyándonos —dijo Küner.

—No contemos con las monjas —dijo Barreti—. No se atreverán a sublevarse contra el Papa. A menos que las inventemos. Las laicas se limitarán a comunicados estériles.

—Por ahora sólo contamos con cuarenta cardenales —dijo Küner.

—Y los obispos bajo su jerarquía —dijo Geneteu.

—No con todos —aclaró Barreti—. Solo con los que han compartido parte de sus ganancias.

—Hagamos la denuncia —insistió Gruner—. Hay que exigir su renuncia.

La noche del Miércoles Santo, el grupo se reunió con los cardenales, quienes, obedientes, permanecieron en Roma. Se les explicó el plan y al sentir que era la única y, tal vez, la última oportunidad, la aprobaron sin mucha discusión. Alguno que otro observó lo que había advertido el cardenal Bontemp, pero, refugiándose en la historia para encontrar las fórmulas que justificarían sus acciones, evocaron aquel pasaje, de triste recuerdo, como dijeron, que se escenificó en el siglo XIV cuando la Iglesia tuvo simultáneamente tres Papas: Gregorio XII de Roma, Benedicto XIII de Aviñón y el antipapa Juan XIII, lo que estimuló al cardenal Bontemp a referirse al Concilio de Constanza, para lo cual solicitó se le permitiera retirarse a sus archivos personales de donde extrajo un documento del cual solo leyó un fragmento: "El santo Concilio de Constanza... declara, primero, que está legalmente constituido bajo la advocación del Espíritu Santo, que está establecido como concilio general representando a la Iglesia Católica y, por lo tanto, recibe la autoridad inmediata de Cristo; todos los creyentes de cualquier rango y condición, incluyendo el Papa, están obligados a obedecer al concilio en materia de fe, dando por finalizado el cisma y comenzando la reforma de la Iglesia de Dios en su cabeza y en sus miembros." Una vez leído, planteó, como asunto de método que, si bien como lo había dicho antes, el Vaticano I había declarado la infalibilidad papal, no decía nada sobre si, como estaba ocurriendo en esos momentos, un Papa se volvía en contra de la propia doctrina de la Iglesia. Opinaba que en este caso podría presentarse el antecedente precitado, como una solución a la difícil coyuntura. Todos los presentes elogiaron al cardenal y se mostraron firmes con la propuesta planteada.

El jueves, desde tempranas horas, los cardenales fueron llegando con sus mejores togas al recinto y se acomodaron alrededor de la mesa principal ocupada por el núcleo conspirador en el que resaltaba Gruner, sentado en el centro con unas gafas oscuras no vistas antes, las que ensombrecían, aun más, el rostro fúnebre. Esta vez, por decisión de todos, era él el encargado de transmitir el mensaje. No se requería una voz con una inflexión de santidad, sino una firme y desafiante, que señalara con entereza la gravedad de lo que ocurría en el centro de mando de la Iglesia Católica. Cuando la centena de periodistas entró, ya todos estaban acomodados.

—¿Qué se puede hacer cuando Satanás ocupa la silla de nuestro Sumo Pontífice? — preguntó Gruner.

Hubo una pausa.

—Nosotros, cardenales de la Santa Iglesia Católica, Apostólica y Romana, representantes de Dios para guiar espiritualmente a los hombres por los caminos de Fe, denunciamos ante la conciencia de los fieles católicos la usurpación de los poderes de nuestra Iglesia por los enviados del diablo. Me refiero, para dar nombres concretos, a Nicolai Milanov Kretzmer, que esconde su ateísmo detrás de Pedro II, a Basilio Das Silva, actual Secretario del Estado Vaticano y a Teol Constorsi, cardenal africano. Ellos, como cabecillas de un numeroso grupo de ateos que deciden los destinos de nuestra Iglesia, deben, por respeto a la Semana Mayor que nos recuerda el martirio de Jesucristo por redimir nuestros pecados, presentar sus renuncias y permitir que nosotros, los cardenales, guiados por la mano de Dios, escojamos, esta vez sin errores, al nuevo Vicario.

Los periodistas que conocían el inminente cisma, se apresuraron para preguntar.

—Es la primera vez que esto se da en la Iglesia. ¿No creen ustedes que en vez de ventilar este tema en el interior de la Iglesia, hacerlo público, justo en esta fecha, sería ahuyentar a los creyentes que aún les permanecen fieles?

—Es la primera vez que se da después del Concilio Vaticano I —dijo el cardenal Bontemp—. Antes, cuando hubo un cisma en la Iglesia, fue justo un concilio el que le puso fin. Por otra parte, no hay época más apropiada para denunciar las acciones de Satanás que durante la semana del martirio.

—¿No tiene la Iglesia regulaciones internas para superar estos conflictos?

—No —contesto Küner—. Es algo que deben decidir los fieles.

—¿En qué decisiones de la Iglesia participan los fieles?

Un nerviosismo corrió por las caras de los cardenales.

—Las crisis abren caminos —dijo Geneteu—. De esta debe surgir una Iglesia reformada.

—¿Hablan de una nueva Reforma? ¿Existe alguna similitud con la de Martín Lutero?

—Ninguna —dijo Geneteu.

—Él también solicitó un concilio para dirimir su posición frente al Papa León X —dijo un periodista español.

—Lutero desde temprano aspiraba a enfrentar al Papa.

—Es lo que ustedes pretenden hacer. Para Lutero, las indulgencias, como vehículo para llegar al cielo, eran actos reñidos con la religión —argumentó un reportero italiano.

—Pero a pesar de ello, Lutero no dejó de ser religioso. Lo que ocurre ahora es que ateo dirige la Iglesia —puntualizó Küner.

—¿Y si el Papa no renuncia?— preguntó la reportera inglesa.

—Se creará dentro de la Iglesia el primer cisma contemporáneo.

—¿Cuál será su estrategia? —indagó un periodista africano.

—Hacer lo que estamos haciendo. Que todos los católicos se unan para exigirle la renuncia al Papa —dijo Gruner.

—Cardenal Küner, usted ha estado al frente de las finanzas del Vaticano durante años, ¿alguna vez dio un informe financiero a los fieles católicos? —cuestionó un corresponsal latinoamericano.

—Son asuntos confidenciales —contestó.

—¿Se puede saber qué es lo confidencial y qué es lo público, si la Iglesia es una sola? —volvió a preguntar el mismo corresponsal.

—El Vaticano, como Estado autónomo, tiene el derecho de manejar sus asuntos de acuerdo con su propia reglamentación —dijo Küner.

—Decir públicamente que el Papa es ateo, ¿es confidencial o público? —preguntó un joven periodista peruano.

—Si no se dice, no se sabe —contestó Gruner—. Y callar, si lo sabemos, es traicionar a Dios, lo que es incompatible con nuestras funciones terrenales y con nuestras conciencias.

El cardenal Geneteu se levantó y agradeció en nombre de todos la presencia de los periodistas, quienes, acto seguido, se dirigieron a las oficinas del Secretario de Estado. No hubo comentarios.

El Viernes Santo, a las tres de la tarde, el Papa Pedro II entró a la Basílica Vaticana, junto a setenta y seis cardenales vestidos todos con sotanas cremas. Se dirigió directamente al podio, sin ceremonias ni protocolos.

—El Vaticano es la mina de oro más grande del mundo. El mejor homenaje que le podemos hacer a Jesús, quien no murió en esta fecha, es rematar toda la fortuna que se guarda en su interior. El dinero recaudado será dirigido directamente a los pobres. El secretario del Vaticano anunciará las fechas.

Abandonó la Basílica seguido de los cardenales. No hubo misa.

Al salir, una marea humana de periodistas lo abordó.

—¿Cuál es su posición frente a los cardenales que han solicitado su dimisión?

—Acabo de anunciar mi primera acción, ya planeada desde antes de escucharlos.

—¿Es cierto que usted es ateo?

—¿Es cierto que Jesús era religioso? —contestó—. Fue un hombre muy humano y solidario. Es justo lo que no tienen los cardenales que se vieron ayer en la televisión.

—Pero se va a crear un cisma —dijo otro con fingida ingenuidad.

—Se va a extirpar un cáncer que se incrustó en la Iglesia desde sus orígenes. Los seres humanos seguimos a Jesús o estamos en su contra. Para seguirlo, basta imitarlo, sin importar quién lo hace.

—¿Y dónde está Dios?

—Donde a usted le plazca.

—¿Cómo se puede creer en Jesús, sin creer en Dios?

—La gente tiene el derecho a seguir creyendo en el mito que se denomina Dios. No existirá una antiinquisición. Las personas se refugian en la idea Dios, pero se olvidan del ejemplo que nos dejó Jesús.

—Es una contradicción, y preocupante si sale de la boca del Papa.

—Vamos a revivir en el siglo XXI lo que hizo Jesús hace dos mil años. Tal vez para usted es la contradicción Jesús versus Jesús. El Jesús que se adora en los templos en contraposición al Jesús que salió de ellos a solidarizarse con los hombres.

—Usted disculpe, pero en sus palabras hay un desagradable olor a demagogia, detrás de la cual se esconde sus intenciones de destruir la Iglesia.

—No tengo respuesta para esa pregunta, la que se contestará con el correr del tiempo. Muchas gracias.

Barreti tenía razón. Fracasaron las gestiones de los cardenales Gruner y Küner de convencer a las superioras de las congregaciones y órdenes de monjas para manifestarse públicamente en contra de la posición del Papa. Para ellas, si Dios, Todopoderoso y Omnipotente, ha colocado a Pedro II al frente de la Iglesia Católica, sus razones tendría, y que ellas, partículas diminutas en el eterno universo divino, carecen de potestad para osar siquiera dudar de los designios del Señor, lo que considerarían, además, un imperdonable pecado. La diplomacia de las superioras las motivó a no decírselo directamente, pero sí a insinuárselo: su sorpresa de que fuera el cuerpo más elevado de la jerarquía católica el que, en esos momentos, iniciara un movimiento para cuestionar lo que Dios hacía. Eso fue lo que les impidió a los prelados explicar la lista de argumentos probatorios de que las palabras del Papa contradecían la voluntad de Dios. A lo sumo, dijeron las superioras, para evitar un distanciamiento con los cardenales, "lo que Dios hace, Él sabrá deshacerlo", frase que dio por concluidas las reuniones, porque fueron varias, no con las mismas, sino con otras monjas, pero caracterizadas por el mismo talante, lo que despertó sospechas entre los dos, de que sobre el tema, ya todas habían conversado.

Gruner y Küner regresaron con las manos vacías; pero como Barreti ya sabía de antemano lo que iba a suceder, contactó con su red, la que a su vez contactó con las otras ramificaciones suyas, y solo esperaban las instrucciones, las que se giraron una vez el núcleo conspirador recibió la comunicación de los cardenales encomendados de convencer a las superioras. Se necesitaba apoyo. ¡Masivo! Tenían que surgir grupos de católicos de todas partes del mundo, no en manifestaciones públicas, lo que sería muy costoso, sino en remitidos acusando al Papa y apoyando a los cardenales que lo enfrentaban, en los diarios de mucha y poca circulación, en las radioemisoras grandes y pequeñas y en las televisoras, teniendo el cuidado de que en esos dos últimos medios se dedicaran únicamente a leer, para evitar polémicas, en las cuales, por su poco conocimiento en la materia, podían ser sorprendidos. La red se ramificó hasta sus últimos cabos y por una suma modesta, se crearon grupos, no menores de tres ni mayores de cinco, cuya función era firmar y leer los documentos, los que para evitar sospechas, habían sido redactados con el mismo contenido, pero con diferentes palabras; además, cada uno se vinculaba al nombre de una agrupación inexistente que debería tener, como único requisito, un calificativo que representara a la Iglesia Católica. Los periódicos, las emisoras y las televisoras de las ciudades de América, Europa, Asia, África y Oceanía, se inundaron por un corto, pero intenso periodo, de documentos emitidos por instituciones, que en algunos lugares coincidían y en otros, no. La Asociación de Pastorcitos de la Virgen de Fátima, La Federación Internacional de los adoradores de María, Los esclavos de San Agustín, Los hijos de San Pablo, Los guardianes de San Francisco, Las hermanas de la Virgen del Pilar, El grupo de oración a la Virgen del Carmen, Los prisioneros de San Pancracio, Los custodios de la Virgen de Medjugorje, Los vigilantes del Santo Sepulcro, Los peregrinos de Santa Rosa de Lima, Los hermanos de Don Bosco, Las rogadoras de Santa Catalina, Los jardineros de San Isidro, Las contempladoras de Santa Cecilia,

Los misioneros de San Pedro, La congregación de San Lucas, La sociedad de albañiles de San Milanov de Padua, El ejército de Santa Bárbara, La confederación de las amas de casa de Santa Ana, Los atletas de San Sebastián, La asociación de artistas de Santa Catalina de Bolonia, Los cantantes de San Gregorio Magno, Los conductores de San Cristóbal, Los educadores de San Felipe Neri, Los carpinteros de San José, Los vaqueros de San Bartolomé, Los tejedores de San Francisco de Asís, Las secretarias de San Marcos, Los panaderos de San Ambrosio, Las modistas de Santa Lucía, Los hoteleros de Santa Marta, Los escolares de Santa Brígida. Grupos que se limitaron a hacer lo que se les había indicado. Grupos que se extinguieron una vez recibieron el pago; pero sus concordadas acciones produjeron en los fieles católicos reacciones, que si bien no llenaron la totalidad de las expectativas, fueron suficientemente inquietantes para hacer que muchos creyentes se acercaran a sus iglesias a recibir información, la que, como ya sabía el grupo conspirador, se suministraría en forma veraz por unos curas e imprecisa por otros. Sin embargo, eso era precisamente lo que se perseguía: que los católicos se enteraran que algo grande sucedía en las cimas del Vaticano. Acontecimiento que exigía la participación activa de todos los católicos del mundo, como lo decían los millones de comunicados leídos por los grupos pagados y espurios, que aunque ignoraban lo que realmente leían, lo hicieron con buena entonación, imprimiéndole, en muchos casos, la modulación de gravedad necesaria para convencer.

Los sacerdotes de los cuatro puntos cardinales del globo no lograban concretar una audiencia con el Papa. No se recibían las llamadas, ni se contestaban los correos electrónicos. Para facilitar la comunicación y abaratar costos que provenían de sus propios bolsillos decidieron escoger a un representante por país y entre ellos designar a Martín Cazarelli, un cura de un pueblo cerca de Nápoles, para que se trasladara a Roma y realizar todos los trámites que corresponda para que la audiencia se diera. La Iglesia estaba en crisis.

17

Pío XIII, uno de los Papas más jóvenes en el momento de su elección, supo contestarle a Constorsi, luego de una operación de matemática elemental, que los nuevos "sacerdotes", para quitarles después las comillas, estaban en una desventaja muy considerable, de cuatrocientos cincuenta a uno, con relación a los que habían cursado a satisfacción todos los años de seminaristas y, que, además, habían llegado con los honores que les otorga la Iglesia al ordenarse sacerdotes, sin las comillas, desde el principio. Para el Papa, la base de la pirámide de la Institución son los curas, quienes están más cerca de los conflictos y necesidades de los fieles, pero, aunque parezca paradójico, es el componente menos importante. La gran mayoría de ellos reciben las directrices de sus superiores; los obispos en un nivel superior inmediato y de los cardenales, en el nivel superior posterior, y que todos tienen la obligación reglamentaria de acatar las directrices del Papa; de lo contrario, se trasladaría a la Iglesia el pandemonio que se vive en las sociedades, por más organizadas que estén. Para Pío XIII era importante que los sacerdotes de las comillas se diseminaran por todas partes, con preferencia por los países donde se hablaran sus lenguas maternas, para que no fuese que una palabra mal interpretada, o tal vez, mal pronunciada, ocasionara rechazos, sorpresas o, en el mejor de los casos, las dudas que no dejan de existir. Se realizó una reunión para afinar detalles y proponer acciones. Asistieron los que antes presidieron las comisiones y que ahora, por esa incomprensible inercia, eran los representantes del grupo; en adición se incorporó una mujer, Natalia Quiroga, escogida entre todas, para romper con lo que la Iglesia mantiene firme: la discriminación femenina. Los representantes varones propusieron que el tránsito del cargo de sacerdote al de obispo debería ser corto, ya que los cardenales surgen, por regla general, mas no siempre, de las jerarquías superiores de obispos, aunque es el Papa el que, por derecho divino, tiene la potestad de escogerlos y nombrarlos. También sugirieron, esta vez por boca de Kretzmer, que se debería escoger a un grupo para recibir cursos, maestrías o doctorados en teología, no por el contenido de esos estudios, sino para lograr títulos y créditos, los que, quiérase o no, son los que proporcionan el estatus necesario para ascender y lograr una importante reputación, tal y como está organizada la Iglesia; aunque, como ha sido dicho, los ascensos se dan con frecuencia por otro tipo de méritos que en realidad no lo son, pero, como acordaron todos, en un momento especial, pueden ayudar. El mismo Kretzmer propuso que algunos deberían recibir clases, cursos, posgrados, maestrías o doctorados en materias vinculadas a temas sociales o científicos; en tales casos los diplomas no eran tan importantes, porque lo que de verdad se buscaba era que esos estudios les sirvieran a los sacerdotes para lograr una visión más completa de lo que ocurre en el mundo moderno. El Papa, gustoso de la idea, les recordó que "un viaje de cien millas se empieza con un paso", el que debería darse con un par de años ejerciendo el sacerdocio en los lugares que se les asignarían, para evitar, como lo había dicho en varias ocasiones, que los ojos que ven más allá del suceso, miren con detenimiento y descubran de lo que en realidad se trata.

Así fue. A pesar de que en Asia, para no precisar el país, la población católica apenas alcanza el tres por ciento y la cantidad de católicos por sacerdote sobrepasa el medio millar, el obispo Nakurama, un religioso de una edad natural próxima a su fin, muy conservador y rígido en todos los detalles del culto, se tomó el trabajo, durante tres días de una semana, de tomarles un examen escrito a todos los sacerdotes de su diócesis, con la idea, según él, de refrescar el significado de cada uno de los pasos de la liturgia. Para Iroki, uno de los sacerdotes que iniciaron su actividad con las comillas, el mundo se fracturó en tantos pedazos como riesgos surgían en su mente. Había aprendido, como el resto, a hacer las cosas, no a indagar sobre su origen y menos, el significado. Como era de esperar, Iroki fracasó la prueba; pero no fue un fracaso con posibilidades de recuperación si se recuerdan algunas teorías que la práctica olvida, sino de un fracaso en verdad espectacular, ya que su examen lo entregó en blanco. Nakurama llegó a pensar que el sacerdote no era sacerdote, fraude que si alguna vez se había dado en la Iglesia, él lo ignoraba. Iroki por una parte y Nakurama, por otra, llamaron cada uno a sitios diferentes. El segundo a otros obispos, quienes se estimularon a replicar el experimento del colega, y el primero a Constorsi, que quedó encargado de recibir, procesar y trasmitir los problemas que se les presentaran a los nuevos sacerdotes. Los obispos, con la facilidad de regar rumores al margen de su Sínodo, conocieron en pocos días el caso Nakurama, como se le conoció al suceso; pero, como el próximo Sínodo aún demoraba, decidieron efectuar la misma prueba a todos los curas independientemente de la edad. Iroki, como ocurre en las guerras cuando se captura a un enemigo con información confidencial, se sacrificó, no con cianuro sino volviéndose loco. Se le observó un comportamiento completamente anormal: le dio por quitarse la ropa en lugares públicos y defecarse con la sotana puesta. Esto obligó al obispo a consultar con el psiquiatra que diagnosticó un brote psicótico agudo, sin descartar, como lo escribió en el dictamen, un caso de esquizofrenia, para lo cual necesitaba entrevistarse con la familia o con los responsables del seminario, opción última que él mismo descartó, ya que de haberse visto en él conducta anómala, no lo hubiesen ordenado sacerdote. En la hoja de vida que recoge, además, la dirección real, la postal y el teléfono del cura, aparecían los datos, pero por esas amargas circunstancias que Iroki no estaba en condiciones de explicar, nadie contestaba el teléfono y las cartas dirigidas a la dirección postal no recibieron respuestas. Una visita a la residencia real, realizada por un inspector, indicó que se trataba de una casa abandonada, por lo que Nakurama concluyó, y así se lo hizo saber a los obispos contactados, que lo más seguro era que el pobre Iroki había ingresado al seminario por ser pobre y muy probablemente huérfano o, en el peor de los casos, un niño maltratado, lo que había creado el camino de la enfermedad que ahora padecía. Pero la idea de los obispos, pese al desenlace del caso Nakurama, seguía adelante hasta que Constorsi, que también había recibido la misma información, contactó con el

Papa, el que, "por tratarse de un acto que mal interpretado podría dar cabida a que se abrigara una desconfianza hacia los mandatos del Señor y porque colocaría en innecesarios aprietos a los pastores de la Iglesia," ordenó detener la generalización del pretendido examen y "rezar por la salud de nuestro querido hermano Iroki", a quien se le recluyó en un hospital especializado de donde egresó, no curado, pero sí lo suficientemente recuperado para volver a oficiar la misa, bajo la vigilancia de un superior, o en su defecto, de otro sacerdote.

Natalia Quiroga, la escogida por las mujeres, tenía por su extraña mezcla de jovialidad y fortaleza, una personalidad atractiva. Era una morena esbelta, de ojos negros y saltarines, cabellos cobrizos natural y una nariz cuya punta semejaba un dedal. Afilada en sus críticas y obsecuente para admitir el punto de vista opuesto cuando sus propios argumentos se derretían. Sus genes recogieron una pluralidad de razas, desde la sajona a la maya, salpicando a la latina. La pobreza de la infancia no dejó mellas en la piel, viva y turgente. Inició su vida laboral a los cinco años cuando, descalza, recorría las aldeas aledañas y, a veces, hasta el mismo pueblo, vendiendo huevos de codorniz. Aprendió el abecedario en un programa de alfabetización rural. No ingresó a la escuela oficial, pero ya adolescente, mientras trabajaba como doméstica en la residencia de una familia de intelectuales, se encontró con los libros, cuyas páginas, leídas con dificultad y temor al principio, le fueron describiendo los contrastes en que viven los individuos de nuestra especie, y las soluciones que se proponían para mitigarlos o acentuarlos. Las tertulias que celebraban sus patronos con sus invitados resultaban acaloradas en unas ocasiones y apacibles en otras; en ellas se planteaban y discutían propuestas para mejorar el mundo o para acabarlo. Ella las escuchaba sigilosamente, y terminó por invalidarlas todas porque, según ella, para ejecutarlas se necesitaría la conducción de un futuro líder, de vicios o virtudes ignoradas. Con esa convicción, al escuchar de la voz de un exseminarista, a quien conocía desde la infancia, que ese líder ya había estado en este mundo, y que un grupo de jóvenes se había abocado a la tarea de quitarle lo divino y exaltarle lo humano, se interesó en participar. Natalia se unió al grupo en la segunda asamblea.

Se creó la inquietud entre los católicos de todo el mundo. Gruner, esta vez eufórico, sostenía, con un rostro refrescante, que los más de mil millones de fieles se iban a manifestar en apoyo al grupo conspirador.

—Esa cifra —le aclaró el cardenal Bontemp— está adulterada.

—Pero es la oficial que maneja la Iglesia —replicó Gruner.

—Solo representa la cantidad de bautizos que se han hecho. No sabemos nada de esos nuevos cristianos, si siguen siendo católicos, si se mudaron hacia otra religión, si son agnósticos o ateos. Ni siquiera sabemos si viven, porque estadísticamente la Iglesia los trata con el mismo criterio que los demógrafos a la población general.

No hubo ni una sola manifestación pública de una organización auténticamente católica, aunque el núcleo conspirador logró saber que un número plural de curas, trató, por diferentes vías, de invitarlos a expresar su inconformidad con la boca abierta y no limitarse a confesarla con una voz tan imperceptible que a veces no llegaba a los oídos del sacerdote. La que sí que no dejó de ocupar las pantallas de televisión era la marea alta de personas que aparecían con las pancartas de "Sí al aborto", "Sí al matrimonio gay", "No al celibato", "Sí al matrimonio de sacerdotes", "No a la discriminación contra la mujer". Manifestaciones ya tradicionales a las que se agregaron las nuevas que empezaron a brotar: "Sí a Jesús". "No a los farsantes". "Sí al amor". Algo hay, seguía sosteniendo el grupo conspirador, tan cerca que no lo vemos.

El cardenal Bontemp, como ya era costumbre institucionalizada, celebró ese año la fiesta de Pentecostés. Lo extraño fue que, en vez de iniciar su homilía en su idioma materno, como lo hacía siempre, la inició en latín, lengua que, no hay siquiera que decirlo, murió hace muchos siglos. Para el núcleo conspirador, la imprenta, descubierta por Gütemberg o por los chinos o por quien fuera, si bien había hecho posible el avance de la humanidad, fue para ellos un obstáculo casi insalvable, porque permitió que la Biblia, reservada para parte del clero, se popularizara hasta llegar al alcance de todos y los historiadores, para vanagloriarse, han precisado que fue justo el texto que primero se imprimió. Sostenían que, si la Iglesia se hubiese mantenido en la cima de la pirámide terrenal, utilizando los libros que solo ellos conocían y, por tanto, únicamente ellos interpretaban, la gente, ansiosa del oscurantismo, se hubiera mantenido fiel al dogma; aun más, consideraban, que la idea de abandonar el latín como idioma oficial en los ritos y reemplazarlo por las lenguas nativas de todos los pueblos, había logrado que la Iglesia se derrumbara de su pedestal. Que si bien ahora no era el momento para recordar a los responsables de esas funestas innovaciones, se debería volver a ellas en un periodo relativamente corto, como lo proponía Geneteu; pero para Küner la moción resultaría políticamente desastrosa, opinión que prevaleció en el grupo. A pesar de ello, el cardenal Bontemp hizo lo que hizo al iniciar su homilía, tal vez para recordar que era el latín el idioma en que se entendieron los primeros cristianos a los que iba dirigida esa fiesta. Pero a las pocas palabras, el cardenal Bontemp, cambió la lengua fallecida por la viva. Hizo hincapié en que la Iglesia Católica tiene una tradición consolidada desde mucho tiempo atrás. Habló con su acostumbrada voz pausada, tratando de que los labios se movieran con la bondad de un hombre santo.

—Los cincuenta días pascuales y las fiestas de la Ascensión y Pentecostés son parte de un solo y único misterio.

Al pronunciar el vocablo "misterio" dio un giro de cabeza afirmativo.

—Pentecostés es fiesta pascual y fiesta del Espíritu Santo.

Les recordó a los fieles que la Iglesia sabe que nace en la Resurrección de Cristo, pero se confirma con la venida del Espíritu Santo sobre los doce apóstoles a los cincuenta días de la resurrección. El cardenal Bontemp, esta vez, a diferencia de las anteriores, abundó sobre el significado del Espíritu Santo con el ánimo de volver a infundir en los católicos el dogma de las tres personas distintas. .

—La fiesta de Pentecostés es como el aniversario de la Iglesia. El Espíritu Santo desciende sobre aquella comunidad naciente y temerosa, que entendió entonces, como lo entienden los católicos de hoy, para preservarlos en la verdad como único camino de llegar a la gloria eterna. Es el mismo Espíritu Santo que sigue descendiendo sobre quienes creemos que Cristo vino, murió y resucitó por nosotros, sobre quienes sabemos que somos parte y continuación de aquella pequeña comunidad ahora extendida por todos los confines del mundo; sobre quienes sabemos que somos responsables de seguir extendiendo su reino de Amor, Justicia, Verdad y Paz entre los hombres.

El cardenal, con voz conmovedora, señaló que entre otros atributos del Espíritu Santo, está "esa fuerza interior que no sabes de dónde sale; esa energía anímica es nada menos que la acción del Espíritu Santo que, desde el bautismo, mora dentro de ti.". Culminó recordando, sutilmente, lo que ocurría en la Iglesia, al agregar con acento emotivo: "Debemos reforzar nuestra fe para que el Espíritu Santo no se olvide de nosotros, no nos abandone, no nos deje perecer en las llamas perpetuas."

Los informes recogidos por muchos curas y transmitidos al núcleo no fueron alentadores. La gente fue a la Iglesia, pero en menor cantidad, y participó, pero con menor interés. Algo estaba pasando.

Pocos a los dos años; muchos a los tres y todos, a los cuatro: los sacerdotes que se bautizaron con las comillas se les retiró de sus actividades regulares para que estudiaran, como se había sugerido, cursos de teología y otras disciplinas más afines con la vida humana. Para matricularse en estas últimas se les aconsejó que sería mejor que se cambiaran los nombres e inventaran otro oficio que no fuera el sacerdotal y así evitar los eternos ojos que siempre están detrás de una lupa para mirar los movimientos ondulares de los animales subterráneos; pero que inversamente, en los de teología se colocaran, si fuese posible, un gafete en el pecho con su verdadero nombre, para que esos mismos ojos los mirasen bajo la claridad solar. Olivio Crespo en particular, solicitó participar en un curso intensivo de neurociencia, cuya matrícula presentaba el obstáculo de estar dirigido a médicos; sin embargo, falsificar un diploma era una fácil tarea. Los cursos, los posgrados y las maestrías eran , como todos lo saben, de variable duración, de manera que, en la medida que iban egresando, Pío XIII los incorporaba en la "carrera" hacia el obispado, puesto que llegaban a ocupar al fallecer el titular, por lo que, de acuerdo con una proyección biológica posible, quienes iniciaban la "carrera" lo hacían detrás de los obispos de mayor edad, lo que les permitía, no solo alcanzar el obispado, sino llegar a la cima púrpura. Para alcanzar esta meta, el tiempo era, si no el principal, un grave obstáculo, por lo que se debería recurrir a echar mano a las decisiones infalibles del Papa, lo que logró hacer Pío XIII poco antes de morir, al aumentar el número de los cardenales para lograr un número de adeptos, que si bien no era mayoritario, como aspiraba, rondaba la mitad.

El nuevo grupo, ya incorporado a la más alta jerarquía eclesiástica, se movilizó dentro de las actividades regulares de la Iglesia, unos más sumisos que otros, tal como lo habían acordado. Pío XIII, para mantener el equilibrio entre las dos facciones invisibles, se hacía rodear en unas ocasiones por un grupo y en otra, por el otro. A veces paseaba por los jardines del Vaticano tomando el brazo de Gruner, otras del de Kretzmer, quien siempre cabizbajo y silencioso, más que un compañero, aparentaba ser un sirviente según unos, o un hombre muy piadoso, según otros; pero su especialidad era servirles a unos y servirles a otros, para lograr ser el prelado, en caso de que el cardenal Constorsi, quien había sido escogido como el candidato del grupo, no lograra, como se temía, el número de votos necesarios para ocupar la silla del pontífice, como en efecto ocurrió. Tanto el cardenal Constorsi, como Kretzmer, acordaron, siguiendo las indicaciones del grupo, escoger el nombre de Pedro II, como una alusión para que se cumpliera la profecía vaticinada por algunas sectas cristianas, que auguraba que si Pedro I fue el primer Papa, Pedro II, sería el último. La novela popularizó el mito.

Una vez terminó la ceremonia de asunción del nuevo Papa, comenzó a darse una cadena de actos contrarios a la costumbre y tradición de la Iglesia Católica, y manteniendo el ejemplo del Papa Bueno, tanto el nuevo Papa, como los cardenales y los obispos, se despojaron de sus tradicionales y lujosos hábitos escarlatas y empezaron a usar sotanas sencillas; a vincularse directamente con la gente, independientemente de su credo; a darle un contenido orgánico, visible, a las palabras que salían de sus bocas; a imitar la vida de Jesús. Fue un movimiento, sorpresivo al principio, pero contagioso, después.

Cazarelli logró, por fin, la audiencia con el Papa. Asistieron a la reunión los representantes de casi todos los países. Todas las miradas, sin previo acuerdo, se dirigieron hacía el padre Martín.

—Su Santidad, de ninguna manera podemos aceptar sus palabras de desvincular a Dios de la Iglesia. Si es lo mismo.

—Es un asunto de fe —dijo el Papa.

—La cuestión de la verdad es la cuestión esencial de la fe cristiana.

—El problema es que si la fe pretende ser el resumen y el cumplimiento de la razón, tiene la tentación de imponerse, que es lo que ha sucedido en la Iglesia. No podemos racionalizar la fe.

—¿No está diciendo que no tratemos de demostrar nuestra verdad?

—No. Los bozales estaban en la Iglesia. Nunca podremos probar absolutamente la inexistencia de nada. Yo no puedo probar la inexistencia de Dios, como no puedo probar la inexistencia de los dragones. Lo que sí puedo hablar es de las probabilidades de la existencia. ¿Qué probabilidades tengo de que los dragones existen? Casi cero. La misma probabilidad de la existencia de Dios.

Ambos hombres se miraron a los ojos.

—La vida de la Iglesia y de los santos es muy enriquecedora. Estudiar la historia de los mártires es fascinante. En todos ellos está el desapego y el amor al prójimo. Ellos se inspiraron en la vida de Jesús. Eso se ha perdido o reducido a un número pequeño de ustedes —concluyó el Papa.

No los convenció.

Unos cuantos cardenales, que primero se mantuvieron a la expectativa, siguieron el ejemplo; lo mismo hizo la mitad de los obispos y alrededor de trescientos mil sacerdotes; pero las cifras se empezaron a reducir cuando al Papa, por algunas actuaciones, algunas observaciones y, también, por las acusaciones directas de los cardenales del grupo conspirador, nombre ignorado por todos, se le vinculó con el ateísmo. ¿Un Papa ateo? Un extraño ateísmo, murmuraban los fieles, ante lo cual sus confesores, ora guardaban un inexplicable silencio, ora derrochaban una explicable agresión contra el nuevo comportamiento. La noticia del remate de los bienes del Vaticano, que primero se anunció y después se verificó en sucesivas subastas públicas ante la mirada de millones de espectadores, fue una señal, muy clara para muchos, sospechosa para otros, de que el camino sobre el que pensaba transitar el Papa era de verdadera transformación. Con el aval de muchas organizaciones no gubernamentales comprometidas, de las muchas que dicen estarlo sin estar, se distribuyó el dinero recaudado, pero no como una bolsa de regalos de Papa Noel, sino con un programa bien formulado, lo que se entendió claramente por la forma cómo se fue desarrollando, ya que era evidente que estaba muy lejos de la improvisación y que, ideado y estructurado no para paliar el hambre de los pobres por unos días, como ocurre con las paternalistas donaciones benéficas, sino para erradicarla, o al menos, reducirla. Después del último remate, la casa central de Dios en la tierra, como la nominaba el cardenal Gruner, quedó desnuda. La subasta, en la que participaron los multimillonarios coleccionistas, recogió ciento ochenta mil billones de euros, repartidos en su totalidad entre los programas sostenibles. Los especialistas consideraron que el valor de las obras era superior, pero el papa quedó conforme.

—Con este dinero —dijo el Papa— ¿Cuántos nuevos trabajos se crearán? ¿Cuántos pobres dejarán de serlo? ¿Cuántos países quedarán sin deuda externa? ¿Qué diría Jesús si en este momento estuviera sentado junto a mí?

Se hizo el intento de vincularlo con el comunismo, lo que mató de risa a la gente. ¿Qué clase de ateísmo es?, se seguían preguntando los hombres y las mujeres de la calle, sin escuchar respuestas.

—Pido perdón —dijo el cardenal Bontemp, durante el oficio de una misa televisada—. Le pido perdón a Dios. Le ruego que nos ilumine en estos momentos de oscuridad. Pueda ser que ese hombre que dice llamarse Papa se arrepienta de su herejía. Que se confiese ante los fieles creyentes. Que les diga, con su propia voz, que es un ateo consumado. Un pecador.

De súbito, apareció en la misma pantalla un recuadro que llegó a ocupar la mitad: era el Papa. Se le notificó al cardenal, quien, para ver la pantalla que se improvisó en la iglesia, interrumpió el rito.

—Es un sacrilegio interrumpir el acto que nos comunica directamente con Dios.

—Dios no está en ningún templo —contestó el Papa.

—¿Dónde está?

—En ninguna parte.

—Eres un impostor. Ateo degenerado.

—Primera vez que el cardenal Bontemp perdió su compostura.

—Pero es bueno —agregó—. Es bueno que lo digas tú mismo.

—Soy ateo, pero soy cristiano. Soy más cristiano que ustedes, por la fortaleza de admitir que soy ateo.

—Pecado mortal, Dios mío, guíame.

—Abandonen sus bienes materiales y síganos.

El cardenal Bontemp hizo la señal de la cruz.

—Eres un ateo sin alma.

—¿Alma? ¿Me puedes decir cuándo fue incorporada el alma al ser humano?

—¡Qué pregunta!, ¡Dios mío! ¡Qué pregunta!

Kretzmer, que había hecho un posgrado en biología evolucionista, insistió.

—¿En qué momento de la evolución del hombre se le introdujo el alma? ¿Ya la tenían nuestros antecesores, los australopitecos? ¿O fue el Homo habilis el afortunado? ¿O tal vez el Homo erectus? ¿Se le pegó el alma al cuerpo hace doscientos cincuenta mil años cuando aparecimos sobre el planeta? ¿O ya la teníamos desde hace dos millones de años cuando nos separamos de las otras líneas evolutivas?

—Dios creó al hombre a su imagen y semejanza —dijo el cardenal Bontemp, recuperando la calma.

—Entonces, si existe, Dios es un ser muy imperfecto. Basta conocer nuestra naturaleza humana para darnos cuenta de lo que realmente somos.

—La Biblia, Dios mío. Para este hombre no existe la Biblia.

—Es un precioso libro mitológico.

—Es un texto sagrado, señor.

—¿Escrito por Dios?

—Escrito por los hombres con los mandatos de Dios.

—Hace más de cinco mil años, época en la que los sumerios inventaron la escritura. ¿Adónde iba a dar la gente después de muerta? ¿O será que Dios solo pensó en nosotros y se olvidó de nuestros antepasados?

—Sacrilegio, Dios mío. Herejía.

—Deja de usar epítetos en los cuales ni tú mismo crees.

—Quieres acabar con la Iglesia de Cristo.

—Qué te parece que sí quiero acabar con la Iglesia de tu Cristo y regresar a Jesús, no por su santidad, sino por su ejemplo de vida, su solidaridad.

—¿Cómo vas a separar a Jesús, el hijo, del Padre y del Espíritu Santo?

—Lo que el hombre hace, lo deshace. Ese mito ustedes lo inventaron. Es creación humana. Si un día los unimos para nuestra santa conveniencia, otro día los desunimos. Nos quedamos con Jesús, el hombre, y enviamos a Dios y al Espíritu Santo a donde debieron estar siempre: en la nada.

—Dios mío, si un ignorante piensa que eres creación nuestra, lo podemos perdonar, pero que lo diga un Papa...

—El terror de ustedes es abandonar a Dios y acercarse a Jesús. Alimentan a la gente con la idea de Dios, para que engorde sus bolsillos; pero, ¿qué hacen para acercarse a Jesús? Solo palabras, cardenal. Solo palabras vacías. ¿Cuántas veces se han ensuciado las manos perfumadas quitándole el sucio a la piel de los pobres?

—Hablas de manos perfumadas y hablas de pobres. Eres un demagogo sutil. Te felicito. Si hablas de manos perfumadas, hablas de ricos. Hablas de sucio, hablas de pobres. Hay muchos pobres y pocos ricos. Quieres sembrar tus palabras en la desesperanza del pobre, para dirigirlos en un enfrentamiento estéril contra los ricos. Quieres quebrar el huevo contra la piedra. Me gusta que te descubras. El mundo es desigual desde siempre y será siempre desigual.

—A pesar de que Dios hizo al hombre a su imagen y semejanza.

—Lo hizo a su imagen y semejanza, pero le dio el libre albedrío. Los hizo libres.

—Entonces, no es omnipresente. ¿Para qué crea a un hombre para la maldad?

—Él no lo creó para la maldad. El hombre se hizo malo por su propia decisión.

160

—¿Ignoraba Dios esa decisión del hombre? ¿Dónde está su misericordia?

—En perdonarlos.

—Los creó malos para perdonarlos. Siembro semillas podridas para cosechar naranjas podridas para inyectarle hormonas y para que luego nos las comamos sanas. ¿No te parece que es un exceso de trabajo?

El cardenal calló.

—Como Sísifo, que nunca se cansó de cargar la piedra hacia el mismo lugar —dijo el Papa.

—Esta es una discusión de nunca acabar. Lo importante para el mundo es que confesaste tu ateísmo.

—Completa la oración. Cristianismo ateo.

El cardenal Bontemp terminó de oficiar la misa, pidiéndole perdón a Dios.

Luego del debate para unos y discusión, para otros, entre el Papa y el cardenal Bontemp, el núcleo conspirador realizó una reunión evaluativa, de la cual, tras un largo periodo de encontrados puntos de vista, concluyeron que lo mejor fue el reconocimiento personal del Papa de su ateísmo, lo que lo inhabilitaba para continuar al frente de la Iglesia, la que por santa es divina, que quiere decir en todos los idiomas del mundo "de Dios" y a la cual, el mismo Papa, con su propia voz, ha decidido destruir. Con esas dos verdades en la mano, decían, se ha producido el cisma, el cual, si era bien manejado, se podría lograr mantener al grueso de la población católica bajo su círculo de influencia, porque el desvincular a Jesús de su divinidad, lo convertiría en un líder humano, común y corriente, como han existido muchos, y por lo tanto, carente de todo hálito esperanzador, ya que con solo imitarlo, como pregona el Papa, no se logrará nada, ni aquí ni en el mundo eterno que está por venir, y se sabe bien, decían, que el sentimiento religioso que el ser humano ha incorporado a su fisiología desde tiempos ya sin memoria, existe por el miedo a la soledad y al abandono que no será suplido por ningún hombre igual a él. Con todo, en el debate para unos y discusión para otros, se identificaron algunas debilidades que se tenían que superar, sobre todo la teoría creacionista y la apertura de los dogmas, a lo que el cardenal Bontemp se opuso con vehemencia, aludiendo que si se abandona la idea de que Dios creó a Adán y a Eva era aceptar que si los primeros versículos del Génesis son incorrectos, el resto del Pentateuco también. Que se creía en la totalidad de la Biblia o no se creía en nada, y que asumir la última postura, era entregarle a ese ateo lo que quedaba de nuestra Iglesia. Geneteu, animado en expresar un pensamiento más actual, dijo que la Iglesia no puede negar los avances científicos y que hoy en día, la comunidad de los hombres de ciencia admite la teoría de la evolución; lo que el cardenal Bontemp cuestionó, argumentando que esos mal llamados aportes, nacen y mueren en las hipótesis, las que nadie nunca ha podido confirmar y que surgen, más en la imaginación, que en la realidad.

—La evolución es un cuento de hadas —dijo el cardenal Bontemp—. De nada vale que los científicos le impriman su sello de validez, como acostumbran hacer, para luego, tímidamente, irlo borrando cuando se confirma su error. La ciencia es un permanente morral de mentiras que se convierten en realidades y de realidades que se convierten en mentiras. Anteponer el contenido de un libro escrito desde los orígenes del hombre, el que aún mantiene su vigencia, a los dichos cambiantes de los científicos, es convenir que una verdad de siglos ceda a un engaño. Me pueden decir —les preguntó Bontemp— ¿qué actividad de los hombres no está impregnada de dogmas? ¿La ideológica? Cuánta gente ha muerto por aferrarse a uno u otro dogma ideológico. El fascismo, el comunismo, el capitalismo, ¿no son dogmas? ¿La ciencia? Los hombres de ciencias tuvieron el coraje de elevar a categoría de ley universal la teoría de la física, que entre otros axiomas, sostiene que es imposible que una materia esté al mismo tiempo en dos lugares diferentes. Y vino la mecánica cuántica y un electrón está, al mismo tiempo, en varios lugares. ¿No era un dogma? Ni hablar de los filosóficos. La creación de los Estados y sus leyes, ¿no tienen sesgos dogmáticos? ¿Quiénes los critican? Los que quieren reemplazarlos, a su vez, por otros dogmas. Consideremos las relaciones sociales, ¿no es el matrimonio un dogma? Pero nadie lo cuestiona. Se ensañan contra los dogmas religiosos. Hay detrás de esto una política destinada a erradicar del ser humano el sentimiento religioso; tal aspiración es como si le quisiéramos quitar el corazón o los pulmones, que son órganos vitales. Acabar con ese sentimiento es matarlo. Sí, matarlo, porque sin religión no hay esperanza y un hombre sin mañana está muerto. Se nos critica, tal vez con razón, por las formas de exponer ese sentimiento íntimo; pero por ser íntimo pertenece a la esfera de la conciencia. Para algunos, regalar un pedazo de pan les da paz; otros llegan a la misma paz rezando el rosario. Hemos cometido errores, ¡claro!, muchos, muchísimos. Incontables. Pero hemos servido como vehículo para que la gente oriente su sentimiento religioso y logré la conciliación, su armonía interna, o al menos que sienta que está en paz. Que de eso nos hemos beneficiado, ¡Claro! Vivimos de eso. A la gente, a quien se le ha enseñado que casada a su paz está nuestra supervivencia, que sin nosotros ella queda como un rebaño sin pastor, se siente satisfecha cada vez que nos entrega un dinero, sin importar la suma. Se le ha quedado grabada, como herencia cultural, la idea de las indulgencias, la que nosotros no hemos negado. ¿Qué importancia tiene para las personas donar a la Iglesia? Mucha, ya que encuentran en ese acto una manera de decirle a Dios que los perdonen por acciones que tal vez nunca han cometido. Ni siquiera cuestionan el destino que les damos a esas donaciones, ni la forma de vida nuestra, opulenta en muchas ocasiones. Es difícil que crean que los que estamos aquí sentados somos millonarios, que nos sobran los bienes, y si lo llegaran a pensar, con unas palabras nuestras de perdón y cara de arrepentimiento, quedaría todo olvidado. ¿Quién recuerda hoy el escándalo del Banco Ambrosiano? Nadie. Quizá algunos periodistas a los que no hemos podido comprar. Por apropiarnos de los bienes de la Iglesia, si es que se llegan a enterar, no existe penalidad y el perdón del que hablé solo se da en caso de que hayamos agotado todos los recursos disponibles, desde cubrir con dinero a los medios de comunicación, hasta colocar a la Iglesia en la esquina de las víctimas. Con esta conducta inmoral, no le hacemos daño a nadie, como sí lo hacen los sacerdotes pederastas, a quienes todos conocemos; sin embargo, nos mantienen enajenados y manipulados porque, en nuestra avaricia, hemos dejado poros abiertos por donde entra el chantaje. Los pederastas han integrado una peligrosa e intocable secta, la que se ha constituido en nuestro verdadero talón de Aquiles. De los homosexuales y promiscuos no nos preocupemos, ya que de sus actos íntimos, todos salen satisfechos. Lo único que les hemos pedido es prudencia. En fin, queridos cardenales, no nos desprendamos de la Biblia ni de los dogmas, ni nos sintamos pesarosos por nuestros actos, ya que, como sacerdotes, contribuimos a llevar la paz a la conciencia de los hombres. A ellos no les ha importado lo que hemos cobrado por ese servicio.

Hubo una pausa prolongada. Un silencio de verdades dolorosas. Dios es la Iglesia y la Iglesia es Dios. Acabar con una es acabar con el otro. La gente no se va a deshacer de la idea Dios. Necesita a Dios. Es una necesidad biológica, como el agua y el aire. Pero no podemos entrar en el sofisma, decía Küner, de que si persevera Dios en la mente de los hombres, va a perseverar la Iglesia, a menos la católica, que es contra la cual se ha encarnizado ese infeliz; lo que corrigió Geneteu, ya que al aceptar su ateísmo, está aludiendo a todas las Iglesias, a todas la religiones, a todas las sectas.

—Pero no se puede de un sablazo arrancar a Dios de los hombres —dijo Gruner.

—Son arenas movedizas —dijo Küner—. Si no sabemos la cantidad exacta de católicos, menos conocemos la de los cristianos y mucho menos la de los que son religiosos de otras creencias. ¿Cuántos ateos hay? Y este enfrentamiento se centra en las cifras y en la capacidad de persuadir.

—No es momento para llorar —dijo el silenciado Barreti—, pero puede que nuestra flaqueza dentro de la Iglesia sean los pederastas, a quienes con los evidentes homosexuales, los sacerdotes polígamos y monógamos, los podemos encasillar dentro de aquellos a los que doblegan las debilidades humanas, como a nosotros nos tiraniza el amar el becerro dorado. Todo eso forma parte de nuestros problemas, pero no por eso nos tiene el Papa en un rincón del cuadrilátero. Más aun, no se va a referir a ellos porque ya captó para su causa al movimiento gay y denunciar a los homosexuales internos es contradecirse. Tampoco se va a referir a los curas que cohabitan con mujeres bajo un mismo techo o en varios; también están con él los que pregonan el matrimonio de los sacerdotes y niegan el celibato.

—Hay allí una contradicción —advirtió Küner—. Los curas que quieren casarse y los que quieren dejar de ser célibes, no quieren dejar de ser sacerdotes. Ellos van a caminar con el Papa hasta lograr sus propósitos. Después lo abandonarán.

—¿Cuándo? ¿Cuando no haya Iglesia? —preguntó Bontemp.

—Dios por un lado y la Iglesia por el otro —aclaró Küner—. El Papa quiere acabar con los dos. Habrá gente que también lo quiera hacer, por cuanto que él quiere erradicar la idea Dios y la de la Iglesia. Otros quieren hacer desaparecer la Iglesia, pero mantener su creencia en Dios. ¿Qué hacer para atraer a la gente a nuestra Iglesia?

—Desnudarnos —dijo Geneteu—. Adelantarnos. Aprobemos el aborto, el matrimonio gay, el de los sacerdotes, la abolición del celibato, el uso del condón, la inclusión de sacerdotisas. Propongamos que el Papa sea escogido por votación directa y secreta entre todos los católicos del mundo, y para evitar que se nos critique de fraude, pongámoslos a ellos escoger a los candidatos y a supervisar las elecciones.

—Eso último lo único que hará es postergar nuestra sepultura —dijo Gruner.

—Pero nos da tiempo y aliento —dijo Geneteu—. Cedamos ahora todo o perderemos todo. Tenemos que actuar como una fuerza centrípeta, como un imán que atraiga a todos los que creyendo en Dios, cuestionan a la Iglesia.

—¿Desnudarnos? —dijo Gruner—. Significa también hacer público el uso de cada centavo de las cuentas que maneja el Vaticano. Si es así, hagamos una procesión en pelotas.

—Todo eso es posible si la derrota es inminente —apuntó el cardenal Bontemp.

—¿Le parece que estamos ganando el combate, cardenal? —le preguntó Gruner.

—No, pero tampoco lo estamos perdiendo. Después de la tormenta vendrá la luz.

—Pero los terremotos dejan todo en ruinas.

18

Para las Hermanas de Jesús estos temas no estaban en su agenda. Se fueron, no con una cruz, sino con una imagen de Jesús grabada en sus vestidos. Era su distintivo. No invocaban el nombre de Dios, no asistían a los oficios religiosos, no rezaban. Su tiempo completo lo dedicaban a la gente, a compartir la miseria de los pobres, a dormir en la intemperie o en casuchas de cartón comprimido o de tablones podridos o de zinc oxidado. Eran las Hermanas de Jesús. Inagotables.

—¿Por qué no van a la Iglesia? —les preguntaba la gente.

—Porque allá no está Jesús. Él está aquí con ustedes.

Cuando estalló el enfrentamiento del Papa con los cardenales, agregaban que en esos lugares se timaba a la gente, lo que provocó, en esa misma gente, estupor e incredulidad al principio y sospecharon, incluso, que eran emisarias del Diablo.

—Dígannos algo bueno que hace el diablo —le preguntaban las hermanas a la gente temerosa.

—Nada, pero tienta —les contestaban.

—Tienta ofreciendo prebendas para el más allá. No teman, porque el diablo no se mezcla con los pobres —decían las madres.

Luego de que las Hermanas de Jesús publicaran el único remitido en apoyo a Pedro II, en los lugares bajo el control de los cardenales del núcleo conspirador, los sacerdotes revivieron las prácticas de la Santa Inquisición e iniciaron contra ellas una campaña incisiva para vincularlas a las fuerzas del mal, acusando, además, a Natalia Quiroga, su líder ideológica, de tener firmes contactos con Satanás. A estas imputaciones respondían señalando que cuando uno de esos curas pernoctara en el hábitat de los pobres, como hacía Jesús, recuperarían autoridad moral para cuestionarlas. Que solo hablan de Jesús en los púlpitos de los templos aclimatados, pero que eran incapaces de ensuciar sus sotanas con el lodo de las calles sin pavimentar. Que Jesús predicaba con el ejemplo y que esos curas eran el ejemplo de una prédica hueca, insustancial, que empieza y termina en palabras, muy hermosas en muchas ocasiones, pero divorciada de acciones tangibles, de esas que se ven y que se sienten. A ustedes los obligan a ir a los templos, pero lo que está en los templos no viene donde ustedes, excepto aquellos sacerdotes que verdaderamente imitan a Jesús. ¿Alguna vez han visto a un cardenal o algún obispo sentado en sus mesas, compartiendo sus comidas, aunque sea una sola vez, por un minuto? Nunca. ¿Alguna vez escucharon que Jesús vestía ropa fina y usaba perfumes y comía banquetes abundantes y vivía y dormía en lujosas residencias y usaba prendas de metales preciosos? Entonces ¿dónde está Jesús?, ¿allá o aquí? No soportan, decían, que armonicemos nuestras palabras con nuestros actos. No lo soportan porque para ellos la religión huele a dinero: se compra y se vende. Ellos predican, para los ingenuos, lo que sucede en otros mundos; pero les interesa, para ellos, lo que sucede en este. Están desgastando el nombre de Jesús, incluso lo están desprestigiando, porque la vida de Jesús era justa, contraria a la de de ellos. Jesús nunca ofició misa. Detestaba los ritos y las adoraciones a seres sobrenaturales. Vino a amar a la gente. A compartir con ella lo que le faltaba a él. A enseñarnos el sentido de la solidaridad. Nos dijo que todo termina en la muerte a menos que desarrollemos a plenitud las funciones de nuestra mente, aún atrofiadas. Pero jamás las desarrollaremos si no hay amor en nuestros corazones. El día que nos llenemos de él, iremos viendo una luz, que tal vez en un año o en diez o en cien, alumbrará esa zona dormida que nos hará inmortales y nos permitirá hacer lo que hizo Jesús, a lo que, por no tener explicaciones, llamamos milagros. Y añadieron que la única forma de acabar con un hombre como Jesús fue decapitándolo, como hizo la Iglesia para compartir las riquezas y el poder con un Emperador romano que se llamó Constantino. Esa historia, decían, no la oirán de los que se autoproclaman, de manera irrespetuosa, los representantes de Jesús en la tierra; esos, en cambio, han inventado mentiras que de tanto decirlas, repetirlas y escucharlas, las hemos elevado a categoría de verdad, y que para que nosotros las creamos sin reflexión, las han sellado con el mote de dogmas, una caja herméticamente cerrada que no permite la entrada a nada. Todos esos dogmas, como el de la santísima trinidad, son burdas imitaciones de mitos antiguos, porque en la desesperación de fabricar ideas para fundar la Iglesia, tomaron de las mitologías que les precedieron, casi todas las fábulas y las unieron como colchas de retazos, para ofrecernos una nueva. Una religión de salvación, ya que conocían que, desde tiempos primitivos, el hombre ha sido temeroso y que, a pesar de tener dos piernas, necesita de un bastón para caminar y ese bastón es la creencia en un ser superior bondadoso y misericordioso que perdonará nuestras malas acciones a las que llaman "pecados". Ese ser siempre nos acompaña para que no nos sintamos solos, ya que también saben que la soledad es el camino de los miedos. Pero Jesús vino a decirnos que no, que la soledad desaparece cuando nos abrazamos con los corazones abiertos, que los miedos se van al sentir cerca de nosotros los cuerpos de los que necesitan calor humano. Nos dijo que los hombres y las mujeres que damos sin esperar nada a cambio, seremos seres sin ataduras. Que el día en que las rompamos seremos libres. Que no nos dejemos engañar de los profetas, aunque al escribir el Nuevo Testamento, a conveniencia de los llamados padres de la Iglesia, se agregó "falsos" a la palabra profeta, para distinguirlos de los "verdaderos", que lo único que perseguían era decirnos que no somos libres porque tenemos un destino, ya escrito de antemano; destino que Jesús, con sus parábolas, se cansó de decir que no existía, que lo único que existía, lo que también se cansó de proclamar y practicar, era el amor a los demás, que se ofrece, no en el más allá, sino en el aquí y en el ahora. Esa es la esencia del cristianismo. Jesús no habló de Dios, ni de dioses, ni de otros mundos. Por eso no vino a redimir ningún pecado. Todo está aquí, en la tierra. El día en que todos los hombres nos entreguemos al prójimo, se nos irá abriendo esa luz que nos llevará al camino de la inmortalidad, para cuyo logro, la Iglesia es el principal obstáculo. El dios del que se dice que Jesús habló; pero, que en verdad nunca mencionó, está dentro de nosotros.

Estas palabras, dichas y repetidas por las Hermanas de Jesús mientras atendían enfermos, ayudaban a los ancianos, sembraban y cultivaban, lavaban la ropa de la vecindad, cargaban a los niños, sudaban y lloraban y reían, no se volatilizaban, se quedaban dando vueltas hasta que la gente las fue haciendo suyas primero e imitándolas, después.

Como epílogo de la última asamblea de las juventudes cristianas, Constorsi, que había estudiado bien el tema, dijo que dentro de la Iglesia hay sectas secretas. Los Legionarios de Cristo, fundada por el pederasta mexicano Marcial Maciel y, dentro de ella se refugian personas a quienes les gusta que los niños los llenen de felicidad celestial. La segunda es peor, el Opus Dei, la Santa Mafia. Una secta secreta de curas y laicos, que se ha visto envuelta en bochornosos escándalos financieros. Su fundador fue el padre José María Escribá de Balaguer, que fue canonizado diecisiete años después de su muerte. Una luz verde para que continúen en su política de poder. Esta secta responde directamente al Papa, es su prelatura personal. Sus miembros se han infiltrado en la administración de más de noventa estados, con el propósito de asegurar el poder político y social de la Iglesia. A pesar de que los curas ocupan un porcentaje mínimo —dijo Constorsi— son los que dan las órdenes. Es un grupo ultraderechista. Financiaron en una buena medida al grupo polaco Solidaridad para acabar con el comunismo y con la Teología de la Liberación en América Latina; son dueños de varias fundaciones, entre ellas Limmat, creada en Zurich. Esta masonería blanca tiene un enorme poder económico. Trabaja en la clandestinidad.

Se decidió y anunció, también en el epílogo, que había que ir captando más personas para que recibieran el curso del cristianismo ateo. De esa manera, dijeron, se podía inyectar a la Iglesia a personas más comprometidas con lo que hizo Jesús. Se entendía, como lo aclaró, que fueran nuevos rostros los encargados de exponer todos los hechos recogidos en el documento final, aclarando que ellos serían los organizadores y supervisores. Añadió también que se fueran incorporando nuevas evidencias que demostraran la verdadera vida de Jesús.

Pedro II ordenó el cierre de las sedes diplomáticas en los países con los que se mantenían relaciones. Ordenó, también, que los locales que le pertenecían al Vaticano fueran vendidos; para ello utilizó a las organizaciones no gubernamentales que aparecían en un listado enviado y firmado por Das Silva, ya reconocidas por su solvencia y trayectoria, como comprometidas con las acciones sociales, sin perseguir ningún tipo de lucro. Solicitó que los locales que no eran propios sino alquilados se los entregaran a sus dueños, con los pagos correspondientes, señalados en los contratos. El Papa les envió a los Presidentes de los países una nota en la que les explicaba que, para llevar a cabo el ejemplo de Jesús, no se requería mantener relaciones burocráticas con ningún Estado; no obstante, les agradecía sus nobles actitudes favorables a la Iglesia de Cristo. En otra nota, enviada a los nuncios, además de comunicarles la decisión y la copia de la misiva enviada a los jefes de Estado, les sugería que regresaran a sus lugares de origen, especificando bien que se refería, no al sitio de procedencia, sino al de nacimiento, para evitar los problemas de visado, ya que al dejar sin efecto las relaciones diplomáticas con todos los países, la obtención de visas podría convertirse en un tema engorroso y que él ya había girado instrucciones para que los miembros de la Iglesia, aún vigente, hicieran el esfuerzo necesario para obtener el pasaporte y trasladarse a sus países. En la nota los exhortaba a "continuar el ejemplo de Jesús en sus pueblos natales". La información fue recibida con disgusto por muchos y con cólera por la mayoría, quienes, como primera medida, solicitaron una audiencia con los respectivos Jefes de Estado, la que fue negada por asuntos protocolares. No obstante, en la confidencialidad se reunieron Nuncios y Presidentes para comentar las notas y la tragedia que la decisión papal significaba para ambos, sobre todo para los nuncios, ya que, si bien los Estados se favorecían de ese vínculo, sobre todo cuando surgían las constantes crisis internas en las que la curia servía de mediadora, inclinando la balanza hacia los intereses estatales, los embajadores suspendidos se afectaban radicalmente al dejar de recibir los aportes del Vaticano y al tener que romper los nexos, sociales y económicos que mantenían con los hombres de negocios, en cuyas actividades participaban de manera solapada, invirtiendo capital o ramificando sus contactos, aparte de tener que suspender su asistencia a los eventos en los que abundaba la comida y el licor.

Los locales se vendieron con facilidad y transparencia, sobre todo porque el Papa ordenó que se ofrecieran a un precio por debajo del establecido en el mercado, para no tener que mantenerlos vacíos, lo que los puede deteriorar y reduciría su valor en el momento de realizar la transacción, y que ellos necesitaban el dinero, porque las muertes aumentan cuando la ayuda a los pobres se demora. El Papa no anunció que había contratado a una de las compañías de auditoría de mayor prestigio, la I.C.R.T., para que siguiere el movimiento del dinero que la empresa UNACOLCH había invertido. No fue fácil el trabajo, porque el dinero no se marca con un isótopo radiactivo al que se le pueda seguir la pista. No costó mayor trabajo contabilizar las acciones compradas en las grandes empresas productoras de alimentos, artículos eléctricos, automóviles. Pero encontraron un faltante en el dinero egresado para la inversión en las citadas empresas, a las que hasta hoy, no se les ha comprobado actividades ilegales. Ese fue el primer obstáculo, resuelto al encontrar que el faltante se mantenía dentro de una carpeta con la denominación de "inversiones restringidas". No restringidas en cuanto al monto, porque este era de consideración, sino a su destino. Se comprobó, luego de una pesquisa, en cuya ejecución la compañía era experta, que el dinero procedente de esa carpeta se había invertido en tres empresas: la Constructión Stol, la S.T.Q.M, S A. y Revicar & Co. Las tres mantenían dos carteras de inversión. Una en actividades propias de sus compañías: construcción de edificios, industrias de medicamento y distribuidoras de automóviles y, la otra, de inversiones más altas, en actividades de narcotráfico y de tráfico de armas. La rentabilidad del dinero en las empresas que se manejaban dentro del marco de la legalidad era conocida y se registraba "casi" en su totalidad, para luego, reinvertirse. Esto de "casi", si bien porcentualmente despreciable, al traducirse en dinero, se convertía en sumas astronómicas. Curiosamente, la rentabilidad que entraba a los libros, producto de las inversiones en las tres últimas empresas, era significativamente menor, lo que hizo abrir los ojos, aun más grandes, a la compañía de auditores, la que, ante una fuerte sospecha de dolo, solicitó en los tribunales una acción exhibitoria de los libros de las tres compañías, lo que vino a confirmar lo que se temía: la rentabilidad duplicaba la recibida de las otras. El dinero se le entregaba a otra compañía, la Cocuit Inc, a la que también iba a parar la "casi" de las utilidades de las otras entidades, la que derivaba parte del dinero hacía la UNACOLCH y retenía el resto. Ningún nombre que pudiera significar algo aparecía en la lista de dignatarios de la Cocuit Inc, pero al ordenar una investigación, se corroboró que todos eran empleados manuales del Vaticano, que se dedicaban solo a firmar los documentos que les entregaban los cardenales Gruner y Küner, a cambio de una sonrisa. A través de un soplo dado por un abogado del agente residente de la Cocuit Inc. a la firma Harper, Zarchit & Stewar, se precisó que la contabilidad de la empresa la llevaba un grupo de contadores que ni siquiera habían registrado su sociedad, valga decir, que no existía para los efectos legales o si se quiere, para que no exista duda, que trabajaba en la clandestinidad. Una vez ubicado el local, se intervino con una orden judicial que llevaba incorporada la prisión preventiva y la incomunicación de los contadores para que no existiera la posibilidad de informar, por cualquier medio, al mundo exterior. En los libros se detallaban los ingresos, el destino de cada dólar y la firma del comprobante de recibo, operación con la cual la compañía de auditores dio por concluido su trabajo, que fue entregado al Papa. Una vez recibida la explicación, convocó, junto a los cardenales que habían iniciado el sacerdocio con las comillas, a una conferencia de prensa a la que tituló "Escándalo en el Vaticano". En ella dio los detalles del informe, deteniéndose en los nombres de los cardenales y los ingresos que cada uno había recibido de un negocio que no tiene nada de divino. Los periodistas, arañas humanas de la información, se dirigieron, unos a los cardenales implicados y otros a la casa matriz de la I.C.R.T. A los primeros se les dijo que, en su momento, los cardenales harían sus descargos y a los otros, que tuvieron la osadía de preguntar si era cierto lo que el Papa decía, se les atendió de inmediato. El director del departamento de relaciones públicas les contestó que el informe presentado por el

Pontífice coincidía con el elaborado por ellos, con lo que se eliminó esa sombrilla que acompaña a las grandes denuncias.

Fue en estos momentos cuando los presidentes de los tres grupos que tomaron el seminario original del cristianismo ateo se reunieron en uno de los salones del Vaticano destinado únicamente a rezar, por lo que a los del grupo de Gruner no se les había ocurrido instalar micrófonos, los que inundan las oficinas de la casa de Dios. Los encargados de escuchar esas conversaciones estaban a cargo de un núcleo sufragado por la familia de Gruner y los informes entregados clandestinamente a él. Eran informes aburridos, como les decía el propio Gruner, porque nunca se incluía temas de interés. Kretzmer, Constorsi y Das Silva expresaron su preocupación porque eran conscientes de que empezaban a pisar sobre arenas movedizas. Sus investigaciones entraron en el tormentoso y harto peligroso mundo del narcotráfico y, como puestos de acuerdo, se acordaron del misterioso asesinato de Roberto Calvi en 1982, quien fuera presidente del Banco Ambrosiano, cuando estalló el escándalo de la corrupción por sus conexiones con la mafia. Acordaron contratar a más agentes de inteligencia búlgara y, a través de ellos, a los rusos.

El grupo conspirador, junto a los cardenales citados por Küner, permanecía en Roma, lo que hizo posible una reunión de urgencia en un lugar poco visible, para no decir secreto. Ya se habían contactado con sus contadores privados quienes les informaron que las cuentas y los libros acababan de ser confiscados y que, a los obispos custodios, autorizados para firmar cheques y hacer transacciones, se los habían llevado bajo arresto. Al grupo, como le ocurre a la gente cuando los talones están al borde de un abismo, no le quedó otro camino que caminar hacia adelante, pero no para defenderse sino para atacar. Lo único que les faltaba, como coincidieron todos, era argumentos, básicos para un combate, como el que aspiraban dar. Lo malo, decían todos, era el prestigio de la I.C.R.T., conocida por auditar el manejo de cuentas de gobiernos poderosos a los que se les descubrió el desvío de los fondos de los contribuyentes hacia actividades que los presidentes pocos días antes habían negado, lo que costó, en más de una ocasión, el cambio de rostros en las casas de gobierno, advirtiendo,

173

además, que en esos casos a la compañía se le trató de sobornar con sumas que escapan de los marcos de este relato, por individuos cuyos nombres también fueron ventilados en los medios masivos de información.

Pero esta vez, dijeron unos, puede darse el caso de que el diablo, convertido en Papa, les construyó un camino falso, por donde los auditores, bien intencionados, caminaron hasta llegar a la piñata que el mismo Papa les había preparado. Idea que se fue fracturando hasta desaparecer, ya que, de señalarla, se colocaría a una compañía de esa talla en la lista de las incapaces, para no utilizar el epíteto de "estúpida", como dijeron algunos que iban a decir y que de hacerlo, el mismo rebotaría hacia los que lo utilizaron.

—Lo que es más factible —dijo el cardenal Bontemp— es denunciar el cambio de nombres en las cuentas de la lista del sospechoso contador de la Cocuit Inc y señalar que la misma fue elaborada por los secuaces del Papa con el único objetivo de justificar la destrucción de la Iglesia.

—¿Y qué de nuestras cuentas individuales? —preguntó Geneteu.

—Sostener que son parte de la misma farsa. Si logran la declaración de los contadores, como ya lo deben haber hecho, preguntaremos a cuánto asciende la suma que les entregaron, y de los obispos diremos que hay que monitorizar su trayectoria para verlos pronto con el vestido púrpura cardenalicio —dijo Barreti.

—Eso nos llevará a admitir que hay corrupción en la Iglesia —apuntó Küner—. Con lo que le entregamos al loco la Iglesia en bandeja de oro.

—Hay corrupción —dijo Gruner—. Pero que otros sean los corruptos.

—O podemos ligar a Pedro II a la corrupción —dijo el cardenal Bontemp— ya que si nuestra tesis es convincente, quien sembró la semilla de la corrupción fue él.

—Pero él dirige la Iglesia después de la creación de la UNA-COLCH —dijo Barreti.

—Todo Estado independiente, como es el Vaticano, tiene su empresa financiera —dijo Küner.

—Para invertir en fondos lícitos —dijo Geneteu.

—Nuestro nudo gordiano es la Cocuit Inc —se lamentó Gruner—. Jamás pensé que llegarían hasta allá.

—Pero los cardenales nos dedicamos a la oración y a los fieles, no a actividades mundanas, como esos temas mercantiles —dijo el cardenal Bontemp—. De eso se encargan los hombres de negocios.

—Ya deben haber declarado —dijo Gruner.

—¿A qué precio? —preguntó el cardenal Bontemp.

—No tenemos otra salida —dijo Küner.

Al día siguiente de la denuncia del escándalo, Pedro II, en otra conferencia de prensa y en remitidos enviados a todos los periódicos, anunció la venta de las catedrales, las iglesias y las capillas, aduciendo, como lo venía sustentando, que Jesús nunca utilizó los templos y que, de la venta de esos bienes, se podrían obtener, como ya se había hecho, más dinero para atender las necesidades del aquí y del ahora. Acto seguido solicitó que los representantes de las organizaciones no gubernamentales indicaran el destino del dinero recogido en la venta de los muebles y las obras del Vaticano y de los inmuebles de las nunciaturas. Las capillas y las iglesias se vendieron sin dificultad. Las que no se vendían eran las colosales e históricas catedrales, ya que las demás religiones, muchas de las cuales habían comprado las primeras, encontraban en esos vetustos edificios una cultura contraria a la propia, y hacer a la inversa lo que se hizo en el Alhambra de Granada, requeriría un trabajo e inversión fuera de cualquier presupuesto, por lo que el Papa decidió, luego de los nuevos resultados de los estudios de factibilidad, entregárselas a las Hermanas de Jesús para albergue de las personas que tienen el concreto como cama y las estrellas como techo.

La venta de iglesias y capillas creó un malestar, para no decir disgusto, entre los católicos de cabellos blancos, sobre todo entre las mujeres, acostumbrados a asistir al templo, aunque fuese a visitar al santísimo, que en algunas iglesias y capillas lo mantienen alumbrado con una vela encendida, señal de que allí está. La costumbre de mantener el templo como centro de toda actividad religiosa, procede, como los genes, de nuestros ancestros, y romperla con un decreto, por más explicativo que este sea, creaba un desconcierto, el mismo que sufren las avispas cuando les destruyen su morada. Si bien no hubo ninguna manifestación pública, ni ningún tipo de comunicado, el malestar, para no decir disgusto, se manifestaba en las tertulias, que para ese propósito o para otros, se realizaban dentro o fuera de los hogares; pero, al no encontrar repercusión entre la gente con los cabellos jóvenes, se limitaban a resignarse o a persignarse. Para ellos, se comprende bien, que dejar a esas alturas de sus vidas de visitar los templos para imitar a Jesús asistiendo a los pobres y necesitados, era como si le pidiésemos a una vaca que volara. Jesús estaba en el templo y solo en él. Lo que se hacía afuera dependía de cada cual.

Los grupos que sí se manifestaron de manera abierta fueron los que los estudiosos de estos temas dominan "fundamentalistas", para quienes el Papa, como figura humana intrascendente, carece de falibilidad para cuestionar los designios de Dios, y si bien no se habían expresado antes, a la espera de rectificaciones, al ver que las iglesias y las capillas pasaban a otras manos, aunque fuese de religiones monoteístas, iniciaron un movimiento que podría terminar, según ellos aseguraban, en la donación de sus cuerpos, para salvar sus almas. Eso de cuestionar a la Biblia como texto sagrado y reducir a Jesús a un simple ser humano, que ni nació de una virgen, ni resucitó de entre los muertos era una blasfemia intolerable. Fueron surgiendo brotes, espontáneos en algunos lugares, organizados en otros, que clamaban por el respeto a la divinidad y solicitaban que todos aquellos que creían en Dios como el principio y el fin de todas las cosas, se les unieran para evitar que sobre la tierra reinaran las fuerzas del mal y esculpieran en las mentes de los jóvenes y de los incrédulos ideas satánicas, para lograr que el día del juicio final fuera el diablo quien se llevara las almas. Que los escándalos en el Vaticano, decían, eran actos propios de la debilidad humana, pero que en nada cuestionaban la omnipresencia, ni la omnipotencia de Dios. Hubo grupos que se les unieron en las manifestaciones públicas y hubo otros que los enfrentaron, lo que originó, no en pocos lugares, batallas a puños, con objetos cortantes e incluso, con balas, dejando muchos heridos y pocos muertos, lo que obligó a las fuerzas del orden a sofocar los choques.

Ante estos enfrentamientos, Pedro II incrementaba su llamado a imitar a Jesús y agregaba que aquellos fanáticos para quienes es muy sencillo rezar y creer, deberían emplear ese tiempo de ocio realizando los oficios que hacía Jesús, con lo que quería decir que en vez de vaciar ese Yo que cada uno lleva adentro, lo debían llenar ayudando a los demás; pero siempre aclaraba que no era incompatible creer en Dios e imitar a Jesús, aconsejándoles a los fundamentalistas que mantuvieran vivo a su Dios sin olvidarse de Jesús, que es la única forma de mantener vivo a su Jesús divino. Terminaba recordándoles a los fundamentalistas que el mismo Jesús decía que eran más las guerras que la paz las que él produciría entre los hombres, sin hablar del número de víctimas, el que jamás se sabría, porque aquellos que se arrogaban el dominio de la verdad divina, mataron en su nombre a millones de personas a las que ellos mismos acusaron de herejes, masacre santa que duró casi dos siglos, lo que hoy vemos como el más palpable ejemplo de negación de lo que hizo Jesús.

Las provocaciones persistieron, pero como ocurre cuando no hay contrincantes, se fueron debilitando sin que se registrara ningún caso de alguien que se inmolara por su causa.

El grupo conspirador aprovechó la oportunidad que indirectamente les ofrecieron los fundamentalistas, los que ya se habían referido a ellos en no buenos términos y convocó a una conferencia de prensa, con el cardenal Bontemp frente al micrófono y contrario a lo que de ellos se esperaba, habló, como si se tratara de una novela policíaca, de todas las argucias perpetradas por el Papa y sus secuaces, para enlodarlos en asuntos de malos manejos financieros, tan alejados de las funciones que Dios les había encomendado.

—Ya lo habíamos advertido —dijo—. Que Pedro II era un hombre ateo. Muy pocos nos creyeron, hasta que lo llevamos a la confesión pública del peor pecado que puede tener un hombre, pecado que, si se cuantifica, hay que multiplicarlo por un número infinito cuando se trata de un Papa. ¿Con qué moral este señor nos va a exigir que cumplamos con los mandamientos, si él incumple el primero? Desde que ocupó el sitial de San Pedro, la Santa Iglesia Católica, Apostólica y Romana ha sido víctima de las peores vejaciones de las que hay constancia. Afianzarse en las obras de Jesús y apoyarse a ellas restándole divinidad al Señor es estafarnos en nuestras propias narices. La venta de los templos sagrados como mercancía corriente, vinculada a la infamia que se nos hace por ser la cabeza visible de los representantes de Dios es, en realidad, un solo acto, ya que se persigue un solo objetivo, dado a conocer por el propio Papa. Todo esto es, hermanos míos, una confabulación satánica, denunciada por nosotros desde que percibimos con el olfato especial que nos ha regalado Dios, las intenciones paganas de ese hombre que se apellida Kretzmer, para dejar de llamarle con el mismo nombre que ha engalanado a muchos santos. Si nosotros, como seres humanos, ciegos a los manejos que se hacía de los fondos de nuestra Iglesia, hemos permitido que el destino de ellos se utilice en actividades impropias a las encomendadas por el Señor, les pedimos perdón. Perdón por haber sido ingenuos. Perdón por ocupar todo nuestro tiempo en fortalecer la fe. Pero la siembra de dinero en cuentas inventadas y atribuidas a nosotros es una inaceptable perversidad, que lo único que persigue es debilitar los cimientos de la Iglesia, para que ese hombre cumpla con sus propósitos. Nos queda rezar. Rezar mucho. Si nos quitan los templos de Dios, hagamos uno en cualquier rincón de nuestros hogares. Nuestra respuesta no puede ser el ojo por el ojo, ni el diente por el diente. Ha de ser colocar la otra mejilla, para que los demagogos, los enemigos de Dios, las fuerzas del mal, se cansen de golpearlas, como hicieron los primeros cristianos que, con su vida, edificaron esta gran Iglesia de Dios.

Los periodistas preguntaron y los cardenales contestaron. De una condena rotunda, dejaron en el ambiente una duda razonable. Se cuidaron de excluir a la Compañía de Auditores de cualquier responsabilidad.

—La mafia no deja rastros —dijo Gruner a una interrogante.

Pero esa duda se desvaneció, sin desaparecer del todo, cuando el Presidente de la I.C.R.T., también en conferencia de prensa, señaló que la pesquisa que su compañía hizo no fue ordenada por el Vaticano, sino por iniciativa propia, de manera que, con el respeto que le merece la opinión de los cardenales involucrados, a los que les otorgó todo el derecho a la defensa, no era aceptable la idea de que el Vaticano escondió los huevos de Pascuas para que los niños los encontraran. Que de ser ese el caso, como ha ocurrido en ocasiones anteriores, la compañía dispone de los medios idóneos para detectar el fraude. Que para que no existiera el mínimo cuestionamiento a la metodología empleada, la compañía entregaría, a solicitud de los interesados, una copia autenticada del mismo documento que le entregó al Papa, quien nos autorizó a que se hiciera en caso de que alguien pintara alguna vacilación en cualquier palabra de las muchas que se imprimieron.

19

Pedro II convocó a un Sínodo de Obispos después de anunciar que las infraestructuras del Vaticano se convertirían, luego de las reestructuraciones, ya elaboradas por un equipo de arquitectos, en un centro hospitalario especializado para atender exclusivamente a los pobres, ya que los sondeos, mandados a hacer para su venta entre los Estados y los mega millonarios, habían resultado infructuosos. Ya se había aclarado que el valor de los cuatrocientos cuarenta mil metros cuadrados sobre los que están edificadas las instalaciones, podía superar los diez millones de euro por metro y que, naturalmente, los edificios, catedrales y capillas se venderían por separado. Los Estados, como era de esperarse, no lo necesitaban; pero en el caso de los mega millonarios, lo que no era de esperarse, dada su manía coleccionista, se negaron a hacerlo. Estos adujeron que su negativa surgió para evitar los engorrosos trámites legales que se pudieran presentar si los que hubieran de controlar el poder de la Iglesia, una vez muerto Pedro II, dispusieran que la venta no contó con la aprobación de la Iglesia; muy distinto era el caso de los bienes muebles que se subastaron y a la venta de iglesias y capillas, en las que había participado un voluminoso número de personas naturales y jurídicas, las que, de darse el caso, podrían unir recursos y ganar el pleito, aparte de que la suma de esos bienes, muebles e inmuebles, era irrisoria, comparada a la que habría que desembolsar para la compra del Vaticano.

Pedro II explicó que la creación de ese hospital tenía sustentación histórica, al hablar de las actividades de los esenios, secta, para los que aún lo ignoraban, dedicada a la sanación, a la que perteneció Jesús.

En el sínodo de obispos, convocado y presidido por el Papa, se invitó, a diferencia de los anteriores, a todos los obispos del mundo, con la finalidad de discutir hasta su agotamiento, el futuro de la Iglesia Católica y presentarles, como lo explicó, las razones que lo habían obligado a decir públicamente cada uno de los argumentos que dijo. El Sínodo, que como es sabido, no tiene facultades decisivas, solo consultivas, se convirtió, a solicitud del Papa, en el organismo que habría de resolver todas las diferencias que surgieran y cuyas conclusiones, tomadas por consenso o mayoría, serían de obligado cumplimiento, para lo cual, dijo el Papa, se tiene que hacer pública la verdad individual que cada uno lleva adentro. Les recordó que, como había afirmado Jesús, la libertad absoluta del hombre era el primer paso para llegar al amor absoluto, que a su vez era el primer paso para liberar a la mente de su inacción como camino para alcanzar la inmortalidad. Asimismo, Pedro II solicitó franqueza. Que cuando una idea rompía otra preexistente, no se aferraran caprichosamente a la vieja, para lo cual el libre intercambio de opiniones era crucial; sin este, ni ustedes aquí presentes, ni la humanidad en su conjunto, podría avanzar.

Los obispos se congregaron en un local carente de comodidades, situación a la que no estaban acostumbrados, como tampoco lo estaban a la menguada y frugal alimentación, lo que provocó que durante la primera noche algunos merodearan por la cocina; pero al enterarse de que los insumos provenían de afuera, se frustraron al verificar que los alimentos se consumían en su totalidad durante las comidas, de allí que los primeros insomnios fueron por hambre.

El Sínodo, como lo había decidido el Papa al recordar las asambleas del extinguido movimiento de las juventudes cristianas, fue dividido en dos partes; la primera para la exposición, a cargo de Constorsi, Das Silva y el propio Papa, quienes dijeron lo mismo que habían dicho en esas asambleas y que se conservaba en una copia oculta del documento que le entregaron a Pío XIII. Cada uno habló, en días sucesivos, en las sesiones matutinas, vespertinas y nocturnas. Al finalizar la última se dio inicio a la plenaria y como esperaban los mil obispos que se habían ordenado sacerdotes con las comillas, para los seis mil presentes, el tema central fue la idea de Dios. Un grupo de obispos, no tan numeroso, entró, en lo que los psiquiatras, desde los tiempos de Hipócrates, han calificado de reacciones histéricas, lo que incluía manifestaciones que iban desde tirarse al suelo con episodios convulsos, aparición de espuma en la boca, gritos no codificados, golpes en la cabeza, patadas en las bancas, puñetes entre ellos, hasta arrodillarse pidiéndole clemencia a Dios. Estos episodios, por el desgaste biológico, duraron pocos minutos, ya que los obispos de vida sedentaria, no ejercitaban sus cuerpos. Una vez pasado el incidente y postrados los protagonistas, se dio inicio a un debate reflexivo entre los que se habían limitado, sin intervenir, a observar las variadas modulaciones del cuerpo ante reacciones, si bien no imprevistas, nuevas a sus oídos, cuando provienen de una autoridad. Un grupo de obispos sugirió que para discutir el tema Dios había que ligarlo al de la Santísima Trinidad, en lo que todos estuvieron de acuerdo, incluso los que habían salido del trance. La discusión, acalorada en muchos momentos, apacible en pocos, mantuvo, al principio, a los participantes en posiciones inamovibles; pero al cabo de varias horas, un grupo numeroso que ignoraba la información recibida, empezó a dudar, a pesar de las exclamaciones, en alta voz, de los que recordaba las palabras de San Agustín de la experiencia en la playa cuando trataba de introducir en un pequeño hueco de arena la inmensidad del mar, queriendo decir con ello, que la razón humana es muy pequeña para entender el divino universo. Cuando de parte y parte los argumentos se agotaron y nadie más iba a convencer a nadie, Pedro II dijo que para él ese tema no era el central; que su idea era que al hombre no lo atara nada y, tal como lo había dicho en múltiples ocasiones, la creencia en Dios no impedía imitar a Jesús, a menos que, como ocurre en la Iglesia actual, los llamados a predicar las palabras de Dios poniéndolas en boca de Jesús, se limitaban a decir, dentro de los templos, lo que según ellos dijo Jesús; pero que se circunscribían a decir lo que dijo, no a hacer lo que hizo. El Sínodo estaba dividido en dos cuando se entró a tratar la vida de Jesús. Muchos llegaron a aceptar lo de la Navidad, que para ellos era intrascendente, como dijeron; pero el nacimiento divino y la resurrección volvió a despertar la misma discusión, y los obispos que dudaron de la existencia de Dios, aceptaron el nacimiento carnal y la levitación. El Sínodo continuó dividido en dos. Un grupo de obispos criticó al Papa con severidad, acusándolo, incluso, de formar parte de un movimiento universal conocido como New Age, para el cual la energía vital, la cósmica y la mente, son los factores ordenadores del mundo, y Dios se reduce, según el argumento del Papa, al mero desarrollo de las facultades mentales.

El grupo lo cuestionó arguyendo que, si todas las facultades de Jesús se limitaban a la esfera biológica, ya que la mente no era más que una función cerebral, por qué no han existido otros seres humanos parecidos a él. Pedro II respondió que, siguiendo esa misma línea de argumentación, debían explicar por qué fue Jesús el único ser ungido de divinidad. Luego agregó que en las culturas orientales, dedicadas a la meditación y a una verdadera ayuda a los demás, es frecuente encontrar a individuos que poseen facultades de las que carecen los hombres de las culturas occidentales, argumento que el grupo cuestionador encontró débil, ya que, como dijeron, cómo, entonces, explicar los sesenta y siete milagros reconocidos por la Iglesia, atribuibles a la Virgen de Lourdes, luego de pasar el riguroso filtro de un equipo médico. El Papa le cedió la palabra al cardenal Constorsi, designado para estudiar este tema.

—No son sesenta y siete milagros reconocidos por la Iglesia, sino sesenta y ocho —aclaró el cardenal—. Todos han ocurrido en Lourdes desde 1858, fecha que según los creyentes, se apareció la virgen. Tenemos documentados todos los casos. En ninguno hay una enfermedad irreversible, como por ejemplo, la sección de la médula ósea, la regeneración de un miembro amputado o la función de un órgano ausente. El resto de las curaciones, según datos científicos actuales, pueden ser espontáneas, sin necesidad de intervención de factores externos. Lourdes ha sido visitada por más de cien millones de personas y las curaciones, atribuibles a milagros, es inferior al porcentaje que se da cuando ocurren de manera espontánea. Por otro lado —procedió Constorsi—, los médicos a cargo de determinar si se trataba o no de un milagro, no disponían, a lo largo de estos casi dos siglos, de la técnica para afinar los diagnósticos ni actualizar tratamientos, por lo que, han sido incluidos como tales, tifus incurables, fibromas, úlceras y otras patologías que hoy no ofrecen dificultad de manejo.

Hubo un silencio frío que alejaba la santidad del recinto, interrumpido por la voz gruesa del corpulento Olivio Crespo, quien repitió lo que había sustentado durante las asambleas de las juventudes cristianas, al articular los hechos milagrosos atribuidos a Jesús con los avances de la neurociencia, para que los mismos no se introdujeran en los sacos rotos de la parasicología donde iban a parar los que no tenían causa conocida.

—Los milagros anotados en la lista oficial de la Iglesia tienen un inicio reciente: poco más de doscientos años. Ninguno soporta la crítica rigurosa. Sin embargo, al estudiar la vida de Jesús, como nos propusimos y de hecho lo logramos, hemos encontrado la información necesaria para explicar que las funciones mentales de Jesús coinciden con la estimulación, a través de electrodos microscópicos, de mapas cerebrales que aún permanecen dormidos. Estos mapas son zonas de neuronas a los que hay que estimular, como se hizo con voluntarios.

Proyectó sobre una enorme pantalla las partes del cerebro humano y sus interconexiones, muchas desconocidas hasta entonces. Explicó las bases biológicas de la telepatía, la precognición, la retrocognición, la clarividencia, la autoscopia, la paradiagnosis, la hiperestesia, la xenoglosia, la pantomnesia, la telebiopraxia e iba indicando las áreas, en una imagen tridimensional, que había que estimular para lograr cada función. Le dedicó una extensa explicación al control biológico de la vida, la biopausa, y señaló que, gracias a esta última facultad, Jesús pudo controlar los latidos cardiacos y la respiración a un punto imperceptible, de allí que lo declararon muerto al bajarlo del árbol. Explicó que en los voluntarios se les llegó a paralizar la respiración por más de trescientos segundos y que los latidos cardiacos descendieron a dos por minuto, y para enterrar el reinado de las dudas, agregó que, una vez finalizado el experimento se documentó que todas las funciones cerebrales permanecieron intactas. Otro tanto hizo con la insensibilidad al dolor y la levitación. Sobre la misma pantalla proyectó una película en la que se podía observar a un hombre acostado sobre una camilla, con una gorra de metal agujereada que le cubría la cabeza y muchos alambres conectados a un aparato, que al encenderlo, originaba que el hombre se levantara horizontalmente y desafiara la fuerza de la gravedad por el tiempo que el médico que manejaba el equipo así lo decidiera. Hay otras funciones, pero como reveló, se omitió mencionarlas porque aún no se han podido explicar.

Para confirmar lo dicho, invitó a los obispos a otro salón. En un recinto refrigerado cubierto con un vidrio transparente, estaba un grupo de neurofisiólogos. Había un joven de doce años acostado en una camilla. Le introdujeron un electrodo sobre la parte superior del ojo derecho y monitorizaban su movimiento en una pantalla adjunta. Se utilizó un tomógrafo de emisión de positrones, que sirve para determinar las zonas de actividad.

—Este microelectrodo atraviesa el área periorbitraria del cráneo y llega a la región prefrontal, que es la más joven de la evolución. En ella vamos a encontrar varios grupos neuronales —dijo uno de los neurofisiólogos—. Estos núcleos se atrofian en los adultos por el desuso, en tanto que en los niños nacen completos. Como ocurre con todo músculo que no se usa, se atrofian con la edad.

El médico señaló el primer núcleo, al que denominó L. Al activarlo, el joven levitó.

—A este núcleo lo hemos llamado L, por ser la primera letra de Levitación.

Lo fue desactivando con cuidado y el joven volvió a su posición original.

—Este otro núcleo, es el T. Al activarlo, el joven puede leer el pensamiento de cualquier persona.

Se solicitó a un voluntario a que se acercara al recinto. Lo hizo uno de los incrédulos. El joven dijo todo lo que estaba pensando. El obispo no habló, pero palideció.

—T es por telepatía —dijo el doctor.

La técnica se fue repitiendo con otros núcleos.

—Este es el P. Acérquese uno y pregúntele sobre cualquier acontecimiento anterior.

Lo hizo otro de los incrédulos.

—¿En qué fecha murió Miguel Ángel?

—El 18 de febrero de 1564.

—¿Dónde conoció Platón a Aristipo?

—En Cirene.

—P es por precognición. Evocación de hechos no vividos ni leídos —aclaró el neurofisiólogo.

Movió el electrodo.

—Este es el X. Acérquesele uno y háblele en cualquier idioma. Se levantaron dos obispos. Le hablaron en latín, en castellano, en alemán, en italiano, en inglés. Otro obispo le habló en arameo. Otro en griego. Se levantó otro y le habló en un dialecto hindú. A todos les contestó en sus respectivas lenguas.

—X, por Xenoglosia. Se habla en una lengua no conocida.

Los núcleos estaban concentrados unos al lado del otro.

—Este es el PA, por Pantomnesia. Que es la memoria profunda del inconsciente. Al estimularlo, la persona recuerda cualquier suceso para lo cual no tuvo conciencia, por ejemplo cuando estaba dentro del útero materno.

Estimuló a otro que denominó B, biopausa. Al hacerlo, el joven empezó a reducir la frecuencia cardiaca y la amplitud de la respiración. La piel se puso lívida. En el monitor, los latidos cardiacos apenas se registraban.

Olivio Crespo aclaró que en ese estado fue encontrado Jesús y dado por muerto.

—Este otro núcleo, llamado J, de Juventud o I, de Inmortalidad. Al estimularlo, la persona detiene el proceso de envejecimiento —dijo el científico—. Estamos haciendo un experimento con un grupo de jóvenes de la misma edad. A unos les estimulamos ese núcleo. Dejamos un grupo de control. A ambos les determinamos periódicamente la cantidad de proteínas Belx S y Belx L, que las produce el gen Belx., como lo demostró el doctor Craig B. Thompson. La S primera promueve la muerte celular natural, la L la detiene. En el grupo experimental, la proteína L estaba muy elevada y no se encontró rasgos de proteína S. En el grupo de control los niveles de ambas proteínas no se modificaron. Es decir —agregó el científico— la estimulación de ese centro detiene el proceso de envejecimiento.

—Por eso Jesús se mantuvo joven siempre —añadió Olivio Crespo.

Continuó estimulando los otros núcleos para demostrar que todas esas funciones reposan en nuestro cerebro. Señaló que encontrar esos núcleos no fue tarea fácil ya que las técnicas comunes de tinción cerebral no los detectan. "Tuvimos que elaborar una nueva metodología", dijo.

Al final de la exposición "in vivo", se regresó al sitio original.

—Si Jesús tenía todas esas facultades, ¿por qué se dejó matar? —pregunta que salió de un pequeño y enjuto obispo.

—Esa es la pregunta —dijo Crespo—. ¿Por qué no advirtió que venía un objeto contra él? Esa es la pregunta que no tiene respuesta. Lo único cierto es que esos núcleos se deprimen cuando hay una contusión cerebral. Pero la neurociencia tiene aún muchas cosas que aclarar.

La idea de la decapitación de Jesús encontró más aceptación que la negación de Dios. Uno de los obispos, de los que nunca tuvo comillas, recordó que al estudiar el tema de los ritos funerarios, constató que los hombres, desde hace más de cien mil años, les extraían el cerebro a los muertos a través de un orificio practicado en la parte de atrás del cráneo y se lo comían en un banquete ritual, con el propósito, no de rendirle homenaje, ni ayudarlo a ubicarse en un lugar privilegiado del más allá, sino para sustraer del muerto todas sus cualidades, las que, según ellos, residían en el cerebro. Por eso la tesis que presenta el Papa, dijo el obispo, tiene un fuerte contenido histórico; pero no por eso es válida, aclaró uno de los que había convulsionado al escuchar la exposición. Pedro II explicó que no se trataba de una tesis, sino de hechos demostrados por la autenticidad de las fuentes.

El rechazo a los orígenes de los ritos, fundamento de la Iglesia, también encolerizó aun más a los obispos que quedaban en el grupo tradicional, los que, si bien aceptaban la existencia de rituales antiguos, no admitían que los de la Iglesia fueran el producto de los precedentes, ya que todo lo que sucedió antes de Cristo se introduce al mundo pagano y fue, precisamente, en la Última Cena, donde Jesús instauró la misa y celebró la eucaristía, a lo cual el Papa, con la documentación en la mano, señaló que Jesús jamás celebró misa y que la denominada Última Cena, ni fue cena ni fue la última y que lo que se sabe de lo que se dice está cincelado en las pinturas medievales, grabados que reforzaron la imaginación de los creyentes en el Cristo. El Papa, luego de las discusiones, consideró que la realización de una votación en el Sínodo, porque nunca se llegaría a un consenso, favorecería su posición, pero prefirió postergarla hasta resolver el destino del dinero que había amasado la UNACOLCH, parte del cual, como lo dijo, ya se había recuperado de las arcas personales de los cardenales, a los que, agregó, se les inició un juicio por lesión patrimonial y que en esos momentos permanecían detenidos a órdenes de la policía italiana, porque, como todos sabían, el Estado del Vaticano ya no existía y que por ello el conjunto de la Ciudad del Vaticano se estaba remodelando para convertirlo en un centro hospitalario, con los objetivos anunciados por él. Uno de los obispos preguntó sobre qué pasaría con el mantenimiento de los prelados en el mundo, ya que este se solventaba con fondos que procedían en parte del Vaticano, en parte de donaciones y en parte de las limosnas que se recibían en los oficios religiosos. El Papa le contestó que Jesús no vivió de los demás, que en la actualidad, por la falta de definición de las funciones concretas que debía cumplir en su servicio al prójimo, todos los llamados representantes de Dios en la tierra, eran, como los militares, parásitos sociales. Inmediatamente, se retornó a la discusión original, no en relación al tema Dios como había sido, sino al tema monetario, con lo que el Sínodo se volvió a dividir en dos. El Papa concluyó que todo lo hablado, aceptado y negado, no había sido más que una burla, para expresarlo con un término liviano, porque, como lo sabía desde que estudió la naturaleza humana que se movilizaba dentro de la Iglesia, la mayoría de los prelados es motorizada por las monedas, las mismas con que, de acuerdo con lo que ellos mismos escribieron, vendió Judas a Jesús. Por todo ello, el Papa, que durante todo el Sínodo, que ya llevaba cuatro semanas, mantuvo la cordura, se vio obligado a levantarse y con voz enérgica a acusarlos de mercaderes e invitar a los que querían vivir del dinero ajeno a abandonar el Sínodo, porque mientras que él estuviera al frente de

188

esta nueva organización que una vez se llamó Iglesia Católica, Apostólica y Romana, todo el dinero que llegara de una forma o de otra iba a ser dirigido a los pobres y que ellos, si querían mantenerse fieles a Jesús, tendrían que seguir viviendo como lo habían hecho durante esos días, con el agravante, dijo, de que en vez de recibir servida la comida, la tendrían que obtener de los mismos basureros donde la recogen los indigentes. Pedro II se mantuvo de pie y, con un aplauso que no era aplauso, invitó a marcharse a los que querían mantener el estatus y a quedarse, a los que querían cambiarlo. Los obispos, indecisos, se levantaron, y uno solicitó la prometida votación, a lo que el Papa contestó que la elección se llevaría a cabo con los que se quedaran, porque él no mancharía el nombre de Jesús, invitando a votar a los mismos mercaderes que él sacó del templo. Se retiraron mil setecientos obispos, como lo contabilizó Das Silva. La votación, que en secreto se realizó, a sugerencia del Papa y aceptada por todos, determinó que la mayoría absoluta aprobaba la abolición de la Iglesia, pero seguía creyendo en Dios.

Al finalizar el evento, en las escaleras del edificio, ante una multitud de periodistas, Basilio Das Silva, quien hasta entonces fungía como Secretario de Estado hizo el anuncio como el epílogo de sus funciones en un puesto que había dejado de existir porque pertenecía a una institución inexistente.

—¿Qué quedará de la Iglesia? —le preguntó uno que escuchaba que una entidad fundada por Jesús, se desplomara, con la anuencia de la mayoría de sus más importantes jerarcas.

—Lo que había antes —contestó.

—¿Dónde residirá el Papa?

—En todos los sitios y en ninguno, como vivió Jesús.

—¿Cómo se escogerá al Papa?

—Ya no habrá más Papa.

Los peros volaban como moscas sobre desechos y se atragantaban en las gargantas de los comunicadores.

—Es una nueva estructura —explicó Das Silva—. Para la Iglesia Católica la democracia debía existir fuera de sus fronteras. Al menos, eso decían; pero a lo interno, era una autocracia feroz. Al

Papa lo escogían, a discreción, los cardenales, quienes, a su vez, eran escogidos por el Papa. El Sínodo de Obispos era un organismo consultor. Ni los sacerdotes ni los fieles participaban del gobierno eclesial. Ahora habrá un consejo consultivo mundial escogido por la población cristiana, sobre el entendido de que para ser cristiano hay que vivir como lo hizo Jesús.

—Entonces, será una organización excluyente —alguien preguntó.

—Se excluirá al que siga adorando el dinero.

—Es una organización destinada al fracaso.

—Es un reto —intervino Constorsi—. Un difícil reto. ¿Es posible, en estas sociedades posmodernas, dejar de lado los bienes materiales, por la solidaridad? ¿Es posible compartir el dinero que nos falta? Puede ser que esta organización se funde sobre bases quiméricas, pero creemos que para hacer realidad un sueño hay que empezar por tenerlo.

—Ya han destruido a la Iglesia Católica, pero han dejando intactas a las demás cristianas. ¿No han sido financiados por ellas?

—¿Le faltaban fondos a la Iglesia Católica? Lo que le faltaba era verdades. ¿No habló un Papa de "capitalismo salvaje", cuando se fundó la empresa UNACOLCH para participar en ese mismo salvajismo que le rindió a la Iglesia grandes dividendos? Se puede seguir creyendo en el dios o en los dioses, lo que no se puede hacer es hablar de dios o de dioses y romperle los vestidos a Jesús —contestó Das Silva.

—Tal vez —volvió Constorsi a intervenir— lo único que lograremos es arrancarle a la gente la máscara de la hipocresía, terminar de desnudar la naturaleza humana. Tal vez. O, tal vez, volvamos a las épocas en las que el hombre primitivo entendía que la única manera de sobrevivir era la unidad. El puerco espín, cuando tuvo frío, se unió, pero luego le salieron espinas que se incrustaban en la piel del vecino, por eso se separaron, hasta que volvió el frío a unirlos, a pesar de las espinas. Nos hemos separado del hombre porque hemos abandonado a Jesús, para lo cual se han prestado todas las Iglesias con tal de mantener sus arcas en negro.

—Su organización está plagada de contradicciones. Ustedes dicen no ser religiosos, pero su lenguaje es religioso. Dicen que pretenden arrancar las máscaras de la hipocresía, ¿quién les arrancará las suyas?

—El ejemplo, amigo. Ustedes se encargarán de quitárnoslas, si llegan a aparecer.

—¿Cómo van a mantener a ese ejército de curas y de obispos?

—Todo aquel que aspire a conservar sus antiguos privilegios, solo tiene una opción.

20

Martín Cazarelli se dirigió de nuevo a Roma. Esta vez fue más difícil la entrevista con el Papa, quien se había desplazado a Nicaragua a ayudar y alentar a los sobrevivientes de un terremoto. Cazarelli permaneció en Roma por quince días.

—¿Cómo podemos reunir a nuestros fieles si ya no tenemos templos? —le preguntó al Papa.

—Jesús nunca los tuvo —contestó el Pontífice.

— Pero eran tiempos muy distintos. En esa época la gente se congregaba en la base de una colina.

—¿No le parece que hay más calor humano si se encuentran en las plazas o en las casas?

—Pero es más difícil.

—Los curas rurales caminan mucho para estar con sus fieles. Jesús vencía todos los obstáculos. Ustedes también lo pueden hacer.

Hubo un silencio húmedo. Volátil. Suave.

—Seguimos a Jesús o seguimos a Jesús. Si no lo hacemos, la comunidad va a saltar en millones de fragmento disímiles —dijo el Papa.

—Nosotros creemos en Dios.

—Eso es un problema cultural. Por regla general, seguimos la doctrina de nuestros padres. No podemos decir que fulanito, un joven de diez años que recién hace su primera comunión, es católico. Lo que más podríamos decir es que es un joven hijo de padres católicos. Nadie les da otra opción.

—Ustedes quieren que los creyentes pasemos por un trapiche y que al salir, ya no esté Dios.

—No. Cada uno tiene su propia opción. Quédese con su dios, pero no abandone a Jesús.

—Entenderá que esto es imposible. Nadie podrá destruir mi fe. El Padre, el Hijo y el Espíritu Santo son tres personas distintas y un solo Dios verdadero. Negarlo llevará a la humanidad al hedonismo y al cientificismo absoluto.

—¿Por qué quieres ponerle adjetivo a la moral? Si lees bien el antiguo Testamento, te darás cuenta de que ese dios lo que menos predicaba era la moral. Creó a los hombres para enfrentarnos y para preferir a unos y aborrecer a otros. Para enviarles plagas y diluvios. Un dios perverso y vengativo. Yo soy ateo y nadie me puede señalar un acto inmoral.

—Ese no es el punto, su Santidad.

—Vamos a modificar el lenguaje. Prefiero que me digas señor, porque santo no soy.

—¿Duda usted de que Dios se le ha revelado a alguna persona?

—Claro que lo dudo.

—Pero hay muchos testimonios de personas a quienes Dios o la Virgen se les ha revelado.

—¿Dónde termina una verdad y empieza una fantasía? Digamos que lo dicho por esas personas fuera cierto, o sea, que estén diciendo que vieron u oyeron algo, y que ese algo era Dios, Jesús o la Virgen. ¿Les hemos estudiado el cerebro a esas personas? No. Muchas alucinaciones visuales y auditivas son debido a lo que se conoce como epilepsia del lóbulo temporal. Una enfermedad muy difícil de diagnosticar porque la persona no convulsiona, sino que tiene una crisis de ausencia y usted no puede mantenerla con un electroencefalograma pegado a la cabeza a la espera de la convulsión. Por eso vinculamos esas visiones o audiciones con esta enfermedad.

—¿Tampoco cree en los milagros?

—Tampoco. Ya lo hemos explicado. La ciencia está en permanente actualización. Hemos podido estudiar muchos de esos milagros que para esa fecha eran acontecimientos extraordinarios, pero diagnosticados hoy en día no lo son. Pero imaginemos que acontece una curación inexplicable. ¿Significa eso que Dios existe?

—Seguro.

—El mundo se rige por leyes físicas, pero esas leyes no son perfectas, se pueden alterar. Puede que en un momento dado no conozcamos las causas de esa alteración. ¿Por qué buscar explicaciones sobrenaturales? Lo que sucede permanentemente en las partículas subatómicas es aleatorio, incierto. Podemos esperar cualquier cosa. Dentro de los límites de nuestros conocimientos, todo es posible.

—¿Hasta Dios?

—Hasta Dios. —Aprendí en las lecciones de teología que las pruebas irrefutables de la existencia de Dios nos las dio Santo Tomás de Aquino. Primero, nada puede moverse sin un promotor anterior. Todo es causa y efecto. ¿Dónde está la primera causa? Tiene que ser un Ser superior al mundo físico. El mundo no puede formarse a sí mismo.

—En esa línea de ideas, ¿quién creó a Dios? ¿Él mismo?

—Ninguna otra hipótesis ha sido comprobada. Algunos científicos no creen en el Big-Bang que afirma que de una partícula microscópica se formó todo un universo. Ya que estamos en el plano físico, ¿a quién se le ocurre que un electrón fue el padre de todo, incluso de nuestras vidas?

—Entonces, hay dos hipótesis: el estallido de una partícula o el deísmo: Dios solo se encargó de hacer el universo, pero después se olvidó de él. Eso lo puedo aceptar, pero todas las religiones son teístas: Dios no solo lo hizo, sino que lo controla y monitoriza; premia y castiga; hay que rezarle. Dios es miedo y esperanzas. Acepto que tanto la cosmología como la evolución no son ciencias experimentales. No podemos replicar acontecimientos para probar la veracidad o falsedad de ellos.

—Tampoco son ciencias, porque todo enunciado científico tiene que verificarse o refutarse.

—Hasta allá, no. Un científico puede hacer un enunciado, pero le faltan instrumentos para verificarlo. Demócrito de Abdera, que vivió cuatro siglos antes de Cristo, dijo que toda la naturaleza, incluidos el cuerpo y el alma, está formada de átomos de diferentes formas y tamaños. Murió sin su verificación. Los evolucionistas y los astrónomos tienen sus instrumentos de estudio, que dan resultados muy precisos. El satélite WMAP, Sonda Anisotrópica de Microndas de Wilkinson, detectó, con gran precisión, que el origen del universo data de hace trece mil setecientos millones de años. Pero dejemos a la materia o a la deidad el origen del universo.

—La vida tampoco ha podido ser replicada.

—Sigue la carrera de la materia o la deidad, una deidad no entrometida, pero ya se sintetizó el ADN en el laboratorio.

—El genetista Dean Hamer descubrió el gen de Dios y lo bautizó con el nombre VMAT2. Lo encontró en el cromosoma 10.

—Entiendo que lo que encontró fue el gen de la espiritualidad, no el gen de Dios, porque hay una diferencia entre la espiritualidad y la religiosidad. La segunda se aprende, es cultural. Podemos aceptar que la primera sea innata, pero ¿ser espiritual significa ser religioso? Claro que no. La espiritualidad depende de la medida en la que tú te identificas contigo mismo. Entre más te identificas, todo lo que te rodea tiene menor significación. Si te encuentras unido a los demás y a la naturaleza, entonces eres un ser espiritual. Yo soy un ser espiritual porque me importan ustedes, mi prójimo, las cosas vivientes y la naturaleza, más que a mí mismo. Y soy ateo.

Hubo un silencio.

—Si la biología evolucionista no es una ciencia, cómo explicar que entre los chimpancés y nosotros, el 99% de los genes sean los mismos. Hay un hilo conductor en todos los seres vivientes: el ADN. Usted y yo tenemos los ADN de esa primera célula, evolucionados por supuesto. La evolución dejó de ser una hipótesis. Hay sobradas evidencias de su veracidad —dijo el Papa.

—¿Cómo eso no prueba la existencia de Dios?

—Porque fue un proceso de ensayo y error. Hay muchas especies que perecieron al tratar de compartir su nicho ecológico con otras. No creo que Dios malgastara su tiempo haciendo especies para dejarlas morir. De igual manera, ¿por qué pensar que existe un solo universo? ¿Por qué no pensar también que al universo le ocurrió lo mismo que a las especies?: Hubo muchos intentos fallidos, hasta que se formó el nuestro. Ahora, ¿eso nos hace únicos? No creo. Hoy los físicos están hablando de multiversos o sea, universos paralelos. Tal vez cada universo tenga sus propias leyes. Tal vez en este mismo momento usted y yo estemos hablando de lo mismo, o tal vez, usted o yo no hemos nacido, o somos otras cosas impensables por nosotros.

—¿Podría ser esa otra forma del más allá?

—Quizá. Tal vez al morir nos vamos por uno de esos túneles que nos comunica con otros universos y nos transformamos en cualquier cosa. Tal vez en seres invisibles. Creo que eso es lo que ve la gente que dice regresar de un túnel cuando están muy enfermos.

—Está hablando del alma.

—No, hablo de materia y energía.

—¿Por qué el cielo y el infierno no pueden ser uno de esos universos paralelos?

—Porque esa transformación carece de valores.

—¿Cómo lo sabe?

—Porque la física no hace juicios.

Otro silencio.

—Las oraciones colectivas tienen un efecto poderoso en la conducta de la gente, e incluso, logran alargar la vida y disminuir las enfermedades —dijo Martín.

—Nosotros disponemos de estudios científicos que no han podido demostrar eso, pero, admitamos que sí. ¿Qué es la oración? Una comunión de mentes entrenadas. Una clase particular de meditación. La neurociencia nos está dando respuestas. Creo que es asunto de paciencia. Pero no dejemos que estos temas nos entretengan. Hagámosle el bien al prójimo. Respetemos la naturaleza. Si hay Dios, Él nos juzgará por nuestros actos, no por lo que pensamos de Él. Vaya tranquilo, Martín. Rece, si eso le da paz.

Martín se levantó de la silla. Después de estrecharle la mano, le preguntó:

—¿No se siente usted un hombre muy solitario? Un punto insignificante en un universo infinito. Pensar que al morir, todo se acabó.

—Es la ilusión de los religiosos que piensan en la otra vida. Como yo solo pienso en esta, hago lo que está a mi alcance para que todos la pasen bien.

El grupo de obispos que abandonó el Sínodo antes de que concluyera, promulgó, con la vehemencia con que algunos convulsionaron, una proclama en la que, además de acusar de sacrílegos a los que habían permanecido fieles al nuevo falso Mesías, anunciaba que eran ellos, por mandato directo de Dios, los que mantendrían en vigencia su Iglesia; palabras que atrajeron, de inmediato, a los fundamentalistas y a alguno que otro de los que, a pesar de lo dicho por el ser infalible, se continuaban considerando católicos. Se solicitó que, fuera de las catedrales o iglesia más grandes, pese a que ya no pertenecían a la Iglesia, de las capitales de los países donde se ofrecía culto al Señor, se congregaran en un día anunciado y a una hora, también anunciada, la que debía coincidir, para que los rezos colectivos, más vigorosos que los individuales, le llegaran a Dios con mayor intensidad y se sintiera, de esta manera, que no todos los mortales lo habían abandonado, para que de esta forma no enviara su venganza sobre la tierra, en diluvios, plagas o cualquier otro desastre escrito en la Biblia u otro nuevo inventado por Él.

A la hora y el día indicado, cientos de personas cumplieron con la convocatoria y un cardenal, obispo o sacerdote, rezando primero y hablando después, sobre una improvisada tarima afuera del templo, recordó que ahora, a diferencia de los primeros cristianos que se agrupaban en grupos pequeños y sobre un radio limitado, los verdaderos católicos están difundidos sobre toda la tierra, y que si antes, el medio de comunicación solo era la palabra, ahora se dispone de técnicas que acercan en décimas de segundos a las personas por más distantes que estén. También recordaron que, antes, contradiciendo el viejo adagio de que "todo tiempo pasado fue mejor", se estaba rodeado de enemigos mortales, pero ahora, todos los comités que se dedican al respeto de los derechos humanos están al tanto de que cualquier atentado que sufra cualquiera de lo que están decididos a reconstruir la Iglesia de Dios, vendría de los sicarios, secuaces o terroristas procedentes de los que, caprichosa y arbitrariamente, han destruido su obra. Nicolai Milanov Kretzmer, que ya había solicitado que no se refirieran a él con el apodo de Pedro II y menos, de Papa, sino como el consultor provisional, había solicitado que ante ese grupo de provocadores, desesperados por la pérdida de sus prerrogativas, no se hiciese acto alguno que les diera protagonismo, que era, lo que en última instancia, pretendían.

A Kretzmer, quien ya empezaba a inquietarse por su ilegitimidad, dada, según él, por la ausencia de unas elecciones que lo ratificaran o lo reemplazaran, se le acercó un grupo de arquitectos, ingenieros, médicos y administradores, en los que había confiado todo lo referente a la conversión del Vaticano en un centro médico especializado, para informarle que, si bien existían fondos para completar la obra y que de las bondades de la misma nadie dudaba, los recursos necesarios para mantener un hospital de esa magnitud y para esos propósitos, eran tan altos, que, si bien al principio, uno de esos mega millonarios, a quienes se les puede ablandar el corazón en un efímero segundo y ofrecer así una cuantiosa donación, de la que después se arrepienta, el mantenimiento, por un tiempo sostenible, rebasa los bolsillos de cualquier pantalón que use un cuerdo, a pesar de que la gente que trabajaría en el hospital no cobrase ningún salario y que solo pidiera pan y techo, como en efecto, según ellos, iba a suceder. Para Kretzmer, las palabras le empaparon la túnica sucia. Si bien el Vaticano no tendría ningún uso real, era un bien que debería ser utilizado de alguna manera por los pobres. Se había descartado la idea de la venta y del alquiler, aunque en lo último no se había hecho un mayor esfuerzo, pero, sobre la base del mismo razonamiento, a quién se le ocurriría alquilar semejantes caserones. Se contempló la idea de convertirlo en un asilo, pero, se dijeron los que acompañaban a Kretzmer, al escuchar las opiniones de los profesionales, que de hacerlo, significaría que el esfuerzo emprendido carecía de valor, ya que a los asilos va la gente abandonada, víctimas de la ausencia de amor, y prepararse para ellos era como anunciar, antes de nacer, la clase de muerte que se llegaría a tener; aunque, a manera de broma, los médicos dijeron que ese pronóstico ya se podía formular, lo que, admitieron todos, no devaluaba el ejemplo. Ese día, a la única conclusión que se llegó fue que no se llegó a ninguna.

Cuando Nicolai Milanov Kretzmer se quitó la sucia sotana crema para demostrar que entre unos hombres y los otros no los separaban adornos visibles, les dijo a los que hasta ese momento se guarecían dentro de las toldas del catolicismo, que todos los obstáculos que había sembrado la Iglesia en el camino de la libertad del hombre serían abolidos a partir de entonces. Luego pasó a explicar, a manera de ejemplo, que evitar el uso del condón, un económico artilugio de material de plástico, era un acto que atentaba contra la biología y la sociedad, ya que, si no se utilizaba, el riesgo de adquirir una infección incurable destruiría la fisiología humana, por un lado, y a la sociedad, por el otro. Declaró, también, que en un acto de pasión descontrolada se podía concebir a un nuevo pobre o a un ser que nacería sin padre reconocido o responsable, e igualmente, de tratarse de padres con posibilidades, abocarse a un aborto higiénico o no, con los peligros que implica. Ya entendía, como lo expresó, que la Iglesia recién extinguida perseguía que la gente evitara que el acto sexual tuviera como único objetivo saciar apetitos y satisfacer la necesidad de placer, y que la cópula carnal debiera darse, con exclusividad, cuando existía en la pareja solo el interés de procrear. No dudaba, agregó, que a ese fin se dirigirán los seres humanos unas vez comprendan el verdadero significado del coito, pero que, reglamentarlo con leyes coercitivas, aparte de no comprender el proceder de la naturaleza humana, estimula el rechazo, lo que resultaría nocivo, por las circunstancias aquí expuestas. Finalizó señalando que el condón se extinguirá por sí solo cuando el amor y el respeto se instalen con comodidad en las conciencias de los hombres; pero que, a sabiendas de que los cambios para permanecer necesitan tiempo, remarcó en la necesidad de su uso y en la aceptación del aborto, si la pareja, en un momento de incontrolable necesidad, se olvida del plástico y concibe a un ser que no va a ser bien atendido.

Exhortó a los homosexuales a salir del anonimato en el que los había recluido la hipocresía colectiva, vicio social que nació con el hombre, y los invitó a formalizar sus relaciones a la vista de todos.

Ese mismo día dijo que, como los sacerdotes irían perdiendo importancia con la eliminación de los ritos, les sugirió que, con una biología normal, les era dable, si así lo quisiesen, hacer lo que a todo hombre le es permitido hacer. Una de las primeras acciones que se tomó fue la de abolir la confesión, aduciendo que, los que creen en Dios no necesitan intermediaros para revelar sus interioridades y los que no creen, tampoco. Se les dijo que el celibato era una práctica biológicamente antinatural y socialmente innecesaria y que no existía razón ética para que ellos, como hombres verdaderos, no pudiesen contraer matrimonio; aparte de que la Iglesia que se acababa de extinguir había vinculado la confesión al celibato, ya que sus prelados, por experiencia propia o prestada, sabían que en la cama desaparecían los secretos y que la Iglesia, que se acababa de extinguir, ya se estaba resquebrajando porque las mujeres comentaban lo dicho por los curas antes o después de disipar fogosidades y que estos, que siempre lo negaban, al ser descubiertos in fraganti o en una video casetera, se confesaban ante Dios por dejarse tentar por esas mujerzuelas, maestras en la explotación de las debilidades que ellos, como seres humanos podrían tener en un momento de soledad o de tristeza.

Por eso, dijo para finalizar, la Iglesia que se acababa de extinguir prohibió el matrimonio de los clérigos, ya que todo comentario fuera de la cama, pero oído sobre esta, se sellaba como una información oficial de los pecados ajenos. Fue muy firme al señalar que todo ser humano tiene el derecho biológico de emparejarse y procrear. Que la iglesia que se acababa de extinguir impedía el matrimonio de los curas para que el dinero de la iglesia no se dirigiera al mantenimiento de esos hogares. Con los pederastas fue implacable, pero aseguró que, en la medida que a los curas se les permita hacer lo que todos los hombres hacen, esa práctica se reduciría exclusivamente a los que tienen trastornos mentales, como ocurre también con los hombres que son sometidos al cautiverio sexual.

El Papa se había referido en varias ocasiones, a los eclesiásticos pederastas. Había dicho, que, si bien es cierto es una práctica conocida desde los orígenes de la Iglesia, fue en 1981 cuando hizo una erupción pública. Señaló que el Papa y sus ministros, que ya conocían esos vicios, se limitaban a atribuirlos a "males sociales", de los cuales los curas eran las víctimas. "Hay habitaciones en una casa que no se les enseña a los invitados", sostenía uno de ellos, para señalar con ello que los trapos sucios se lavan en casa, por lo que el mantener el "secreto" se constituyó en el décimo primer mandamiento. Recordó el caso de Rita Milla, de dieciseis años, a quien un sacerdote la obligó a mantener relaciones sexuales alegando que "Dios quiere que hagas todo lo posible por tener felices a sus sacerdotes". La curia se limitaba a trasladar al agresor. Se pretendía, dijo el Papa, mantener dos leyes: La del César y la de Dios. Se organizaron asociaciones de apoyo a los víctimas y a pesar de que la jerarquía insistía en que atacar a los sacerdotes era atacar a la Santa Iglesia, Apostólica y Romana, las denuncias proliferaron y los curas, luego de prolongados juicios, obstaculizados por la Iglesia, iban a prisión y las diócesis obligadas a pagar las indemnizaciones.

Cuando el Papa Pío XIII dijo en su mensaje al mundo que tanto peca la víctima como el victimario y que el primero tiene el deber de comunicarlo, no solo a su superior, sino a los tribunales ordinarios, la Iglesia se convirtió en un tinglado y los tribunales se inundaron de denuncias. Se llegó a decir que había más curas detenidos que oficiando misa.

Nicolai les recomendó a los curas, para no desaparecer del todo, que tomaran el curso de Cristianismo Ateo, como se le llamó al dictado originalmente por el movimiento de las juventudes cristianas, el que, contrario a la Biblia, que se mantiene estática desde que fue escrita, este se renueva periódicamente para reafirmar, con nuevas evidencias, que su contenido es veraz. La mayoría de los sacerdotes tomó la recomendación y se encargaron de difundir en su comunidad, en conversaciones y charlas, el contenido del documento, por medio del debate abierto y sin restricciones, dejándoles a las conciencias de las personas la decisión de seguir creyendo o no en Dios; pero recalcándoles el verdadero concepto cristiano de imitar a Jesús.

El hogar para los sacerdotes fue otro tema inquietante. La nueva iglesia negó rotundamente la existencia de congregaciones, pero para no dejar en la intemperie a los curas cuyas vidas se habían ajustado a las normas eclesiásticas, se les ubicó temporalmente en casas de reposo hasta que lograran formalizar un matrimonio y, a los ancianos, hasta su muerte.

El gobierno italiano, como ya no existía otro gobierno dentro de su territorio, deportó a los cardenales vinculados al manejo irregular de fondos a sus lugares de procedencia, donde fueron juzgados por asociación ilícita para delinquir, falsedad ideológica y lesión patrimonial. Los juicios, de acuerdo con las leyes de cada una de las naciones y con presencia de fiscales, abogados defensores y acusadores, jurados de conciencia o jueces, concluyeron, de forma unánime, con el encierro de los cardenales que cometieron el delito. Desde la prisión siguieron alentando a un grupo de cardenales, obispos y fundamentalistas, que cada día hablaban con menos aliento y a los que cada día se les prestaba menos atención, y a los que a la postre, por no aportar novedades, dejaron de ser noticia, como ocurre cuando algo grande deja de serlo.

Gruner recibió en su celda en Viena a monseñor Stephan Baker, uno de los hombres más influyentes del Opus Dei, que había sido gran amigo del cardenal, pero distanciados por la inmovilidad de la secta ante los ataques y las acciones de Pedro II.

—El Papa contrató al servicio secreto búlgaro, el más eficiente del mundo —le había dicho Baker a Gruner en más de una ocasión—. Conocen de nuestras actuaciones incluso antes de pensarlas.

—Ahora, han incluido a los rusos.

Monseñor se presentó con nombre falso y vestido de paisano.

—A pesar de todas las peripecias, no me causaría extrañeza que sepan que estoy aquí.

—Su inamovilidad le hizo al Papa y a su garulilla las cosas fáciles.

—Ya Pío XIII nos ató las manos. Nunca nos dio audiencia.

—Los dedos índices del mundo los señalaron como responsables de los dos atentados a ese Papa. Fue ridículo.

—Fallos logísticos. Afortunadamente no pudieron vincularnos.

—Tengo buena parte de la información del asesinato del príncipe francés Jean de Broglie, por el escándalo de MATESA. En esa ocasión tampoco pudieron vincular al Opus Dei. Ustedes tienen los recursos para cambiar al mundo o dejarlo como está.

Hubo una pausa seca.

—Me imagino que traes buenas nuevas.

—La Iglesia Católica se acabó. El Papa ha confiscado las cuentas de las diócesis y arquidiócesis en casi todo el mundo.

—No creo que hayan encontrado mucho, porque por la locura de Pío XIII de estimular las denuncias de los pederastas, el pago en indemnizaciones ha sido exorbitante.

—Vamos a comprar la capilla Sixtina para convertirla en un museo. La gente va a pagar para ver los lienzos de Miguel Ángel. Vaya usted a saber dónde quedaron el David, la Piedad y el Moisés. Grüner sonrió.

—Todos estábamos cuidando nuestros cueros para ver esos detalles. Pero realmente, ¿a qué has venido?

—Hay mucho desasosiego entre curas, feligreses, gobiernos y las grandes empresas. La Iglesia no puede desaparecer de la noche a la mañana. Es como dejar a un organismo sin pulmones.

—Esos cabrones hicieron las cosas bien. En muchas cosas tenían razón.

—En todas desde la óptica cristina. Pero hay muchas ópticas. Aún no nos ha podido penetrar, como hicieron con los Legionarios de Cristo. Desaparecieron.

—Ustedes son expertos en la clandestinidad.

—Ese llamado movimiento de la nueva Iglesia lo dirigen pocas personas.

—Pero tiene una enorme base de apoyo.

—Todo es relativo. La membrecía del Opus Dei supera el millón de personas y todas son activistas. Médicos, abogados, políticos, educadores, empresarios que generan opinión en sus países. Gente muy conocida. Tú sabes que la p de pueblo significa pasividad. Vivir como lo hacía Jesús es detener la civilización. La pobreza y la humildad significan dar al traste con el modelo de producción y consumo vigente. Todo se derrumbará. Se congelará todo. Lo que se interpretó al principio como una lucha interna dentro de la Iglesia, una nueva reforma, se ve ahora como una conspiración mundial contra la democracia y el libre mercado. Una conspiración gigantesca y muy avanzada.

—Los gobiernos se cruzaron de brazos. Los dejaron en libertad para hacer lo que les diera la gana.

—En muchos de esos gobiernos tenemos voz. Pero no creo que hagan algo si dentro de la Iglesia no se genere una contra reforma.

—¿Inspirada en qué?

—En la necesidad de Dios. Tenemos que dar el primer paso.

—Nosotros dimos muchos en el vacío. Ustedes se esfumaron. Es muy tarde para los mea culpas.

—Hay que empezar por reivindicarlos a ustedes.

—¿A unos curas presos por corruptos?

—No, a los cardenales valientes que hicieron el llamado a tiempo sin ser escuchados.

—¿Una proclama desde la cárcel?

—Una revisión de sus sentencias. Todo está arreglado.

—Temo que es muy tarde.

—¿Sabías que ninguno de ellos es sacerdote?

—¿Cómo?

—Pio XIII inventó unos seminarios clandestinos solo para darles un nombre.

—¡No puede ser!

—¿Te acuerdas del caso Nakumara?

—Recuerdo algo de eso.

—Iroki no soportó la presión. Confesó todo. Solo se les enseñó la liturgia en unos pocos días. Tanto a ellos como a las mujeres.

—¿Tienes evidencias?

—Las suficientes.

—¿Por qué no nos las diste?

—Ya estaban presos.

—No creo que la gente se trague eso.

El cardenal se le quedó mirando detenidamente a los ojos:

—Somos parte de los pocos privilegiados, por eso el sistema en que vivimos no puede detenerse ni desviarse —le dijo Baker.

—¿Y?

—Hay que dar el primer paso.

—¿Cuál?

—Ya te los detallaré una vez salgas de aquí.

Se despidieron con un abrazo solidario.

—Me saludas a Dios —le dijo Grüner.

—De tu parte.

Gruner estaba al tanto de que su familia avanzaba a pasos de gigante en los preparativos para asesinar a los dirigentes de la llamada nueva iglesia, pero faltaba articular esas muertes con evidencias más concretas del asalto que había sufrido la institución por esos funcionarios vestidos con el ropaje del cristianismo ateo. Tenían que sobornar a ese tal Iroki y darle todo el dinero del mundo para que confeccionara una lista con la mayoría de los integrantes de ese movimiento. La familia de Gruner inicio la operación, pero los resultados fueron pobres, ya que los nombres verdaderos no se conocían, como tampoco sus lugares de destinos; de manera que Iroki sólo entregó los de su círculo íntimo. El proceso de soborno tampoco fue fácil por la formación de los abordados, pero unos pocos soltaron la lengua con los bolsillos llenos de billetes. Fueron pocos, pero suficientes. Con esa información se registraron todos los seminarios, hasta dar con los clandestinos y poder verificar la meteórica carrera de los nuevos curas hasta llegar a cardenales. Esa información se guardó en un cofre de oro de múltiples quilates. El círculo se había redondeado, pero el grupo conspirador era consciente de que si se daba la información nadie la iba a creer. Para ello disponían de un grupo de cardenales a los cuales no se les había podido vincular con los hechos delictivos. Pero también eran conscientes que si el crimen se cometía y de inmediato se denunciaba la farsa, además de corruptos, el mote de asesinos caería sobre ellos. La palabra paciencia se mantenía dentro de sus cerebros, pero la impaciencia mantenía adulterada su fisiología. Lo dicho por Monseñor Baker era una verdad monumental y Gruner se flagelaba por no habérsele ocurrido que el desplome de la Iglesia significaría un golpe muy violento, si no fatal, al modelo capitalista. Qué cómo era posible que los amos del mundo no se percataran de semejante desastre. El desplome del modelo era abrirle las puertas al caos con su infeliz final. Los *lobbies* a los presidentes de los países que mandan no se hicieron esperar. Se le dijo, además, que tenían informes de que muchos grupos clandestinos se disponían a efectuar atentados, con los cuales ellos, por su formación católica, estaban en desacuerdo.

La gente, curiosa por una parte e incrédula por la otra, se preguntaba qué era lo que realmente perseguía ese movimiento autodenominado Cristianismo Ateo, que cada día crecía más. Le llamaba la atención que los que a él pertenecían vivían humildemente, para no decir en la indigencia, término con el que se refería la familia a San Francisco de Asís. Trabajaban como obreros de fábricas, limpiadores de alcantarillas, de la agricultura de subsistencia, vendedores ambulantes. Sus vestidos, si bien limpios, estaban llenos de parches de telas de colores distintos. Todos calzaban sandalias. Llamaba la atención que consumían lo mínimo para subsistir y que siempre andaban alegres. Una alegría contagiosa. En sus hogares lo único que gastaba electricidad eran los bombillos que irradiaban poca luz. En los países de clima frío se atemperaban con bolsas plásticas de agua caliente. Muchos tenían familia. ¿Qué era eso? Se llegó a confirmar que dejaban de comer para alimentar a los menesterosos. No aceptaban limosnas. "La caridad es el arrepentimiento de la injustica", decían. Vivían pendientes de las necesidades ajenas. No atraían por lo que decían, sino por lo que hacían, y la manera de hacerlo. El "parecen" que rodeaba como niebla a la palabra "auténticos", se fue diluyendo hasta dispersarse del todo. Lo único que perseguían era que la gente los imitara.

Los católicos que pertenecían al movimiento pero que seguían creyendo en el Dios de la Biblia, aquel Creador que vigila y sentencia, oficiaban misa en las casas, aulas escolares u oficinas, con todos los ritos de la religión. Esa práctica era rigurosamente respetada.

Una noche muy tarde el equipo de seguridad de Kretzmer tocó la puerta de su casa con una noticia que dejó en harapos el término "preocupante". Su sólido sistema de espionaje había detectado que se estaba fraguando un asesinato colectivo. Que al primero en ejecutar era a él. Que Gruner, uno de los cardenales detenidos, era la cabeza de la conspiración y había enviado a las sedes de las casas de gobiernos a su gente para advertirles del inminente peligro que significaba para la paz mundial la desaparición de la iglesia católica y que existían grupos de sicarios con perversas intenciones. Claro, esos sicarios están bajo las instrucciones de dicho cardenal, que tiene su familia en Austria. Que ya sabían que luego de la votación para escoger al coordinador temporal de la nueva iglesia, se iba a realizar un acto público en un recinto cerrado. Se iban a explotar dos bombas y luego, con revólveres y metralletas con sus respectivos silenciadores, se iba a matar a varios asistentes, pero que la cabeza seleccionada era la de él. El gran problema era que la votación se tenía programada para el siguiente día y el acto en un enorme estadio madrileño que ya se había anunciado. Kretzmer llamó a su equipo de inmediato. Todos coincidieron que no se suspendiera la votación pero sí el acto.

—Si no será mañana, será otro día —dijo Kretzmer.

—No lo haga en un sitio cerrado. Allí no lo podemos proteger.

Se hizo la votación a escala mundial. Se escogió abrumadoramente a Nicolai Milanov Kretzmer como Coordinador. Luego, la multitud fue convocada en la Plaza Mayor. Estaba atestada.

—No es fácil construir un mundo nuevo, porque no es fácil que la gente mire a Jesús tal como fue —dijo el Coordinador—. Todos saben de dónde vendrá una bala perdida y todos saben qué hacer cuando yo no esté.

La gente corrió al escuchar el estrépito de una bomba.

MAURO ZÚÑIGA ARAÚZ

DIARIO DE UNA PUTA
ESPEJO DE MISERIAS

I.S.B.N: 978-84-7962-808-6

El lector no se encontrará en estas páginas una narración lineal, pues la trama se establece en una especie de vistazos sucesivos que, orientados por la acción de los protagonistas, nos permiten ver una vitrina de hechos humanos y sociales deplorables, pero tan auténticos que cualquiera pudiera identificarlos en su entorno. Recursos como la exposición de un diario, o la polifonía, nos dejan entrar en la intimidad de los personajes y, al verlos moverse por lo narrado, nos muestran también lo que sucede a su alrededor, que a menudo resulta una miasma sí, pero es precisamente nuestro derredor [...] Mauro Zúñiga Araúz sabe esbozar personajes literarios de carne y hueso, sin que esto sea un contrasentido, porque se trata de valorar la contextura de verosimilitud que viste a cada actor dentro de`la obra, y en esto hay aciertos notables, al ofrecernos en cada página un número de participantes en los que se ha invertido muchos sostén psicológico que apuntala todas las acciones que acometen en la narración. En resumen, tenemos entre manos una buena obra, esgrimida por su autor con conocimiento de causa y, más que como un libro, como un estetoscopio en el cual ausculta los síntomas de la sociedad.

ARIEL BARRÍA ALVARADO
Escritor y profesor de la Universidad Santa María la Antigua (Panamá)

novela

HUMBERTO LÓPEZ Y GUERRA

EL TRAIDOR DE PRAGA

I.S.B.N.: 978-84-7962-738-6

Una novela trepidante que enlaza Praga con Washington, Yemen del Sur, Damasco, París, Sitges, Madrid, La Habana, Berlín, Ginebra y Panamá. Una trama en la que ficción y hechos históricos se mezclan con personajes reales y ficticios. Una historia que desvela los entresijos del espionaje internacional y que nunca sabremos con certeza si sucedió realmente, aunque todo es posible... En noviembre de 1989, el mayor Paredes, segundo hombre de la inteligencia cubana en Praga, decide pasar información altamente secreta a la CIA en medio de la debacle de los regímenes comunistas de la Europa del Este. En Washington, su traición provoca dudas y escepticismo, a pesar de que Javier Puig, el espía cubano-americano que sirvió de enlace con Paredes y viejo amigo de este, trata de convencer a Langley de que no se trata de una provocación o infiltración cubana, sino de la decisión de un hombre valiente que, poniendo en juego su propia vida, trata de ayudar a la caída del régimen de Fidel Castro; sin embargo, la propia credibilidad de Puig es cuestionada también por los halcones de la Agencia Central de Inteligencia. Lil, una joven estudiante radical alemana, de descendencia judía, convertida en espía de La Habana, es el detonante que logra que los norteamericanos finalmente acepten como verídica la información en la que Paredes les alerta de un terrible atentado terrorista en el que Cuba y agentes del agonizante campo socialista, agrupados en una organización ultra secreta, Comandos Internacionales de Solidaridad (CIS), están a punto de perpetrar.

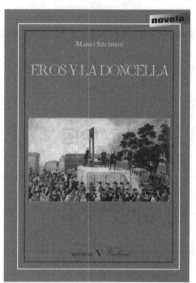

MARIO SZICHMAN

EROS Y LA DONCELLA

I.S.B.N.: 978-84-7962-823-9

Robespierre, Mirabeau, Marat, Danton, el general venezolano Francisco de Miranda, Madame Roland, los reyes de Francia, transitan las páginas de *Eros y la doncella* en sus momentos más perdurables y extravagantes, junto con tribunos incestuosos, parlamentarios que iniciaron su vida social como pornógrafos, aristócratas disolutos, niños que conocen los secretos de los albañales de París, magos que conjuran a los muertos y seres con el vicio esculpido en la piel. *Eros y la doncella* es un gran caleidoscopio del principal episodio de la Revolución Francesa. La protagonista de la novela es la guillotina, que fraccionó los cuerpos de millares de franceses y dejó impresa su viñeta en el cuerpo social. El ideal de belleza, el miedo, la luz, la moda femenina, la demografía, el mapa de París, las obras de teatro, los lances de amor, los gabinetes de maravillas, la pintura y los restaurantes, han sido estampados por la doncella. Estilizada como una escuadra de carpintero, escueta como un atril y virtuosa como un altar, la doncella termina decidiendo el destino de Francia, tras convertirse en la más nociva de las femmes fatales.

"La composición compleja y jadeante de sus relatos, el vigoroso acento existencial, su visión desenmascaradora de los personajes, sus planteos dramáticos que aborda sarcásticamente desmesurando el grotesco, han hecho de Mario Szichman una de las figuras que importan en esa narrativa en marcha de América Latina que procura sustituir la estética de los autores del boom".

ÁNGEL RAMA

CIUDADES DE PAPEL

JOHN GREEN

CIUDADES DE PAPEL

Traducción de **Noemí Sobregués**

NUBE **DE TINTA**

Ciudades de papel

Título original: *Papel Towns*

Primera edición en España: junio, 2014
Primera edición en México: julio, 2014
Primera reimpresión: agosto, 2014
Segunda reimpresión: septiembre, 2014
Tercera reimpresión: octubre, 2014
Cuarta reimpresión: diciembre, 2014

Publicado por acuerdo con HarperCollins Children's Books,
una división de HarperCollins Publishers, y con Sandra Bruna
Agencia Literaria, S.L.

D. R. © 2008, John Green

D. R. © 2014, Noemí Sobregués Arias, por la traducción

D. R. © 2014, Penguin Random House Grupo Editorial, S. A. U.
          Travessera de Gràcia, 47-49, 08021, Barcelona

D. R. © 2014, derechos de edición mundiales en lengua castellana:
          Penguin Random House Grupo Editorial, S.A. de C.V.
          Blvd. Miguel de Cervantes Saavedra núm. 301, 1er piso,
          colonia Granada, delegación Miguel Hidalgo, C.P. 11520,
          México, D.F.

www.megustaleer.com.mx

Comentarios sobre la edición y el contenido de este libro a:
megustaleer@penguinrandomhouse.com

ISBN 978-607-312-400-3

Impreso en México/*Printed in Mexico*

Se terminó de imprimir en diciembre de 2014
en Quad/Graphics Querétaro, S. A. de C. V.,
Fracc. Agro Industrial La Cruz El Marqués
Querétaro, México.

A Julie Strauss-Gabel, sin la que nada de esto podría haberse hecho realidad

Y después, cuando
salimos a ver su lámpara acabada
desde el camino, dije que me gustaba el brillo de su luz
a través del rostro que parpadeaba en la oscuridad.

Katrina Vandenberg, «Jack O'Lantern», *Atlas*

La gente dice que los amigos no se destruyen entre sí.
¿Qué sabe la gente de los amigos?

The Mountain Goats,
«Game Shows Touch Our Lives»

Prólogo

Supongo que a cada quien le corresponde su milagro. Por ejemplo, probablemente nunca me caerá encima un rayo, ni ganaré un Premio Nobel, ni llegaré a ser el dictador de un pequeño país de las islas del Pacífico, ni contraeré cáncer terminal de oído, ni entraré en combustión espontánea. Pero considerando todas las improbabilidades juntas, seguramente a cada uno de nosotros le sucederá una de ellas. Yo podría haber visto llover ranas. Podría haber pisado Marte. Podría haberme devorado una ballena. Podría haberme casado con la reina de Inglaterra o haber sobrevivido durante meses en medio del mar. Pero mi milagro fue diferente. Mi milagro fue el siguiente: de entre todas las casas de todas las urbanizaciones de toda Florida, acabé viviendo en la puerta de al lado de Margo Roth Spiegelman.

Nuestra urbanización, Jefferson Park, había sido una base naval. Pero llegó un momento en que la marina dejó de necesitarla, de modo que devolvió el terreno a los ciudadanos de

Orlando, Florida, que decidieron construir una enorme urbanización, porque eso es lo que se hace en Florida con los terrenos. Mis padres y los padres de Margo empezaron a vivir puerta con puerta en cuanto se construyeron las primeras casas. Margo y yo teníamos dos años.

Antes de que Jefferson Park fuera Pleasantville, y antes de que fuera una base naval, era propiedad de un tipo que se apellidaba Jefferson, un tal Doctor Jefferson Jefferson. En Orlando hay una escuela que lleva el nombre del Doctor Jefferson Jefferson, y también una gran fundación benéfica; aunque lo fascinante y lo increíble, pero cierto, del Doctor Jefferson Jefferson es que no era doctor en nada. Era un simple vendedor de zumo de naranja llamado Jefferson Jefferson. Al hacerse rico y poderoso, fue al juzgado, se puso «Jefferson» de segundo nombre y se cambió el primero por «Dr.», con D mayúscula.

Cuando Margo y yo teníamos nueve años, nuestros padres eran amigos, así que de vez en cuando jugábamos juntos, tomábamos las bicis, dejábamos atrás las calles sin salida y nos íbamos al parque, en el centro de la urbanización.

Me ponía nervioso cada vez que me decían que Margo iba a venir a mi casa, porque era la criatura más extraordinariamente hermosa que Dios había creado. La mañana en cuestión, se había puesto unos pantalones cortos blancos y una playera rosa con un dragón verde que lanzaba fuego de color naranja brillante. Me resulta difícil explicar lo genial que me pareció la playera en aquellos momentos.

Margo, como siempre, pedaleaba de pie, con los brazos cruzados sobre el manubrio y con los tenis morados formando una mancha circular. Era un caluroso y húmedo día de marzo. El cielo estaba despejado, pero el aire tenía un sabor ácido, como si se avecinara una tormenta.

Por aquella época me creía inventor, así que, después de haber atado las bicis, mientras recorríamos a pie el corto camino que nos llevaría al parque infantil, le conté a Margo que se me había ocurrido un invento llamado Ringolator. El Ringolator sería un cañón gigante que dispararía enormes rocas de colores a una órbita muy baja, lo que proporcionaría a la Tierra anillos muy parecidos a los de Saturno. (Sigo pensando que sería una buena idea, pero resulta que construir un cañón que dispare rocas a una órbita baja es bastante complicado.)

Había estado en aquel parque tantas veces que lo conocía en su totalidad, así que apenas habíamos entrado cuando empecé a sentir que algo fallaba, aunque en un primer momento no vi qué había cambiado.

—Quentin —me dijo Margo en voz baja y tranquila.

Estaba señalando. Y entonces me di cuenta de lo que había cambiado.

A unos pasos de nosotros había un roble. Grueso, retorcido y con aspecto de tener muchos años. No era nuevo. El parque infantil a nuestra derecha. Tampoco era nuevo. Pero de repente vi a un tipo con un traje gris desplomado sobre el tronco de roble. No se movía. Eso sí era nuevo. Estaba rodeado de sangre. De la boca le salía un hilo medio seco. Tenía la boca abierta en un gesto que parecía imposible. Las moscas se posaban en su pálida frente.

—Está muerto —dijo Margo, como si no me hubiera dado cuenta.

Retrocedí dos pequeños pasos. Recuerdo que pensé que si hacía un movimiento brusco, se levantaría y me atacaría. Quizás era un zombi. Sabía que los zombis no existen, pero sin duda parecía un zombi en potencia.

Mientras retrocedí aquellos dos pasos, Margo dio otros dos, también pequeños y silenciosos, hacia delante.

—Tiene los ojos abiertos —me dijo.

—Vámonosacasa —contesté yo.

—Pensaba que cuando te mueres, cierras los ojos —dijo.

—Margo,vámonosacasaaavisar.

Dio otro paso. Ahora estaba lo bastante cerca como para estirar el brazo y tocarle el pie.

—¿Qué crees que le ha pasado? —me preguntó—. Quizá se deba a un asunto de drogas o algo así.

No quería dejar a Margo sola con el muerto, que quizá se había convertido en un zombi agresivo, pero tampoco me atrevía a quedarme allí comentando las circunstancias de su muerte. Hice acopio de todo mi valor, di un paso adelante y la tomé de la mano.

—¡Margo,vámonosahoramismo!

—Está bien, sí —me contestó.

Corrimos hacia las bicis. El estómago me daba vueltas por algo que se parecía mucho a la emoción, pero que no lo era. Nos subimos a las bicis y la dejé ir adelante, porque yo estaba llorando y no quería que me viera. Veía sangre en las suelas de sus tenis morados. La sangre de él. La sangre del tipo muerto.

Llegamos cada uno a nuestras respectivas casas. Mis padres llamaron a urgencias, oí las sirenas en la distancia y pedí permiso para salir a ver los camiones de bomberos, pero, como mi madre me dijo que no, me fui a echar la siesta.

Tanto mi padre como mi madre son psicólogos, lo que quiere decir que soy fastidiosamente equilibrado. Cuando me desperté, mantuve una larga conversación con mi madre sobre el ciclo de la vida, sobre que la muerte es parte de la vida, pero una parte de la que no tenía que preocuparme demasiado a los nueve años, y me sentí mejor. La verdad es que nunca me preocupó demasiado, lo cual es mucho decir, porque suelo preocuparme por cualquier cosa.

La cuestión es la siguiente: me encontré a un tipo muerto. El pequeño y adorable niño de nueve años y su todavía más pequeña y adorable compañera de juegos encontraron a un tipo al que le salía sangre por la boca, y aquella sangre estaba en sus pequeños y adorables tenis mientras volvíamos a casa en bici. Es muy dramático y todo eso, pero ¿y qué? No conocía al tipo. Cada puto día se muere gente a la que no conozco. Si tuviera que darme un ataque de nervios cada vez que pasa algo espantoso en el mundo, acabaría más loco que una cabra.

Aquella noche entré en mi habitación a las nueve en punto para meterme en la cama, porque las nueve era la hora a la que tenía que irme a dormir. Mi madre me tapó y me dijo que me quería. Yo le dije: «Hasta mañana», y ella me contestó: «Hasta mañana», y luego apagó la luz y cerró la puerta casi hasta el fondo.

Estaba colocándome de lado cuando vi a Margo Roth Spiegelman al otro lado de mi ventana, con la cara casi pegada al mosquitero. Me levanté y abrí la ventana, pero el mosquitero que nos separaba seguía pixeleándola.

—He investigado —me dijo muy seria.

Aunque el mosquitero dividía su cara incluso de cerca, vi que llevaba en las manos una libretita y un lápiz con marcas de dientes alrededor de la goma. Echó un vistazo a sus notas.

—La señora Feldman, de Jefferson Court, me dijo que se llamaba Robert Joyner. Me contó que vivía en Jefferson Road, en uno de los departamentos arriba del supermercado; así que fui hasta allí y había un montón de policías. Uno me preguntó si trabajaba en el periódico del colegio, y le contesté que nuestro colegio no tenía periódico, así que me dijo que, como no era periodista, contestaría a mis preguntas. Me contó que Robert Joyner tenía treinta y seis años. Era abogado. No me dejaban entrar en su casa, pero una mujer llamada Juanita Álvarez vive en la puerta de al lado, de modo que entré en su casa preguntándole si me podría prestar una taza de azúcar. Me dijo que Robert Joyner se había suicidado con una pistola. Entonces le pregunté por qué, y me contestó que estaba triste porque estaba divorciándose.

Se calló y me limité a mirarla, a observar su cara gris a la luz de la luna, que el mosquitero dividía en mil cuadritos. Sus ojos, muy abiertos, pasaban una y otra vez de su libreta a mí.

—Mucha gente se divorcia y no se suicida —le dije.

—Ya lo sé —me contestó nerviosa—. Es lo que le dije a Juanita Álvarez. Y entonces me dijo… —Margo pasó la página de la libreta—. Me dijo que el señor Joyner tenía problemas. Y entonces le pregunté a qué se refería, y me contestó que lo único que podíamos hacer por él era rezar y que tenía que llevarle el azúcar a mi madre. Le dije que olvidara el azúcar y me marché.

De nuevo no dije nada. Sólo quería que Margo siguiera hablando con esa vocecita, nerviosa por casi saber algo, que me hacía sentir como si estuviera sucediéndome algo importante.

—Creo que quizá sé por qué —dijo por fin.

—¿Por qué?

—Quizá se le rompieron los hilos por dentro —me contestó.

Mientras intentaba pensar en algo que contestarle, me incliné hacia delante, presioné el cierre del mosquitero y lo retiré de la ventana. Lo dejé en el suelo, pero Margo no me dio la oportunidad de hablar. Antes de que hubiera vuelto a sentarme, levantó la cara hacia mí y me susurró:

—Cierra la ventana.

Así que la cerré. Pensé que se marcharía, pero se quedó allí mirándome. Le dije adiós con la mano y le sonreí, pero sus ojos parecían mirar fijamente algo detrás de mí, algo monstruoso que le había hecho quedarse muy pálida, y tuve demasiado miedo para girarme a ver qué era. Pero detrás de mí no había nada, por supuesto... salvo quizás el tipo muerto.

Dejé la mano quieta. Nos miramos fijamente, cada uno desde su lado del cristal. Nuestras cabezas estaban a la misma altura. No recuerdo cómo acabó la historia, si me fui a la cama o se fue ella. En mi memoria no acaba. Seguimos todavía allí, mirándonos, para siempre.

A Margo siempre le gustaron los misterios. Y teniendo en cuenta todo lo que sucedió después, nunca dejaré de pensar que quizá le gustaban tanto los misterios que se convirtió en uno.

PRIMERA PARTE

Los hilos

1

El día más largo de mi vida empezó con retraso. Me desperté tarde, me entretuve demasiado en la regadera y al final tuve que disfrutar del desayuno en el asiento del copiloto de la camioneta de mi madre, a las 7:17 de la mañana de un miércoles.

Solía ir a la escuela en el coche de mi mejor amigo, Ben Starling, pero Ben había salido puntual, así que no pude contar con él. Para nosotros, «puntual» significaba media hora antes de que empezaran las clases, porque aquellos treinta minutos antes de que sonara el primer timbre eran el plato fuerte de nuestra agenda social. Nos quedábamos delante de la puerta lateral que daba a la sala de ensayo de la banda de música de la escuela y charlábamos. Como la mayoría de mis amigos tocaban en la banda, yo pasaba casi todas las horas libres de la escuela a menos de cinco metros de la sala de ensayo. Pero yo no tocaba, porque tengo menos oído para la música que un sordo. Aquel día iba a llegar veinte minutos tarde, lo que técnicamente significaba que aun así llegaría diez minutos antes de que empezaran las clases.

Mientras conducía, mi madre me preguntaba por las clases, los exámenes y el baile de graduación.

—No creo en los bailes de graduación —le recordé mientras giraba en una esquina.

Incliné hábilmente mis cereales para ajustarlos a la fuerza de gravedad. No era la primera vez que lo hacía.

—Bueno, no hay nada malo en ir con una amiga. Seguro que podrías pedírselo a Cassie Hiney.

Sí, podría habérselo pedido a Cassie Hiney, que era muy agradable, simpática y guapa, pese a su tremendamente desafortunado apellido, que en inglés significa «trasero».

—No es que no me gusten los bailes de graduación. Es que tampoco me gustan las personas a las que les gustan los bailes de graduación —le expliqué a mi madre.

Aunque en realidad no era cierto. Ben se había empeñado en ir.

Mi madre giró hacia la escuela, y sujeté con las dos manos el tazón casi vacío al pasar por un bache. Eché un vistazo al estacionamiento de los alumnos de último curso. El Honda plateado de Margo Roth Spiegelman estaba aparcado en su plaza habitual. Mi madre metió el coche en un callejón situado frente a la sala de ensayo y me dio un beso en la mejilla. Al bajar vi a Ben y a mis otros amigos, agrupados en semicírculo.

Me dirigí a ellos, y el semicírculo no tardó en abrirse para incluirme. Estaban hablando de mi ex novia, Suzie Chung, que tocaba el violonchelo y al parecer había creado un gran revuelo porque estaba saliendo con un jugador de beisbol llamado Taddy Mac. No sabía si era su nombre real. En cualquier caso, Suzie había decidido ir al baile de graduación con Taddy Mac. Otra víctima.

—Colega —me dijo Ben, que estaba delante de mí.

Movió la cabeza, se dio media vuelta, se alejó del círculo y cruzó la puerta. Lo seguí. Ben, un chico bajito y de piel aceitunada que a duras penas parecía haber llegado a la pubertad, era mi mejor amigo desde quinto, cuando al final ambos admitimos la evidencia de que seguramente ninguno de los dos iba a encontrar otro mejor amigo. Además, le puse mucho empeño, y eso me gustaba… la mayoría de las veces.

—¿Qué tal? —le pregunté.

Estábamos dentro, en un lugar seguro. Las demás conversaciones impedían que se oyera la nuestra.

—Radar va a ir al baile de graduación —me dijo malhumorado.

Radar era nuestro otro mejor amigo. Lo llamábamos Radar porque se parecía a un tipo bajito y con gafas de la vieja serie de televisión *M*A*S*H* al que llamaban así, salvo que: *1)* el Radar de la tele no era negro, *2)* en algún momento después de haberle puesto el apodo, nuestro Radar creció unos quince centímetros y se puso lentes de contacto, así que supongo que, *3)* en realidad, no se parecía en nada al tipo de *M*A*S*H*, pero, *4)* como quedaban tres semanas y media para que se acabara el curso, no estábamos demasiado preocupados por buscarle otro apodo.

—¿Angela? —le pregunté.

Radar nunca nos contaba nada de su vida amorosa, lo que no nos disuadía de especular cada dos por tres.

Ben asintió.

—¿Recuerdas que había pensado invitar al baile a una chica nueva, porque son las únicas que no conocen la historia de Ben el Sangriento?

Asentí.

—Bueno —siguió diciendo Ben—, pues esta mañana una chica nueva muy linda se me ha acercado y me ha preguntado si era Ben el Sangriento. He empezado a explicarle que fue una infección de riñón, pero se ha reído y se ha largado. Así que se acabó.

Dos años atrás habían tenido que ingresar a Ben en el hospital por una infección renal, pero Becca Arrington, la mejor amiga de Margo, se dedicó a extender el rumor de que la verdadera razón de que orinara sangre era que se pasaba el día masturbándose. Pese a que era clínicamente inverosímil, desde entonces Ben cargaba con esta historia.

—Vaya porquería —le dije.

Ben empezó a contarme sus planes para encontrar a una chica, pero sólo lo escuchaba a medias, porque entre la cada vez más densa masa de personas que llenaban el vestíbulo vi a Margo Roth Spiegelman. Estaba junto a su casillero, al lado de su novio, Jase. Llevaba una falda blanca hasta las rodillas y un top estampado azul. Le veía la clavícula. Se reía como una histérica. Tenía los hombros inclinados hacia delante, las comisuras de sus grandes ojos arrugadas y la boca abierta. Pero no parecía reírse por algo que hubiera dicho Jase, ya que miraba hacia otra parte, hacia los casilleros del otro lado del vestíbulo. Seguí sus ojos y vi a Becca Arrington encima de un jugador de beisbol, como si el tipo fuese un árbol de Navidad y ella un adorno. Le sonreí a Margo, aunque sabía que no podía verme.

—Deberías lanzarte, colega. Olvídate de Jase. Dios, la chica está muy buena.

Mientras avanzábamos, seguí lanzándole miradas entre la multitud, rápidas instantáneas, una serie fotográfica titulada *La perfección se queda inmóvil mientras los mortales pasan de largo*. A medida que me acercaba, pensé que tal vez no estaba riéndose. Quizá le habían dado una sorpresa, un regalo o algo así. Parecía que no pudiera cerrar la boca.

—Sí —le dije a Ben.

Seguía sin prestarle atención, seguía intentando no perder a Margo de vista sin que se me notara demasiado. No es que fuera una belleza. Era sencillamente impresionante, y en sentido literal. Y entonces la dejamos atrás, entre ella y yo pasaba demasiada gente y en ningún momento me había acercado lo suficiente para escuchar lo que decía o entender cuál había sido la sorpresa que la hacía reír tanto. Ben movió la cabeza. Me había visto mirándola mil veces y estaba acostumbrado.

—La verdad es que está buena, pero no tanto. ¿Sabes quién está buena de verdad?

—¿Quién? —le pregunté.

—Lacey —me contestó, que era la otra mejor amiga de Margo—. Y tu madre, colega. Esta mañana he visto a tu madre dándote un beso y perdóname, pero te juro por Dios que he pensado: «Diablos, ojalá fuera Q. Y ojalá tuviera penes en las mejillas».

Le pegué un codazo en las costillas, aunque seguía pensando en Margo, porque era la única leyenda que vivía al lado de mi casa. Margo Roth Spiegelman, cuyo nombre de seis sílabas solíamos decir completo con una especie de silenciosa reverencia. Margo Roth Spiegelman, cuyas épicas aventuras circulaban por el colegio como una tormenta de verano. Un viejo que vivía en una casa destartalada de Hot Coffee, Mississippi, había enseñado a Margo a tocar la guitarra. Margo Roth Spiegelman, que había viajado tres días con un circo, donde pensaban que tenía potencial para el trapecio. Margo Roth Spiegelman, que se había tomado un té de hierbas en el *backstage* de los Mallionaires después de un concierto en Saint Louis, mientras ellos bebían *whisky*. Margo Roth Spiegelman, que se había colado en aquel concierto diciéndole al de seguridad que era la novia del bajista, ¿no la reconocían?, vamos, chicos, en serio, soy Margo Roth Spiegelman, y si van a pedirle al bajista que venga a ver quién soy, les dirá o que soy su novia, o que ojalá lo fuera, y entonces el de seguridad fue a preguntárselo, y el bajista dijo: «Sí, es mi novia, déjala entrar», y luego el bajista quiso ligar con ella, pero ella «rechazó al bajista de los Mallionaires».

Cuando comentábamos sus historias, siempre acabábamos diciendo: «Vaya, ¿te lo imaginas?». En general, no podíamos imaginárnoslas, pero siempre resultaban ser ciertas.

Y llegamos a nuestros casilleros. Radar estaba apoyado en el de Ben, tecleando en su computadora de bolsillo.

—Así que vas a ir al baile —le dije.

Levantó la mirada y volvió a bajarla.

—Estoy des-destrozando el artículo del *Omnictionary* sobre un ex primer ministro francés. Anoche alguien borró toda la entrada y escribió «Jacques Chirac es un gay», que resulta que es incorrecto tanto semántica como gramaticalmente.

Radar es un activo editor del *Omnictionary*, una enciclopedia *online* que crean los usuarios. Dedica su vida entera a mantener y cuidar el *Omnictionary*. Era una de las diversas razones por las que nos sorprendía que hubiera invitado a una chica al baile de graduación.

—Así que vas a ir al baile —repetí.

—Perdona —me contestó sin levantar la mirada.

Todo el mundo sabía que yo me negaba a ir al baile. No me llamaba lo más mínimo la atención: ni bailar lento, ni bailar rápido, ni los trajes, y todavía menos el esmoquin alquilado. Alquilar un esmoquin me parecía una excelente manera de atrapar cualquier espantosa enfermedad del anterior arrendatario, y no era mi intención convertirme en el único virgen del mundo con ladillas.

—Colega —dijo Ben a Radar—, las nuevas se han enterado de la historia de Ben el Sangriento —Radar se guardó por fin la computadora y cabeceó con expresión compasiva—. Así que las dos únicas estrategias que me quedan son buscar a una pareja para el baile en internet o volar a Missouri y raptar a algún bizcocho alimentado a base de maíz.

Yo había intentado explicarle a Ben que «bizcocho» sonaba bastante más sexista y patético que «retrogenial», pero se negaba a dejar de decirlo. Llamaba bizcocho a su propia madre. No tenía remedio.

—Le preguntaré a Angela si sabe de alguien —dijo Radar—. Aunque conseguirte pareja para el baile será más duro que convertir el plomo en oro.

—Conseguirte pareja para el baile es tan duro que sólo de imaginarlo se pueden cortar diamantes —añadí.

Radar dio un par de puñetazos a un casillero para expresar que estaba de acuerdo, y después soltó otra frase:

—Ben, conseguirte pareja para el baile es tan duro que el gobierno de Estados Unidos cree que el problema no puede resolverse por la vía diplomática, sino que exigirá el uso de la fuerza.

Estaba pensando en otra frase cuando los tres a la vez vimos al bote de esteroides anabólicos con forma humana conocido como Chuck Parson acercándose a nosotros con algún propósito. Chuck Parson no participaba en deportes de grupo porque eso lo distraería de su principal objetivo en la vida: que algún día lo condenaran por homicidio.

—Hola, maricas —dijo.

—Chuck —le contesté lo más amigablemente que pude.

Chuck no nos había causado ningún problema grave en los dos últimos años, porque alguien del bando de los populares había dado la orden de que nos dejaran en paz, así que Chuck ni siquiera nos dirigía la palabra.

Quizá porque fui yo el que le contesté, o quizá no, apoyó las dos manos en el casillero, conmigo en medio, y se acercó lo suficiente para que considerara qué marca de pasta de dientes utilizaba.

—¿Qué sabes de Margo y Jase?

—Uf —le contesté.

Pensé en todo lo que sabía de ellos: Jase era el primer y único novio serio de Margo Roth Spiegelman. Habían empezado a salir a finales del año anterior. Los dos iban a ir a la Universidad de Florida al año siguiente. A Jase le habían dado una beca para jugar en el equipo de beisbol. Nunca había entrado en casa de Margo, sólo pasaba a buscarla. A Margo no parecía gustarle tanto, pero la verdad es que nunca parecía que alguien le gustara tanto.

—Nada —le contesté por fin.

—No jodas —gruñó.

—Apenas la conozco —le dije, y puede decirse que en los últimos tiempos era cierto.

Consideró un minuto mi respuesta, y yo intenté con todas mis fuerzas no desviar la mirada de sus ojos bizcos. Movió muy suavemente la cabeza, se apartó del casillero y se marchó a su primera clase de la mañana: mantenimiento de los músculos pectorales. Sonó el segundo timbre. Faltaba un minuto para que empezaran las clases. Radar y yo teníamos cálculo, y Ben tenía matemáticas finitas. Nuestras clases estaban una al lado de la otra. Nos dirigimos juntos a ellas, los tres en fila, confiando en que la marea humana se abriera lo suficiente para dejarnos pasar, y así fue.

—Conseguirte pareja para el baile es tan duro que mil monos tecleando en mil máquinas de escribir durante mil años no escribirían «Iré al baile con Ben» ni una sola vez —dije.

Ben no pudo resistirse a machacarse a sí mismo:

—Tengo tan pocas posibilidades que hasta la abuela de Q me rechazó. Me dijo que estaba esperando a que se lo pidiera Radar.

Radar asintió despacio.

—Es verdad, Q. A tu abuela le encantan tus colegas.

Era patéticamente fácil olvidarse de Chuck y hablar del baile de graduación, aunque me importaba una mierda. Así era la vida aquella mañana: nada importaba demasiado, ni las cosas buenas, ni las malas. Nos dedicábamos a divertirnos, y nos iba razonablemente bien.

Pasé las tres horas siguientes en clase, intentando no mirar los relojes de encima de los diversos pizarrones, y luego mirándolos y sorprendiéndome de que sólo hubieran pasado unos minutos desde la última vez que había mirado. Aunque contaba con casi cuatro años de experiencia mirando aquellos relojes, su lentitud nunca dejaba de sorprenderme. Si alguna vez me dicen que me queda un día de vida, me iré directo a las sagradas aulas de la Winter Park High School, donde se sabe que un día dura mil años.

Pero, por más que pareciera que la física de la tercera hora no iba a acabar nunca, acabó y de repente estaba en la cafetería con Ben. Radar comía más tarde con los demás amigos, así que Ben y yo solíamos sentarnos solos, con un par de asientos entre nosotros y un grupo de tipos de teatro. Aquel día los dos comíamos minipizzas de pepperoni.

—La pizza está buena —dije.

Ben asintió distraído.

—¿Qué pasa? —le pregunté.

—Nazza —dijo con la boca llena de pizza. Tragó—. Ya sé que crees que es una tontería, pero quiero ir al baile.

—1) Sí, creo que es una tontería; 2) si quieres ir, ve, y 3) si no me equivoco, ni siquiera se lo has pedido a alguien.

—Se lo pedí a Cassie Hiney en la clase de mate. Le escribí una nota.

Alcé las cejas en un gesto interrogante. Ben metió una mano en un bolsillo del pantalón corto y me deslizó un trozo de papel muy doblado. Lo aplané:

Ben:

Me encantaría ir al baile contigo, pero ya he quedado con Frank. Lo siento.

C.

Lo doblé de nuevo y volví a deslizarlo por la mesa. Recordé haber jugado al futbol de papel en aquellas mesas.

—Vaya porquería —le dije.

—Sí, ya ves.

El sonido parecía echársenos encima. Nos quedamos callados un momento, y luego Ben me miró muy serio y me dijo:

—Voy a dar mucho de que hablar en la facultad. Saldré en el *Libro Guinness de los Récords*, en la categoría «Ha dejado a más chicas satisfechas».

Me reí. Estaba pensando que los padres de Radar aparecían realmente en el *Libro Guinness* cuando vi por encima de nosotros a una guapa afroamericana con pequeñas rastas de punta. Tardé unos segundos en darme cuenta de que era Angela, la novia de Radar, supongo.

—Hola —me dijo.

—Hola —le contesté.

Conocía de vista a Angela porque había ido a alguna clase con ella, pero no nos saludábamos en los pasillos ni cuando nos encontrábamos por ahí. Le indiqué con un gesto que se sentara y acercó una silla a la mesa.

—Chicos, supongo que conocen a Marcus mejor que nadie —dijo empleando el nombre real de Radar, con los codos en la mesa.

—Es un trabajo de mierda, pero alguien tiene que hacerlo —le contestó Ben sonriendo.

—¿Creen que se avergüenza de mí o algo así?

Ben se rió.

—¿Qué? No —le contestó.

—Técnicamente —añadí—, deberías ser tú la que se avergonzara de él.

Miró hacia arriba y sonrió. Una chica acostumbrada a los piropos.

—Pues nunca me ha invitado a salir con ustedes.

—Ohhh —dije; por fin lo entendía—. Eso es porque se avergüenza de nosotros.

Se rió.

—Parecen bastante normales.

—Nunca has visto a Ben aspirar Sprite por la nariz y sacándolo por la boca —le dije.

—Soy como una enloquecida fuente carbonatada —añadió Ben impávido.

—De verdad, chicos, ¿ustedes no se preocuparían? No sé, llevamos cinco semanas saliendo y ni siquiera me ha llevado a su casa —Ben y yo intercambiamos una mirada cómplice, y yo me estrujé la cara para no soltar una carcajada—. ¿Qué pasa? —preguntó Angela.

—Nada —le contesté—. Sinceramente, Angela, si te obligara a salir con nosotros y te llevara a su casa cada dos por tres…

—Sin la menor duda significaría que no le gustas —terminó Ben.

—¿Sus padres son raros?

Pensé en cómo responder sinceramente a su pregunta.

—No, no. Son estupendos. Sólo algo sobreprotectores, supongo.

—Sí, sobreprotectores —convino Ben un poco demasiado de prisa.

Angela sonrió y se levantó diciendo que tenía que ir a saludar a alguien antes de que acabara la hora de comer. Ben esperó a que se hubiera marchado para abrir la boca.

—Esta chica es impresionante —me dijo.

—Lo sé —le contesté—. Me pregunto si podríamos sustituir a Radar por ella.

—Aunque seguramente no es muy buena con las computadoras. Necesitamos a alguien bueno. Además, apuesto a que no tiene ni idea del *Resurrection* —nuestro videojuego favorito—. Por cierto, una buena salida decir que los viejos de Radar son sobreprotectores.

—Bueno, no es cosa mía decírselo —le respondí.

—A ver cuánto tarda en ver la Residencia Museo del Equipo de Radar —dijo Ben sonriendo.

El descanso casi había terminado, así que Ben y yo nos levantamos y dejamos las bandejas en la cinta transportadora, la misma a la que Chuck Parson me había lanzado el primer año de escuela, lo que me envió al inframundo de la plantilla de lavaplatos de Winter Park. Nos dirigimos al casillero de Radar, y allí estábamos cuando él llegó corriendo, justo después del primer timbre.

—En la clase de política he decidido que sería capaz de chuparle los huevos a un burro, literalmente, si con eso pudiera librarme de esa clase hasta el final del trimestre —dijo.

—Puedes aprender mucho sobre política de los huevos de un burro —le contesté—. Oye, hablando de las razones por las que te gustaría hacer la pausa del mediodía una hora antes, acabamos de comer con Angela.

—Sí —dijo Ben sonriéndole con presunción—, quiere saber por qué nunca las has llevado a tu casa.

Radar lanzó un largo soplido mientras giraba la cerradura de combinación para abrir el casillero. Soltó tanto aire que pensé que iba a desmayarse.

—Mierda —dijo por fin.

—¿Te avergüenzas de algo? —le pregunté sonriendo.

—Cállate —me contestó pegándome un codazo en la barriga.

—Vives en una casa preciosa —le dije.

—En serio, colega —añadió Ben—. Es una chica muy guapa. No entiendo por qué no se la presentas a tus padres y le enseñas la Finca Radar.

Radar lanzó sus libros al casillero y lo cerró. El ruido de conversaciones que nos rodeaba se silenció un poco mientras levantaba los ojos al cielo y gritaba:

—¡NO ES CULPA MÍA QUE MIS PADRES TENGAN LA COLECCIÓN MÁS GRANDE DEL MUNDO DE SANTA CLAUS NEGROS!

Aunque había oído decir a Radar «la colección más grande del mundo de Santa Claus negros» unas mil veces en la vida, nunca dejaba de parecerme divertido. Pero no lo decía en broma. Recordé la primera vez que había ido a su casa. Tenía yo unos trece años. Era primavera, varios meses después de Navidad, pero los Santa Claus seguían en las repisas de las ventanas. Santa Claus negros de papel colgaban de la barandilla de la escalera. Velas con Santa Claus negros adornaban la mesa del comedor. Un cuadro de Santa Claus negro estaba colgado encima de la chimenea, en cuya repisa se alineaban también figuritas de Santa Claus negros. Tenían un dispensador de caramelos PEZ con cabeza de Santa Claus negro comprado en Namibia. El Santa Claus negro de plástico y con luz que colocaban en el diminuto patio desde el día de Acción de Gracias hasta Año Nuevo pasaba el resto del año vigilando con orgullo en una esquina del cuarto de baño de invitados, un cuarto de baño empapelado con un papel casero con Santa Claus negros pintados y una esponja en forma de Santa Claus. Todas las habitaciones de la casa, menos la de Radar, estaban llenas de Santa Claus negros de yeso, plástico, mármol, barro, madera, resina y tela. En total, los padres de Radar tenían más de mil doscientos Santa Claus negros de todo tipo. Como constaba en una placa por encima de la puerta de la calle, la casa de Radar era un Monumento a Santa Claus oficial, según la Sociedad Navideña.

—Sólo tienes que contárselo, colega —le dije—. Sólo tienes que decirle: «Angela, me gustas, de verdad, pero hay algo que tienes que saber: cuando vayamos a mi casa y nos acostemos, dos mil cuatrocientos ojos de mil doscientos Santa Claus negros nos observarán».

—Sí —convino Radar pasándose una mano por el pelo rapado y moviendo la cabeza—. No creo que se lo diga exactamente así, pero ya se me ocurrirá algo.

Me dirigí a la clase de política, y Ben a una optativa sobre diseño de videojuegos. Contemplé relojes durante dos clases más, y al final, cuando terminé, mi pecho irradiaba alivio. El final de cada día era como un anticipo de nuestra graduación, para la que faltaba poco más de un mes.

Volví a casa. Me comí dos sándwiches de mantequilla de cacahuate y mermelada para merendar. Vi póquer en la tele. Mis padres llegaron a las seis, se abrazaron y me abrazaron a mí. Cenamos macarrones. Me preguntaron por la escuela. Luego me preguntaron por el baile de graduación. Se maravillaron de lo bien que me habían educado. Me contaron que en su época habían tenido que tratar con gente a la que no habían educado tan bien. Fueron a ver la tele. Yo fui a mi habitación a revisar el correo. Escribí un rato sobre *El gran Gatsby* para la clase de literatura. Leí otro rato *El Federalista* para preparar con tiempo el examen final de política. Chateé con Ben, y luego Radar se conectó también. En nuestra conversación utilizó cuatro veces la frase «la colección más grande del mundo de Santa Claus negros», y yo me reí cada vez. Le dije que me alegraba de que tuviera novia. Me comentó que el verano sería genial. Estuve de acuerdo. Era cinco de mayo, pero podría haber sido cualquier otro día. Mis días eran apaciblemente idénticos entre sí. Siempre me había gustado. Me gustaba la rutina. Me gustaba aburrirme. No quería, pero me gustaba. Y por eso aquel cinco de mayo habría podido ser cualquier otro día... hasta justo antes de las doce de la noche, cuando Margo Roth Spiegelman abrió la ventana de mi habitación, sin mosquitero, por primera vez desde aquella noche en que me había pedido que la cerrara, hacía nueve años.

2

Al oír que la ventana se abría, me giré y vi que los ojos azules de Margo me miraban fijamente. Al principio sólo vi sus ojos, pero en cuanto se me adaptó la vista me di cuenta de que tenía la cara pintada de negro y que llevaba una sudadera negra.

—¿Estás practicando cibersexo? —me preguntó.

—Estoy chateando con Ben Starling.

—Eso no responde a mi pregunta, pervertido.

Me reí con torpeza y luego me acerqué a la ventana, me arrodillé y me coloqué a sólo unos centímetros de su cara. No podía imaginarme por qué estaba allí, en mi ventana, y con la cara pintada.

—¿A qué debo el placer? —le pregunté.

Margo y yo seguíamos teniendo buena relación, supongo, pero no hasta el punto de quedar en plena noche con la cara pintada de negro. Para eso ya tenía a sus amigos, seguro. Yo no estaba entre ellos.

—Necesito tu coche —me explicó.

—No tengo coche —le contesté, y era un tema del que prefería no hablar.

—Bueno, pues el de tu madre.

—Tú tienes coche —le comenté.

Margo infló las mejillas y suspiró.

—Cierto, pero resulta que mis padres me han quitado las llaves del coche y las han metido en una caja fuerte, que han dejado debajo de su cama, y Myrna Mountweazel, su perra, está durmiendo en su habitación. Y a Myrna Mountweazel le da un puto derrame cerebral cada vez que me ve. Es decir, perfectamente podría colarme en la habitación, robar la caja fuerte, forzarla, coger las llaves y largarme, pero el caso es que no merece la pena intentarlo, porque Myrna Mountweazel se pondrá a ladrar como una loca en cuanto asome por la puerta. Así que, como te decía, necesito un coche. Y también necesito que conduzcas tú, porque esta noche tengo que hacer once cosas, y al menos cinco exigen que alguien esté esperándome para salir corriendo.

Cuando yo no enfocaba la mirada, Margo era toda ojos flotando en el espacio. Luego volvía a fijar la mirada y veía el contorno de su cara, la pintura todavía húmeda en su piel. Sus pómulos se triangulaban hacia la barbilla, y sus labios, negros como el carbón, esbozaban apenas una sonrisa.

—¿Algún delito? —le pregunté.

—Hum —me contestó Margo—. Recuérdame si el allanamiento de morada es un delito.

—No —repuse en tono firme.

—¿No es un delito o no vas a ayudarme?

—No voy a ayudarte. ¿No puedes reclutar a alguna de tus subordinadas para que te lleve?

Lacey y/o Becca hacían siempre lo que ella decía.

—La verdad es que son parte del problema —me dijo Margo.

—¿Qué problema? —le pregunté.

—Hay once problemas —me contestó con cierta impaciencia.

—Sin delitos —dije yo.

—Te juro por Dios que no te pediré que cometas ningún delito.

Y en aquel preciso instante se encendieron todos los focos que rodeaban la casa de Margo. En un rápido movimiento, saltó por mi ventana, se metió en mi habitación y se tiró debajo de mi cama.

En cuestión de segundos, su padre salió al patio.

—¡Margo! —gritó—. ¡Te he visto!

Desde debajo de la cama me llegó un ahogado: «Ay, maldita sea». Margo salió rápidamente, se levantó, se acercó a la ventana y dijo:

—Vamos, papá. Sólo intento charlar con Quentin. Te pasas el día diciéndome que sería una fantástica influencia y todo eso.

—¿Sólo estás charlando con Quentin?

—Sí.

—Y entonces, ¿por qué te has pintado la cara de negro?

Margo dudó sólo un instante.

—Papá, responderte a esa pregunta exigiría horas, y sé que seguramente estás muy cansado, así que vuelve a…

—¡A casa! —gritó—. ¡Ahora mismo!

Margo me agarró de la camisa, me susurró al oído: «Vuelvo en un minuto» y saltó por la ventana.

En cuanto salió, tomé las llaves del coche de encima de la mesa. Las llaves son mías, aunque lo trágico es que el coche no. Cuando cumplí dieciséis años, mis padres me dieron un regalo muy pequeño. Supe en cuanto me lo dieron que eran las llaves de un coche, y casi me meo encima, porque me habían repetido una y mil veces que no podían comprarme un coche. Pero cuando me entregaron la cajita envuelta, pensé que me habían tomado el pelo y que al final tendría un coche. Quité la envoltura y abrí la cajita, que efectivamente contenía una llave.

La observé y descubrí que era la llave de un Chrysler. La llave de una camioneta Chrysler. Exactamente de la camioneta Chrysler de mi madre.

—¿Me regalas una llave de tu coche? —le pregunté a mi madre.

—Tom —le dijo a mi padre—, te dije que le daría falsas esperanzas.

—No me eches la culpa a mí —le respondió mi padre—. Estás sublimando tus propias frustraciones por mi sueldo.

—¿Este análisis que me sueltas no tiene algo de agresión pasiva? —le preguntó mi madre.

—¿Y las acusaciones de agresión pasiva no son agresiones pasivas por naturaleza? —le contestó mi padre.

Y siguieron así un rato.

La cuestión era la siguiente: tendría acceso a ese fenómeno vehicular que es la camioneta Chrysler último modelo, menos cuando mi madre lo utilizara. Y como mi madre iba al trabajo en coche cada mañana, yo sólo podría utilizarlo los fines de semana. Bueno, los fines de semana y en mitad de la puta noche.

Margo tardó más del prometido minuto en volver a mi ventana, aunque no mucho más. Pero durante su ausencia empecé a cambiar de opinión.

—Tengo clase mañana —le dije.

—Sí, lo sé —me contestó Margo—. Mañana tenemos clase, y pasado mañana, y si lo pienso demasiado, acabaré loca. Así que sí, es una noche antes de clase. Por eso tenemos que irnos ya, porque tenemos que estar de vuelta por la mañana.

—No sé…

—Q —me dijo—. Q. Cariño. ¿Cuánto hace que somos muy amigos?

—No somos amigos. Somos vecinos.

—Maldita sea, Q. ¿No soy amable contigo? ¿No ordeno a mis compinches que se porten bien con ustedes en la escuela?

—Uf —le contesté con recelo, aunque lo cierto era que siempre supuse que había sido Margo la que impedía que Chuck Parson y los de su calaña nos molestaran.

Parpadeó. Se había pintado de negro hasta los párpados.

—Q —me dijo—, tenemos que irnos.

Y fui. Salté por la ventana y corrimos por la pared lateral de mi casa con la cabeza agachada hasta que abrimos las puertas de la camioneta. Margo me susurró que no cerrara las puertas —demasiado ruido—, así que, con las puertas abiertas, puse el coche en punto muerto, empujé con el pie en el asfalto, y la camioneta rodó por el camino. Avanzamos despacio hasta dejar atrás un par de casas y luego encendí el motor y las luces. Cerramos las puertas y conduje por las sinuosas calles de la interminable Jefferson Park, con sus casas que todavía parecían nuevas y de plástico, como un pueblo de juguete que albergara decenas de miles de personas reales.

Margo empezó a hablar.

—El caso es que ni siquiera les importa, sólo creen que mis hazañas los hacen quedar mal. ¿Sabes lo que acaba de decirme mi padre? Me ha dicho: «No me importa que arruines tu vida, pero no nos avergüences delante de los Jacobsen. Son nuestros amigos». Ridículo. Y no te imaginas lo que me ha costado salir de esa puta casa. ¿Has visto esas películas en las que se escapan de la cárcel y meten ropa debajo de las sábanas para que parezca que hay alguien en la cama? —Asentí—. Sí, bueno, mi madre ha puesto en mi habitación una mierda de monitor de bebés para oír toda la noche mi respiración mientras duermo. Así que he tenido que darle a Ruthie cinco dólares para que durmiera en mi habitación y luego me he vestido en la suya —Ruthie es la hermana menor de Margo—. Ahora es una mierda de *Misión imposible*. Hasta ahora se trataba de escabullirse como en cualquier puta casa normal, subir a la ventana y saltar, pero, maldita sea, últimamente es como vivir en una dictadura fascista.

—¿Vas a decirme adónde vamos?

—Bueno, primero iremos al Publix. Porque, por razones que te explicaré después, necesito que me compres unas cosas en el supermercado. Y luego iremos al Walmart.

—¿Cómo? ¿Vamos a ir de gira por todas las tiendas de Florida? —le pregunté.

—Cariño, esta noche vamos a corregir un montón de errores. Y vamos a introducir errores en algunas cosas que están bien. Los primeros serán los últimos, los últimos serán los primeros, y los mansos heredarán la tierra. Pero antes de que podamos reorganizar totalmente el mundo, tenemos que comprar varias cosas.

Así que me metí en el estacionamiento del Publix, casi vacío, y me detuve.

—Oye, ¿cuánto dinero llevas encima? —me preguntó.

—Cero dólares y cero céntimos —le contesté.

Apagué el motor y la miré. Metió una mano en un bolsillo de sus *jeans* oscuros y ajustados, y sacó varios billetes de cien dólares.

—Por suerte, Dios ha provisto —me contestó.

—¿Qué porquería es esto? —le pregunté.

—Dinero del *bat mitzvah*, torpe. No tengo permiso para acceder a la cuenta, pero me sé la contraseña de mis padres porque utilizan «myrnamountw3az3l» para todo. Así que he sacado dinero.

Intenté disimular mi sorpresa, pero se dio cuenta de cómo la miraba y me sonrió con presunción.

—Será básicamente la mejor noche de tu vida.

3

El problema con Margo Roth Spiegelman era que realmente lo único que podía hacer era dejarla hablar, y cuando se callaba, animarla a seguir hablando, por la sencilla razón de que: *1)* estaba indiscutiblemente enamorado de ella; *2)* era una chica sin precedentes se mirara por donde se mirara, y *3)* la verdad es que ella nunca me preguntaba nada, así que la única manera de evitar el silencio era que siguiera hablando.

Así que en el estacionamiento del Publix me dijo:

—Bueno, veamos. Te he hecho una lista. Si tienes alguna duda, llámame al celular. Ah, ahora que lo pienso, antes me he tomado la libertad de meter algunas provisiones en la parte de atrás del coche.

—¿Cómo? ¿Antes de que aceptara todo esto?

—Bueno, sí. Técnicamente sí. En fin, llámame si tienes alguna pregunta, pero toma el bote de vaselina que es más grande que tu puño. Hay vaselina pequeña, vaselina mediana y una vaselina enorme, que es la que tienes que tomar. Si no la tienen, trae tres de las medianas —me tendió la lista y un billete de cien dólares, y me dijo—: Con esto bastará.

La lista de Margo:

3 Peces Gato enteros, Envueltos por separado.
Veet (para Afeitarte las piernas Sin rastrillo, está con los
    cosméticos para Mujeres)
Vaselina
un *pack* de Seis latas de refresco Mountain Dew
Una docena de Tulipanes
una Botella De agua
Pañuelos de papel
un Espray de pintura azul

—Muy interesantes tus mayúsculas —le dije.

—Sí, creo firmemente en las mayúsculas aleatorias. Las
reglas de las mayúsculas son muy injustas con las palabras que
están en medio.

No tengo muy claro qué se supone que tienes que decirle a la
cajera del supermercado a las doce y media de la noche cuando colocas en la cinta seis kilos de pez gato, Veet, el bote gigante de vaselina, un *pack* de seis refrescos de naranja, un espray de pintura azul y una docena de tulipanes. Pero lo que le
dije fue:

—No es tan raro como parece.

La mujer carraspeó, pero no levantó la mirada.

—Pues lo parece —murmuró.

—No quiero meterme en problemas, de verdad —le dije a Margo al volver al coche mientras se limpiaba la pintura negra de la cara con la botella de agua y los pañuelos. Al parecer sólo se había pintado para salir de su casa—. En la carta de admisión de la Universidad de Duke se explicita que no me aceptarán si me detiene la policía.

—Eres demasiado nervioso, Q.

—No nos metamos en problemas, por favor —le dije—. Me parece bien que nos divirtamos y todo eso, pero no a expensas de mi futuro.

Levantó la mirada hacia mí, ya con casi toda la cara limpia, y me lanzó una mínima expresión de sonrisa.

—Me sorprende que toda esa porquería pueda parecerte remotamente interesante.

—¿Cómo?

—Ir o no ir a la universidad. Meterse o no meterse en problemas. Sacar buenas o malas calificaciones en la escuela. Tener o no tener futuro profesional. Tener una casa grande o una pequeña, en propiedad o en renta. Tener o no tener dinero. Es muy aburrido.

Empecé a decirle que obviamente a ella también le importaba un poco, porque sacaba buenas calificaciones, y por eso al año siguiente entraría en un programa de alto rendimiento de la Universidad de Florida, pero Margo se limitó a contestarme:

—Walmart.

Entramos en el Walmart y tomamos una barra de seguridad para fijar el volante.

—¿Para qué necesitamos la barra? —le pregunté a Margo mientras avanzábamos por la sección de jóvenes.

Margo se las arregló para soltarme uno de sus habituales monólogos frenéticos sin contestar a mi pregunta.

—¿Sabías que, durante casi toda la historia de la especie humana, el promedio de vida ha sido inferior a treinta años? Disponían de unos diez años de vida adulta, ¿no? No planificaban su jubilación. No planificaban su carrera profesional. No planificaban nada. No tenían tiempo para hacer planes. No tenían tiempo para pensar en el futuro. Pero luego las expectativas de vida empezaron a aumentar y la gente comenzó a tener cada vez más futuro, así que pasaba más tiempo pensando en él. En el futuro. Y ahora la vida se ha convertido en el futuro. Vives cada instante de tu vida por el futuro... Vas a la escuela para poder ir a la universidad, y así podrás encontrar un buen trabajo, y así podrás comprarte una bonita casa, y así podrás permitirte mandar a tus hijos a la universidad para que puedan encontrar un buen trabajo, y así puedan comprarse una bonita casa, y así puedan permitirse mandar a sus hijos a la universidad.

Me dio la impresión de que Margo divagaba para evitar mi pregunta, de modo que la repetí.

—¿Para qué necesitamos la barra?

Margo me dio un manotazo suave en la espalda.

—Bueno, está claro que lo descubrirás esta misma noche.

Y entonces, en la sección de náutica, Margo encontró una bocina de aire. La sacó de la caja y levantó el brazo.

—No —le dije.

—¿No qué? —me preguntó.

«No toques la bocina», quise contestarle.

Pero cuando iba por la t de «toques» presionó y la bocina soltó un espantoso zumbido que resonó en mi cabeza como el equivalente auditivo de un derrame cerebral.

—Perdona. No te he oído. ¿Qué decías? —me preguntó.

—Deja de t…

Y volvió a tocar la bocina.

Un empleado del Walmart algo mayor que nosotros se acercó.

—Hey, no pueden usarla aquí —nos dijo.

—Perdona, no lo sabía —le contestó Margo con aparente sinceridad.

—Tranqui. La verdad es que no me importa.

Y la conversación pareció terminada, pero el chico no dejaba de mirar a Margo, y sinceramente no le culpo, porque es difícil dejar de mirarla.

—¿Qué van a hacer esta noche, chicos? —preguntó por fin el empleado.

—No gran cosa —le contestó Margo—. ¿Y tú?

—Salgo a la una y luego iré a un bar de Orange. Si quieres venir… Pero tienes que dejar en casa a tu hermano. Son muy estrictos con la identificación.

¿Su qué?

—No soy su hermano —le dije con la mirada clavada en sus tenis.

Y entonces Margo siguió mintiendo.

—La verdad es que es mi primo —le dijo. Se colocó a mi lado, me pasó la mano por la cintura, de modo que sentí cada uno de sus dedos tensos sobre mi cadera, y añadió—: y mi amante.

El chico miró al techo y se marchó. Margo dejó la mano en mi cintura un instante y aproveché la ocasión para rodearla con el brazo también yo.

—Eres mi prima favorita —le dije.

Sonrió, me dio un golpecito con la cadera y se apartó.

—Como si no lo supiera —me contestó.

4

Circulábamos por una autopista providencialmente vacía, y yo seguía las indicaciones de Margo. El reloj del tablero marcaba la 1:07.

—Es precioso, ¿verdad? —me preguntó. Como se había girado para mirar por la ventanilla, apenas la veía—. Me encanta ir en coche de prisa a la luz de los faroles.

—Luz —dije—, el recordatorio visible de la Luz Invisible.

—Qué bonito.

—T. S. Eliot —añadí—. Tú también lo leíste. En la clase de literatura del año pasado.

En realidad no había leído todo el poema al que pertenecía aquel verso, pero algunos fragmentos se me habían quedado grabados en la mente.

—Ah, es una cita —me dijo un poco decepcionada.

Vi su mano en la guantera central. Podría haber metido también la mía, y nuestras manos habrían estado en el mismo sitio al mismo tiempo. Pero no lo hice.

—Repítelo —me pidió.

—Luz, el recordatorio visible de la Luz Invisible.

—Sí, caray, es bueno. Debe de funcionarte con tu ligue.

—Ex ligue —la corregí.

—¿Suzie te ha plantado? —me preguntó Margo.

—¿Cómo sabes que ha sido ella la que me ha plantado a mí?

—Ay, perdona.

—Aunque sí me plantó ella —admití.

Margo se rió. Habíamos cortado hacía meses, pero no culpé a Margo por no prestar atención al mundo de los rollos de segunda división. Lo que sucede en la sala de ensayo se queda en la sala de ensayo.

Margo había puesto los pies en el tablero y movía los dedos al ritmo de sus palabras. Siempre hablaba así, con ese perceptible ritmo, como si recitara poesía.

—Está bien, bueno, lo siento. Pero lo entiendo. El listo de mi novio lleva meses acostándose con mi mejor amiga.

La miré, pero, como tenía todo el pelo en la cara, no pude distinguir si lo decía de broma.

—¿En serio? —No dijo nada—. Pero esta misma mañana estabas riéndote con él. Te he visto.

—No sé de qué me hablas. Me he enterado antes de la primera clase, luego los encontré charlando y me he puesto a gritar como una loca, Becca se ha abrazado a Clint Bauer, y Jase se ha quedado ahí plantado como un idiota, cayéndole la baba pegajosa de su apestosa boca.

Estaba claro que había malinterpretado la escena del vestíbulo.

—Qué raro, porque Chuck Parson me ha preguntado esta mañana qué sabía de ti y de Jase.

—Sí, bueno, Chuck hace lo que le piden, supongo. Seguramente Jase le había ordenado que descubriera quién lo sabía.

—Vaya, ¿por qué iba a acostarse con Becca?

—Bueno, no es famosa por su personalidad ni por su generosidad, así que será porque está buena.

—No está tan buena como tú —le dije sin pensarlo dos veces.

—Siempre me ha parecido ridículo que la gente quiera estar con alguien sólo porque es guapo. Es como elegir los cereales del desayuno por el color, no por el sabor. Es la próxima salida, por cierto. Pero yo no soy guapa, al menos no de cerca. En general, cuanto más se me acercan, menos guapa les parezco.

—No es… —empecé a decir.

—Da igual —me contestó.

Me pareció injusto que un idiota como Jason Worthington pudiera tener sexo con Margo y con Becca, cuando individuos perfectamente agradables como yo no tienen el privilegio de tener sexo con ninguna de las dos… ni con cualquier otra, la verdad. Dicho esto, me gusta pensar que soy el tipo de persona que no se acostaría con Becca Arrington. Puede estar buena, pero también es: *1)* tremendamente sosa, y *2)* una total y absoluta zorra. Los que andamos por la sala de ensayo sospechamos desde hace tiempo que Becca mantiene su preciosa figura porque no come nada aparte de las almas de los gatitos y los sueños de los niños pobres.

—Becca da asco —dije para que Margo volviera a la conversación.

—Sí —me contestó mirando por la ventanilla.

Su pelo reflejaba la luz de las farolas. Por un segundo pensé que quizás estaba llorando, pero enseguida se recuperó, se puso la capucha y sacó la barra de seguridad de la bolsa del Walmart.

—Bueno, seguro que vamos a divertirnos —dijo desenvolviendo la barra de seguridad.

—¿Puedo preguntarte ya adónde vamos?

—A casa de Becca —me contestó.

—Oh, no —dije frenando en un *alto*.

Detuve el coche y empecé a decirle a Margo que la llevaba a su casa.

—No cometeremos ningún delito. Te lo prometo. Tenemos que encontrar el coche de Jase. La calle de Becca es la primera a la derecha, pero Jase no se habrá estacionado en su calle, porque los padres de Becca están en casa. Probemos en la siguiente. Es lo primero que tenemos que hacer.

—De acuerdo —le dije—, pero luego volvemos a casa.

—No, luego pasamos a la segunda parte de once.

—Margo, no es buena idea.

—Limítate a conducir —me contestó.

Y eso hice. Encontramos el Lexus de Jase a dos manzanas de la calle de Becca, estacionado en una calle sin salida. Margo saltó de la camioneta con la barra de seguridad en la mano antes incluso de que hubiéramos frenado del todo. Abrió la puerta del conductor del Lexus, se sentó y colocó la barra de seguridad en el volante de Jase. Luego cerró con cuidado la puerta del Lexus.

—El muy hijo de puta nunca cierra el coche —murmuró subiendo de nuevo a la camioneta. Se metió la llave de la barra en el bolsillo, extendió un brazo y me pasó la mano por el pelo—. Primera parte lista. Ahora, a casa de Becca.

Mientras conducía, Margo me explicó la segunda parte y la tercera.

—Una idea genial —le dije, aunque por dentro los nervios estaban a punto de estallarme.

Giré en la calle de Becca y me detuve a dos casas de su McMansión. Margo se arrastró hasta la parte de atrás del coche y volvió con unos prismáticos y una cámara digital. Miró por los prismáticos y luego me los pasó a mí. Vi luz en el sótano, pero no se veía movimiento. Me sorprendió sobre todo que la casa tuviera sótano, porque en buena parte de Orlando no se puede excavar muy profundo sin que aparezca agua.

Me metí la mano en el bolsillo, saqué el celular y marqué el número que Margo me dictó. Sonó una vez, dos, y luego una somnolienta voz masculina contestó:

—¿Sí?

—¿El señor Arrington? —pregunté.

Margo quiso que llamara yo porque no había ninguna posibilidad de que reconocieran mi voz.

—¿Quién es? Maldita sea, ¿qué hora es?

—Señor, creo que debería saber que su hija está ahora mismo cogiendo con Jason Worthington en el sótano.

Y colgué. Segunda parte lista.

Margo y yo abrimos las puertas del coche y avanzamos agachados hasta el seto que rodeaba el patio de Becca. Margo me pasó la cámara y observé mientras se encendía la luz de una habitación del primer piso, después la luz de la escalera y a continuación la luz de la cocina. Por último, la de la escalera del sótano.

—Ya sale —susurró Margo.

No supe a qué se refería hasta que, por el rabillo del ojo, vi a Jason Worthington asomado por la ventana del sótano sin playera. Echó a correr por el césped en calzoncillos, y mientras se acercaba, me levanté y le saqué una foto, con lo cual completé la tercera parte. Creo que el *flash* nos sorprendió a los dos. Por un fugaz momento me miró parpadeando en la oscuridad y después desapareció en la noche.

Margo tiró de la pierna de mis *jeans*. Miré hacia abajo y la vi sonriendo de oreja a oreja. Extendí la mano, la ayudé a subir y corrimos hacia el coche. Estaba metiendo la llave en el contacto cuando me dijo:

—Déjame ver la foto.

Le pasé la cámara y vimos aparecer la foto juntos, con nuestras cabezas casi pegadas. Al ver la cara pálida y sorprendida de Jason Worthington no pude evitar reírme.

—¡Vaya! —exclamó Margo señalando la foto.

Al parecer, con las prisas del momento, Jason no había podido meter el pajarito en los calzoncillos, así que ahí estaba, colgando, capturado digitalmente para la posteridad.

—Es un pene en el mismo sentido que Rhode Island es un estado —dijo Margo—: su historia puede ser ilustre, pero sin duda no es larga.

Giré la cara hacia la casa y vi que ya habían apagado la luz del sótano. Me descubrí a mí mismo sintiéndome un poco mal por Jason. No era culpa suya tener un micropene y a una novia genial y vengativa. Pero entonces recordé que, cuando íbamos en sexto, Jase prometió no darme un puñetazo en el brazo si me comía un gusano vivo, de modo que me comí un gusano vivo, y entonces me dio un puñetazo en la cara. Así que no tardé mucho en dejar de sentirme mal.

Cuando miré a Margo, estaba observando la casa por los prismáticos.

—Tenemos que entrar en el sótano —me dijo.

—¿Qué? ¿Por qué?

—Cuarta parte: llevarnos su ropa por si intenta volver a colarse en la casa. Quinta parte: dejarle el pescado a Becca.

—No.

—Sí. Ahora —me dijo—. Está arriba aguantando el regaño de sus padres. Pero, ¿cuánto tiempo durará el sermón? Bueno, ¿qué opinas? «No debes acostarte con el novio de Margo en el sótano.» Es básicamente un sermón de una frase, así que tenemos que darnos prisa.

Salió del coche con el espray de pintura en una mano y un pez gato en la otra.

—No es buena idea —susurré.

Pero me agaché, como ella, y la seguí hasta la ventana del sótano, que todavía estaba abierta.

—Entro yo primero —me dijo.

Metió los pies por la ventana y los apoyó en la mesa del ordenador de Becca. Tenía medio cuerpo dentro de la casa, y el otro medio fuera, cuando le pregunté:

—¿No puedo quedarme vigilando?

—Mueve el trasero de una vez —me contestó.

Y lo hice. Recogí rápidamente toda la ropa de Jason que vi en la alfombra lila de Becca: unos *jeans* con un cinturón de piel, unas chanclas, una gorra de beisbol con el logo de los Wildcats del Winter Park y una playera azul celeste. Me giré hacia Margo, que me tendió el pescado envuelto y un lápiz de color violeta brillante de Becca. Me dijo lo que tenía que escribir: «Mensaje de Margo Roth Spiegelman: tu amistad con ella duerme con los peces».

Margo escondió el pescado en el armario de Becca, entre pantalones cortos doblados. Oí pasos en el piso de arriba, di unos golpecitos a Margo en el hombro y la miré con los ojos muy abiertos. Se limitó a sonreír y abrió el espray de pintura tranquilamente. Salté por la ventana, me giré y vi a Margo inclinada sobre la mesa, agitando la pintura con calma. Con un movimiento elegante —de los que hacen pensar en un cuaderno de caligrafía o en el Zorro—, pintó la letra M en la pared, por encima de la mesa.

Extendió las manos hacia mí y tiré de ella. Estaba ya casi de pie cuando oímos una voz aguda gritando: «¡DWIGHT!». Cogí la ropa y salí corriendo. Margo me siguió.

Oí la puerta de la calle de la casa de Becca abriéndose, aunque no la vi, pero ni me paré ni me giré cuando una atronadora voz gritó: «¡ALTO!», ni siquiera cuando oí el inconfundible sonido de una escopeta cargándose.

Oí a Margo mascullar «escopeta» detrás de mí —no parecía alterada, se había limitado a hacer una observación—, y entonces, en lugar de avanzar pegado al seto de Becca, me tiré a él de cabeza. No sé cómo pensaba aterrizar —quizás un hábil salto mortal o algo así—, pero el caso es que acabé aterrizando sobre el hombro izquierdo en medio de la carretera. Por suerte, la ropa de Jase tocó el suelo antes que yo y amortiguó un poco el golpe.

Solté una maldición, y antes de que hubiera empezado a levantarme sentí las manos de Margo tirando de mí. En un segundo estábamos en el coche y di marcha atrás sin haber encendido las luces, que es más o menos como pasé por el casi desierto puesto de torpedero del equipo de beisbol de los Wildcats del Winter Park. Jase corría a toda velocidad, pero no parecía dirigirse a ningún sitio en concreto. Volví a sentir una punzada de remordimientos al pasar por su lado, de modo que bajé la ventanilla hasta la mitad y le lancé la playera. No creo que nos viera ni a Margo ni a mí, por suerte. No había razones para que reconociera la camioneta, dado que —y no quiero que insistir en el tema pueda sonar a que estoy amargado— no puedo utilizarlo para ir a la escuela.

—¿Por qué demonios has hecho eso? —me preguntó Margo.

Encendí las luces y, circulando ya hacia delante, me metí por el laberinto de calles en dirección a la autopista.

—Me ha dado pena.

—¿Te ha dado pena? ¿Por qué? ¿Porque lleva un mes y medio engañándome? ¿Porque seguramente me habrá pegado vete a saber qué enfermedad? ¿Porque es un imbécil y un asqueroso que seguramente será rico y feliz toda su vida, lo que demuestra que el universo es absolutamente injusto?

—Parecía desesperado —le contesté.

—Da igual. Vamos a casa de Karin. Está en la avenida Pennsylvania, cerca de la licorería ABC.

—No te enojes conmigo —le dije—. Un tipo acaba de apuntarme con una puta escopeta por ayudarte, así que no te enojes conmigo.

—¡NO ESTOY ENOJADA CONTIGO! —gritó Margo dando un puñetazo al tablero.

—Bueno, estás gritando.

—Pensé que quizá… Da igual. Pensé que quizá no me engañaba.

—¿Cómo?

—Karin me lo dijo en la escuela. Y supongo que mucha gente lo sabía desde hacía tiempo. Pero nadie me lo había dicho. Creí que Karin sólo pretendía molestar o algo así.

—Lo siento —le dije.

—Sí, sí. Me cuesta creer que me importe.

—El corazón me va a toda prisa —añadí.

—Así sabes que estás divirtiéndote —me contestó Margo.

Pero no me parecía divertido. Lo que me parecía era que iba a darme un infarto. Entré en el estacionamiento de un 7-Eleven, me llevé un dedo a la yugular y controlé mis pulsaciones en el reloj digital que parpadeaba cada segundo. Cuando me giré hacia Margo, la vi alzando los ojos al cielo.

—Mi pulso está peligrosamente acelerado —le expliqué.

—Ni siquiera recuerdo la última vez que me puse a cien por algo así. Adrenalina en la garganta y los pulmones hinchados.

—Inhalar por la nariz y exhalar por la boca —le contesté.

—Todas tus pequeñas preocupaciones. Es tan…

—¿Bonito?

—¿Así es como llaman últimamente a la inmadurez? —me preguntó sonriendo.

Margo se coló hasta el asiento trasero y volvió con un bolso. «¿Cuánta porquería ha metido ahí detrás?», pensé. Abrió el bolso y sacó un frasco de esmalte de uñas de color rojo tan oscuro que parecía negro.

—Mientras te calmas, me pintaré las uñas —dijo mirándome desde detrás del flequillo y sonriéndome—. Tómate el tiempo que necesites.

Y nos quedamos allí sentados, ella con su esmalte en el tablero, y yo tomándome el pulso con un dedo tembloroso. El color del esmalte no estaba mal, y Margo tenía los dedos bonitos, más delgados y huesudos que el resto de su cuerpo, todo él curvas y suaves protuberancias. Tenía unos dedos que daban ganas de entrelazarlos. Los recordé contra mi cadera en el Walmart y me dio la impresión de que habían pasado varios días. Mi corazón recuperó su ritmo normal e intenté decirme a mí mismo: Margo tiene razón. No hay nada que temer en esta noche tranquila, en esta pequeña ciudad.

5

—Sexta parte —dijo Margo en cuanto volvimos a arrancar. Movía las uñas en el aire como si estuviera tocando el piano—: dejar flores en el escalón de la puerta de Karin con una nota de disculpa.

—¿Qué le hiciste?

—Bueno, cuando me contó lo de Jase, de alguna manera maté al mensajero.

—¿Cómo? —le pregunté.

Nos acercábamos a un semáforo, y a nuestro lado, unos chicos en un coche deportivo aceleraron... como si me fuera a pasar por la cabeza hacer una carrera con el Chrysler. Cuando pisabas el acelerador, gemía.

—Bueno, no recuerdo exactamente lo que la llamé, pero fue algo parecido a «llorona, repugnante, idiota, espalda llena de granos, dientes torcidos, zorra culona con el pelo más horroroso de Florida... que ya es decir».

—Su pelo es ridículo —observé.

—Lo sé. Fue la única verdad que le dije. Cuando le dices a alguien barbaridades, no debes decirle ninguna verdad, porque luego no puedes retirarla del todo y ser sincera, ¿sabes? Es decir, están los reflejos. Están también las mechas. Y luego están las rayas de mofeta.

Mientras nos dirigíamos a la casa de Karin, Margo desapareció en la parte de atrás y volvió con el ramo de tulipanes. Pegada al tallo de uno de ellos había una nota que Margo había doblado para que pareciera un sobre. Me detuve, me tendió el ramo, corrí por la acera, dejé las flores en el escalón de la entrada de Karin y volví corriendo.

—Séptima parte —me dijo en cuanto entré en el coche—: dejar un pescado al agradable señor Worthington.

—Me temo que todavía no habrá llegado a su casa —le dije con sólo un ligerísimo toque de pena en la voz.

—Espero que la poli lo encuentre descalzo, desesperado y desnudo en alguna zanja dentro de una semana —me contestó Margo sin inmutarse.

—Recuérdame que nunca haga enfadar a Margo Roth Spiegelman —murmuré.

Y Margo se rió.

—Ahora en serio —me dijo—. Estamos desatando la tormenta sobre nuestros enemigos.

—Tus enemigos —la corregí.

—Ya veremos —me contestó al instante, y entonces reaccionó y me dijo—: Oye, yo me ocupo de esta parte. El problema en casa de Jason es que tienen un sistema de seguridad buenísimo. Y no podemos sufrir otro ataque de pánico.

—Hum —dije.

Jason vivía justo al final de la calle de Karin, en una urbanización híper rica llamada Casavilla. Todas las casas de Casavilla
son de estilo español, con tejas rojas y todo eso, sólo que no las
construyeron los españoles. Las construyó el padre de Jason,
uno de los promotores inmobiliarios más ricos de Florida.

—Casas grandes y feas para gente grande y fea —le dije a
Margo mientras me detenía en Casavilla.

—Tú lo has dicho. Si alguna vez acabo siendo una de esas
personas que tienen un hijo y siete dormitorios, haz el favor de
pegarme un tiro.

Nos estacionamos delante de la casa de Jase, una mons-
truosidad arquitectónica que parecía una inmensa hacienda
española, excepto por tres columnas dóricas que se alzaban
hasta el tejado. Margo tomó el segundo pez gato del asiento
trasero, le quitó la tapa a un bolígrafo con los dientes y garaba-
teó con una letra diferente de la suya: «El amor que MS sentía
Por ti Duerme Con los Peces».

—Oye, deja el coche encendido —me dijo poniéndose la
gorra de beisbol de Jase al revés.

—De acuerdo —le contesté.

—Preparado para largarnos —añadió.

—De acuerdo.

Y sentí que se me aceleraba el pulso. «Inhalar por la nariz,
exhalar por la boca. Inhalar por la nariz, exhalar por la boca.»
Con el pescado y el espray en las manos, Margo abrió la puerta, corrió por el amplio césped de los Worthington y se escondió detrás de un roble. Me hizo un gesto con la mano en la
oscuridad, se lo devolví y entonces respiró dramática y profundamente, sus mejillas se inflaron, se giró y echó a correr.

Había dado una sola zancada cuando la casa se iluminó como un árbol de Navidad municipal y empezó a sonar una sirena. Por un momento me planteé abandonar a Margo a su suerte, pero seguí inhalando por la nariz y exhalando por la boca mientras ella corría hacia la casa. Lanzó el pescado por la ventana, pero las sirenas hacían tanto ruido que apenas pude oír el cristal rompiéndose. Y entonces, como hablamos de Margo Roth Spiegelman, se tomó un momento para pintar con cuidado una bonita M en la parte de la ventana que no se había roto. Luego corrió hacia el coche, yo tenía un pie en el acelerador y otro en el freno, y en aquellos momentos el Chrysler parecía un purasangre de carreras. Margo corrió tan de prisa que la gorra salió volando, saltó al coche y salimos zumbando antes de que hubiera cerrado la puerta.

Me detuve en el *alto* del final de la calle.

—¿Qué tontería haces? Sigue sigue sigue sigue sigue —me dijo Margo.

—Bueno, está bien —le contesté, porque había olvidado que estaba lanzando al viento la prudencia.

Pasé de largo los otros tres *altos* de Casavilla y estábamos a un par de kilómetros de la avenida Pennsylvania cuando vimos que nos adelantaba un coche de policía con las luces encendidas.

—Ha sido muy *heavy* —dijo Margo—. Vaya, hasta para mí. Por decirlo a tu manera, se me ha acelerado un poco el pulso.

—Maldición —exclamé yo—. ¿No podrías habérselo dejado en el coche? ¿O al menos en el escalón?

—Desatamos la puta tormenta, Q, no chubascos dispersos.

—Dime que la octava parte no es tan espantosa.

—No te preocupes. La octava parte es un juego de niños. Volvemos a Jefferson Park. A casa de Lacey. Sabes dónde vive, ¿verdad?

Lo sabía, aunque Dios sabe que Lacey Pemberton nunca se rebajaría a invitarme a entrar. Vivía al otro lado de Jefferson Park, a un par de kilómetros de mi casa, en un bonito edificio de departamentos, encima de una papelería, en la misma manzana en la que había vivido el tipo muerto, por cierto. Había estado en aquel edificio porque unos amigos de mis padres vivían en el tercer piso. Antes de llegar al edificio había dos puertas cerradas con llave. Suponía que ni siquiera Margo Roth Spiegelman podría abrirse camino.

—¿Lacey ha sido mala o buena? —le pregunté.

—Lacey ha sido mala, sin la menor duda —me contestó Margo. Volvía a mirar por la ventana, sin dirigirse a mí, de modo que apenas la oía—. Bueno, hemos sido amigas desde la guardería.

—¿Y?

—Y no me contó lo de Jase. Pero no es sólo eso. Pensándolo bien, es una pésima amiga. Por ejemplo, ¿crees que estoy gorda?

—Madre mía, no —le contesté—. No estás… —Y me detuve antes de decir «delgada, pero eso es lo mejor de ti. Lo mejor de ti es que no pareces un chico»—. No te sobra ni un kilo.

Se rió, me hizo un gesto con la mano y me dijo:

—Lo que pasa es que te encanta mi trasero gordo.

Desvié un segundo los ojos de la carretera, y no debería haberlo hecho, porque me vio la cara, y mi cara decía: «Bueno, en primer lugar, yo no diría que es gordo exactamente, y en segundo lugar, es espectacular». Pero era más que eso. No puedes separar a la Margo persona de la Margo cuerpo. No puedes ver lo uno sin lo otro. Mirabas a Margo a los ojos y veías tanto su color azul como su *marguidad*. Al final, no sabías si Margo Roth Spiegelman estaba gorda o estaba delgada, como no sabes si la torre Eiffel se siente o no se siente sola. La belleza de Margo era una especie de recipiente de perfección cerrado, intacto e irrompible.

—Pues siempre hace este tipo de comentarios —siguió diciendo Margo—. «Te prestaría estos pantalones cortos, pero no creo que te queden bien», o «Eres muy valiente. Me encanta cómo consigues que los chicos se enamoren de tu personalidad». Todo el tiempo menospreciándome. Creo que nunca ha dicho nada que en realidad no fuera un intento de menosprecieación.

—Menosprecio.

—Gracias, señor plasta gramatical.

—Gramático —le dije.

—¡Te mataré! —exclamó sonriendo.

Di un rodeo por Jefferson Park para evitar pasar por nuestras casas, por si acaso nuestros padres se habían despertado y habían descubierto que no estábamos. Bordeamos el lago (el lago Jefferson), giramos a Jefferson Court y nos dirigimos hacia el pequeño y artificial centro de Jefferson Park, que parecía siniestramente desierto y tranquilo. Encontramos el todoterreno negro de Lacey estacionado frente al restaurante de sushi. Nos estacionamos a una manzana de distancia, en el primer sitio que encontramos que no estaba debajo de un farol.

—¿Me pasas el último pescado, por favor? —me preguntó Margo.

Me alegraba que nos quitáramos de encima el pescado, porque ya empezaba a oler. Y entonces Margo escribió con su letra en el papel que lo envolvía: «Tu Amistad con ms Duerme con Los peces».

Serpenteamos entre los haces de luz circulares de los faroles, paseando lo más disimuladamente que pueden pasear dos personas cuando una de ellas (Margo) lleva un pescado de considerable tamaño envuelto en papel, y la otra (yo) lleva un espray de pintura azul. Un perro ladró, y los dos nos quedamos inmóviles, pero enseguida se calló y no tardamos en llegar al coche de Lacey.

—Bueno, esto complica las cosas —dijo Margo al ver que estaba cerrado.

Se metió una mano en el bolsillo y sacó un trozo de alambre que alguna vez había sido un gancho. Tardó menos de un minuto en desbloquear la cerradura. Me quedé sorprendido, por supuesto.

En cuanto hubo abierto la puerta del conductor, extendió el brazo y abrió la de mi lado.

—Hey, ayúdame a levantar el asiento —me susurró.

Levantamos el asiento entre los dos. Margo metió el pescado debajo, contó hasta tres y en un solo movimiento volvimos a colocar el asiento en su sitio. Oí el asqueroso sonido de las tripas del pez gato reventando. Imaginé cómo olería el todoterreno de Lacey después de un día asándose al sol y admito que me invadió una especie de serenidad.

—Haz una M en el techo —me pidió Margo.

No me lo pensé ni un segundo. Asentí, me subí en la defensa trasera, me incliné hacia adelante y rápidamente pinté con el espray una M gigante en el techo. Normalmente estoy en contra del vandalismo, pero también normalmente estoy en contra de Lacey Pemberton, y al final esta última resultó ser mi convicción más arraigada. Salté del coche y corrí en la oscuridad —mi respiración era cada vez más acelerada y más breve— hacia la camioneta. Al poner la mano en el volante, vi que tenía el dedo índice azul. Lo levanté para que Margo lo viera. Sonrió, levantó su dedo azul, y ambos se tocaron, su dedo azul empujaba suavemente el mío, y mi pulso no conseguía desacelerarse.

—Novena parte —dijo un buen rato después—: al centro.

Eran las 2:49 de la madrugada. Nunca en toda mi vida había estado menos cansado.

6

Los turistas nunca van al centro de Orlando, porque no tiene nada, aparte de varios rascacielos de bancos y compañías de seguros. Es uno de esos centros que se quedan absolutamente desiertos por la noche y los fines de semana, excepto por un par de clubes nocturnos medio vacíos para los desesperados y los desesperadamente aburridos. Mientras seguía las indicaciones de Margo por el laberinto de calles de un solo sentido, vimos a varias personas durmiendo en las aceras o sentadas en bancos, pero nadie se movía. Margo bajó la ventanilla y sentí en la cara una densa ráfaga de aire, más cálido de lo habitual por las noches. Miré a Margo y vi mechones de pelo volando alrededor de su cara. Aunque estaba viéndola, me sentí totalmente solo en medio de aquellos edificios altos y vacíos, como si hubiera sobrevivido al apocalipsis, y el mundo, todo aquel mundo sorprendente e infinito, se abriera ante mí para que lo explorara.

—¿Estás llevándome de gira turística? —le pregunté.

—No —me contestó—. Intento llegar al SunTrust Building. Está justo al lado del Espárrago.

—Ah —dije, porque por primera vez aquella noche disponía de información útil—. Está al sur.

Dejé atrás varias manzanas y giré. Margo señaló muy contenta, y sí, ante nosotros estaba el Espárrago.

Técnicamente, el Espárrago no es un espárrago ni un derivado del espárrago. Es una escultura rara de diez metros que parece un espárrago, aunque también he oído compararla con:

1. Un tallo de judías de vidrio verde.
2. Una representación abstracta de un árbol.
3. Un monumento a Washington, pero verde, de vidrio y feo.
4. El alegre y gigantesco falo verde del gigante de la marca Gigante Verde.

En cualquier caso, de lo que no cabe la menor duda es de que no parece una Torre de Luz, que es como realmente se llama la escultura. Me detuve delante de un parquímetro y miré a Margo. La descubrí mirando fijamente al frente con ojos inexpresivos, pero no miraba el Espárrago, sino más allá. Por primera vez pensé que quizás algo iba mal, no del tipo «mi novio es un idiota», sino algo malo de verdad. Y debería haber dicho algo. Por supuesto. Debería haber dicho un millón de cosas. Pero me limité a decir:

—¿Puedo preguntarte por qué me has traído al Espárrago?

Se giró hacia mí y me lanzó una sonrisa. Margo era tan guapa que incluso sus falsas sonrisas resultaban convincentes.

—Vamos a valorar nuestros avances. Y el mejor sitio para hacerlo es en lo alto del SunTrust Building.

Miré al cielo.

—No. No. Imposible. Has dicho que no habría allanamientos de morada.

—No es un allanamiento de morada. Basta con entrar, porque hay una puerta que no está cerrada con llave.

—Margo, es ridículo. Te asegu…

—Estoy dispuesta a admitir que esta noche ha habido allanamiento de morada. Hemos allanado la morada de Becca y la de Jase. Pero en este caso la policía no podrá acusarnos de allanamiento de morada, puesto que no vamos a entrar en una morada.

—Seguro que el SunTrust Building tiene guardia de seguridad o lo que sea —le dije.

—Sí, tiene guardia de seguridad —me contestó desabrochándose el cinturón de seguridad—. Por supuesto. Se llama Gus.

Cruzamos la puerta principal. Al otro lado de un mostrador semicircular estaba sentado un chico con una incipiente barba y vestido con uniforme de vigilante de seguridad.

—¿Qué tal, Margo? —le preguntó.

—Hola, Gus —le contestó Margo.

—¿Quién es este escuincle?

«¡SOMOS DE LA MISMA EDAD!», quise gritar, pero dejé que Margo hablara por mí.

—Es mi amigo Q. Q, éste es Gus.

—¿Qué cuentas, Q? —me preguntó Gus.

«Pues nada, estamos repartiendo unos cuantos peces muertos por la ciudad, rompiendo algunas ventanas, tomando fotos a tipos desnudos, dando una vuelta por rascacielos privados a las tres y cuarto de la madrugada… esas cosas.»

—No demasiado —le contesté.

—Los ascensores no funcionan por la noche —dijo Gus—. Tengo que apagarlos a las tres. Pero pueden subir por la escalera.

—Genial. Hasta luego, Gus.

—Hasta luego, Margo.

—¿Cómo demonios conoces al vigilante de seguridad del Sun-Trust Building? —le pregunté en cuanto estábamos a salvo en la escalera.

—Estaba en el último curso de la escuela cuando nosotros íbamos a primero —me contestó—. Tenemos que darnos prisa, ¿ok? Se nos acaba el tiempo.

Margo empezó a subir los escalones de dos en dos, a toda velocidad y con una mano en el barandal, y yo intenté seguirle el paso, pero no podía. Margo no hacía deporte, pero le gustaba correr. De vez en cuando la veía en Jefferson Park corriendo sola con los audífonos puestos. Pero a mí no me gustaba correr. Es más, no me gustaba hacer el más mínimo esfuerzo físico. Pero intenté mantener el paso firme, secarme el sudor de la frente e ignorar que me ardían las piernas. Cuando llegué a la planta veinticinco, Margo estaba esperándome en el descanso.

—Echa un vistazo —me dijo.

Abrió la puerta de la escalera y entramos a una sala gigante con una mesa de roble del tamaño de dos coches y una enorme pared de ventanales desde el suelo hasta el techo.

—La sala de conferencias —me explicó—. Tiene las mejores vistas de todo el edificio —la seguí mientras recorría la sala—. Bien, pues ahí está Jefferson Park —dijo señalando—. ¿Ves nuestras casas? Las luces siguen apagadas, así que perfecto —avanzó un par de ventanas—. La casa de Jase. Las luces apagadas y sin coches de policía. Excelente, aunque eso podría significar que ya ha llegado a casa. Mala suerte.

La casa de Becca estaba demasiado lejos, incluso desde aquella altura.

Se quedó un momento callada y luego se dirigió al ventanal y apoyó la frente contra el cristal. Yo me quedé atrás, pero me agarró de la playera y me jaló. No quería que el cristal tuviera que aguantar el peso de los dos, pero siguió jalándome, sentía su puño en el costado, así que al final yo también apoyé la cabeza contra el cristal lo más suavemente posible y eché un vistazo.

Desde arriba, Orlando parecía bastante iluminada. Veía los semáforos parpadeantes en los cruces, y los faroles alineados por toda la ciudad como una cuadrícula perfecta hasta que el centro terminaba y empezaban las serpenteantes calles y los callejones de la infinita periferia de Orlando.

—Qué bonito —dije.

—¿De verdad? —se burló Margo—. ¿Lo dices en serio?

—Bueno, no sé, quizá no —le contesté, aunque me parecía bonito.

Cuando vi Orlando desde un avión, me pareció una pieza de Lego hundida en un mar verde. Aquí, por la noche, parecía una ciudad real, pero una ciudad real que veía por primera vez. Recorrí la sala de conferencias, y después los demás despachos de la planta, observándolo todo. Allí estaba la escuela. Allí, Jefferson Park. Allí, en la distancia, Disney World. Allí, el parque acuático Wet'n Wild. Allí, el 7-Eleven en el que Margo se había pintado las uñas y yo hacía esfuerzos por respirar. Allí estaba todo mi mundo, y podía verlo con sólo andar por un edificio.

—Es más impresionante —dije en voz alta—. Desde la distancia, quiero decir. No se ve el desgaste de las cosas, ¿sabes? No se ve el óxido, las malas hierbas y la pintura cayéndose. Ves los sitios como alguien los imaginó alguna vez.

—Todo es más feo de cerca —explicó Margo.

—Tú no —le contesté sin pensarlo dos veces.

Se giró, sin despegar la frente del cristal, y me sonrió.

—Te doy tu recompensa: eres mono cuando confías en ti mismo. Y menos mono cuando no.

Antes de que hubiera tenido tiempo de decir algo, volvió los ojos a la ciudad y siguió hablando.

—Te cuento lo que no me gusta: desde aquí no se ve el óxido, la pintura cayéndose y todo eso, pero ves lo que es realmente. Ves lo falso que es todo. Ni siquiera es duro como el plástico. Es una ciudad de papel. Mírala, Q, mira todos esos callejones, esas calles que giran sobre sí mismas, todas las casas que construyeron para que acaben desmoronándose. Toda esa gente de papel que vive en sus casas de papel y queman el futuro para calentarse. Todos los chicos de papel bebiendo cerveza que algún imbécil les ha comprado en la tienda de papel. Todo el mundo enloquecido por la manía de poseer cosas. Todas las cosas débiles y frágiles como el papel. Y todas las personas también. He vivido aquí dieciocho años, y ni una sola vez en la vida me he encontrado con alguien que se preocupe de lo que de verdad importa.

—Intentaré no tomármelo como algo personal —le dije.

Nos quedamos los dos observando la oscura distancia, las calles sin salida y los terrenos de mil metros cuadrados. Pero Margo tenía el hombro pegado a mi brazo, los dorsos de nuestras manos se tocaban y, aunque no estaba mirándola, pegarme al cristal era casi como pegarme a ella.

—Lo siento —se disculpó—. Quizá las cosas habrían sido distintas para mí si hubiera salido contigo en lugar de... uf. Maldición. Me odio a mí misma porque me importen mis supuestos amigos. Mira, para que lo sepas, no es que me afecte tanto lo de Jason. O Becca. O incluso Lacey, aunque de verdad me caía bien. Pero fue el último hilo. Era un hilo débil, por supuesto, pero era el único que me quedaba, y toda chica de papel necesita al menos un hilo, ¿no?

Y lo que le contesté fue lo siguiente:

—Puedes sentarte a comer con nosotros mañana.

—Muy amable —me dijo en un tono cada vez más apagado.

Se giró hacia mí y asintió suavemente. Sonreí. Sonrió. Me creí su sonrisa. Nos dirigimos a la escalera y bajamos corriendo. Al final de cada tramo, saltaba desde el último escalón y chocaba los talones para hacerla reír, y Margo se reía. Pensaba que estaba animándola. Pensaba que quizá si conseguía confiar en mí mismo, podría haber algo entre nosotros.

Me equivocaba.

7

Sentados en el coche, con las llaves en el contacto, aunque sin haber encendido el motor, Margo me preguntó:

—Por cierto, ¿a qué hora se levantan tus padres?

—No sé, hacia las seis y cuarto, quizás —eran las 3:51—. Bueno, entonces nos quedan dos horas y hemos acabado nueve partes.

—Lo sé, pero he dejado las más difíciles para el final. En fin, las terminaremos todas. Décima parte: te toca elegir a una víctima.

—¿Qué?

—Ya tengo decidido el castigo. Ahora te toca a ti elegir encima de quién va a caer nuestra terrible ira.

—Sobre quién va a caer nuestra terrible ira —la corregí, y movió la cabeza con cara de fastidio—. Y la verdad es que no hay nadie sobre quien quiera dejar caer mi ira.

Y era cierto. Siempre había creído que había que ser importante para tener enemigos. Por ejemplo: históricamente, Alemania ha tenido más enemigos que Luxemburgo. Margo

Roth Spiegelman era Alemania. Y Gran Bretaña. Y Estados Unidos. Y la Rusia de los zares. Yo soy Luxemburgo. Me siento por ahí, vigilo las ovejas y canto canciones tirolesas.

—¿Qué me dices de Chuck? —me preguntó.

—Hum —le contesté.

Chuck Parson había sido una pesadilla durante años, antes de que le pusieran las riendas. Además del desastre de la cinta transportadora de la cafetería, una vez me arrastró fuera de la escuela, mientras esperaba el autobús, me retorció el brazo y se dedicó a repetir: «Di que eres maricón». Era su insulto para todo, porque, como tenía un vocabulario de doce palabras, no cabía esperar una amplia variedad de insultos. Y aunque era ridículamente infantil, al final tuve que decir que era maricón, y me fastidió, porque: *1)* creo que nadie debería emplear esta palabra, mucho menos yo; *2)* resulta que no soy gay, y además, *3)* que Chuck Parson consiguiera que te llamaras a ti mismo maricón era la máxima humillación, pese a que ser gay no tiene nada de vergonzoso, cosa que intentaba explicarle mientras me retorcía el brazo y me lo levantaba cada vez más hacia el omóplato, pero él no dejaba de decir: «Si estás tan orgulloso de ser maricón, ¿por qué no reconoces que eres maricón, maricón?».

Es evidente que Chuck Parson no era Aristóteles cuando de lógica se trataba. Pero medía un metro noventa y pesaba ciento veinte kilos, que no es poco.

—Chuck estaría justificado —admití.

Arranqué el coche y me dirigí a la autopista. No sabía adónde íbamos, pero tenía clarísimo que no íbamos a quedarnos en el centro.

—¿Recuerdas lo de la Escuela de Baile Crown? —me preguntó Margo—. Estaba pensándolo esta noche.

—Uf, sí.

—Lo siento, por cierto. No sé por qué se lo consentí.

—Bueno, no pasa nada —le dije, pero recordar la dichosa Escuela de Baile Crown me puso de malas, así que añadí—: Sí. Chuck Parson. ¿Sabes dónde vive?

—Sabía que podría sacar tu lado vengativo. Está en College Park. Sal en Princeton.

Giré hacia la entrada de la autopista y pisé el acelerador.

—¡No corras tanto! —exclamó Margo—. No vayas a romper el Chrysler.

En sexto, a un grupo de niños, incluidos Margo, Chuck y yo, nuestros padres nos obligaron a tomar clases de baile en la Escuela de Humillación, Degradación y Baile Crown. Los chicos tenían que colocarse a un lado, las chicas al otro, y cuando la profesora nos lo decía, los chicos se acercaban a las chicas y les decían: «¿Me concedes este baile?», y las chicas les respondían: «Te lo concedo». Así funcionaba. Las chicas no podían decir que no. Pero un día, bailando *foxtrot*, Chuck Parson convenció a todas y cada una de las chicas de que me dijeran que no. A nadie más. Sólo a mí. Me acerqué a Mary Beth Shortz y le dije: «¿Me concedes este baile?», y me contestó que no. Entonces se lo pedí a otra chica, y a otra, y a Margo, que también me dijo que no, y luego a otra, y al final me puse a llorar.

Lo único peor a que te rechacen en la escuela de baile es llorar porque te rechazan en la escuela de baile, y lo único peor que eso es ir con la profesora de baile y decirle llorando: «Las chicas me han dicho que no, y se supone que no deberían». Así que, cómo no, fui llorando con la profesora, y me pasé casi todos los años siguientes intentando superar aquel vergonzoso episodio. En fin, resumiendo, Chuck Parson me impidió bailar *foxtrot*, lo que no parece un castigo tan horrible para alguien de sexto. Y la verdad es que ya no estaba molesto por aquello, ni por nada de lo que me había hecho durante años. Pero estaba claro que tampoco iba a lamentar que sufriera.

—Espera. No se enterará de que he sido yo, ¿verdad?

—No. ¿Por qué?

—No quiero que piense que me importa tanto como para hacerle algo.

Apoyé una mano en la guantera situada entre los asientos y Margo me dio unas palmaditas.

—No te preocupes —me dijo—. Nunca sabrá qué lo ha depilado.

—Creo que te has inventado una palabra, porque no sé lo que significa.

—Sé una palabra que tú no sabes —canturreó Margo—. ¡SOY LA NUEVA REINA DE LAS PALABRAS! ¡TE HE SUPLANTADO!

—Deletrea «Suplantado» —le dije.

—No —me contestó riendo—. No voy a renunciar a mi corona por un «Suplantado». Tendrás que pensar en algo mejor.

—Perfecto —le dije sonriendo.

Atravesamos College Park, un barrio considerado del distrito histórico de Orlando porque la mayoría de las casas fueron construidas hace más de treinta años. Margo no recordaba la dirección exacta de Chuck, ni cómo era su casa, ni siquiera en qué calle estaba exactamente («Noventa y cinco por ciento de posibilidades de que esté en Vassar»). Al final, cuando el Chrysler había patrullado por tres manzanas de la calle Vassar, Margo señaló a la izquierda y dijo:

—Aquélla.

—¿Estás segura? —le pregunté.

—Noventa y siete coma dos por ciento de posibilidades. Vaya, estoy casi segura de que su habitación es aquélla —me dijo señalando—. Una vez hizo una fiesta, y cuando vino la policía, me escabullí por aquella ventana. Estoy casi segura de que es la misma.

—Podemos meternos en problemas.

—Si la ventana está abierta, no haremos destrozos. Sólo entraremos. Ya hemos entrado en el SunTrust y no ha sido para tanto, ¿verdad?

Me reí.

—Estás convirtiéndome en un cabrón.

—De eso se trata. Anda, las herramientas. Trae la Veet, el espray de pintura y la vaselina.

—De acuerdo.

Los tomé.

—Ahora no te me pongas histérico, Q. La buena noticia es que Chuck duerme como un oso hibernando… Lo sé porque el año pasado fui a clase de literatura con él y ni siquiera se despertaba cuando la señorita Johnston le daba un golpe con

Jane Eyre. Así que subiremos hasta la ventana de su habitación, la abriremos, nos quitaremos los zapatos, entraremos sin hacer ruido y yo me encargaré de molestar a Chuck. Luego los dos nos dispersaremos por la casa y cubriremos todos los picaportes de las puertas con vaselina para que si alguien se levanta, le cueste un huevo salir de la casa a tiempo para encontrarnos. Luego molestaremos un poco más a Chuck, pintaremos un poco la casa y saldremos. Y ni una palabra.

Me llevé la mano a la yugular, pero sonreí.

Nos alejábamos del coche juntos cuando Margo me tomó de la mano, entrelazó sus dedos con los míos y los apretó. Le devolví el apretón y la miré. Movió la cabeza solemnemente, volví a apretar y me soltó la mano. Corrimos hasta la ventana. Empujé hacia arriba despacio el marco de madera. Chirrió un poco, pero se abrió a la primera. Eché un vistazo. Aunque estaba oscuro, vi a alguien en una cama.

Como la ventana estaba un poco alta para Margo, junté las manos, puso un pie encima y la impulsé. Su silenciosa entrada en la casa habría sido la envidia de un ninja. Me dispuse a subir, metí la cabeza y los hombros por la ventana, y pretendía, mediante una complicada contorsión, meterme en la casa en plan oruga. Podría haber funcionado perfectamente de no haberme aplastado los huevos contra la repisa, y me dolió tanto que solté un quejido, lo cual suponía un error nada desdeñable.

Se encendió la luz de la mesita. Y resultó que el que estaba en la cama era un viejo, sin duda no era Chuck Parson. Abrió los ojos enormes, aterrorizado. No dijo una palabra.

—Hum —murmuró Margo.

Pensé en escaparme corriendo al coche, pero me quedé por Margo, con la mitad del cuerpo dentro de la casa, paralelo al suelo.

—Hum, creo que nos hemos equivocado de casa —dijo Margo.

Se giró, me miró con insistencia y sólo entonces me di cuenta de que estaba bloqueándole la salida. Así que salté de la ventana, tomé mis zapatos y eché a correr.

Nos dirigimos al otro extremo de College Park para reorganizarnos.

—Creo que esta vez la culpa es de los dos —dijo Margo.

—Vaya, la que se ha equivocado de casa has sido tú —le contesté.

—Sí, pero el que ha hecho ruido has sido tú.

Nos quedamos callados un minuto. Yo conducía haciendo círculos.

—Seguramente podemos conseguir su dirección en internet —dije por fin—. Radar está registrado en la página del colegio.

—Genial —añadió Margo.

Así que llamé a Radar, pero saltó directamente al buzón de voz. Me planteé llamar a su casa, pero sus padres eran amigos de los míos, de modo que no funcionaría. Al final se me ocurrió llamar a Ben. No era Radar, pero se sabía todas sus contraseñas. Lo llamé. Saltó el buzón de voz después de haber sonado varias veces. Volví a llamar. Buzón de voz. Llamé otra vez. Buzón de voz.

—Está claro que no contesta —observó Margo.

—Bueno, contestará —le dije volviendo a marcar.

Y después de un par de llamadas más, contestó.

—Más te vale haberme llamado para decirme que tienes a once mujeres desnudas en tu casa pidiendo la sensibilidad especial que sólo el gran papá Ben puede ofrecerles.

—Necesito que entres en la página del colegio con la contraseña de Ben y me busques una dirección. Chuck Parson.

—No.

—Por favor —le dije.

—No.

—Te alegrarás de haberlo hecho, Ben. Te lo prometo.

—Sí, sí. Ya está. Estaba entrando mientras te decía que no… No puedo evitar ayudarte. Amherst, 422. Oye, ¿para qué necesitas la dirección de Chuck Parson a las cuatro y doce de la mañana?

—Vuelve a dormir, Benners.

—Mejor pienso que ha sido un sueño —me contestó Ben.

Y colgó.

Amherst estaba a sólo un par de manzanas. Nos estacionamos frente al 418, tomamos las herramientas y corrimos por el césped de Chuck. El rocío que cubría la hierba me mojaba las pantorrillas.

Subí sin hacer ruido a su ventana, que por suerte era más baja que la del viejo con el que nos habíamos topado por casualidad, y tiré de Margo para que entrara. Chuck Parson estaba dormido boca arriba. Margo se acercó a él de puntitas, y yo me quedé detrás, con el corazón latiéndome a toda velocidad. Si se despertaba, nos mataría a los dos. Margo sacó el bote de Veet, presionó, se puso en la palma de la mano una bola que parecía crema de afeitar, y muy suavemente y con cuidado la extendió por la ceja derecha de Chuck, que ni siquiera parpadeó.

Luego Margo abrió la vaselina. La tapa hizo un *blop* que pareció ensordecedor, pero Chuck tampoco dio indicios de despertarse. Me puso una bola enorme en la mano y fuimos cada uno hacia un lado de la casa. Yo me dirigí primero al recibidor y unté vaselina en el picaporte de la puerta de la calle, y luego a la puerta abierta de un dormitorio, donde apliqué vaselina en el picaporte interior y después, muy despacio, cerré la puerta, que apenas chirrió.

Por último volví a la habitación de Chuck —Margo ya estaba allí—, y juntos cerramos la puerta y untamos con vaselina el picaporte. Embadurnamos toda la ventana de la habitación con el resto de la vaselina con la esperanza de que, después de salir y cerrarla, resultara difícil abrirla.

Margo echó un vistazo a su reloj y levantó dos dedos. Esperamos. Y durante dos minutos nos quedamos mirándonos. Yo observé el azul de sus ojos. Fue bonito. A oscuras y en silencio, sin la posibilidad de que yo dijera algo y metiera la pata, y ella me devolvía la mirada, como si hubiera algo en mí que merecía la pena ver.

Margo asintió y me acerqué a Chuck. Me envolví la mano con la playera, como me había dicho, me incliné hacia delante y —lo más suavemente que pude— apoyé un dedo en la ceja derecha de Chuck Parson y retiré rápidamente la crema depiladora, que arrastró consigo hasta el último pelo. Estaba todavía al lado de Chuck, con su ceja derecha en mi playera, cuando abrió los ojos. Margo tomó el edredón como una flecha, se lo tiró a la cara, y cuando levanté la mirada, la pequeña ninja ya había saltado por la ventana. La seguí lo más deprisa que pude mientras Chuck gritaba: ¡MAMÁ! ¡PAPÁ! ¡LADRONES! ¡LADRONES!

Quise decirle: «Lo único que te hemos robado es la ceja», pero cerré el pico y salté por la ventana. Casi aterricé encima de Margo, que estaba pintando una M en el revestimiento de plástico de la casa de Chuck. Luego tomamos los zapatos y volvimos al coche corriendo. Me giré a mirar la casa y vi que las luces estaban encendidas, pero todavía no había salido nadie, lo que demostraba con brillante simplicidad lo bien que había untado el picaporte con vaselina. Cuando el señor Parson (o quizá la señora, la verdad es que no lo vi) corrió las cortinas del comedor y echó un vistazo, nos alejábamos ya marcha atrás hacia la calle Princeton y la autopista.

—¡Sí! —grité—. Maldición, ha sido genial.

—¿Lo has visto? ¿Le has visto la cara sin ceja? Se le ha puesto cara de interrogante. En plan: «¿En serio? ¿Estás diciéndome que sólo tengo una ceja? Tonterías». Y me ha encantado tener que decidirme entre depilarle la ceja izquierda o la derecha. Sí, me ha encantado. Y cómo gritaba llamando a su mamá, el llorón de porquería.

—Espera, ¿tú por qué lo odias?

—No he dicho que lo odie. He dicho que es un llorón de porquería.

—Pero siempre has sido su amiga —le dije.

O al menos yo pensaba que era su amiga.

—Sí, bueno, era amiga de mucha gente —me contestó.

Margo se estiró en el coche, apoyó la cabeza en mi hombro huesudo y su pelo me resbaló por el cuello.

—Estoy cansada —añadió.

—Cafeína —le dije yo.

Alargó la mano hasta la parte de atrás y tomó dos latas de Mountain Dew. Me bebí el mío en dos largos tragos.

—Bueno, vamos al SeaWorld —me dijo—. Decimoprimera parte.

—¿Cómo? ¿Vamos a liberar a Willy o algo así?

—No —me contestó—. Simplemente vamos al SeaWorld, eso es todo. Es el único parque temático que todavía no he allanado.

—No podemos allanar el SeaWorld —le dije.

Me metí en el estacionamiento vacío de una tienda de muebles y apagué el coche.

—Ha llegado la hora de la verdad —me dijo inclinándose para volver a encender el coche.

Le aparté las manos.

—No podemos allanar el SeaWorld —repetí.

—Ya estamos otra vez con el allanamiento.

Se calló un momento y abrió otra lata de Mountain Dew. La lata proyectó la luz sobre su cara, y por un segundo la vi sonriendo por lo que estaba a punto de decir.

—No vamos a allanar nada. No lo consideres un allanamiento. Considéralo una visita gratis al SeaWorld en plena noche.

—Mira, para empezar, nos atraparán —le dije.

No había encendido el coche. Estaba haciendo recuento de las razones por las que no iba a encenderlo y preguntándome si Margo me veía en la oscuridad.

—Pues claro que nos atraparán. ¿Y qué?

—Es ilegal.

—Q, ¿qué problema puede causarte SeaWorld en términos comparativos? Quiero decir que, maldición, después de todo lo que he hecho por ti esta noche, ¿no puedes hacer una sola cosa por mí? ¿No puedes callarte, calmarte y dejar de acobardarte tanto por cada aventurita? —y en voz baja añadió—: Maldición, échale un par de huevos.

Entonces me volví loco. Pasé por debajo del cinturón de seguridad para poder acercarme a ella.

—¿Después de todo lo que has hecho por mí? —casi grité. ¿No quería que confiara en mí mismo? Pues ahí lo tenía—. ¿Llamaste tú al padre de mi amiga, que estaba acostándose con mi novio, para que nadie se enterara de que quien llamaba era yo? ¿Has sido mi chofer no porque seas importante para mí, sino porque necesitaba un coche y te tenía a mano? ¿Es ésa la mierda que has hecho por mí esta noche?

No me miraba. Miraba al frente, hacia el revestimiento de plástico de la tienda de muebles.

—¿Crees que te necesitaba? ¿No crees que podría haber dado a Myrna Mountweazel un sedante para que se durmiera y robar la caja de debajo de la cama de mis padres? ¿O colarme en tu habitación mientras dormías y tomar las llaves del coche? No te necesitaba, idiota. Te he elegido. Y luego tú me has elegido a mí —me miró—. Y esto es como una promesa. Al menos por esta noche. En la salud y en la enfermedad. En lo bueno y en lo malo. En la riqueza y en la pobreza. Hasta que el amanecer nos separe.

Encendí el coche y salí del estacionamiento, pero, dejando de lado su rollo sobre el trabajo en equipo, sentía que estaba presionándome y quería decir la última palabra.

—Muy bien, pero cuando el SeaWorld o quien sea escriba a la Universidad de Duke diciendo que el desaprensivo Quentin Jacobsen allanó su edificio a las cuatro y media de la madrugada con una muchachita de mirada salvaje, la Universidad de Duke se pondrá furiosa. Y mis padres también.

—Q, irás a Duke. Serás un abogado con mucho éxito, o lo que sea, te casarás, tendrás hijos, vivirás tu vida mediocre y te morirás, y en tus últimos momentos, cuando estés ahogándote en tu propia bilis en la residencia de ancianos, te dirás: «Bueno, he desperdiciado toda mi puta vida, pero al menos el último año de escuela entré en el SeaWorld con Margo Roth Spiegelman. Al menos, *carpeé un diem*».

—*Noctem* —la corregí.

—De acuerdo, vuelves a ser el rey de la gramática. Acabas de recuperar el trono. Ahora llévame al SeaWorld.

Mientras avanzábamos en silencio por la I-4, me descubrí a mí mismo pensando en el día en que el tipo del traje gris apareció muerto. «Quizá por eso me ha elegido», pensé. Y en ese momento recordé por fin lo que me había dicho sobre el muerto y los hilos. Y sobre ella y los hilos.

—Margo —le dije rompiendo el silencio.

—Q —me contestó.

—Dijiste… Cuando aquel tipo murió, dijiste que quizá se le habían roto los hilos por dentro, y hace un rato has dicho lo mismo de ti, que el último hilo se ha roto.

Se medio rió.

—Te preocupas demasiado. No quiero que unos niños me encuentren cubierta de moscas un sábado por la mañana en Jefferson Park —esperó un momento antes de rematar la frase—: Soy demasiado presumida para acabar así.

Me reí aliviado y salí de la autopista. Giramos en International Drive, la capital mundial del turismo. En International Drive había mil tiendas que vendían exactamente lo mismo: mierda. Mierda con forma de conchas, llaveros, tortugas de cristal, imanes para el frigorífico con la forma de Florida, flamencos rosas de plástico y cualquier otra cosa. De hecho, en International Drive había varias tiendas que vendían mierda real y literal de armadillo, a 4.95 dólares la bolsa.

Pero a las 4:50 de la madrugada los turistas estaban durmiendo. Drive, como todo lo demás, estaba completamente muerto mientras dejábamos atrás tiendas, estacionamientos, más tiendas y más estacionamientos.

—El SeaWorld está justó detrás de la autopista —dijo Margo. Estaba de nuevo en la parte de atrás del coche, rebuscando en una mochila o algo así—. Tengo un montón de mapas satélite y dibujé nuestro plan de ataque, pero no los encuentro por ninguna parte. En fin, gira a la derecha después de la autopista, y a la izquierda verás una tienda de souvenirs.

—A la izquierda hay unas diecisiete mil tiendas de souvenirs.

—Sí, pero justo después de la autopista habrá sólo una.

Y por supuesto había sólo una, así que me metí en el estacionamiento vacío y detuve el coche debajo de un farol, porque en International Drive siempre roban coches. Y aunque sólo a un ladrón de coches masoquista se le ocurriría robar el Chrysler, no me agradaba tener que explicarle a mi madre cómo y por qué su coche había desaparecido en plena madrugada de un día de clase.

Nos quedamos afuera, apoyados en la parte de atrás de la camioneta. El aire era tan cálido y denso que se me pegaba la ropa a la piel. Volvía a estar asustado, como si gente a la que no veía estuviera mirándome. La noche había sido muy larga y llevaba tantas horas preocupado que me dolía la barriga. Margo había encontrado los mapas y trazaba nuestra ruta con el dedo azul a la luz de la farola.

—Creo que aquí hay una valla —me dijo señalando una zona de bosque con la que nos habíamos topado nada más pasar la autopista—. Lo leí en internet. La pusieron hace unos años porque un borracho entró en el parque en plena noche y decidió darse un baño con la orca Shamu, que no tardó en matarlo.

—¿En serio?

—Sí, así que si aquel tipo pudo entrar borracho, seguro que nosotros, que no hemos bebido, también podremos. Vaya, somos ninjas.

—Bueno, quizá tú eres una ninja —le dije.

—Los dos somos ninjas, sólo que tú eres un ninja torpe y ruidoso —dijo Margo.

Se colocó el pelo detrás de las orejas, se puso la capucha y se la ató con el cordón. El farol iluminó los agudos rasgos de su cara pálida. Quizá los dos éramos ninjas, pero sólo ella lo parecía.

—Bien —me dijo—, memoriza el mapa.

La parte más terrorífica del recorrido de casi un kilómetro que Margo había trazado era de lejos el foso. El SeaWorld tenía forma triangular. Un lado estaba protegido por una carretera por la que Margo suponía que patrullaban permanentemente vigilantes nocturnos. El segundo lado estaba protegido por un lago de casi dos kilómetros de perímetro, y en el tercero había una zanja de drenaje. Según el mapa, parecía tener la anchura de una carretera de dos carriles. Y en Florida, en las zanjas de drenaje junto a los lagos suele haber caimanes.

Margo me agarró por los hombros y me giró hacia ella.

—Seguramente nos atraparán, así que, cuando nos atrapen, déjame hablar a mí. Tú limítate a poner cara de bueno, medio inocente, medio seguro de ti mismo, y todo saldrá bien.

Cerré el coche, intenté aplanarme con la mano el pelo alborotado y murmuré:

—Soy un ninja.

No pretendía que Margo lo oyera, pero de repente soltó:

—¡Claro que sí, maldición! Ahora vamos.

Corrimos por International Drive y luego nos abrimos camino entre arbustos altos y robles. Empecé a preocuparme por la hiedra venenosa, pero los ninjas no se preocupan por esas cosas, así que me coloqué en cabeza, con los brazos extendidos, y aparté las zarzas y la maleza mientras avanzábamos hacia el foso. Al final se acabó la zona de árboles y llegamos a campo abierto. Veía la autopista a nuestra derecha, y el foso justo enfrente. Podrían habernos visto desde la carretera si hubiera pasado algún coche, pero no pasó ninguno. Corrimos juntos por la maleza y trazamos una curva cerrada hacia la autopista.

—¡Ahora! ¡Ahora! —exclamó Margo.

Y crucé corriendo los seis carriles de la autopista. Aunque estaba vacía, cruzar una carretera tan grande me pareció estimulante e inapropiado.

Después de cruzar nos arrodillamos en la hierba, al lado de la autopista. Margo señaló la hilera de árboles situada entre el interminable estacionamiento del SeaWorld y el agua negra del foso. Corrimos un minuto a lo largo de aquella hilera de árboles y luego Margo me jaló de la playera desde atrás y me dijo en voz baja:

—Ahora el foso.

—Las señoritas primero —le dije.

—No, de verdad, como si estuvieras en tu casa —me contestó.

Y no pensé en los caimanes ni en la asquerosa capa de algas salobres. Tomé impulso y salté lo más lejos que pude. Aterricé con agua hasta la cintura y avancé a grandes zancadas. El agua olía a podrido y estaba llena de barro, pero al menos no me había mojado de la cintura para arriba. O al menos hasta que Margo saltó y me salpicó. Me giré y la salpiqué a ella. Fingió que iba a vomitar.

—Los ninjas no se salpican entre ellos —se quejó Margo.

—El auténtico ninja no salpica al saltar —le contesté.

—Ok, *touché*.

Observé a Margo saliendo del foso, encantado de la vida de que no hubiera caimanes. Mi pulso era aceptable, aunque acelerado. El agua ceñía al cuerpo de Margo la playera negra que llevaba debajo de la sudadera desabrochada. En resumen, casi todo iba perfecto cuando vi de reojo algo que serpenteaba en el agua cerca de Margo. Margo empezó a salir del agua y vi que tensaba el tendón de Aquiles. Antes de que hubiera podido abrir la boca, la serpiente se abalanzó sobre ella y le mordió el tobillo izquierdo, justo donde acababan los *jeans*.

—¡Mierda! —exclamó Margo. Miró hacia abajo y repitió—: ¡Mierda!

La serpiente seguía aferrada a su tobillo. Me sumergí, agarré la serpiente por la cola, la arranqué de la pierna de Margo y la lancé al foso.

—Ay, maldición —dijo—. ¿Qué era? ¿Era una boca de algodón?

—No lo sé. Túmbate, túmbate —le ordené.

Le tomé la pierna y le subí los *jeans*. Los colmillos habían dejado dos agujeritos de los que salía una gota de sangre. Me agaché, puse la boca en la herida y succioné con todas mis fuerzas para intentar sacar el veneno. Escupí, y me disponía a volver a succionar cuando Margo dijo:

—Espera, la veo.

Me levanté de un salto, aterrorizado.

—No, no —siguió diciendo—. Maldición, es sólo una culebra.

Señaló el foso. Seguí su dedo y vi la pequeña culebra serpenteando por la superficie, justo debajo del haz de un foco. Desde la distancia no parecía mucho más temible que una lagartija.

—Gracias a Dios —dije sentándome a su lado y recuperando el aliento.

Tras echar un vistazo a la mordedura y ver que ya no sangraba, me preguntó:

—¿Qué tal el banquete que te has dado con mi pierna?

—Muy bien —le contesté, y era cierto.

Se inclinó un poco hacia mí y sentí su brazo en mis costillas.

—Me he depilado esta mañana precisamente por eso. He pensado: «Bueno, nunca se sabe cuándo alguien te agarrará de la pierna para succionarte el veneno de una serpiente».

Ante nosotros había una valla de tela metálica de apenas dos metros de altura.

—Sinceramente, ¿primero culebras y ahora esta valla? —dijo Margo—. Esta seguridad es insultante para un ninja.

Trepó, pasó al otro lado y bajó como si fuera una escalera. Yo intenté no caerme.

Atravesamos un pequeño matorral pegados a unos enormes depósitos opacos en los que seguramente guardaban animales, fuimos a parar a un camino asfaltado y vi el gran anfiteatro en el que Shamu me salpicó de niño. Los pequeños altavoces a lo largo del camino reproducían música ambiental, quizá para tranquilizar a los animales.

—Margo —le dije—, estamos en el SeaWorld.

—Efectivamente —me contestó.

Echó a correr y la seguí. Acabamos en el acuario de las focas, que parecía vacío.

—Margo, estamos en el SeaWorld —repetí.

—Disfrútalo —me contestó sin mover demasiado la boca—. Porque por ahí viene un vigilante.

Corrí hacia una zona de matorrales que me llegaban a la cintura, pero al ver que Margo no corría, me detuve. Un tipo vestido de sport y con un chaleco en el que decía SEGURIDAD SEAWORLD se acercó.

—¿Qué hacen aquí?

Llevaba en la mano una lata, supuse que de gas primienta.

Para tranquilizarme, me preguntaba: «¿Las esposas son estándares, o son esposas especiales para el SeaWorld? Por ejemplo, en forma de dos delfines curvados».

—En realidad estábamos saliendo —dijo Margo.

—Eso seguro —le contestó el vigilante—. La pregunta es si van a salir andando o va a tener que sacarlos el *sheriff* del condado de Orange.

—Si no le importa, preferimos andar —le contestó Margo.

Cerré los ojos. Quise decirle a Margo que no era el mejor momento para réplicas ingeniosas, pero el tipo se rió.

—Supongo que saben que hace un par de años un tipo saltó al acuario grande y se mató, así que tenemos órdenes de no dejar salir a nadie que se haya colado, ni siquiera a las chicas guapas.

Margo tiró de su playera para despegarla un poco del cuerpo. Y sólo en ese momento me di cuenta de que el tipo estaba hablándole a sus tetas.

—Bueno, entonces supongo que tiene que detenernos.

—Lo que pasa es que estoy a punto de salir, largarme a mi casa, tomarme una cerveza y dormir un rato, pero si llamo a la policía, tardarán en venir. Sólo estoy pensando en voz alta —dijo.

Margo lo entendió y miró al cielo. Se metió una mano en el bolsillo y sacó un billete de cien dólares que se le había mojado en el foso.

—Bueno —dijo el vigilante—, y ahora será mejor que se marchen. Yo que ustedes no pasaría por el acuario de las ballenas. Está rodeado de cámaras de seguridad que funcionan toda la noche, y no creo que quieran que se sepa que han estado aquí.

—Sí, señor —añadió Margo recatadamente.

Y el tipo desapareció en la oscuridad.

—Maldición —murmuró Margo en cuanto el tipo se hubo alejado—, la verdad es que no quería dar dinero a ese degenerado, pero, bueno, el dinero está para gastarlo.

Apenas la escuchaba. Lo único que sentía era el alivio recorriéndome la piel. Aquel placer en estado puro compensaba todas las preocupaciones anteriores.

—Gracias a Dios que no nos ha denunciado —dije.

Margo no me contestó. Miraba al frente con los ojos entrecerrados.

—Me sentí exactamente igual que cuando me metí en los Estudios Universal —dijo un momento después—. Son geniales, aunque no hay mucho que ver. Las atracciones no funcionan. Todo lo bueno está cerrado. Por la noche meten a casi todos los animales en otros acuarios —giró la cabeza y observó el SeaWorld, que teníamos ante nosotros—. Me temo que el placer no es estar dentro.

—¿Y cuál es el placer? —le pregunté.

—Planearlo, supongo. No lo sé. Las cosas nunca son como esperamos que sean.

—Para mí no está tan mal —admití—. Aunque no haya nada que ver.

Me senté en un banco y Margo vino a sentarse conmigo. Observamos el acuario de las focas, en el que no había focas. No era más que un islote deshabitado con salientes de plástico. Me llegaba el olor de Margo, el sudor y las algas del foso, su champú de lilas y el aroma a almendras machacadas de su piel.

Por primera vez me sentí cansado y nos imaginé tumbados juntos en el césped del SeaWorld, yo boca arriba, y ella de lado, pasándome un brazo por encima y con la cabeza apoyada en mi hombro, mirándome. No hacíamos nada. Simplemente estábamos tumbados juntos bajo el cielo. La noche estaba tan iluminada que no se veían las estrellas. Y quizá sentía su respiración en el cuello, y quizá nos quedaríamos allí hasta la mañana, y entonces la gente pasaría por delante de nosotros al entrar al parque, nos vería y pensaría que también éramos turistas, y podríamos desaparecer entre ellos.

Pero no. Tenía que ver a Chuck con una sola ceja, y contarle la historia a Ben, y estaban las clases, la sala de ensayo, la Universidad de Duke y el futuro.

—Q —dijo Margo.

La miré y por un momento no entendí por qué había dicho mi nombre, pero de repente desperté de mi ensoñación. Y lo oí. Habían subido la música ambiental, sólo que ya no era música ambiental. Era música de verdad. Un viejo tema de jazz que le gusta a mi padre llamado *Stars Fell on Alabama*. Incluso con aquellos diminutos altavoces se percibía que el cantante podía hacer mil condenadas notas a la vez.

Y sentí que las líneas de su vida y de la mía se extendían desde nuestra cuna hasta el tipo muerto, desde que nos conocimos hasta ahora. Y quise decirle que para mí el placer no era planificar, hacer o no hacer. El placer era observar nuestros hilos cruzándose, separándose y volviéndose a juntar. Pero me pareció demasiado cursi, y además ya se había levantado.

Los azulísimos ojos de Margo parpadearon. En aquel momento estaba increíblemente guapa, con los *jeans* mojados pegados a las piernas y la cara resplandeciente a la luz grisácea.

Me levanté, extendí la mano y le dije:

—¿Me concedes este baile?

Margo me hizo una reverencia y me tomó de la mano.

—Te lo concedo —me contestó.

Y entonces coloqué la mano en la curva entre su cintura y su cadera, y ella apoyó la suya en mi hombro. Y uno-dos-a un lado, uno-dos-a un lado. Rodeamos el acuario de las focas bailando *foxtrot*, mientras la canción sobre las estrellas que caen seguía sonando.

—Baile lento de sexto —comentó Margo.

Cambiamos de postura. Colocó las manos en mis hombros, y yo la sujeté por las caderas, con los codos cerrados, a medio metro de distancia. Y luego seguimos con el *foxtrot* hasta que acabó la canción. Di un paso adelante e incliné a Margo, como nos habían enseñado en la Escuela de Baile Crown. Ella levantó una pierna y dejó caer todo su peso sobre mí. O confiaba en mí, o quería caerse.

9

Compramos trapos en un 7-Eleven de International Drive e intentamos quitarnos de la ropa y de la piel el barro y la peste del foso. Llené el depósito de gasolina hasta donde estaba antes de que empezáramos la gira turística por Orlando. Los asientos del Chrysler iban a estar algo húmedos cuando mi madre fuera al trabajo, pero esperaba que no se diera cuenta, porque era bastante despistada. Mi padres creían que yo era la persona más equilibrada y con menos posibilidades de allanar el SeaWorld del mundo, ya que mi salud psicológica era prueba de su talento profesional.

Me tomé mi tiempo para volver a casa. Evité las autopistas en favor de carreteras alternativas. Margo y yo escuchábamos la radio e intentábamos descubrir qué emisora había puesto *Stars Fell on Alabama*, pero de repente la apagó y dijo:

—En general, creo que ha sido un éxito.

—Totalmente —le contesté.

Aunque en aquellos momentos empezaba a preguntarme cómo sería el día siguiente. ¿Se pasaría por la sala de ensayo antes de las clases? ¿Comería conmigo y con Ben?

—Me pregunto si mañana cambiarán las cosas —le dije.

—Sí —añadió ella—. Yo también —dejó el comentario colgado en el aire y luego añadió—: Oye, hablando de mañana, me gustaría hacerte un pequeño regalo para agradecerte tu duro trabajo y tu dedicación en esta noche excepcional.

Rebuscó entre sus pies y sacó la cámara digital.

—Toma —me dijo—. Y utiliza con prudencia el poder de Tiny Winky.

Me reí y me metí la cámara en el bolsillo.

—¿Descargo la foto cuando llegue a casa y te la devuelvo en la escuela? —le pregunté.

Quería que me dijera: «Sí, en la escuela, donde todo será diferente, donde seré tu amiga públicamente, y además sin novio», pero se limitó a contestarme: «Sí, o cuando sea».

Eran las 5:42 cuando entramos en Jefferson Park. Bajamos por Jefferson Drive hasta Jefferson Court y luego giramos en nuestra calle, Jefferson Way. Apagué las luces por última vez y me metí por el camino que llevaba a mi casa. No sabía qué decir y Margo tampoco abría la boca. Llenamos una bolsa del 7-Eleven con basura para que pareciera que el Chrysler estaba como si las últimas seis horas no hubieran existido. Margo me dio otra bolsa con los restos de la vaselina, el bote de pintura y la última lata de Mountain Dew. Mi cerebro luchaba contra el agotamiento.

Me quedé un momento parado delante de la camioneta, con una bolsa en cada mano, y miré a Margo.

—Bueno, ha sido una noche fantástica —admití por fin.

—Ven aquí —me dijo.

Di un paso al frente. Me abrazó, y las bolsas me dificultaron devolverle el abrazo, pero si las soltaba, podría despertar a alguien. Noté que se ponía de puntitas y de repente acercó la boca a mi oído y me dijo muy claramente:

—Extrañaré salir por ahí contigo.

—No tienes por qué —le contesté en voz alta. Intenté ocultar mi decepción—. Si ya no te caen bien tus amigos, sal conmigo. Los míos son muy agradables.

Sus labios estaban tan cerca de mí que sentía su sonrisa.

—Me temo que no es posible —susurró.

Se apartó, pero siguió mirándome mientras retrocedía paso a paso. Al final alzó las cejas, sonrió y me creí su sonrisa. La observé trepando a un árbol y subiendo hasta la repisa de la ventana de su habitación, en el segundo piso. Abrió la ventana y entró.

Crucé la puerta de la calle, que no estaba cerrada con llave, atravesé la cocina de puntitas hasta mi habitación, me quité los *jeans*, los tiré en un rincón del armario, al lado del mosquitero de la ventana, descargué la foto de Jase y me metí en la cama pensando en lo que le diría a Margo en la escuela.

SEGUNDA PARTE

La hierba

1

Había dormido una media hora cuando sonó el despertador. Las 6:32. Pero durante diecisiete minutos ni me enteré de que estaba sonando el despertador, hasta que sentí unas manos en los hombros y oí la voz lejana de mi madre.

—Buenos días, dormilón —me dijo.

—Uf —le contesté.

Me sentía bastante más cansado que a las 5:55, y me habría saltado las clases, pero no tenía ni una falta de asistencia, y aunque era consciente de que no tener faltas de asistencia no era especialmente impresionante ni necesariamente admirable, quería seguir con esa racha. Además, quería ver cómo Margo reaccionaba conmigo.

Cuando entré en la cocina, mi padre estaba contándole algo a mi madre mientras desayunaban en la barra. Al verme, mi padre interrumpió lo que estaba diciendo y me preguntó:

—¿Qué tal has dormido?

—De maravilla —le dije.

Y era verdad. Había dormido poco, pero bien.

Sonrió.

—Estaba contándole a tu madre que tengo un sueño recurrente y angustioso —me explicó—. Estoy en la universidad, en clase de hebreo, aunque el profesor no habla hebreo y los exámenes no son en hebreo. Son en una jerga incomprensible. Pero todo el mundo actúa como si esa lengua inventada, con un alfabeto inventado, fuera hebreo. Así que tengo delante ese examen y debo escribir en una lengua que no sé empleando un alfabeto que no puedo descifrar.

—Interesante —le dije, aunque en realidad no me lo parecía. No hay nada más aburrido que los sueños de los demás.

—Es una metáfora de la adolescencia —intervino mi madre—. Escribir en una lengua —la edad adulta— que no entiendes y emplear un alfabeto —la interacción social madura— que no reconoces.

Mi madre trabajaba con adolescentes locos en centros de menores y cárceles. Creo que por eso yo nunca le preocupaba. Como no me dedicaba a decapitar roedores ni me meaba en mi propia cara, estaba claro que era un triunfador.

Una madre normal podría haber dicho: «Oye, tienes pinta de estar decaído después de haberte pegado un atracón de metanfetaminas y hueles a algo parecido a algas. ¿Por casualidad hace un par de horas estabas bailando con Margo Roth Spiegelman, a la que acababa de moder una serpiente?». Pero no. Mis padres preferían los sueños.

Me bañé y me puse una playera y unos *jeans*. Iba tarde, pero siempre iba tarde.

—Vas tarde —me dijo mi madre cuando volví a la cocina.

Intenté despejarme lo suficiente como para recordar cómo atarme los tenis.

—Soy consciente —le contesté medio dormido.

Mi madre me llevó a la escuela. Me acomodé en el asiento en el que se había sentado Margo. Mi madre apenas habló en el trayecto, por suerte, porque iba completamente dormido, con la cabeza apoyada en la ventanilla del coche.

Mientras mi madre paraba en la escuela, vi que el lugar del estacionamiento de los alumnos de último año que solía utilizar Margo estaba vacío. La verdad es que no podía culparla por llegar tarde. Sus amigos no llegaban tan temprano como los míos.

Al acercarme a los chicos de la banda, Ben gritó:

—Jacobsen, ¿estaba soñando o…? —le hice un discreto gesto con la cabeza y cambió la segunda mitad de la frase—… ¿O tú y yo vivimos anoche una aventura salvaje en la Polinesia francesa, viajando en un barco hecho de plátanos?

—Un barco precioso —le contesté.

Radar me miró, alzó las cejas y se dirigió hacia un árbol. Lo seguí.

—He preguntado a Angela si quería ir al baile con Ben. Ni borracha.

Miré a Ben, que estaba charlando animadamente. Una cucharita de plástico bailaba en su boca mientras hablaba.

—Qué mierda —dije—. Pero está bien. Quedaremos los dos y nos echaremos una sesión maratónica de *Resurrection* o algo así.

Ben se acercó.

—¿Están disimulando? Porque sé que están hablando del drama del baile sin chicas que es mi vida.

Se dio media vuelta y se dirigió a la sala. Radar y yo lo seguimos y cruzamos hablando la sala de ensayo, donde los alumnos de primero y de segundo platicaban sentados entre un montón de fundas de instrumentos.

—¿Por qué quieres ir? —le pregunté.

—Amigo, es nuestro baile de graduación. Es mi última oportunidad de convertirme en un grato recuerdo de la escuela para alguna chica.

Miré al techo.

Sonó el primer timbre, lo que significaba que faltaban cinco minutos para que empezaran las clases, y todo el mundo empezó a correr como perros de Pavlov. Los pasillos se llenaron de gente. Ben, Radar y yo nos detuvimos junto al casillero de Radar.

—Bueno, ¿por qué me llamaste a las tres de la madrugada para pedirme la dirección de Chuck Parson?

Estaba pensando cómo responder a su pregunta cuando vi a Chuck Parson viniendo hacia nosotros. Le pegué un codazo a Ben y le señalé a Chuck con los ojos. Por cierto, Chuck había decidido que la mejor estrategia era afeitarse la ceja izquierda.

—Qué horror —dijo Ben.

Al momento Chuck me empujó contra el casillero y acercó su cara a la mía, una bonita cara sin cejas.

—¿Qué miran, idiotas?

—Nada —le contestó Radar—. Seguro que no estamos mirándote las cejas.

Chuck le pegó un empujón a Radar, golpeó el casillero con la palma de la mano y se marchó.

—¿Se lo has hecho tú? —me preguntó Ben incrédulo.

—No se lo digan a nadie —les dije a los dos. Y añadí en voz baja—: Estaba con Margo Roth Spiegelman.

Ben alzó la voz emocionado.

—¿Anoche estabas con Margo Roth Spiegelman? ¿A las tres de la madrugada? —asentí—. ¿Solos? —asentí—. Maldición, si te has acostado con ella, tienes que contarme hasta el último detalle. Tienes que escribirme un ensayo sobre el aspecto y el tacto de las tetas de Margo Roth Spiegelman. Treinta páginas como mínimo.

—Quiero que hagas un dibujo realista a lápiz —me pidió Radar.

—También aceptamos una escultura —añadió Ben.

Radar alzó una mano. Se la choqué obedientemente.

—Sí, me preguntaba si sería posible que escribieras una sextina sobre las tetas de Margo Roth Spiegelman. Tus palabras clave son: «rosadas», «redondas», «firmeza», «suculentas», «flexibles» y «blandas».

—Personalmente —dijo Ben—, creo que al menos una de las palabras debería ser «turturturtur».

—Creo que no conozco esa palabra —añadí.

—Es el sonido que hago con la boca cuando meto la cara entre las tetas de una chica.

En este punto Ben imitó lo que haría en el improbable caso de que su cara se topara alguna vez con unas tetas.

—Ahora mismo —dije—, aunque no saben por qué, miles de chicas de todo el país sienten que un escalofrío de miedo y asco les recorre la columna vertebral. De todas formas, no me acosté con ella, pervertido.

—Siempre igual —me contestó Ben—. Soy el único tipo que conozco con huevos para darle a una chica lo que quiere, y el único que no tiene oportunidades de hacerlo.

—Qué extraña casualidad —le dije.

La vida era como siempre, sólo que estaba más cansado. Había esperado que la noche anterior cambiara mi vida, pero no había sido así. Al menos de momento.

Sonó el segundo timbre y nos fuimos inmediatamente a clase.

Durante la primera clase de Cálculo me sentí tremendamente cansado. Bueno, estaba cansado desde que me había despertado, pero combinar el cansancio con el cálculo me pareció injusto. Para mantenerme despierto me dediqué a escribirle una nota a Margo —teniendo en cuenta que no iba a mandársela, era un simple resumen de mis momentos favoritos de la noche anterior—, pero ni siquiera así lo conseguía. En un determinado momento mi bolígrafo dejó de moverse y sentí que mi campo visual se reducía cada vez más, de modo que intenté recordar si la visión en túnel era un síntoma de cansancio. Llegué a la conclusión de que debía de serlo, porque ante mí veía una sola cosa, al señor Jiminez en el pizarrón, era lo único que mi cerebro procesaba, y cuando el señor Jiminez dijo: «¿Quentin?», me quedé muy confuso, porque lo único que sucedía en mi universo era que el señor Jiminez escribía en el pizarrón, así que no entendía cómo podía ser una presencia acústica y visual a la vez.

—¿Sí? —le pregunté.

—¿Has oído la pregunta?

—¿Sí? —volví a preguntar.

—¿Y has levantado la mano para contestar?

Levanté los ojos, y por supuesto tenía la mano levantada, pero no sabía cómo había llegado hasta allí. Lo único que más o menos sabía era cómo bajarla. Tras un considerable esfuerzo, mi cerebro consiguió decirle a mi brazo que bajara, y mi brazo consiguió bajar.

—Sólo quería preguntar si puedo ir al baño —dije por fin.

—Ve —me contestó el profesor.

Y entonces alguien levantó la mano y preguntó algo sobre las ecuaciones diferenciales.

Me dirigí al baño, me eché agua en la cara, me acerqué al espejo por encima del lavabo y me observé. Me froté los ojos para eliminar la rojez, pero no pude. Y entonces se me ocurrió una idea brillante. Entré en un retrete, bajé la tapa, me senté, me apoyé en la pared y me quedé dormido. El sueño duró unos dieciséis milisegundos, hasta que sonó el timbre de la segunda hora. Me levanté y me dirigí a clase de Latín, luego a Física y por fin llegó la hora de comer. Encontré a Ben en la cafetería.

—Necesito una siesta —le dije.

—Vamos a comer al *Chuco* —me contestó.

El *Chuco* era un Buick de quince años que habían conducido impunemente los tres hermanos mayores de Ben, así que, cuando le llegó a él, era básicamente cinta adhesiva y engrudo. Su nombre completo era *Churro de coche*, pero lo llamábamos

Chuco para abreviar. El *Chuco* no funcionaba con gasolina, sino con el inagotable combustible de la esperanza. Te sentabas en el abrasador asiento de plástico y esperabas a que arrancara, luego Ben giraba la llave y el motor daba un par de vueltas, como un pez fuera del agua dando sus últimos aletazos antes de morir. Entonces seguías esperando y el motor volvía a girar un par de veces más. Y esperabas más y al final arrancaba.

Ben encendió el *Chuco* y puso el aire acondicionado a tope. Tres de las cuatro ventanillas no se abrían, pero el aire acondicionado funcionaba de maravilla, aunque los primeros minutos no era más que aire caliente que salía de los conductos y se mezclaba con el aire rancio del coche. Recliné al máximo el asiento del copiloto hasta quedarme casi tumbado y se lo conté todo: Margo en mi ventana, el Walmart, la venganza, el SunTrust Building, la entrada en una casa que no era, el SeaWorld y el «extrañaré salir por ahí contigo».

Ben no me interrumpió ni una vez —era un buen amigo cuando se trataba de no interrumpir—, pero nada más acabé me hizo la pregunta más apremiante para él.

—Espera, cuando dices que Jase Worthington la tiene pequeña, ¿cómo de pequeña exactamente?

—Es posible que se le encogiera, porque estaba súper agobiado, pero ¿has visto alguna vez un lápiz? —le pregunté, y Ben asintió—. Bueno, pues ¿has visto alguna vez la goma de un lápiz? —volvió a asentir—. Bueno, pues ¿has visto alguna vez las virutas de goma que quedan en el papel cuando has borrado algo? —asintió otra vez—. Diría que tres virutas de largo por una de ancho.

Ben había tragado mucha porquería de tipos como Jason Worthington y Chuck Parson, así que pensé que tenía derecho a divertirse un poco. Pero ni siquiera se rió. Se limitó a mover la cabeza despacio, anonadado.

—Maldición, Margo es genial.

—Lo sé.

—Es una de esas personas que o muere trágicamente a los veintisiete años, como Jimi Hendrix y Janis Joplin, o de vieja gana el primer Premio Nobel de Genialidad.

—Sí —le dije.

Rara vez me cansaba de hablar de Margo Roth Spiegelman, pero rara vez estaba tan cansado. Me recliné sobre la cabecera de plástico rajado y me quedé dormido al momento. Cuando me desperté, tenía encima de las rodillas una hamburguesa de Wendy's y una nota: «He tenido que irme a clase, colega. Nos vemos después del ensayo».

Más tarde, después de mi última clase, traduje a Ovidio apoyado en la pared exterior de cemento de la sala de ensayo intentando ignorar las disonancias procedentes del interior. Siempre me quedaba en la escuela durante la hora extra de ensayo, porque marcharme antes que Ben y Radar implicaba la insoportable humillación de ser el único alumno de último año del autobús.

Cuando salieron, Ben llevó a Radar a su casa, hacia el «centro» de Jefferson Park, cerca de donde vivía Lacey, y luego me llevó a mí. Vi que el coche de Margo tampoco estaba estacionado en el camino, así que no se había saltado las clases para dormir. Se había saltado las clases por otra de sus aventuras, una aventura sin mí. Seguramente pasaría el día extendiendo crema depilatoria en las almohadas de otros enemigos o algo así. Entré en casa sintiéndome un poco abandonado, aunque por supuesto Margo sabía que en cualquier caso no habría ido con ella, porque no quería perder un día de clase. Y quién sabía si habría sido sólo un día. Quizás había ido a otra excursión de tres días a Mississippi o se había unido temporalmente al circo. Pero no era ninguna de las dos cosas, por supuesto. Era algo que no podía imaginar, que nunca imaginaría, porque yo no podía ser Margo.

Me preguntaba con qué historias volvería a casa esta vez. Y me preguntaba si se sentaría frente a mí a la hora de comer y me las contaría. Pensé que quizás a eso se refería cuando me dijo que extrañaría salir conmigo. Sabía que se iría a alguna parte para tomarse otro de sus breves descansos de Orlando, la ciudad de papel. Pero cuando volviera, ¿quién sabía? No podría pasar las últimas semanas de clase con los amigos que siempre había tenido, así que después de todo quizá las pasaría conmigo.

No tuvo que pasar mucho tiempo para que empezaran a correr los rumores. Ben me llamó aquella noche, después de cenar.

—He oído decir que no contesta el teléfono. Alguien ha comentado en el Facebook que les dijo que quizá se mudaría a un almacén secreto de Tomorrowland, en Disneyland.

—Qué tontería —le dije.

—Ya lo sé. Vaya, Tomorrowland es de lejos la parte más fea. Y alguien dijo que ha conocido a un tipo en la red.

—Ridículo —le dije.

—Ok, muy bien, pero ¿entonces?

—Andará por ahí divirtiéndose por su cuenta como no podemos ni imaginar —le contesté.

Ben soltó una risita.

—¿Estás diciendo que le gusta divertirse sola?

Gruñí.

—Ya está bien, Ben. Quiero decir que estará haciendo sus cosas. Haciéndose sus historias. Poniendo el mundo patas arriba.

Aquella noche me tumbé de lado en mi cama y observé el invisible mundo al otro lado de la ventana. Intentaba dormirme, pero los ojos se me abrían cada dos por tres para controlar. No podía evitar esperar que Margo Roth Spiegelman volviera a mi ventana y arrastrara mi cansado trasero otra noche inolvidable.

2

Margo se marchaba tan a menudo que en la escuela no se organizaban patrullas para buscarla, pero todos sentíamos su ausencia. La escuela no es ni una democracia ni una dictadura. Tampoco, como suele creerse, un estado anárquico. La escuela es una monarquía por derecho divino. Y cuando la reina se va de vacaciones, las cosas cambian. En concreto, a peor. Por ejemplo, el segundo año, cuando Margo fue a Mississippi, Becca soltó al mundo la historia de Ben el Sangriento. Y esta vez no fue diferente. La niña que se dedicaba a tapar agujeros se había marchado. La inundación era inevitable.

Aquella mañana, como por una vez fui puntual, Ben me llevó a la escuela en coche. Encontramos a todo el mundo extrañamente silencioso ante la puerta de la sala de ensayo.

—Colega —dijo nuestro amigo Frank muy serio.

—¿Qué pasa?

—Chuck Parson, Taddy Mac y Clint Bauer han tomado el Tahoe de Clint y se han llevado por delante doce bicis de alumnos de primero y segundo.

—No inventes —le contesté negando con la cabeza.

—Y ayer alguien colgó nuestros números de teléfono en el baño de los chicos con… bueno, con groserías —añadió nuestra amiga Ashley.

Volví a negar con la cabeza y me quedé también yo en silencio. No podíamos denunciarlos. Lo habíamos intentado muchas veces antes de la escuela, y el resultado inevitable había sido que nos acosaran todavía más. En general sólo podíamos esperar a que alguien como Margo les recordara lo inmaduros e idiotas que eran.

Pero Margo me había enseñado un modo de iniciar la contraofensiva. Y estaba a punto de decir algo cuando vi de reojo a un tipo alto corriendo hacia nosotros. Llevaba un pasamontañas negro y un sofisticado cañón de agua de color verde en las manos. Al pasar me dio un golpe en el hombro, perdí el equilibrio y aterricé de lado en el cemento agrietado. Al llegar a la puerta, se giró y me gritó:

—Te dedicas a molestarnos, así que te vamos a empalizar.

La voz no me pareció conocida.

Ben y otro amigo me ayudaron a levantarme. Me dolía el hombro, pero no quería frotármelo.

—¿Estás bien? —me preguntó Radar.

—Sí, muy bien.

Ahora sí que me froté el hombro.

Radar negó con la cabeza.

—Alguien debería explicarle que, aunque es posible dar una paliza, y también pegar una paliza, no es posible empalizar a nadie.

Me reí. Alguien señaló el estacionamiento, levanté la mirada y vi a dos chicos de primero acercándose a nosotros con la playera mojada y colgando.

—¡Era pipí! —nos gritó uno de ellos.

El otro no dijo nada. Se limitaba a apartar las manos de la playera, lo que no terminaba de funcionar. Vi chorros resbalándole desde las mangas hasta los brazos.

—¿De animales o humanos? —preguntó alguien.

—¡Cómo voy a saberlo! ¿Qué pasa, soy un experto en meados?

Me acerqué al chico y le apoyé la mano en la cabeza, que era lo único que parecía totalmente seco.

—Esto no se va a quedar así —le dije.

Sonó el segundo timbre, y Radar y yo corrimos a clase de Cálculo. Mientras me sentaba a mi mesa, me di un golpe en el brazo, y el dolor me subió hasta el hombro. Radar me señaló su libreta, en la que había escrito una nota rodeada por un círculo: «Hombro OK?»

Escribí en la esquina de mi libreta: «Comparado con los chicos, he pasado la mañana en un campo de arco iris jugueteando con animalitos».

Radar se rió tan alto que el señor Jiminez le lanzó una mirada. Escribí: «Tengo un plan, pero tenemos que descubrir quién era».

Radar escribió: «Jasper Hanson», y lo rodeó varias veces con un círculo. Me sorprendió.

«¿Cómo lo sabes?»

Radar escribió: «¿No lo has visto? El muy imbécil llevaba la playera de futbol con su nombre».

Jasper Hanson era un alumno de tercero. Siempre había pensado que era tranquilo y agradable, de esos un poco torpes que te preguntan: «Colega, ¿qué tal?». No esperaba verlo lanzando chorros de orina a los de primero. Sinceramente, en la jerarquía gubernamental del Winter Park, Jasper Hanson era como el ayudante adjunto del subsecretario de Atletismo y Actividades Ilícitas. Cuando un tipo así asciende a vicepresidente ejecutivo de Armamento Urinario, hay que tomar cartas en el asunto de inmediato.

Así que, en cuanto llegué a casa aquella tarde, abrí una cuenta de correo y escribí inmediatante a mi viejo amigo Jason Worthington.

De: mvengador@gmail.com
A: jworthington90@yahoo.com
Asunto: Usted, yo, la casa de Becca Arrington, su pene, etc.

Querido señor Worthington:
1. Deberá entregar doscientos dólares en efectivo a cada una de las doce personas cuyas bicicletas destrozaron sus amigos con el Chevy Tahoe. No debería suponerle un problema, dada su inmensa riqueza.
2. El tema de las pintas en el baño de los chicos debe concluir.
3. ¿Cañones de agua? ¿Con orines? ¿De verdad? Madure un poco.
4. Debería tratar a los compañeros con respeto, especialmente a los que son socialmente menos afortunados que usted.
5. Probablemente debería aleccionar a los miembros de su clan para que se comporten también con consideración.

Soy consciente de que cumplir alguna de estas tareas resultará muy difícil. Pero en ese caso también resultará muy difícil no compartir con todo el mundo la fotografía adjunta.

Cordialmente,

Su amistoso vecino Némesis

A los doce minutos llegó su respuesta.

Mira, Quentin, porque sí, sé que eres tú. Sabes que no fui yo el que bañó con orines a los chicos de primero. Lo siento, pero no controlo lo que hacen los demás.

Mi respuesta:

Señor Worthington:
Entiendo que no controle a Chuck y Jasper. Pero, ya ve, estoy en una situación similar a la suya. No controlo al diablillo que está sentado en mi hombro izquierdo. El diablo me dice: «IMPRIME LA FOTO, IMPRIME LA FOTO, CUÉLGALA POR TODA LA ESCUELA, HAZLO, HAZLO, HAZLO». Pero en el hombro derecho tengo un angelito blanco. Y el ángel me dice: «Hey, apuesto a que esos chicos de primero reciben su dinero a primera hora de la mañana del lunes».
También yo, angelito, también yo.
Mis mejores deseos,

Su amistoso vecino Némesis.

No me contestó, aunque no era necesario. Ya nos lo habíamos dicho todo.

Ben vino a mi casa después de cenar y jugamos *Resurrection* parando más o menos cada media hora para llamar a Radar, que había salido con Angela. Le dejamos once mensajes, cada uno más impertinente y lascivo que el anterior. Pasaban de las nueve cuando sonó el timbre.

—¡Quentin! —gritó mi madre.

Ben y yo supusimos que era Radar, así que paramos el juego y salimos al comedor. Chuck Parson y Jason Worthington estaban en la entrada. Me acerqué a ellos.

—Hola, Quentin —dijo Jason.

Lo saludé con la cabeza. Jason le lanzó una mirada a Chuck, que me miró y murmuró:

—Perdona, Quentin.

—¿Por qué? —le pregunté.

—Por decirle a Jasper que disparara meados a los chicos de primero —murmuró. Hizo una pausa y siguió diciendo—: Y por lo de las bicis.

Ben abrió los brazos, como si fuera a abrazarlo.

—Ven aquí, colega —le dijo.

—¿Qué?

—Que vengas —le repitió.

Chuck dio un paso adelante.

—Más cerca —dijo Ben.

Chuck avanzó hasta la entrada, a un paso de Ben. Y de repente, Ben le pegó un puñetazo en la barriga. Chuck apenas se encogió. Dio un paso atrás para darle a Ben, pero Jase lo agarró del brazo.

—Tranquilo, colega —le dijo Jase—. Tampoco te ha dolido tanto.

Me tendió la mano para que se la estrechara.

—Me gusta que tengas huevos, colega. Bueno, eres un ingenuo. Pero da igual.

Le estreché la mano.

Se metieron en el Lexus de Jase, dieron marcha atrás y se marcharon. En cuanto cerré la puerta, Ben soltó un fuerte rugido.

—Ayyyyyyyyyyyyyyyyyyy. Maldición, mi mano —intentó cerrar el puño e hizo una mueca de dolor—. Creo que Chuck Parson se había metido un libro en la barriga.

—Se llaman abdominales —le expliqué.

—Sí, claro. He oído hablar de ellos.

Le di una palmadita en la espalda y volvimos a la habitación a seguir jugando *Resurrection*. Justo habíamos quitado la pausa cuando Ben dijo:

—Por cierto, ¿te has dado cuenta de que Jase dice «colega»? He vuelto a ponerlo de moda. Y sólo con la fuerza de mi genialidad.

—Sí, te pasas el viernes por la noche jugando y curándote la mano, que te has roto intentando pegarle un puñetazo a un tipo. No me extraña que Jase Worthington haya decidido arrimarse a tu árbol.

—Al menos soy bueno en *Resurrection* —me dijo.

Y me disparó por la espalda, aunque estábamos jugando en equipo.

Jugamos un rato más, hasta que Ben se acurrucó en el suelo, con el control pegado al pecho, y se quedó dormido. Yo también estaba cansado. Había sido un día largo. Suponía que Margo estaría de vuelta el lunes, pero aun así me sentí un poco orgulloso de haber sido la persona que había detenido la tormenta.

3

Ahora todas las mañanas miraba por la ventana de mi habitación para comprobar si en la habitación de Margo había algún signo de vida. Siempre tenía las persianas de mimbre bajadas, pero, desde que se había marchado, su madre o alguna otra persona las había subido, de modo que veía un trocito de pared azul y techo blanco. Aquel sábado por la mañana, como hacía sólo cuarenta y ocho horas que se había marchado, suponía que todavía no estaría en casa, pero aun así me sentí un poco decepcionado al ver que la persiana seguía subida.

Me lavé los dientes y después, tras darle unas paraditas a Ben intentando despertarlo, salí en pantalón corto y playera. Había cinco personas sentadas a la mesa del comedor: mis padres, los padres de Margo y un afroamericano alto y corpulento con unas gafas enormes, un traje gris y una carpeta marrón en las manos.

—Ay, hola —dije.

—Quentin, ¿viste a Margo el miércoles por la noche? —me preguntó mi madre.

Entré en el comedor y me apoyé en la pared, enfrente del desconocido. Ya tenía pensada la respuesta a esa pregunta.

—Sí —le contesté—. Apareció por mi ventana hacia las doce, hablamos un minuto y luego el señor Spiegelman la descubrió y tuvo que volver a casa.

—¿Y ésa fue…? ¿La has visto después? —me preguntó el señor Spiegelman.

Parecía bastante tranquilo.

—No, ¿por qué? —pregunté.

—Bueno —contestó la madre de Margo en tono agudo—, parece que Margo se ha escapado. Otra vez —suspiró—. Debe de ser… ¿cuántas veces van ya, Josh? ¿Cuatro?

—Uf, he perdido la cuenta —contestó su marido enfadado.

Entonces intervino el afroamericano.

—La quinta vez que han presentado una denuncia —me saludó con la cabeza y dijo—: Detective Otis Warren.

—Quentin Jacobsen —le dije yo.

Mi madre se levantó y apoyó las manos en los hombros de la señora Spiegelman.

—Debbie —le dijo—, lo siento mucho. Es una situación muy frustrante.

Conocía aquel truco. Era un truco psicológico llamado escucha empática. Dices lo que la persona está sintiendo para que se sienta comprendida. Mi madre lo hace conmigo a todas horas.

—No estoy frustrada —le contestó la señora Spiegelman—. Se acabó.

—Exacto —dijo el señor Spiegelman—. Esta tarde vendrá un cerrajero. Cambiaremos las cerraduras. Tiene dieciocho años. En fin, el detective acaba de decirnos que no podemos hacer nada…

—Bueno —lo interrumpió el detective Warren—, no he dicho eso exactamente. He dicho que no es menor de edad, de modo que tiene derecho a marcharse de casa.

El señor Spiegelman siguió hablando con mi madre.

—Nos parece bien pagarle la universidad, pero no vamos a tolerar estas… estas tonterías. Connie, ¡tiene dieciocho años! ¡Y sigue siendo una egocéntrica! Tiene que ver las consecuencias.

Mi madre retiró las manos de los hombros de la señora Spiegelman.

—Diría que las consecuencias que tiene que ver son las del cariño —le dijo mi madre.

—Bueno, no es tu hija, Connie. A ti no lleva diez años pisándote como si fueras un tapete. Tenemos que pensar en nuestra otra hija.

—Y en nosotros —añadió el señor Spiegelman. Levantó la mirada hacia mí—. Quentin, lamento que intentara involucrarte en su jueguito. Ya te imaginas lo… lo avergonzados que estamos. Eres un buen chico, y ella… Bueno.

Me incorporé y me quedé de pie, muy tieso. Conocía un poco a los padres de Margo, pero nunca los había visto actuar con tan mala actitud. No me extrañaba que estuviera enfadada con ellos el miércoles por la noche. Miré al detective. Estaba pasando hojas de la carpeta.

—Siempre ha dejado algún rastro, ¿no?

—Pistas —le contestó el señor Spiegelman levantándose.

El detective dejó la carpeta en la mesa, y el padre de Margo se inclinó para echar un vistazo.

—Pistas por todas partes. El día que se marchó a Mississippi, comió sopa de letras y dejó exactamente cuatro letras en el plato: una M, una I, una S y una P. Se quedó decepcionada porque no supimos juntarlas, aunque, como le dije cuando por fin volvió: «¿Cómo vamos a encontrarte si lo único que sabemos es *Mississippi*? Es un estado grande, Margo».

El detective carraspeó.

—Y dejó a Minnie Mouse en su cama cuando se metió en Disney World una noche.

—Sí —dijo su madre—. Pistas. Estúpidas pistas. Pero nunca puedes seguirlas, créeme.

El detective levantó los ojos de la carpeta.

—Haremos correr la voz, por supuesto, pero de ningún modo podemos obligarla a volver a casa. No deben contar necesariamente con que regresará bajo su techo en un futuro inmediato.

—No la quiero bajo nuestro techo —la señora Spiegelman se llevó un pañuelo a los ojos, aunque no parecía estar llorando—. Sé que es terrible, pero es la verdad.

—Deb —dijo mi madre en su tono de psicóloga.

La señora Spiegelman se limitó a mover ligeramente la cabeza.

—¿Qué podemos hacer? Se lo hemos dicho al detective. Hemos presentado una denuncia. Es una adulta, Connie.

—Es tu hija adulta —dijo mi madre, todavía calmada.

—Vamos, Connie. ¿Acaso no es de locos que estemos encantados de que se haya marchado de casa? Pues claro que es de locos. Pero estaba volviendo loca a toda la familia. ¿Cómo buscar a una persona que asegura que no van a encontrarla, que siempre deja pistas que no llevan a ninguna parte, que se escapa cada dos por tres? ¡Es imposible!

Mi madre y mi padre se miraron, y luego el detective se dirigió a mí.

—Hijo, me pregunto si podríamos charlar en privado.

Asentí. Nos metimos en la habitación de mis padres. Él se sentó en un sillón y yo, en el borde de la cama.

—Muchacho —me dijo cuando se hubo acomodado en el sillón—, permíteme que te dé un consejo: nunca trabajes para el gobierno. Porque cuando trabajas para el gobierno, trabajas para la gente. Y cuando trabajas para la gente, tienes que relacionarte con ella, incluso con los Spiegelman.

Solté una risita.

—Permíteme que sea sincero contigo, muchacho —siguió diciéndome—. Esta gente sabe tanto de ser padres como yo de hacer dieta. He trabajado con ellos otras veces, y no me gustan. Me da igual que no les digas a los padres de Margo dónde está, pero te agradecería que me lo dijeras a mí.

—No lo sé —le contesté—. De verdad que no lo sé.

—Muchacho, he estado pensando en la chica. Lo que hace… Se mete en Disney World, por ejemplo, ¿verdad? Se va a Mississippi y deja pistas con sopa de letras. Organiza una gran campaña para empapelar casas con papel higiénico.

—¿Cómo lo sabe?

Hacía dos años, Margo había liderado el empapelado de doscientas casas en una sola noche. No será necesario que diga que no me invitó a participar en aquella aventura.

—He trabajado en este caso antes. Así que, muchacho, necesito que me ayudes. ¿Quién planifica estas cosas? ¿Estos proyectos de locos? Ella es la portavoz de todo esto, la única lo bastante loca para hacerlo. Pero ¿quién lo planifica? ¿Quién se sienta con libretas llenas de diagramas para calcular cuánto papel higiénico se necesita para empapelar un montón de casas?

—Supongo que ella.

—Pero debe de tener un socio, alguien que la ayuda a hacer todas estas cosas enormes y geniales, y quizá la persona que comparte su secreto no es la más obvia, no es su mejor amiga ni su novio. Quizás es alguien en quien nunca pensarías —me dijo.

Respiró y estaba a punto de decir algo más cuando lo interrumpí.

—No sé dónde está. Se lo juro por Dios.

—Sólo quería asegurarme, muchacho. De todas formas, sabes algo, ¿verdad? Empecemos por ahí.

Se lo conté todo. Confiaba en aquel tipo. Tomó algunas notas mientras yo hablaba, aunque sin demasiados detalles. Pero al contárselo, y al verlo garabateando en la libreta, y al haber visto la estupidez de los padres de Margo… por primera vez me planteé la posibilidad de que hubiera desaparecido por mucho tiempo. Cuando acabé de hablar, estaba tan preocupado que empezaba a faltarme el aire. El detective no dijo nada durante un rato. Se inclinó hacia delante y miró a la lejanía hasta encontrar lo que estaba buscando, y entonces empezó a hablar.

—Mira, muchacho. Pasa lo siguiente: alguien —normalmente una joven— con espíritu libre no se lleva demasiado bien con sus padres. Estas personas son como globos de helio atados. Tiran del hilo una y otra vez, hasta que al final el hilo se rompe y salen volando. Y quizá no vuelvas a ver ese globo, porque aterriza en Canadá o donde sea, encuentra trabajo en un restaurante, y antes de que el globo se dé cuenta, lleva treinta años en la misma cafetería sirviendo café a los mismos hijos de puta. O quizá dentro de tres o cuatro años, o dentro de tres o cuatro días, los vientos predominantes devuelven el globo a casa, porque necesita dinero, o lo ha pensado mejor, o extraña a su hermanito. Pero, mira, muchacho, el hilo no deja de romperse.

—Sí, pe…

—No he terminado, muchacho. El problema de estos putos globos es que hay muchísimos. El cielo está lleno de globos que vuelan de un lado a otro y chocan entre sí, y todos y cada uno de estos putos globos acaban en la mesa de mi despacho por una razón u otra, y con el tiempo uno se desanima. Globos por todas partes, cada uno de ellos con un padre o una madre, o con un poco de suerte con los dos, y al final ni siquieras puedes verlos individualmente. Levantas la mirada hacia los globos del cielo y los ves en su totalidad, pero ya no los ves de uno en uno —se calló y respiró profundamente, como si acabara de darse cuenta de algo—. Pero de vez en cuando hablas con un joven de ojos grandes y con demasiado pelo en la cabeza y quieres mentirle porque parece un buen chico. Y lo sientes por él, porque lo único peor que el cielo lleno de globos que ves es lo que ve él: un día azul y despejado con un único globo. Pero cuando el hilo se rompe, muchacho, no puedes volver a pegarlo. ¿Entiendes lo que te quiero decir?

Asentí, aunque no estaba seguro de haberlo entendido. Se levantó.

—Creo que volverá pronto, muchacho. Por si te sirve de algo.

Me gustó la imagen de Margo como un globo, pero pensé que, en su deseo de ser poético, el detective me había visto mucho más preocupado de lo que realmente estaba. Sabía que volvería. Se desinflaría y volvería volando a Jefferson Park. Siempre había vuelto.

Regresé al comedor con el detective, que dijo que quería volver a la casa de los Spiegelman para echar un vistazo en la habitación de Margo. La señora Spiegelman me abrazó.

—Siempre has sido un buen chico —me dijo—. Siento que tengas que verte mezclado en estas ridiculeces.

El señor Spiegelman me estrechó la mano y se marcharon. En cuanto se hubo cerrado la puerta, mi padre dijo:

—Wow.

—Wow —confirmó mi madre.

Mi padre me pasó el brazo por los hombros.

—Han optado por una dinámica que sólo crea problemas, ¿verdad?

—Son pendejos —le dije yo.

A mis padres les gustaba que dijera groserías delante de ellos. Veía el placer en sus caras. Significaba que confiaba en ellos, que era yo mismo delante de ellos. Pero, aun así, parecían tristes.

—Los padres de Margo sufren una lesión grave en su narcisismo cada vez que su hija se porta mal —me dijo mi padre.

—Y eso les impide comportarse como padres de forma eficaz —añadió mi madre.

—Son pendejos —repetí.

—Para ser sincero —dijo mi padre—, seguramente tienen razón. Seguramente Margo necesita atención. Y Dios sabe que también yo necesitaría atención si esos dos fueran mis padres.

—Cuando vuelva, se quedará destrozada —comentó mi madre—. Que te abandonen así… Rechazada cuando más cariño necesitas.

—Quizá podría vivir aquí cuando vuelva —dije.

Y al decirlo me di cuenta de que era una idea absolutamente genial. A mi madre también le brillaron los ojos, pero luego vio algo en la expresión de mi padre y me contestó con su habitual moderación.

—Bueno, sin duda sería bienvenida, aunque tendría sus inconvenientes… vivir al lado de los Spiegelman. Pero cuando vuelva a la escuela, dile que aquí es bienvenida, por favor, y si no quiere quedarse con nosotros, hay muchas otras soluciones que nos encantaría comentar con ella.

En aquel momento apareció Ben con el pelo tan enmarañado que parecía desafiar nuestros conocimientos básicos sobre el efecto de la fuerza de gravedad sobre la materia.

—Señor y señora Jacobsen, encantado de verlos, como siempre.

—Buenos días, Ben. No sabía que te habías quedado a dormir.

—La verdad es que yo tampoco —dijo Ben—. ¿Sucede algo?

Le conté a Ben lo del detective, los Spiegelman y Margo, que técnicamente era una persona adulta desaparecida. Cuando terminé, asintió y dijo:

—Seguramente tendríamos que hablarlo ante un plato bien caliente de *Resurrection*.

Sonreí y volví con él a mi habitación. Radar fue a mi casa poco después, y en cuanto llegó, me echaron del equipo, porque nos enfrentábamos a una misión difícil, y aunque era el único de los tres que tenía el juego, no era demasiado bueno en *Resurrection*. Estaba observándolos avanzar por una estación espacial atestada de demonios cuando Ben dijo:

—Un duende, Radar, un duende.

—Ya lo veo.

—Ven aquí, hijo de puta —dijo Ben girando los controles—. Papá va a meterte en un barco para que cruces el río Estigia.

—¿Acabas de recurrir a la mitología griega para fanfarronear? —le pregunté.

Radar se rió. Ben empezó a golpear botones y a gritar.

—¡Cómete ésa, duende! ¡Cómetela como Zeus se comió a Metis!

—Diría que volverá el lunes —comenté—. Ni siquiera a Margo Roth Spiegelman le interesa perder muchas clases. Quizá se quede aquí hasta la graduación.

Radar me contestó como contestaría cualquiera que estuviera jugando *Resurrection*, de forma inconexa.

—Todavía no entiendo por qué se ha marchado, ¿sólo porque *demonio delante no con la pistola de rayos* se ha quedado sin novio? Pensaba que era más *dónde está la cueva a la izquierda* inmune a estas cosas.

—No —le dije—, no ha sido eso, no creo. O no sólo eso. Odia Orlando. Dijo que es una ciudad de papel. Ya sabes, todo tan falso y poco sólido. Creo que sencillamente quería tomarse unas vacaciones.

Resultó que eché un vistazo por la ventana e inmediatamente vi que alguien —supuse que el detective— había bajado la persiana de la habitación de Margo. Pero no veía la persiana. Lo que veía era un póster en blanco y negro pegado a la parte exterior de la persiana. Era la fotografía de un hombre, con los hombros ligeramente caídos, mirando al frente. Tenía un cigarro entre los labios. Llevaba colgada del hombro una guitarra con una frase pintada: ESTA MÁQUINA MATA FASCISTAS.

—Hay algo en la ventana de Margo.

La música del juego se paró, y Radar y Ben se acercaron a mí y se arrodillaron uno a cada lado.

—¿Es nuevo? —me preguntó Radar.

—He visto esa persiana por fuera millones de veces, pero nunca había visto ese póster —le contesté.

—Qué raro —dijo Ben.

—Los padres de Margo han dicho esta mañana que a veces deja pistas —dije yo—. Pero nunca algo lo bastante concreto como para encontrarla antes de que vuelva a casa.

Radar ya había sacado su computadora de bolsillo y estaba buscando la frase en el *Omnictionary*.

—La foto es de Woody Guthrie —comentó—. Cantante de folk, 1912-1967. Todas sus letras hablaban de la clase obrera. «This Land Is Your Land.» Tirando a comunista. Inspiró a Bob Dylan.

Radar reprodujo un trozo de una canción suya, una voz aguda y chirriante cantando sobre sindicatos.

—Mandaré un correo al tipo que ha escrito casi toda esta página para ver si hay alguna relación entre Woody Guthrie y Margo —dijo Radar.

—Me cuesta imaginar que le gusten sus canciones —añadí.

—Cierto —admitió Ben—. Este tipo parece la rana René alcohólica y con cáncer de garganta.

Radar abrió la ventana, asomó la cabeza y miró en todas direcciones.

—Pues parece que ha dejado la pista para ti, Q. Vaya, ¿conoce a alguien más que pueda ver esa ventana?

Negué con la cabeza.

Al rato Ben añadió:

—Nos mira de una manera… como si dijera: «Préstenme atención». Y la cabeza así… No parece estar en un escenario. Parece estar en una puerta o algo así.

—Creo que quiere que entremos —dije.

4

Desde mi habitación no se veía la puerta de la calle ni el garaje. Para verlos teníamos que ir a la sala de estar. De modo que, mientras Ben seguía jugando *Resurrection*, Radar y yo fuimos a la sala y fingimos ver la tele mientras vigilábamos la puerta de los Spiegelman a través de un ventanal, esperando a que los padres de Margo salieran. El Crown Victoria negro del detective Warren todavía estaba frente a la casa.

Se marchó unos quince minutos después, pero durante la hora siguiente no volvió a abrirse ni la puerta de la calle ni la del garaje. Radar y yo veíamos una comedia medio graciosa de drogadictos en HBO, y había empezado a meterme en la historia cuando Radar dijo:

—La puerta del garaje.

Salté del sofá y me acerqué a la ventana para ver quién iba en el coche. El señor y la señora Spiegelman. Ruthie se había quedado en casa.

—¡Ben! —grité.

Salió como una flecha. Mientras los Spiegelman giraban en Jefferson Way para meterse en Jefferson Road, salimos corriendo a la húmeda mañana.

Atravesamos el césped de los Spiegelman hasta la puerta. Llamé al timbre, oí las patas de Myrna Mountweazel corriendo por el suelo de madera y luego se puso a ladrar como una loca, mirándonos por el cristal lateral. Ruthie abrió la puerta. Era una niña muy dulce de unos once años.

—Hola, Ruthie.

—Hola, Quentin —me contestó.

—¿Están tus padres en casa?

—Acaban de marcharse —me dijo—. Al supermercado —tenía los grandes ojos de Margo, pero castaños. Me miró y frunció los labios preocupada—. ¿Has visto al policía?

—Sí —le contesté—. Parecía amable.

—Mi madre dice que es como si Margo hubiera ido a la universidad antes.

—Sí —le dije.

Pensé que la mejor manera de resolver un misterio es llegar a la conclusión de que no hay misterio que resolver. Pero ahora tenía claro que Margo había dejado tras de sí las pistas de un misterio.

—Oye, Ruthie, tenemos que echar un vistazo a la habitación de Margo —le dije—. Pero el caso es… es como cuando Margo te pedía hacer algo en secreto. La situación es la misma.

—A Margo no le gusta que entren en su habitación —me contestó Ruthie—. Menos yo. Y a veces mi madre.

—Pero somos amigos suyos.

—No le gusta que sus amigos entren en su habitación —insistió Ruthie.

Me incliné hacia ella.

—Ruthie, por favor.

—Y no quieres que se lo diga a mis padres.

—Exacto.

—Cinco dólares —me dijo.

Estuve a punto de regatear el precio, pero Radar sacó un billete de cinco dólares y se lo dio.

—Si veo el coche en el camino, les avisaré —nos dijo en tono cómplice.

Me arrodillé para acariciar a la vieja pero siempre entusiasta Myrna Mountweazel y luego subimos corriendo a la habitación de Margo. Al apoyar la mano en el picaporte de la puerta me pasó por la cabeza que no había visto toda la habitación de Margo desde que tenía unos diez años.

Entré. Estaba más limpia de lo que cabría esperar de Margo, pero quizá su madre lo había recogido todo. A mi derecha, un armario lleno a rebosar de ropa. Detrás de la puerta, un zapatero con un par de docenas de pares de zapatos, desde zapatillas hasta con tacones. No parecía que faltaran demasiadas cosas.

—Estoy en la computadora —dijo Radar.

Ben tocaba la persiana.

—El póster está pegado —observó—. Sólo con cinta adhesiva. Nada fuerte.

La gran sorpresa estaba en la pared de al lado de la mesa de la computadora: estanterías de mi altura y el doble de anchas llenas de discos de vinilo. Cientos de discos.

—En el tocadiscos está *A Love Supreme*, de John Coltrane —dijo Ben.

—Maldición, es un álbum genial —dijo Radar sin apartar los ojos de la computadora—. La chica tiene buen gusto.

Miré confundido a Ben.

—Era un saxofonista —comentó Ben.

Asentí.

—No puedo creer que Q nunca haya oído hablar de Coltrane —dijo Radar sin dejar de teclear—. Su música es literalmente la prueba más convincente de la existencia de Dios que he encontrado jamás.

Empecé a mirar los discos. Estaban ordenados alfabéticamente por artistas, así que los recorrí buscando la G: Dizzy Gillespie, Jimmie Dale Gilmore, Green Day, Guided by Voices, George Harrison.

—Tiene a todos los músicos del mundo menos a Woody Guthrie —dije.

Volví atrás y empecé por la A.

—Todos sus libros de texto están aquí —oí decir a Ben—. Más algunos otros en la mesita de noche. Ningún diario.

Pero yo estaba distraído con la colección de discos de Margo. Le gustaba todo. Nunca me la habría imaginado escuchando todos aquellos viejos discos. La había visto escuchando música mientras corría, pero nunca sospeché aquella especie de obsesión. Nunca había escuchado a la mayoría de los grupos y me sorprendió descubrir que los grupos nuevos seguían sacando discos en vinilo.

Seguí avanzando por la A, luego por la B —abriéndome camino entre los Beatles, los Blind Boys of Alabama y

Blondie—, y empecé a ojearlos más de prisa, tan de prisa que ni siquiera vi la contraportada del *Mermaid Avenue*, de Billy Bragg, hasta que estaba mirando el de los Buzzcocks. Me detuve, volví atrás y saqué el disco de Billy Bragg. La portada era una fotografía de casas adosadas de una ciudad. Pero en la parte de atrás Woody Guthrie me miraba fijamente, con un cigarro entre los labios y con una guitarra en la que decía: ESTA MÁQUINA MATA FASCISTAS.

—¡Hey! —exclamé.

Ben se acercó a mirar.

—Qué suertudos —dijo—. Buen trabajo.

Radar giró la silla.

—Impresionante. Me pregunto qué hay dentro —dijo.

Por desgracia, lo que había dentro era sólo un disco. Y el disco parecía exactamente un disco. Lo puse en el tocadiscos de Margo y al final descubrí cómo encenderlo y colocar la aguja. Era un tipo cantando canciones de Woody Guthrie. Cantaba mejor que él.

—¿Qué es esto? ¿Una simple coincidencia?

Ben tenía en las manos la cubierta.

—Mira —dijo.

Estaba señalando la lista de canciones. El título «Walt Whitman's Niece» estaba rodeado con un círculo en bolígrafo negro.

—Interesante —murmuré.

La madre de Margo había dicho que las pistas de Margo nunca llevaban a ninguna parte, pero ahora sabía que Margo había dejado una cadena de pistas, y todo parecía indicar que la había dejado para mí. Inmediatamente pensé en ella diciéndome en el SunTrust Building que yo era mejor cuando confiaba en mí mismo. Di la vuelta al disco y puse la canción. «Walt Whitman's Niece» era la primera de la cara B. No estaba mal, la verdad.

Entonces vi a Ruthie en la puerta. Me miró.

—¿Puedes darnos alguna pista, Ruthie?

Negó con la cabeza.

—Yo también he buscado —me contestó en tono triste.

Radar me miró y luego giró la cabeza hacia Ruthie.

—¿Puedes vigilar que no llegue tu madre, por favor? —le pregunté.

Asintió y se marchó. Cerré la puerta.

—¿Qué pasa? —le pregunté a Radar, que nos indicó con un gesto que nos acercáramos a la computadora.

—Una semana antes de marcharse, Margo entró un montón de veces en el *Omnictionary*. Lo sé por los minutos que estuvo conectada con su nombre de usuario, que ha quedado guardado en sus contraseñas. Pero borró su historial de navegación, así que no sé qué buscaba.

—Oye, Radar, busca quién era Walt Whitman —dijo Ben.

—Era un poeta —le contesté—. Del siglo diecinueve.

—Genial —dijo Ben mirando al techo—. Poesía.

—¿Qué tiene de malo? —le pregunté.

—La poesía es tan emo —me dijo—. Ay, el dolor. El dolor. Siempre llueve. En mi corazón.

—Sí, creo que eso es de Shakespeare —le contesté despectivamente—. ¿Walt Whitman tenía alguna sobrina? —le pregunté a Radar.

Radar había entrado ya en la página de Walt Whitman del *Omnictionary*. Un tipo corpulento con una enorme barba. Nunca lo había leído, pero tenía pinta de ser buen poeta.

—Uf, ninguna famosa. Dice que tenía un par de hermanos, pero no si alguno de ellos tuvo hijos. Creo que puedo encontrarlo si quieres.

Negué con la cabeza. No parecía el camino correcto. Volví a buscar por la habitación. En el último estante de la colección de discos había unos libros —anuarios escolares de años anteriores, un ejemplar destrozado de *Rebeldes*— y varios números atrasados de revistas juveniles. Sin duda nada que tuviera que ver con la sobrina de Walt Whitman.

Eché un vistazo a los libros de su mesita de noche. Nada interesante.

—Lo lógico sería que tuviera un libro de poemas de Whitman —dije—. Pero parece que no es así.

—¡Sí que lo tiene! —exclamó Ben entusiasmado.

Me acerqué a él, que se había arrodillado frente a las estanterías, y lo vi. Había pasado por alto el delgado volumen del último estante, metido entre dos anuarios. Walt Whitman. *Hojas de hierba*. Saqué el libro. En la cubierta había una foto del poeta, cuyos ojos brillantes me miraron fijamente.

—No ha estado mal —le dije a Ben.

Asintió.

—Sí. ¿Podemos largarnos de aquí ya? Puedes llamarme chapado a la antigua, pero preferiría no estar aquí cuando vuelvan los padres de Margo.

—¿Dejamos algo?

Radar se levantó.

—La verdad es que parece que ha trazado una línea perfectamente recta. En ese libro tiene que haber algo. Pero me parece raro… Bueno, sin ofender, pero si siempre ha dejado pistas para sus padres, ¿por qué esta vez iba a dejártelas a ti?

Me encogí de hombros. No podía responderle, aunque por supuesto albergaba esperanzas: quizá Margo quería ver que confiaba en mí mismo. Quizás esta vez quería que la encontraran, que la encontrara yo. Quizás… igual que me había elegido a mí para la noche más larga, había vuelto a elegirme a mí. Y quizás al que la encontrara le esperaban incalculables riquezas.

Ben y Radar se marcharon poco después de que volviéramos a mi casa, tras haber echado un vistazo al libro y no haber encontrado ninguna pista evidente. Tomé un trozo de lasaña del refrigerador y subí a mi habitación con Walt. Era la edición de Penguin Classics de la primera edición de *Hojas de hierba*. Leí parte de la introducción y después hojeé el libro. Había varios versos marcados en fluorescente azul, todos ellos del épicamente largo poema titulado «Canto de mí mismo». Y dos versos marcados en verde:

¡Arrancad los cerrojos de las puertas!
*¡Arrancad las puertas de los goznes!**

Pasé buena parte de la tarde intentando desentrañar el sentido de la cita, pensando que quizá Margo intentaba decirme

* La traducción de todas las citas de *Hojas de hierba* es de Jorge Luis Borges.

que me volviera un cabrón o algo así. Pero leí y releí también lo que estaba marcado en azul:

Ya no recibirás de segunda o de tercera mano las cosas, ni mirarás por los ojos de los muertos, ni te alimentarás de los espectros de los libros.

El viaje que he emprendido es eterno

Todo progresa y se dilata, nada se viene abajo, y morir es algo distinto de lo que muchos supusieron, y de mejor augurio.

Si nadie en el mundo lo sabe, estoy satisfecho, si todos y cada uno lo saben, estoy satisfecho.

Las tres últimas estrofas del «Canto de mí mismo» también estaban marcadas con fluorescente.

Que el lodo sea mi heredero, quiero crecer del pasto que amo; Si quieres encontrarte conmigo, búscame bajo la suela de tus zapatos.

Apenas comprenderás quién soy yo o qué quiero decir, pero he de darte buena salud, y a tu sangre, fuerza y pureza.

Si no me encuentras al principio no te descorazones, si no estoy en un lugar me hallarás en otro, en alguna parte te espero.

Pasé el fin de semana leyendo, intentando verla en los fragmentos del poema que me había dejado. No llegaba a ninguna parte con aquellas líneas, pero seguí pensando en ellas porque no quería defraudarla. Margo quería que siguiera el hilo, que encontrara el lugar en el que estaba esperándome, que siguiera su rastro hasta llegar a ella.

5

El lunes por la mañana sucedió un acontecimiento extraordinario. Iba tarde, lo que era normal, así que mi madre me llevó a la escuela, lo que también era normal. Me quedé afuera charlando un rato con todo el mundo, lo que era normal, y luego Ben y yo entramos, lo que también era normal. Pero en cuanto empujamos la puerta de acero, la cara de Ben se convirtió en una mezcla de nervios y pánico, como si un mago acabara de elegirlo para hacer el truco de partirlo por la mitad. Seguí su mirada por el pasillo.

Minifalda de mezclilla. Playera blanca ceñida. Escote generoso. Piel extraordinariamente aceitunada. Piernas que despertaban tu interés por las piernas. Pelo castaño rizado perfectamente peinado. Un prendedor que decía VOTA POR MÍ PARA REINA DEL BAILE. Lacey Pemberton, acercándose a nosotros junto a la sala de ensayo.

—Lacey Pemberton —susurró Ben, aunque la chica estaba a unos tres pasos de nosotros y perfectamente podía oírlo. Y, de hecho, esbozó una sonrisa falsamente tímida al oír su nombre.

—Quentin —me dijo.

Lo que me pareció más increíble de todo fue que supiera mi nombre. Hizo un gesto con la cabeza y crucé detrás de ella la sala de ensayo hasta llegar a un bloque de casilleros. Ben vino conmigo.

—Hola, Lacey —saludé cuando se detuvo.

Como me llegaba su perfume, recordé aquel olor en su todoterreno y el crujido del pez gato mientras Margo y yo bajábamos el asiento.

—Me han dicho que estabas con Margo.

Me limité a mirarla.

—La otra noche, con el pescado. En mi coche. Y en el armario de Becca. Y en la ventana de Jase.

Seguí mirándola. No sabía qué decir. Uno puede tener una larga e intrépida vida sin que Lacey Pemberton le haya dirigido la palabra jamás, pero cuando esa rara ocasión se presenta, uno no desea decir lo que no debe. Así que Ben habló por mí.

—Sí, salieron juntos —dijo Ben, como si Margo y yo fuéramos íntimos.

—¿Estaba enfadada conmigo? —preguntó Lacey algo después.

Miraba al suelo. Vi su sombra de ojos marrón.

—¿Qué?

Entonces habló muy despacio, con la voz ligeramente rota, y de repente Lacey Pemberton ya no era Lacey Pemberton. Era sólo… una persona.

—Ya sabes, que si estaba enfadada conmigo por algo.

Pensé un segundo qué contestarle.

—Bueno, estaba un poco defraudada porque no le habías dicho lo de Jase y Becca, pero ya conoces a Margo. Lo superará.

Lacey echó a andar por el pasillo. Ben y yo la dejamos marchar, pero de repente aminoró el paso. Quería que fuéramos con ella. Ben me dio un empujoncito y empezamos a andar juntos.

—El problema es que ni siquiera sabía lo de Jase y Becca —dijo Lacey—. Espero poder explicárselo pronto. Por un momento me preocupó que realmente hubiera querido marcharse, pero luego abrí su casillero, porque me sé su combinación, y siguen estando todas sus fotos y lo demás, los libros también.

—Buena señal —le contesté.

—Sí, pero ya son cuatro días. Es casi un récord en ella. Y bueno, es una mierda, porque Craig lo sabía, y me enfadé tanto porque no me lo dijo, que corté con él, y ahora no tengo pareja para el baile, y mi mejor amiga se ha largado vete a saber dónde, a Nueva York o a cualquier otro sitio, pensando que hice algo que JAMÁS haría.

Lancé una mirada a Ben, y Ben me lanzó una mirada a mí.

—Tengo que irme corriendo a clase —le dije—. ¿Por qué has dicho que está en Nueva York?

—Creo que dos días antes de marcharse le dijo a Jase que Nueva York es el único sitio del país en el que se puede llevar una vida medio decente. Quizá lo dijo por decir. No lo sé.

—Vale, me voy corriendo —le dije.

Sabía que Ben nunca convencería a Lacey de que fuera al baile con él, pero pensé que al menos merecía una oportunidad.

Corrí por los pasillos hasta mi casillero, y al pasar al lado de Radar le di un golpecito en la cabeza. Radar estaba hablando con Angela y una alumna de primero de la banda.

—No me lo agradezcas a mí. Agradéceselo a Q —le oí decir a la chica de primero.

—¡Gracias por los doscientos dólares! —me dijo la chica.

—¡No me lo agradezcas a mí, agradéceselo a Margo Roth Spiegelman! —le grité sin volver la cabeza.

Porque estaba claro que Margo era la que me había proporcionado las herramientas necesarias.

Abrí el casillero y tomé la libreta de Cálculo, pero luego me quedé parado, aunque ya había sonado el segundo timbre, inmóvil en medio del pasillo mientras la gente pasaba corriendo ante mí en ambas direcciones, como si yo fuera la mediana de su autopista. Otro chico me dio las gracias por los doscientos dólares. Le sonreí. La escuela parecía más mía que en los cuatro años que llevaba en ella. Habíamos hecho justicia con los frikis de la banda que se habían quedado sin bicicleta. Lacey Pemberton había hablado conmigo. Chuck Parson había pedido perdón.

Conocía muy bien aquellos pasillos, y al final empezaba a parecer que también ellos me conocían a mí. Me quedé allí parado mientras sonaba el tercer timbre y la multitud se dispersaba. Sólo entonces me dirigí a la clase de cálculo y me senté justo después de que el señor Jiminez hubiera empezado otra de sus interminables lecciones.

Me había llevado el ejemplar de *Hojas de hierba* de Margo a clase, así que lo abrí por debajo de la mesa y empecé a leer de nuevo los fragmentos marcados del «Canto de mí mismo» mientras el señor Jiminez escribía en el pizarrón. No vi alusiones directas a Nueva York. Unos minutos después le pasé el libro a Radar, que lo hojeó un rato y luego escribió en la esquina de su libreta: «El subrayado verde debe de querer decir algo. Quizá quiere que abras la puerta de tu mente». Me encogí de hombros y le escribí: «O quizá simplemente leyó el poema dos días diferentes con dos rotuladores diferentes».

A los pocos minutos, al mirar el reloj sólo por trigésimo séptima vez, vi a Ben Starling al otro lado de la puerta de la clase, pegándose un bailoteo espasmódico y con un permiso para estar fuera de clase en la mano.

Cuando sonó el timbre de la hora de comer, corrí a mi casillero, pero Ben se las había arreglado para llegar antes que yo y estaba hablando con Lacey Pemberton. Se acercaba a ella, ligeramente encogido para hablarle cara a cara. Hablar con Ben me resultaba a veces un tanto claustrofóbico, y eso que yo no era una niña buena.

—Hola, chicos —les dije al llegar.

—Hola —me contestó Lacey dando un paso atrás para apartarse un poco de Ben—. Ben estaba comentándome las novedades de Margo. Nadie entraba jamás en su habitación, ya sabes. Decía que sus padres no le permitían que sus amigos fueran a casa.

—¿De verdad?

Lacey asintió.

—¿Sabías que Margo tiene unos mil discos? —le pregunté.

Lacey levantó las manos.

—No. Es lo que estaba contándome Ben. Margo nunca hablaba de música. Bueno, decía que le gustaba una canción que sonaba en la radio y cosas así. Pero… no. Es muy rara.

Me encogí de hombros. Quizás era rara, o quizá los raros éramos los demás. Lacey siguió hablando.

—Pero estábamos diciendo que Walt Whitman era de Nueva York.

—Y según el *Omnictionary*, Woody Guthrie también vivió en Nueva York mucho tiempo —dijo Ben.

Asentí.

—Me la imagino perfectamente en Nueva York. Pero creo que tenemos que descubrir la siguiente pista. No puede ser sólo el libro. Debe de haber algún código en los versos marcados, o algo así.

—Sí. ¿Puedo echar un vistazo mientras como?

—Claro —le contesté—. O si quieres, puedo hacerte fotocopias en la biblioteca.

—No hace falta. Sólo quiero leerlo. Vaya, que no entiendo una mierda de poesía. Pero una prima mía va a la Universidad de Nueva York, y le he mandado un cartel para que lo imprima. Voy a pedirle que lo cuelgue en tiendas de discos. Bueno, ya sé que hay muchas tiendas de discos, pero en fin.

—Buena idea —le dije.

Se dirigieron a la cafetería y los seguí.

—Oye —preguntó Ben a Lacey—, ¿de qué color es tu vestido?

—Hum, tirando a azul zafiro. ¿Por qué?

—Para asegurarme de que hace juego con mi esmoquin —le contestó Ben.

Nunca había visto una sonrisa de Ben tan ridícula y atontada, y ya es decir, porque era una persona bastante ridícula y atontada.

Lacey asintió.

—Bueno, pero tampoco vayamos demasiado coordinados. Podrías ir tradicional, con esmoquin negro y chaleco negro.

—Sin faja, ¿te parece?

—Bueno, las fajas están bien, pero sin muchos pliegues, ¿sabes?

Siguieron hablando —al parecer, el nivel ideal de pliegues es un tema de conversación al que pueden dedicarse horas—, pero dejé de escucharlos mientras esperaba en la cola del Pizza Hut. Ben había encontrado pareja para el baile, y Lacey había encontrado a un chico que podía quedarse horas hablando del baile encantado de la vida. Ahora todo el mundo tenía pareja... menos yo, que no iba a ir. La única chica a la que me habría gustado llevar había emprendido un viaje eterno.

Cuando nos sentamos, Lacey empezó a leer el «Canto de mí mismo» y estuvo de acuerdo en que no le sonaba a nada, y desde luego no le sonaba como Margo. Seguíamos sin tener ni idea de lo que Margo intentaba decir, si es que intentaba decir algo. Me devolvió el libro y se pusieron a hablar del baile otra vez.

Durante toda la tarde tuve la sensación de que no iba bien encaminado buscando en las citas marcadas, pero al final me aburría, sacaba el libro de la mochila, me lo ponía en las rodillas y seguía con él. La última clase era literatura, y estábamos empezando a leer *Moby Dick*, así que la doctora Holden no dejaba de hablar de la pesca en el siglo XIX. Dejé *Moby Dick* en la mesa y a Whitman en las rodillas, pero ni siquiera estar en clase de literatura servía de algo. Por una vez no miré el reloj en varios minutos, de modo que el timbre me sorprendió y tardé más que los demás en recoger mis cosas. Mientras me colgaba la mochila de un hombro y empezaba a salir, la doctora Holden me sonrió.

—Walt Whitman, ¿eh? —me preguntó.

Asentí avergonzado.

—Es muy bueno —me dijo—. Tan bueno que estoy casi de acuerdo en que lo leas en clase. Pero no del todo.

Murmuré una disculpa y me dirigí al estacionamiento de los alumnos de último año.

Mientras Ben y Radar ensayaban, me senté en el *Chuco* con las puertas abiertas. Soplaba una ligera brisa esquimal. Leí *El Federalista* para preparar un examen de política que tenía al día siguiente, pero mi mente había entrado en una espiral: Guthrie, Whitman, Nueva York y Margo. ¿Había ido a Nueva York para meterse de lleno en la música folk? ¿Había allí algún músico folk secreto al que yo no conocía? ¿Estaba quizás en un departamento en el que uno de ellos había vivido alguna vez? ¿Y por qué quería que yo lo supiera?

Vi por el retrovisor lateral a Ben y a Radar acercándose, Radar balanceando el estuche de su saxo mientras avanzaba de prisa hacia el *Chuco*. Se metieron por la puerta abierta, Ben giró la llave y el *Chuco* escupió. Esperamos un momento y el coche volvió a escupir. Seguimos esperando y al final reaccionó. Ben salió del estacionamiento y del campus.

—¿PUEDES CREERTE ESTA MIERDA? —gritó sin poder contener su alegría.

Empezó a tocar el claxon, pero por supuesto no funcionó, así que cada vez que lo tocaba, gritaba: «¡PIII! ¡PIII! ¡PIII! ¡PITA SI VAS A IR AL BAILE CON UN BIZCOCHO, CON LACEY PEMBERTON! ¡PITA, NENE, PITA!»

Apenas pudo mantener la boca cerrada de camino a casa.

—¿Saben por qué ha aceptado? ¿Aparte de porque estuviera desesperada? Creo que se ha peleado con Becca Arrington, porque ya saben, Becca la engañó, y creo que empezaba a sentirse mal por el tema de Ben el Sangriento. No me lo ha dicho, pero lo parecía. Así que al final tendré temita gracias a Ben el Sangriento.

Me alegraba por él, por supuesto, pero quería centrarme en cómo llegar a Margo.

—Chicos, ¿se les ha ocurrido alguna idea?

Por un momento no hubo respuesta, pero luego Radar me miró por el retrovisor y dijo:

—Lo de las puertas es lo único marcado de diferente color que lo demás, y es además lo más inesperado. Creo que la pista está ahí. ¿Cómo decía?

—«¡Arrancad los cerrojos de las puertas! / ¡Arrancad las puertas de los goznes!», le respondí.

—Hay que admitir que Jefferson Park no es el mejor sitio para arrancar de sus goznes las puertas de los estrechos de mente —dijo Radar—. Quizás es lo que quiere decir. Como aquello que dijo de que Orlando es una ciudad de papel. Quizá lo que quiere decir es que por eso se ha marchado.

Ben frenó en un semáforo y se giró para mirar a Radar.

—Colega —dijo—, creo que le estás dando a esa chica demasiado crédito.

—¿Qué quieres decir? —le pregunté.

—«Arrancad los cerrojos de las puertas» —comentó—. «Arrancad las puertas de los goznes.»

—Sí —dije yo.

El semáforo se puso en verde y Ben pisó el acelerador. El *Chuco* tembló como si fuera a desintegrarse, pero empezó a moverse.

—No es poesía. No es una metáfora. Son instrucciones. Se supone que tenemos que ir a la habitación de Margo, arrancar la cerradura de la puerta y arrancar la puerta de sus goznes.

Radar me miró por el retrovisor y le devolví la mirada.

—Está tan tarado que a veces acaba siendo un genio —me dijo Radar.

6

Nos estacionamos delante de mi casa y atravesamos la franja de césped que separa la casa de Margo de la mía, como habíamos hecho el sábado. Ruthie abrió la puerta y nos dijo que sus padres no volverían a casa hasta las seis. Myrna Mountweazel, nerviosa, dio vueltas a nuestro alrededor. Subimos al piso de arriba. Ruthie nos trajo una caja de herramientas del garaje, y por un momento nos quedamos todos mirando la puerta de la habitación de Margo. No éramos demasiado hábiles.

—¿Qué demonios se supone que van a hacer? —preguntó Ben.

—No hables así delante de Ruthie —le dije.

—Ruthie, ¿te importa que diga demonios?

—No creemos en el demonio —le contestó la niña.

Radar interrumpió.

—Colega —dijo—. Colega, la puerta.

Radar sacó un desarmador del montón de herramientas, se arrodilló y desatornilló el picaporte de la puerta. Yo tomé un desarmador más grande e intenté desatornillar las bisagras, pero no parecía que hubiera tornillos, así que me dediqué a buscarlos. Al final Ruthie se aburrió y se fue a ver la tele.

Radar sacó el picaporte, y uno a uno echamos un vistazo al agujero sin pintar y sin pulir. Ningún mensaje. Ninguna nota. Nada. Enfadado, volví a mirar las bisagras preguntándome cómo abrirlas. Abrí y cerré la puerta intentando entender el mecanismo.

—El poema es jodidamente largo —dije—. ¿Creen que el viejo Walt recurrió a un verso o dos para contarnos cómo arrancar la puerta de sus goznes?

No me di cuenta de que Radar estaba sentado frente a la computadora de Margo hasta que me contestó.

—Según el *Omnictionary*, estamos buscando una bisagra. Y el desarmador se utiliza como palanca para levantar el clavo. Por cierto, algún bruto ha colgado que las bisagras funcionan bien porque se propulsan a pedos. Ay, *Omnictionary*, ¿llegarás algún día a ser exacto?

Una vez que el *Omnictionary* nos había explicado qué hacer, resultó sorprendentemente fácil. Saqué el clavo de cada una de las tres bisagras, y Ben retiró la puerta. Inspeccioné las bisagras y los trozos de madera sin pulir del marco. Nada.

—En la puerta no hay nada —dijo Ben.

Volvimos a colocar la puerta y Ben empujó los clavos con el mango del desarmador.

Radar y yo fuimos a casa de Ben, que era arquitectónicamente idéntica a la mía, a jugar un videojuego llamado *Arctic Fury*. Jugamos ese juego dentro del juego en el que disparabas a los demás con balas de pintura en un glaciar. Recibías puntos extra por disparar a tus enemigos en los huevos. Era muy sofisticado.

—Colega, está en Nueva York, seguro —dijo Ben.

Vi la boca de su rifle detrás de una esquina, pero, antes de que pudiera moverme, me disparó entre las piernas.

—Mierda —murmuré.

—Parece que otras veces sus pistas apuntaban a un lugar. Se lo dice a Jase y nos deja pistas de dos personas que vivieron en Nueva York la mayor parte de su vida —dijo Radar—. Tiene sentido.

—Colega, eso es lo que quiere —observó Ben.

Justo cuando estaba acercándome sigilosamente a Ben, paró el juego.

—Quiere que vayas a Nueva York —siguió diciendo Ben—. ¿Qué pasa si lo ha organizado todo para que sea la única manera de encontrarla? Que vayas.

—¿Que qué pasa? Es una ciudad de doce millones de personas.

—Podría tener aquí a un espía —dijo Radar—. Si vas, ¿quién se lo dirá?

—¡Lacey! —exclamó Ben—. Seguro que es Lacey. ¡Sí! Tienes que meterte en un avión y volar a Nueva York ahora mismo. Y cuando Lacey se entere, Margo irá al aeropuerto a buscarte. Sí. Colega, voy a llevarte a tu casa, harás la maleta, te llevaré al aeropuerto, comprarás un boleto con tu tarjeta de crédito sólo para emergencias, y entonces, cuando Margo descubra lo genial que eres, tan genial que Jase Worthington no podría ni soñar con compararse contigo, los tres iremos al baile con chicas buenas.

No tenía la menor duda de que en las próximas horas habría algún vuelo a Nueva York. Desde Orlando hay vuelos a todas partes a todas horas. Pero dudaba de todo lo demás.

—¿Y si llamas a Lacey? —le pregunté.

—¡No va a confesar! —me contestó Ben—. Piensa en todo lo que han hecho para despistar. Seguramente fingieron haberse peleado para que no sospecharas que Lacey era la espía.

—No lo sé —dijo Radar—, la verdad es que no parece congruente.

Siguió hablando, pero sólo lo escuché a medias. Miraba la pantalla detenida y pensaba. Si Margo y Lacey habían fingido pelearse, ¿Lacey había fingido romper con su novio? ¿Había fingido estar preocupada? Lacey había respondido a decenas de *e-mails* —ninguno con información real— de los carteles que su prima había colgado en tiendas de discos de Nueva York. No era una espía. El plan de Ben era una idiotez. Sin embargo, me atraía la mera idea de tener un plan, aunque faltaban sólo dos semanas y media para que acabaran las clases, y si iba a Nueva York, perdería al menos dos días, por no decir que mis padres me matarían por comprar un boleto de avión con la tarjeta de crédito. Cuanto más lo pensaba, más absurdo me parecía. Aunque si pudiera verla mañana… Pero no.

—No puedo faltar a clase —dije por fin. Quité la pausa al juego—. Mañana tengo un examen de francés.

—¿Sabes? —preguntó Ben—. Tu romanticismo es toda una inspiración.

Jugué un rato más y luego crucé Jefferson Park de vuelta a casa.

Mi madre me habló una vez de un niño loco con el que trabajaba. Había sido un niño completamente normal hasta los nueve años, cuando murió su padre. Y aunque es evidente que a un montón de niños de nueve años se les muere el padre, y la mayoría no se vuelven locos, supongo que aquel niño fue una excepción.

Lo que hizo aquel niño fue tomar un lápiz y un compás, y empezar a dibujar circunferencias en una hoja de papel. Todas las circunferencias de exactamente cinco centímetros de diámetro. Y dibujaba circunferencias hasta que toda la hoja de papel quedaba totalmente negra. Entonces tomaba otra hoja y dibujaba más circunferencias. Y lo hacía todos los días, a todas horas. No prestaba atención en clase, dibujaba circunferencias en todos los exámenes, y mi madre me dijo que el problema del niño era que había generado una rutina para sobrellevar su pérdida, pero que la rutina se había vuelto destructiva. El caso es que mi madre consiguió que llorara por su padre, y el niño dejó de dibujar circunferencias y al parecer desde entonces vivió feliz. Pero de vez en cuando pienso en el niño de las circunferencias, porque de alguna manera lo entiendo. Siempre me han gustado las rutinas. Supongo que aburrirme nunca me había aburrido demasiado. Suponía que no podría explicárselo a alguien como Margo, pero pasarte la vida dibujando circunferencias me parecía una locura hasta cierto punto razonable.

Así que debería haberme sentido bien por no ir a Nueva York. En cualquier caso, era una idiotez. Pero aquella noche, cuando volví a mi rutina, y al día siguiente, en clase, sentía que me corroía por dentro, como si la propia rutina estuviera impidiendo que me reuniera con Margo.

7

El martes por la tarde, cuando hacía seis días que Margo se
había marchado, hablé con mis padres. No se trataba de haber
tomado una gran decisión ni nada de eso. Sencillamente hablé. Estaba sentado en la barra de la cocina mientras mi padre
picaba verduras y mi madre sofreía carne en una sartén. Mi
padre me tomaba el pelo preguntándome cuánto iba a tardar
en leer un libro tan breve.

—La verdad es que no es para literatura —le dije—. Parece que Margo lo dejó para que lo encontrara.

Se quedaron los dos en silencio, y entonces les conté lo de
Woody Guthrie y lo de Whitman.

—Está claro que le gustan estos juegos de no dar toda la
información —observó mi padre.

—No la culpo por querer llamar la atención —dijo mi
madre, y luego añadió dirigiéndose a mí—: Pero eso no te
hace responsable de su bienestar.

Mi padre echó las zanahorias y las cebollas a la sartén.

—Sí, es verdad. Ninguno de los dos podemos diagnosticar-
la sin haberla visto, aunque sospecho que pronto estará en casa.

—No deberíamos especular —le dijo mi madre en voz baja, como si yo no estuviera escuchando.

Mi padre iba a contestar, pero lo interrumpí.

—¿Qué debo hacer?

—Graduarte —me contestó mi madre—. Y confiar en que Margo puede cuidar de sí misma. Ya ha mostrado un gran talento.

—Estoy de acuerdo —dijo mi padre.

Pero después de cenar, cuando volví a mi habitación y jugué *Resurrection* sin volumen, los oí hablando del tema en voz baja. No oía lo que decían, pero notaba que estaban preocupados.

Aquella misma noche, un rato después, Ben me llamó al celular.

—Hola —le dije.

—Colega —me dijo.

—Dime —le contesté.

—Voy a ir a comprar zapatos con Lacey.

—¿A comprar zapatos?

—Sí. De diez a doce de la noche hacen un treinta por ciento de descuento. Quiere que la ayude a elegir los zapatos para el baile. Bueno, había comprado unos, pero pasé ayer por su casa y estuvimos de acuerdo en que no eran... ya sabes, quiere los zapatos perfectos para la ocasión. Así que va a devolverlos y luego iremos a Burdines y...

—Ben —lo interrumpí.

—Dime.

—Colega, no deseo hablar de los zapatos de Lacey para el baile. Y te diré por qué: tengo una cosa que me impide interesarme por los zapatos para los bailes. Se llama pene.

—Estoy muy nervioso y no puedo dejar de pensar que en realidad me gusta, no sólo para ir con ella al baile de graduación, sino que me parece una chica muy guapa y me gusta salir con ella. Y quizás iremos al baile y nos besaremos en medio de la pista y todo será, maldición, ya sabes, todo lo que han pensado de mí se lo llevará el viento…

—Ben —le dije—, deja de decir tonterías y todo irá bien.

Siguió hablando un rato más, pero al final me libré de él.

Me acosté y empecé a deprimirme por el baile. Me negaba a sentir la más mínima tristeza por el hecho de no ir, pero —estúpida y fastidiosamente— había pensado en encontrar a Margo, traerla a casa conmigo justo a tiempo para el baile, el sábado por la noche, a última hora, y entrar en el salón del Hilton con *jeans* y playeras raídas, justo a tiempo para el último baile, y bailar mientras todo el mundo nos señalaría y se maravillaría de que Margo hubiera vuelto, y entonces saldríamos bailando *foxtrot* e iríamos a comprar un helado al Friendly's. Así que sí, como Ben, albergaba ridículas fantasías con el baile. Pero al menos no decía las mías en voz alta.

A veces Ben era un idiota tan egocéntrico que tenía que recordarme a mí mismo por qué me seguía cayendo bien. Al menos algunas veces tenía ideas sorprendentemente brillantes. Lo de la puerta había sido una buena idea, aunque no funcionara. Y era obvio que la intención de Margo había sido decirme algo más.

A mí.

La pista era mía. Las puertas eran mías.

De camino al garaje, tuve que pasar por el salón, donde mi madre y mi padre estaban viendo la tele.

—¿Quieres verlo? —me preguntó mi madre—. Están a punto de resolver el caso.

Era un programa de resolver casos de asesinato.

—No, gracias —le contesté.

Crucé la cocina y entré en el garaje. Busqué el desarmador plano más grande que teníamos, me lo metí en la cintura de los pantalones cortos caquis y me apreté bien el cinturón. Tomé una galleta de la cocina, volví a cruzar el salón con pasos ligeramente torpes, y mientras mis padres veían en la tele cómo se resolvía el misterio, quité los tres clavos de la puerta de mi habitación. Cuando salió el último, la puerta crujió y empezó a inclinarse, así que con una mano la empujé contra la pared, y mientras la colocaba, vi que de la bisagra de arriba salía volando un trocito de papel del tamaño de la uña de mi pulgar. Típico de Margo. ¿Para qué esconder algo en su habitación si podía esconderlo en la mía? Me pregunté cuándo lo había hecho, cómo se había metido en mi habitación. No pude evitar sonreír.

Era un trozo de papel del periódico *Orlando Sentinel*, con los bordes rectos por un lado y desgarrados por el otro. Sabía que era del *Sentinel* porque en un lado se leía: «*do Sentinel*, 6 de mayo de 2». El día que se marchó. No había duda de que el mensaje era suyo. Reconocí su letra.

No podía volver a colocar la puerta en su sitio sin golpear los clavos con el desarmador, lo que seguro habría alertado a mis padres, así que metí la puerta en las bisagras y la dejé abierta. Me metí los clavos en el bolsillo, fui hasta la computadora y busqué un plano en el que apareciera el 8 328 de la avenida Bartlesville. Nunca había oído hablar de aquella calle.

Estaba en el quinto pino, a 55.5 kilómetros por la autopista Colonial Drive, casi en la ciudad de Christmas, Florida. Cuando amplié el plano en el que aparecía el edificio, parecía un rectángulo negro con una franja plateada delante y hierba detrás. ¿Una casa móvil quizás? Era difícil hacerse una idea de la escala, porque estaba rodeada de verde.

Llamé a Ben para contárselo.

—¡Tenía yo razón! —exclamó—. Estoy impaciente por contárselo a Lacey, que también estaba convencida de que era buena idea.

Pasé por alto el comentario sobre Lacey.

—Creo que voy a ir —le dije.

—Sí, claro, por supuesto que tienes que ir. Iré contigo. Podemos ir el domingo por la mañana. Estaré cansado después de haber pasado la noche en el baile, pero no importa.

—No, quiero decir que voy a ir esta noche —le dije.

—Colega, está oscuro. No puedes ir a oscuras a un edificio que no sabes lo que es y con una dirección misteriosa. ¿Nunca has visto una película de terror?

—Quizá Margo esté allí —le dije.

—Sí, y también puede estar allí un demonio que se alimenta de páncreas de chicos —me contestó—. Maldición, al menos espera a mañana, aunque después del ensayo tengo que ir a encargar el ramo de Lacey, y luego quiero quedarme en casa por si entra al chat, porque últimamente chateamos mucho…

Lo corté.

—No. Esta noche. Quiero verla.

Sentía que el círculo empezaba a cerrarse. Si me daba prisa, en una hora podría verla.

—Colega, no voy a dejar que vayas a vete a saber qué dirección en plena noche. Si es necesario, te dispararé en el trasero con una Taser para inmovilizarte.

—Mañana por la mañana —me dije sobre todo a mí mismo—. Iré mañana por la mañana.

De todas formas, estaba cansado de no tener ni una falta de asistencia. Ben no dijo nada. Lo oí resoplar entre dientes.

—Creo que estoy a punto de que me dé algo —me comentó—. Fiebre. Tos. Molestias. Dolores.

Sonreí. Colgué y llamé a Radar.

—Estoy hablando con Ben —me dijo—. Ahora te llamo.

Me llamó un minuto después. Antes de que hubiera podido saludarlo siquiera, Radar me dijo:

—Q, tengo una migraña horrorosa. Imposible que pueda ir a clase mañana.

Me reí.

Después de colgar, me quedé en playera y calzoncillos, vacié el basurero en un cajón y lo dejé al lado de la cama. Puse la alarma a una hora intempestiva, las seis de la mañana, y pasé las horas siguientes intentando en vano quedarme dormido.

8

A la mañana siguiente mi madre entró en mi habitación.

—Ayer por la noche ni siquiera cerraste la puerta, dormilón —me dijo.

Abrí los ojos.

—Creo que tengo gastroenteritis —le contesté.

Y me acerqué al basurero, que contenía vómitos.

—¡Quentin! Vaya por Dios. ¿Cuándo ha sido?

—Hacia las seis —le contesté, y era verdad.

—¿Por qué no nos has avisado?

—Estaba agotado —le dije, y también era verdad.

—¿Te has despertado porque te encontrabas mal? —me preguntó.

—Sí —le contesté, y esta vez no era verdad.

Me había despertado porque la alarma había sonado a las seis, luego entré sigilosamente en la cocina, me comí una barrita de cereales y me bebí un vaso de jugo de naranja. A los diez minutos me metí dos dedos en la garganta. No lo había hecho antes de meterme en la cama porque no quería que la habitación apestara toda la noche. Vomitar era una mierda, pero fue un momento.

Mi madre se llevó el basurero y la oí limpiándolo en la cocina. Volvió con el bote limpio. Frunció los labios preocupada.

—Bueno, creo que tendré que tomarme el día… —empezó a decir, pero la corté.

—Estoy bien, de verdad —le dije—. Sólo tengo el estómago revuelto. Algo me habrá caído mal.

—¿Estás seguro?

—Te llamaré si me encuentro peor —le dije.

Me dio un beso en la frente. Sentí en la piel el labial pegajoso. Aunque en realidad no estaba enfermo, por alguna razón hizo que me sintiera mejor.

—¿Quieres que cierre la puerta? —me preguntó alargando la mano hacia ella.

La puerta se mantuvo en las bisagras, pero por poco.

—No no no —le dije, quizá demasiado nervioso.

—Está bien —me contestó—. Llamaré a la escuela de camino al trabajo. Si necesitas algo, llámame. Lo que sea. O si quieres que vuelva a casa. Y siempre puedes llamar a papá. Y vendré a echarte un vistazo esta tarde, ¿ok?

Asentí y jalé de las mantas hasta la barbilla. Aunque el basurero estaba limpio, seguía llegándome el olor a vómito bajo el detergente, y ese olor me recordaba al acto de vomitar, que por alguna razón me dio ganas de volver a vomitar, pero respiré despacio por la boca hasta que oí el Chrysler retrocediendo por el camino. Eran las 7:32. Pensé que por una vez no me retrasaría. No para ir a la escuela, lo admito. Pero aun así.

Me bañé, me lavé los dientes y me puse unos *jeans* oscuros y una playera negra. Me metí el trozo de papel de periódico en el bolsillo. Metí los clavos en las bisagras y preparé la mochila. La verdad es que no sabía qué meter, pero incluí el desarmador para abrir puertas, una copia del plano, indicaciones para llegar, una botella de agua y el libro de Whitman, por si estaba allí. Quería hacerle algunas preguntas.

Ben y Radar aparecieron a las ocho en punto. Me senté en la parte de atrás. Iban cantando a gritos una canción de los Mountain Goats.

Ben se giró y me tendió el puño. Le di un puñetazo suave, aunque odiaba esa forma de saludar.

—¡Q! —gritó por encima de la música—. ¿Qué te parece?

Supe exactamente lo que quería decir. Se refería a escuchar a los Mountain Goats con tus amigos en un coche, la mañana de un miércoles de mayo, en busca de Margo y del *margotástico* premio que supusiera encontrarla.

—Nada que ver con cálculo —le contesté.

La música estaba demasiado alta para hablar. En cuanto salimos de Jefferson Park, bajamos la única ventanilla que funcionaba para que el mundo supiera que teníamos buen gusto musical.

Avanzamos por la Colonial Drive y dejamos atrás los cines y las librerías por las que había pasado toda mi vida. Pero esta vez era diferente y mejor, porque era a la hora de cálculo, porque estaba con Ben y con Radar, y porque íbamos de camino hacia el lugar en el que creía que encontraría a Margo. Y al final, después de treinta kilómetros, Orlando dio paso a los últimos campos de naranjos y a ranchos no urbanizados: la interminable llanura toda cubierta de matorrales, el musgo negro colgando de las ramas de los robles, inmóvil en la cálida mañana sin viento. Era la Florida en la que había pasado noches acribillado por los mosquitos y cazando armadillos cuando era *boy scout*. La carretera estaba ahora llena de camionetas, y cada dos kilómetros, más o menos, se veía una salida de la autopista: pequeñas calles que serpenteaban caprichosamente alrededor de casas surgidas de la nada, como un volcán cubierto de plástico.

Algo más adelante pasamos por una señal de madera roída que decía GROVEPOINT ACRES. Una carretera con el asfalto agrietado de menos de cien metros iba a parar a una gran extensión de tierra gris que señalaba que Grovepoint Acres era lo que mi madre llamaba una pseudovisión, una urbanización abandonada antes de haberla terminado. Mis padres me habían señalado pseudovisiones un par de veces yendo con ellos en coche, pero nunca había visto ninguna tan desolada.

Habíamos recorrido poco más de cinco kilómetros desde Grovepoint Acres cuando Radar apagó la música.

—Debe de estar a un kilómetro —dijo.

Respiré hondo. La emoción de no estar en la escuela había empezado a disminuir. No parecía un sitio en el que Margo se escondería, ni siquiera vendría por aquí. Nada que ver con Nueva York. Era la Florida que ves desde un avión y te preguntas por qué a alguien se le ocurrió un día poblar esta península. Miré el asfalto vacío. El calor me distorsionaba la visión. Frente a nosotros vi un pequeño centro comercial temblando en la distancia.

—¿Es aquello? —pregunté inclinándome hacia delante y señalándolo.

—Debe de serlo —me contestó Radar.

Ben pulsó el botón del equipo de música y nos quedamos los tres callados mientras se metía en un estacionamiento invadido desde hacía tiempo por la arena gris. En su momento hubo un cartel que anunciaba la presencia de cuatro tiendas, porque a un lado de la carretera había un poste raído de más de dos metros, pero el cartel desapareció hacía tiempo. Lo habría arrancado un huracán o se habría podrido de viejo. A las tiendas no les había ido mucho mejor. Era un edificio de un solo piso con techo plano, y por algunos sitios se veían los bloques de hormigón al descubierto. Las capas de pintura se desprendían de las paredes como insectos pegados a un nido. Las manchas de humedad formaban dibujos abstractos de color marrón entre los escaparates de las tiendas. Los escaparates estaban sellados con láminas torcidas de aglomerado. De pronto me pasó por la cabeza una idea horrible, una de esas ideas de las que no puedes librarte en cuanto han cruzado el umbral de la conciencia: me parecía que no era un lugar al que va uno a vivir. Era un lugar al que se va a morir.

En cuanto el coche se detuvo, el olor a rancio de la muerte me invadió la nariz y la boca. Tuve que tragarme la bocanada de vómito que me subió dolorosamente por la garganta. Sólo entonces, tras haber perdido tanto tiempo, entendí lo mal que había interpretado tanto el juego de Margo como el premio por ganarlo.

Salgo del coche. Ben se coloca a mi lado, y Radar al lado de Ben. Y de repente sé que esto no tiene gracia, que no se trata de demostrarle que merezco salir con ella. Puedo oír las palabras de Margo la noche en que recorrimos Orlando. La oigo diciéndome: «No quiero que unos niños me encuentren cubierta de moscas un sábado por la mañana en Jefferson Park». No querer que unos niños te encuentren en Jefferson Park no es lo mismo que no querer morir.

No parece que haya pasado nadie por aquí desde hace tiempo, excepto por el olor, ese tufo rancio y dulzón que diferencia a los muertos de los vivos. Me digo a mí mismo que Margo no puede oler así, pero claro que puede. Todos podemos. Me llevo el brazo a la nariz para oler el sudor, la piel y cualquier cosa menos la muerte.

—¿MARGO? —grita Radar.

Un pájaro posado en la oxidada tubería del edificio suelta dos sílabas a modo de respuesta.

—¡MARGO! —vuelve a gritar Radar.

Nada. Da una patada en la arena y suspira.

—Mierda.

Aquí, frente a este edificio, aprendo algo sobre el miedo. Aprendo que no son las banales fantasías de alguien que quizá quiere que le pase algo importante, aunque lo importante sea terrible. No es el asco de ver a un extraño muerto, ni la falta de aliento cuando oyes cargarse una escopeta delante de la casa de Becca Arrington. Éste no se soluciona con ejercicios de respiración. Este miedo no es comparable con ningún miedo que haya sentido antes. Es la más baja de todas las emociones posibles, sientes que estaba con nosotros antes de que existieras, antes de que existiera este edificio, antes de que existiera la Tierra. Es el miedo que hizo que los peces salieran del agua y desarrollaran pulmones, el miedo que nos enseña a correr, el miedo que hace que enterremos a nuestros muertos.

El olor hace que un desesperado pánico se apodere de mí. No como cuando mis pulmones se quedan sin aire, sino como cuando lo que se queda sin aire es la propia atmósfera. Creo que la razón por la que he pasado la mayor parte de mi vida asustado es quizá porque intentaba prepararme y entrenar mi cuerpo para cuando llegara el miedo de verdad. Pero no estoy preparado.

—Colega, deberíamos marcharnos —dice Ben—. Deberíamos llamar a la policía o a quien sea.

Todavía no nos hemos mirado. Los tres seguimos mirando ese edificio, ese edificio abandonado desde hace mucho tiempo que sólo puede albergar cadáveres.

—No —dice Radar—. No no no no no. Los llamaremos si hay razones para llamarlos. Dejó la dirección a Q, no a la policía. Tenemos que buscar la manera de entrar.

—¿Entrar? —pregunta Ben dubitativo.

Le doy una palmada en la espalda a Ben, y por primera vez en todo el día no miramos al frente, sino que nos miramos entre nosotros. Lo hace más llevadero. Al mirarlos, algo me hace sentir que Margo no está muerta si no la hemos encontrado.

—Sí, entrar —digo.

Ya no sé quién es Margo, o quién era, pero tengo que encontrarla.

9

Rodeamos el edificio hasta la parte de atrás y encontramos cuatro puertas de acero cerradas, y nada más aparte de terreno con palmeras enanas esparcidas en una extensión de hierba verde con matices dorados. Aquí todavía hay más peste y me da miedo seguir andando. Ben y Radar están justo detrás de mí, a mi derecha y mi izquierda, formando un triángulo. Avanzamos despacio recorriendo la zona con los ojos.

—¡Un mapache! —grita Ben—. Gracias, Dios mío. Es un mapache. Maldición.

Radar y yo nos alejamos del edificio y vamos hacia él, que está junto a una zanja de drenaje poco profunda. Un enorme mapache hinchado y con el pelo apelmazado ahí muerto, sin heridas visibles. Se le ha desprendido el pelo, que deja al descubierto una costilla. Radar se aparta con arcadas, pero no llega a vomitar. Me inclino a su lado y apoyo la mano entre sus omóplatos.

—Me alegro tanto de ver a este puto mapache muerto —me dice cuando recupera la respiración.

Pero, aun así, no me la puedo imaginar viva aquí. Se me ocurre que Whitman podría ser una nota de suicidio. Pienso en versos que había marcado: «Y morir es algo distinto de lo que muchos supusieron, y de mejor augurio». «Que el lodo sea mi heredero, quiero crecer del pasto que amo; / Si quieres encontrarte conmigo, búscame bajo la suela de tus zapatos.» Por un momento siento un destello de esperanza al pensar en el último verso del poema: «En alguna parte te espero». Pero luego pienso que esa primera persona no tiene por qué ser una persona. También puede ser un cuerpo.

Radar se ha apartado del mapache y tira del picaporte de una de las cuatro puertas de acero. Siento deseos de rezar por el muerto, de rezar el Kadish por este mapache, pero ni siquiera me lo sé. Lo siento mucho por él y siento mucho alegrarme tanto de verlo así.

—Está cediendo un poco —nos grita Radar—. Vengan a ayudarme.

Ben y yo sujetamos a Radar por la cintura y tiramos de él. Radar apoya un pie en la pared para darse más impulso, y de repente los dos caen encima de mí y me encuentro con la playera empapada de sudor de Radar en la cara. Por un momento me entusiasmo, creo que lo hemos conseguido, pero entonces veo que Radar tiene el mango de la puerta en la mano. Me levanto y echo un vistazo a la puerta, que sigue cerrada.

—Puto picaporte de mierda del año de la canica —se queja Radar.

Nunca lo había oído hablar así.

—Tranquilo —le digo—. Alguna manera habrá. Tiene que haberla.

Damos la vuelta hasta la parte delantera del edificio. No vemos puertas, ni agujeros, ni túneles. Pero tengo que entrar. Ben y Radar intentan arrancar las tablas de conglomerado de los ventanales, pero están clavadas. Radar les da patadas, pero no ceden. Ben vuelve a mi lado.

—Detrás de una de esas tablas no hay cristal —me dice.

Y sale corriendo. Mientras corre, sus tenis esparcen la arena.

Lo miro confundido.

—Voy a atravesar las tablas —me explica.

—No podrás.

Es el menos corpulento de los tres, que ya es decir. Si alguno tiene que intentar atravesar las tablas de los ventanales, debería ser yo.

Aprieta los puños y luego extiende los dedos. Mientras voy hacia él empieza a decirme:

—En tercero, mi madre intentó que dejaran de pegarme apuntándome a taekwondo. Sólo fui a tres clases, y sólo aprendí una cosa, pero de vez en cuando es útil. Vimos al maestro de taekwondo partir un bloque grueso de madera y todos pensamos, colega, cómo lo ha hecho, y él nos dijo que si actúas como si tu mano fuera a atravesar el bloque de madera, y si crees que tu mano va a atravesar ese bloque, entonces lo atraviesa.

Estoy a punto de rebatir esa lógica absurda cuando echa a correr y pasa por delante de mí como una flecha. Sigue acelerando mientras se acerca a la tabla y luego, sin miedo, en el último segundo, pega un salto, gira el cuerpo, saca el hombro para que cargue con la fuerza del impacto y cae en la madera. Casi espero que la atraviese y deje su silueta recortada, como en los dibujos animados. Pero rebota en la tabla y cae de espaldas en una zona de hierba situada en medio de la arena. Ben se gira hacia un lado frotándose el hombro.

—Se ha roto —dice.

Doy por sentado que habla del hombro y corro hacia él, pero se levanta y veo una grieta en la tabla de conglomerado, a su altura. Empiezo a darle patadas y la grieta se expande horizontalmente. Entonces Radar y yo metemos los dedos en la grieta y jalamos. Entrecierro los ojos para evitar que me entre el sudor y tiro con todas mis fuerzas hasta que la grieta empieza a formar una abertura dentada. Seguimos en silencio hasta que Radar necesita descansar y lo sustituye Ben. Al final conseguimos lanzar un trozo grande de tabla dentro del local. Meto los pies y aterrizo a ciegas en lo que parece un montón de papeles.

Por el agujero que hemos abierto entra algo de luz, pero no veo las dimensiones de la sala, ni si hay techo. El aire es tan cálido y está tan viciado que inhalar produce la misma sensación que exhalar.

Me giro y me doy con la barbilla en la frente de Ben. Me descubro a mí mismo hablando en susurros, aunque no hay razón para ello.

—¿Tienes una…?

—No —me contesta también en susurros antes de que haya terminado de decirlo—. Radar, ¿has traído una linterna?

Oigo a Radar entrando por el agujero.

—Tengo una en el llavero, pero no es gran cosa.

Enciende la luz. Sigo sin ver muy bien, pero está claro que hemos entrado en una gran sala con un laberinto de estanterías metálicas. Los papeles del suelo son páginas de un viejo calendario. Los días están esparcidos por la sala, todos ellos amarillentos y mordidos por los ratones. Me pregunto si esto pudo ser una librería, aunque hace décadas que los estantes no albergan otra cosa que polvo.

Nos ponemos en fila detrás de Radar. Oigo algo crujir encima de nosotros y nos quedamos los tres quietos. Intento tragarme el pánico. Oigo las respiraciones de Radar y de Ben, sus pasos arrastrando los pies. Quiero salir de aquí, pero el crujido podría ser Margo. También podrían ser adictos al *crack*.

—Son los cimientos del edificio —susurra Radar, aunque parece menos seguro de lo habitual.

Me quedo donde estoy, incapaz de moverme. Al momento oigo la voz de Ben.

—La última vez que tuve tanto miedo me oriné encima.

—La última vez que tuve tanto miedo —dijo Radar— tuve que enfrentarme a un Lord Oscuro para que los magos estuvieran seguros.

Hice un débil intento:

—La última vez que tuve tanto miedo dormí en la habitación de mi madre.

Ben suelta una risita.

—Q, si yo fuera tú, tendría tanto miedo todas las noches.

No estoy de humor para reírme, pero sus risas consiguen que la sala parezca segura, de modo que empezamos a explorarla. Pasamos entre las filas de estanterías, pero lo único que encontramos son algunas copias del *Reader's Digest* de la década de los setenta tiradas en el suelo. Al rato mis ojos se han adaptado a la oscuridad, y medio a oscuras empezamos a andar en diferentes direcciones y a diferentes velocidades.

—Que ninguno salga hasta que salgamos todos —susurro.

Me susurran que de acuerdo. Voy hacia una pared lateral de la sala y encuentro la primera evidencia de que alguien ha estado aquí después de que todo el mundo se hubiera marchado. En la pared, a la altura de mi cintura, hay un túnel más o menos semicircular. Encima del agujero han escrito las palabras AGUJERO DE TROL con espray naranja, además de una útil flecha que apunta al agujero.

—Chicos —dice Radar tan alto que por un momento se rompe el hechizo.

Sigo su voz y lo encuentro en la pared del otro lado, iluminando con la linterna otro Agujero de Trol. El grafiti no se parece demasiado a los de Margo, pero no podría asegurarlo. Sólo la vi pintar una letra.

Radar enfoca la linterna hacia el agujero, y yo me agacho y entro primero. Lo único que hay en la sala es una alfombra enrollada en una esquina. La linterna recorre el suelo y veo manchas de pegamento en el cemento, donde antes había estado la afombra. Al fondo de la sala descubro otro agujero abierto en la pared, esta vez sin grafiti.

Gateo por ese Agujero de Trol hasta una sala con filas de estantes de ropa. Los ganchos de acero inoxidable siguen colgados en las paredes con manchas de color vino y de humedad. Esta sala está más iluminada, y tardo un momento en darme cuenta de que es porque en el techo hay varios agujeros. La tela asfáltica está colgando y veo trozos en los que el techo se hunde sobre vigas de hierro descubiertas.

—Una tienda de souvenirs —susurra Ben delante de mí.

Y al momento me doy cuenta de que tiene razón.

En medio de la sala, cinco vitrinas forman un pentágono. El cristal que en su momento separaba a los turistas de sus mierdas para turistas está hecho añicos en el suelo, alrededor de las vitrinas. La pintura gris se cae de las paredes formando bonitos dibujos. Cada polígono de pintura agrietada es como un copo de nieve de la decadencia.

Pero lo raro es que quedan algunos artículos. Hay un teléfono de Mickey Mouse que me recuerda a mi infancia. En las vitrinas, salpicadas de cristales rotos, hay playeras mordidas por las polillas, aunque todavía dobladas, que dicen ORLANDO AL SOL. Debajo de las vitrinas, Radar encuentra una caja llena de mapas y viejos folletos turísticos que publicitan Gator World, Crystal Gardens y otras atracciones que ya no existen. Ben me hace un gesto con la mano y sin decir nada señala el caimán de vidrio verde metido en una caja, casi enterrado entre el polvo. Esto es lo que valen nuestros recuerdos, pienso. No puedes regalar esta mierda.

Volvemos atrás pasando por la sala vacía y la sala de las estanterías, y gateamos por el último Agujero de Trol. Esta sala parece un despacho, sólo que no tiene computadoras, y da la impresión de que la abandonaron a toda prisa, como si hubieran teletransportado al espacio a los trabajadores o algo así. Veinte mesas colocadas en cuatro filas. En alguna mesa todavía hay bolígrafos, y todas ellas están cubiertas de calendarios gigantes de papel. Todos los calendarios se han detenido en febrero de 1986. Ben empuja una silla de escritorio, que al girar rechina rítmicamente. Miles de *post-it* con publicidad de la empresa de hipotecas Martin-Gale están apilados en forma de pirámide inestable debajo de una mesa. Hay cajas abiertas con pilas de papel de viejas impresoras matriciales en los que se detallan los gastos y los ingresos de la empresa Martin-Gale. En una de las mesas alguien ha apilado folletos de urbanizaciones formando una casa de un piso. Extiendo los folletos por si esconden alguna pista, pero no.

—Nada de después de 1986 —suspira Radar pasando los dedos por los papeles.

Empiezo a revisar los cajones. Encuentro bastoncitos para los oídos y alfileres. Bolígrafos y lápices metidos de diez en diez en cajas de cartulina con letras y diseños retro. Servilletas de papel. Un par de guantes de golf.

—¿Ven el menor indicio de que alguien haya estado aquí en los últimos veinte años, por decir algo? —les pregunto.

—Sólo los Agujeros de Trol —me contesta Ben.

Es una tumba, todo cubierto de polvo.

—Y entonces ¿por qué nos ha traído aquí? —pregunta Radar.

Por fin empezamos a hablar.

—Ni idea— le contesto.

No hay duda de que Margo no está.

—Hay manchas con menos polvo —dice Radar—. En la sala vacía hay un rectángulo sin polvo, como si hubieran movido algo. Pero no sé.

—Y está este trozo pintado —observa Ben señalando a una pared.

La linterna de Radar me muestra que en la pared del fondo del despacho hay un trozo en el que se ha dado una capa de pintura blanca, como si a alguien se le hubiera ocurrido remodelarlo, pero hubiera abandonado el proyecto a la media hora. Me acerco a la pared y veo que debajo de la pintura hay algo pintado de color rojo. Pero sólo veo indicios de pintura roja que traspasa, no lo suficiente para saber lo que dice. Junto a la pared hay un bote abierto de pintura blanca. Me arrodillo y meto el dedo en la pintura. La superficie está dura, pero se rompe fácilmente, así que saco el dedo blanco. No digo nada mientras la pintura me gotea del dedo, porque todos hemos llegado a la misma conclusión: que alguien ha estado aquí hace poco. Y entonces el edificio vuelve a crujir, y a Radar se le cae la linterna y suelta una maldición.

—Esto es muy raro —comenta.

—Chicos —dice Ben.

Como la linterna sigue en el suelo, doy un paso atrás para recogerla, pero entonces veo a Ben señalando. Lo que señala es la pared. Al recibir la luz indirecta, las letras pintadas han atravesado la capa de pintura. Al momento sé que esas fantasmagóricas letras grises son de Margo.

IRÁS A LAS CIUDADES DE PAPEL Y NUNCA VOLVERÁS

Tomo la linterna, enfoco directamente a la pintura, y el mensaje desaparece. Pero cuando enfoco otra zona de la pared, vuelve a ser legible.

—Mierda —dice Radar en voz baja.

—Colega, ¿podemos irnos ya? —pregunta Ben—. Porque la última vez que tuve tanto miedo… Vámonos de aquí. Estoy asustado. Esta mierda no tiene nada de divertida.

Creo que «Esta mierda no tiene nada de divertida» es lo que más se acerca a mi propio terror. Y para mí está lo bastante cerca. Me dirijo a toda prisa al Agujero de Trol. Siento que las paredes se cierran sobre nosotros.

10

Ben y Radar me dejaron en casa. Aunque no habían ido a clase, no podían permitirse faltar al ensayo. Me senté un buen rato con el «Canto de mí mismo», y por enésima vez intenté leer el poema entero, empezando por el principio, pero el problema era que son como ochenta páginas, es raro y repetitivo, y aunque entendía todas las palabras, no entendía lo que quería decir en sí. Pese a que sabía que seguramente lo único importante eran los versos marcados, quería saber si el poema era una especie de nota suicida. Pero no entendía nada.

Había leído ya diez confusas páginas cuando me puse tan histérico que decidí llamar al detective. Saqué su tarjeta de unos pantalones cortos del cesto de la ropa sucia. Contestó al segundo tono.

—Warren.

—Hola, hum, soy Quentin Jacobsen, un amigo de Margo Roth Spiegelman.

—Claro, muchacho, me acuerdo de ti. ¿Qué sucede?

Le conté lo de las pistas, lo del centro comercial y lo de las ciudades de papel, le expliqué que desde lo alto del SunTrust

Building me había dicho que Orlando era una ciudad de papel, pero no había hablado de ciudades en plural, que me había contado que no quería que la encontraran y lo de buscarla bajo la suela de nuestros zapatos. Ni siquiera me dijo que no tenía que entrar en edificios abandonados, ni me preguntó qué hacía en un edificio abandonado a las diez de la mañana de un día de clase. Esperó a que hubiera terminado de hablar.

—Por Dios, muchacho, eres casi un detective. Lo único que te falta es una pistola, una buena barriga y tres ex mujeres. ¿Cuál es tu teoría?

—Me preocupa que se haya… bueno, que se haya suicidado, supongo.

—Jamás me ha pasado por la cabeza que esta chica hiciera otra cosa que escaparse, muchacho. Entiendo lo que me dices, pero recuerda que lo ha hecho otras veces. Me refiero a las pistas. Así le añade un poco de teatro. Sinceramente, si hubiera querido que la encontraras —viva o muerta—, ya la habrías encontrado.

—Pero ¿no le…?

—Muchacho, tenemos la mala suerte de que legalmente es una persona adulta y libre, ¿sabes? Permíteme que te dé un consejo: espera a que vuelva. Bueno, en algún momento dejarás de mirar el cielo, o uno de estos días mirarás hacia abajo y verás que también tú has salido volando.

Colgué con mal sabor de boca. Estaba claro que lo que me llevaría hasta Margo no sería la poesía de Warren. Seguí pensando en los versos del final que Margo había marcado: «Que el lodo sea mi heredero, quiero crecer del pasto que amo; / Si quieres encontrarte conmigo, búscame bajo la suela de tus zapatos». En las primeras páginas, Whitman escribe que ese pasto, esa hierba, es «la cabellera suelta y hermosa de las tumbas». Pero ¿dónde estaban las tumbas? ¿Dónde estaban las ciudades de papel?

Entré en el *Omnictionary* para ver si se sabía algo más sobre la expresión «ciudades de papel». Encontré una entrada enormemente detallada y útil creada por un usuario llamado *culodemofeta*: «Una Ciudad de Papel es una ciudad con una fábrica de papel». Era el error del *Omnictionary*: las entradas que escribía Radar eran exhaustivas y tremendamente útiles, pero la de ese tal *culodemofeta* dejaba mucho que desear. Pero cuando busqué en la red en general, encontré algo interesante escondido entre las entradas de un foro sobre propiedades inmobiliarias en Kansas.

Parece que Madison Estates no va a construirse. Mi marido y yo compramos una casa, pero esta semana nos llamaron para decirnos que van a devolvernos el enganche porque no han vendido suficientes casas para financiar el proyecto. ¡Otra ciudad de papel para Kansas! – Marge, Cawker, Kansas.

¡Una pseudovisión! Irás a las pseudovisiones y no volverás jamás. Respiré hondo y me quedé mirando la pantalla.

La conclusión parecía irrefutable. Aunque todo se había roto en su interior y había tomado su decisión, no se permitió desaparecer para siempre, así que había decidido dejar su cuerpo —dejármelo a mí— en una sombría versión de nuestra urbanización, donde se le rompieron los primeros hilos. Había dicho que no quería que cualquier niño encontrara su cuerpo, y parecía lógico que, de todas las personas a las que conocía, me eligiera a mí para encontrarlo. No me haría tanto daño porque para mí no sería nuevo. Ya me había sucedido antes. Tenía experiencia en la materia.

Vi que Radar estaba conectado, y estaba a punto de hablar con él cuando en la pantalla me apareció un mensaje suyo.

OMNICTIONARIAN96: Hola.

QTHERESURRECTION: Ciudades de papel = pseudovisiones. Creo que quiere que encuentre su cuerpo. Porque piensa que podré soportarlo. Porque encontramos a un tipo muerto cuando éramos niños.

Le mandé el *link*.

OMNICTIONARIAN96: Cálmate. Espera a que vea el link.

QTHERESURRECTION: OK.

OMNICTIONARIAN96: De acuerdo, no seas tan macabro. No sabes nada seguro. Creo que seguramente está bien.

QTHERESURRECTION: No, no lo crees.

OMNICTIONARIAN96: Ok, no lo creo. Pero puede estar viva a pesar de los indicios…

QTHERESURRECTION: Sí, supongo. Me voy a la cama. Mis padres no tardarán en llegar.

Pero no conseguía calmarme, así que llamé a Ben desde la cama y le conté mi teoría.

—Qué mierda macabra, colega. Margo está bien. Sólo está jugando.

—No parece preocuparte demasiado.

Suspiró.

—Bueno, es mala onda de su parte hacerte perder las tres últimas semanas de clase, ¿sabes? Te tiene muy preocupado, y tiene a Lacey muy preocupada, y faltan tres días para el baile, ¿sabes? ¿No podemos tener un baile tranquilo y divertirnos?

—¿Lo dices en serio? Ben, podría estar muerta.

—No está muerta. Es la reina del teatro. Quiere llamar la atención. Mira, ya sé que sus padres son unos idiotas, pero la conocen mejor que nosotros, ¿verdad? Y sus padres piensan lo mismo.

—Cuando quieres eres un perfecto torpe.

—Lo que tú digas, colega. El día ha sido largo para los dos. Demasiado melodrama. TTYS.

Quise reírme de él por utilizar siglas de chat IRL, pero no tuve fuerzas.

Colgué y volví a la red en busca de un listado de pseudovisiones de Florida. No lo encontraba por ningún sitio, pero, después de teclear «urbanizaciones abandonadas», «Grovepoint Acres» y cosas por el estilo un buen rato, conseguí hacer una lista de cinco lugares a menos de tres horas de Jefferson Park. Imprimí un mapa de Florida central, lo clavé con tachuelas en la pared, por encima de la computadora, y clavé una en cada una de las cinco localizaciones. A simple vista no detecté la menor relación entre ellas. Estaban repartidas al azar entre las urbanizaciones más lejanas, así que necesitaría al menos una semana para ir a todas ellas. ¿Por qué no me había dejado un lugar concreto? Varias pistas fastidiosamente siniestras, varios indicios de tragedia, pero ni un lugar. Nada a lo que agarrarse. Como intentar subir una montaña de grava.

Ben me dio permiso para llevarme el *Chuco* al día siguiente, porque iba a ir de compras con Lacey en su todoterreno. Así que por una vez no tenía que esperar a la puerta de la sala de ensayo. Sonó el timbre y corrí a su coche. Como no tenía el talento de Ben para arrancar el *Chuco*, fui uno de los primeros en llegar al estacionamiento de los alumnos de último año, y uno de los últimos en salir, pero al final el motor hizo contacto y me puse en camino hacia Grovepoint Acres.

Conduje despacio por la Colonial, buscando otras pseudovisiones que se me pudieran haber escapado en la red. Llevaba detrás una larga fila de coches y me angustiaba pensar que estaba creando un embotellamiento. Me sorprendía que todavía pudiera preocuparme de tonterías insignificantes y ridículas como si el tipo del coche que iba detrás de mí pensaba que conducía con excesiva precaución. Me habría gustado que la desaparición de Margo me hubiera cambiado, pero la verdad era que no.

Mientras la fila de coches se arrastraba detrás de mí como un reticente cortejo fúnebre, me descubrí a mí mismo hablando con Margo en voz alta. «Seguiré el hilo. No traicionaré tu confianza. Te encontraré.»

Por raro que parezca, dirigirme a ella en voz alta me tranquilizaba. Evitaba que imaginara las diversas posibilidades. Llegué al letrero de madera roída de Grovepoint Acres. Casi oí los suspiros de alivio de los que me seguían cuando giré a la izquierda hacia la carretera asfaltada sin salida. Parecía un camino sin una casa. Dejé el *Chuco* en marcha y salí. Al acercarme, vi que Grovepoint Acres estaba más acabado de lo que en un primer momento parecía. Habían abierto en el suelo dos caminos de tierra sin salida, aunque se habían erosionado tanto que apenas se veían los contornos. Recorrí las dos calles arriba y abajo sintiendo el calor en la nariz cada vez que respiraba. El sol abrasador dificultaba el movimiento, pero sabía la bonita, aunque macabra, verdad: el calor hace que los muertos apesten, y Grovepoint Acres sólo olía a aire caliente y tubos de escape. La humedad hacía que la acumulación de exhalaciones se mantuviera en la superficie.

Busqué pruebas de que Margo hubiera estado allí: huellas, algo escrito en la tierra o que hubiera dejado, pero parecía que yo era la primera persona que andaba por aquellas calles sin nombre en años. El suelo era plano y todavía no había crecido mucha hierba, así que tenía la vista despejada en todas las direcciones. No vi tiendas de campaña, ni rastros de hogueras, ni a Margo.

Volví al *Chuco*, me dirigí a la I-4 y giré al noreste de la ciudad, hacia un lugar llamado Holly Meadows. Lo pasé de largo tres veces antes de encontrarlo por fin, porque toda la zona estaba rodeada de robles y ranchos, y como no había un cartel que indicara la entrada, Holly Meadows no se veía. Pero en cuanto avancé unos metros por una carretera sin asfaltar entre los robles y los pinos, todo estaba tan desolado como en Grovepoint Acres. El camino principal se diluía lentamente en un terreno de tierra. No vi otros caminos, pero andando descubrí en el suelo varios postes de madera pintados con espray. Supuse que los habían utilizado para delimitar el terreno. No olía ni veía nada sospechoso, pero aun así sentí que el miedo se apoderaba de mí, y al principio no entendía por qué, pero luego lo vi: al limpiar la zona para construir, habían dejado un roble solitario en la parte de atrás del campo. Y el árbol retorcido, con sus ramas cubiertas de gruesa corteza, se parecía tanto al árbol en el que habíamos encontrado a Robert Joyner, en Jefferson Park, que estuve seguro de que Margo estaba allí, al otro lado del árbol.

Y por primera vez tuve que imaginarlo: Margo Roth Spiegelman desplomada sobre el árbol, los ojos mudos, la sangre oscura saliéndole de la boca, toda hinchada y deformada porque había tardado mucho en encontrarla. Había confiado en que la encontraría antes. Me había confiado su última noche. Y le había fallado. Y aunque el olor del aire sólo permitía deducir que se avecinaba la lluvia, estaba seguro de que la había encontrado.

Pero no. Sólo era un árbol solitario en la tierra gris. Me senté, me apoyé en el árbol y esperé a recuperar el aliento. Odiaba estar solo en aquellos momentos. Lo odiaba. Si Margo pensaba que Robert Joyner me había preparado para aquello, se equivocaba. No conocía a Robert Joyner. No quería a Robert Joyner.

Golpeé el suelo con los nudillos y volví a golpearlo una y otra vez. La arena se dispersó alrededor de mis manos hasta que llegué a las raíces del árbol, y seguí golpeando. El dolor me subía por las palmas y las muñecas. Hasta aquel momento no había llorado por Margo, pero por fin lo hice, di golpes en el suelo y grité porque nadie podía oírme. La extrañaba la extrañaba la extrañaba la extraño.

Me quedé allí, aunque se me habían agotado los brazos y se me habían secado los ojos. Me quedé sentado pensando en ella hasta que la luz se volvió gris.

11

Al día siguiente encontré a Ben junto a la puerta de la sala de ensayo, charlando con Lacey, Radar y Angela a la sombra de un árbol de ramas bajas. Me resultaba difícil oírlos hablar del baile, de que Lacey se había peleado con Becca o de lo que fuera. Estaba esperando la oportunidad de contarles lo que había visto, pero cuando por fin la tuve me di cuenta de que en realidad no tenía nada nuevo que contar.

—Revisé a fondo dos pseudovisiones, pero no encontré nada.

Nadie pareció especialmente interesado, excepto Lacey, que movió la cabeza mientras contaba lo de las pseudovisiones.

—Anoche leí en internet que los suicidas rompen relaciones con las personas con las que están enfadados. Y regalan sus cosas. La semana pasada Margo me dio cinco *jeans* porque me dijo que a mí me irían mejor, y no es verdad, porque ella tiene muchas más curvas.

Lacey me caía bien, pero entendí lo que me había contado Margo de que siempre estaba menospreciándola.

Al contárnoslo, empezó a llorar. Ben le pasó un brazo por la cintura, y ella apoyó la cabeza en su hombro, lo que no le resultó fácil, porque con tacones era más alta que él.

—Lacey, tenemos que encontrarla. En fin, habla con tus amigos. ¿Habló alguna vez de ciudades de papel? ¿Habló de algún lugar en concreto? ¿Había alguna urbanización en alguna parte que significara algo para ella?

Lacey se encogió de hombros, todavía apoyada en el de Ben.

—Colega, no la presiones —me advirtió Ben.

Suspiré, pero no dije nada.

—Estoy en internet —dijo Radar—, pero su nombre de usuario no ha entrado en el *Omnictionary* desde que se marchó.

Y de repente volvieron al tema del baile. Lacey levantó la cabeza del hombro de Ben con aire triste y distraído, pero intentó sonreír mientras Radar y Ben intercambiaban historias sobre la compra de flores.

El día transcurrió como siempre, a cámara lenta y con mil miradas lastimeras al reloj. Pero ahora todavía era más insoportable, porque cada minuto que perdía en la escuela era otro minuto en que no conseguía encontrarla.

La única clase remotamente interesante aquel día fue Literatura, cuando la doctora Holden me destrozó el final de *Moby Dick* dando por sentado, equivocadamente, que todos lo habíamos leído y hablando del capitán Ahab y de su obsesión por encontrar y matar a la ballena blanca. Pero fue divertido ver cómo se emocionaba a medida que hablaba.

—Ahab es un loco que despotrica del destino. En toda la novela no se ve que quiera otra cosa, ¿verdad? Tiene una única obsesión. Y como es el capitán del barco, nadie puede detenerlo. Pueden argumentar (de hecho, tienen que argumentar si deciden hacer el trabajo de final del curso sobre *Moby Dick*) que Ahab está loco porque está obsesionado. Pero también podrían argumentar que hay algo trágicamente heroico en luchar una batalla que está condenado a perder. ¿Es la esperanza de Ahab una especie de locura o es el símbolo de lo humano?

Tomé apuntes de todo lo que pude pensando que seguramente podría hacer el trabajo de fin de curso sin haber leído el libro. Mientras la doctora Holden hablaba, pensé que era una lectora fuera de lo corriente. Y me había dicho que le gustaba Whitman. Así que cuando sonó el timbre, saqué *Hojas de hierba* de la mochila y volví a cerrarla despacio mientras todo el mundo se marchaba corriendo a su casa o a las actividades extraescolares. Esperé detrás de un compañero que le pidió prórroga para entregar un trabajo y luego se marchó.

—Mi lector de Whitman favorito —me dijo la doctora Holden.

Forcé una sonrisa.

—¿Conoce a Margo Roth Spiegelman? —le pregunté.

Se sentó a su mesa y me indicó con un gesto que me sentara también yo.

—Nunca la he tenido en clase —me contestó la doctora Holden—, pero he oído hablar de ella, claro. Sé que se ha escapado.

—Bueno, me dejó este libro de poemas antes de… desaparecer.

Le tendí el libro, y la doctora Holden empezó a hojearlo despacio. Mientras pasaba las páginas le dije:

—He dado muchas vueltas a los versos marcados. Al final del «Canto de mí mismo» marca eso sobre la muerte. Eso de «Si quieres encontrarte conmigo, búscame bajo la suela de tus zapatos».

—Te dejó este libro —dedujo la doctora Holden en voz baja.

—Sí —le contesté.

Siguió pasando las páginas y señaló con la uña la cita marcada en fluorescente verde.

—¿Qué es esto de los goznes? Es un gran momento en el poema, en el que Whitman… Bueno, lo oyes gritarte: «¡Abre las puertas! De hecho, ¡arráncalas!».

—Me dejó algo dentro de la bisagra de mi puerta.

La doctora Holden se rió.

—Wow. Inteligente. Pero es un poema muy bueno… No me gusta nada que se reduzca a una lectura literal. Y parece que ha reaccionado muy enigmáticamente ante un poema que al final es muy optimista. El poema trata de nuestra conexión, de que todos nosotros compartimos las mismas raíces, como hojas de hierba.

—Pero, bueno, por lo que marcó, parece una especie de nota de suicidio —le dije.

La doctora Holden volvió a leer las últimas estrofas y me miró.

—Es un gran error resumir este poema en algo sin esperanza. Espero que no sea el caso, Quentin. Si lees todo el poema, no entiendo cómo puedes llegar a otra conclusión que la de que la vida es sagrada y valiosa. Pero… quién sabe. Quizás echó un vistazo para encontrar lo que estaba buscando. A menudo leemos los poemas así. Pero si fue así, malinterpretó totalmente lo que Whitman estaba pidiéndole.

—¿Y qué le pedía?

Cerró el libro y me miró tan fijamente que no pude sostenerle la mirada.

—¿Qué crees tú?

—No lo sé —le contesté mirando un montón de trabajos corregidos encima de su mesa—. He intentado leerlo entero un montón de veces, pero no he llegado muy lejos. Prácticamente sólo leo las partes que Margo marcó. Lo leo para intentar entenderla a ella, no a Whitman.

Tomó un lápiz y escribió algo en la parte de atrás de un sobre.

—Sigue. Estoy escribiéndolo.

—¿Qué?

—Lo que acabas de decir —me explicó.

—¿Qué?

—Porque creo que es exactamente lo que Whitman habría querido. Que consideraras el «Canto de mí mismo» no un mero poema, sino una vía para entender otra cosa. Pero me pregunto si no deberías leerlo como poema, no leer sólo esos fragmentos en busca de citas y pistas. Creo que hay conexiones interesantes entre el poeta del «Canto de mí mismo» y Margo Spiegelman… ese carisma salvaje y ese espíritu viajero. Pero los poemas no funcionan si sólo los lees a trozos.

—De acuerdo, gracias —le dije.

Tomé el libro y me levanté. No me sentía mucho mejor.

Aquella tarde volví en coche con Ben y me quedé en su casa hasta que fue a buscar a Radar para ir a una especie de fiesta previa al baile en casa de nuestro amigo Jake, cuyos padres no estaban en la ciudad. Ben me pidió que me apuntara, pero no tenía ganas.

Regresé a mi casa andando y crucé el parque en el que Margo y yo habíamos encontrado al muerto. Recordé aquella mañana, y al recordarla sentí que se me revolvían las tripas, no por el muerto, sino porque recordaba que ella lo había visto primero. Ni siquiera en el parque infantil de nuestro barrio había sido capaz de encontrar un cadáver por mí mismo... ¿Cómo demonios iba a encontrarlo ahora?

Intenté volver a leer el «Canto de mí mismo» al llegar a casa aquella noche, pero, pese al consejo de la doctora Holden, seguía pareciéndome una mezcla de palabras sin sentido.

Al día siguiente me desperté temprano, poco después de las ocho, y encendí la computadora. Ben estaba conectado, así que le mandé un mensaje.

QTHERESURRECTION: ¿Qué tal la fiesta?

FUEUNAINFECCIONRENAL: Aburrida, claro. Todas las fiestas a las que voy son aburridas.

QTHERESURRECTION: Siento no haber ido. Te has levantado pronto. ¿Quieres venir a jugar *Resurrection*?

FUEUNAINFECCIONRENAL: ¿Estás bromeando?

QTHERESURRECTION: No...

FUEUNAINFECCIONRENAL: ¿Sabes qué día es?

QTHERESURRECTION: Sábado, 15 de mayo.

FUEUNAINFECCIONRENAL: Colega, el baile empieza dentro de once horas y cuarenta minutos. Tengo que recoger a Lacey en menos de nueve horas. Todavía no he limpiado y abrillantado el Chuco, que, por cierto, lo dejaste hecho una pena. Luego tengo que bañarme, afeitarme, sacarme los pelos de la nariz y sacarme brillo también yo. Maldición, no empecemos. Tengo mucho que hacer. Mira, te llamo luego si puedo.

Radar también estaba conectado, así que le mandé un mensaje.

QTHERESURRECTION: ¿Qué le pasa a Ben?

OMNICTIONARIAN96: Para el carro, vaquero.

QTHERESURRECTION: Perdona, sólo me molesta que piense que el baile es tan importante.

OMNICTIONARIAN96: Pues vas a molestarte bastante cuando sepas que me he levantado tan temprano sólo porque tengo que ir a recoger mi esmoquin, ¿verdad?

QTHERESURRECTION: Maldición. ¿En serio?

OMNICTIONARIAN96: Q, mañana, pasado mañana, el día siguiente y todos los días que me quedan de vida estaré encantado de participar en tu investigación. Pero tengo novia. Quiere que el baile de graduación sea bonito. Yo también quiero que el baile de graduación sea bonito. No es culpa mía que Margo Roth Spiegelman no quisiera que nuestro baile de graduación fuera bonito.

No supe qué decir. Quizá tenía razón. Quizá Margo merecía que la olvidaran. Pero, en cualquier caso, yo no podía olvidarla.

Mi madre y mi padre estaban aún en la cama, viendo una película antigua en la tele.

—¿Puedo tomar el coche? —pregunté.

—Claro, ¿por qué?

—He decidido ir al baile de graduación —contesté de inmediato. Se me ocurrió la mentira mientras la decía—. Tengo que recoger un esmoquin y pasar a casa de Ben. Iremos los dos solos.

Mi madre se incorporó sonriendo.

—Bueno, estupendo, cariño. Lo pasarás genial. ¿Volverás para que podamos hacerte fotos?

—Mamá, ¿de verdad necesitas fotos mías yendo al baile solo? Quiero decir, ¿no ha sido mi vida lo bastante humillante?

Se rió.

—Llama antes del toque de queda —me dijo mi padre.

El toque de queda era a las doce de la noche.

—Claro —le contesté.

Fue tan fácil mentirles que me descubrí a mí mismo preguntándome por qué hasta aquella noche con Margo apenas lo había hecho.

Tomé la I-4 hacia Kissimmee y los parques temáticos, pasé a la I-Drive, desde donde Margo y yo nos habíamos metido en el SeaWorld, y luego tomé la autopista 27 hacia Haines City.

En esa zona hay muchos lagos, y alrededor de los lagos de Florida siempre se congregan los ricos, de modo que parecía poco probable encontrar una pseudovisión. Pero la página de internet que había consultado ofrecía detalles concretos sobre un terreno embargado en el que nadie había llegado a edificar. Lo reconocí de inmediato, porque el acceso a todas las demás urbanizaciones estaba vallado, mientras que en Quail Hollow había un simple letrero de plástico clavado en el suelo. Al entrar, vi carteles de plástico de EN VENTA, UBICACIÓN IDEAL y GRANDES OPORTUNIDADES DE URBANIZACIÓN.

A diferencia de las pseudovisiones anteriores, alguien se ocupaba del mantenimiento de Quail Hollow. No habían construido casas, pero las parcelas estaban señaladas con postes y el césped estaba recién podado. Todas las calles estaban asfaltadas y tenían placas con el nombre. En el centro de la urbanización habían construido un lago perfectamente circular y, por alguna razón, lo habían vaciado. Mientras me acercaba con el coche vi que debía de tener un metro de profundidad y unos ciento cincuenta de diámetro. Una manguera zigzagueaba por el fondo hasta el centro, donde se alzaba una fuente de acero y aluminio. Me descubrí a mí mismo alegrándome de que el lago estuviera vacío, porque así no tendría que mirar fijamente el agua preguntándome si Margo estaba en el fondo, esperando que me pusiera un traje de buzo para encontrarla.

Estaba seguro de que no podía estar en Quail Hollow. Lindaba con demasiadas urbanizaciones para ser un buen sitio para esconderse, tanto si estabas vivo como si estabas muerto. Pero, en cualquier caso, miré, y mientras recorría las calles en coche me sentía cada vez más desesperanzado. Quería alegrarme de que no estuviera allí. Pero si no era Quail Hollow, sería la siguiente, o la siguiente, o la siguiente. O quizá nunca la encontraría. ¿Era lo mejor que podía pasar?

Terminé la ronda sin haber encontrado nada y volví a la autopista. Compré algo de comer en un restaurante con servicio para coches y comí conduciendo hacia el oeste, hacia el pequeño centro comercial abandonado.

12

Al entrar en el estacionamiento, observé que habían tapado con cinta adhesiva azul el agujero que habíamos hecho en el conglomerado. Me pregunté quién habría estado allí después de nosotros.

Avancé con el coche hasta la parte de atrás y me detuve al lado de un contenedor oxidado por el que no había pasado un camión de basura en décadas. Supuse que podría colarme entre la cinta adhesiva si era necesario, y me dirigía hacia la fachada cuando observé que en las puertas de acero de la parte de atrás de las tiendas no se veían las bisagras.

Gracias a Margo había aprendido un par de cosas sobre bisagras, así que entendí por qué no habíamos tenido suerte al tirar de aquellas puertas: se abrían hacia dentro. Me acerqué a la puerta del despacho de la empresa hipotecaria y empujé. Se abrió sin ofrecer la más mínima resistencia. Maldición, qué idiotas éramos. Sin duda la persona que se ocupaba del edificio sabía que la puerta no estaba cerrada con llave, lo cual hacía que la cinta adhesiva pareciera todavía más fuera de lugar.

Me quité la mochila que había preparado por la mañana, saqué la potente linterna de mi padre y pasé la luz por toda la sala. Algo de tamaño considerable corrió por las vigas. Me estremecí. Varias lagartijas corrían por el foco de luz.

Se veía un único rayo de luz procedente de un agujero del techo, en la esquina delantera de la sala, y desde el otro lado del conglomerado se filtraba algo de luz, pero prácticamente dependía de la linterna. Recorrí las filas de mesas observando los objetos que habíamos encontrado en los cajones, que habíamos dejado allí. Era absolutamente espeluznante ver mesa tras mesa con el mismo calendario: febrero de 1886. Febrero de 1986. Febrero de 1986. Junio de 1986. Febrero de 1986. Me giré y enfoqué a una mesa situada en el centro de la sala. Habían cambiado el calendario a junio. Me incliné y observé el papel del calendario esperando ver el bloque dentado que queda después de haber arrancado las páginas, o alguna marca de bolígrafo en la página, pero la única diferencia respecto a los demás calendarios era la fecha.

Me coloqué la linterna entre el cuello y el hombro, y empecé a buscar otra vez en los cajones, prestando especial atención a la mesa de junio: servilletas, lápices con punta, informes de hipotecas dirigidas a un tal Dennis McMahon, un paquete vacío de Marlboro Light y un frasco casi lleno de esmalte de uñas rojo.

Tomé la linterna con una mano, el barniz de uñas con la otra, y lo observé de cerca. Era tan rojo que casi parecía negro. Había visto antes aquel color aquella noche. En el tablero de la camioneta. De pronto, las carreras por las vigas y los crujidos del edificio se volvieron irrelevantes. Sentí una euforia perversa. No podía saber si era el mismo frasco, por supuesto, pero sin duda era el mismo color.

Giré el frasco y vi sin el menor género de duda una diminuta mancha de espray azul en la parte externa del vidrio. De sus dedos manchados de espray. Ahora estaba seguro. Había estado aquí después de que nos separáramos aquella mañana. Quizá todavía estaba aquí. Quizá sólo salía por la noche. Quizás había puesto la cinta en el conglomerado para mantener la privacidad.

En aquel momento decidí quedarme hasta el día siguiente. Si Margo había dormido aquí, también yo podría hacerlo. Y así empezó una breve conversación conmigo mismo.

Yo: Pero hay ratas.

Yo: Sí, pero parece que se quedan en el techo.

Yo: Pero hay lagartijas.

Yo: Oh, vamos. De pequeño les cortabas la cola. Las lagartijas no te dan miedo.

Yo: Pero hay ratas.

Yo: Pero las ratas no pueden hacerte daño. Les asustas más tú a ellas que ellas a ti.

Yo: De acuerdo, pero ¿qué pasa con las ratas?

Yo: Cállate.

Al final no importó que hubiera ratas, al menos no mucho, porque estaba en un sitio en el que Margo había estado viva. Estaba en un sitio que la había visto después de mí, y aquella calidez hacía que el centro comercial fuera un lugar casi cómodo. Bueno, no me sentía como un niño en brazos de su mamá, pero ya no me quedaba sin respiración cada vez que oía un ruido. Y al sentirme más cómodo, me resultó más fácil explorar. Sabía que quedaban cosas por encontrar, y ahora estaba listo para encontrarlas.

Me metí por un Agujero de Trol y llegué a la sala del laberinto de estanterías. Recorrí los pasillos un buen rato. Al final me metí en el siguiente Agujero de Trol y gateé hasta la sala vacía. Me senté en la alfombra enrollada contra la pared del fondo. La pintura blanca agrietada crujió al apoyar la espalda. Me quedé allí un rato, el tiempo suficiente para que el rayo dentado de luz que entraba por un agujero del techo se desplazara tres centímetros por el suelo mientras me acostumbraba a los sonidos.

Al rato me aburrí y gateé por el último Agujero de Trol hasta la tienda de souvenirs. Rebusqué entre las playeras. Saqué la caja de folletos turísticos de la vitrina y los hojeé en busca de algún mensaje de Margo escrito a mano, pero no encontré nada.

Volví a la sala que me descubrí a mí mismo llamando la biblioteca. Hojeé los *Reader's Digests* y encontré una pila de *National Geographics* de la década de 1960, pero la caja estaba tan cubierta de polvo que estaba claro que Margo no había sacado su contenido.

No empecé a encontrar indicios de que alguien había estado allí hasta que volví a la sala vacía. En la pared agrietada de la alfombra descubrí nueve agujeros de tachuelas. Cuatro agujeros formaban una especie de cuadrado, y los otros cinco estaban dentro del cuadrado. Pensé que quizá Margo había pasado allí tiempo suficiente como para colgar algún póster, aunque a primera vista no pareció que faltara ninguno cuando inspeccionamos su habitación.

Desenrollé parte de la alfombra e inmediatamente encontré algo más: una caja aplastada que en su momento había contenido veinticuatro barritas de cereales. Me descubrí a mí mismo imaginando a Margo aquí, sentada en la alfombra enrollada y enmohecida, apoyada contra la pared y comiéndose una barrita de cereales. Está sola y no tiene otra cosa que comer. Quizás una vez al día va en coche a una tienda a comprar un bocadillo y algún Mountain Dew, pero la mayor parte del día la pasa aquí, en esta alfombra o cerca de ella. Me pareció una imagen demasiado triste para ser real. Demasiado solitaria y nada propia de Margo. Pero los indicios de los últimos diez días parecían llevar a una sorprendente conclusión: Margo era —al menos parte del tiempo— muy poco propia de Margo.

Desenrollé un poco más la alfombra y encontré una cobija azul de punto, casi tan fina como un periódico. La tomé, me la llevé a la cara y sí, sí. Su olor. El champú de lilas y la loción de almendras, y más allá, la débil suavidad de su piel.

Y volví a imaginármela: desenrolla parte de la alfombra todas las noches para no clavarse la cadera en el cemento cuando duerme de lado. Se mete debajo de la manta, utiliza el resto de la alfombra como almohada y se duerme. Pero ¿por qué aquí? ¿Por qué está aquí mejor que en su casa? Y si está tan bien, ¿por qué marcharse? Es lo que no consigo imaginar, y caigo en la cuenta de que no puedo imaginármelo porque no conocía a Margo. Conocía su olor, y sabía cómo actuaba conmigo, y sabía cómo actuaba con los demás, y sabía que le gustaba el Mountain Dew, la aventura y los gestos dramáticos, y sabía que era divertida, inteligente y en general superior a todos nosotros. Pero no sabía qué la había traído aquí, o qué la había retenido aquí, o qué había hecho que se marchara de aquí. No sabía por qué tenía miles de discos, pero nunca había dicho a nadie que le gustara la música. No sabía qué hacía por las noches, en la oscuridad, con la puerta cerrada, en la sellada privacidad de su habitación.

Y quizás era lo que necesitaba más que nada. Necesitaba descubrir cómo era Margo cuando no estaba siendo Margo.

Me tumbé un rato con la manta que olía a ella y miré el techo. Por un agujero veía un trocito del cielo de la tarde, como un lienzo dentado pintado de azul. Era el sitio perfecto para dormir. Podían verse las estrellas por la noche sin mojarte si llovía.

Llamé a mis padres. Contestó mi padre y le dije que estábamos en el coche, que íbamos a buscar a Radar y a Angela, y que me quedaría con Ben toda la noche. Me pidió que no bebiera, le dije que no bebería, me dijo que estaba orgulloso de mí por haber decidido ir al baile de graduación y me pregunté si lo estaría por haber decidido hacer lo que en realidad estaba haciendo.

El sitio era un aburrimiento. Quiero decir que en cuanto tolerabas a los roedores y el misterioso crujido de las paredes, como si fuera a caerse el edificio, no había nada que hacer. Ni internet, ni tele, ni música. Me aburría, así que seguía despistándome el hecho de que hubiera elegido este lugar, porque

Margo siempre me había parecido una persona con una tolerancia muy limitada al aburrimiento. Quizá le gustaba la idea de vivir en plan pobre. Lo dudo. Margo llevaba *jeans* de marca cuando nos colamos en el SeaWorld.

La ausencia de estímulos alternativos me llevó de nuevo al «Canto de mí mismo», el único regalo que sin duda había dejado para mí. Me trasladé a una zona del suelo de cemento que tenía manchas de agua, exactamente debajo del agujero del techo, me senté con las piernas cruzadas e incliné el libro para que el rayo de luz le cayera justo encima. Y por alguna razón pude por fin leerlo.

El caso es que el poema empieza muy lento, con una especie de larga introducción, pero hacia el verso noventa Whitman empieza por fin a contar una historia, así que empecé por ahí. Whitman está sentado en la hierba (él dice tendido), y entonces:

Un niño me preguntó: ¿Qué es la hierba?, trayéndola a manos llenas,

¿Cómo podría contestarle? Yo tampoco lo sé.

Sospecho que es la bandera de mi carácter tejida con esperanzada tela verde.

Ahí estaba la esperanza de la que me había hablado la doctora Holden. La hierba era una metáfora de la esperanza. Pero eso no es todo. Sigue diciendo:

O el pañuelo de Dios,
una prenda fragante dejada caer a propósito,

La hierba es una metáfora de la grandeza de Dios, o algo así.

O sospecho que la hierba misma es un niño...

Y algo después:

O un jeroglífico uniforme,
que significa: crezco por igual en las regiones vastas y en las
estrechas,
crezco por igual entre los negros y los blancos.

Así que quizá la hierba es una metáfora de que somos iguales y estamos básicamente conectados, como me había dicho la doctora Holden. Y luego dice de la hierba:

Y ahora se me figura que es la cabellera suelta y hermosa de las
tumbas.

Así que la hierba es también la muerte. Crece encima de nuestros cuerpos enterrados. La hierba era muchas cosas diferentes a la vez. Era desconcertante. La hierba es una metáfora de la vida, y de la muerte, y de la igualdad, y de que estamos conectados, y de los niños, y de Dios, y de la esperanza.

No lograba descubrir cuál de estas ideas era el meollo del poema, suponiendo que alguna lo fuera. Pero pensar en la hierba y en las diferentes maneras de verla me hizo pensar en todas las maneras en que había visto y mal visto a Margo. Las maneras de verla no eran pocas. Me había centrado en lo que había sido de ella, pero ahora, intentando entender la multiplicidad de la hierba y con el olor de la manta todavía en la garganta, me daba cuenta de que la pregunta más importante era a quién estaba buscando. Pensé que si resultaba tan complicado responder a la pregunta «¿Qué es la hierba?», también debía de ser complicado responder a la pregunta «¿Quién es Margo Roth Spiegelman?». Como una metáfora inasible por su amplitud, en lo que me había dejado había lugar para imaginar infinitamente, para una serie infinita de Margos.

Tuve que acotarla, y supuse que tenía que haber cosas que estaba viendo mal o que no estaba viendo. Quería arrancar el techo para que entrara la luz y verlo todo a la vez, no cada cosa por separado con la linterna. Aparté la manta de Margo y grité lo bastante alto para que me oyeran las ratas: «¿Voy a encontrar algo aquí?».

Volví a las mesas del despacho, pero cada vez parecía más obvio que Margo sólo había utilizado la del cajón con el barniz de uñas y el calendario en el mes de junio.

Gateé por un Agujero de Trol, volví a la biblioteca y recorrí de nuevo las estanterías metálicas abandonadas. Busqué en todos los estantes marcas sin polvo que indicaran que Margo los había utilizado para algo, pero no encontré ninguno. Pero de repente el foco de la linterna pasó por algo que estaba en un estante de una esquina de la sala, justo al lado de la vitrina con la tabla de conglomerado. Era el lomo de un libro.

El libro se titulaba *Roadside America* y se había publicado en 1998, después de que se abandonara este lugar. Lo hojeé sujetando la linterna entre el cuello y el hombro. El libro ofrecía una relación de cientos de atracciones turísticas, desde la bola de cuerda más grande del mundo, en Darwin, Minnesota, hasta la bola de sellos más grande del mundo, en Omaha, Nebraska. Alguien había doblado las esquinas de varias páginas, al parecer al azar. El libro no tenía mucho polvo. Quizás el SeaWorld había sido sólo la primera parada de una especie de torbellino de aventuras. Sí. No era ninguna tontería. Así era Margo. De alguna manera descubrió este sitio, vino a recoger provisiones, pasó una noche o dos y siguió su camino. Me la imaginaba oscilando entre trampas para turistas.

Mientras los últimos rayos de luz entraban por los agujeros del techo, encontré más libros en otros estantes: *Guía general de Nepal*, *Grandes atracciones de Canadá*, *América en coche*, *Guía Fodor de las Bahamas* y *Vamos a Bután*. No parecía que hubiera la menor relación entre los libros, excepto que todos eran de viajes y la fecha de publicación era posterior al abandono del edificio. Me metí la linterna debajo de la barbilla, cargué en los brazos la pila de libros, que me llegaba desde la cintura hasta el pecho, y los llevé a la sala vacía, que ahora imaginaba que era el dormitorio.

De modo que resultó que sí pasé la noche del baile de graduación con Margo, sólo que no como había soñado. En lugar de irrumpir en el baile juntos, me senté, me apoyé en su alfombra enrollada, con su cobija de punto tapándome las rodillas, y me puse a leer las guías de viajes a la luz de la linterna, inmóvil en la oscuridad mientras las cigarras cantaban a mi alrededor.

Quizá se había sentado aquí, en la ruidosa oscuridad, y sintió que le invadía la desesperación, y quizá le resultó imposible no pensar en la muerte. Podía imaginármelo, por supuesto.

Pero también podía imaginarme lo siguiente: Margo comprando esos libros en diversos mercados, comprando todas las guías de viajes que caían en sus manos a precio de saldo. Luego viniendo aquí —incluso antes de que desapareciera— para leerlas alejada de miradas indiscretas. Leyéndolas e intentando decidir adónde dirigirse. Sí. Viajaría y se escondería, un globo volando por el cielo, haciendo cientos de kilómetros al día con la ayuda de un perpetuo viento a favor. Y la imaginaba viva. ¿Me había traído hasta aquí para darme las pistas para que descifrara el itinerario? Quizá. Por supuesto, yo estaba muy lejos de haber descifrado el itinerario. A juzgar por los libros, podía estar en Jamaica, Namibia, Topeka o Pekín. Pero no había hecho más que empezar a mirar.

13

En mi sueño, yo estaba acostado boca arriba, y ella tenía la cabeza apoyada en mi hombro. Sólo la esquina de la alfombra nos separaba del suelo de cemento. Me rodeaba el pecho con el brazo. Estábamos simplemente acostados, durmiendo. Dios mío, ayúdame. El único adolescente del país que sueña con dormir con chicas, y sólo dormir. Entonces sonó el celular. Mis manos tardaron dos tonos más en encontrar a tientas el teléfono, que estaba encima de la alfombra sin enrollar. Eran las 3:18 de la madrugada. El que me llamaba era Ben.

—Buenos días, Ben —le dije.

—¡¡¡¡¡Síííí!!!!!! —me gritó.

Supe de inmediato que no era el momento de explicarle todo lo que había descubierto e imaginado sobre Margo. Casi me llegaba su tufo a alcohol. Aquella única palabra, tal y como la había gritado, tenía más signos de exclamación que cualquier cosa que me hubiera dicho en toda su vida.

—Entiendo que el baile va bien.

—¡Síí! ¡Quentin Jacobsen! ¡El Q! ¡El mejor Quentin del país! ¡Sí! —su voz se alejó, aunque seguía oyéndola—. A ver, silencio todo el mundo, espera, silencio… ¡TENGO A QUENTIN DENTRO DEL TELÉFONO! —oí una aclamación y luego volvió la voz de Ben—. ¡Sí, Quentin! ¡Sí! Colega, tienes que venir.

—¿Adónde? —le pregunté.

—¡A casa de Becca! ¿Sabes dónde está?

Resultó que sabía perfectamente dónde estaba. Había estado en su sótano.

—Sé dónde está, pero son las tantas de la madrugada, Ben. Y estoy en…

—¡Síí! Tienes que venir ahora mismo. ¡Ahora mismo!

—Ben, tengo cosas más importantes que hacer —le contesté.

—¡TE HA TOCADO CONDUCIR!

—¿Qué?

—¡Que te ha tocado conducir! ¡Sí! ¡Te ha tocado! ¡Me alegro que hayas contestado! ¡Es fantástico! ¡Tengo que estar en casa a las seis! ¡Y te ha tocado llevarme! ¡Síííííí!

—¿No puedes quedarte a pasar la noche? —le pregunté.

—¡Nooo! Buuu. Un buuu para Quentin. ¡Vamos, todos! ¡Buuuu, Quentin! —y me abuchearon—. Están todos borrachos. Ben, borracho. Lacey, borracha. Radar, borracho. Nadie puede conducir. En casa a las seis. Se lo prometí a mi madre. ¡Buuu, Quentin, dormilón! ¡Te ha tocado conducir! ¡Síí!

Respiré hondo. Si Margo hubiera querido aparecer, habría aparecido antes de las tres.

—Estaré allí dentro de media hora.

—¡¡¡¡¡sí sí sí sí sí sí sí sí sí sí síííííí!!!!!! ¡sí! ¡sí!

Ben seguía afirmando cuando colgué el teléfono. Me quedé un momento acostado, diciéndome a mí mismo que tenía que levantarme, y por fin me levanté. Gateé por los Agujeros de Trol medio dormido, pasé por la biblioteca, llegué al despacho, abrí la puerta de atrás del edificio y me metí en el coche.

Llegué a la urbanización de Becca Arrington poco antes de las cuatro. A ambos lados de su calle había decenas de coches estacionados, y sabía que dentro habría todavía más gente, porque muchos habían llegado en limusina. Encontré sitio a un par de coches del *Chuco*.

Nunca había visto a Ben borracho. Unos años atrás me había bebido una botella de «vino» rosado en una fiesta de la banda. Tenía tan mal sabor al tragarlo como al vomitarlo. Fue Ben el que se sentó conmigo en el baño estilo Winnie the Pooh de Cassie Hiney mientras yo lanzaba proyectiles de líquido rosa hacia un cuadro de Ígor. Creo que la experiencia nos amargó a los dos las borracheras para siempre. Bueno, hasta esa noche.

Ahora sabía que Ben estaría borracho. Lo había oído al teléfono. Nadie sobrio dice «sí» tantas veces por minuto. Sin embargo, cuando pasé entre varias personas que estaban fumando en el césped de Becca y abrí la puerta de su casa, no esperaba ver a Jase Worthington y a otros dos jugadores de beisbol sujetando a un Ben con esmoquin, patas arriba, sobre un barril de cerveza. Tenía metido en la boca el grifo del barril, y toda la sala lo miraba. Todos contaban al unísono: «Dieciocho, diecinueve, veinte», y por un momento pensé que estaban haciéndole una maldad o algo así. Pero no. Mientras bebía del grifo como si fuera la leche de su madre, pequeños chorros de cerveza le resbalaban a ambos lados de la boca, porque estaba sonriendo. «Veintitrés, veinticuatro, veinticinco», gritaban todos entusiasmados. Al parecer, estaba sucediendo algo importante.

Me resultaba todo trivial y bochornoso. Chicos de papel con su diversión de papel. Me abrí camino hacia Ben entre la multitud y me sorprendió encontrarme con Radar y Angela.

—¿Qué carajos es esto? —les pregunté.

Radar dejó de contar y me miró.

—¡Sí! —exclamó—. ¡Ha llegado el conductor! ¡Sí!

—¿Por qué todo el mundo se dedica a decir «sí»?

—Buena pregunta —me gritó Angela.

Resopló y suspiró. Parecía tan molesta como yo.

—¡Sí, maldición, es una buena pregunta! —dijo Radar con un vaso rojo de plástico lleno de cerveza en cada mano.

—Los dos son suyos —me explicó Angela en tono tranquilo.

—¿Por qué no te han pedido a ti que los lleves a casa? —le pregunté.

—Te querían a ti —me contestó—. Pensaron que así vendrías.

Miré al techo. Angela miró también al techo compadeciéndome.

—Debe de gustarte mucho —le dije señalando con la cabeza a Radar, que levantó los dos vasos de cerveza y siguió contando.

Parecían todos muy orgullosos de saber contar.

—Incluso ahora es guapísimo —me contestó.

—Qué asco —le dije.

Radar me dio un golpecito con un vaso de cerveza.

—¡Mira a nuestro Ben! Es como un sabio autista en un *keg stand*. Parece que quiere batir un récord o algo así.

—¿Qué es un *keg stand*? —le pregunté.

—Eso —me contestó Angela señalando a Ben.

—Ah —dije—. Bueno, es… Vaya, ¿no es muy duro estar colgado cabeza abajo?

—Al parecer, el *keg stand* más largo de la historia de Winter Park es de sesenta y dos segundos —me explicó—. Lo consiguió Tony Yorrick.

Tony Yorrick era un tipo gigantesco que se graduó cuando nosotros estábamos en primero en la escuela y que ahora jugaba en el equipo de futbol americano de la Universidad de Florida.

No tenía nada en contra de que Ben batiera un récord, pero no pude unirme al grupo, que gritaba: «¡Cincuenta y ocho, cincuenta y nueve, sesenta, sesenta y uno, sesenta y dos, sesenta y tres!». Entonces Ben sacó la boca del grifo y gritó:

—¡SÍÍÍ! ¡SOY EL MEJOR! ¡QUE TIEMBLE EL MUNDO!

Jase y varios jugadores de beisbol le dieron la vuelta y se lo subieron a hombros. Entonces Ben me vio, me señaló y soltó el más apasionado «SÍÍÍ» que he oído en mi vida. Vaya, ni los jugadores de futbol se entusiasman tanto cuando ganan la copa del mundo.

Ben saltó de los hombros de los jugadores de beisbol, aterrizó agachado, en una incómoda postura, y luego se tambaleó hasta ponerse de pie. Me pasó un brazo por el hombro.

—¡Sí! —repitió—. ¡Quentin está aquí! ¡El gran Quentin! ¡Un aplauso para Quentin, el mejor amigo del puto campeón del mundo de *keg stand*!

Jase me pasó la mano por la cabeza y me dijo:

—¡Ése eres tú, Q!

—Por cierto —me dijo Radar al oído—, somos como héroes para esta gente. Angela y yo hemos venido porque Ben me ha dicho que me recibirían como a un rey. Vaya, coreaban mi nombre. Al parecer, todos creen que Ben es divertidísimo, y por eso les caemos simpáticos nosotros también.

—Wow —exclamé dirigiéndome tanto a Radar como a todos los demás.

Ben se apartó de nosotros y lo vi agarrando a Cassie Hiney. Le puso las manos en los hombros, y ella puso las suyas en las de Ben.

—Mi pareja esta noche casi ha sido la reina del baile —le dijo Ben.

—Lo sé —repuso Cassie—. Es genial.

—He deseado besarte cada día en los últimos tres años —dijo Ben.

—Creo que deberías hacerlo —le contestó Cassie.

—¡Sí! —exclamó Ben—. ¡Impresionante!

Pero no besó a Cassie. Se giró y me dijo:

—¡Cassie quiere besarme!

—Sí —le contesté.

—Es impresionante —dijo.

Y luego pareció olvidarse tanto de Cassie como de mí, como si la idea de besar a Cassie Hiney fuera mejor que besarla en realidad.

—Esta fiesta es genial, ¿verdad? —preguntó Cassie.

—Sí —le contesté.

—Nada que ver con las fiestas de la banda, ¿eh? —preguntó.

—Sí —repuse yo.

—Ben está loco, pero me encanta —me dijo.

—Sí.

—Y tiene los ojos muy verdes —añadió.

—Ay, ay.

—Todas dicen que tú eres más guapo, pero me gusta Ben.

—Ok —le contesté.

—Esta fiesta es genial, ¿verdad? —dijo.

—Sí —le contesté.

Hablar con una persona borracha era como hablar con un niño de tres años muy alegre y con serias lesiones cerebrales.

Mientras Cassie se alejaba, Chuck Parson se acercó a mí.

—Jacobsen —me dijo como si nada.

—Parson —le contesté.

—Tú me afeitaste la puta ceja, ¿verdad?

—En realidad no te la afeité —le contesté—. Utilicé crema depiladora.

Me pegó un manotazo bastante fuerte en todo el pecho.

—Eres un idiota —me dijo, aunque se reía—. Hay que tener huevos, colega. Y ahora eres como un capo de mierda. Bueno, quizá sólo estoy borracho, pero ahora mismo me encanta tu trasero de idiota.

—Gracias —le contesté.

Me sentía totalmente al margen de aquella porquería, de aquel rollo de que se acaba la escuela y tiene que quedar claro que en el fondo todos nos queremos mucho. Y me imaginé a

Margo en aquella fiesta, o en miles de fiestas como aquélla. La vida vista con sus ojos. La imaginé escuchando las tonterías de Chuck Parson y pensando en largarse, tanto viva como muerta. Imaginaba los dos caminos con igual claridad.

—¿Quieres una cerveza, comepitos? —me preguntó Chuck.

Podría haber olvidado que estaba ahí, pero la peste a alcohol de su aliento hacía difícil pasar por alto su presencia. Negué con la cabeza y se marchó.

Quería volver a casa, pero sabía que no podía apurar a Ben. Seguramente era el mejor día de su vida. Tenía derecho a disfrutarlo.

Así que encontré una escalera y me dirigí al sótano. Había pasado tantas horas a oscuras que se me antojaba seguir estándolo. Sólo quería acostarme en algún sitio medio tranquilo y medio oscuro, y seguir imaginando a Margo. Pero al pasar por la habitación de Becca oí unos ruidos amortiguados —para ser exacto, gemidos—, así que me detuve en la puerta, que estaba entreabierta.

Vi los dos tercios superiores de Jase, sin camisa, encima de Becca, que lo rodeaba con las piernas. No estaban desnudos, pero iban en camino. Y quizás una buena persona se habría marchado, pero la gente como yo no tiene muchas oportunidades de ver a gente como Becca Arrington desnuda, de modo que me quedé en la puerta fisgoneando. Entonces se dieron la vuelta, Becca quedó encima de Jason, suspiraba mientras lo besaba y empezaba a bajarse la blusa.

—¿Crees que estoy buena? —le preguntó.

—Sí, sí, estás buenísima, Margo —le contestó Jase.

—¿Qué? —dijo Becca, furiosa.

Y no tardé en darme cuenta de que no iba a ver a Becca desnuda. Empezó a gritar. Me aparté de la puerta, pero Jase me vio.

—¿A ti qué te pasa? —me gritó.

—Olvídate de él —gritó Becca—. ¿A quién le importa una mierda? ¿Qué pasa conmigo? ¿Por qué estás pensando en ella y no en mí?

Me pareció el mejor momento para retirarme, así que cerré la puerta y me metí en el baño. Tenía que orinar, pero sobre todo necesitaba alejarme de las voces humanas.

Siempre tardo un par de segundos en empezar a orinar después de haber preparado todo el equipo, así que esperé un segundo y luego empecé a hacerlo. Acababa de llegar a la fase en la que te estremeces de alivio cuando desde la zona de la tina me llegó una voz femenina.

—¿Quién está ahí?

—¿Lacey? —pregunté.

—¿Quentin? ¿Qué mierda estás haciendo aquí?

Quería detener la orinada, pero no podía, claro. Orinar es como un buen libro: cuando empiezas, es muy, muy difícil parar.

—Bueno, orinar —le contesté.

—¿Qué tal? —me preguntó desde el otro lado de la cortina.

—Bien, bien.

Sacudí las últimas gotas, me subí la cremallera y me ruboricé.

—¿Quieres darte una vuelta por la tina? —me preguntó—. No estoy interesada en ti.

Tardé un momento en contestar.

—Claro —dije por fin.

Aparté la cortina. Lacey me sonrió y subió las rodillas hasta el pecho. Me senté frente a ella, con la espalda pegada a la fría porcelana. Entrelazamos los pies. Llevaba unos pantalones cortos, una playera sin mangas y unas chanclas muy bonitas. Se le había corrido un poco la pintura alrededor de los ojos. Llevaba el pelo medio recogido, todavía con el peinado del baile, y tenía las piernas bronceadas. Hay que decir que Lacey Pemberton era muy guapa. No era el tipo de chica que podía hacerte olvidar a Margo Roth Spiegelman, aunque sí era el tipo de chica que podía hacerte olvidar un montón de cosas.

—¿Qué tal el baile? —le pregunté.

—Ben es muy dulce —me contestó—. Me he divertido. Pero luego me he peleado con Becca, me ha llamado puta, se ha puesto de pie en el sofá, ha pedido a todo el mundo que se callara y ha dicho que tengo una enfermedad de transmisión sexual.

Hice una mueca.

—Maldición —exclamé.

—Sí. Estoy perdida. Es que… Maldita sea, qué mierda, de verdad, porque… es tan humillante, y ella sabía que sería humillante, y… qué mierda. Entonces me he metido en la bañera, y Ben ha bajado, pero le he pedido que me dejara sola. No tengo nada en contra de Ben, pero no me escuchaba demasiado. Está borracho. Ni siquiera la tengo. La tuve. Ya está curada. Da igual. Pero no soy una puta. Fue un tipo. Un idiota. Maldición, no puedo creer que se lo contara. Tendría que habérselo contado sólo a Margo, cuando Becca no estuviera.

—Lo siento —le dije—. El problema es que Becca está celosa.

—¿Por qué iba a estar celosa? Es la reina del baile. Está saliendo con Jase. Es la nueva Margo.

Tenía el trasero adolorido contra la porcelana, así que intenté acomodarme. Mis rodillas tocaron las suyas.

—Nadie será jamás la nueva Margo —añadí—. De todas formas, tienes lo que ella realmente quiere. Gustas a la gente. Creen que eres más guapa que ella.

Lacey se encogió de hombros tímidamente.

—¿Crees que soy superficial?

—Bueno, sí. —Pensé en mí mismo en la puerta de la habitación de Becca, esperando que se quitara la blusa—. Pero yo también lo soy. Como todo el mundo.

Muchas veces había pensado: «Ojalá tuviera el cuerpo de Jase Worthington. Andaría como si supiera andar. Besaría como si supiera besar».

—Pero no de la misma manera. Ben y yo somos superficiales de la misma manera. A ti no te importa una mierda caer bien a los demás.

Lo que en parte era cierto, y en parte no.

—Me importa más de lo que quisiera —le dije.

—Sin Margo todo es una mierda —repuso.

También ella estaba borracha, pero su modalidad de borrachera no me molestaba.

—Sí —admití.

—Quiero que me lleves a ese sitio —me dijo—. Al centro comercial. Ben me lo contó.

—Sí, podemos ir cuando quieras —le contesté.

Le conté que había pasado allí la noche, que había encontrado un frasco de barniz de uñas y una cobija de Margo.

Lacey se quedó un momento callada, respirando por la boca. Cuando por fin lo dijo, fue casi en un susurro. Parecía una pregunta, aunque lo pronunció como una afirmación:

—Está muerta, verdad.

—No lo sé, Lacey. Lo pensaba hasta esta noche, pero ahora no lo sé.

—Ella muerta, y nosotros... haciendo todo esto.

Pensé en los versos marcados de Whitman: «Si nadie en el mundo lo sabe, estoy satisfecho, / Si todos y cada uno lo saben, estoy satisfecho».

—Quizás es lo que quería, que la vida siguiera —dije.

—No suena a mi Margo —comentó.

Y pensé en mi Margo, en la Margo de Lacey, en la Margo de la señora Spiegelman, y en todos nosotros observando su imagen en un espejo distinto de una casa de los espejos. Iba a decir algo, pero la boca abierta de Lacey se terminó de abrir del todo y apoyó la cabeza en las frías baldosas del baño, dormida.

No decidí despertarla hasta que dos personas entraron en el baño a orinar. Eran casi las cinco de la madrugada y tenía que llevar a Ben a su casa.

—Lace, despierta —le dije rozándole la sandalia con mi zapato.

Movió la cabeza.

—Me gusta que me llamen así —me dijo—. ¿Sabes que ahora mismo eres mi mejor amigo?

—Me alegro mucho —le contesté, aunque estaba borracha y cansada, y mentía—. Mira, vamos a subir los dos, y si alguien dice algo de ti, defenderé tu honor.

—De acuerdo —me dijo.

Así que subimos juntos.

La fiesta se había dispersado un poco, pero todavía quedaban varios jugadores de beisbol, incluido Jase, encima del barril de cerveza. La mayoría estaban durmiendo en bolsas de dormir tirados por el suelo. Había varios apretujados en un sofá cama. Angela y Radar estaban tumbados juntos en un sofá de dos plazas. A Radar le colgaban las piernas por un lado. Iban a quedarse a dormir.

Cuando iba a preguntar a los tipos que estaban junto al barril si habían visto a Ben, entró corriendo en la sala. Llevaba en la cabeza un gorro azul de bebé y blandía una espada hecha con ocho latas vacías de Milwaukee's Best Light, que supuse que había bebido.

—¡TE HE VISTO! —gritó Ben apuntándome con la espada—. ¡HE AVISTADO A QUENTIN JACOBSEN! ¡SÍ! ¡Ven aquí! ¡Arrodíllate!

—¿Qué? Ben, cálmate.

—¡DE RODILLAS!

Me arrodillé obedientemente y lo miré.

Levantó la espada de latas de cerveza y me dio un golpecito en cada hombro.

—Por el poder de la espada de latas de cerveza pegadas, por la presente te nombro mi conductor.

—Gracias —le dije—. No eches la bebida en el coche.

—¡SÍ! —gritó.

Y cuando intentaba levantarme, me empujó hacia abajo con la mano que tenía libre y volvió a pasarme por los hombros la espada de latas de cerveza.

—Por la fuerza de la espada de latas de cerveza, por la presente declaro que en la graduación no llevarás ropa debajo de la toga.

—¿Qué?

Me levanté.

—¡SÍ! ¡Radar, tú y yo! ¡Desnudos debajo de la toga! ¡En la graduación! ¡Será increíble!

—Bueno —le dije—, será muy erótico.

—¡SÍ! —me contestó—. ¡Jura que lo harás! Ya he conseguido que Radar lo jurara. RADAR, LO HAS JURADO, ¿VERDAD?

Radar giró ligeramente la cabeza y abrió un poco los ojos.

—Lo he jurado —murmuró.

—Bueno, pues entonces yo también lo juro —le dije.

—¡SÍ! —y se volvió hacia Lacey—: Te quiero.

—Yo también te quiero, Ben.

—No, yo te quiero. No como una hermana quiere a su hermano ni como un amigo quiere a su amigo. Te quiero como un tipo totalmente borracho quiere a la mejor chica del mundo.

Sonrió.

Di un paso adelante con la intención de evitar que siguiera haciendo el ridículo y le puse una mano en el hombro.

—Si tenemos que estar en tu casa a las seis, deberíamos ir saliendo —le dije.

—De acuerdo —me contestó—. Voy a darle las gracias a Becca por esta increíble fiesta.

Lacey y yo lo seguimos al piso de abajo, donde abrió la puerta de la habitación de Becca y dijo:

—¡Tu fiesta ha sido excelente! ¡Aunque tú das asco! Tu corazón no bombea sangre, sino mierda. Pero gracias por la cerveza.

Becca estaba sola, acostada encima de la colcha y mirando al techo. Ni siquiera miró a Ben. Se limitó a murmurar:

—Uf, vete a la mierda, imbécil. Espero que tu pareja te pegue las ladillas.

—Encantado de hablar contigo —le contestó Ben sin un ápice de ironía.

Y cerró la puerta. Creo que ni se había enterado de que acababan de insultarle.

Volvimos a subir y nos dirigimos a la puerta.

—Ben —le dije—, vas a tener que dejar la espada aquí.

—De acuerdo —me contestó.

Tomé el extremo de la espada y jalé, pero Ben se negó a soltarla. Estaba a punto de empezar a gritarle que era un borracho de mierda cuando me di cuenta de que no podía soltar la espada.

—Ben, ¿te has pegado la espada a la mano? —le preguntó Lacey riéndose.

—Sí —le contestó Ben—, me la he pegado con Super Glue. Así nadie me la robará.

—Bien pensado —dijo Lacey, impávida.

Lacey y yo conseguimos despegar todas las latas menos la que estaba pegada a la mano de Ben. Por más que tirara, su mano venía detrás, como si la lata fuera el hilo y su mano la marioneta.

—Tenemos que irnos —dijo Lacey por fin.

Y nos fuimos. Sentamos a Ben en la parte de atrás y le abrochamos el cinturón. Lacey se sentó a su lado porque «así controlo que no vomite, se pegue un golpe con la lata de cerveza y se mate, o lo que sea».

Pero estaba tan ido que Lacey no tuvo problema en hablarme de él.

—Tengo algo que decir sobre la insistencia, ¿sabes? —me dijo mientras avanzábamos por la autopista—. Bueno, sé que insiste demasiado, pero ¿por qué iba a ser malo? Y además es muy dulce, ¿verdad?

—Supongo —le contesté.

A Ben le colgaba la cabeza, como si no la tuviera unida a la columna vertebral. No me pareció especialmente dulce, pero bueno.

Llevé primero a Lacey al otro extremo de Jefferson Park. Cuando Lacey se inclinó y le dio un beso, se despertó lo suficiente para murmurar: «Sí».

Lacey se acercó a la puerta del conductor de camino a su casa.

—Gracias —me dijo.

Asentí.

Crucé la urbanización. Ya no era de noche, pero todavía no había amanecido. Ben roncaba flojito en el asiento de atrás. Me detuve delante de su casa, salí del coche, abrí la puerta corrediza de la camioneta y le desabroché el cinturón de seguridad.

—Hora de irse a casa, Benners.

Olisqueó, movió la cabeza y se despertó. Levantó las manos para frotarse los ojos y pareció sorprenderse de ver una lata de Milwaukee's Best Light pegada en su mano. Intentó cerrar el puño y abollar un poco la lata, pero no se la pudo arrancar. La miró un minuto y movió la cabeza.

—La Bestia está pegada a mí —observó.

Saltó del coche y avanzó tambaleándose por la acera de su casa. Cuando llegó a la entrada, se giró sonriendo. Lo saludé con la mano. La cerveza me devolvió el saludo.

14

Dormí unas horas y luego pasé la mañana leyendo atentamente las guías de viajes que había encontrado el día anterior. Esperé a las doce para llamar a Ben y a Radar. Llamé primero a Ben.

—Buenos días, su señoría —le dije.

—Oh, Dios mío —dijo Ben en un tono que destilaba la más abyecta miseria—. Oh, Jesusito de mi vida, ven a consolar a tu hermano Ben. Oh, Señor, cólmame de tu gracia.

—Tengo un montón de novedades sobre Margo —le dije entusiasmado—, así que tienes que venir. Voy a llamar también a Radar.

Ben no pareció haberme oído.

—Oye, ¿cómo es posible que cuando mi madre ha entrado en mi habitación esta mañana, a las nueve, y he estirado los brazos, hayamos descubierto una lata de cerveza pegada en mi mano?

—Pegaste un montón de latas de cerveza para hacerte una espada, y luego te la pegaste a la mano.

—Oh, sí. La espada de cerveza. Me suena de algo.

—Ben, ven a mi casa.

—Colega, estoy hecho una mierda.

—Entonces iré yo a tu casa. ¿A qué hora?

—Colega, no puedes venir. Tengo que dormir diez mil horas. Tengo que beberme diez mil litros de agua y tomarme diez mil ibuprofenos. Te veré mañana en la escuela.

Respiré hondo e intenté no parecer defraudado.

—Crucé Florida central en plena noche para llegar sobrio a la fiesta más borracha del mundo y dejar tu trasero gordo en casa, y es...

Habría seguido hablando, pero me di cuenta de que Ben había colgado. Me había colgado. Idiota.

A medida que pasaba el tiempo iba enojándome cada vez más. Una cosa era que Margo no le importara una mierda, pero la verdad era que a Ben tampoco le había importado una mierda yo. Quizá nuestra amistad siempre había sido por conveniencia, porque no tenía a nadie mejor con quien jugar videojuegos. Y ahora ya no tenía que ser amable conmigo, ni preocuparse por las cosas que me importaban, porque tenía a Jase Worthington. Tenía el récord de la escuela de *keg stand*. Había ido al baile con una chica guapa. Había aprovechado la primera oportunidad para pasarse al grupo de los imbéciles insulsos.

Cinco minutos después de que me colgara volví a llamarlo al celular. Como no me contestó, le dejé un mensaje: «¿Quieres ser popular como Chuck, Ben el Sangriento? ¿Es lo que siempre has querido? Pues felicidades. Ya lo has conseguido. Y te lo mereces, porque eres un mierda. No hace falta que me llames».

Luego llamé a Radar.

—Hola —le dije.

—Hola —me contestó—. Acabo de vomitar en la ducha. ¿Puedo llamarte luego?

—Claro —le dije intentando no parecer enfadado.

Sólo quería que alguien me ayudara a analizar el mundo de Margo. Pero Radar no era Ben. Me llamó a los dos minutos.

—Era tan asqueroso que he vomitado mientras lo limpiaba, y luego, mientras lo limpiaba por segunda vez, he vuelto a vomitar. Es como una máquina que no para. Si sigo comiendo, puedo pasarme el resto de la vida vomitando.

—¿Puedes venir? ¿O puedo ir yo a tu casa?

—Sí, claro. ¿Qué pasa?

—Margo estuvo viva en el centro comercial abandonado por lo menos una noche después de que desapareciera.

—Voy para allá. Cuatro minutos.

Radar apareció por mi ventana al cabo de cuatro minutos exactos.

—Que sepas que me he enojado con Ben —le dije mientras trepaba.

—Estoy demasiado crudo para mediar entre ustedes —me contestó en tono tranquilo. Se echó en la cama, con los ojos medio cerrados, y se frotó el pelo, casi rapado—. Es como si me hubiera caído encima un rayo —resopló—. Bueno, ponme al día.

Me senté en la silla del escritorio y le conté a Radar lo de mi noche en el edificio por el que había pasado Margo intentando no olvidar ningún detalle significativo. Sabía que Radar era mejor que yo con los rompecabezas, así que esperaba que ensamblara las piezas de éste.

No dijo nada hasta que le comenté:

—Y entonces Ben me llamó y fui a la fiesta.

—¿Tienes ese libro, el de las esquinas dobladas? —me preguntó.

Me levanté, lo busqué con la mano debajo de la cama y lo saqué. Radar lo levantó, entrecerró los ojos por el dolor de cabeza y lo hojeó.

—Apunta —me dijo—: Omaha, Nebraska. Sac City, Iowa. Alexandria, Indiana. Darwin, Minnesota. Hollywood, California. Alliance, Nebraska. Ya está. Son los lugares que a Margo —bueno, o a quien leyera este libro— le parecieron interesantes —se incorporó, me levantó de la silla y se giró hacia la computadora. Radar tenía un talento increíble para seguir hablando mientras tecleaba—. Hay un grupo de mapas que te permite entrar a múltiples destinos y te ofrece diversos itinerarios. No creo que Margo conociera el programa, pero quiero echar un vistazo.

—¿Cómo sabes toda esta mierda? —le pregunté.

—Uf, recuerda que me paso la vida entera en el *Omnictionary*. En la hora desde que llegué a casa esta mañana y me metí en la ducha, reescribí de arriba abajo la página de los peces abisales Lophiiformes. Tengo un problema. De acuerdo, mira esto.

Me incliné y vi varias rutas trazadas en un mapa de Estados Unidos. Todas empezaban en Orlando y terminaban en Hollywood, California.

—¿Estará en Los Ángeles? —sugirió Radar.

—Puede ser —le contesté—. Pero no hay manera de saber su ruta.

—Cierto. Y ninguna otra pista apunta a Los Ángeles. Lo que le dijo a Jase apunta a Nueva York. El «irás a ciudades de papel y nunca volverás» parece apuntar a una pseudovisión de esta zona. ¿El barniz de uñas apunta también a que quizá sigue por aquí? Creo que ya sólo nos falta añadir la bola de palomitas más grande del mundo a nuestra lista de posibles localizaciones de Margo.

—El viaje coincidiría con una de las citas de Whitman: «El viaje que he emprendido es eterno».

Radar siguió encorvado delante de la computadora, y yo fui a sentarme en la cama.

—Oye, ¿puedes imprimir un mapa de Estados Unidos para que marque los puntos? —le pregunté.

—Puedo marcarlos aquí.

—Bueno, pero me gustaría tener el mapa a la vista.

La impresora arrancó a los dos segundos y colgué el mapa de Estados Unidos al lado del de las pseudovisiones. Clavé una tachuela en cada uno de los seis lugares que Margo (o alguien) había señalado en el libro. Intenté mirarlos como si formaran una constelación, descubrir si formaban una forma o una letra, pero no vi nada. La distribución era totalmente azarosa, como si se hubiera vendado los ojos y hubiera disparado dardos al mapa.

Suspiré.

—¿Sabes lo que estaría bien? —me preguntó Radar—. Encontrar alguna prueba de que revisó su *e-mail* o cualquier otra cosa en internet. La busco todos los días. Tengo una alerta por si entra en el *Omnictionary* con su nombre de usuario. Y rastreo las IP de los que buscan las palabras «ciudades de papel». Es increíblemente frustrante.

—No sabía que estabas haciendo tantas cosas —le dije.

—Sí, bueno, sólo hago lo que me gustaría que hicieran conmigo. Sé que no era amiga mía, pero se merece que la encontremos, ¿sabes?

—A menos que no quiera —le dije.

—Sí, supongo que es posible. Todo es posible.

Asentí.

—En fin —siguió diciendo—, ¿podemos pasar a los videojuegos?

—La verdad es que no estoy de humor.

—Pues ¿llamamos a Ben?

—No. Ben es un idiota.

Radar me miró de reojo.

—Por supuesto. ¿Sabes cuál es tu problema, Quentin? Siempre esperas que la gente no sea quien es. Quiero decir que yo podría odiarte por llegar siempre tarde, por preocuparte sólo por Margo Roth Spiegelman y por no preguntarme jamás cómo me va con mi novia… pero me importa una mierda, colega, porque eres así. Mis padres tienen una tonelada de Santa Claus negros, pero está bien. Ellos son así. A veces estoy tan obsesionado con una página web que no contesto cuando me llaman mis amigos o mi novia, y también está bien. Así soy yo. Me aprecias igualmente. Y yo te aprecio a ti. Eres divertido e inteligente, y es verdad que apareces tarde, pero al final siempre apareces.

—Gracias.

—Sí, bueno, no estaba echándote piropos. Sólo digo que tienes que dejar de pensar que Ben debería ser como tú, y Ben tiene que dejar de pensar que tú deberías ser como él, y a ver si se calman los dos de una puta vez.

—Muy bien —dije por fin.

Y llamé a Ben. La noticia de que Radar estaba en mi casa y quería jugar videojuegos hizo que se recuperara de la resaca milagrosamente.

—Bueno —dije a Radar después de colgar—, ¿qué tal Angela?

Radar se rió.

—Muy bien, colega. Está muy bien. Gracias por preguntar.

—¿Todavía eres virgen? —le pregunté.

—No quisiera ser indiscreto, pero sí. Uf, y esta mañana hemos tenido nuestra primera bronca. Hemos ido a desayunar a Waffle House y ha empezado a decir que los Santa Claus negros son fantásticos, que mis padres son geniales por coleccionarlos, porque es importante no dar por sentado que toda la gente estupenda de nuestra cultura, como Dios y Santa Claus, es blanca, y que los Santa Claus negros fortalecen a toda la comunidad afroamericana.

—La verdad es que creo que estoy de acuerdo con ella —le dije.

—Sí, bueno, como idea está bien, pero resulta que es una idiotez. No pretenden expandir el dogma del Santa Claus negro. Si fuera eso, harían Santa Claus negros. Pero lo que hacen es intentar comprar todas las reservas mundiales. En Pittsburgh hay un viejo que tiene la segunda colección más grande del mundo, y siempre intentan comprársela.

Ben habló desde la puerta. Al parecer, llevaba un rato allí.

—Radar, que no hayas conseguido darte a esa chica es la mayor tragedia humana de nuestro tiempo.

—¿Qué hay, Ben? —le dije.

—Gracias por llevarme a casa anoche, colega.

15

Aunque sólo faltaba una semana para los exámenes finales, pasé la tarde del lunes leyendo el «Canto de mí mismo». Quería ir a las dos últimas pseudovisiones, pero Ben necesitaba su coche. Ya no buscaba pistas en el poema, porque me dedicaba sobre todo a buscar a la propia Margo. Esta vez había leído más o menos la mitad del «Canto de mí mismo» cuando encontré otra parte que me descubrí a mí mismo leyendo y releyendo.

«Ahora no haré otra cosa que escuchar», escribe Whitman. Y en las dos páginas siguientes sólo escucha: la bocina de vapor, el sonido de la voz humana, el coro de la ópera... Se sienta en la hierba y deja que el sonido penetre en su cuerpo. Y eso es lo que también intentaba yo, supongo: escuchar todos los pequeños sonidos de Margo, porque antes de que alguno de ellos pudiera tener sentido había que escucharlo. Durante mucho tiempo no había escuchado realmente a Margo —la había visto gritando y había pensado que estaba riéndose—, y ahora descubría que era eso lo que tenía que hacer. Intentar, aun cuando nos separara una enorme distancia, escuchar su ópera.

Ya que no podía oír a Margo, al menos podía oír lo que ella había oído alguna vez, así que me descargué el álbum de versiones de Woody Guthrie. Me senté ante la computadora, con los ojos cerrados y los codos en la mesa, y escuché una voz cantando en un tono menor. Intenté escuchar, en una canción que no había escuchado antes, la voz que después de doce días me costaba recordar.

Seguía escuchando —ahora otro de sus favoritos, Bob Dylan— cuando mi madre llegó a casa.

—Papá llegará tarde —me dijo desde el otro lado de la puerta cerrada—. Estaba pensando en hacer hamburguesas de pavo.

—Suena bien —le contesté.

Volví a cerrar los ojos y a escuchar la música. No me levanté de la silla hasta que mi padre me llamó para cenar, un álbum y medio después.

Durante la cena mis padres hablaron de la política de Oriente Próximo. Aunque estaban perfectamente de acuerdo, se dedicaban a hablar a grito pelado y decir que fulano era un mentiroso, que mengano era un mentiroso y un ladrón, y que casi todos ellos debían dimitir. Me centré en la hamburguesa de pavo, que estaba buenísima, bañada en ketchup y cubierta de cebolla frita.

—Bueno, basta —dijo mi madre al rato—. Quentin, ¿cómo te ha ido en el día?

—Muy bien —le contesté—. Preparándome para los exámenes finales, supongo.

—No puedo creer que sea tu última semana de clases —dijo mi padre—. Parece que fue ayer...

—Sí —dijo mi madre.

En mi cabeza una voz dijo: «ATENCIÓN, NOSTALGIA, ALERTA ATENCIÓN, ATENCIÓN, ATENCIÓN». Mis padres son buena gente, pero con tendencia a ataques de ingente sentimentalismo.

—Estamos muy orgullosos de ti —dijo mi madre—, pero, Dios, te echaremos de menos el próximo otoño.

—Sí, bueno, no hablen antes de tiempo. Todavía puedo reprobar Literatura.

Mi madre se rió y luego dijo:

—Ah, adivina a quién vi ayer en la Asociación de Jóvenes Cristianos. A Betty Parson. Me dijo que Chuck irá a la Universidad de Georgia en otoño. Me alegré por él. Siempre ha luchado mucho.

—Es un idiota —dije.

—Bueno —dijo mi padre—, era un matón. Y su conducta era deplorable.

Típico de mis padres. Para ellos nadie era sencillamente un idiota. A la gente siempre le pasaba algo que iba más allá de ser un torpe: tenían trastornos de socialización, o trastorno límite de personalidad, o lo que sea.

Mi madre tomó el hilo.

—Pero Chuck tiene dificultades de aprendizaje. Tiene todo tipo de problemas... como cualquiera. Sé que para ti es imposible ver así a tus compañeros, pero cuando te haces adulto, empiezas a verlos —a los malos chicos, a los buenos y a todos— como personas. Son sólo personas que merecen cariño. Diferentes niveles de enfermedad, diferentes niveles de neurosis y diferentes niveles de autorrealización. Pero, mira, siempre me ha caído bien Betty y siempre he tenido esperanzas con Chuck. Así que está bien que vaya a la universidad, ¿no crees?

—Sinceramente, mamá, no me importa en lo más mínimo.

Pero pensé que si todos en el mundo somos personas, ¿por qué mis padres odiaban tanto a los políticos de Israel y de Palestina? No hablaban de ellos como si fueran personas.

Mi padre terminó de masticar algo, dejó el tenedor en la mesa y me miró.

—Cuanto más tiempo llevo en mi trabajo —me dijo—, más cuenta me doy de que los seres humanos carecemos de buenos espejos. Es muy difícil para cualquiera mostrarnos cómo se nos ve, y para nosotros mostrar a cualquiera cómo nos sentimos.

—Muy bonito —dijo mi madre. Me gustaba que se gustaran entre sí—. Pero, en el fondo, ¿no es eso también lo que hace tan difícil que entendamos que los demás son seres humanos exactamente igual que nosotros? Los idealizamos como a dioses o los descartamos como a animales.

—Cierto. La conciencia también cierra ventanas. Creo que nunca lo había pensado en este sentido.

Me apoyé en el respaldo de la silla y escuché. Escuchaba cosas sobre mi madre, sobre ventanas y sobre espejos. Chuck Parson era una persona. Como yo. Margo Roth Spiegelman también era una persona. Nunca había pensado en ella así, la verdad. En todas mis elucubraciones previas había un error. Siempre —no sólo desde que se había marchado, sino desde hacía diez años— la había imaginado sin escucharla, sin saber que su ventana estaba tan cerrada como la mía. Y por eso no me la imaginaba como una persona que pudiera tener miedo, que pudiera sentirse aislada en una sala llena de gente, que pudiera avergonzarse de su colección de discos porque era demasiado personal para compartirla. Alguien que quizá leía libros de viajes para escapar porque tenía que vivir en una ciudad de la que escapa tanta gente. Alguien que —como nadie pensaba que era una persona— no tenía a nadie con quien hablar.

Y de repente entendí cómo se sentía Margo Roth Spiegelman cuando no estaba siendo Margo Roth Spiegelman: vacía. Se sentía rodeada por un muro infranqueable. Pensé en ella durmiendo en la alfombra con sólo aquel trocito dentado de cielo por encima de su cabeza. Quizá se sentía cómoda allí porque la Margo persona vivía siempre así, en una habitación abandonada, con las ventanas tapadas, en la que sólo entraba luz por los agujeros del techo. Sí. El error fundamental que siempre había cometido —y que, para ser justos, ella siempre me inducía a cometer— era el siguiente: Margo no era un milagro. No era una aventura. No era algo perfecto y precioso. Era una chica.

16

El reloj era siempre implacable, pero sentir que estaba cerca de desatar los nudos hizo que el martes pareciera haberse detenido. Habíamos decidido ir al centro comercial abandonado justo después de clase, así que la espera se me hizo insoportable. Cuando el timbre sonó por fin, después de la clase de Literatura, corrí escaleras abajo, y estaba casi en la puerta cuando me di cuenta de que no podíamos marcharnos hasta que Ben y Radar hubieran salido del ensayo. Me senté a esperarlos y saqué de mi mochila una ración de pizza envuelta en servilletas de papel que me había sobrado de la comida. Todavía no me había comido una cuarta parte cuando Lacey Pemberton se sentó a mi lado. Le ofrecí un trozo, pero me dijo que no.

Hablamos de Margo, claro. El problema que compartíamos.

—Lo que tengo que descubrir es el sitio —le dije limpiándome el aceite de la pizza en los pantalones—. Pero ni siquiera sé si voy por buen camino con las pseudovisiones. A veces pienso que vamos totalmente desencaminados.

—Sí, no sé. Sinceramente, dejando de lado todo lo demás,

me gusta descubrir cosas de ella. Quiero decir, cosas que no sabía. No tenía ni idea de quién era en realidad. La verdad es que siempre había pensado en ella como una amiga guapa y loca que hace todo tipo de locuras bonitas.

—Cierto, pero no se ponía a hacer esas cosas por las buenas —le dije—. Quiero decir que todas sus aventuras tenían cierta… No sé.

—Elegancia —añadió Lacey—. Es la única persona joven totalmente elegante que conozco.

—Sí.

—Por eso me cuesta imaginarla en una sala asquerosa, oscura y llena de polvo.

—Sí —le dije—. Y con ratas.

Lacey acercó las rodillas al pecho y adoptó una posición fetal.

—Qué asco. Tampoco eso es propio de Margo.

No sé cómo Lacey se adjudicó el asiento del copiloto, aunque era la más bajita de todos. Ben conducía. Suspiré ruidosamente cuando Radar, que estaba sentado a mi lado, sacó su computadora de bolsillo y empezó a trabajar en el *Omnictionary*.

—Estoy borrando las aberraciones de la página de Chuck Norris —me dijo—. Por ejemplo, aunque estoy de acuerdo en que es especialista en patadas circulares, no creo que sea correcto decir: «Las lágrimas de Chuck Norris curan el cáncer, pero desgraciadamente nunca ha llorado». Pero, bueno, borrar las aberraciones sólo me exige un cuatro por ciento del cerebro.

Entendí que Radar intentaba hacerme reír, pero yo sólo quería hablar de una cosa.

—No estoy convencido de que esté en una pseudovisión. Quizá ni siquiera se refería a eso con lo de «ciudades de papel», ¿sabes? Tenemos muchas pistas de sitios, pero nada concreto.

Radar levantó la mirada un segundo y volvió a bajarla hacia la pantalla.

—Personalmente, creo que está lejos, haciendo una ridícula gira por lugares turísticos y creyendo equivocadamente que ha dejado suficientes pistas para encontrarla. Así que creo que ahora mismo está en Omaha, Nebraska, viendo la bola de sellos más grande del mundo, o en Minnesota, echando un vistazo a la bola de cuerda más grande del mundo.

—Entonces, ¿crees que Margo está haciendo una gira turística por el país en busca de los huevos más grandes del mundo? —preguntó Ben mirando por el retrovisor.

Radar asintió.

—Bueno —siguió diciendo Ben—, alguien tendría que decirle que volviera a casa, porque aquí mismo, en Orlando, Florida, puede encontrar los huevos más grandes del mundo. Están en una vitrina especial conocida como «mi escroto».

Radar se rió.

—Lo digo en serio —siguió diciendo Ben—. Tengo los huevos tan grandes que, cuando pides papas fritas en el McDonald's, puedes elegir entre cuatro tamaños: pequeño, mediano, grande y mis huevos.

Lacey le lanzó una mirada y le dijo:

—Comentario fuera de lugar.

—Perdón —murmuró Ben—. Creo que Margo está en Orlando. Observando cómo la buscamos. Y observando que sus padres no la buscan.

—Yo sigo apostando por Nueva York —dijo Lacey.

—Todo es posible —repuse.

Una Margo para cada uno de nosotros… y cada una era más un espejo que una ventana.

El centro comercial parecía igual que un par de días antes. Ben se estacionó y los llevé hasta el despacho por la puerta que se abría empujando.

—No enciendan todavía las linternas —les dije cuando ya estábamos todos dentro—. Esperen a que los ojos se acostumbren a la oscuridad —sentí unas uñas recorriéndome el brazo—. Tranquila, Lace.

—Ups —dijo Lacey—. Me he equivocado de brazo.

Entendí que buscaba el de Ben.

Poco a poco la sala empezó a dibujarse en gris borroso. Veía las mesas alineadas, todavía esperando a los empleados. Encendí la linterna, y los demás encendieron también las suyas. Ben y Lacey se dirigieron juntos hacia el Agujero de Trol para inspeccionar las demás salas. Radar vino conmigo a la mesa de Margo. Se arrodilló para observar de cerca el calendario congelado en el mes de junio.

Estaba inclinándome a su lado cuando oí pasos rápidos acercándose a nosotros.

—Gente —murmuró Ben agachándose detrás de la mesa de Margo y tirando de Lacey.

—¿Qué? ¿Dónde?

—¡En la otra sala! —dijo—. Llevan máscaras. Parecen policías. Vámonos.

Radar enfocó su linterna hacia el Agujero de Trol, pero Ben la bajó de un manotazo.

—¡Tenemos que salir de aquí!

Lacey me miraba con los ojos muy abiertos, seguramente un poco molesta, porque le había prometido que no correría peligro, y no parecía cierto.

—Ok —susurré—. De acuerdo, todo el mundo fuera, por la puerta. Tranquilos, pero de prisa.

Acababa de dar un paso cuando oí un vozarrón gritando: «¿QUIÉN ANDA AHÍ?»

Maldición.

—Ejem —dije—, sólo hemos venido a echar un vistazo.

Menuda tontería estrafalaria. Una luz blanca procedente del Agujero de Trol me cegó. Podría haber sido Dios en persona.

—¿Cuáles son sus intenciones?

La voz imitaba ligeramente el acento británico.

Observé a Ben, que se acercó a mí. Me sentí mejor acompañado.

—Estamos investigando una desaparición —dijo Ben muy seguro de sí mismo—. No íbamos a romper nada.

La luz se apartó y parpadeé hasta que vi tres figuras, las tres con *jeans*, playera y una máscara con dos filtros redondos. Una de ellas se subió la máscara a la frente y nos miró. Reconocí la barba y la boca grande.

—¿Gus? —dijo Lacey levantándose.

Era el vigilante del SunTrust.

—Lacey Pemberton. Por Dios, ¿qué están haciendo aquí? Y sin máscaras… Aquí hay toneladas de asbesto.

—¿Qué haces tú aquí?

—Explorando —contestó.

Ben se sintió lo bastante seguro como para acercarse a los otros dos chicos y tenderles la mano. Se presentaron como As y el Carpintero. Me atrevería a suponer que eran seudónimos.

Tomamos sillas de oficina con ruedas y nos sentamos formando más o menos un círculo.

—¿Fueron ustedes los que rompieron el tablón? —preguntó Gus.

—Bueno, fui yo —le explicó Ben.

—Lo cerramos con cinta porque no queríamos que nadie más entrara. Si desde la carretera se ve que se puede entrar, vendría un montón de gente que no tiene ni puta idea de explorar. Vagabundos, adictos al *crack* y todo eso.

Di un paso hacia ellos.

—Entonces ustedes… bueno… ¿sabían que Margo estuvo aquí? —pregunté.

Antes de que Gus contestara, As habló sin quitarse la máscara. Su voz era ligeramente modulada, pero resultaba fácil entenderlo.

—Amigo, Margo se pasaba la vida aquí. Nosotros sólo venimos un par de veces al año. Hay asbestos y, en fin, tampoco es nada del otro mundo. Pero seguramente la hemos visto, no sé, más de la mitad de las veces que hemos venido en los dos últimos años. Estaba buena, ¿eh?

—¿Estaba? —preguntó Lacey con énfasis.

—Se ha escapado, ¿no?

—¿Qué saben del tema? —les preguntó Lacey.

—Nada, por favor. Hace un par de semanas vi a Margo con él —dijo Gus señalándome—. Y luego me dijeron que se había escapado. Unos días después se me ocurrió que podría estar aquí, así que vinimos.

—Nunca he entendido por qué le gustaba tanto este lugar. Apenas hay algo —dijo el Carpintero—. Explorar aquí no tiene gracia.

—¿Qué es eso de «explorar»? —preguntó Lacey a Gus.

—Exploración urbana. Entramos en edificios abandonados, los exploramos y hacemos fotos. Ni tomamos ni dejamos nada. Somos simples observadores.

—Es un hobby —dijo As—. Gus solía dejar que Margo se apuntara a explorar con nosotros cuando todavía íbamos a la escuela.

—Tenía muy buen ojo, aunque sólo tenía trece años —dijo Gus—. Encontraba la manera de entrar en cualquier sitio. En aquella época lo hacíamos de vez en cuando, pero ahora salimos unas tres veces por semana. Hay sitios por todas partes. En Clearwater hay un psiquiátrico abandonado. Es increíble. Se puede ver dónde ataban a los locos para darles electrochoques. Y cerca de aquí, hacia el oeste, hay una antigua cárcel. Pero Margo no estaba realmente metida en el tema. Le gustaba entrar, pero luego quería quedarse.

—Sí, maldición, era un fastidio —añadió As.

—Ni siquiera tomaba fotos —dijo el Carpintero—. Ni buscaba cosas por ahí. Sólo quería entrar y sentarse. ¿Se acuerdan de la libreta negra? Se sentaba en un rincón y escribía, como si estuviera en su casa haciendo tarea o algo así.

—Sinceramente, nunca entendió de qué iba el tema —dijo Gus—. La aventura. En realidad, parecía bastante deprimida.

Quería dejar que siguieran hablando, porque pensaba que todo lo que dijeran me ayudaría a imaginar a Margo, pero de repente Lacey se levantó y le dio una patada a su silla.

—¿Y nunca se les ocurrió preguntarle por qué estaba deprimida? ¿O por qué se pasaba el día en estos cuchitriles de mierda? ¿Nunca te lo has planteado?

Estaba delante de él, gritándole desde arriba, así que Gus se levantó también. Era casi un palmo más alto que ella.

—Por Dios, que alguien tranquilice un poco a esta zorra —dijo el Carpintero.

—¿Qué has dicho? —gritó Ben.

Y antes de que me diera cuenta de lo que estaba pasando, Ben le dio un empujón al Carpintero, que resbaló aparatosamente de la silla y fue a parar al suelo. Ben se sentó a horcajadas encima del tipo y empezó a pegarle, a darle fuertes bofetadas y puñetazos en la máscara.

—¡NO ES UNA ZORRA! ¡ESO LO SERÁS TÚ!

Me levanté y agarré a Ben por un brazo mientras Radar lo sujetaba por el otro.

—¡Estoy muy enojado! —gritó mientras lo apartábamos—. ¡Estaba divirtiéndome pegándole a ese tipo! ¡Quiero volver a pegarle!

—Ben —le dije intentando parecer tranquilo en el tono que suele emplear mi madre—, Ben, ya está. Ya lo has dejado claro.

Gus y As levantaron al Carpintero.

—Maldición, nos vamos de aquí, ¿ok? Todo suyo.

As tomó su equipo fotográfico y los tres salieron corriendo por la puerta trasera. Lacey empezó a explicarme de dónde lo conocía.

—Él estaba en el último año cuando nosotros…

Pero le indiqué con la mano que lo dejara correr. No importaba.

Radar sabía lo que importaba. Volvió inmediatamente al calendario y acercó los ojos a dos centímetros del papel.

—Creo que no escribieron nada en la página de mayo —dijo—. El papel es muy fino y no veo marcas. Pero no puedo asegurarlo.

Se puso a buscar más pistas y vi las linternas de Lacey y de Ben metiéndose por un Agujero de Trol, pero yo me quedé en el despacho imaginándome a Margo. Pensé en ella yendo a edificios abandonados con aquellos tipos, cuatro años mayores que ella. Aquella era la Margo a la que había visto. Pero la que se quedaba en los edificios no era la Margo que siempre había imaginado. Mientras todos los demás salen a explorar, a hacer fotos y a saltar por las paredes, Margo se sienta en el suelo a escribir.

—¡Q! ¡Tenemos algo! —gritó Ben desde la puerta.

Me sequé el sudor de la cara con las dos mangas y me agarré a la mesa para levantarme. Crucé la sala, gateé por el Agujero de Trol y me dirigí hacia las tres linternas que recorrían la pared por encima de la alfombra enrollada.

—Mira —dijo Ben trazando un cuadrado en la pared con el foco—. ¿Te acuerdas de los agujeritos que nos comentaste?

—Sí.

—Deben de haber sido cosas clavadas aquí —dijo Ben—. Por el espacio que hay entre los agujeros, creemos que postales o fotos que quizá se llevó al marcharse.

—Sí, puede ser —le contesté—. Ojalá encontráramos la libreta de la que ha hablado Gus.

—Sí. Cuando lo ha dicho, he recordado esa libreta —dijo Lacey. El foco de mi linterna le iluminaba sólo las piernas—. Siempre llevaba una encima. Nunca la vi escribiendo, pero supuse que era una agenda o algo así. Vaya, nunca le pregunté por esa libreta. Me he enojado con Gus, que ni siquiera era amigo suyo, pero ¿alguna vez le pregunté algo yo?

—De todas formas, no te habría contestado —le dije.

No era honesto fingir que Margo no había participado en su propia confusión.

Seguimos dando vueltas por allí durante una hora, y justo cuando estaba convencido de que habíamos hecho el viaje en balde, mi linterna pasó por los folletos que estaban colocados en forma de casa la primera vez que entramos. Uno de los folletos era de Grovepoint Acres. Esparcí los demás conteniendo la respiración. Corrí a buscar mi mochila, que estaba al lado de la puerta, volví corriendo con un bolígrafo y una libreta, y anoté los nombres de todas las urbanizaciones que aparecían en los folletos. Reconocí una de inmediato: Collier Farms, una de las dos urbanizaciones de mi lista a las que todavía no había ido. Terminé de copiar los nombres y volví a meter la libreta en la mochila. Llámenme egoísta, pero si la encontraba, prefería hacerlo yo solo.

17

En cuanto mi madre llegó a casa el viernes, le dije que iba a un concierto con Radar, tomé el coche y me dirigí a las afueras del condado de Seminole para ver Collier Farms. Resultó que todas las demás urbanizaciones que aparecían en los folletos existían, la mayoría de ellas al norte de la ciudad. Las habían terminado hacía tiempo.

Sólo reconocí la desviación hacia Collier Farms porque me había convertido en un experto en caminos sin asfaltar difíciles de ver. Pero Collier Farms era diferente de las demás pseudovisiones que había visto. Estaba extremadamente descuidada, como si llevara cincuenta años abandonada. No supe si era más antigua que las demás pseudovisiones o si la tierra baja y pantanosa había hecho que todo creciera más de prisa, pero en cuanto me metí por la desviación me resultó imposible seguir avanzando, porque todo el camino estaba cubierto de gruesos arbustos.

Salí del coche y seguí a pie. La maleza me arañaba las pantorrillas, y a cada paso que daba se me hundían los tenis en el fango. No pude evitar esperar que hubiera montado una tienda de campaña en algún trozo del terreno a unos metros por encima del resto para que el agua de la lluvia no se quedase estancada. Caminaba despacio porque había más cosas que ver que en cualquiera de las demás, más lugares en los que esconderse, y porque sabía que aquel complejo estaba directamente relacionado con el centro comercial abandonado. El suelo estaba tan lleno de maleza que tenía que avanzar muy despacio por cada nuevo escenario y comprobar todos los sitios lo bastante grandes como para que cupiera una persona. Al final de la calle vi entre el barro una caja de cartulina azul y blanca, y por un momento me pareció la misma caja de barritas de cereales que había encontrado en el centro comercial. Pero no. Era la caja destrozada de un *pack* de doce cervezas. Volví con esfuerzo al coche y me dirigí a un lugar llamado Logan Pines, más al norte.

Tardé una hora en llegar. Había dejado atrás el Bosque Nacional de Ocala, ya casi fuera del área metropolitana de Orlando, cuando me llamó Ben.

—¿Qué pasa?

—¿Has ido a esas ciudades de papel? —me preguntó.

—Sí, ya casi he llegado a la última. Todavía no he encontrado nada.

—Oye, colega, los padres de Radar han tenido que marcharse de la ciudad a toda prisa.

—¿Pasa algo? —le pregunté.

Sabía que los abuelos de Radar eran muy viejos y vivían en una residencia de ancianos de Miami.

—Sí, escúchame: ¿recuerdas al tipo de Pittsburgh que tenía la segunda colección más grande del mundo de Santa Claus negros?

—Sí, ¿y?

—Acaba de morir.

—Estás bromeando.

—Colega, yo no hago bromas sobre el fallecimiento de coleccionistas de Santa Claus negros. Al tipo le ha dado un derrame cerebral, y los viejos de Radar están volando a Pennsylvania para intentar comprar toda su colección. Así que vamos a organizar una fiesta.

—¿Quiénes?

—Tú, Radar y yo. Somos los anfitriones.

—No sé —le dije.

Nos quedamos un momento en silencio y luego Ben me llamó por mi nombre completo.

—Quentin —me dijo—, sé que quieres encontrarla. Sé que es lo más importante para ti. Perfecto. Pero nos graduamos la semana que viene. No estoy pidiéndote que dejes de buscarla. Estoy pidiéndote que vengas a una fiesta con tus dos mejores amigos, a los que conoces desde hace media vida. Estoy pidiéndote que pases dos o tres horas bebiendo cocteles de vino como una niña, y otras dos o tres horas vomitando dichos cocteles por la nariz. Y luego puedes seguir paseándote por urbanizaciones abandonadas.

Me molestaba que Ben sólo quisiera hablar de Margo cuando se trataba de una aventura que le atraía, que pensara que me equivocaba centrándome más en ella que en mis amigos, porque ella no estaba, pero ellos sí. Pero Ben era Ben, como había dicho Radar. Y, de todas formas, no tenía nada más que buscar después de Logan Pines.

—Iré a esta última y luego iré a casa de Radar.

Había depositado grandes esperanzas en Logan Pines porque era la última pseudovisión de Florida central, o al menos la última de la que yo tenía noticias. Pero no vi ninguna tienda de campaña mientras recorría con la linterna en la mano su única calle sin salida. Ningún indicio de hoguera. Ningún envoltorio de comida. Ni rastro de gente. Ni rastro de Margo. Al final del camino encontré un agujero de hormigón hundido en la tierra, pero no habían construido nada encima. Era sólo el agujero, como la boca abierta de un muerto, rodeado de una maraña de zarzas y maleza de casi un metro de altura. No entendía por qué Margo habría querido que viera estos sitios. Y si había ido a las pseudovisiones para no volver, conocía un lugar que yo no había descubierto en mis investigaciones.

Tardé una hora y media en volver a Jefferson Park. Dejé el coche en casa, me puse una playera y mis únicos *jeans* decentes, recorrí Jefferson Way hasta Jefferson Court y luego giré a la derecha hasta Jefferson Road. En Jefferson Place, la calle de Radar, había ya varios coches estacionados a ambos lados. Sólo eran cuarto para las nueve.

Abrí la puerta y me encontré con Radar, que llevaba en las manos un montón de Santa Claus negros de yeso.

—Tengo que guardar los más bonitos —me dijo—, no sea que alguno se rompa.

—¿Necesitas ayuda? —le pregunté.

Radar me señaló con la cabeza el comedor. En las mesas a ambos lados del sofá había tres juegos de muñecas rusas con forma de Santa Claus negros. Mientras metía unos dentro de los otros no pude evitar observar que en realidad eran muy bonitos. Estaban pintados a mano con todo lujo de detalles. Aunque no se lo dije a Radar, porque temía que me matara a golpes con la lámpara del Santa Claus negro del comedor.

Llevé las muñecas rusas a la habitación de invitados, donde Radar estaba guardando Santa Claus en un tocador con mucho cuidado.

—¿Sabes? Cuando los ves todos juntos, te preguntas cómo imaginamos nuestros mitos.

Radar miró al techo.

—Sí, me descubro a mí mismo preguntándome cómo imagino mis mitos todas las mañanas, cuando estoy comiéndome mis cereales con una puta cuchara de Santa Claus negro.

Sentí una mano frotándome el hombro. Era Ben, que movía los pies a toda velocidad, como si estuviera orinándose.

—Nos hemos besado. Bueno, me ha besado ella. Hace unos diez minutos. En la cama de los padres de Radar.

—¡Qué asco! —exclamó Radar—. No se acuesten en la cama de mis padres.

—Wow, pensaba que ya habías superado esa fase —le dije a Ben—. ¿No eras tan valiente?

—Cállate, colega. Estoy asustado —me contestó mirándome con los ojos casi bizcos—. No creo que sea muy bueno.

—¿En qué?

—Besando. Y bueno, ella ha besado mucho más que yo en los últimos años. No quiero besar tan mal que me deje. Tú le gustas a las chicas —me dijo, lo que sólo era cierto, y con suerte, si se entendía por «chicas» «las chicas de la banda»—. Colega, estoy pidiéndote consejo.

Estuve tentado a preguntarle por los interminables rollos que nos daba sobre las diversas maneras de excitar cuerpos diversos, pero me limité a decirle:

—Hasta donde yo sé, hay dos normas básicas: *1)* No muerdas nada sin permiso, y *2)* la lengua humana es como el *wasabi*. Es muy potente y debe utilizarse con moderación.

De repente le brillaron los ojos de pánico. Hice una mueca y dije:

—Está detrás de mí, ¿verdad?

—«La lengua humana es como el *wasabi*» —repitió Lacey con una voz profunda y ridícula que esperé que no se pareciera a la mía. Me giré—. La verdad es que creo que la lengua de Ben es como el protector solar. Es bueno para la salud y debes aplicarlo generosamente.

—Estoy a punto de vomitar —dijo Radar.

—Lacey, acabas de quitarme las ganas de seguir hablando —añadí.

—Ojalá pudiera dejar de imaginármelo —contestó Radar.

—La mera idea es tan ofensiva que está prohibido decir «la lengua de Ben Starling» en la tele —dije yo.

—El castigo por violar esta norma son diez años de cárcel o un chupeteo de Ben Starling —añadió Radar.

—Todo el mundo… —dije.

—Prefiere… —dijo Radar sonriendo.

—La cárcel —dijimos los dos a la vez.

Y entonces Lacey besó a Ben delante de nosotros.

—Dios mío —exclamó Radar pasándose las manos por delante de la cara—, Dios mío, me he quedado ciego. Me he quedado ciego.

—Basta, por favor —supliqué yo—. Están molestando a los Santa Claus negros.

La fiesta acabó con las veinte personas metidas en la sala de estar de la segunda planta de la casa de Radar. Me apoyé en una pared, con la cabeza a escasos centímetros de un Santa Claus negro pintado sobre terciopelo. La gente se había amontonado en uno de esos sofás por módulos. Al lado de la tele había un refrigerador con cervezas, pero nadie bebía. Se contaban historias entre sí. Había oído la mayoría de ellas —historias de la banda, de Ben Starling, de los primeros besos—, pero Lacey no, y de todas formas seguían siendo divertidas. Me quedé bastante al margen hasta que Ben dijo:

—Q, ¿cómo vamos a graduarnos?

—Sin ropa debajo de la toga —le contesté sonriendo.

—¡Sí!

Ben dio un trago a su refresco.

—Yo ni siquiera me llevaré ropa para no rajarme —dijo Radar.

—¡Yo tampoco! Q, jura que no te llevarás ropa.

Sonreí.

—Jurado queda —le dije.

—¡Me apunto! —exclamó nuestro amigo Frank.

Y entonces los chicos empezaron a sumarse a la idea. Por alguna razón, las chicas se resistían.

—Tu negativa hace que me cuestione el sentido de nuestro amor —dijo Radar a Angela.

—No lo entiendes —comentó Lacey—. No es que nos dé miedo. Es sólo que ya hemos elegido el vestido.

—Exacto —dijo Angela señalando a Lacey.

—Más les vale que no haga viento —añadió Angela.

—Espero que sí haga viento —dijo Ben—. A los huevos más grandes del mundo les sienta bien el aire fresco.

Lacey, avergonzada, se llevó una mano a la cara.

—Eres un novio desafiante —comentó—. Gratificante, pero desafiante.

Nos reímos.

Era lo que más me gustaba de mis amigos, que nos bastaba con sentarnos a contar historias. Historias ventana e historias espejo. Yo sólo escuchaba. Las historias que tenía en mente no eran tan divertidas.

No podía evitar pensar que la escuela y todo lo demás se acababa. Me gustaba estar algo apartado de los sofás, observándolos. No me importaba que fuera un poco triste. Me limitaba a escuchar dejando que toda la alegría y toda la tristeza de aquel final giraran a mi alrededor, cada una intensificando la otra. Casi todo el tiempo parecía que fuera a explotarme el pecho, pero no era exactamente una sensación desagradable.

Me marché justo antes de las doce. Algunos iban a quedarse hasta más tarde, pero yo tenía que estar en casa a esa hora, y además no quería quedarme. Mi madre estaba medio dormida en el sofá, pero se despertó nada más verme.

—¿Lo has pasado bien?

—Sí —le contesté—. Ha sido una fiesta muy tranquila.

—Como tú —me dijo sonriendo.

Aquel ataque sentimental me pareció un tanto hilarante, pero no dije nada. Se levantó, me jaló y me dio un beso en la mejilla.

—Me gusta mucho ser tu madre —me dijo.

—Gracias —le contesté.

Me metí en la cama con el libro de Whitman y pasé las páginas hasta la parte que me había gustado, donde se dedica a escuchar ópera y a la gente.

Después de escucharlo todo, escribe: «Iracundas y amargas olas me cortan, casi me ahogo». Pensé que era perfecto. Escuchas a las personas para poder imaginarlas, oyes todas las cosas terribles y maravillosas que las personas se hacen a sí mismas y a los demás, pero al final escuchar te ahoga todavía más que la gente a la que intentas escuchar.

Recorrer pseudovisiones e intentar escuchar a Margo no resquebraja tanto el caso de Margo Roth Spiegelman como me resquebraja a mí. Unas páginas después —escuchando y ahogándose—, Whitman empieza a escribir sobre los viajes que puede hacer con la imaginación, y enumera todos los lugares a los que puede ir echado en la hierba. «Las palmas de mis manos abarcan continentes», escribe.

Pienso en mapas, en cómo de niño observaba de vez en cuando un atlas, y el mero hecho de observarlo era como estar en otro sitio. Eso era lo que tenía que hacer. Tenía que oír e imaginar mi camino en su mapa.

Pero ¿no lo había intentado? Levanté la mirada hacia los mapas que estaban por encima de la computadora. Había intentado trazar sus posibles viajes, pero Margo representaba demasiadas cosas, como la hierba. Parecía imposible ubicarla en los mapas. Era demasiado pequeña y el espacio que abarcaban los mapas, demasiado grande. Eran más que una pérdida de tiempo. Eran la representación física de la ineficacia de todo aquello, mi absoluta incapacidad de desarrollar palmas que abarcaran continentes, de tener una cabeza que imaginara correctamente.

Me levanté, me dirigí a los mapas y tiré de ellos. Las tachuelas se desprendieron con el papel y cayeron al suelo. Arrugué los mapas y los lancé al bote de basura. De vuelta a la cama pisé una tachuela, como un idiota, y aunque estaba enfadado, agotado y me había quedado sin pseudovisiones y sin ideas, tuve que recoger todas las tachuelas esparcidas por la alfombra para no pisarlas después. Lo que me pedía el cuerpo era pegarle un puñetazo a la pared, pero tuve que recoger las putas tachuelas. Cuando hube acabado, volví a meterme en la cama y le pegué un puñetazo a la almohada con los dientes apretados.

Intenté seguir leyendo el libro de Whitman, pero entre la lectura y el no dejar de pensar en Margo, me sentí lo bastante ahogado por esa noche, así que al final dejé el libro. Ni me molesté en levantarme a apagar la luz. Me quedé mirando la pared, parpadeando cada vez más. Y cada vez que abría los ojos veía el trozo de pared en el que habían estado los mapas, los cuatro agujeros formando un rectángulo, y los agujeros dentro del rectángulo, repartidos al azar. Había visto antes un dibujo similar. En la sala vacía, por encima de la alfombra.

Un mapa. Con puntos marcados.

18

El sábado, la luz me despertó poco antes de las siete de la mañana. Por increíble que parezca, Radar estaba conectado.

QTHERESURRECTION: Pensaba que estarías durmiendo.

OMNICTIONARIAN96: No, colega. Estoy despierto desde las seis, ampliando el artículo de un cantante pop malayo. Pero Angela sigue en la cama.

QTHERESURRECTION: Ooh, ¿se ha quedado en tu casa?

OMNICTIONARIAN96: Sí, pero mi pureza sigue intacta. Aunque la noche de la graduación... Puede ser.

QTHERESURRECTION: Oye, ayer se me ocurrió una cosa. Los agujeros de la pared del centro comercial... ¿No serán agujeros de tachuela clavadas en un mapa?

OMNICTIONARIAN96: Como una ruta.

QTHERESURRECTION: Exacto.

OMNICTIONARIAN96: ¿Quieres que vayamos? Aunque tengo que esperar a que Angela se levante.

QTHERESURRECTION: Muy bien.

Me llamó a las diez. Pasé a recogerlo en coche y luego fuimos a casa de Ben, porque supusimos que la única manera de despertarlo era con un ataque por sorpresa. Pero aunque cantamos «You Are My Sunshine» desde su ventana, sólo conseguimos que la abriera y nos echara bronca.

—No pienso hacer nada hasta las doce —dijo en tono autoritario.

Así que fuimos Radar y yo solos. Me habló un rato de Angela, me contó que le gustaba mucho y que era raro enamorarse unos meses antes de que cada uno fuera a una universidad diferente, pero me costaba prestarle atención. Quería aquel mapa. Quería ver los lugares que había marcado. Quería volver a clavar las tachuelas en la pared.

Entramos en el despacho, corrimos a la biblioteca, nos paramos un momento a revisar los agujeros de la pared y entramos en la tienda de souvenirs. El edificio ya no me asustaba lo más mínimo. En cuanto recorrimos todas las salas y confirmamos que estábamos solos, me sentí tan seguro como en mi casa. Debajo de una vitrina encontré la caja de mapas y folletos en la que había rebuscado la noche del baile. La levanté y la apoyé en la esquina de una vitrina con el cristal roto. Radar buscaba cualquier cosa que tuviera un mapa, y yo la desplegaba y revisaba si tenía agujeros.

Estábamos llegando al fondo de la caja cuando Radar sacó un folleto en blanco y negro titulado CINCO MIL CIUDADES ESTADOUNIDENSES. El *copyright* era de 1972, de la empresa Esso. Mientras desplegaba el mapa con cuidado e intentaba alisar los pliegues, vi un agujero en la esquina.

—Es éste —dije alzando la voz.

Junto al agujero había un trozo roto, como si hubieran arrancado el mapa de la pared. Era un mapa amarillento y quebradizo de Estados Unidos, del tamaño de los que hay en las clases, marcado con posibles destinos. Por las arrugas del mapa entendí que Margo no había pretendido que fuera una pista. Era demasiado exacta y segura con sus pistas como para enturbiar las aguas. En cualquier caso, habíamos encontrado algo que no había previsto, y al ver lo que no había previsto, volví a pensar que había previsto muchas cosas. Y pensé que quizás era lo que había hecho en aquella oscura y silenciosa sala. Viajar echada, como Whitman, mientras se preparaba para lo que realmente iba a hacer.

Volví al despacho y encontré un puñado de tachuelas en una mesa contigua a la de Margo. Luego Radar y yo llevamos con cuidado el mapa desplegado a la habitación de Margo. Lo sujeté contra la pared mientras Radar intentaba meter las tachuelas por los agujeros, pero tres de las cuatro esquinas se habían roto, y también tres de las cinco localizaciones, seguramente al retirar el mapa de la pared.

—Más arriba y a la izquierda —me dijo Radar—. No, baja. Sí. No te muevas.

Clavamos por fin el mapa y empezamos a cuadrar los agujeros del mapa con los de la pared. No nos costó demasiado ensamblar los cinco puntos. Pero, como algunos agujeros estaban rasgados, era imposible determinar la localización EXACTA. Y la localización exacta era importante en un mapa en el que aparecían los nombres de cinco mil poblaciones. La letra era tan pequeña que tuve que subirme a la alfombra y acercar los ojos a unos centímetros del mapa para intentar descubrir cada población. Empecé a decir nombres, y Radar sacó su computadora de bolsillo y los buscó en el *Omnictionary*.

Había dos agujeros sin rasgaduras. Uno parecía ser Los Ángeles, aunque en el sur de California había tantas ciudades juntas que los nombres se encimaban. El otro agujero intacto estaba en Chicago. Había uno rasgado en Nueva York, que, a juzgar por su posición en la pared, correspondía a uno de los cinco distritos de la ciudad.

—Encaja con lo que sabemos.

—Sí —le dije—. Pero, maldición, ¿en qué parte de Nueva York? Ésa es la cuestión.

—Olvidamos algo —repuso—. Alguna pista. ¿Dónde están los otros puntos?

—Hay otro en el estado de Nueva York, pero no está cerca de la ciudad. Bueno, mira, todas las ciudades son diminutas. Podría ser Poughkeepsie, Woodstock o el parque de Catskill.

—Woodstock —dijo Radar—. Sería interesante. Margo no es muy hippie, pero lleva ese rollo de espíritu libre.

—No sé —le contesté—. El último está en la ciudad de Washington o quizás en Annapolis o la bahía de Chesapeake. En realidad puede estar en un montón de sitios.

—Ayudaría un poco que sólo hubiera un punto en el mapa —dijo Radar en tono sombrío.

—Pero seguramente va de un sitio a otro —le dije.

Emprendiendo su viaje eterno.

Me senté un rato en la alfombra mientras Radar me leía información sobre Nueva York, sobre las montañas de Catskill, sobre la capital del país y sobre el concierto de 1969 en

Woodstock. Nada parecía servir. Me sentí como si hubiéramos tirado del hilo y no hubiéramos encontrado nada.

Aquella tarde, después de haber dejado a Radar en su casa, me senté a leer el «Canto de mí mismo» y a estudiar sin demasiado entusiasmo para los exámenes finales. El lunes tenía Cálculo y Latín, probablemente las dos asignaturas más duras, así que no podía permitirme pasarlas del todo por alto. Estudié casi todo el sábado por la noche y el domingo, pero justo después de cenar se me ocurrió una idea. Dejé un momento de lado las traducciones de Ovidio y encendí la computadora. Vi a Lacey conectada. Acababa de enterarme de su *nick* por Ben, pero supuse que la conocía lo suficiente para escribirle un mensaje.

QTHERESURRECTION: Hola, soy Q.

HABITODEPENITENCIA: ¡Hola!

QTHERESURRECTION: ¿Has pensado alguna vez cuánto tiempo tuvo que dedicar Margo a planearlo todo?

HABITODEPENITENCIA: Sí, ¿te refieres a dejar letras en el plato de sopa antes de ir a Mississippi y orientarte hacia el centro comercial?

QTHERESURRECTION: Sí, no son cosas que se te ocurren en diez minutos.

HABITODEPENITENCIA: Quizá la libreta…

QTHERESURRECTION: Exacto.

HABITODEPENITENCIA: Sí. Lo he pensado hoy porque he recordado que una vez, estando de compras, se dedicó a acercar la libreta a los bolsos que le gustaban para asegurarse de que cabía.

QTHERESURRECTION: Ojalá tuviera esa libreta.

HABITODEPENITENCIA: Seguramente la lleve encima.

QTHERESURRECTION: Sí. ¿No estaba en su casillero?

HABITODEPENITENCIA: No, sólo libros de texto perfectamente apilados, como siempre.

Seguí estudiando en mi mesa y esperé a que se conectara alguien más. Al rato entró Ben, y lo invité a una sala de chat conmigo y con Lacey. Hablaron ellos dos casi todo el tiempo —yo seguía traduciendo—, hasta que se conectó Radar y lo invité a la sala. Entonces dejé el estudio por aquella noche.

OMNICTIONARIAN96: Alguien de Nueva York ha buscado hoy a Margo Roth Spiegelman en el *Omnictionary*.

FUEUNAINFECCIONRENAL: ¿Sabes exactamente de dónde?

OMNICTIONARIAN96: Desgraciadamente, no.

HABITODEPENITENCIA: Todavía hay carteles en varias tiendas de discos. Seguramente ha sido alguien que quería saber quién era.

OMNICTIONARIAN96: Ah, claro. Lo había olvidado. Mierda.

QTHERESURRECTION: Hey, entro y salgo porque estoy con la página que me mostró Radar para trazar rutas entre los lugares que marcó con una tachuela.

FUEUNAINFECCIONRENAL: Link?

QTHERESURRECTION: thelongwayround.com

OMNICTIONARIAN96: Tengo una nueva teoría. Va a aparecer en la graduación, sentada entre el público.

FUEUNAINFECCIONRENAL: Yo tengo una vieja teoría: está en algún lugar de Orlando, manipulándonos y asegurándose de que es el centro de nuestro universo.

HABITODEPENITENCIA: ¡Ben!

FUEUNAINFECCIONRENAL: Lo siento, pero tengo toda la razón.

Siguieron así, charlando de sus Margos, mientras yo intentaba trazar su ruta. Si no pretendía que el mapa fuera una pista —y los agujeros desgarrados parecían indicar que no lo pretendía—, suponía que teníamos todas las pistas que había previsto y mucho más. Sin duda, tenía lo que necesitaba. Pero seguía sintiéndome muy lejos de ella.

19

El lunes por la mañana, tras tres largas horas a solas con ochocientas palabras de Ovidio, crucé los pasillos con la sensación de que iba a salírseme el cerebro por las orejas. Pero me había ido bien. Tuvimos hora y media para comer y para despejarnos antes del segundo turno de exámenes. Radar estaba esperándome en mi casillero.

—Acabo de reprobar Español —me dijo.

—Seguro que te ha ido bien.

Radar tenía una buena beca para Dartmouth. Era muy inteligente.

—Colega, no lo sé. Casi me duermo en el oral. Pero es que me he pasado la mitad de la noche despierto haciendo un programa. Es increíble. Tecleas una categoría —puede ser tanto una zona geográfica como una especie animal— y luego puedes leer en una sola página las primeras líneas de unos cien artículos del *Omnictionary* que tratan sobre ese tema. Pongamos que estás buscando una especie de conejo en concreto, pero no te acuerdas del nombre. Puedes leer la introducción de las veintiuna especies de conejo en la misma página en tres minutos.

—¿Has hecho ese programa la noche antes de los exámenes finales? —le pregunté.

—Sí, ya lo sé, ¿ok? Bueno, te lo mandaré por correo. Es una *frikada*.

Entonces apareció Ben.

—Q, te juro por Dios que Lacey y yo estuvimos en el chat hasta las dos de la mañana entretenidos con la página que nos pasaste. Y ahora que hemos trazado todas las rutas que Margo podría haber hecho entre Orlando y esos cinco puntos, me doy cuenta de que he estado equivocado en todo momento. No está en Orlando. Radar tiene razón. Volverá para la graduación.

—¿Por qué?

—Está perfectamente cronometrado. Ir en coche desde Orlando a Nueva York, a las montañas de Chicago, a Los Ángeles y volver a Orlando son exactamente veintitrés días. Además, es una broma de anormal, pero es cosa de Margo. Haces que todo el mundo piense que te has quitado de en medio. Te rodeas de un halo de misterio para que todos te presten atención. Y justo cuando empieza a esfumarse el interés, apareces en la graduación.

—No —le dije—. Imposible.

Ahora conocía mejor a Margo. Sí que creía que le gustaba llamar la atención, pero Margo no se tomaba la vida a risa. No se había quitado de en medio para engañarnos.

—Te lo digo, colega. Búscala en la graduación. Allí estará.

Negué con la cabeza. Como todo el mundo tenía la misma hora para comer, la cafetería estaba hasta el tope, así que ejercimos nuestro derecho como alumnos de último curso y fuimos en coche al Wendy's. Intenté centrarme en el examen de

Cálculo, pero empecé a sentir que la historia tenía más hilos. Si Ben tenía razón en lo de los veintitrés días de viaje, el dato era sin duda interesante. Quizás era lo que había planificado en su libreta negra, un largo y solitario viaje por carretera. No lo explicaba todo, pero encajaba con el talante planificador de Margo. Y tampoco me acercaba a ella. Bastante difícil era ya localizar un punto en un trozo de mapa arrugado para que encima el punto se moviera.

Después de un largo día de exámenes finales, volver al cómodo hermetismo del «Canto de mí mismo» era casi un alivio. Había llegado a una parte rara del poema. Después de haber estado escuchando y oyendo a la gente, y viajando con ella, Whitman deja de escuchar y de viajar, y empieza a convertirse en otras personas. Como si habitara en ellas. Cuenta la historia de un capitán de barco que salvó a todo el mundo menos a sí mismo. El poeta dice que puede contar esa historia porque se ha convertido en el capitán. Y escribe: «Yo soy el hombre, yo padecí, yo estaba allí». Unos versos después queda todavía más claro que Whitman ya no necesita escuchar para convertirse en otra persona: «No pregunto al herido cómo se siente, soy el herido».

Dejé el libro y me acosté de lado, mirando por la ventana que siempre había estado entre nosotros. No basta con verla o escucharla. Para encontrar a Margo Roth Spiegelman tienes que convertirte en Margo Roth Spiegelman.

Y había hecho muchas de las cosas que quizás ella había hecho. Había conseguido unir a la pareja más inverosímil del baile. Había acallado a los perros de la guerra de castas. Había conseguido sentirme cómodo en la casa encantada y llena de ratas en la que Margo lo había planificado todo. Había visto. Había escuchado. Pero todavía no podía convertirme en la persona herida.

Al día siguiente hice como pude los exámenes de Física y Política, y el martes me quedé hasta las dos de la madrugada terminando el trabajo de fin de curso de Literatura sobre *Moby Dick*. Decidí que Ahab era un héroe. No tenía especiales motivos para tomar esa decisión —sobre todo teniendo en cuenta que no había leído el libro—, pero lo decidí y actué en consecuencia.

La reducida semana de exámenes implicaba que el miércoles fuera nuestro último día de clase. Y durante todo el día me resultaba difícil no pasear por ahí pensando en todo lo que hacía por última vez. La última vez que formaba una reunión junto a la puerta de la sala de ensayo, a la sombra del roble que ha protegido a generaciones de *frikis* de la banda. La última vez que comía pizza en la cafetería con Ben. La última vez que me sentaba en esta escuela a escribir un trabajo con una mano metida en un libro azul. La última vez que miraba el reloj. La última vez que veía a Chuck Parson merodeando por los pasillos con una sonrisa medio desdeñosa. Maldición. Empezaba a sentir nostalgia de Chuck Parson. Debía de estar enfermo.

Algo así debió de sentir también Margo. Mientras hacía sus planes, sin duda sabía que se marcharía, y seguramente ni siquiera ella pudo ser del todo inmune a aquel sentimiento.

Había pasado buenos momentos en aquella escuela. Y el último día es muy difícil recordar los malos, porque en cualquier caso había hecho su vida aquí, como yo. La ciudad era papel, pero los recuerdos no. Todo lo que había hecho allí, todo el amor, la pena, la compasión, la violencia y el rencor seguían manando desde mi interior. Aquellas paredes de cemento encaladas. Mis paredes blancas. Las paredes blancas de Margo. Durante mucho tiempo habíamos estado cautivos entre ellas, atrapados en su estómago, como Jonás.

A lo largo del día me descubrí pensando que quizás aquel sentimiento era la razón por la que Margo lo había planificado todo de forma tan compleja y precisa. Aunque quieras marcharte, es muy difícil. Necesitó preparación, y quizá sentarse en aquel centro comercial a escribir sus planes era una labor tanto intelectual como emocional, su manera de imaginarse a sí misma en su destino.

Ben y Radar tenían un ensayo maratónico con la banda para asegurarse de que tocarían «Pompa y circunstancia» en la graduación. Lacey se ofreció a llevarme a casa, pero decidí vaciar mi casillero, porque la verdad era que no me agradaba volver a la escuela y tener que sentir de nuevo mis pulmones ahogándose en aquella obstinada nostalgia.

Mi casillero era un auténtico agujero de mierda, mitad bote de la basura y mitad almacén de libros. Recordé que cuando Lacey abrió el casillero de Margo, los libros estaban perfectamente apilados, como si tuviera la intención de ir a clase al día siguiente. Coloqué un bote de basura en el banco y abrí mi casillero. Lo primero que hice fue despegar una foto de Radar, Ben y yo sonriendo de oreja a oreja. La metí en mi mochila y empecé el asqueroso proceso de revolver entre la porquería acumulada durante todo un año —chicles envueltos en trozos de papel de libreta, bolígrafos sin tinta, servilletas grasientas— y tirarla al bote. Mientras lo hacía, pensaba: «Nunca volveré a hacer esto, nunca volveré a estar aquí, este casillero no volverá a ser mío, Radar y yo no volveremos a escribirnos notas en la clase de Cálculo, nunca volveré a ver a Margo en el pasillo». Era la primera vez en mi vida que tantas cosas no volverían a suceder.

Y al final fue demasiado. No pude quitarme de encima aquel sentimiento, y se me hizo insoportable. Extendí los brazos, los metí hasta el fondo del casillero y lo empujé todo —fotos, notas y libros— al bote de basura. Dejé el casillero abierto y me marché. Al pasar por la sala de ensayo, oí al otro lado de la pared el sonido amortiguado de «Pompa y circunstancia». Seguí andando. Afuera hacía calor, aunque no tanto como de costumbre. Era soportable. «En casi todo el camino hasta casa hay aceras», pensé. Y seguí andando.

Y por paralizantes y tristes que fueran todos aquellos «nunca más», me pareció perfecto marcharme así por última vez. Una marcha pura. La forma más depurada posible de liberación. Todo lo importante, menos una foto malísima, estaba en la basura, pero me sentía genial. Empecé a correr, porque quería poner todavía más distancia entre la escuela y yo.

Marcharse es muy duro… hasta que te marchas. Entonces es lo más sencillo del mundo.

Mientras corría, sentí que por primera vez me convertía en Margo. Lo sabía: «No está en Orlando. No está en Florida». Marcharse es fantástico en cuanto te has marchado. Si hubiera ido en coche, no a pie, seguramente también habría seguido adelante. Margo se había marchado y no iba a volver ni para la graduación ni para ninguna otra cosa. Ahora estaba seguro.

Me marcho, y marcharme es tan estimulante que sé que no puedo volver atrás. ¿Y entonces? ¿Me dedico a marcharme de sitios una y otra vez? ¿Emprendo un viaje eterno?

Ben y Radar pasaron por mi lado a medio kilómetro de Jefferson Park. Ben dio un frenazo justo delante de Lakemont, pese a que la carretera estaba llena de coches. Corrí al coche y subí. Querían jugar *Resurrection* en mi casa, pero tuve que decirles que no, porque estaba más cerca de Margo que nunca.

20

El miércoles por la noche y el jueves entero intenté emplear
todo lo que ahora sabía de Margo para descubrir algún sentido en las pistas de las que disponía, alguna relación entre el
mapa y los libros de viajes, o quizás algún vínculo entre
Whitman y el mapa que me permitiera entender su diario
de viaje. Pero cada vez me daba más la impresión de que
quizás estaba demasiado fascinada por el placer de marcharse
como para dejar el camino señalado con migas de pan. Y si
ése era el caso, el mapa que no había pretendido que viéra-
mos podría ser nuestra mejor partida para encontrarla. Pero
las marcas del mapa no eran lo bastante concretas. Incluso el
parque de Catskill, que me interesaba porque era el único
punto que no estaba en una gran ciudad, ni cerca, era demasiado grande y tenía demasiados habitantes como para encontrar a una persona. El «Canto de mí mismo» mencionaba
lugares de la ciudad de Nueva York, pero había demasiadas
localizaciones como para rastrearlas todas. ¿Cómo ubicar un
punto en un mapa cuando parece que el punto se mueve de
una ciudad a otra?

El viernes por la mañana, estaba ya levantado, hojeando guías de viajes, cuando mis padres entraron en mi habitación. Como rara vez entraban los dos juntos, me dio un vuelco el estómago —quizá tenían malas noticias de Margo—, pero de pronto recordé que era el día de mi graduación.

—¿Estás listo?

—Sí. Bueno, no es tan importante, pero será divertido.

—Sólo te gradúas una vez —me dijo mi madre.

—Sí —le contesté.

Se sentaron en la cama. Observé que se miraban y sonreían.

—¿Qué pasa? —les pregunté.

—Bueno, queremos darte tu regalo de graduación —dijo mi madre—. Estamos muy orgullosos de ti, Quentin. Eres el mayor logro de nuestra vida, hoy es un gran día para ti y estamos… Eres un chico genial.

Sonreí y bajé la mirada. Entonces mi padre sacó un regalo muy pequeño envuelto en papel azul.

—No —dije quitándoselo de las manos.

—Vamos, ábrelo.

—No puede ser —dije mirando el paquetito.

Era del tamaño de una llave. Pesaba como una llave. Al agitar la caja, sonó como una llave.

—Ábrelo ya, cariño —me instó mi madre.

Arranqué el papel. ¡UNA LLAVE! La observé de cerca. ¡La llave de un Ford! Ninguno de nuestros coches era un Ford.

—¿Me han comprado un coche?

—Exacto —me contestó mi padre—. No es nuevo, pero tiene sólo dos años y treinta mil kilómetros.

Salté de la cama y los abracé a los dos.

—¿Es mío?

—¡Sí! —casi gritó mi madre.

¡Ya tenía coche! ¡Coche! ¡Mío!

Solté a mis padres, grité: «GRACIAS GRACIAS GRACIAS GRACIAS GRACIAS GRACIAS» corriendo por el comedor y abrí la puerta de la calle vestido sólo con una playera vieja y calzoncillos. Estacionado en el camino, con un enorme lazo azul, había una camioneta Ford.

Me habían regalado una camioneta. Podrían haber elegido cualquier coche, pero eligieron una camioneta. Una camioneta. Oh, Dios de la Justicia Vehicular, ¿por qué te burlas de mí? ¡Camioneta, eres mi cruz! ¡Tú, marca de Caín! ¡Tú, miserable bestia de techo alto y pocos caballos!

Puse buena cara cuando me giré.

—¡Gracias gracias gracias! —les dije, aunque seguro que no parecía tan efusivo ahora que estaba fingiendo.

—Bueno, sabíamos que te encantaba el mío —me dijo mi madre.

Estaban los dos radiantes, sin duda convencidos de que me habían regalado el vehículo de mis sueños.

—Es fantástico para que vayas por ahí con tus amigos —añadió mi padre.

Y pensar que eran especialistas en analizar y entender la psicología humana…

—Oye —dijo mi padre—, deberíamos ir pensando en salir si queremos encontrar buenos asientos.

No me había bañado, ni vestido, ni nada. Bueno, para ser exacto, tampoco tenía que vestirme, pero en fin.

—No tengo que estar allí hasta las doce y media —les dije—. Tengo que arreglarme.

Mi padre frunció el ceño.

—Bueno, la verdad es que quiero sentarme en una buena fila para poder tomar fo…

—Puedo tomar MI COCHE —lo interrumpí—. Puedo ir SOLO en MI COCHE.

Sonreí de oreja a oreja.

—¡Ya lo sé! —me contestó mi madre entusiasmada.

Y qué importa, al fin y al cabo un coche es un coche. Seguro que conducir mi camioneta estaba un peldaño por encima de conducir la camioneta de otra persona.

Volví a la computadora e informé a Radar y a Lacey (Ben no estaba conectado) de lo del coche.

> OMNICTIONARIAN96: Es una noticia estupenda, de verdad. ¿Puedo pasar por tu casa a dejar una hielera en el maletero? Tengo que llevar a mis padres a la graduación y no quiero que la vean.
>
> QTHERESURRECTION: Claro, está abierto. ¿Para qué es la hielera?
>
> OMNICTIONARIAN96: Bueno, como nadie bebió en mi fiesta, quedaron 212 cervezas, así que las llevaremos a casa de Lacey para su fiesta de esta noche.
>
> QTHERESURRECTION: ¿212 cervezas?
>
> OMNICTIONARIAN96: Es una hielera grande.

Entonces entró Ben gritando que ya se había bañado, que estaba desnudo y que sólo le faltaba ponerse la toga y el birrete.

Hablamos todos un buen rato sobre nuestra graduación desnudos. Cuando ya todos se habían desconectado para prepararse, me metí a bañar, levanté la cabeza para que el agua me cayera directamente en la cara, y mientras el agua me golpeaba empecé a pensar. ¿Nueva York o California? ¿Chicago o Washington? También podría ir ahora, pensé. Tenía coche, como ella. Podría ir a los cinco puntos del mapa, y aunque no la encontrara, sería más divertido que pasarme otro verano abrasador en Orlando. Pero no. Es como colarte en el SeaWorld. Exige un plan impecable, luego lo llevas a cabo brillantemente, y luego… nada. Luego es el SeaWorld, sólo que más oscuro. Margo me dijo que el placer no es hacer algo. El placer es planificarlo.

Y en eso pensaba debajo del chorro de la regadera: en el plan. Está sentada en el centro comercial abandonado con su libreta, haciendo planes. Quizás está planificando un viaje por carretera y utiliza el mapa para ver las rutas. Lee a Whitman y señala: «El viaje que he emprendido es eterno», porque es lo que le gusta imaginarse, el tipo de cosas que le gusta planificar.

Pero ¿es el tipo de cosas que realmente le gusta hacer? No. Porque Margo conoce el secreto de marcharse, el secreto que yo acabo de aprender: marcharse te hace sentir bien y es auténtico sólo cuando dejas atrás algo importante, algo que te importaba. Arrancar la vida desde la raíz. Pero no puedes hacerlo mientras tu vida no haya echado raíces.

Por eso cuando se marchó, se marchó para siempre. Pero no podía creerme que hubiera emprendido un viaje eterno. Estaba seguro de que había ido a algún sitio, a un sitio en el que pudiera quedarse el tiempo suficiente para que le importara, el tiempo suficiente para que la siguiente marcha la hiciera sentirse tan bien como la anterior. «Hay un rincón en el mundo, en algún lugar lejano, en el que nadie sabe lo que significa "Margo Roth Spiegelman". Y Margo está sentada allí, escribiendo en su libreta negra.»

El agua empezó a enfriarse. Ni siquiera había tocado el jabón, pero salí, me enrollé una toalla en la cintura y me senté frente a la computadora.

Abrí el correo de Radar con el programa del *Omnictionary* y lo descargué. La verdad es que era genial. Primero introduje el código postal del centro de Chicago, oprimí «localización» y pedí un radio de treinta kilómetros. Me salieron cien respuestas, desde Navy Pier a Deerfield. En la pantalla aparecía la primera línea de cada entrada, así que las leí en unos cinco minutos. No vi nada destacable. Luego lo intenté con el código postal del parque de Catskill, en Nueva York. Esta vez hubo menos resultados, ochenta y dos, organizados por la fecha en la que se había creado la página en el *Omnictionary*. Empecé a leer.

Woodstock, Nueva York, es una ciudad del condado de Ulster, Nueva York, muy conocida por el concierto de 1969 que llevó su nombre (véase *Concierto de Woodstock*), un evento de tres días en el que actuaron artistas como Jimi Hendrix y Janis Joplin, aunque en realidad el concierto se celebró en una población cercana.

El Lago Katrine es un pequeño lago del condado de Ulster, Nueva York, al que suele ir Henry David Thoreau.

El parque de Catskill abarca casi tres mil kilómetros cuadrados de las montañas de Catskill y es propiedad conjunta del Estado y del gobierno local, con un 5 por ciento de participación de la ciudad de Nueva York, que recibe buena parte de su agua de los embalses situados parcialmente dentro del parque.

Roscoe, Nueva York, es una aldea del estado de Nueva York que, según un censo reciente, cuenta con 261 familias.

Agloe, Nueva York, es un pueblo ficticio creado por la empresa Esso a principios de la década de 1930 y que incluyó en los mapas turísticos como trampa para controlar los derechos de autor. A estos pueblos ficticios también se les llama ciudades de papel.

Oprimí en el *link* y me llevó al artículo completo, que seguía diciendo:

Agloe, situado en el cruce de dos carreteras sin asfaltar al norte de Roscoe, Nueva York, fue creado por los cartógrafos Otto G. Lindberg y Ernest Alpers, que se inventaron el nombre de la población formando un anagrama con sus iniciales. Desde hace siglos se introducen trampas en los mapas para controlar los derechos de autor. Los cartógrafos crean lugares, calles y municipios ficticios y los colocan en un lugar poco visible de su mapa. Si la entrada ficticia aparece en el mapa de otro cartógrafo, es evidente que ese mapa ha sido plagiado. A estas trampas también se las denomina trampas clave, calles de papel y ciudades de papel (véase también *entradas ficticias*). Aunque muy pocas empresas cartográficas admiten su existencia, las trampas siguen siendo un rasgo frecuente incluso en mapas contemporáneos.

En la década de 1940, Angloe, Nueva York, empezó a aparecer en mapas de otras empresas. Esso sospechó que habían infringido las leyes de derechos de autor y se dispuso a demandarlas, pero en realidad un habitante desconocido había construido el Supermercado Agloe en el cruce que aparecía en el mapa de la Esso.

El supermercado, que sigue en pie (*falta cita*), es el único edificio de Agloe, que sigue apareciendo en muchos mapas y cuya población suele consignarse como cero.

Todas las entradas del *Omnictionary* contienen subpáginas en las que pueden verse todas las ediciones que se han hecho en la página y cualquier comentario al respecto de los miembros del *Omnictionary*. La página de Agloe no había sido editada por nadie en casi un año, pero había un comentario reciente de un usuario anónimo:

para la información de quien Edite esto: la Población de agloe Será de Una persona hasta el 29 de mayo a las Doce del mediodía.

Reconocí las mayúsculas de inmediato. «Las reglas de las mayúsculas son muy injustas con las palabras que están en medio.» Sentí un nudo en la garganta, pero me obligué a mí mismo a tranquilizarme. Había dejado el comentario hacía quince días. Se había quedado allí todo este tiempo, esperándome. Miré el reloj de la computadora. No me quedaban ni veinticuatro horas.

Por primera vez en semanas no tuve la menor duda de que estaba viva. Estaba viva. Y estaría viva al menos un día más. Me había centrado tanto tiempo en localizarla, sobre todo para evitar preguntarme obsesivamente si estaba viva, que no me había dado cuenta de lo aterrorizado que había estado hasta ahora, pero, oh, Dios mío. Estaba viva.

Me levanté de un salto, dejé que la toalla se cayera y llamé a Radar. Apoyé el teléfono en un hombro y lo sujeté con la barbilla mientras me ponía unos calzoncillos y unos pantalones cortos.

—¡Sé lo que significa ciudades de papel! ¿Llevas encima la computadora portátil?

—Sí. Colega, deberías estar ya aquí. Estamos a punto de formar la fila.

Oí a Ben gritándole:

—¡Dile que más le vale que esté desnudo!

—Radar —le dije intentando expresar que era importante—. Busca la página de Agloe, Nueva York. ¿La tienes?

—Sí, estoy leyendo. Espera. Wow. Wow. ¿Podría ser el Catskills señalado en el mapa?

—Sí, creo que sí. Está muy cerca. Ve a la página de comentarios.

—…

—¿Radar?

—Maldición.

—¡Lo sé, lo sé! —grité.

No oí su respuesta porque estaba poniéndome la playera, pero cuando el teléfono volvió a mi oreja, lo oí hablando con Ben. Colgué.

Busqué en la red rutas en coche desde Orlando hasta Agloe, pero el programa de mapas nunca había oído hablar de Agloe, de modo que lo cambié por Roscoe. La computadora decía que, a una media de cien kilómetros por hora, el viaje duraría diecinueve horas y cuatro minutos. Eran las dos y cuarto. Tenía veintiuna horas y cuarenta y cinco minutos para llegar. Imprimí la ruta, tomé las llaves del coche y cerré la puerta de la calle.

—Está a diecinueve horas y cuatro minutos de distancia —dije por el celular.

Había llamado al celular de Radar, pero había contestado Ben.

—¿Y qué vas a hacer? —me preguntó—. ¿Vas a tomar un avión?

—No, no tengo bastante dinero, y además está a unas ocho horas de Nueva York, así que iré en coche.

De repente Radar recuperó el teléfono.

—¿Cuánto dura el viaje?

—Diecinueve horas y cuatro minutos.

—¿De dónde es el dato?

—Google Maps.

—Mierda —dijo Radar—. Ninguno de esos programas de mapas calcula el tráfico. Ahora te llamo. Y corre. ¡Tenemos que ponernos en la fila ahora mismo!

—No voy a ir. No puedo arriesgarme a perder tiempo —le dije.

Pero estaba hablando al aire. Radar me llamó un minuto después.

—A una media de cien kilómetros por hora, sin pararte y teniendo en cuenta el promedio de la densidad de tráfico, tardarás veintitrés horas y nueve minutos. Eso supone que llegarías después de la una, así que vas a tener que ganar tiempo cuando puedas.

—¿Qué? Pero el...

—No es por criticar, pero quizás en este tema concreto la persona con impuntualidad crónica debería escuchar a la persona que siempre es puntual. Pero tienes que venir al menos un segundo, porque tus padres se van a poner histéricos si te llaman y no apareces, y además, no es que sea lo más importante, pero... toda nuestra cerveza está en tu coche.

—Está claro que no tengo tiempo —le contesté.

Ben se acercó al teléfono.

—No seas idiota. Serán cinco minutos.

—Ok, de acuerdo.

Giré a la derecha en rojo y pisé el acelerador —mi coche era mejor que el de mi madre, pero por poco— en dirección a la escuela. Llegué al estacionamiento del gimnasio en tres minutos. No me estacioné. Paré el coche en mitad del estacionamiento y salté. Mientras corría hacia el gimnasio vi a tres tipos con toga corriendo hacia mí. La toga de Radar volaba hacia los lados, así que vi sus largas piernas oscuras, y a su lado estaba Ben, que llevaba los tenis sin calcetines. Lacey iba detrás de ellos.

—Tomen la cerveza —les dije sin dejar de correr—. Tengo que hablar con mis padres.

Las familias de los graduados estaban repartidas por las gradas. Recorrí el campo de baloncesto un par de veces hasta encontrar a mis padres, más o menos en el centro. Estaban haciéndome gestos con las manos. Como subí los peldaños de dos en dos, estaba casi sin aliento cuando me arrodillé a su lado.

—Bueno —les dije—, no voy a [respiración] quedarme porque [respiración] creo que he encontrado a Margo y [respiración] tengo que marcharme ahora mismo, llevo el celular conmigo [respiración], por favor, no se enfaden conmigo y muchas gracias de nuevo por el coche.

—¿Qué? —dijo mi madre pasándome el brazo por la cintura—. Quentin, ¿qué estás diciendo? Cálmate.

—Me voy a Agloe, Nueva York, y tengo que irme ahora mismo —le contesté—. Nada más. De acuerdo, tengo que irme. No puedo perder más tiempo. Llevo el celular. Ok. Los quiero.

Me sujetó sin excesiva fuerza, pero me liberé de su mano. Antes de que hubieran podido decir nada, bajé la escalera y corrí hacia el coche. Estaba dentro, había arrancado y empezaba a moverme cuando vi a Ben sentado en el asiento del copiloto.

—¡Toma las cervezas y sal del coche! —le grité.

—Vamos contigo —me contestó—. Te quedarás dormido si conduces tantas horas.

Me giré y vi a Lacey y a Radar con el celular pegado a la oreja.

—Tengo que decírselo a mis padres —me explicó Lacey tapando el teléfono—. Vamos, Q. Vamos vamos vamos vamos vamos vamos.

TERCERA PARTE

El recipiente

HORA UNO

Se necesita un rato para que cada uno explique a sus padres que: *1)* ninguno va a ir a la graduación, que *2)* nos vamos en coche a Nueva York a *3)* una ciudad que técnicamente puede existir o puede no existir, con la esperanza de *4)* localizar a la persona que ha colgado un comentario en el *Omnictionary*, que, por lo que Indica el uso Aleatorio de las mayúsculas, es *5)* Margo Roth Spiegelman.

Radar es el último en colgar el teléfono, y cuando por fin lo hace, dice:

—Me gustaría comunicarles algo: mis padres están muy enfadados porque no estoy en la graduación. Mi novia también está muy enfadada, porque habíamos organizado algo muy especial dentro de ocho horas. No quiero entrar en detalles, pero más vale que el viaje sea divertido.

—Tu habilidad para no perder la virginidad es una inspiración para todos nosotros —le dice Ben, que está sentado a mi lado.

Miro a Radar por el espejo retrovisor.

—¡UN VIAJE EN COCHE, YUJU! —le digo.

A su pesar, se le dibuja una sonrisa en la cara. El placer de marcharse.

Estamos en la I-4, y el tráfico es fluido, lo que en sí mismo roza lo milagroso. Vamos por el carril de la izquierda a diez kilómetros por hora por encima del límite de velocidad, que es de noventa, porque una vez me dijeron que sólo te detienen si te pasas más de quince kilómetros.

No tardamos en repartir los papeles.

Lacey, en la parte de atrás, se ocupa del abastecimiento. Enumera en voz alta las provisiones de que disponemos para el viaje: la mitad de un Snickers que Ben estaba comiéndose cuando llamé para contarles lo de Margo; las 212 cervezas del maletero; las rutas que imprimí y los siguientes artículos de su bolso: ocho chicles de menta, un lápiz, pañuelos de papel, tres tampones, unas gafas de sol, una barra de protector labial, las llaves de su casa, una credencial de la Asociación de Jóvenes Cristianos, una credencial de la biblioteca, varios recibos de compra, treinta y cinco dólares y una tarjeta de las gasolineras BP.

—¡Qué emocionante! —dice Lacey desde la parte trasera de la camioneta—. ¡Somos como pioneros sin provisiones! Aunque ojalá tuviéramos más dinero.

—Al menos tenemos la tarjeta BP —le digo—. Podemos comprar gasolina y comida.

Miro por el retrovisor y veo a Radar, con su toga de graduación, mirando en el bolso de Lacey. Como la toga tiene el cuello bastante bajo, le veo varios pelillos rizados del pecho.

—¿No llevarás algún calzoncillo aquí dentro? —le pregunta.

—En serio, mejor hacemos una parada en una tienda de ropa —añade Ben.

Radar saca su computadora de bolsillo y empieza con su labor: documentación y cálculos. Está sentado sólo detrás de mí, con las rutas y el manual de la camioneta extendidos a su lado. Está calculando a qué velocidad tenemos que viajar para llegar antes de las doce del mediodía de mañana, cuántas veces tendremos que parar para que el coche no se quede sin gasolina, las gasolineras BP que hay en nuestro camino, cuánto durará cada parada y cuánto tiempo perderemos reduciendo la velocidad del coche en las salidas de la autopista.

—Pararemos cuatro veces para poner gasolina. Las paradas tendrán que ser muy, muy cortas. Seis minutos como máximo fuera de la carretera. Pasaremos por tres grandes zonas en obras, más el tráfico en Jacksonville, Washington y Filadelfia, aunque estaría bien que cruzáramos Washington hacia las tres de la madrugada. Según mis cálculos, nuestra velocidad de crucero debería ser ciento quince kilómetros por hora. ¿A qué velocidad vas?

—A cien —le contesto—. El límite es noventa.

—Ponlo a ciento quince —me dice.

—No puedo. Es peligroso y me pondrán una multa.

—Ponlo a ciento quince —me repite.

Piso a fondo el acelerador. La dificultad radica en parte en que no me decido a ir a ciento quince, y en parte también a que la camioneta no se decide a ir a ciento quince. Empieza a temblar y parece que vaya a descuajaringarse. Sigo en el carril de la izquierda, aunque no soy el coche más rápido de la carretera y me sabe mal que tengan que rebasarme por la derecha, pero necesito tener la carretera despejada, porque, a diferencia de los demás, no puedo reducir la velocidad. Y éste es mi papel. Mi papel consiste en conducir y en ponerme nervioso. Se me ocurre que ya he hecho este papel alguna vez.

¿Y Ben? El papel de Ben es tener que orinar. Al principio parece que su papel principal vaya a ser quejarse de que no tenemos CD y de que todas las emisoras de radio de Orlando son una mierda menos la de la universidad, que ya no encontramos. Pero enseguida deja de lado ese papel en favor de su verdadera y fiel vocación: tener que orinar.

—Estoy orinándome —dice a las 3:06.

Llevamos cuarenta y tres minutos en la carretera. Nos queda aproximadamente un día de camino.

—Bueno —dice Radar—, la buena noticia es que pararemos. La mala noticia es que no será antes de cuatro horas y media.

—Creo que aguantaré —le contesta Ben.

Pero a las 3:10 nos comunica:

—De verdad que tengo que orinar. De verdad.

—Te aguantas —le contestamos a coro.

—Pero… —dice.

—Te aguantas —volvemos a contestarle a coro.

De momento tiene gracia que Ben tenga que orinar y que nosotros tengamos que decirle que se aguante. Se ríe y se queja de que si se ríe todavía le entran más ganas de orinar. Lacey se adelanta de un salto, se coloca detrás de él y empieza a hacerle cosquillas en la cintura. Ben se ríe y se queja, y yo me río también sin dejar que el indicador de velocidad baje de los ciento quince kilómetros por hora. Me pregunto si Margo ha provocado este viaje conjunto a propósito o por accidente, pero en cualquier caso es lo más divertido que he hecho desde la última vez que me pasé horas al volante de la camioneta.

HORA DOS

Sigo conduciendo. Giramos hacia el norte y nos metemos en la I-95 para subir por la costa de Florida, aunque no exactamente por la costa. Aquí todo son pinos demasiado delgados para su altura, como yo. Pero básicamente sólo veo la carretera, rebaso coches y de vez en cuando nos rebasa alguno, estoy siempre atento a los que van delante y a los que van detrás, a los que se acercan y a los que salen del carril.

Ahora Lacey y Ben se han sentado juntos, Radar está en el asiento de atrás y juegan a una estúpida versión del veo veo que consiste en decir sólo cosas que no pueden verse físicamente.

—Veo veo algo trágicamente a la última —dice Radar.

—¿La sonrisa torcida hacia la derecha de Ben? —pregunta Lacey.

—No —le contesta Radar—. Y no seas tan empalagosa con Ben. Es repugnante.

—¿La idea de viajar hasta Nueva York sin llevar nada debajo de la toga, cuando los de los coches que nos rebasan dan por sentado que llevas un traje?

—No —le contesta Radar—. Eso sólo es trágico.

—Al final te gustarán los vestidos —dice Lacey sonriendo—. Disfrutas de la brisa.

—¡Ya sé! —digo yo—. Ves un viaje por carretera de veinticuatro horas en una camioneta. Está a la última porque los viajes por carretera siempre están a la última, y es trágico porque la gasolina que consume este coche destruirá el planeta.

Radar dice que no y siguen intentando adivinarlo. Me mantengo en ciento quince kilómetros por hora, rezo para que no me pongan una multa y juego al veo veo metafísico. Lo trágicamente a la última resulta ser no conseguir devolver las togas alquiladas a tiempo. Dejo atrás a toda velocidad un coche de policía parado en la mediana de hierba. Sujeto el volante con fuerza, con las dos manos, convencido de que va a perseguirnos y a hacernos parar. Pero no. Quizás el policía sabe que voy a esa velocidad porque no me queda más remedio.

HORA TRES

Ben ha vuelto a sentarse en el asiento del copiloto. Sigo conduciendo. Todos tenemos hambre. Lacey reparte un chicle de menta a cada uno, pero es un triste consuelo. Está haciendo una lista interminable de todo lo que vamos a comprar en la gasolinera cuando paremos por primera vez. Mejor que sea una gasolinera excepcionalmente abastecida, porque vamos a arrasarla.

Ben no deja de mover las piernas.

—¿Quieres parar?

—Hace tres horas que me orino.

—Ya lo has dicho.

—La orina me ha subido hasta las costillas —dice—. De verdad que estoy hasta arriba. Colega, ahora mismo el setenta por ciento de mi peso es orina.

—Vaya —le digo esbozando apenas una sonrisa.

Tiene gracia, no digo que no, pero estoy cansado.

—Creo que si me pongo a llorar, lloraré orina.

Esta vez sí. Me río un poco.

La siguiente vez que echo un vistazo, a los pocos minutos, Ben tiene la toga levantada y se aprieta la entrepierna con una mano.

—¿Qué mierda haces? —le pregunto.

—Colega, tengo que bajar. Se me está saliendo la orina —se gira hacia atrás—. Radar, ¿cuánto falta para que paremos?

—Tenemos que seguir por lo menos doscientos veinte kilómetros más para no pasar de las cuatro paradas, es decir, si Q mantiene el ritmo, una hora y cincuenta y cuatro punto seis minutos.

—¡Estoy manteniendo el ritmo! —exclamo.

Estamos al norte de Jacksonville, acercándonos a Georgia.

—No aguanto, Radar. Dame algo para que orine.

Gritamos a coro: ¡no! De ninguna manera. Aguanta como un hombre. Mantenlo dentro como una dama victoriana mantiene su virginidad. Sostenlo con dignidad y elegancia, como se supone que el presidente de Estados Unidos tiene que sostener el destino del mundo libre.

—SI NO ME DAN ALGO VOY A MEARME EN EL ASIENTO. ¡Y RÁPIDO!

—Maldición —dice Radar desabrochándose el cinturón de seguridad.

Se inclina sobre el respaldo, alarga el brazo y abre la hielera. Vuelve a sentarse, se inclina hacia adelante y le da a Ben una cerveza.

—Menos mal que el tapón es de rosca —dice Ben cubriéndose la mano con un trozo de toga y abriendo la botella.

Ben baja la ventanilla, y yo observo por el retrovisor lateral el chorro de cerveza volando y salpicando la carretera. Ben consigue meterse la botella debajo de la toga sin que veamos los testículos supuestamente más grandes del mundo, y los demás esperamos, porque nos da asco mirar.

—No puedes esperar un... —empieza a decir Lacey.

Pero todos lo oímos. Es la primera vez que oigo ese sonido, pero lo reconozco: el ruido de la orina golpeando el fondo de una botella de cerveza. Casi parece música. Música asquerosa a ritmo muy rápido. Echo un vistazo y veo el alivio en los ojos de Ben. Sonríe mirando al frente.

—Cuanto más esperas, mejor te sientes —dice.

El tintineo de la orina golpeando la botella da paso al ruido del chorro de orina en la orina. Y luego la sonrisa de Ben se desvanece lentamente.

—Colega, creo que necesito otra botella —dice de repente.

—¡Otra botella ahora mismo! —grito.

—¡Marchando otra botella!

En un segundo veo a Radar inclinado sobre el respaldo, con la cabeza en la hielera, sacando una botella de entre el hielo. La abre directamente, baja una ventanilla, saca la botella y la vacía. Luego salta hacia delante, mete la cabeza entre Ben y yo, y le tiende la botella a Ben, que mira de un lado a otro aterrorizado.

—Uf, va a ser… complicado… cambiar la botella —dice Ben.

Veo movimientos debajo de su toga e intento no imaginar qué pasa cuando de debajo de una toga aparece una botella de cerveza llena de orina (que se parece muchísimo a la cerveza). Ben deja la botella llena en el portavasos, toma la vacía de la mano de Radar y suspira aliviado.

Entretanto, los demás no podemos evitar contemplar la orina del portavasos. La carretera no tiene excesivos baches, pero las sacudidas de la camioneta no están nada mal, de modo que la orina va de un lado a otro del cuello de la botella.

—Ben, si me salpicas de orina el coche nuevo, te corto los huevos.

Levanta los ojos hacia mí y me lanza una sonrisa de superioridad sin dejar de orinar.

—Vas a necesitar un cuchillo gigante, colega —me contesta.

Y por fin oigo que el chorro afloja. Acaba enseguida, y con un movimiento rápido lanza la segunda botella por la ventana. Y después la primera.

Lacey finge tener arcadas, o quizá las tiene de verdad.

—Maldición, ¿te has despertado esta mañana y te has bebido setenta litros de agua? —dice Radar.

Pero Ben está radiante. Levanta el puño triunfante, y grita:

—¡Ni una gota en el asiento! Soy Ben Starling. Primer clarinete de la banda del Winter Park. Récord de *keg stand*. Campeón de orinar en coche. ¡Que tiemble el mundo! ¡Soy el mejor!

Treinta y cinco minutos después, cuando llevamos ya casi tres horas de camino, pregunta en voz baja:

—¿Cuándo vamos a parar?

—Dentro de una hora y tres minutos, si Q mantiene el ritmo —le contesta Radar.

—De acuerdo —dice Ben—. De acuerdo. Bien. Porque tengo que orinar.

HORA CUATRO

—¿Ya llegamos? —pregunta Lacey por primera vez.

Nos reímos. Pero estamos en Georgia, un estado que amo y adoro única y exclusivamente por la siguiente razón: el límite de velocidad es de ciento diez, lo que significa que puedo subir a ciento veinticinco. Por lo demás, Georgia me recuerda a Florida.

Pasamos la cuarta hora preparando nuestra primera parada. Es una parada importante, porque tengo mucha, mucha, mucha, mucha hambre y estoy deshidratado. Por alguna razón, hablar de la comida que vamos a comprar en la gasolinera alivia las punzadas. Lacey prepara una lista de la compra para cada uno de nosotros, que escribe con letra pequeña en la parte de atrás de los recibos que había encontrado en su bolso. Le pide a Ben que se asome por la ventanilla del copiloto para ver en qué lado está la tapa del depósito de gasolina. Nos obliga a memorizar la lista y luego nos la pregunta. Repasamos la incursión en la gasolinera varias veces. Tiene que ser tan eficaz como una parada en boxes.

—Otra vez —dice Lacey.

—Soy el hombre de la gasolina —dice Radar—. En cuanto empiece a llenarse el depósito, entro corriendo mientras el surtidor bombea gasolina, aunque se supone que no puedo

moverme del surtidor en ningún momento, y te doy la tarjeta.
Luego vuelvo al surtidor.

—Yo le doy la tarjeta al tipo que esté en el mostrador
—dice Lacey.

—O chica —añado.

—No es importante —me contesta Lacey.

—Sólo digo que… no seas tan sexista.

—Da igual, Q. Le doy la tarjeta a la persona que esté en el
mostrador. Le digo que pase todo lo que llevamos. Y me voy
al baño.

—Entretanto, yo estoy tomando todo lo de mi lista y lo
llevo al mostrador —añado.

—Y yo estoy orinando —dice Ben—. Cuando acabo de
orinar, tomo las cosas de mi lista.

—Lo más importante son las playeras —dice Radar—. La
gente no deja de mirarme y de sonreír.

—Yo firmo el recibo cuando salgo del baño —dice Lacey.

—Y en cuanto el depósito esté lleno, me meto en el coche
y arranco, así que más les vale estar todos dentro. Si no, juro
que los dejo tirados. Tienen seis minutos —dice Radar.

—Seis minutos —digo asintiendo.

—Seis minutos —repiten también Lacey y Ben.

A las 5:35 de la tarde, con mil cuatrocientos kilómetros
por delante, Radar nos informa que, según su computadora,
en la siguiente salida hay una gasolinera BP.

Mientras entro en la gasolinera, Lacey y Radar se agachan detrás de la puerta corrediza de la parte de atrás. Ben, con el

cinturón de seguridad desabrochado, tiene una mano en el tirador de la puerta del copiloto y la otra en el tablero. Mantengo la máxima velocidad que puedo durante el máximo tiempo que puedo, y luego freno en seco delante del dispensador de gasolina. La camioneta pega una sacudida y salimos a toda velocidad. Radar y yo nos cruzamos delante del coche. Le quito las llaves y corro hacia la sección de comida. Lacey y Ben me empujan contra las puertas, pero no es grave. Mientras Ben corre al baño, Lacey le explica a la mujer de pelo canoso (es efectivamente una mujer) que vamos a comprar un montón de cosas, que tenemos muchísima prisa y que vaya pasando los artículos a medida que los vayamos dejando, que lo cargue todo a su tarjeta BP. La mujer parece algo desconcertada, pero acepta. Radar entra corriendo, con la toga volando, y le da la tarjeta a Lacey.

Entretanto, corro por los pasillos tomando todo lo de mi lista. Lacey está en las bebidas, Ben en los artículos no perecederos, y yo en la comida. Hago un barrido como si fuera un guepardo y las papas fritas, gacelas heridas. Llevo al mostrador un puñado de bolsas de papas, cecina y cacahuates, y luego corro al pasillo de las golosinas. Un puñado de Mentos, un puñado de Snickers y… Oh, no está en la lista, pero lo tomo, me encantan los caramelos Nerds, así que añado tres cajas. Vuelvo atrás y me dirijo al mostrador de los embutidos, formado básicamente por sándwiches rancios de pavo en los que el pavo parece jamón. Tomo dos. De vuelta a la caja me detengo para tomar un par de paquetes de caramelos Starbursts, un paquete de pastelitos Twinkies y una indeterminada cantidad de barritas GoFast. Vuelvo a la caja. Ben, con su toga de graduación, le tiende a la mujer playeras y gafas de sol de cuatro dólares. Lacey corre con litros de refrescos, bebidas energéticas y agua. Botellas grandes, de las que ni siquiera Ben puede llenar de una orinada.

—¡Un minuto! —grita Lacey.

Casi me da un ataque. Doy vueltas buscando por la tienda, intentando recordar qué he olvidado. Echo un vistazo a mi lista. Parece que está todo, pero me da la impresión de que estoy olvidando algo importante. Algo. «Vamos, Jacobsen.» Papas fritas, golosinas, sándwiches de pavo que parece jamón… ¿y qué más? ¿Qué mas tipos de comida hay? Carne, papas fritas, golosinas y, y, y, ¡y queso!, ¡crackers!, exclamo en voz alta. Corro hacia las galletas saladas, tomo varios paquetes con queso y con mantequilla de cacahuate, y unas galletas de la abuela por si acaso, vuelvo corriendo a la caja y lo dejo todo en el mostrador. La mujer ya ha llenado cuatro bolsas de plástico. Casi cien dólares en total, sin contar la gasolina. Tendré que pasar el verano devolviéndole dinero a los padres de Lacey.

El único momento de pausa es después de que la cajera haya pasado la tarjeta de Lacey. Miro el reloj. Se supone que tenemos que salir en veinte segundos. Oigo por fin el recibo imprimiéndose. La mujer lo arranca de la máquina, Lacey garabatea su firma, y Ben y yo tomamos las bolsas y corremos al coche. Radar revoluciona el motor, como diciéndonos que nos demos prisa, y corremos por el estacionamiento. Como la toga de Ben vuela al viento, tiene un ligero parecido con un brujo, salvo en que se le ven las piernas blancas y en que lleva bolsas de plástico en las manos. Veo la parte de atrás de las piernas de Lacey bajo su vestido, avanzando con las pantorrillas sólidas. No sé qué aspecto tengo, pero sé cómo me siento: joven. Torpe. Infinito. Observo a Lacey y Ben entrando por la puerta corrediza. Luego entro yo, que aterrizo encima de bolsas de plástico y en el torso de Lacey. Radar arranca mientras cierro la puerta y sale a toda prisa del estacionamiento, lo cual señala la primera vez en la larga y notoria historia de las camionetas que una persona las utiliza para quemar caucho. Radar gira a la izquierda en la autopista a velocidad poco segura y volvemos a meternos en la interestatal. Vamos cuatro segundos por delante de lo previsto. Y como en los boxes de Nascar, nos chocamos las manos y nos damos palmaditas en la espalda. Estamos bien abastecidos. Ben tiene un montón de envases para orinar. Yo tengo bastantes raciones de cecina. Lacey tiene sus Mentos. Radar y Ben tienen playeras para ponérselas encima de la toga. La camioneta se ha convertido en una biosfera. Con gasolina, podremos seguir avanzando eternamente.

HORA CINCO

De acuerdo, pensándolo bien, quizá no estamos tan bien abastecidos. Con las prisas, resulta que Ben y yo hemos cometido varios errores leves (aunque no fatales). Radar va solo adelante, y Ben y yo nos sentamos en el primer asiento, sacamos las cosas de las bolsas y se las pasamos a Lacey, que va detrás. Por su parte, Lacey coloca las cosas en montones siguiendo un criterio de organización que sólo ella entiende.

—¿Por qué el antihistamínico no va en el mismo montón que las pastillas de cafeína? —le pregunto—. ¿No deberían ir juntos todos los medicamentos?

—Q, cariño, eres un niño. No sabes cómo van estas cosas. La cafeína va con el chocolate y el Mountain Dew, que también tienen cafeína, que sirve para mantenerte despierto. El antihistamínico, que da sueño, va con la cecina porque comer carne hace que te canses.

—Fascinante —le contesto.

Le paso a Lacey la comida que queda en la última bolsa.

—Q —me dice—, ¿dónde está la comida que… ya sabes… la comida?

—¿Cómo?

Lacey saca una copia de la lista que hizo para mí y la lee.

—Plátanos, manzanas, arándanos secos y uvas pasas.

—Ah —digo—. Ah, ok. El cuarto grupo no eran galletas saladas.

—¡Q! —exclama furiosa—. ¡Yo no puedo comer nada de esto!

Ben la toma por el codo.

—Bueno, pero puedes comer las galletas de la abuela. No te sentarán mal. Las ha hecho la abuela. Y la abuela nunca te haría daño.

Lacey se aparta un mechón de la cara de un soplido. Parece muy molesta.

—Además —le digo—, hay barritas energéticas. ¡Están reforzadas con vitaminas!

—Sí, vitaminas y como treinta gramos de grasa —me contesta.

—No sigan hablando mal de las barritas energéticas —intervene Radar—. ¿Quieren que pare el coche?

—Cada vez que me como una barrita —dice Ben— pienso que así sabe la sangre para los mosquitos.

Desenvuelvo hasta la mitad una barrita de bizcocho de chocolate y dulce de leche, y se la acerco a la boca a Lacey.

—Huélela —le digo—. Huele el manjar vitaminado.

—Vas a hacerme engordar.

—Y a llenarte de granos —dijo Ben—. No olvides los granos.

Lacey toma la barrita y le da un mordisco de mala gana. Tiene que cerrar los ojos para ocultar el placer orgásmico inherente a comerse una barrita energética.

—¡Madre mía! Un sabor esperanzador.

Al final abrimos la última bolsa. Contiene dos playeras grandes, que entusiasman a Radar y a Ben, porque les permitirán ser tipos con playera gigante encima de una absurda toga en lugar de sólo tipos con una absurda toga.

Pero cuando Ben desdobla las playeras, se encuentra con dos pequeños problemas. El primero, resulta que una playera de talla grande de una gasolinera de Georgia no es del mismo tamaño que una playera de talla grande de, pongamos, unos grandes almacenes. La playera de la gasolinera es inmensa. Parece más una bolsa de basura que una playera. Es más pequeña que las togas, pero no mucho. Pero este problema casi se queda en nada comparado con el otro, que es que las dos playeras llevan estampada la bandera de la

Confederación. Encima de la bandera se lee PATRIMONIO CUL-
TURAL NO ODIO.

—Oh, no —dice Radar cuando le muestro por qué nos
reímos—. Ben Starling, no deberías haber comprado una playera racista a la persona que cubre tu cuota de amigos negros.

—He tomado las primeras que he visto, colega.

—No me vengas ahora con colega —dice Radar, aunque
mueve la cabeza y se ríe. Le paso su playera. Sujeta el volante
con las rodillas y se la pone—. Ojalá me pare la policía. Me
gustaría ver qué cara ponen al ver a un negro con una playera
de la Confederación encima de una toga negra.

HORA SEIS

Por alguna razón, el tramo de la I-95 al sur de Florence, Carolina del Sur, es el lugar ideal para conducir un viernes por la
noche. Nos quedamos varios kilómetros atascados entre el tráfico, y aunque Radar está desesperado por saltarse el límite de
velocidad, con suerte puede ir a cincuenta. Radar y yo vamos
adelante e intentamos no preocuparnos jugando a algo que
acabamos de inventar y que se llama «Ese tipo es un gigoló».
Consiste en imaginar la vida de las personas de los coches que
nos rodean.

Vamos al lado de una mujer hispana que conduce un viejo
y destartalado Toyota Corolla. La observo en la temprana oscuridad.

—Dejó a su familia para venirse aquí —digo—. Sin papeles. Manda dinero a su casa el tercer martes de cada mes. Tiene

dos hijos pequeños. Su marido es inmigrante. En estos momentos vive en Ohio. Sólo pasa tres o cuatro meses al año en su casa, pero su familia se las arregla bastante bien.

Radar se inclina hacia delante y la mira un segundo.

—Venga, Q, no es tan melodramático como lo pintas. Es secretaria en un despacho de abogados. Mira cómo va vestida. Ha tardado cinco años, pero está a punto de sacarse el título de abogada ella también. No tiene niños ni marido. Pero tiene un novio que es algo inconstante. Le asusta el compromiso. Un tipo blanco al que le pone cachondo el rollo étnico.

—Lleva anillo de casada —puntualizo.

Debo decir, en defensa de Radar, que yo he podido observarla mejor. Está a mi derecha, justo debajo de mí. La veo a través de los cristales tintados de su coche. La observo cantando y mirando al frente sin pestañear. Hay mucha gente. Resulta sencillo olvidar lo lleno de personas que está el mundo, abarrotado, y cada una de ellas es susceptible de ser imaginada, y por lo tanto de imaginarla mal. Me da la impresión de que es una idea importante, una de esas ideas a las que tu cerebro tiene que dar vueltas muy despacio, como las pitones cuando comen, pero antes de que haya podido avanzar un paso más interviene Radar.

—Se lo pone para que los pervertidos como tú no se le acerquen —me explica.

—Puede ser.

Sonrío. Tomo la media barrita energética que había dejado en mis rodillas y le doy un mordisco. Por un momento nos quedamos callados y pienso en cómo vemos y no vemos a las personas, en las ventanillas tintadas que me separan de esa mujer que conduce a nuestra derecha, en que los dos coches, con ventanas y espejos por todas partes, avanzamos juntos a paso de tortuga por esta autopista abarrotada. Cuando Radar empieza a hablar, me doy cuenta de que también él ha estado pensando.

—Lo que pasa con «Este tipo es un gigoló» —dice Radar—, bueno, quiero decir como juego en sí, es que al final dice mucho más de la persona que imagina que de la persona imaginada.

—Sí —le contesto—. Estaba pensando lo mismo.

Y no puedo evitar sentir que Whitman, por su belleza furiosa, quizá fue demasiado optimista. Podemos oír a los demás, y podemos viajar hasta ellos sin movernos, y podemos imaginarlos, y todos estamos conectados por un loco sistema de raíces, como hojas de hierba, pero el juego hace que me pregunte si en realidad podemos convertirnos totalmente en otro.

HORA SIETE

Al final pasamos por delante de un camión al que se le había desenganchado el remolque y volvemos a acelerar, pero Radar calcula mentalmente que de aquí a Agloe tendremos que llevar una media de ciento veinticinco kilómetros por hora. Ha pasado una hora desde que Ben anunció que tenía que orinar, y por una sencilla razón: está durmiendo. A las seis en punto se tomó un antihistamínico. Se acostó en el asiento de atrás, y Lacey y yo le abrochamos los dos cinturones de seguridad, lo que le hizo sentirse todavía más incómodo, pero *1)* era por su bien, y *2)* todos sabíamos que en veinte minutos no le importaría en lo más mínimo estar incómodo, porque estaría durmiendo como un tronco. Y ahora mismo lo está. Lo despertaremos a las doce. Hace un momento, a las nueve, he colocado a Lacey para que duerma en el asiento de atrás, en la misma posición. La despertaremos a las dos. La idea es que todo el mundo duerma por turnos para que mañana, cuando lleguemos a Agloe, no nos caigamos de sueño.

La camioneta se ha convertido en una especie de casa diminuta. Yo estoy sentado en el asiento del copiloto, que es la sala de estar. Creo que es la mejor habitación de la casa. Es amplia y el asiento es muy cómodo.

Esparcido por la alfombra de debajo del asiento del copiloto está el despacho, que contiene un mapa de Estados Unidos que Ben tomó en la gasolinera, las rutas que yo imprimí y el trozo de papel en el que Radar ha hecho los cálculos sobre la velocidad y la distancia.

Radar está en el asiento del conductor. El comedor. Se parece mucho a la sala, pero en el comedor no puedes relajarte tanto. También está más limpio.

Entre el comedor y la sala tenemos el compartimento central, o la cocina. Aquí tenemos una buena reserva de cecina, barritas y una bebida energética mágica llamada Bluefin, que Lacey añadió a la lista de la compra. El Bluefin está envasado en pequeñas botellas de cristal de forma estrambótica y sabe a algodón de azúcar azul. También te mantiene despierto mejor que cualquier otra cosa en toda la historia de la humanidad, aunque te pone algo nervioso. Radar y yo hemos decidido tomarlo hasta dos horas antes de nuestro turno de descanso. El mío empieza a las doce, cuando Ben se levante.

El primer asiento es la primera habitación. Es la menos cómoda, porque está cerca de la cocina y de la sala, donde la gente está despierta charlando y a veces está puesta la radio.

Detrás está la segunda habitación, que es más oscura, más tranquila y mejor que la primera.

Y detrás está el refrigerador, o la hielera, que en estos momentos contiene 210 cervezas en las que Ben todavía no ha orinado, los sánwiches de pavo que parece jamón y varias Coca-Colas.

La casa es muy recomendable. Está tapizada de arriba abajo. Tiene aire acondicionado y calefacción central. Dispone de altavoces por todas partes. Es cierto que el espacio habitable es de sólo cinco metros cuadrados, pero la amplitud es insuperable.

HORA OCHO

Justo después de entrar en Carolina del Sur, descubro a Radar bostezando e insisto en conducir yo. De todas formas, me gusta conducir. De acuerdo, estamos hablando de una camioneta, pero es mi camioneta. Radar se desplaza a un lado del asiento y se mete en la primera habitación mientras yo sujeto el volante con fuerza, salto por encima de la cocina y me coloco en el asiento del conductor.

Estoy descubriendo que viajando aprendes muchas cosas de ti mismo. Por ejemplo, nunca había pensado que fuera una de esas personas que orinan en una botella casi vacía de la bebida energética Bluefin mientras conducen por Carolina del Sur a ciento quince kilómetros por hora, pero resulta que sí lo soy. Además, no sabía que si mezclas un montón de orines con un poco de Bluefin, el resultado es un sorprendente color turquesa brillante. Es tan bonito que me dan ganas de poner el tapón a la botella y dejarla en el tablero para que Lacey y Ben la vean cuando se despierten.

Pero Radar no opina lo mismo.

—Si no lanzas esa mierda por la ventana ahora mismo, acabaré con nuestros once años de amistad —me dice.

—No es mierda —le contesto—. Es orina.

—Fuera —me dice.

Así que la tiro. La veo por el retrovisor lateral aterrizando en el asfalto y explotando como un globo lleno de agua. Radar también la ve.

—Maldición —dice Radar—. Espero que sea uno de esos episodios traumáticos que hieren tanto mi sensibilidad que directamente olvido que han sucedido.

HORA NUEVE

No sabía que es posible cansarte de comer barritas energéticas. Pero lo es. Le he dado sólo dos mordiscos a la cuarta del día y se me ha revuelto el estómago. Abro la guantera del medio y la dejo ahí. A esta parte de la cocina la llamamos la despensa.

—Ojalá tuviéramos manzanas —dice Radar—. Maldición, ¿no sería fantástica una manzana ahora mismo?

Suspiro. Mierda de cuarto grupo. Además, aunque hace horas he dejado de beber Bluefin, sigo extremadamente nervioso.

—Sigo muy nervioso —digo.

—Sí —me contesta Radar—. Yo no puedo dejar los dedos quietos.

Echo un vistazo y lo veo tamborileando con los dedos en las rodillas.

—De verdad que no puedo parar —me dice.

—Bueno, yo no estoy cansado, así que seguiremos hasta las cuatro, luego los despertamos y nos echamos a dormir hasta las ocho.

—De acuerdo —me contesta.

Nos quedamos callados. Ahora la carretera se ha quedado vacía. Estamos sólo yo y los camiones, y siento que mi cerebro procesa información a un ritmo once mil veces superior al habitual. Pienso de repente que lo que estoy haciendo es muy fácil, que conducir por la autopista es lo más fácil y lo más placentero del mundo. Lo único que tengo que hacer es mantenerme entre las líneas, asegurarme de que nadie se me acerca demasiado y de que yo no me acerco demasiado a nadie, y seguir avanzando. Quizá también Margo sintió lo mismo, pero nunca me habría sentido así yo solo.

Radar rompe el silencio.

—Bueno, si no vamos a dormir hasta las cuatro…

Termino su frase:

—Sí, quizá podríamos abrir otra botella de Bluefin.

Y la abrimos.

HORA DIEZ

Ha llegado la hora de volver a parar. Son las 12:13 de la noche. Mis dedos no parecen dedos. Parecen movimiento en estado puro. Repiquetean el volante mientras conduzco.

Radar busca en la computadora la siguiente gasolinera BP y decidimos despertar a Lacey y a Ben.

—Hey, chicos, vamos a parar —les digo.

No reaccionan.

Radar se gira y apoya una mano en el hombro de Lacey.

—Lace, es hora de levantarse.

Nada.

Enciendo la radio y encuentro una emisora de canciones antiguas. Suenan los Beatles, la canción «Good Morning». Subo el volumen. No reaccionan. Entonces Radar lo sube todavía más. Y más. Y cuando llega el estribillo se pone a cantar. Y yo me pongo a cantar también. Creo que lo que al final los despierta son mis gallos.

—¡APAGA ESO! —grita Ben.

Apagamos la música.

—Ben, vamos a parar. ¿Tienes que orinar?

Silencio. Oigo ruido en la parte de atrás y me pregunto si tiene alguna estrategia para comprobar el nivel de su vejiga.

—Creo que voy bien —me contesta.

—De acuerdo, entonces te ocupas de la gasolina.

—Como soy el único chico que todavía no ha orinado en el coche, pido ir al baño primero —dice Radar.

—Chis —murmura Lacey—. Chis. Cállense todos.

—Lacey, tienes que levantarte y orinar —le dice Radar—. Vamos a parar.

—Compra manzanas —le digo.

—Manzanas —murmura contenta con una bonita voz femenina—. Me encantan las manzanas.

—Y luego tienes que conducir —le dice Radar—, así que despiértate de una vez.

Se incorpora y, con su voz de siempre, dice:

—Eso ya no me encanta tanto.

Nos metemos por la salida. La gasolinera está a un kilómetro y medio, que no es tanto, pero Radar dice que seguramente perderemos cuatro minutos, que el tráfico de Carolina del Sur nos ha hecho perder tiempo y que podemos encontrarnos con serios problemas dentro de una hora, cuando empiecen las obras. Pero no me permito preocuparme. Lacey y Ben se han despertado lo suficiente para colocarse junto a la puerta corrediza, como la vez anterior, y cuando paramos delante del surtidor, todos salimos corriendo. Le lanzo las llaves a Ben, que las agarra en el aire.

Radar y yo pasamos como una flecha por delante del hombre que está en el mostrador, pero Radar se detiene al ver que el tipo está mirándolo fijamente.

—Sí —le dice Radar tan tranquilo—, llevo una playera de PATRIMONIO CULTURAL NO ODIO encima de la toga de graduación. Por cierto, ¿tiene pantalones?

El tipo lo mira desconcertado.

—Tenemos pantalones de camuflaje al lado del aceite para motores.

—Perfecto —le contesta Radar. Y entonces se gira hacia mí y me dice—: Sé bueno y tráeme unos pantalones de camuflaje. ¿Y quizás una playera?

—Eso está hecho —le contesto.

Resulta que los pantalones de camuflaje no llevan las tallas habituales. Hay sólo medianos y grandes. Tomo unos medianos y una playera grande de color rosa en la que dice LA MEJOR ABUELA DEL MUNDO. Tomo también tres botellas de Bluefin.

Le paso todo a Lacey cuando sale del baño y me meto en el de mujeres, porque Radar todavía está en el de hombres. No recuerdo si había entrado alguna vez en el baño de mujeres de una gasolinera.

Diferencias:
No hay máquina de condones
Menos rayones
No hay urinarios

El olor es más o menos el mismo, lo que me parece bastante decepcionante.

Cuando salgo, Lacey está pagando y Ben toca la bocina. Tras un momento de confusión, corro al coche.

—Hemos perdido un minuto —dice Ben desde el asiento del copiloto.

Lacey se mete en la carretera que nos llevará de vuelta a la autopista.

—Perdón —dice Radar desde el asiento de atrás, donde está sentado a mi lado, poniéndose los pantalones de camuflaje por debajo de la toga—. Pero al menos tengo pantalones. Y otra playera. ¿Dónde está la playera, Q?

Lacey se la da.

—Muy divertido.

Se quita la playera y se pone la de la abuela. Ben se queja de que nadie le haya comprado unos pantalones. Dice que le pica el trasero. Y pensándolo bien, tiene ganas de orinar.

HORA ONCE

Llegamos a las obras. La autopista se estrecha en un carril y nos quedamos atascados detrás de un tráiler que va exactamente a la velocidad límite de las carreteras en obras, sesenta kilómetros por hora. Lacey es la mejor conductora en estos casos. Yo estaría golpeando el volante, pero ella charla tranquilamente con Ben hasta que se gira y dice:

—Q, necesito de verdad ir al baño, y de todas formas estamos perdiendo tiempo detrás de este camión.

Asiento. No puedo culparla. Yo habría obligado a parar hace rato si no pudiera orinar en una botella. Era heroico que hubiera aguantado tanto.

Se mete en una gasolinera abierta toda la noche y salgo para estirar las piernas. Cuando Lacey vuelve al coche corriendo, estoy sentado en el asiento del conductor. Ni siquiera sé cómo he ido a parar a ese asiento, por qué acabo yo ahí en lugar de Lacey. Da la vuelta hasta la puerta delantera y me ve. La ventanilla está abajo.

—Puedo conducir yo —le digo.

Al fin y al cabo, es mi coche. Y mi misión.

—¿Seguro? —me pregunta.

—Sí, sí, puedo seguir.

Abre la puerta corrediza y se tumba en el primer asiento.

HORA DOCE

Son las 2:40 de la madrugada. Lacey está durmiendo. Radar está durmiendo. Yo conduzco. La carretera está desierta. Incluso la mayoría de los camioneros se han ido a dormir. Durante muchos minutos no veo luces de frente. Ben va a mi lado y me da conversación para mantenerme despierto. Charlamos sobre Margo.

—¿Has pensado cómo vamos a encontrar Agloe? —me pregunta.

—Bueno, tengo una ligera idea de dónde está el cruce —le contesto—. Y sólo es un cruce.

—¿Y Margo va a estar en una esquina, sentada en el maletero del coche, esperándote con la barbilla apoyada en las manos?

—Sería un detalle —le contesto.

—Colega, tengo que decirte que me preocupa un poco que… si las cosas no van como las has planeado, te lleves una gran decepción.

—Sólo quiero encontrarla —le digo, y es verdad.

Sólo quiero que esté viva y a salvo. Encontrarla. Que el hilo siga su curso. Lo demás es secundario.

—Sí, pero… No sé —dice Ben. Noto que está mirándome muy serio—. Pero… Pero recuerda que algunas veces las personas no son como crees que son. Por ejemplo, siempre había pensado que Lacey estaba buenísima, que era increíble y estupenda, pero ahora, cuando realmente estoy con ella... no es lo mismo. Las personas son diferentes cuando puedes olerlas y verlas de cerca, ¿sabes?

—Lo sé —le contesto.

Sé que durante mucho tiempo me he equivocado, y mucho, imaginándola.

—Sólo digo que antes era fácil que me gustara Lacey. Es fácil que te guste alguien desde la distancia. Pero cuando deja de ser algo increíble e inalcanzable y empieza a ser una chica normal, con una extraña relación con la comida, bastante cascarrabias y mandona... entonces básicamente tiene que empezar a gustarme una persona totalmente diferente.

Siento que me arden las mejillas.

—¿Estás diciéndome que en realidad no me gusta Margo? Después de todo esto... Ya llevo doce horas metido en este coche y crees que no me importa Margo porque no... —Me interrumpo—. ¿Crees que porque tienes novia puedes subirte a la montaña y pegarme un sermón? A veces eres tan...

Me callo porque al final de la luz de los faros veo algo que no tardará en matarme.

En medio de la autopista hay dos vacas tan tranquilas. Aparecen en mi campo de visión de golpe, una vaca con manchas negras en el carril de la izquierda, y en nuestro carril una criatura inmensa, del tamaño de nuestro coche, totalmente inmóvil, con la cabeza girada hacia atrás, mirándonos con los ojos en blanco. Es absolutamente blanca, una enorme pared blanca de vaca que no podemos saltar, ni pasar por debajo, ni esquivarla. Sólo podemos chocar con ella. Sé que Ben también la ve, porque oigo que deja de respirar.

Dicen que la vida pasa ante tus ojos, pero en mi caso no es así. Nada pasa ante mis ojos aparte de esa enorme extensión de pelo blanco, ahora a sólo un segundo de nosotros. No sé qué hacer. No, no es ése el problema. El problema es que no hay nada que hacer, salvo chocar contra esa pared blanca, matarla y matarnos nosotros. Piso el freno, pero por costumbre, sin expectativas. No hay manera de evitarlo. No sé por qué, pero levanto las manos, como si me rindiera. Pienso en la cosa más banal del mundo: que no quiero que pase. No quiero morir. No quiero que mis amigos mueran. Y para ser sincero, mientras el tiempo se paraliza y tengo las manos en el aire, me permito pensar en una cosa más, y pienso en Margo. Le echo la culpa de esta ridícula y fatal persecución… por ponernos en peligro, por convertirme en un idiota que se pasa la noche sin dormir y conduce demasiado de prisa. No iría a morirme de no haber sido por ella. Me habría quedado en casa, como siempre, y habría estado seguro, y habría hecho la única cosa que siempre he querido hacer, que es crecer.

Aunque he abandonado el control de la nave, me sorprende ver una mano en el volante. Giramos antes de que me dé cuenta de por qué estamos girando, y entonces veo que Ben está girando el volante hacia él, girando en un desesperado intento de evitar la vaca, y de repente estamos en el acotamiento y luego en la hierba. Oigo los neumáticos mientras Ben gira el volante con fuerza en la dirección contraria. Dejo de mirar.

No sé si cierro los ojos o si sencillamente dejo de ver. Mi estómago choca con mis pulmones y se aplastan entre sí. Algo afilado me golpea en la mejilla. Nos paramos.

No sé por qué, pero me toco la cara. Retiro la mano y veo una mancha de sangre. Me toco los brazos, como si me abrazara a mí mismo, aunque sólo estoy comprobando si están ahí, y lo están. Me miro las piernas. Están ahí. Hay cristales. Miro alrededor. Se han roto las botellas. Ben me mira. Se toca la cara. Parece que está bien. Se pasa las manos por el cuerpo como yo. Su cuerpo todavía funciona. Sólo me mira. Veo la vaca por el retrovisor. Y ahora, con retraso, Ben grita. Me mira y grita con la boca muy abierta, un grito grave, gutural y aterrorizado. Deja de gritar. Algo me pasa. Siento que me desmayo. Me arde el pecho. Entonces trago aire. Había olvidado respirar. Había contenido la respiración todo ese tiempo. Me siento mucho mejor cuando la recupero. «Inhalar por la nariz, exhalar por la boca.»

—¿Quién está herido? —grita Lacey.

Se ha desabrochado el cinturón, se incorpora y se inclina hacia la parte de atrás. Cuando me giro, veo que la puerta de atrás se ha abierto, y por un momento pienso que Radar ha salido disparado del coche, pero de repente se levanta. Se pasa las manos por la cara.

—Estoy bien. Estoy bien. ¿Están todos bien? —pregunta.

Lacey ni siquiera contesta. Salta hacia delante, entre Ben y yo. Se apoya en la cocina y mira a Ben.

—Cariño, ¿dónde te has hecho daño?

Tiene los ojos llenos de agua, como una piscina en un día lluvioso.

—EstoybienestoybienQestásangrando.

Se gira hacia mí, y no debería llorar, pero lloro, no porque me duela, sino porque estoy asustado, yo levanté las manos, y Ben nos ha salvado, y ahora esta chica me mira, y me mira como mira una madre, y no debería romperme, pero me rompo. Sé que el corte en la mejilla no es grave, e intento decirlo, pero sigo llorando. Lacey presiona el corte con los dedos, delgados y suaves, y grita a Ben que le dé algo que sirva como venda, y de repente tengo una franja de la bandera de la Confederación pegada a la mejilla, justo a la derecha de la nariz.

—Apriétalo un momento —me dice—. No es nada. ¿Te has hecho algo más?

Le digo que no. Entonces me doy cuenta de que el coche sigue en marcha, que está parado sólo porque todavía estoy pisando el freno. Quito la marcha y lo apago. Al apagarlo, oigo que pierde líquido. Más que gotear, chorrea.

—Creo que deberíamos salir —dice Radar.

Mantengo la bandera de la Confederación pegada a la cara. Sigo oyendo el ruido del líquido.

—¡Es gasolina! ¡Va a explotar! —grita Ben.

Abre la puerta del copiloto y sale corriendo, aterrorizado. Salta una valla y corre por un campo de heno. Yo también salgo, aunque no tan de prisa. Radar también está fuera, y mientras Ben sale corriendo, se ríe.

—Es la cerveza —dice.

—¿Qué?

—Se han roto todas las cervezas —vuelve a decir señalando la hielera, que está abierta y de la que chorrean litros de líquido espumoso.

Intentamos llamar a Ben, que no nos oye porque se dedica
a gritar ¡VA A EXPLOTAR! corriendo por el campo. Su toga vuela a la luz grisácea del amanecer y se le ve el trasero huesudo.

Oigo un coche, así que me giro y miro hacia la autopista.
La bestia blanca y su amiga con manchas han llegado tranquilamente, sanas y salvas, a la otra banqueta, impasibles. Al volver a girarme veo que la camioneta está contra la valla.

Estoy valorando los daños cuando Ben vuelve por fin de
mala gana. Al girar, debimos de rozar la valla, porque en la
puerta corrediza hay una abolladura, tan profunda que si te
acercas, ves el coche por dentro. Pero, por lo demás, parece
inmaculado. No hay más abolladuras. Ninguna ventana rota.
Ninguna rueda pinchada. Voy a cerrar la puerta de atrás y
observo las 210 botellas de cerveza rotas, todavía burbujean-
tes. Lacey se acerca a mí y me pasa un brazo por los hombros.
Contemplamos los dos el riachuelo de espuma fluyendo hacia
la zanja de al lado de la carretera.

—¿Qué ha pasado? —me pregunta.

Se lo cuento: estábamos muertos, pero Ben consiguió girar
el coche en la dirección correcta, como si fuera una brillante
bailarina vehicular.

Ben y Radar se han metido debajo de la camioneta. Ninguno de los dos sabe una mierda de coches, pero supongo que
así se sienten mejor. Por un lado asoma el dobladillo de la toga
de Ben y su trasero al aire.

—Colega —grita Radar—, parece que está perfecto.

—Radar —le digo—, el coche ha dado unas ocho vueltas.
Seguro que no está perfecto.

—Pues parece perfecto —dice Radar.

—Hey —digo agarrando los New Balance de Ben—. Hey, sal de ahí.

Sale arrastrándose, le tiendo la mano y lo jalo para que se levante. Se ha manchado las manos de grasa. Lo abrazo. Si yo no hubiera soltado el volante, y si él no hubiera asumido el control tan hábilmente, estoy seguro de que estaría muerto.

—Gracias —le digo golpeándolo en la espalda, seguramente demasiado fuerte—. Eres el mejor copiloto que he visto en mi vida.

Me da una palmada en la mejilla con su mano grasienta.

—Lo he hecho para salvarme a mí mismo, no a ti —contesta—. No he pensado en ti ni un segundo, créeme.

Me río.

—Ni yo en ti —le contesto.

Ben me mira a punto de sonreír.

—Bueno, era una puta vaca enorme. Más que una vaca, era una ballena de tierra.

Me río.

Radar sale de debajo del coche.

—Colega, de verdad que creo que está perfecto. Sólo hemos perdido cinco minutos. Ni siquiera tenemos que aumentar la velocidad de crucero.

Lacey observa la camioneta abollada frunciendo los labios.

—¿Qué opinas? —le pregunto.

—Vamos —me contesta.

—Vamos —vota Radar.

Ben hincha las mejillas y resopla.

—Sobre todo porque me gusta presionar al grupo: vamos.

—Vamos —digo yo—. Pero les aseguro que no vuelvo a conducir.

Le paso a Ben las llaves y subimos al coche. Radar nos guía por un pequeño terraplén y volvemos a meternos en la autopista. Estamos a 872 kilómetros de Agloe.

HORA TRECE

Cada dos minutos, Radar dice:

—Chicos, ¿recuerdan aquella vez en que todos íbamos a morir y entonces Ben agarró el volante, esquivó una maldita vaca gigante, giró el coche como las tazas de Disney World y nos salvamos?

Lacey se adelanta hasta la cocina y apoya una mano en la rodilla de Ben.

—Eres un héroe, ¿te das cuenta? —le dice—. Por cosas como ésta dan medallas.

—Lo he dicho antes y lo repito ahora: no he pensado en ninguno de ustedes. Lo que quería era salvar mi trasero.

—Mentiroso. Heroico y adorable mentiroso —dice Lacey.

Y le da un beso en la mejilla.

—Hey, chicos, ¿recuerdan aquella vez en que estaba acostado en la parte de atrás, con los dos cinturones de seguridad puestos, y la puerta se abrió de golpe, todas las cervezas se rompieron, pero sobreviví totalmente ileso? —dice Radar—. ¿Cómo es posible?

—Vamos a jugar al veo veo metafísico —dice Lacey—. Veo veo el corazón de un héroe, un corazón que late no para sí mismo, sino para toda la humanidad.

—No estoy siendo humilde. Sencillamente no me quería morir —exclama Ben.

—Chicos, ¿recuerdan aquella vez, en el coche, hace veinte minutos, que por alguna razón no nos matamos?

HORA CATORCE

Una vez superado el *shock* inicial, limpiamos. Intentamos meter todos los trozos de cristal de botellas de Bluefin posibles en hojas de papel y los dejamos en una bolsa de plástico para tirarlos después. Las alfombras de la camioneta están pegajosas y empapadas de Mountain Dew, Bluefin y Coca-Cola Light, e intentamos secarlas con los pocos pañuelos de papel que tenemos. Pero el coche necesitaría una buena limpieza, como mínimo, y no tenemos tiempo antes de llegar a Agloe. Radar ha buscado lo que me costará cambiar el panel lateral: 300 dólares más la pintura. Este viaje sale cada vez más caro, pero conseguiré devolver el dinero este verano, trabajando en el despacho de mi padre, y de todas formas no es un rescate tan elevado tratándose de Margo.

El sol empieza a salir por nuestra derecha. Sigue sangrándome la mejilla. Ahora la bandera de la Confederación se ha quedado pegada a la herida, así que ya no tengo que sujetarla.

HORA QUINCE

Un grupo de robles oculta los campos de maíz que se extienden hasta el horizonte. El paisaje cambia, pero nada más. Las grandes autopistas como ésta convierten el país en un único lugar: McDonald's, BP y Wendy's. Sé que seguramente debería odiar este aspecto de las autopistas y añorar los felices días del pasado, cuando podías empaparte del color local de cada sitio, pero en fin. Me gusta. Me gusta la regularidad. Me gusta conducir quince horas desde casa sin que el mundo cambie demasiado. Lacey me abrocha los cinturones de seguridad.

—Tienes que descansar —me dice—. Lo has pasado mal.

Me sorprende que nadie me haya echado la culpa por no haber sabido reaccionar en la batalla contra la vaca.

Mientras me quedo dormido, los oigo haciéndose reír. No oigo las palabras exactas, sino la cadencia, las subidas y bajadas de tono de su charla. Me gusta escuchar echado en la hierba. Y decido que si llegamos a tiempo pero no encontramos a Margo, eso es lo que haremos. Buscaremos un sitio en Catskill para pasar un rato, echarnos en la hierba, charlar y hacernos bromas. Quizá saber que está viva hace que vuelva a ser posible, aunque no tengo pruebas de que lo esté. Casi puedo imaginarme la felicidad sin ella, mi capacidad de dejarla marchar, de sentir que nuestras raíces están conectadas aunque nunca vuelva a ver esa hoja de hierba.

HORA DIECISÉIS

Duermo.

329

HORA DIECISIETE

Duermo.

HORA DIECIOCHO

Duermo.

HORA DIECINUEVE

Cuando me despierto, Radar y Ben discuten en voz alta sobre el nombre del coche. A Ben le gustaría llamarlo Mohamed Alí, porque, como Mohamed Alí, la camioneta recibe un puñetazo y sigue avanzando. Radar dice que no se puede poner el nombre de un personaje histórico a un coche. Cree que debería llamarse Lurlene, porque suena bien.

—¿Quieres llamarlo Lurlene? —pregunta Ben elevando la voz, horrorizado—. ¿No ha pasado ya por bastante este pobre vehículo?

Me desabrocho un cinturón y me siento. Lacey se gira.

—Buenos días —me dice—. Bienvenido al gran estado de Nueva York.

—¿Qué hora es?

—Las nueve cuarenta y dos. —Se ha recogido el pelo en una coleta, pero los mechones más cortos le quedan sueltos—. ¿Cómo estás?

—Asustado —le contesto.

Lacey me sonríe y asiente.

—Sí, yo también. Es como si pudieran suceder demasiadas cosas como para estar preparada para todas.

—Sí —comento.

—Espero que sigamos siendo amigos este verano —me dice.

Y por alguna razón me siento mejor. Nunca sabes qué va a hacer que te sientas mejor.

Radar está diciendo que el coche debería llamarse Ganso Gris. Me adelanto un poco para que todos me oigan.

—El Dreidel. Cuanto más lo giras, mejor funciona.

Ben asiente. Radar se gira.

—Creo que deberías ser el nombrador oficial.

HORA VEINTE

Estoy sentado en la primera habitación con Lacey. Ben conduce. Radar navega. La última vez que pararon estaba dormido, pero compraron un mapa de Nueva York. No aparece Agloe, pero al norte de Roscoe sólo hay cinco o seis cruces. Siempre había pensado que Nueva York era una ciudad que se extendía infinitamente, pero aquí sólo se ven colinas por las que la camioneta asciende heroicamente. La conversación se interrumpe un momento y Ben se inclina a encender la radio.

—Veo veo metafísico —digo.

Empieza Ben.

—Veo veo algo que me gusta mucho.

—Ya sé —dice Radar—. El sabor de los testículos.

—No.

—¿El sabor de los penes? —pregunto.

—No, idiota —me contesta Ben.

—Hum —dice Radar—. ¿El olor de los testículos?

—¿La textura de los huevos? —pregunto.

—Basta ya, torpes, no tiene nada que ver con los genitales. ¿Lace?

—Hummm, ¿la sensación de saber que has salvado tres vidas?

—No, y creo que a ustedes dos ya no les quedan turnos para adivinar.

—De acuerdo, ¿qué es?

—Lacey —contesta.

Lo veo mirándola por el retrovisor.

—Idiota —le digo—, se supone que es un veo veo metafísico. Tienen que ser cosas que no se ven.

—Y lo es —me contesta—. Y es lo que más me gusta... Lacey, pero no la Lacey que se ve.

—Voy a vomitar —dice Radar.

Pero Lacey se desabrocha el cinturón de seguridad y se inclina por encima de la cocina para susurrarle algo a Ben al oído. Ben se pone rojo.

—De acuerdo, prometo no ser cursi —dice Radar—. Veo veo algo que todos estamos sintiendo.

—¿Un enorme cansancio? —pregunto.

—No, aunque excelente respuesta.

—¿Esa extraña sensación de que el corazón no late tan de prisa como todo tu cuerpo por el exceso de cafeína? —dice Lacey.

—No. ¿Ben?

—Hum, ¿sentimos ganas de orinar, o soy yo solo?

—Sólo tú, como siempre. ¿Alguna más? —nos quedamos callados—. La respuesta correcta es que todos sentimos que seríamos más felices después de una interpretación a capela del «Blister in the Sun».

Y así es. Aunque tengo menos oído para la música que un sordo, canto tan alto como los demás. Y cuando hemos acabado digo:

—Veo veo una gran historia.

Por un momento nadie dice nada. Sólo se oye el ruido del Dreidel devorando el asfalto y acelerando para subir la colina.

—Ésta, ¿no? —dice al rato Ben.

Asiento.

—Sí —dice Radar—. Si conseguimos no matarnos, será una historia excelente.

«No iría mal que la encontráramos», pienso, pero no lo digo. Al final Ben enciende la radio y busca una emisora de baladas de rock para que cantemos todos juntos.

HORA VEINTIUNO

Después de más de 1 800 kilómetros por autopista, casi ha llegado la hora de salir. Es totalmente imposible conducir a ciento veinticinco kilómetros por hora por la autovía de dos carriles que nos lleva más al norte, hacia Catskill, pero nos las arreglaremos. Radar, siempre un brillante estratega, se había reservado media hora extra sin decirnos nada. Esto es bonito.

La luz de la mañana ilumina los viejos árboles. Incluso los edificios de ladrillo de las ruinosas poblaciones por las que pasamos parecen nuevos con esta luz.

Lacey y yo contamos a Ben y a Radar todo lo que se nos ocurre para ayudarlos a que encuentren a Margo. Les recordamos detalles. Nos los recordamos a nosotros mismos. Su Honda Civic plateado. Su pelo castaño, muy liso. Su fascinación por los edificios abandonados.

—Lleva una libreta negra —digo.

Ben se gira hacia mí.

—De acuerdo, Q. Si veo a una chica exactamente como Margo en Agloe, Nueva York, no pienso hacer nada si no lleva una libreta. Ésa será la señal.

No le hago caso. Sólo quiero recordarla. Por última vez, quiero recordarla mientras aún espero volver a verla.

AGLOE

El límite de velocidad baja de noventa a setenta, y luego a sesenta. Cruzamos unas vías de tren y llegamos a Roscoe. Avanzamos despacio por una población adormecida con una cafetería, una tienda de ropa, una tienda de todo a un dólar y un par de escaparates cerrados con tablas.

—Puedo imaginármela aquí —digo inclinándome hacia delante.

—Sí —admite Ben—. Colega, de verdad que no quiero allanar edificios. No creo que me vaya muy bien en las cárceles de Nueva York.

Aunque la idea de explorar estos edificios no me parece especialmente alarmante, ya que todo el pueblo da la impresión de estar desierto. No hay nada abierto. Pasado el centro, la carretera cruza la autovía, y en esa carretera sólo está el vecindario de Roscoe y una escuela primaria. Los gruesos y altos árboles hacen que las modestas casas de madera parezcan enanas.

Giramos a otra autovía y aumentamos la velocidad, aunque Radar sigue conduciendo despacio. Hemos hecho poco más de un kilómetro cuando vemos a nuestra izquierda un camino sin asfaltar y sin un cartel que nos indique su nombre.

—Puede ser esto —digo.

—Es el camino de una casa —contesta Ben.

Pero Radar gira de todas formas. Lo cierto es que parece el camino de una casa, abierto en la tierra apisonada. A nuestra izquierda crece la hierba, que alcanza la altura de los neumáticos. No veo nada, aunque me temo que sería fácil esconderse en cualquier parte de este campo. Avanzamos un trecho, y la carretera va a parar a una granja victoriana. Damos media vuelta y regresamos a la autovía de dos carriles, más al norte. La autovía gira hacia Cat Hollow Road, y seguimos hasta que vemos una carretera sin asfaltar idéntica a la anterior, esta vez a la derecha, que conduce a una especie de granero derruido de madera gris. En los campos, a ambos lados de nosotros, hay enormes balas cilíndricas de heno, pero la hierba ha empezado a crecer. Radar no supera los diez kilómetros por hora. Buscamos algo raro. Alguna falla en este paisaje perfetamente idílico.

—¿Creen que puede haber sido el Supermercado Agloe? —pregunto.

—¿Ese granero?

—Sí.

—No sé —me contesta Radar—. ¿Los supermercados parecen graneros?

Dejo escapar un largo soplido entre los labios fruncidos.

—No sé.

—ES ÉSE… MIERDA, ¡ES SU COCHE! —grita Lacey a mi lado—. ¡SÍ SÍ SÍ SÍ SÍ SU COCHE SU COCHE!

Radar detiene la camioneta mientras sigo el dedo de Lacey, que señala más allá del campo, detrás del edificio. Un destello plateado. Me agacho, coloco la cara al lado de la suya y veo el arco del techo del coche. Sabe Dios cómo ha llegado hasta allí, porque no hay ningún camino.

Radar para, salgo de un salto y corro hasta el coche. Vacío. Abierto. Abro el maletero. También vacío. Sólo hay una maleta abierta y sin nada. Miro a mi alrededor y me dirijo hacia lo que ahora creo que son los restos del Supermercado Agloe. Ben y Radar me alcanzan mientras corro por el campo segado. Entramos en el granero no por la puerta, sino por uno de los grandes agujeros que se han formado al caerse la pared de madera.

Dentro del edificio, el sol entra por los muchos agujeros del techo e ilumina partes del suelo de madera podrido. Mientras la busco, tomo nota de todo mentalmente: las tablas del suelo mojadas. El olor a almendras, como ella. Una vieja bañera con patas en forma de garra en una esquina. Está tan lleno de agujeros que el edificio es a la vez interior y exterior.

Siento que alguien me jala fuerte la playera. Giro la cabeza y veo a Ben, que desplaza los ojos hacia un rincón de la sala.

Tengo que atravesar con la mirada un gran haz de luz que entra por el techo, pero veo ese rincón. Dos paneles de fibra de vidrio de aproximadamente un metro de altura, sucios y ahumados, se apoyan entre sí formando un ángulo pegado a la pared de madera. Es un cubículo triangular, si un cubículo puede ser triangular.

Y lo que sucede con las ventanas ahumadas es que dejan pasar la luz, así que veo la inquietante escena, aunque en una escala de grises: Margo Roth Spiegelman está sentada en una silla de oficina de piel negra, inclinada sobre un pupitre de escuela, escribiendo. Lleva el pelo mucho más corto —el flequillo desigual por encima de las cejas y todo alborotado, como para resaltar la asimetría—, pero es ella. Está viva. Ha trasladado su despacho de un centro comercial abandonado de Florida a un granero abandonado de Nueva York, y la he encontrado.

Nos acercamos a Margo los cuatro, pero no parece vernos. Sigue escribiendo. Al final, alguien —quizá Radar— dice: «¿Margo, Margo?».

Margo se levanta de puntitas, con las manos en las paredes del improvisado cubículo. Si le sorprende vernos, sus ojos no lo muestran. Aquí está Margo Roth Spiegelman, a metro y medio de mí, con los labios agrietados, sin maquillar, con las uñas sucias y los ojos mudos. Nunca había visto sus ojos muertos hasta ese punto, pero quizá nunca antes había visto sus ojos. Me observa. Estoy seguro de que está observándome a mí, no a Lacey, Ben o Radar. No me había sentido tan observado desde que los ojos sin vida de Robert Joyner me miraron en Jefferson Park.

Se queda un buen rato en silencio, y me asustan demasiado sus ojos para acercarme a ella. «Yo y este misterio nos enfrentamos aquí», escribió Whitman.

—Denme cinco minutos —dice por fin.

Vuelve a sentarse y sigue escribiendo.

La observo escribir. Parece la misma de siempre, excepto en que está un poco sucia. No sé por qué, pero siempre pensé que estaría diferente. Más adulta. Que apenas la reconocería cuando por fin volviera a verla. Pero aquí está, la observo a través del panel, y parece Margo Roth Spiegelman, la chica a la que conozco desde que tenía dos años, la chica que era una idea que amaba.

Y sólo ahora, cuando cierra la libreta, la mete en una mochila que tiene a su lado, se levanta y se acerca a nosotros, me doy cuenta de que esa idea es no sólo equivocada, sino también peligrosa. Qué engañoso creer que una persona es algo más que una persona.

—Hola —le dice a Lacey sonriendo.

Abraza primero a Lacey, luego le da la mano a Ben y por último a Radar. Alza las cejas y dice:

—Hola, Q.

Y me abraza rápidamente y sin apretar. Quiero que se quede ahí. Quiero que suceda algo. Quiero sentirla sollozar contra mi pecho, con las lágrimas resbalando por sus sucias mejillas hasta mi playera. Pero se limita a abrazarme rápidamente y se sienta en el suelo. Me siento frente a ella. Ben, Radar y Lacey se sientan también en línea conmigo, de modo que estamos los cuatro delante de Margo.

—Me alegro de verte —digo al rato con la sensación de estar rompiendo una oración silenciosa.

Se aparta el flequillo a un lado. Parece estar decidiendo qué decir exactamente antes de decirlo.

—Yo… bueno… bueno… pocas veces me quedo sin palabras, ¿verdad? No he hablado mucho últimamente. Supongo que deberíamos empezar por: ¿qué demonios hacen aquí?

—Margo —dice Lacey—. Por Dios, estábamos muy preocupados.

—No tenían que preocuparse —le contesta Margo alegremente—. Estoy bien —levanta los dos pulgares—. Estoy OK.

—Podrías habernos llamado para decírnoslo —dice Ben con cierto tono de frustración—. Nos habríamos ahorrado un viaje que ha sido un infierno.

—Según mi experiencia, Ben el Sangriento, cuando te marchas de un sitio, lo mejor es marcharte. ¿Por qué te has puesto un vestido, por cierto?

Ben se ruboriza.

—No lo llames así —interviene Lacey.

Margo lanza una mirada a Lacey.

—Vaya, ¿te has acostado con él? —Lacey no dice nada—. No me digas que te has acostado con él —dice Margo.

—Te lo digo —le contesta Lacey—. Y te digo que es genial. Y te digo que eres una zorra. Y te digo que me largo. Encantada de verte, Margo. Gracias por aterrorizarme y hacerme sentir como una mierda durante todo el último mes de mi último año de escuela, y por ser una zorra cuando te buscamos por todas partes para asegurarnos de que estás bien. Ha sido un placer conocerte.

—Para mí también. Sin ti, ¿cómo habría sabido lo gorda que estaba?

Lacey se levanta y sale pisando fuerte. Sus pasos vibran en el suelo destartalado. Ben sale detrás de ella. Echo una ojeada y veo que Radar se ha levantado también.

—No te conocía hasta que supe de ti por tus pistas —dice Radar—. Tus pistas me gustan más que tú.

—¿De qué mierda está hablando? —me pregunta Margo.

Radar no contesta. Se limita a marcharse.

También yo debería marcharme, por supuesto. Ellos son más amigos míos que Margo, sin duda. Pero tengo preguntas que hacerle. Mientras se levanta y se dirige de nuevo a su cubículo, empiezo por la más obvia:

—¿Por qué te comportas como una niña mimada?

Se gira, me agarra por la playera y me grita a la cara:

—¿Por qué carajos vienes aquí sin avisar?

—¿Cómo iba a avisarte si desapareciste de la faz de la Tierra?

Veo que parpadea y sé que no tiene respuesta, así que sigo. Me ha decepcionado. Por… por… No sé. Por no ser la Margo que esperaba. Por no ser la Margo que pensé que por fin había imaginado correctamente.

—Daba por sentado que tenías una buena razón para no haberte puesto en contacto con nadie desde aquella noche. Y… ¿ésta es tu razón? ¿Para poder vivir como una vagabunda?

Me suelta la playera y se aleja de mí.

—¿Y ahora quién está siendo un niño mimado? Me marché de la única manera que puede uno marcharse. Arrancas tu vida de golpe, como una tirita. Y entonces tú eres tú, y Lace es Lace, y cada quien es quien es, y yo soy yo.

—Pero yo no pude ser yo, Margo, porque pensé que estabas muerta. Casi todo el tiempo. Así que tuve que hacer todo tipo de tonterías que jamás habría hecho.

Ahora me grita y me toma de la camisa para colocarse cara a cara.

—Tonterías. No has venido para asegurarte de que estoy bien. Has venido porque querías salvar a la pobrecita Margo de su naturaleza problemática para que estuviera tan agradecida a mi caballero de brillante armadura que me quitara la ropa y te suplicara que me hicieras tuya.

—¡Tonterías! —grito, y en buena medida lo son—. Sólo estabas jugando con nosotros, ¿verdad? Sólo querías asegurarte de que incluso después de marcharte a divertirte por ahí, todo seguía girando a tu alrededor.

Y ella me grita también, más alto de lo que habría creído posible.

—¡NI SIQUIERA TE HE DECEPCIONADO YO, Q! ¡TE HA DECEPCIONADO LA IDEA DE MÍ QUE TE METISTE EN LA CABEZA DESDE QUE ÉRAMOS NIÑOS!

Intenta girarse, pero la agarro por los hombros y la sujeto frente a mí.

—¿Has pensado alguna vez lo que significaba marcharte? ¿Has pensado en Ruthie? ¿En mí, en Lacey o en cualquiera de las personas a las que les importabas? No. Claro que no. Porque si no te pasa a ti, no le pasa a nadie. ¿Verdad, Margo? ¿Verdad?

Ya no se enfrenta a mí. Se suelta, se gira y vuelve a su despacho. Pega una patada a las paredes de fibra de vidrio, que resuenan contra el escritorio y la silla antes de caer al suelo.

—CÁLLATE, CÁLLATE, IMBÉCIL.

—Muy bien —le contesto.

El hecho de que Margo pierda totalmente los papeles hace que yo recupere los míos. Intento hablar como mi madre.

—Me callo. Estamos los dos enfadados. Por mi parte… hay muchas cosas sin resolver.

Se sienta en la silla, con los pies apoyados en lo que había sido la pared de su despacho. Mira hacia un rincón del granero. Nos separan al menos tres metros.

—¿Cómo demonios me han encontrado?

—Pensé que querías que te encontráramos —le contesto.

Hablo en voz tan baja que me sorprende que me oiga, pero gira la silla para mirarme.

—Puedo jurarte que no.

—El «Canto de mí mismo» —le digo—. Guthrie me llevó a Whitman. Whitman me llevó a la puerta. La puerta me llevó al centro comercial abandonado. Descubrimos cómo leer la pinta oculta. No entendía lo de «ciudades de papel», porque también significa urbanizaciones que no se han llegado a construir, así que pensé que habías ido a una de esas urbanizaciones y que nunca volverías. Pensé que estabas muerta en uno de esos sitios, que te habías matado y por alguna razón querías que yo te encontrara. Así que fui a un montón de urbanizaciones a buscarte. Pero luego relacioné el mapa de la tienda de souvenirs con los agujeros de tachuela. Empecé a leer el poema con más atención y pensé que probablemente no ibas de un lado a otro, que te habías encerrado a planificar. A escribir en esa libreta. Encontré Agloe en el mapa, vi tu comentario en la página del *Omnictionary*, me salté la graduación y vine en coche hasta aquí.

Se pasa una mano por el pelo, pero ya no es lo bastante largo para que le caiga en la cara.

—Odio este corte de pelo —me dice—. Quería cambiar de imagen, pero… es ridículo.

—A mí me gusta —le digo—. Te enmarca muy bien la cara.

—Siento haber sido tan zorra —me dice—. Tienes que entenderlo… Bueno, aparecen por aquí de la nada y me asustan…

—Podrías haberte limitado a decir: «Chicos, me están asustando» —le digo.

Se burla.

—Sí, claro, porque ésa es la Margo Roth Spiegelman que todo el mundo conoce y a la que todo el mundo quiere —se queda un momento callada y luego dice—: Sabía que no debía haber escrito eso en el *Omnictionary*. Sólo pensé que sería divertido que lo encontraran después. Pensé que la policía llegaría a encontrarme, pero no a tiempo. El *Omnictionary* tiene mil millones de páginas. Nunca pensé…

—¿Qué?

—He pensado mucho en ti, si eso responde a tu pregunta. Y en Ruthie. Y en mis padres. Por supuesto, ¿ok? Quizá soy la persona más tremendamente egocéntrica de la historia del mundo. Pero, ¿crees que lo habría hecho si no lo hubiera necesitado? —mueve la cabeza. Se inclina por fin hacia mí, con los codos en las rodillas, y hablamos. A cierta distancia, pero da igual—. No se me ocurría otra manera de marcharme sin que me arrastraran de vuelta.

—Me alegro de que no estés muerta —le digo.

—Sí, yo también —me contesta. Sonríe, y es la primera vez que veo esa sonrisa que tanto he extrañado—. Por eso tuve que marcharme. Por jodida que sea la vida, siempre es mejor que la muerte.

Suena mi celular. Es Ben. Contesto.

—Lacey quiere hablar con Margo —me dice.

Me acerco a Margo, le paso el teléfono y me quedo ahí mientras ella escucha con los hombros encorvados. Oigo los ruidos procedentes del teléfono, y entonces oigo a Margo interrumpiendo a Lacey.

—Oye —le dice—, lo siento mucho. Sólo estaba muy asustada.

Y silencio. Lacey empieza a hablar de nuevo, y al final Margo se ríe y dice algo. Siento que deberían tener cierta privacidad, así que voy a echar un vistazo. Contra la pared del despacho, pero en la esquina opuesta del granero, Margo ha montado una especie de cama: cuatro plataformas de madera con una colchoneta inflable encima. Su reducida colección de ropa, perfectamente doblada, está en otra plataforma, al lado de la cama. Hay un cepillo y pasta de dientes, además de una taza grande de plástico. Estas cosas están encima de dos libros: *La campana de cristal*, de Sylvia Plath, y *Matadero cinco*, de Kurt Vonnegut. Me cuesta creer que haya estado viviendo así, con esta irreconciliable mezcla de pulcra zona residencial y espeluznante deterioro. Y también me cuesta creer el tiempo que he perdido creyendo que estaba viviendo de cualquier otra manera.

—Están en un motel del parque. Lace me ha dicho que se marchan mañana por la mañana, contigo o sin ti —me dice Margo a mi espalda.

Cuando dice «ti» en lugar de «nosotros», pienso por primera vez lo que va a venir después.

—Soy casi autosuficiente —me dice, ya a mi lado—. Hay una letrina, pero en bastante mal estado, así que suelo ir al baño en la parada de camiones al este de Roscoe. También hay regaderas, y las de las mujeres están bastante limpias, porque no hay muchas camioneras. Y tienen internet. Es como si esto fuera mi casa, y la parada de camiones fuera mi casita en la playa.

Me río.

Se adelanta, se arrodilla y mira debajo de las plataformas de la cama. Saca una linterna y un trozo cuadrado de plástico.

—Es lo único que he comprado en todo el mes, aparte de gasolina y comida. Sólo he gastado unos trescientos dólares.

Tomo el cuadrado y veo por fin que es un tocadiscos de pilas.

—Me traje un par de discos —me dice—. Pero conseguiré más en la ciudad.

—¿La ciudad?

—Sí, hoy me voy a Nueva York. De ahí lo del *Omnictionary*. Voy a empezar a viajar en serio. En un principio, hoy era el día en que pensaba marcharme de Orlando. Iba a ir a la graduación, a hacer todas las sofisticadas bromas de la noche de graduación contigo, y pensaba marcharme a la mañana siguiente. Pero no aguanté más. De verdad que no podía aguantar ni una hora más. Y cuando me enteré de lo de Jase… Pensé: «Lo tengo todo planeado. Sencillamente cambio la fecha». Pero lamento haberte asustado. Intenté no asustarte, pero la última parte fue muy precipitada. No ha sido mi mejor trabajo.

Como planes de huida precipitados llenos de pistas, me parecieron bastante impresionantes. Pero sobre todo me sorprendía que me hubiera incluido en sus planes desde el principio.

—Ya me pondrás al corriente —le dije intentando sonreír—. Bueno, me pregunto muchas cosas. Qué habías planeado y qué no. Qué significaba cada cosa. Por qué las pistas iban dirigidas a mí. Por qué te marchaste... Esas cosas.

—Hum, ok, ok. Para contarte esa historia, tenemos que empezar por otra.

Se levanta y sigo sus pasos, que evitan hábilmente los trozos de suelo podridos. Vuelve a su despacho, mete la mano en la mochila y saca la libreta negra. Se sienta en el suelo, cruza las piernas y da palmaditas al trozo de suelo que está a su lado. Me siento. Apoya la mano en la libreta cerrada.

—Esto se remonta a hace mucho tiempo —me dice—. Cuando estaba en cuarto, empecé a escribir un relato en esta libreta. Era una especie de historia de detectives.

Pienso que si le quitara la libreta, podría hacerle chantaje. Podría utilizarla para que volviera a Orlando, ella podría buscarse un trabajo para el verano y vivir en un departamento hasta que empezara la universidad, y al menos tendríamos el verano. Pero me limito a escucharla.

—Bueno, no me gusta presumir, pero es una obra literaria brillante como pocas. Es broma. Son las estúpidas divagaciones llenas de deseos y magia de cuando tenía diez años. La protagonista es una niña llamada Margo Spiegelman, que es como era yo a los diez años, menos en que sus padres son amables y ricos, y le compran todo lo que quiere. A Margo le gusta un chico llamado Quentin, que es como tú en todo, menos en que es valiente, heroico, estaría dispuesto a morir por protegerme y todo eso. También está Myrna Mountweazel, que es igual que Myrna Mountweazel, pero tiene poderes mágicos. Por ejemplo, en el relato, todo el que acaricia a Myrna Mountweazel no puede mentir durante diez minutos. Y Myrna habla. Claro que habla. ¿Alguna vez un niño de diez años ha escrito un libro sobre un perro que no sepa hablar?

Me río, aunque sigo pensando en la Margo de diez años a la que le gusta el Quentin de diez años.

—Bueno, pues en el relato —sigue diciendo Margo— Quentin, Margo y Myrna Mountweazel están investigando la muerte de Robert Joyner, y su muerte es exactamente igual que aquella muerte real, pero en lugar de haberse disparado a sí mismo en la cara, le ha disparado alguien. Y la historia trata de nosotros descubriendo quién lo mató.

—¿Quién lo mató?

Se ríe.

—¿Quieres que te cuente el final?

—Bueno —le contesto—, mejor lo leo.

Abre la libreta y me muestra una página. El texto es indescifrable, no porque Margo tenga mala letra, sino porque encima de las líneas horizontales hay líneas verticales.

—Escribo cruzado —me dice—. Es muy difícil que lo descifre alguien que no sea yo. Bueno, ok, te contaré el final, pero antes tienes que prometerme que no vas a enfadarte.

—Te lo prometo —le contesto.

—Resulta que el crimen lo cometió el hermano alcohólico de la ex mujer de Robert Joyner, que estaba loco porque había sido poseído por el espíritu de un malvado gato del Egipto antiguo. Como he dicho, un relato de primera. Pero, bueno, en la historia, tú, yo y Myrna Mountweazel nos enfrentamos al asesino, que intenta dispararme, pero tú saltas, te colocas delante y mueres heroicamente en mis brazos.

Me río.

—Genial. La historia era tan prometedora, con la chica guapa a la que le gusto, el misterio y la intriga, y resulta que me muero.

—Bueno, sí —me dice sonriendo—. Pero tenía que matarte, porque el otro único final posible era acabar en la cama, y la verdad es que no estaba emocionalmente preparada para escribir esas cosas a los diez años.

—Lo entiendo —le digo—. Pero cuando lo revises, quiero un poco de acción.

—Quizá después de que el malo te haya disparado. Un beso antes de morir.

—Muy amable.

Podría levantarme, acercarme a ella y besarla. Podría. Pero todavía puedo estropear demasiadas cosas.

—En fin, terminé el relato en quinto. Unos años después decido que me marcho a Mississippi. Y entonces escribo todos mis planes para el épico acontecimiento en esta libreta, encima del anterior relato, y al final lo hago. Tomo el coche de mi madre, hago casi dos mil kilómetros y dejo pistas en la sopa. Ni siquiera me gustó el viaje, la verdad. Me sentí muy sola. Pero me encanta haberlo hecho, ¿eh? Entonces empiezo a superponer más historias, bromas e ideas para emparejar a ciertas chicas con ciertos chicos, enormes campañas de empapelado de casas, más viajes en coche y muchas otras cosas. La libreta está medio llena cuando empezamos el último año, y es entonces cuando decido que voy a hacer una sola cosa más, algo grande, y luego me marcharé.

Va a seguir hablando, pero tengo que detenerla.

—Me pregunto si era cosa del sitio o de la gente. ¿Qué habría pasado si la gente que te rodeaba hubiera sido diferente?

—¿Cómo puedes separar una cosa de la otra? La gente es el sitio, y el sitio es la gente. Y bueno, no pensaba que hubiera nadie más de quien pudiera ser amiga. Pensaba que todos estaban asustados, como tú, o que les daba igual, como a Lacey. Y…

—No estoy tan asustado como piensas —le digo.

Y es verdad. Sólo me doy cuenta de que es verdad cuando ya lo he dicho. Pero aun así.

—Ya estoy llegando a esa parte —dice casi quejándose—. Cuando estoy en primero, Gus me lleva al Osprey… —niego con la cabeza, confundido—. El centro comercial abandonado. Y empiezo a ir por mi cuenta cada dos por tres, sólo para pasar el rato y escribir mis planes. Y hacia el último año, todos los planes empezaron a girar en torno a la última escapada. Y no sé si es porque leía mi viejo relato cuando iba, pero enseguida te incluí en mis planes. La idea era que íbamos a hacer todas esas cosas juntos —como entrar en el SeaWorld, que estaba en el plan original— y yo te presionaría para que fueras un torpe. Esa noche te liberaría. Y luego desaparecería y tú siempre me recordarías.

»Al final el plan ocupa unas setenta páginas, y está a punto de cumplirse, ha ido todo muy bien, pero descubro lo de Jase y decido marcharme. Inmediatamente. No necesito graduarme. ¿Qué sentido tiene graduarse? Pero antes tengo que atar los cabos sueltos. Así que todo ese día, en la escuela, llevo la libreta conmigo, intentando como una loca adaptar el plan a Becca, Jase, Lacey y todo el que no era tan amigo mío como yo pensaba, intentando que se me ocurrieran ideas para que todo el mundo supiera lo mucho que me habían decepcionado antes de abandonarlos para siempre.

»Pero todavía quería hacerlo contigo. Todavía me gustaba la idea de convertirte quizás en algo parecido al héroe extraordinario de mi relato infantil.

»Y entonces me sorprendes —me dice—. Para mí habías sido un chico de papel todos estos años… dos dimensiones como personaje en el papel, y otras dos dimensiones diferentes, pero también planas, como persona. Pero aquella noche resultó que eras real. Y acaba siendo tan raro, divertido y mágico, que vuelvo a mi habitación por la mañana y te extraño. Quiero pasar a buscarte, salir por ahí y charlar, pero ya he decidido marcharme, así que tengo que marcharme. Y entonces, en el último segundo, se me ocurre mandarte al Osprey. Dejártelo a ti para que te ayude a seguir avanzando por el camino de no ser un gatito asustado.

»Y sí, eso es todo. Se me ocurre algo rápidamente. Pego el póster de Woody en la parte de fuera de la persiana, rodeo con un círculo la canción del disco y marco los dos versos del "Canto de mí mismo" en un color diferente del que había utilizado cuando lo leí. Luego, cuando ya te has ido a la escuela, me cuelo por tu ventana y meto el trozo de periódico en la puerta. Esa misma mañana voy al Osprey, en parte porque todavía no me siento preparada para marcharme, y en parte porque quiero dejártelo limpio. En fin, el caso es que no quería que te preocuparas. Por eso cubrí la pinta. No sabía que conseguirías verla. Arranqué las páginas del calendario que había utilizado y quité también el mapa, que había tenido colgado desde que vi que incluía Agloe. Y entonces, como estoy cansada y no tengo adónde ir, duermo allí. En realidad, al final paso allí dos noches, intentando reunir el valor, supongo. Y también, no sé, pensé que quizá lo encontrarías enseguida. Y me fui. Tardé dos días en llegar aquí. Y aquí he estado desde entonces».

Parece haber terminado, pero me queda otra pregunta.

—¿Y por qué precisamente aquí?

—Una ciudad de papel para una chica de papel —me contesta—. Leí lo de Agloe en un libro de «cosas sorprendentes» cuando tenía diez u once años. Y nunca me lo quité de la cabeza. La verdad es que cada vez que subía al SunTrust Building —incluida la última vez, que fui contigo—, lo que pensaba al mirar hacia abajo no era que todo era de papel. Miraba hacia abajo y pensaba que yo era de papel. Yo era la persona débil y plegable, no los demás. Y ésa es la cuestión. A la gente le encanta la idea de una chica de papel. Siempre le ha encantado. Y lo peor es que a mí me encantaba también. Lo cultivaba, ¿sabes?

»Porque es genial ser una idea que a todo el mundo le gusta. Pero no podía ser la idea de mí misma, no del todo. Y Agloe es un lugar en el que una creación de papel se convierte en real. Un punto en el mapa se convirtió en un lugar real, más real de lo que las personas que crearon ese punto habrían imaginado.

Pensé que quizás aquí la silueta de papel de una chica podría empezar a convertirse en real. Y me parecía una manera de decirle a esa chica a la que le preocupaba la popularidad, la ropa y todo lo demás: "Irás a las ciudades de papel. Y nunca volverás"».

—La pinta —le dije—. Por Dios, Margo, he recorrido muchas urbanizaciones abandonadas buscando tu cadáver. De verdad pensé... De verdad pensé que estabas muerta.

Se levanta, rebusca un momento en su mochila, saca *La campana de cristal* y me lee.

—«Pero cuando llegó el momento de hacerlo, la piel de mi muñeca parecía tan blanca e indefensa que no pude. Era como si lo que yo quería matar no estuviera en esa piel, ni en el ligero pulso azul que saltaba bajo mi pulgar, sino en alguna parte más profunda, más secreta y mucho más difícil de alcanzar.»

Vuelve a sentarse a mi lado, muy cerca, frente a mí. La tela de nuestros *jeans* se toca sin que nuestras rodillas lleguen a rozarse.

—Sé de lo que habla —dice Margo—. Ese algo más profundo y más secreto. Son como grietas dentro de ti. Como líneas defectuosas en las que las cosas no encajan bien.

—Me gusta —le digo—. O como grietas en el casco de un barco.

—Sí, sí.

—Al final te hundes.

—Exacto —me dice.

Ahora estamos dialogando.

—No puedo creer que no quisieras que te encontrara.

—Perdona. Si vas a sentirte mejor, estoy impresionada. Además, está bien tenerte aquí. Eres un buen compañero de viaje.

—¿Es una propuesta? —le pregunto.

—Puede ser —me contesta sonriendo.

El corazón lleva tanto tiempo dándome vueltas en el pecho que esta especie de borrachera me parece casi soportable, pero sólo casi.

—Margo, si vuelves a casa a pasar el verano… mis padres han dicho que puedes vivir con nosotros, o puedes buscar trabajo y un departamento para el verano, y luego empezarán las clases y no tendrás que volver a vivir con tus padres.

—No es sólo por ellos. Volvería a quedarme atrapada y nunca saldría de allí. No son sólo los chismes, las fiestas y toda esa mierda, sino la perspectiva de vivir la vida como hay que vivirla: universidad, trabajo, marido, hijos y todas esas tonterías.

El problema es que yo sí creo en la universidad, en el trabajo y quizás en los hijos algún día. Creo en el futuro. Quizás es un defecto de mi carácter, pero en mi caso es congénito.

—Pero la universidad te amplía las oportunidades —le digo por fin—. No te las limita.

Sonríe con presunción.

—Gracias, orientador universitario Jacobsen —me dice, y cambia de tema—. Pensaba mucho en ti metido en el Osprey. En si te acostumbrarías. En si dejarías de preocuparte por las ratas.

—Así fue —le contesto—. Empezó a gustarme. La verdad es que pasé allí la noche del baile.

Sonríe.

—Increíble. Me imaginaba que al final te gustaría. Nunca me aburría en el Osprey, pero era porque en algún momento tenía que volver a casa. Cuando llegué aquí sí que me aburrí. No hay nada que hacer. He leído mucho desde que llegué. No conocer a nadie me ponía cada vez más nerviosa. Y esperaba que esa soledad y ese nerviosismo me hicieran volver atrás. Pero no ha sido así. Es lo único que no puedo hacer, Q.

Asiento. Lo entiendo. Imagino que es duro volver atrás cuando las palmas de tu mano abarcan continentes. Pero lo intento una vez más.

—¿Y qué pasará después del verano? ¿Qué pasará con la universidad? ¿Qué pasará con el resto de tu vida?

Se encoge de hombros.

—¿Qué pasará?

—¿No te preocupa el futuro?

—El futuro está formado por ahoras —me contesta.

No tengo nada que decir. Estoy dándole vueltas cuando Margo dice:

—Emily Dickinson. Como te he dicho, estoy leyendo mucho.

Creo que el futuro merece que creamos en él. Pero es difícil llevarle la contraria a Emily Dickinson. Margo se levanta, se cuelga la mochila de un hombro y me tiende la mano.

—Vamos a dar un paseo.

Mientras salimos, Margo me pide el teléfono. Teclea un número y cuando voy a apartarme para dejarla hablar me sujeta del brazo para que me quede con ella. Camino a su lado hacia el campo mientras habla con sus padres.

—Hola, soy Margo… Estoy en Agloe, Nueva York, con Quentin… Vaya… Bueno, no, mamá, sólo estoy pensando cómo contestarte con sinceridad… Mamá, vamos… No lo sé, mamá… Decidí trasladarme a un lugar ficticio. Eso es lo que pasó… Sí, bueno, de todas formas no creo que vaya por ahí… ¿Puedo hablar con Ruthie?… Hola, guapa… Sí, bueno, yo te quise primero… Sí, lo siento. Fue un error. Pensé… No sé lo que pensé, Ruthie, pero fue un error y a partir de ahora te llamaré. Quizá no llamaré a mamá, pero te llamaré a ti… ¿Los miércoles?… Los miércoles no puedes. Hum. De acuerdo. ¿Qué día te viene bien?… Los martes… Sí, cada martes… Sí, incluido este martes —Margo cierra los ojos y aprieta los dientes—. Muy bien, Ruthers, ¿puedes pasarme a mamá?… Te quiero, mamá. Todo irá bien. Te lo prometo… Sí, de acuerdo, tú también. Adiós.

Se detiene y cuelga el teléfono, pero se lo queda un minuto. Lo aprieta tan fuerte que las puntas de los dedos empiezan a ponérsele rojas. Luego lo deja caer al suelo. Su grito es breve, pero ensordecedor, y mientras resuena soy consciente por primera vez del miserable silencio de Agloe.

—Se cree que lo que tengo que hacer es complacerla, que no debería desear otra cosa, y cuando no la complazco… me echa. Ha cambiado las cerraduras. Es lo primero que me ha dicho. Por Dios.

—Lo siento —le digo apartando la hierba amarillenta, que nos llega a las rodillas, para tomar el teléfono—. Pero ¿bien con Ruthie?

—Sí, es muy linda. Me odio a mí misma por… ya sabes… no haber hablado con ella.

—Sí —le digo.

Me da un empujón en broma.

—¡Se supone que deberías hacer que me sintiera mejor, no peor! —me dice—. ¡Es tu papel!

—No sabía que lo que tenía que hacer era complacerla, señorita Spiegelman.

Se ríe.

—Ay, me comparas con mi madre. Qué insulto. Pero me lo merezco. Bueno, ¿qué tal te ha ido? Si Ben está saliendo con Lacey, seguro que tú estás dándote orgías todas las noches con un montón de animadoras.

Caminamos despacio por el campo desigual. No parece grande, pero a medida que avanzamos me doy cuenta de que no parece que nos acerquemos a los árboles del fondo. Le cuento que me salté la graduación y lo del milagroso giro del Dreidel. Le cuento lo del baile, la pelea de Lacey con Becca y mi noche en el Osprey.

—Fue la noche que supe que no había duda de que habías estado allí —le digo—. La cobija todavía olía como tú.

Y cuando se lo digo, su mano roza la mía, y se la tomo porque me da la impresión de que ahora ya no hay tanto que estropear. Me mira.

—Tenía que marcharme. No debería haberte asustado, fue una estupidez, tendría que haberme marchado de otra manera, pero tenía que marcharme. ¿Lo entiendes ahora?

—Sí —le digo—, pero creo que ahora puedes volver. De verdad lo creo.

—No, no lo crees —me contesta.

Y tiene razón. Me lo ve en la cara. Ahora entiendo que no puedo ser ella, y que ella no puede ser yo. Quizá Whitman tenía un don que yo no tengo. Por lo que a mí respecta, tengo que preguntarle al herido dónde tiene la herida, porque no puedo convertirme en el herido. El único herido que puedo ser es yo mismo.

Pisoteo la hierba y me siento. Margo se acuesta a mi lado, con la mochila como almohada. Me echo boca arriba también yo. Saca un par de libros de la mochila y me los pasa para que yo también tenga almohada. Una antología de poemas de Emily Dickinson y *Hojas de hierba*.

—Tenía dos ejemplares —me dice sonriendo.

—Es buenísimo —le digo—. No podrías haber elegido mejor.

—Fue una decisión impulsiva aquella mañana, de verdad. Recordé el fragmento sobre las puertas y pensé que era perfecto. Pero luego, al llegar aquí, volví a leerlo. No lo había leído desde el segundo año de escuela, y sí, me gustó. He intentado leer un montón de poesía. Intentaba descubrir… qué fue lo que me sorprendió de ti aquella noche. Y durante mucho tiempo pensé que fue cuando citaste a T. S. Eliot.

—Pero no era eso —le digo—. Te sorprendieron mis bíceps y mi elegante salida por la ventana.

Sonríe.

—Cállate y déjame piropearte, tonto. No fue ni la poesía ni tus bíceps. Lo que me sorprendió fue que, a pesar de tus ataques de ansiedad y todo eso, realmente eras como el Quentin de mi relato. Bueno, llevaba años escribiendo encima de esa historia, y cada vez que escribía, leía también esa página, y siempre me reía y me decía… no te ofendas, pero me decía:

«Maldición, no me creo que pensara que Quentin Jacobsen era un superchico bueno, superleal defensor de la justicia». Pero... bueno... lo eras.

Podría girarme, y ella también podría girarse. Y podríamos besarnos. Pero, ¿qué sentido tiene besarla ahora? No irá a ninguna parte. Los dos contemplamos el cielo sin nubes.

—Las cosas nunca suceden como imaginas —me dice.

El cielo es como un cuadro monocromático contemporáneo, su ilusión de profundidad me atrae y me eleva.

—Sí, es verdad —le digo. Pero lo pienso un segundo y añado—: Pero también es verdad que si no imaginas, nunca pasa nada.

Imaginar no es perfecto. No puedes meterte dentro de otra persona. Nunca me habría imaginado la rabia de Margo cuando la encontramos, ni la historia que estaba escribiendo. Pero imaginar que eres otra persona, o que el mundo es otra cosa, es la única manera de entrar. Es la máquina que mata fascistas.

Se gira hacia mí, apoya la cabeza en mi hombro y nos quedamos acostados, como imaginé en la hierba del SeaWorld. Hemos necesitado miles de kilómetros y muchos días, pero aquí estamos: su cabeza sobre mi hombro, su respiración en mi cuello y el enorme cansancio de los dos. Estamos ahora como habría deseado estar entonces.

Cuando me despierto, la mortecina luz del día hace que parezca que todo es importante, desde el cielo amarillento hasta los tallos de hierba por encima de mi cabeza, que oscilan en cámara lenta como una reina de la belleza. Me coloco de lado y veo a Margo Roth Spiegelman arrodillada y con las manos en el suelo a unos metros de mí, con los *jeans* apretados a sus piernas. Tardo un momento en darme cuenta de que está cavando. Me arrastro hasta ella y empiezo a cavar a su lado. La tierra debajo de la hierba está seca como polvo entre mis dedos. Me sonríe. Me late el corazón a la velocidad del sonido.

—¿Qué estamos cavando? —le pregunto.

—No es la pregunta correcta —me dice—. La pregunta es: ¿para quién estamos cavando?

—De acuerdo. ¿Para quién estamos cavando?

—Estamos cavando tumbas para la pequeña Margo, el pequeño Quentin, la cachorrilla Myrna Mountweazel y el pobre Robert Joyner muerto —me contesta.

—Creo que apoyo esos entierros —le digo.

La tierra es grumosa y seca, perforada por el paso de insectos como un hormiguero abandonado. Hundimos las manos en el suelo una y otra vez, y cada puñado de tierra arrastra una pequeña nube de polvo. Abrimos un agujero grande y profundo. La tumba debe ser apropiada. No tardo en llegar a los codos. Se me ensucia la manga de la playera cuando me seco el sudor de la mejilla. Las mejillas de Margo están cada vez más rojas. Me llega su olor, y huele como aquella noche antes de que saltáramos al foso en el SeaWorld.

—Nunca he pensado en él como en una persona real —me dice.

Mientras habla, aprovecho la ocasión para hacer una pausa y me siento en cuclillas.

—¿En quién, en Robert Joyner?

Sigue cavando.

—Sí. Bueno, fue algo que me sucedió a mí, ¿sabes? Pero antes de que fuera una figura menor en el drama de mi vida, era… en fin, la figura central del drama de su propia vida.

Yo tampoco he pensado nunca en él como persona. Un tipo que jugó en la tierra como yo. Un tipo que se enamoró como yo. Un tipo al que se le rompieron los hilos, que no sintió que las raíces de su hoja de hierba estuvieran conectadas con el campo, un tipo que estaba chiflado. Como yo.

—Sí —digo al rato, mientras vuelvo a cavar—. Siempre fue sólo un cadáver para mí.

—Ojalá hubiéramos podido hacer algo —dice Margo—. Ojalá hubiéramos podido demostrar lo heroicos que éramos.

—Sí. Habría estado bien decirle que, fuera lo que fuese, no tenía por qué ser el fin del mundo.

—Sí, aunque al final lo que sea te mate.

Me encojo de hombros.

—Sí, lo sé. No estoy diciendo que pueda sobrevivirse a todo. Sólo que puede sobrevivirse a todo, menos a lo último.

Vuelvo a hundir la mano. La tierra aquí es mucho más oscura que en Orlando. Lanzo un puñado a la pila que está detrás de nosotros y me siento. Se me está ocurriendo una idea e intento abrirme camino hacia ella. Nunca he dicho tantas palabras seguidas a Margo en nuestra larga y notoria relación, pero ahí va, mi última actuación para ella.

—Cuando pensaba en él muriendo, que admito que no ha sido muchas veces, siempre pensaba en lo que dijiste, en que se le habían roto los hilos por dentro. Pero hay mil maneras de verlo. Quizá los hilos se rompen, o quizá nuestros barcos se hunden, o quizá somos hierba, y nuestras raíces son tan interdependientes que nadie está muerto mientras quede alguien vivo. Lo que quiero decir es que no nos faltan las metáforas. Pero debes tener cuidado con la metáfora que eliges, porque es importante. Si eliges los hilos, estás imaginándote un mundo en el que puedes romperte irreparablemente. Si eliges la hierba, estás diciendo que todos estamos infinitamente interconectados, que podemos utilizar ese sistema de raíces no sólo para entendernos unos a otros, sino para convertirnos los unos en los otros. Las metáforas implican cosas. ¿Entiendes lo que te digo?

Margo asiente.

—Me gustan los hilos —sigo diciendo—. Siempre me han gustado. Porque así lo siento. Pero creo que los hilos hacen que el dolor parezca más fatal de lo que es. No somos tan frágiles como nos harían creer los hilos. Y también me gusta la hierba. La hierba me trajo a ti, me ayudó a imaginarte como una persona real. Pero no somos brotes diferentes de la misma planta. Yo no puedo ser tú. Tú no puedes ser yo. Puedes imaginarte a otro… pero nunca perfectamente, ¿sabes?

»Quizás es más como has dicho antes, que todos estamos agrietados. Cada uno de nosotros empieza siendo un recipiente hermético. Y pasan cosas. Personas que nos dejan, o que no nos quieren, o que no nos entienden, o que no las entendemos, y nos perdemos, nos fallamos y nos hacemos daño. Y el recipiente empieza a agrietarse por algunos sitios. Y bueno, sí, en cuanto el recipiente se agrieta, el final es inevitable. En cuanto empieza a entrar la lluvia dentro del Osprey, nunca será remodelado. Pero está todo ese tiempo desde que las grietas empiezan a abrirse hasta que por fin nos desmoronamos. Y sólo en ese tiempo podemos vernos unos a otros, porque vemos lo que hay afuera a través de nuestras grietas, y lo que hay adentro de ellos a través de las suyas. ¿Cuándo nos vimos tú y yo cara a cara? No hasta que me viste entre mis grietas, y yo a ti entre las tuyas. Hasta ese momento sólo veíamos ideas del otro, como mirar tu persiana, pero nunca ver lo que había dentro. Pero cuando el recipiente se rompe, la luz puede entrar. Y puede salir».

Se lleva los dedos a los labios, como si estuviera concentrándose, o como si me ocultara la boca, o como si quisiera sentir sus palabras.

—Eres especial —me dice por fin.

Me mira. Mis ojos, sus ojos y nada entre ellos. No voy a ganar nada besándola, pero ya no pretendo ganar nada.

—Hay algo que tengo que hacer —le digo.

Asiente ligeramente, como si supiera qué es ese algo. Y la beso.

El beso acaba un rato después, cuando me dice:

—Puedes venir a Nueva York. Será divertido. Será como besarnos.

—Besarnos es especial —le digo.

—Estás diciéndome que no —me contesta.

—Margo, toda mi vida está allí, y no soy tú, y…

Pero no puedo decir nada más, porque vuelve a besarme, y en el momento en que me besa sé sin la menor duda que llevamos caminos distintos. Se levanta y se dirige hacia donde estábamos acostados para tomar su mochila. Saca la libreta, vuelve a la tumba y deja la libreta en el suelo.

—Te extrañaré —susurra.

Y no sé si habla conmigo o con la libreta. Y tampoco yo sé con quién hablo cuando digo:

—Yo también. Ve con Dios, Robert Joyner.

Lanzo un puñado de tierra sobre la libreta.

—Ve con Dios, joven y heroico Quentin Jacobsen —dice Margo lanzando también un puñado de tierra.

—Ve con Dios, valiente ciudadana de Orlando Margo Roth Spiegelman —digo lanzando otro puñado.

—Ve con Dios, mágica cachorrilla Myrna Mountweazel —dice Margo lanzando otro puñado.

Empujamos la tierra sobre el libro y apisonamos el suelo. La hierba no tardará en volver a crecer. Para nosotros será la cabellera suelta y hermosa de las tumbas.

Volvemos al Supermercado Agloe tomados de la mano, que están ásperas por la tierra. Ayudo a Margo a cargar en el coche sus cosas: la ropa, los artículos de aseo y la silla. El momento es tan valioso que, en lugar de facilitar la conversación, la hace más difícil.

Estamos frente al estacionamiento de un motel de una sola planta cuando la despedida es inevitable.

—Conseguiré un celular y te llamaré —me dice—. Y te escribiré *e-mails*. Y comentarios misteriosos en la página de las ciudades de papel del *Omnictionary*.

Sonrío.

—Te escribiré un *e-mail* cuando lleguemos a casa —le digo—, y espero respuesta.

—Prometido. Y nos veremos. No vamos a dejar de vernos.

—A finales de verano quizá pueda ir a verte, antes de que empiecen las clases —le digo.

—Sí —me contesta—. Sí, buena idea.

Sonrío y asiento. Se gira y estoy preguntándome si lo decía en serio cuando veo que encorva los hombros. Está llorando.

—Nos vemos entonces. Y entretanto te escribiré —le comento.

—Sí —me contesta sin girarse, con voz ronca—. Yo también te escribiré.

Decir estas cosas evita que nos desmoronemos. Y quizás imaginando esos futuros podemos hacerlos reales, o quizá no, pero en cualquier caso tenemos que imaginarlos. La luz se desborda y lo inunda todo.

Estoy en este estacionamiento pensando que nunca he estado tan lejos de casa, y aquí está la chica a la que amo y a la que no puedo seguir. Espero que sea la misión del héroe, porque no seguirla es lo más duro que he hecho en mi vida.

Pienso que subirá al coche, pero no lo hace. Al final se gira hacia mí y veo sus ojos mojados. El espacio físico que nos separa se desvanece. Tocamos las cuerdas rotas de nuestros instrumentos por última vez.

Siento sus manos en mi espalda. Y aunque mientras la beso está oscuro, no cierro los ojos, y Margo tampoco. Está tan cerca de mí que puedo verla, porque incluso ahora hay el signo externo de la luz invisible, incluso por la noche, en este estacionamiento a las afueras de Agloe. Después de besarnos, nos miramos tan de cerca que nuestras frentes se tocan. Sí, la veo casi a la perfección en esta agrietada oscuridad.

Nota del autor

Me enteré de la existencia de las ciudades de papel porque me topé con una en un viaje en coche durante mi penúltimo año de universidad. Mi compañera de viaje y yo íbamos y veníamos por el mismo tramo desolado de una carretera de Dakota del Sur buscando una población que el mapa aseguraba que existía. Por lo que recuerdo, la población se llamaba Holen. Al final, nos metimos por un camino que llevaba a una casa y llamamos a la puerta. A la amable mujer que nos abrió le habían hecho la misma pregunta en otras ocasiones. Nos explicó que la población que estábamos buscando sólo existía en el mapa.

La historia de Agloe, Nueva York —tal y como se describe en este libro—, es en su mayor parte cierta. Agloe empezó siendo una ciudad de papel creada con la intención de proteger los derechos de autor del mapa. Pero las personas que utilizaban aquellos viejos mapas de Esso la buscaban, de modo que alguien construyó un supermercado y convirtió Agloe en real. El negocio de la cartografía ha cambiado mucho desde que Otto G. Lindberg y Ernest Alpers inventaron Agloe. Pero muchos fabricantes de mapas siguen incluyendo ciudades de papel como trampas para proteger el *copyright*, como atestigua mi desconcertante experiencia en Dakota del Sur.

El supermercado que fue Agloe ya no existe. Pero creo que si volviéramos a poner la población en nuestros mapas, alguien acabaría reconstruyéndolo.

Agradecimientos

Quisiera dar las gracias a:

—Mis padres, Sydney y Mike Green. Nunca pensé que diría esto, pero gracias por haberme criado en Florida.

—Mi hermano y colaborador favorito, Hank Green.

—Mi mentora, Ilene Cooper.

—Toda la editorial Dutton, pero especialmente a mi incomparable editora, Julie Strauss-Gabel, a Lisa Yoskowitz, Sarah Shumway, Stephanie Owens Lurie, Christian Fünfhausen, Rosanne Lauer, Irene Vandervoort y Steve Meltzer.

—Mi tenaz agente, Jodi Reamer.

—The Nerdfighters, que tanto me han enseñado sobre lo que significa impresionante.

—Mis compañeros escritores Emily Jenkins, Scott Westerfeld, Justine Larbalestier y Maureen Johnson.

—Dos libros especialmente útiles sobre desapariciones que leí mientras me documentaba para este libro: *The Dungeon Master*, de William Dear, e *Into the Wild*, de Jon Krakauer. También quisiera dar las gracias a Cecil Adams, el cerebro que está detrás de «The Straight Dope», cuyo breve artículo sobre las trampas para proteger los derechos de autor es —hasta donde yo sé— la fuente definitiva sobre este tema.

—Mis abuelos: Henry y Billie Grace Goodrich, y William y Jo Green.

—Emily Johnson, cuyas lecturas de este libro fueron de un valor incalculable; Joellen Hosler, la mejor psicóloga que un escritor podría pedir; mis primos políticos Blake y Phyllis Johnson; Brian Lipson y Lis Rowinski, de Endeavor; Katie Else; Emily Blejwas, que hizo conmigo aquel viaje a la ciudad de papel; Levin O'Connor, que me ha enseñado la mayor parte de lo que sé sobre lo divertido; Tobin Anderson y Sean, que me llevaron de exploración urbana en Detroit; la bibliotecaria Susan Hunt y todos aquellos que arriesgan sus puestos de trabajo por oponerse a la censura; Shannon James; Markus Zusak; John Mauldin y mis maravillosos suegros, Connie y Marshall Urist.

—Sarah Urist Green, mi primera lectora, primera editora, mejor amiga y favorita compañera de equipo.